Reader's Digest Auswahlbücher

Die Kurzfassungen in diesem Buch erscheinen
mit Genehmigung der Autoren und Verleger
© 1992 by Verlag Das Beste GmbH, Stuttgart
Alle Rechte, insbesondere das der Übersetzung,
Verfilmung und Funkbearbeitung, im In- und
Ausland vorbehalten
292 (181)
Printed in Germany
ISBN 3 87070 414 4

Reader's Digest
Auswahlbücher

Verlag Das Beste
Stuttgart · Zürich · Wien

ELENIS KINDER

DER WEISSE PUMA

*Amerika – Land aller Träume!
Welche Zukunft erwartet den neun-
jährigen griechischen Einwanderer-
jungen Nicholas, als er mit seinen
Schwestern an einem Märztag des
Jahres 1949 im New Yorker Hafen
von Bord der Marine Carp geht?
Ein Leben in Saus und Braus oder
grenzenlose Ernüchterung?*

*In den Bergen des westlichen
Kanada kommt er zur Welt: einer
der äußerst seltenen weißen Pumas.
Schon früh lernt er, in der Wildnis
zu überleben. Und bald muß er alle
seine Fähigkeiten einsetzen, um seinem schlimmsten Feind zu trotzen –
dem Menschen.*

Im Jachthafen von Marshcote geschehen seltsame Unfälle. Als auch noch dessen Besitzer Henry McFarlane verschwindet, macht sich sein Partner, der Steuermann Martin Devereux, auf die Suche nach ihm und den Ursachen der mysteriösen Geschehnisse. Mehr als einmal gerät er dabei in lebensgefährliche Situationen.

Tarnen und Täuschen gehören selbstverständlich zum Repertoire der so harmlos wirkenden Mrs. Pollifax. Doch in den dämmerigen Basaren und einsamen Wüstengegenden Marokkos sieht sich die gewitzte Agentin einer Gefahr ausgesetzt, aus der es trotz aller Tricks kein Entrinnen zu geben scheint.

NACH DER ÜBERSETZUNG
VON GERDA BEAN

MIT ZAHLREICHEN FOTOS

ELENIS KINDER

EINE KURZFASSUNG DES BUCHES VON

NICHOLAS GAGE

Damit ihre Kinder dem griechischen Bürgerkrieg entkommen konnten, opferte Eleni Gatzoyiannis ihren kostbarsten Besitz: ihr Leben. Nun ist für die Halbwaisen der Vater die ganze Hoffnung. Wird der angeblich steinreiche Christos Gatzoyiannis seine vier Töchter und den einzigen Sohn im fernen Amerika willkommen heißen? Eines Tages schickt er die langersehnten Tickets für die Schiffsreise über den Atlantik, wo die armen Flüchtlingskinder eine völlig neue Welt erwartet.

EINS

DAS FOTO, eine typische Schwarzweißaufnahme aus den späten vierziger Jahren, zeigt eine Gruppe von Flüchtlingen, die ihre verwüstete Heimat verlassen, um in Amerika ein neues Leben zu beginnen. Vier Auswanderer sind darauf zu sehen: eine junge Frau und eine Halbwüchsige in griechischer bäuerlicher Kleidung sowie zwei Kinder, ein Junge und ein Mädchen, etwa acht Jahre alt. Hinter ihnen stehen zwei gepflegte Herren im Anzug – Verwandte, mit der Aufgabe betraut, die Halbwaisen zu dem Schiff zu begleiten, das sie in ihre neue Heimat bringen wird. Im Hintergrund ragt ein Kreuzer der Marine auf, und man erkennt den Hafen von Piräus.

Die vier jungen Auswanderer stehen still, beinahe feierlich auf dem geschäftigen Kai und schauen ernst in den Apparat des Straßenfotografen, der bezahlt worden ist, um die letzten Augenblicke auf griechischem Boden festzuhalten. Die älteren Mädchen, mit langen Zöpfen auf dem Rücken, sind von den groben Halbschuhen bis zu ihren dicken Wolljacken ganz in Schwarz gekleidet. Sie tragen Trauer: Die Mutter mußte ihr Leben lassen, damit sie diese Reise antreten konnten.

Sie hieß Eleni Gatzoyiannis, genannt „Mana". Neun Monate zuvor, im Juni 1948, hatte sie ihre Familie zur Flucht aus dem Bergdorf Lia überredet, da die kommunistischen Partisanen, die es besetzt hielten, bereits damit begonnen hatten, Kinder zusammenzutreiben, um sie in Schulungslager hinter den Eisernen Vorhang zu schicken. In letzter Minute war Eleni gezwungen gewesen zurückzubleiben, und sie hatte ihren Kindern befohlen, ohne sie zu fliehen. In einem Flüchtlingslager erfuhren sie später, daß ihre Mutter für diese Tat von den Partisanen eingesperrt, gefoltert und schließlich hingerichtet worden war. In kochendem Wasser hatten die Kinder ihre Kleidung schwarz gefärbt und sich für die Reise nach Amerika vorbereitet, denn ihre Mutter hatte ihnen gesagt: Was immer mit ihr geschähe – dorthin müßten sie gehen.

Das kleine Mädchen auf dem Foto hält stolz eine Plastikhandtasche in ihrer Rechten. Der kleine Junge trägt einen schlechtsitzenden

Anzug aus grauer Wolle mit kurzen Hosen und einer dicken Jacke mit ausgebeulten Taschen. Sein neuer Haarschnitt ist so kurz, daß an beiden Seiten die Kopfhaut durchschimmert. Er blickt argwöhnisch in die Kamera, als ob er dem Fotografen nicht traue. Tatsächlich schaut er jedoch auf die zwei Pappkoffer, die gleich hinter dem Fotografen stehen, denn sie enthalten den ganzen Besitz der vier Kinder, auch den Hochzeitsschal ihrer Mutter und die einzigen Fotografien, die sie von ihr haben.

Ich weiß, was der neunjährige Junge damals empfand, denn ich war dieser kleine Auswanderer, der am 3. März 1949 die Seereise nach Amerika antrat. Meine drei Schwestern und ich hatten Schiffskarten für die *Marine Carp,* einen amerikanischen Truppentransporter, der nach dem Zweiten Weltkrieg zum Passagierschiff umgebaut worden war. Ich reiste mit meinen älteren Schwestern Olga, einundzwanzig, Kanta, sechzehn, und Fotini, die damals zehn Jahre alt war. Eine weitere Schwester, die fünfzehnjährige Glykeria, galt als vermißt – vielleicht war sie sogar tot. Nach Manas Hinrichtung war sie mit den restlichen Dorfbewohnern von schwerbewaffneten kommunistischen Partisanen nach Albanien verschleppt worden, und wir hatten keine Ahnung, wo sie sich jetzt aufhielt.

Meine Mutter hatte ich verloren – und meinen Vater hatte ich nie kennengelernt, denn er lebte in Amerika. Mana hatte uns immer Briefe von ihm vorgelesen: Er war Obst- und Gemüsehändler in Worcester im Bundesstaat Massachusetts und wurde bei uns zu Hause vom ganzen Dorf für einen amerikanischen Millionär gehalten. 1910 war er von Griechenland nach Amerika ausgewandert – als Siebzehnjähriger, mit zwanzig Dollar in der Tasche – und 1926 zurückgekehrt, um zu heiraten. Die amerikanische Staatsbürgerschaft und das Vermögen, das er angeblich besaß, weckten den Neid der übrigen Dorfbewohner, die meine Mutter „Amerikana" nannten, obwohl sie sich nie weiter als eine Tagereise von ihrem Geburtsort entfernt hatte.

In den ersten neun Jahren meines Lebens hatte es Zeiten gegeben, in denen ich insgeheim stolz auf den Reichtum und Status meines unbekannten Vaters gewesen war. Später hatte ich ihm aber seine Abwesenheit verübelt. Im Zweiten Weltkrieg, als wir an Unterernährung und Rachitis litten, hatte ich meinem Vater im stillen Vorwürfe gemacht, daß er uns nicht zu sich nach Amerika geholt hatte.

In der kurzen Friedensperiode zwischen dem Zweiten Weltkrieg und dem Ausbruch des griechischen Bürgerkriegs Ende 1946 schrieb Mana an ihren Mann und bat ihn, einen Einbürgerungsantrag für uns zu stellen, damit wir sofort auswandern könnten, aber er zögerte, weil er Bedenken hatte, seine heranwachsenden Töchter in ein modernes Land wie Amerika zu verpflanzen. Er befahl meiner Mutter, meine älteste Schwester Olga mit einem Mann aus guter Familie zu verheiraten, dann würde er uns holen.

Aber es war zu spät. Im Herbst 1947 besetzten kommunistische Partisanen die Dörfer im Norden Griechenlands, wo wir lebten. Alle Männer, darunter mein Großvater Kitso Haidis, flohen aus den Bergen, um der Zwangsrekrutierung zu entgehen, und ließen Frauen und Kinder zurück. Mana bat ihren Mann um Rat, und er schrieb ihr, sie solle bleiben und auf Haus und Grundstück aufpassen. Sie habe die Besatzung der Italiener und Deutschen überlebt, meinte er; ganz sicher habe sie von ihren griechischen Landsleuten, die doch nur für ihre Rechte kämpften, viel weniger zu befürchten.

Meine Mutter war eine folgsame Bäuerin. Ihre Erziehung verlangte, daß sie den Befehlen ihres Mannes gehorchte. Als die Partisanen einmarschierten, gab sie ihnen klaglos unser Essen und half bei den täglichen Arbeiten. Sie widersprach nicht, als sie unser Haus beschlagnahmten, um es zum Hauptquartier und Gefängnis zu machen, sondern zog einfach mit uns in die Mühle ihrer Eltern. Erst als die Partisanen auch ihre Kinder rekrutieren wollten, beschloß Eleni Gatzoyiannis, ihnen die Stirn zu bieten.

Im Frühjahr 1948 hielten die Partisanen in unserem Dorf eine Versammlung ab, zu der jeder Einwohner erscheinen mußte, und kündigten an, daß alle Kinder in osteuropäische Lager gebracht würden, wo man sie zu Kommunisten erziehen würde. Sie stellten vor den hungernden Dorfbewohnern Speisen auf und sagten, sämtliche Kinder, die von ihren Eltern freiwillig an sie übergeben würden, bekämen sofort zu essen. Trotz der Schreie ihrer ausgehungerten Kinder weigerten sich die meisten Mütter.

Eines Tages, als ich mich im Bohnenfeld meiner Großmutter versteckt hielt, hörte ich, wie zwei Offiziere der Partisanen miteinander sprachen. Sie meinten, daß es nun aus sei mit der Freiwilligkeit und die Kinder mit Gewalt fortgebracht würden. Als ich zu meiner Mutter rannte und es ihr erzählte, begann sie, die Flucht zu planen, die mit ihrer Einkerkerung, Folter und Hinrichtung endete. Die von Kugeln durchsiebte Leiche meiner Mutter warfen die Partisanen in ein Massengrab; erst Monate später wurde sie gefunden.

Als ich im Hafen von Piräus stand, hielt ich meinen Vater für mitschuldig am Tod meiner Mutter. Wenn er uns wirklich liebt, dachte

ich, hätte er uns früher nach Amerika einreisen lassen. Ich stellte mir
das Gesicht meines Vaters vor und versuchte, meine Wut auf den
Mann zu unterdrücken, der uns nicht rechtzeitig gerettet hatte. Selbst
als mein Vater erfahren hatte, daß seine Frau ermordet worden war,
hatte er immer noch gezögert, uns zu sich zu holen. Er schrieb einen
Brief, in dem er uns fragte, ob es uns nicht lieber wäre, im Dorf bei
unseren Großeltern zu leben. Wir brauchten nicht lange, um uns zu
entscheiden, weil wir uns ganz genau an das erinnerten, was unsere
Mutter uns zum Abschied gesagt hatte: „Ob lebendig oder tot – ich
werde nicht ruhen, bis ihr alle in Amerika und in Sicherheit seid."

An diesem Entschluß konnte auch unser Großvater nichts mehr
ändern, der uns bat dazubleiben. Weil wir ablehnten, schmollte der
alte Mann an dem Tag, als wir die Überfahrt mit der *Marine Carp* antraten, und weigerte sich, sich mit uns ein letztes Mal auf griechischem
Boden fotografieren zu lassen.

Während sich das Schiff in Bewegung setzte, beobachtete ich die
Gestalt meines Großvaters, die immer kleiner wurde. Plötzlich winkte
er mit dem Spazierstock, den er stets bei sich trug. Schließlich war es
nur noch das wilde Schwenken seines Stockes, das ihn von den anderen Menschen auf dem Kai unterschied.

Griechenland war das einzige Land, das ich kannte, und ich liebte
die herbe Schönheit seiner Bergwelt, den Klang der Ziegenglocken in
der dünnen Luft und die wundersame Verwandlung der Natur im
Frühling, wenn die Blumen auf den Wiesen in allen Farben leuchteten.
Bis zu dem Tag, an dem wir unser Dorf verließen und ins Tal marschierten, hatten meine Schwestern und ich noch nie ein Gewässer
gesehen, das größer als der Mühlteich war, in dem unsere Mutter
unsere Kleidung wusch. Und nun das Meer und dieses gewaltige
Schiff! In den Bauch des großen eisernen Fisches hinabzusteigen und
uns auf eine achtzehntägige Reise über ein Gewässer einzulassen, das
hinter dem Horizont verschwand, schien uns genauso bedenklich wie
Orpheus' Abstieg in die Unterwelt.

Der Hafen war noch in Sicht, als sich Olga, meine älteste Schwester,
stöhnend auf eine der schmalen Kojen in unserer Kabine warf und verkündete, sie werde die Reise nicht überleben und Amerika nie zu sehen
bekommen. Während Kanta eilig nach einem Eimer suchte, erbrach
sie sich auf den Fußboden.

Unsere Dritte-Klasse-Kabine, die wir mit vielen anderen Passagieren teilten, war ein fensterloser Raum tief im Bauch des Schiffes. Als
das Geplapper griechischer Stimmen die Kabine füllte, beugte ich

mich über den Rand meiner Koje und entdeckte, daß alle anderen Schlafplätze von Frauen besetzt waren.

„Kanta", zischte ich meiner sechzehnjährigen Schwester zu, die einen unserer Koffer öffnete, „in dieser Kabine sind nur Frauen!"

„Natürlich", antwortete sie. „Sollen deine Schwestern vielleicht mit Männern eine Kabine teilen?"

„Aber *ich* bin doch ein Mann", protestierte ich.

„Du bist noch so klein, deshalb haben sie erlaubt, daß du bei uns schläfst", erklärte sie, als ob ich dafür dankbar sein müßte. „Es ist besser, als wenn du allein in einer Männerkabine wärst."

Das war *ihre* Meinung. Empört sprang ich von meiner Koje und ließ die schwatzenden Frauen allein. Ich machte mich auf, den Rest des Schiffes zu erforschen. Auf dem Hauptdeck begegnete ich ein paar kräftigen Burschen, die mit einem Ball spielten. In einer fremden Sprache riefen sie mir etwas zu.

„Sie fordern dich zum Mitspielen auf", sagte eine weibliche Stimme hinter mir auf griechisch. Ich drehte mich um und sah eine Frau mit kastanienbraunem Haar, die mich anlächelte.

„Was für Jungen sind das?" fragte ich.

„Amerikaner", antwortete sie. „Geh ruhig rüber zu ihnen."

Ich schaute mir die Ballspieler genauer an – die ersten amerikanischen Kinder, die ich je zu Gesicht bekommen hatte. Einer der Jungen kam her und musterte mich abschätzend. Er und seine Kameraden trugen lange Hosen, und mir wurde schmerzlich bewußt, daß alle meine dürren Beine und meine groben Bauernschuhe sehen konnten.

„Was spielen sie denn?" fragte ich.

Sie redete mit dem Jungen und antwortete: „Fußball."

Das hatte nichts mit dem zu tun, was wir so nannten. Im Flüchtlingslager hatten wir Fußball nur mit den Füßen gespielt, nie mit den Händen, und der Ball war rund gewesen. In Amerika, so schien es, waren sogar die Spiele anders. „Sagen Sie ihm, daß ich lieber zuschauen möchte", bat ich sie.

Sie übersetzte, und der Junge wandte sich ab.

„Sind Sie denn keine Amerikanerin?" fragte ich die hübsche braunhaarige Frau nach einer Weile. „Woher können Sie denn ihre Sprache sprechen?" fügte ich hinzu, nachdem sie verneint hatte.

Sie erklärte, daß sie Griechin sei und in der Schule Englisch gelernt habe. In ihrem Dorf hatte sie einen in Griechenland stationierten Amerikaner kennengelernt und geheiratet. Jetzt fuhr sie zu ihm nach Amerika. Sie hieß Christina.

Als sie sah, wie enttäuscht ich war, daß sie mir nichts von Amerika erzählen konnte, bot sie mir Englischunterricht an, wenn ich sie jeden Morgen nach dem Frühstück an Deck besuchen würde. Ich nahm ihr Angebot begeistert an und fragte, ob ich auch Fotini mitbringen könnte. Sie war einverstanden. Augenblicklich eilte ich unter Deck, um meinen Schwestern die Neuigkeit mitzuteilen.

In unserer Kabine herrschte große Aufregung. Olga, noch blasser als zuvor, saß auf ihrem Bett und wimmerte. Kanta, die vernünftigste meiner Schwestern, erklärte, Olga sei vorhin ins Bad gegangen und habe sich fürchterlich erschreckt.

Nach unserer Entlassung aus dem Flüchtlingslager hatten wir in Athen – zum ersten Mal in unserem Leben – ein paar Nächte im Hotel verbracht. Wir hatten noch nie ein Spülklosett gesehen. Fotini und ich waren immer wieder den Korridor entlanggeschlichen, um an der Kette zu ziehen, die den faszinierenden Wasserfall auslöste. Was Olga im Schiffsbadezimmer wohl Neues und Erschreckendes begegnet war?

„Es war eine nackte Frau!" stieß sie endlich hervor. „Ich hörte ein zischendes Geräusch, und da war ein Abteil mit einer Blechverkleidung oben, und da kam Wasser raus. Eine ganz nackte Frau stand darunter."

In unserem Dorf wuschen sich die Frauen in Holzbottichen im dunklen Keller und sahen nie ihren eigenen Körper nackt, geschweige denn den einer anderen Frau. Kein Wunder, daß Olga außer sich war. Ich nahm an, daß die Furcht vor der gefährlichen Reise eine entsetzte Mitreisende so überwältigt hatte, daß sie wahnsinnig geworden war, sich die Kleider vom Leib gerissen hatte und im Bad Amok gelaufen war.

„Da geh ich nie wieder rein", gelobte Olga schaudernd.

Eine Frau aus der Stadt, die auf der nächsten Koje saß, fing an zu lachen. „Sie hat sich doch nur gewaschen", erklärte sie. „Oder genauer: Sie hat sich geduscht. Das geht schneller als ein Wannenbad."

Olga und Kanta sahen sich ratlos an. „Wenn die Frauen in Amerika so etwas machen", meinte ich, „dann wundert es mich nicht, daß Vater uns nicht dort aufwachsen lassen wollte."

Eine der jungen griechischen Frauen in unserer Kabine nahm Olga nach diesem entsetzlichen Erlebnis unter ihre Fittiche und kümmerte sich auch später um sie, wenn sie seekrank war. So konnten wir anderen unsere Schwester allein lassen und zum Speisesaal hinaufgehen, um amerikanisches Essen zu probieren.

Dort entdeckten wir ein vertrautes Gesicht: Prokopi Koulisis, einen jungen Mann von neunzehn Jahren, der aus dem Nachbardorf stammte. Wie wir reiste auch er zu seinem Vater nach Worcester. Prokopis Mutter war, wie unsere Schwester Glykeria, nach Albanien verschleppt worden und galt als vermißt.

Nun lud er uns ein, uns zu ihm zu setzen, während wir auf unsere erste amerikanische Mahlzeit warteten. Nach all den Geschichten, die wir über den Wohlstand in diesem Land gehört hatten, erwarteten wir ein Bankett, aber als der Steward die Teller vor uns absetzte, konnten wir uns vor Verblüffung kaum fassen. Das Fleisch war noch rosa, fast blutig.

„Vielleicht hatten sie nicht mehr genug Kohlen für den Herd", murmelte Kanta. Als Beilagen gab es ein klebriges Gemüse, das wir als Möhren identifizierten, und eine rätselhafte helle Masse, die dick wie Joghurt war.

„Wie kann man Kartoffeln nur so etwas antun!" bemerkte Prokopi, als er davon gekostet hatte. „Sie haben sie totgeschlagen, wo es doch viel einfacher wäre, sie schön braun zu rösten, mit ein wenig Oregano, etwas Rosmarin . . ."

Fotini schob ihren Teller weg. „Das kann ich nicht essen!" jammerte sie. „Das Fleisch ist roh, und alles andere schmeckt wie gekochtes Unkraut."

„Iß Brot", riet ihr Kanta. „Brot können sie nicht verderben." Wir langten alle nach dem Brotkorb und schauten uns erschüttert an, als wir nach dem ersten Bissen entdeckten, daß das Brot wie Watte schmeckte. Amerika war das Land des Überflusses, aber warum schmeckte alles aus dem gelobten Land so fade?

MEINE erste Englischstunde bei Christina am folgenden Tag brachte noch mehr Enttäuschungen. Sie nahm freundlicherweise auch Kanta und Fotini in ihre improvisierte Klasse auf, aber unsere Begeisterung schwand, als wir entdeckten, daß das englische Alphabet zwei Buchstaben mehr als das griechische enthält, und die Schriftzeichen kamen mir wie die Spuren von Hühnerkrallen vor. Noch schlimmer: Es gab Wörter, die mit denselben Buchstaben geschrieben wurden, aber ganz anders klangen. „Gebt nicht auf", ermutigte uns Christina und fügte ein griechisches Sprichwort hinzu: „Bohne für Bohne füllt sich der Sack."

Mir schwirrte der Kopf, als ich ihr beim Aufstellen einer Liste mit Vokabeln zusah, die sie aus ihrem griechisch-englischen Wörterbuch abschrieb und die wir lernen sollten. Ich rechnete mir aus, daß ich mehr als ein Leben brauchte, um diese unmenschliche Sprache zu erlernen.

Fotini, die ein bißchen seekrank war, gab nach den ersten paar Stunden auf. „Ich werde nie Amerikanisch lernen!" rief sie aus. „Es ist zu schwer!" Kanta mußte sich um Olga kümmern, und so blieb ich als einziger Schüler übrig.

Bald näherte sich das Schiff Palermo. Auf dem Kai des sizilianischen Hafens liefen Horden von zerlumpten Jungen umher, noch schlechter ernährt und gekleidet als die Flüchtlinge in den griechischen Lagern. Sie brüllten den Passagieren auf dem Schiff etwas zu und deuteten bettelnd auf ihre Münder. Niemand an Deck hatte etwas zu essen, aber einige Passagiere warfen den mageren Kindern Päckchen mit Kaugummi und Zigaretten zu.

Ich beobachtete staunend, wie Jungen, die kleiner und jünger waren als ich, in dem schmutzigen Wasser danach tauchten. Plötzlich wurde mir klar, daß ich ohne das Opfer meiner Mutter und die Staatsbürgerschaft meines Vaters genau wie sie wäre – eine streunende Katze ohne Zuhause.

In diesem Augenblick wußte ich, daß das, was mich erwartete, niemals so schlimm sein konnte wie die schrecklichen Erlebnisse, die ich hinter mir hatte. Ich dachte an die Szenen, die mich in meinen Träumen oft heimsuchten: wie die Deutschen durch unser Dorf marschierten, die rauchenden Ruinen der Häuser, die sie in Brand gesteckt hatten, wie meine Schwestern nach eßbaren Wurzeln und Knollen gruben und dabei auf die verscharrte Leiche einer jungen Frau stießen, die erst wenige Stunden tot war. Und ich erinnerte mich an den Tag im Flüchtlingslager, als wir von der Hinrichtung unserer Mutter erfuhren.

Meine Mutter hatte gewußt, daß solche Dinge in Amerika nicht passierten. Deshalb hatten wir ihr versprechen müssen, Griechenland zu verlassen, auch ohne sie. Plötzlich schwand die Angst, die mich geplagt hatte, seit wir an Bord gekommen waren. Ich blickte auf die Straßenjungen im Hafen von Palermo hinab, und mir wurde klar, daß meine Mutter ihr Leben geopfert hatte, damit ich nicht wie diese Kinder aufwachsen müßte. Jetzt lag es an mir, mit allem, was mich in Amerika erwartete, fertig zu werden.

Während der restlichen Reise – Olga kam allmählich zu Kräften, und mein englischer Wortschatz nahm zu – rief ich mir jedesmal, wenn panikartige Furcht mich zu erdrücken drohte, die Geschichten ins Gedächtnis zurück, die meine Mutter uns über Amerika erzählt hatte.

Am achtzehnten Tag unserer Reise stand ich vor Sonnenaufgang auf und zog meinen kratzigen Wollanzug an. Dann kletterte ich, viel zu aufgeregt, um frühstücken zu können, zum Deck hinauf. Sobald es in der Morgendämmerung hell genug war und der Nebel verschwand, sah ich zwei Streifen Land, die sich uns entgegenzustrecken schienen – die Arme Amerikas, das uns an seine Brust zog.

Das Deck füllte sich rasch, als sich das Schiff dem Hafen von New York näherte. Meine Schwestern versammelten sich um mich herum und standen schweigend an der Reling. Ich spürte, wie mir Prokopi Koulisis die Hände auf die Schultern legte.

„Die Statue!" schrie jemand, und dann gab es einen Ansturm auf die andere Seite des Schiffes, wo die riesige Figur der Frau zu sehen war, die wir „Sankt Freiheit" nannten. Alles brüllte und deutete mit dem Finger auf sie, aber als wir näher heranfuhren, verstummte die Menschenmenge wie angesichts eines Wunders.

Kurz darauf legten wir am Pier an, und ich wandte mich den Schaulustigen zu, die an Land warteten. Unter ihnen versuchte ich meinen Vater zu erkennen, den ich noch nie gesehen hatte. Ich erwartete, daß er die Menge wie ein Koloß überragte, deshalb achtete ich nicht auf einen kleinen, stattlichen Mann mit modischem Filzhut und in grauem Mantel. Aber Prokopi Koulisis erinnerte sich an meinen Vater von dessen Besuchen in unserem Dorf her, und ich merkte, wie er mich an den Oberarmen packte und mich hochhielt, während Olga „*Patera!*" schrie. Der untersetzte Mann auf dem Pier riß sich den Hut vom Kopf und schwenkte ihn hin und her.

Fünfundzwanzig Jahre später, als mein Vater einundachtzig Jahre alt war, beschrieb er die Szene in Englisch, einer für ihn immer noch fremden Sprache. „Ich stehe auf dem Pier und schaue das Schiff an", begann er langsam aufs Tonband zu sprechen. „Da erkennt mich Olga. Und ich winke ihr zu. Prokopi Koulisis hält Nicholas hoch und zeigt ihn mir vom Deck aus. Zum ersten Mal sehe ich meinen Sohn. Ach, meine Tränen! Das Herz brach mir in diesem Augenblick."

Er schwieg und versuchte, sich zu sammeln, während zwei kleine Enkel zu seinen Füßen spielten. „Sie kommen raus", fuhr er beharrlich fort. „Ich umarme ihn, spüre seine kleinen Arme. Sie waren so kalt. Meine eigenen Kinder!" Er wandte sich dem Gerät zu, das seine Worte aufnahm. „Ich glaube, ich sollte jetzt aufhören", meinte er schüchtern, „weil ich weinen muß."

ZWEI

IM INNERN des höhlenartigen Zollgebäudes auf dem Pier 44 schien es, als würden wir nie aufgerufen, um die Schranke passieren und die Vereinigten Staaten offiziell betreten zu dürfen.

Endlich hörten wir, wie ein Beamter mit unserem unaussprechlichen Namen kämpfte: „Ga-ga-ya-nis". Vor der Autorität zitternd, gingen wir nach vorn. Er blickte zuerst auf unsere Gesundheitsbescheinigungen und unseren Paß und dann auf uns. Wir hatten noch immer dasselbe an wie auf dem Foto. Kommentarlos stempelte er die Dokumente und deutete auf den Zollbeamten hinter uns, der ohne großes Interesse unsere Koffer durchwühlte und uns schließlich mit einer Handbewegung zum Weitergehen aufforderte.

Wir gingen um die Sperre herum in den nächsten Raum, wo unser Vater auf uns wartete. Er kniete sich nieder, um zuerst mich zu umarmen, und ich ließ es steif über mich ergehen. Er küßte mich auf die Augen, ließ mich dann los und umarmte Fotini. Ich bemerkte, daß meine Schwestern sich zurückhaltend gaben, als er sie, wie in der alten Heimat üblich, auf beide Wangen küßte. Nach einer Abwesenheit von fast zehn Jahren kam er selbst ihnen wie ein Fremder vor. Doch trotz unserer Zurückhaltung hielten wir ihn insgeheim für einen feinen Mann, der in seinen glänzenden schwarzen Schuhen und dem grauen Mantel wohlhabender aussah und besser gekleidet war, als wir geglaubt hatten.

Vater stellte uns Spiro vor, Prokopi Koulisis' Vater, der mit ihm von Worcester gekommen war. Spiro Koulisis hatte eine kleine Willkommensrede vorbereitet. „Dies ist der erste Frühlingstag", sagte er. „Eine gute Zeit, um ein neues Leben zu beginnen. Möget ihr hier feste Wurzeln schlagen, und möget ihr viele Jahre zusammen mit eurem Vater verbringen."

Als wir durch das Tor traten, schlug uns der Lärm New Yorks entgegen. Wir blieben wie angewurzelt stehen. In der Ferne ragten die Hochhäuser der Stadt wie ein Zypressenwald empor. Sie waren zwar nicht aus Gold, wie wir nach den Erzählungen unserer Mutter geglaubt hatten, aber sie beeindruckten uns doch sehr. Das erstaunlichste in unseren Augen war jedoch der Parkplatz, auf dem eine Autoreihe neben der anderen stand.

Mein Vater blieb neben einem langen blauen DeSoto stehen. „Wir sind da", sagte er. Er öffnete den Kofferraum und wies uns an, das Gepäck hineinzustellen.

„Ist das dein Auto, Vater?" fragte Fotini verwundert.

„Diese Woche, ja", antwortete er und lächelte rätselhaft. „Wollen wir jetzt in einem Restaurant essen?"

„Nein, gehen wir lieber gleich nach Hause." Olga drückte damit aus, was wir alle dachten. Wie weit das Zuhause entfernt war, ahnten wir nicht.

Als wir ins Auto kletterten, legte Vater die Hand auf Prokopis Schulter. „Es gehört sich nicht, daß ein junger Mann hinten bei meinen Töchtern sitzt", sagte er. „Laß deinen Vater hinten sitzen. Du und Nicholas – ihr könnt vorn einsteigen und mir beim Fahren zusehen."

Kanta hörte diese Bemerkung, die Vaters strenge, puritanische Haltung gegenüber seinen Töchtern bestätigte, und warf Olga einen besorgten Blick zu.

Vater schaltete geschickt und fuhr mit einer Geschwindigkeit und Gewandtheit auf die Schnellstraße, die mich begeisterten. Ich hatte noch nie in einem Privatauto gesessen, und er lenkte es mit der Kühnheit eines Rennfahrers.

„Langsam, Gatzoyiannis!" brüllte Spiro Koulisis auf dem Rücksitz.

„Die Kinder müssen halb verhungert sein", bemerkte Vater. „Prokopi, mach die Tüte mit dem Obst auf."

Wir schauten verwundert zu, wie der junge Mann eine Tüte vom Boden aufhob, die sich als regelrechtes Füllhorn erwies: Sie enthielt Äpfel, Birnen, Mandarinen und weiße Trauben. Vater biß in eine Birne. „Nicht schlecht", sagte er mit Kennermiene, „aber kein Vergleich zu den Bartlett-Birnen, die ich früher verkauft habe, als ich noch mit meinem Lieferwagen unterwegs war. Alle hohen Tiere und ihre Köche haben nur bei ‚Christy und Christy' eingekauft."

Wir alle kannten die Geschichte von Christy & Christy und ihrem berühmten Lieferwagen, dem REO-Speedwagon. Ein gerahmtes Bild auf der Kamineinfassung in Lia zeigte unseren Vater, Christos Gatzoyiannis, der neben diesem prächtigen Fahrzeug stand, während Vaters Partner, Christos Stathis, grinsend hinterm Lenkrad saß. Selbst in der schlimmsten Zeit der Wirtschaftskrise hatten Christy & Christy, die beiden Einwanderer aus Griechenland, jeweils knapp hundert Dollar pro Woche eingenommen. Der Erfolg hatte es beiden Partnern ermöglicht, in ihr Heimatdorf zurückzukehren und in großem Stil zu heiraten.

Der Obst- und Gemüsewagen hatte meinen Vater zu einem der

Vater (ganz rechts) vor dem legendären REO-Speedwagon;
auf dem Beifahrersitz sein Partner, links ein Angestellter

wohlhabendsten und geachtetsten griechischen Einwanderer in
Worcester gemacht, bis sein Partner Stathis krank wurde und ihn
überredete, seinen Schwager Nassios Economou als Partner aufzunehmen. Nassios, ein großer Frauenverehrer, hatte etwas gegen die
lange Arbeitszeit und die Notwendigkeit, um halb sechs Uhr morgens
aufzustehen, und als mein Vater 1937 die Geschäfte in die Hände seines
Partners legte, um Griechenland zu besuchen, verkaufte Nassios den
Wagen und das Geschäft heimlich für 1200 Dollar, um einen *Diner*
(eine Art Imbißstube, die aussieht wie ein Speisewagen) in Bahnhofs-
nähe zu erwerben. Als er meinem Vater nach dessen Rückkehr wie
selbstverständlich 600 Dollar überreichte – alles, was von dem
Geschäft, für dessen Aufbau er viele Jahre seines Lebens geopfert
hatte, übriggeblieben war –, ging Vater mit dem Messer auf Nassios
los, doch dieser konnte ihn durch das Versprechen beschwichtigen,
daß er ihn zum Partner im „Terminal Lunch Diner" machen würde.

WÄHREND wir unserem neuen Heim in Worcester entgegenfuhren,
merkten wir, daß unser Vater noch immer seinem Obst- und Gemüse-
geschäft nachtrauerte, das sein ganzer Stolz gewesen war. Wir wußten, daß es eine echte Partnerschaft mit Nassios nie gegeben hatte und
daß zwischen den beiden Männern Bitterkeit herrschte. Aber wir

waren mit Nassios' Familie durch stärkere Bande als Geld verbunden: Nassios hatte Glykeria aus der Taufe gehoben, und seine Frau, Eugenia, war meine Patin geworden, bevor Nassios sie und ihren Sohn nach Amerika geholt hatte. Diese Bande, die am Taufstein geknüpft wurden, waren genauso heilig wie Blutsbande und mußten trotz der finanziellen Streitigkeiten geachtet werden.

Ich griff in meine Tasche, um das weiße Taschentuch zu berühren, das Eugenia mir bei ihrem Abschied von Griechenland geschenkt hatte. „Werden wir in der Nähe meiner Patin wohnen, *Patera?*" fragte ich jetzt. Ich hoffte, ihn vom Gedanken an den Verlust seines Lieferwagens abzulenken.

„Sie wohnen am anderen Ende der Stadt", antwortete er. „Aber deine *Nuna* ist gerade jetzt in unserem Haus und kocht für uns alle. Sie möchte euch willkommen heißen."

Bald fuhr Vater bei einer Tankstelle vor, und wieder beeindruckte mich die selbstbewußte Art, mit der er mit dem Tankwart in der englischen Sprache plauderte. Er strahlte eine natürliche Autorität aus, und der Angestellte ging emsig hin und her, als ob es sein größter Wunsch sei, meinem Vater alles recht zu machen. Es war offensichtlich, daß unser Vater in dieser neuen Welt eine Achtung gebietende Erscheinung war.

Während wir durch die üppige Landschaft Connecticuts fuhren, erkundigte sich Vater nach allen Verwandten; auffälligerweise sprach er aber nicht über unsere Mutter. Er fragte nach unseren Großeltern, nach unserer Tante, unserem Onkel mütterlicherseits und seinem älteren Bruder Foto, dessen Frau Alexo zusammen mit meiner Mutter hingerichtet worden war. Foto war das schwarze Schaf der Familie. Als wir im Flüchtlingslager waren, hatte mein Vater das Geld für unsere Unterstützung gutgläubig an Foto geschickt. Dieser hatte jedoch den größten Teil in die eigene Tasche gesteckt und behauptet, es sei nie angekommen.

Wir starrten schweigend die Hochhäuser von Hartford an, aber nachdem die Stadt hinter uns lag, stieß Kanta plötzlich die Frage hervor, die wir übrigen nicht zu stellen gewagt hatten. „*Patera*, willst du dich denn gar nicht nach deiner Frau erkundigen? Wie sie litt und wie sie starb? Willst du nicht wissen, was sie durchgemacht hat, um uns zu retten?"

Bei Kantas Worten schien mein Vater zusammenzuzucken. Er fuhr an die Seite und hielt an. Im Auto war es bis auf Olgas Schluchzen still. Ich konnte Tränen in den Augen meines Vaters glitzern sehen.

„Dafür ist noch viel Zeit", sagte er. „Nichts wird uns trennen, außer Gott. Ich möchte später alle diese Geschichten hören, aber jetzt sollten wir uns freuen, weil wir zusammen sind. " Wir fuhren weiter, und bald herrschte im Auto wieder Heiterkeit, ein Gefühl der Erleichterung erfaßte uns, weil wir von unserer Mutter gesprochen hatten. Wir wußten, sie hätte unserem Vater zugestimmt – heute war ein Tag der Freude, weil ihr Traum für vier ihrer Kinder endlich Wirklichkeit geworden war.

Es dämmerte schon, als wir durch die Vororte von Worcester fuhren. Wir hatten eine Großstadt wie Athen erwartet. Aber obwohl Worcester 1949 mit 200 000 Einwohnern die zweitgrößte Stadt Neuenglands war, beeindruckte sie uns nicht. Sie schien nur aus langgestreckten, flachen Fabrikgebäuden und Holzhäusern zu bestehen.

Nachdem wir angehalten hatten, um Prokopi und Spiro Koulisis aussteigen zu lassen, fuhr Vater weiter. Nach einer Weile bog er in eine von Bäumen beschattete Seitenstraße ein und hielt vor einem riesigen beigebraunen dreistöckigen Holzhaus. Es hatte drei übereinanderliegende Erkerfenster und kleine Veranden mit quadratischen Säulen, ebenfalls dreifach übereinander, denn jedes Stockwerk dieser dreigeschossigen Mietshäuser sah genauso aus wie die anderen.

Als wir unbeholfen aus dem Auto stiegen, kam meine Patin aus dem Seiteneingang und eilte uns auf der Einfahrt entgegen. Sie trocknete sich die Hände an der Schürze und rief: „Meine armen Kinder, meine Seelen!"

Während Olga an Eugenias üppigem Busen weinte, schaute Kanta meine Patin genau an. Sie staunte, wie sich die ehemals schwarzgekleidete Bäuerin, die ihr Haar unter einem schwarzen Kopftuch verbarg, verändert hatte. Jetzt war das Kopftuch verschwunden, ihr Haar kurz geschnitten. Sie trug ein schickes braunes amerikanisches Kleid und am Handgelenk eine goldene Uhr.

Eugenia brachte uns durch den Seiteneingang ins Haus; von einem schmalen Flur führte eine Treppe in die oberen Stockwerke, wo andere Familien wohnten. Durch eine Tür gelangte man in unsere Küche. Wir blieben staunend stehen. Olga konnte ihren Blick nicht von dem Linoleumboden mit dem gelben Muster wenden – wie ein Teppich aus goldenen Blättern. Unsere Küche im Dorf hatte einen Fußboden aus Lehm gehabt.

Während wir mit offenem Mund dastanden, sahen wir eine hübsche junge Frau mit rundem Gesicht, die uns beobachtete. Eugenia stellte sie uns als Chrysoula Tatsis vor, und wir erfuhren, daß sie als erste

Griechin aus unserem Dorf nach Amerika ausgewandert war. Chrysoula, „die Goldene", war 1936 erst sechzehn Jahre alt gewesen, als Leo Tatsis, der Besitzer eines Lebensmittelgroßhandels in Worcester, nach Lia gekommen war, sie geheiratet und in die USA mitgenommen hatte.

Chrysoula hatte sich als aufgeweckt und klug erwiesen und die fremde Sprache und die amerikanischen Sitten schnell gelernt. Alle anderen griechischen Frauen betrachteten sie als Schiedsrichterin in Geschmacksfragen in diesem neuen Land. Sie kannte sich auch mit solch exotischen Dingen wie Frisiersalons und Seidenstrümpfen aus. Am allerwichtigsten war jedoch – wie unser Vater oft bemerkte –, daß sich Chrysoula dem Leben in Amerika angepaßt hatte, ohne in moralischer Hinsicht Schaden zu nehmen. Chrysoula Tatsis sah man nicht mit Hosen auf der Straße wie manche „Schlampen", wie Vater sie nannte, und er wies meine Schwestern an, sich Chrysoula zum Vorbild zu nehmen.

Als wir unsere Blicke schließlich von Chrysoula losrissen, um uns in der Küche umzusehen, übernahm Eugenia wieder die Führerrolle. „Schaut, meine Schätzchen", sagte sie. „Das ist ein Kühlschrank. Man stellt Essen hinein, und es wird nicht schlecht. Und hier" – sie deutete auf den Herd und öffnete das Backrohr – „kocht ihr nicht mehr über einem Feuer, und ihr braucht auch nicht mehr zum Bäcker zu gehen und zu bezahlen, wenn ihr gebackene Bohnen oder *Pastitsjo* zubereiten wollt."

Wir schüttelten den Kopf, unfähig, so viele Wunder auf einmal aufzunehmen. Vater zeigte auf eine Tür. „Olga, stell deinen Koffer dort rein!" befahl er.

„Du meinst, das gehört uns auch noch?" fragte sie ungläubig und öffnete die Tür, hinter der sich ein Eckzimmer mit zwei Doppelbetten verbarg.

„Ja. Stell den anderen Koffer in dieses Zimmer!" fuhr er fort, und wir eilten zu einer zweiten Tür und entdeckten noch ein weiteres Schlafzimmer.

„Aber das ist ja riesig!" rief Kanta aus. „In Griechenland braucht eine Familie nur einen Raum."

Vater lächelte bescheiden. „Das gehört *alles* uns. Öffnet jede Tür, und was ihr dahinter seht, gehört uns."

Die Hölle brach los. Wir rannten umher und erforschten unser neues Zuhause. Die größte Überraschung war das Badezimmer. Wir hatten nie erwartet, in einem Privathaus eine Toilette vorzufinden.

Jedes Zimmer war größer als das vorige. Die geräumigsten waren das Eßzimmer und die gute Stube, beide weitgehend leer. „Ich wollte warten, bis ihr kommt, und dann erst Möbel kaufen", erklärte mein Vater.

Es machte uns nichts aus. Diese Wohnung in Amerika kam uns wie ein Palast vor. Als wir jede Ecke erforscht hatten, weinten Olga und Kanta, weil unsere Mutter, die ihr Leben lang von Amerika geträumt hatte, dieses prächtige Zuhause nicht mehr sehen konnte.

Um uns abzulenken, wies Vater Eugenia und Chrysoula an, das Essen auf den mit Wachstuch bedeckten Küchentisch zu stellen. Bald war unser Kummer vergessen, als wir dicke weiße Bohnen in Knoblauch- und Tomatensauce, würzige grüne Bohnen mit Lammfleischwürfeln, fetten flockigen Schafskäse und Spinatkuchen in uns hineinstopften.

Anschließend sagte Vater, es sei Zeit für uns, ein Bad zu nehmen und die neuen Pyjamas anzuziehen, die er für uns gekauft hatte. Chrysoula war ausgesandt worden, um die Sachen für die Mädchen zu kaufen; ihre Schlafanzüge waren aus einem weichen, glänzenden Stoff, der mit kleinen zarten Blümchen bedruckt war.

„Aber den kann ich nicht anziehen, *Patera!*" rief Olga. „Ich trauere um Mana. Ich werde fünf Jahre lang Schwarz tragen."

„Ich auch!" erklang Kantas Echo, nicht ganz so entschieden, während sie mit der Hand über den seidigen Stoff strich. „Diese Farben kann ich nicht tragen."

Unser Vater seufzte. „Zieht sie nur heute abend mir zuliebe an, Kinder", sagte er. „Morgen können wir weiter darüber reden."

Chrysoula demonstrierte einem faszinierten Publikum, wie man die Badewanne füllte, und beschrieb, wie jeder von uns im Wasser sitzen und den Körper von oben bis unten waschen würde. Ich hatte Pech, denn ich wurde als erster dazu ausersehen, mich den Gefahren der Badewanne auszusetzen. Als ich wieder „auftauchte" und mir meinen gestreiften Schlafanzug mit den langen Hosen anzog, kam ich mir sehr erwachsen vor. Dann sah ich, daß die beiden früheren Partner meines Vaters, Nassios Economou und Christos Stathis, zu Besuch gekommen waren.

Ich starrte Nassios neugierig an. In seinem Nadelstreifenanzug und mit seiner Fliege glich er den vornehmen Herren, die ich im eleganten Athener Stadtzentrum gesehen hatte. Christos Stathis dagegen wirkte bäuerlicher; er hatte ein rechteckiges, strenges Gesicht und ähnelte meiner Patin. Die beiden waren eindeutig Bruder und Schwester, robust und solide wie die Berge unserer Heimat. Nach einer Runde Ouzo versuchte Christos Stathis, Neuigkeiten aus dem Dorf in Erfahrung zu bringen.

Kurz vor unserer Abreise nach Amerika hatte Olga darauf bestanden, in Begleitung unseres Großvaters nach Lia zurückzukehren. Sie wollte den Leichnam meiner Mutter unbedingt aus dem Massengrab holen, in das er mit anderen Opfern des Exekutionskommandos geworfen worden war, und ihn zu unserer Kirche bringen, wo Mana jeden Tag ihres Lebens gebetet hatte.

Während wir in unserer neuen Küche saßen, erzählte Olga der schweigenden Gruppe diese Geschichte. „*Papu* und Onkel Foto sind früh aufgestanden, bevor ich aufgewacht bin, und hinauf zur Schlucht gegangen. Sie wollten nicht, daß ich Manas Leichnam sehe und mich aufrege. Aber ich habe geahnt, was sie vorhatten, und bin den Berg hinaufgelaufen. Sie sind mit einer Kiste heruntergekommen, in der Mana und Tante Alexo lagen. Und ich habe geschrien: ‚Die Haare unserer Mutter sind immer noch so, wie sie waren, golden und glänzend wie Seide, aber ihr Schädel ist zertrümmert – vielleicht durch die Felsbrocken, die sie darüber gehäuft haben.'"

Während Olga erzählte, hielt ich es nicht länger aus. Alle hatten Tränen in den Augen. Ich tat so, als ob ich es nicht bemerkte, und ging zu meiner Patin.

„Schau, *Nuna*", sagte ich. „Ich hab es immer noch, dein Geschenk." Ich hielt das Taschentuch in die Höhe, das sie mir zum Abschied gegeben hatte.

Daraufhin weinte sie nur noch heftiger und nahm mich in die Arme. Obwohl ich es sonst nicht zuließ, daß die Leute mich wie ein Baby behandelten, blieb ich auf ihrem Schoß sitzen, bis das Gemurmel der Unterhaltung mich einzuschläfern begann. Schließlich trug mich mein Vater in das Bett, das ich mit ihm teilen würde. Ehe er selbst schlafen ging, sah ich, wie er sekundenlang innehielt, die Ikone in der Ecke des Zimmers betrachtete und sich dreimal bekreuzigte. Selbst im gestreiften Schlafanzug war er eine imponierende Erscheinung.

VOM Sonnenlicht geblendet, das durch die Fenster hereinströmte, erwachte ich am nächsten Morgen allein in dem riesigen Bett. Bald roch ich einen köstlichen Duft, dem ich nachging. In der Küche stand mein Vater, der fachmännisch mit *Feta*, griechischem Schafskäse, gefüllte Omeletts wendete und sie auf beiden Seiten golden anbriet. Als wir alle mit dem Frühstück fertig waren, erklärte er: „Jetzt gehen wir in die Stadt und kaufen euch ein paar Sachen zum Anziehen, damit ihr wie echte Amerikaner ausseht."

Kanta wurde vor Aufregung rot. Ihr ganzes Leben lang hatte sie die amerikanischen Modezeitschriften gesammelt, die ihr Vater manchmal schickte, gesammelt und in der Einsamkeit des Toilettenhäuschens davon geträumt, einmal so auszusehen wie die Frauen auf den Bildern. In ihrer Phantasie war sie schon jetzt nach der neuesten amerikanischen Mode gekleidet – weiche, seidige Stoffe in leuchtenden Farben – und trug ihr Haar kurz geschnitten und gewellt.

Olga dagegen protestierte sofort. Da sie die Älteste war, fühlte sie sich dafür verantwortlich, daß die Wertmaßstäbe, die ihre Mutter ihr beigebracht hatte, aufrechterhalten wurden, und achtete darauf, daß auch ihre jüngeren Geschwister sich danach richteten. „Ich werde nur Schwarz tragen, *Patera!*" rief sie.

„Wir werden versuchen, dir etwas zu kaufen, das an Schwarz herankommt", erwiderte mein Vater. „Außerdem kannst du deine schwarzen Sachen nicht jeden Tag anziehen. Du brauchst wenigstens ein gutes Kleid für die Kirche."

„Kirche!" schrie Olga empört. „Kein Mädchen, das älter als elf ist und etwas auf sich hält, läßt sich vor seinem Hochzeitstag in der Kirche sehen. Das weißt du doch!"

„So ist es im Dorf, ich weiß, mein Kind", antwortete Vater sanft. „Aber hier ist alles ganz anders."

„Also *ich* gehe nicht in die Kirche", gab Olga zurück. „Mana werde ich ehren, indem ich tue, was sie mich gelehrt hat."

Trotzdem zwängte sich auch Olga mit dem Rest der Familie in den DeSoto, um den Ausflug in die Geschäfte mitzumachen. Wir waren gespannt darauf, unsere neue Heimat bei Tageslicht zu sehen. Vater fuhr auf der abschüssigen Straße, in der wir wohnten, der Greendale Avenue, bis zur Ecke und bog dann links ein. „Dort wirst du mit Fotini zur Schule gehen", sagte er zu mir und zeigte auf ein riesiges rotes Backsteingebäude. „Ihr könnt also in zwei Minuten zum Mittagessen zu Hause sein."

„Was ist mit Olga und mir, *Patera?*" erkundigte sich Kanta vom Rücksitz aus. „Werden wir auch zur Schule gehen?"

„Ihr habt Glück", sagte er. „Hier gibt es eine Schule, die sich ‚Lamartine Street School' nennt, wo Ausländer die englische Sprache lernen können. Aber man muß mindestens dreizehn Jahre alt sein, um hingehen zu dürfen. Die Kleinen müssen ins kalte Wasser springen, das heißt die öffentlichen Schulen besuchen."

Im nüchternen Tageslicht kam mir Worcester nicht besonders freundlich vor. Nichts sah vertraut aus – ich erblickte keine schwarzgekleideten alten Frauen, die sich aus dem Fenster lehnten, um zu tratschen, keine angemalten Olivenöldosen, die mit Basilikum oder Geranien bepflanzt waren. Worcester, auf sieben Hügeln erbaut, glich einer endlosen Wüste aus häßlichen Mietshäusern und Fabriken.

Als wir das Stadtzentrum erreichten, besserte sich der Eindruck ein wenig. Das riesige glänzende Granitgebäude – das Rathaus, wie Vater erklärte – schien eine Kopie des Parthenons zu sein. Die Main Street säumte eine Reihe von imposanten weißen Marmorbauten, die alle den Einfluß des klassischen Griechenland auf die Siedler von Worcester bewiesen.

Hinter den Läden und Banken, die das grüne Rasenviereck in der Stadtmitte umgaben, lag der Bahnhof, und hier befand sich auch der Diner mit dem Namen Terminal Lunch, der Nassios Economou und Christos Stathis ein gutes Einkommen bescherte und rechtmäßig auch unserem Vater hätte gehören müssen. Aber keiner von uns redete vom Terminal Lunch, denn wir hatten nur Augen für Sherer's Department Store, ein Kaufhaus, in dem nur erstklassige amerikanische Bekleidung verkauft wurde, wie uns Vater versicherte.

Wie in einer Kirche flüsternd, schlichen wir hinter ihm auf Zehenspitzen in das leuchtende Innere des luxuriösen Gebäudes, wo sich das Licht von kristallenen Kronleuchtern auf Seidenstoffen, Juwelen und feinsten Lederwaren spiegelte. Wir rückten zusammen. Plötzlich wurde uns bewußt, wie grob der Stoff und wie düster die Farben unserer Kleidung waren und wie wir mit unseren klobigen Dorfschuhen über die weichen Teppiche trampelten.

Unseren Vater schien es nicht zu stören, daß ihm diese kleine Schar häßlicher Entlein folgte. Er nickte und grüßte die Angestellten hinter den Verkaufstischen, indem er freundlich seinen Hut hob – ein vornehmer Kunde mit Geschmack, den man hier gerne sah.

Er führte uns zuerst in die Schuhabteilung und gab jungen Männern in dreiteiligen Anzügen Anweisungen. Sie eilten herbei, um uns zu bedienen. Ich versuchte, meine derben Schuhe zu verstecken, aber am Ende hatten wir alle ein neues Paar. Ich bekam braune Slipper wie diejenigen meines Vaters. Kanta erhielt blaue Pumps und war so begeistert, daß sie sie an ihre Brust drückte. Olga blieb standhaft und wählte die einfachsten schwarzen Schuhe, die es gab.

„Kleider und Anzüge finden wir in den oberen Stockwerken", verkündete unser Vater mit einer Handbewegung, und wir folgten ihm in eine Kabine, die mit Spiegeln verkleidet war. Zum ersten Mal sahen wir einen Aufzug. Ein junger Mann, der wie ein Offizier der Armee gekleidet war, drehte an einem Rad, um uns himmelwärts zu befördern. Als der Fahrstuhl ruckartig in die Höhe fuhr, blieben uns unsere Schreie im Halse stecken.

In der Damenabteilung betrachtete Olga die Fülle von leuchtendbunten Kleidern, während Kanta angesichts der Vielfalt fast in Ohnmacht fiel. Olga ließ sich schließlich zu einem dunkelblauen Kleid mit winzigen weißen Punkten überreden. Kantas Wahl fiel auf ein hellblaues Kleid, das zu ihren neuen Schuhen paßte. Unser Vater kaufte auch Wollmäntel für die Mädchen. Olga suchte sich einen dunkelbraunen aus, die anderen entschieden sich für Pastellfarben.

Nachdem Vater Fotini ein Kleid mit Spitzenbesatz gekauft hatte, führte er uns in die Jungenabteilung, wo er in dieser geheimnisvollen englischen Sprache Anordnungen erteilte. Die Verkäuferinnen brachten einen beigen Trenchcoat, die Miniaturausgabe eines richtigen Herrenmantels, und einen flotten braunen Anzug. Er hatte sogar Hosen mit langen Beinen! Plötzlich war ich in die Mannheit befördert worden.

Mit vor Aufregung geröteten Wangen, Stapel von Schachteln und Tüten balancierend, ließen wir die Fahrt im Aufzug bis zum Erdgeschoß mit dem Selbstbewußtsein erfahrener Käufer über uns ergehen. Als wir dem Ausgang zustrebten, rief eine Frauenstimme auf griechisch: „Christos Gatzoyiannis! Sind das etwa Ihre Kinder?" Eine gutgekleidete Frau mittleren Alters mit rosigen Wangen eilte herbei. Sie bewunderte unsere Einkäufe und sagte dann verschwörerisch zu unserem Vater: „Christos, darf ich Sie mal kurz unter vier Augen sprechen?"

Plötzlich mißtrauisch geworden, beobachteten wir, wie er mit der Frau außer Hörweite ging und aufmerksam lauschte, während sie ihm etwas ins Ohr flüsterte. Dann antwortete er. Sie lächelte und tätschelte seine Hand. Wir tauschten entsetzte Blicke. Der gleiche Gedanke durchfuhr uns: Die Fremde hatte ein Auge auf unseren Vater und sein Vermögen geworfen und beabsichtigte, unsere Stiefmutter zu werden.

In eisigem Schweigen fuhren wir nach Hause, und als wir unsere Einkäufe ins Haus trugen und Vater auf einen Stuhl sank und Olga bat, ihm eine Tasse Kaffee zu machen, regte sich keiner. Er drehte sich um und sah, daß wir ihn alle vorwurfsvoll anstarrten. „Was ist los mit euch?" fragte er verdutzt.

„Warum hat denn die Frau mit dir geflüstert?" wollte Olga wissen. Vater lehnte sich auf seinem Stuhl zurück. „Glaubt ja nicht, daß zwischen mir und Mrs. Sigalos etwas ist." Er seufzte. „Wie könnte ich nach dem Tod eurer Mutter je an eine andere Frau denken? Ich werde nie wieder heiraten – ihr braucht euch also keine Sorgen zu machen."

„Warum hat diese Frau dann aber deine Hand getätschelt?" fragte Kanta hartnäckig weiter.

Er zuckte mit den Schultern und beschloß, uns die Wahrheit zu sagen. „Sie hat angeboten, mir Geld zu leihen. Ich habe ihr geantwortet, daß ich keinen Kredit brauche. Da hat sie mir die Hand getätschelt."

„Aber warum um alles in der Welt hat sie dir Geld angeboten?" fragte Kanta verwundert. Jeder konnte doch sehen, daß unser Vater ein reicher Mann war.

„Nun, sie hat gehört, daß ich keine Anstellung habe." Es klang, als ob er sich verteidigte.

„Keine Anstellung?" wiederholten wir.

„Aber du bist doch Koch in einem großen Restaurant!" wandte Fotini ein.

„Das war ich auch", erwiderte Vater. „Aber die Gaststätte mußte schließen, und deshalb bin ich im Moment ohne Arbeit."

„Wie konntest du uns dann all diese Sachen kaufen?" forschte Kanta.

„Macht euch mal keine Sorgen, ich habe genug Geld", gab unser Vater zurück. „Ich bin überall kreditwürdig. Und außerdem haben mich schon einige Restaurantbesitzer in der Stadt gebeten, für sie zu kochen."

„Heißt das, daß du nicht reich bist?" fragte ich.

„Reich! Was ist schon reich?" polterte er los. „Ich habe meine Kinder hier, und das macht mich reich. Was brauche ich noch?" Er legte mir den Arm um die Schulter. „Ich bin ein reicher Mann, weil ich einen guten Namen und einen ausgezeichneten Ruf habe. Frage die Leute in Worcester, wer der beste Koch im Umkreis ist, und sie werden antworten: Christy Gage. So nennen mich alle Amerikaner – ‚Christy Gage'. Ich sag dir was, mein Sohn: Morgen kommst du mit mir, wir schauen uns verschiedene Restaurants an, und du hilfst mir bei der Entscheidung, wo ich arbeiten soll. Du wirst sehen, wenn ein Mann einen guten Namen und geschickte Hände hat, braucht er nicht reich zu sein."

In der Nacht, als ich im Bett lag, stellte ich mich schlafend. Während ich meinen Vater heimlich beobachtete, schien sein Blick länger als sonst auf den Ikonen des Familienaltars zu verweilen. Ich studierte seine Miene und versuchte herauszufinden, ob er wirklich so zuversichtlich war, eine Stelle zu finden, wie er vorgab.

Er bekreuzigte sich und betrachtete dann eine Fotografie an der Wand, die im Dorf aufgenommen worden war. Wir waren um unsere Mutter herum versammelt – die Mädchen blonde, barfüßige Bauernkinder, meine Mutter schlank und ernst unter ihrem schwarzen Kopftuch. Sein ganzes Leben lang war mein Vater das wohlhabende und angesehene Oberhaupt einer Familie gewesen, die auf der anderen Seite des Atlantiks lebte. Jetzt hatten seine schattenhaften Kinder Gestalt angenommen. Die Nachdenklichkeit, mit der er das alte Foto betrachtete, verriet mir, wie schwer er an der Verantwortung trug, plötzlich für vier große Kinder sorgen zu müssen.

DREI

CHRISTOS GATZOYIANNIS war als eines von dreizehn Kindern noch vor der Jahrhundertwende geboren worden. Er war der Sohn eines Kesselflickers aus Lia, einem winzigen Bergdorf, das zur Provinz Epirus im Nordwesten Griechenlands gehört und damals von den Türken besetzt war. Als Geburtsjahr gab er 1893 an. Doch zu jener Zeit verzögerten die griechischen Mütter die Registrierung der Geburt ihrer Söhne, damit diese ein paar Jahre älter waren, wenn die türkische Armee sie rekrutierte; deshalb kann Christos' Geburtsjahr auch 1891 gewesen sein.

Keine seiner Schwestern erreichte das Erwachsenenalter. Vasiliki, die am längsten lebte, starb im Alter von siebzehn Jahren „am bösen Blick", so meinte mein Vater, weil ein vorbeigehender Priester ihre Schönheit gerühmt hatte. Priester waren dafür bekannt, unwissentlich Träger des bösen Blicks zu sein, und als es Vasiliki an jenem Tag bei ihrer Rückkehr nach Hause schwindlig wurde und sie von den Komplimenten des Priesters erzählte, sammelten ihre Verwandten schnell Schmutz aus seinen Fußstapfen, kochten ihn und ließen Vasiliki das Gebräu trinken, aber es half nicht.

Christos' Mutter, Fotini, traf ein weiterer schwerer Schicksalsschlag, als Christos etwa sieben Jahre alt war. Ihr Mann, Nikolaos, starb an einer Lungenentzündung, während sie schwanger war. Er hinterließ ihr gerade so viel Gold, daß sie die Kinder ein Jahr lang davon ernähren konnte. Als das Gold verbraucht war, sah sich Fotini gezwungen, den achtjährigen Jungen aus der Schule zu nehmen und ihn bei einem Küfer im weit entfernten Dorf Paramythia in die Lehre zu geben. Aber Christos war nicht stark genug, die Metallreifen für die Fässer zu biegen, und er wurde deshalb von seinem Meister geschlagen. Schließlich floh Christos und kehrte in sein Dorf zurück. Seine Mutter gab ihn dann bei einem in ganz Griechenland herumziehenden Kesselflicker in die Lehre.

Eines Tages kam der Junge mit seinem Meister in den Hafen von Patras. Christos betrat ein Textilgeschäft, wo er einen feinen Herrn sah, der Kleidung trug, wie er sie nie zuvor gesehen hatte – einen seltsam geschnittenen Anzug und einen eleganten Mantel aus dicker, weicher Wolle. Sobald der Mann das Geschäft verlassen hatte, fragte Christos den Besitzer aus, der ihm erzählte, daß dieses Musterbild an Eleganz die weite Reise von Chicago in Amerika in seinen Heimatort Patras unternommen habe. „Wo liegt Amerika?" fragte der Junge, und er erfuhr, daß man fünfundzwanzig Tage lang über ein riesiges Meer nach Westen fahren mußte, um dorthin zu gelangen. „Ich hörte aufmerksam zu", erzählte Christos fünfundsiebzig Jahre später seinen Enkeln. „Alles brachte mich zu dem Entschluß, nach Amerika zu fahren. Ich wußte, daß es für mich weder in Griechenland noch in der Türkei eine Zukunft gab."

Christos kehrte von seinen Reisen mit dem Kesselflicker regelmäßig einmal im Jahr in sein Dorf zurück, um der Mutter seinen Lohn zu bringen, mit dem sie die Familie ernähren konnte. 1906, als er dreizehn war, mußte er bei seiner Rückkehr in die Berge nach achtzehnmonatiger Abwesenheit miterleben, wie sein verheirateter Bruder – gerade Anfang Dreißig – im Sterben lag. Als es Christos bewußt wurde, daß die Familie bald einen weiteren Ernährer verlieren würde, sagte er zu seiner Mutter: „Setz dich hin, ich muß mit dir reden." Er erklärte, er wolle einem Verwandten namens Zikos in Amerika schreiben und ihn bitten, ihm das Geld für die Überfahrt zu schicken.

Christos erzählte die Geschichte später seinen Enkeln. „Als meine Mutter das hörte, fing sie an zu schreien und zu weinen. ‚Das hält mich nicht ab, Mutter', sagte ich, ‚ich werde es trotzdem tun. Entweder ich gehe nach Amerika, oder ich sterbe auch. Dann ist es schon besser, du schreist dir die Seele aus dem Leib.'"

Christos schrieb den Brief an seinen Verwandten und erhielt schließlich von Zikos die Antwort, daß er die Überfahrt bezahlen wolle. Im März 1910 ritt Christos Gatzoyiannis im Alter von siebzehn

Jahren auf dem Maulesel nach Patras. Dort ging er an Bord der *Themi-stokles*, die Kurs auf New York nahm. Zwanzig Goldmünzen, die er in seinen Mantel eingenäht hatte, waren sein ganzes Vermögen.

ALLE frühen griechischen Einwanderer, die die Quarantänestation auf Ellis Island kennenlernten, erinnern sich, daß sie die Wartezeit vor ihrer Abfertigung und Untersuchung voller Angst verbrachten. Vielen wurde die Einreise verweigert, weil sie krank waren oder niemand für sie bürgte.

Mein Vater jedoch erlebte – typisch für ihn – seine Ankunft als einen Triumph. Wie ich hatte er die lange Schiffsreise mit dem Studium eines griechisch-englischen Wörterbuchs verbracht. Dennoch konnte er nicht verhindern, daß ein Beamter auf Ellis Island seinen Namen Christos N. Gatzoyiannis entstellte, und so sah man Vater kurz darauf in den Straßen von New York mit einem Namensschild und einer Fahrkarte nach Worcester, die an seinen Mantel geheftet waren. Dem Schild zufolge hieß Vater von nun an „Christos Ngagoyeanes".

Man erwartete von ihm, daß er seinen Weg vom Pier bis zum Bahnhof fand, der Grand Central Station, wo ihn dann irgend jemand, der das Schild auf seiner Brust las, in den richtigen Zug nach Worcester setzen sollte. Viele Einwanderer, die der englischen Sprache nicht mächtig waren, stiegen in der falschen Stadt aus und blieben dort.

Der rotbackige Junge wurde von einem Zugschaffner zum nächsten gereicht und kam so auf dem Bahnhof von Worcester an. Dort wurde er von Landsleuten abgeholt, die ihn in die Portland Street brachten, wo er mit sechs anderen Junggesellen eine Mietwohnung bezog. Sie lebten sich schnell ein, denn sie wollten bald viele amerikanische Golddollars zusammensparen, um sie nach Hause zu senden und noch mehr Männer aus ihrer Verwandtschaft herüberzuholen, die die Arbeitslast mit ihnen teilen sollten.

Der Durchschnittslohn betrug zu der Zeit, als mein Vater in Worcester ankam, fünf Dollar in der Woche für sieben Tage Arbeit. Die meisten Griechen begannen als Obstverkäufer, Fabrikarbeiter, Tellerwäscher, Totengräber oder Schuhputzer. Die Junggesellen kochten sich in den überfüllten Wohnungen immer abwechselnd ihr Essen und wuschen an jedem Samstagabend ihre schmutzige Wäsche in einem öffentlichen Waschzuber.

Bereits drei Tage nach seiner Ankunft in Worcester fand mein Vater eine Stelle in einer Filterfabrik. Bald arbeitete er auch nachts in einer Bowlingbahn, wo er Kegel aufstellte. So verdiente er mehr als zehn

Dollar in der Woche, doch blieben ihm täglich nur fünf Stunden zum Schlafen. Nach neun Monaten hatte er genug Geld gespart, um für dreihundert Dollar einen Krämerladen in der Grafton Street zu kaufen.

1912 ließ Christos, der noch nicht einmal zwanzig Jahre alt war, zwei seiner Brüder nachkommen, die ihm in seinem wachsenden Imperium helfen sollten: George, verheiratet und fünfzehn Jahre älter als er, und seinen jüngeren Bruder Andreas, achtzehn, dem jedoch bald sein gutes Aussehen zum Verhängnis wurde. Vater kaufte einen Schiebekarren, mit dem George im Sommer Obst verkaufte, während Christos zusammen mit Andreas den Laden führte. Im Winter übernahm George das Geschäft, und Christos arbeitete in einer Stahlfabrik.

Christos erkannte schnell, daß es ein Fehler gewesen war, Andreas herüberzuholen, denn dieser kam mit der amerikanischen Freizügigkeit nicht zurecht und war nicht in der Lage, sein Geld zusammenzuhalten. 1914 sandte ihn Christos in die Heimat zurück. Im selben Jahr verkaufte mein Vater den Laden und schaffte sich Pferd und Wagen an. Damit lieferte er den Leuten Obst und Gemüse ins Haus. 1917 schickte er auch George nach Griechenland zurück, damit dieser die nach seiner Abreise geborene Tochter sehen konnte.

Keiner von Christos' Brüdern kehrte jedoch nach Amerika zurück. Zwischen 1900 und 1915 war fast jeder vierte Grieche zwischen fünfzehn und fünfundvierzig – etwa vierhunderttausend Männer – in die Vereinigten Staaten ausgewandert. Aber schon 1917 wurde die Masseneinwanderung durch Bestimmungen beschränkt. 1921 verabschiedete der Kongreß die ersten Einwanderungsgesetze mit Quoten für die einzelnen Nationalitäten. Die Quote für die Griechen betrug nur hundert pro Jahr.

Bis dahin hatten Griechen wie mein Vater ihren Aufenthalt in Amerika nur als vorübergehend angesehen. Aber wegen der neuen Gesetze beantragten sie die Staatsbürgerschaft, damit sie ihre Verwandten nachholen konnten. Mein Vater wurde 1924, vierzehn Jahre nachdem er zum ersten Mal den Fuß auf amerikanischen Boden gesetzt hatte, Bürger der Vereinigten Staaten.

Im Ersten Weltkrieg wurde er aufgrund eines Rückenleidens, das er sich beim Heben der schweren Obstkisten zugezogen hatte, für wehruntauglich erklärt. Er beschloß, eine Stelle in der Munitionsfabrik von Worcester anzunehmen. Als der Krieg vorbei war, hatte Christos genug Ersparnisse, um sich einen Lieferwagen, den berühmten

REO-Speedwagon, zu kaufen. Vierundzwanzig Jahre lang war er der König der Obsthändler auf der Straße. Er hatte die beste Ware und konnte daher die höchsten Preise verlangen. Das Geschäft wuchs, und er suchte sich einen Partner, Christos Stathis, einen wortkargen Mann, der später Vater überredete, seinen Schwager Nassios Economou als Partner ins Geschäft aufzunehmen.

1924 kehrte Christos zum ersten Mal nach vierzehn Jahren in sein Heimatdorf zurück. Aus dem schmalen blonden Jungen war ein dicklicher Mann mit schütterem Haar geworden. Seine Mutter erkannte Christos erst, als er ihr eine Narbe zeigte, die er sich als Kind beim Sturz von einem Walnußbaum zugezogen hatte. Während seines Aufenthaltes in Griechenland suchte Christos eine Frau.

Eine junge Nichte hatte ihm erzählte, daß sie mit einem Mädchen sehr gut befreundet sei, das Eleni Haidis heiße und die zweite Tochter des wohlhabenden Müllers von Lia sei. Sie beschrieb Eleni als klug und bescheiden und dabei von so großer Schönheit, daß die Dorfbewohner, wenn sie zur Mühle ihres Vaters liefen, ihr nachschauten und flüsterten: „Ach hätte mir Gott doch nur zwei Augen mehr gegeben."

Eleni Haidis war vierzehn Jahre jünger als der Geschäftsmann aus der Fremde mit dem eleganten amerikanischen Anzug. Eleni fand Christos nicht besonders gut aussehend, als er bei ihrem Vater um ihre Hand anhielt, aber er hatte ein freundliches Gesicht, sanfte Hände und feine Manieren. Zweifellos, so meinte sie, würde er sie freundlicher behandeln als ihr tyrannischer und geiziger Vater.

Niemand fragte Eleni nach ihrer Meinung über den Freier aus der Neuen Welt, das Paar wechselte auch kein Wort, aber Eleni war nicht unglücklich, als ihr Vater befahl, sie solle den Kaffee servieren – wie es Sitte war – und der Fremde zur Bestätigung der Verlobung einen Zwanzigdollarschein auf das Tablett legte. Danach wurde das Übereinkommen mit Essen und Wein besiegelt und als Zeichen für die Nachbarn eine Gewehrsalve abgefeuert.

Jetzt erst durfte Eleni mit ihrem Verlobten reden. Er versprach ihr, in ein oder zwei Jahren zurückzukehren, und dann würden sie die schönste Hochzeit feiern, die man in Lia je erlebt hätte. Christos hielt Wort und kam 1926 zurück. Am 29. November tauschten die beiden die Hochzeitskronen in der Kirche Sankt Demetrios. Eleni trug ein scharlachrotes Kopftuch und eine goldbestickte blaue Samtjacke.

Schon vor der Hochzeit hatte sie ihrem Bräutigam in einem tränenreichen Gespräch offenbart, daß sie nicht mit ihm nach Amerika kommen könne, weil ihre Mutter, die sie ständig vor den Wutausbrüchen

*Eleni und Christos
auf ihrem Hochzeitsfoto
aus dem Jahr 1926*

ihres Vaters schützen mußte, sich umzubringen drohte, wenn ihre Tochter das Dorf verließe. Christos war enttäuscht, aber nicht besonders überrascht. Nur wenige seiner Freunde hatten ihre Frauen nach Amerika geholt; es war üblich, Frau, Kinder und Besitz in der alten Heimat zurückzulassen, die man von Zeit zu Zeit besuchte.

Christos brachte seine Braut im Haus seiner Mutter unter und fügte den zwei Räumen noch zwei weitere hinzu, so daß es das größte Haus in Lia wurde. Bevor er wieder nach Amerika fuhr, kam im Januar 1928 das erste Kind zur Welt. Sie nannten es Olga. Als Eleni nach Christos' nächsten Besuchen in Griechenland Anfang der dreißiger Jahre zwei weitere Töchter gebar, hörte man im Dorf das Gerücht, daß die reiche *Amerikana* trotz ihres schönen Hauses und ihrer Besitztümer mit einem Fluch belastet sei. Aber Christos versicherte ihr immer, daß er sich über eine Tochter genauso freue wie über einen Sohn.

1937 erhielt Christos einen Brief von seiner Schwägerin mit der Nachricht, daß Eleni sehr schwer erkrankt sei. Im Juni kehrte er in das Bergdorf zurück, wo die Nachbarinnen versuchten, Eleni zu retten, indem sie Blutegel ansetzten, die die bösen Geister aus ihr heraussaugen sollten. Christos brachte seine leidende Frau mit Maulesel und Fähre zur Insel Korfu, wo die Ärzte sie heilen konnten. Als sie wieder genesen war, schenkte sie ihrer vierten Tochter, Fotini, das Leben.

Zu diesem Zeitpunkt tauchte Nassios im Dorf auf und berichtete, daß er das Geschäft für zwölfhundert Dollar verkauft habe, in das Christos vierundzwanzig Jahre lang investiert hatte. Mein Vater ging mit dem Messer auf Nassios los, der den Angriff jedoch zum Glück überlebte. Später verzieh Christos seinem Partner, denn schließlich war es angenehm, mit einem Bekannten aus Amerika im Kaffeehaus zu sitzen, Geschichten aus dem gelobten Land zu erzählen und eine Runde für die anwesenden Dorfbewohner zu spendieren.

Nassios überredete Christos, seinen Heimataufenthalt um ein halbes Jahr zu verlängern. „So kommt es, daß ich ihm viel verdanke", erinnerte sich Vater, „denn seinetwegen bin ich sechs Monate länger geblieben. Und dadurch habe ich meinen Sohn, meinen wunderbaren Sohn, bekommen. Das verdanke ich Nassios; deshalb vergebe ich ihm, obwohl er mir eine Menge Böses angetan hat."

Als sich Christos am 8. November 1938 von Eleni verabschiedete, wußten beide nicht, daß sie wieder ein Kind bekommen würde, dieses Mal einen Sohn. Auch ahnten sie nicht, daß der bevorstehende Krieg verhindern würde, daß sie sich jemals wiedersahen. Ihr gemeinsames Leben war vorüber. Insgesamt hatte mein Vater nach seiner Heirat nur vierundfünfzig Monate im Dorf verbracht.

Während des Aufschwungs in den Kriegsjahren, als jeder, den Christos kannte und der ein eigenes Geschäft hatte, Profit machte, blieb mein Vater Angestellter. Nach Kriegsende erwog er zum ersten Mal, seine Familie nach Amerika zu holen, sobald seine Frau einen Mann für die älteste Tochter gefunden hätte.

1946 mietete sich Vater für acht Dollar die Woche ein Zimmer in einem Hotel an der Front Street und arbeitete im „Alpha Lunch". In seinem einsamen Hotelzimmer erhielt er irgendwann im Jahr 1948 einen Brief von einem Vetter aus Athen mit einem winzigen Zeitungsausschnitt, der den Bericht enthielt, daß seine Frau von kommunistischen Partisanen hingerichtet worden war. Seine Kinder, so schrieb der Vetter, hätten fliehen können und seien jetzt in einem Flüchtlingslager in Igoumenitsa. Er sollte Geld schicken und alles veranlassen, damit sie zu ihm nach Amerika kommen könnten.

„Als ich diesen Brief las, war ich völlig verzweifelt", berichtete Christos. „Warum haben sie meine Frau getötet? Ich schrieb Briefe überallhin. Keine Antworten, keine Einzelheiten."

Christos schickte alles Geld, das er sich leihen konnte, an seinen Schwiegervater im Flüchtlingslager für den Unterhalt der Kinder; aus Washington besorgte er sich die Papiere für die Einwanderung. Dennoch dauerte es sehr lange, bis unsere Einreise bewilligt wurde. Während Vater auf uns wartete, erfuhr er, daß das Alpha Lunch geschlossen werden sollte, und er war genau zu dem Zeitpunkt arbeitslos, als er am dringendsten ein Einkommen brauchte. Christos, von Natur aus ein Optimist, sagte sich, daß sich alles zum Besten wenden würde, wenn seine Kinder erst einmal bei ihm wären.

Aber selbst sein unerschütterlicher Optimismus mußte an dem Tag im März 1949 ins Wanken geraten sein, als seine Kinder nach ihrer

Ankunft in der neuen Heimat entdeckten, daß er nicht der Großverdiener war, für den sie ihn gehalten hatten, sondern lediglich ein arbeitsloser sechsundfünfzigjähriger Koch für Schnellgerichte. Sicher waren ihm in jener Nacht, als er seine Familie auf dem Foto betrachtete, große Bedenken gekommen, ob es ihm gelingen würde, ein Haus voller Kinder zu ernähren.

AN MEINEM zweiten Morgen in Amerika machte ich mich bereit, um meinen Vater auf seiner Odyssee durch die Restaurants in unserem Vorort zu begleiten, von denen er glaubte, daß sie einen guten Koch benötigten. Christos, stets Gentleman vom Scheitel bis zur Sohle, trug einen schönen Filzhut und einen beigen Maßanzug, dessen Schnitt seinen stattlichen Umfang verbergen sollte. Er ging mit hoch erhobenem Haupt und – trotz seines Gewichts – leichten Schrittes, als ob er eine Parade anführte.

„Dr. Gage", so wurde Vater von seinen früheren Kollegen spaßhaft genannt. Ich war stolz, neben dieser imponierenden Gestalt in meinem neuen Staat gesehen zu werden, und versuchte, seinen Gang zu imitieren. „Natürlich kann mir keines der Vorortrestaurants soviel bezahlen, wie ich in der Stadt selbst bekäme", sagte er vertraulich. „Aber wenn ich hier arbeite, kann ich das Fahrgeld für den Bus sparen – das macht drei Dollar in der Woche. Und ich kann notfalls schnell heimlaufen, wenn ihr mich braucht."

Während wir die Greendale Avenue entlangmarschierten und dann links einbogen und auf der West Boylston Street weitergingen, machte mich Vater auf einige Geschäfte aufmerksam. Kaum einen Häuserblock von unserer Tür entfernt befand sich Hamels Lebensmittelladen, wo wir Kinder, wie er sagte, einkaufen und anschreiben lassen könnten. Aber nichts faszinierte mich so sehr wie Louis Chings Wäscherei, weil ich noch nie zuvor einen Orientalen gesehen hatte. Ich starrte den Besitzer durch die Fensterscheibe an, bis Vater mich wegzog.

Unser erstes Ziel sei das „Greendale Lunch", meinte er, das sich als dunkle, verräucherte Arbeiterkneipe herausstellte. Wir stießen die Tür auf und sahen, wie der Besitzer, Iannis Keratsis, im angeschlossenen Laden Regale auffüllte. Als er meinen Vater sah, trat er auf ihn zu und umarmte ihn. Ich bemerkte, daß Keratsis wie mein Vater eine schwarze Krawatte trug, was darauf hindeutete, daß vor kurzem jemand aus seiner Verwandtschaft gestorben war.

„So, das ist also dein Sohn, Christos!" rief er fröhlich und bot uns an

einem der Tische einen Platz an. „Möge er dir lange Freude machen!
Wie wär's mit einem Eis, mein Junge?"

Er brachte für meinen Vater Kaffee und Gebäck und für mich eine
Schale Vanilleeis. „Wir haben dieses Jahr beide viele Sorgen gehabt",
sagte Keratsis zu meinem Vater. „Mein Bruder Kosta ist jetzt schon
drei Monate tot, aber jeden Morgen, wenn ich hier reinkomme,
erwarte ich, ihn hinter der Bar zu sehen."

Sie schwiegen im Angedenken an den Toten, dann schauten sie mir
beim Eisessen zu. Ich entdeckte erstaunt, wieviel besser es schmeckte
als das griechische Eis. Die Amerikaner konnten vielleicht nicht
kochen, überlegte ich, aber sie verstanden es jedenfalls, gutes Eis her-
zustellen.

Nach einer kurzen Plauderei kam Vater endlich zur Sache. „Du als
guter Familienvater, Iannis", begann er, „weißt sicher, welche Verpflichtungen ich jetzt habe, seit meine Kinder gekommen sind. Ich
muß für sie sorgen. Mir sind eine Menge Stellen in der Stadt angeboten
worden, aber ich würde lieber hier in der Nachbarschaft arbeiten . . .
bei dir."

Keratsis schien überrascht. „Du bist ein ausgezeichneter Koch,
Christos", erwiderte er. „Jedes Restaurant würde sich glücklich preisen, dich zu beschäftigen."

Vater warf mir einen Blick zu, um sicher zu sein, daß ich zuhörte.

„Wie schade, daß du nicht vor drei Monaten vorbeigekommen
bist", fuhr Keratsis fort. „Als Kosta starb, habe ich in der ersten Aufregung gleich zwei neue Leute eingestellt. Die Fabrik gegenüber entläßt
jetzt aber viele Arbeiter, und mein Geschäft ist um dreißig Prozent
zurückgegangen. Einen Koch mußte ich schon auf Halbtagsarbeit
setzen –"

„Mach dir keine Gedanken, Iannis", unterbrach ihn Vater. „Natürlich verstehe ich das. Wie ich schon sagte, ich hab eine Menge anderer
Angebote."

„Geh runter zu Pallas", meinte Keratsis. „Du weißt doch, zu ihm
kommen die ganzen schwedischen Familien. Er ist nicht von der
Fabrik abhängig wie ich."

„So ist es, Iannis. Danke für den Vorschlag." Mein Vater streckte
ihm die Hand entgegen. „Beeil dich, Nicholas, iß dein Eis auf!"

Wir gingen weiter die West Boylston Street entlang und kamen
kurz darauf zu einem Lokal, das mein Vater „Boulevard Spa" nannte.
Es war eine Mischung aus Restaurant und Konditorei, und nachdem
wir eingetreten waren, stand ich wie betäubt vor den Pralinenschach-

teln, die die Vitrinen füllten. Hinter runden Tischen mit verschnörkelten schmiedeeisernen Stühlen befand sich eine Theke aus poliertem Marmor mit einer Reihe von Drehhockern davor.

„Iorgos!" rief mein Vater.

„Christos!" erwiderte der kleine grauhaarige Mann hinter der Theke. Er sprach ein Griechisch, das mir gekünstelt vorkam. „Was für ein unerwartetes Vergnügen, dich in meinem armseligen Etablissement empfangen zu dürfen, mein alter Freund. Und dies muß dein Sohn sein. Ein gutaussehender Bursche, aber wir müssen ihn ein bißchen aufpäppeln."

„Er mag Eiscreme", sagte mein Vater.

Iorgos Pallas löffelte eine Kugel Vanilleeis auf eine gerillte Dessertschale. „Zur Krönung tun wir noch ein bißchen heiße Schokoladensoße drauf."

Ich probierte davon. Köstlich, dachte ich, dies muß die Ambrosia der olympischen Götter sein!

Als nächstes entdeckte ich, daß der Hocker, auf dem ich saß, sich ganz um seine Achse drehen ließ. Ich wirbelte herum und hatte meinen Spaß, bis mein Vater die Hand ausstreckte und mich anhielt. „Benimm dich!" ermahnte er mich streng. Er hatte mit dem Lokalbesitzer geplaudert, jetzt kam er wieder zur Sache. Erneut brachte er vor, daß er Arbeit in der Nähe seiner Kinder suche.

„Ich brauche einen guten Koch für mein Mittagsgeschäft, Christos", sagte Pallas schließlich. „Natürlich kann ich nicht wie ein Restaurantbesitzer in der Innenstadt zahlen."

„Das ist mir klar, Iorgos", erwiderte mein Vater.

„Fünfundvierzig Dollar die Woche." Pallas richtete geschäftig einen Stoß Speisekarten aus. „Das ist das Äußerste, was ich mir leisten kann."

„Ich danke dir für deine Mühe, Iorgos", sagte mein Vater und stand auf. „Ich kann unmöglich mit fünfundvierzig Dollar die Woche auskommen." Er führte mich zur Tür hinaus, ohne die Tatsache anzusprechen, daß ich auf mein halbes Eis verzichten mußte. „Dieser Pallas ist ein richtiger Kleinkrämer", murmelte er, als er mich weiterzog.

Entschlossen führte er mich über die Straße zu einem roten Backsteingebäude mit einer großen weißen Kuppel. Ich hielt es für eine Kirche, aber bei genauerem Hinsehen sah ich ein riesiges Schild über dem Eingang.

„Bist du schon mal im Kino gewesen?" fragte Vater.

„Nein, aber in Athen hat Großvater davon gesprochen", antwortete ich. „Filme verderben die Moral der Kinder, sagt er, und außerdem sind sie Geldverschwendung."

„Dein Großvater war schon immer ein Geizhals", bemerkte mein Vater. „Komm, wir sehen uns einen Film an."

Er bezahlte vierzehn Cent für die Eintrittskarten und führte mich zu einer Sitzreihe ganz hinten in dem dunklen Gewölbe des fast leeren Kinos. Er riet mir, niemals zu weit vorn Platz zu nehmen, und als ich dann zu den riesigen Gestalten emporsah, die in Schwarzweiß über die Leinwand flimmerten, verschwand er.

Voller Angst, plötzlich allein in diesem merkwürdigen Raum zu sein, blickte ich mich um und sah ihn mit einer Schachtel Popcorn und zwei Tüten Bonbons zurückkommen. „Nimm das, und bleib hier sitzen, bis ich wieder da bin!" befahl er. „Wenn der Film vorbei ist, fängt ein anderer an. Wahrscheinlich bin ich eine Weile weg, aber sei unbesorgt. Ich komme wieder und hole dich."

Bevor ich protestieren konnte, war er schon weg und ließ mich allein in der Dunkelheit. Das düstere Kino verstärkte noch meine Besorgnis über das, was ich in den letzten vierundzwanzig Stunden erfahren hatte. Mein Vater war ohne Arbeit. Und entgegen seiner Behauptung, jeder Restaurantbesitzer in Worcester würde ihn einstellen, hatte ich zweimal erlebt, wie er abgewiesen worden war. Meine ganze Euphorie über unsere luxuriöse Wohnung und meine feinen neuen Kleider war verflogen. Statt dessen kam in mir wieder der alte Groll gegen ihn hoch, weil er uns während des Krieges in Griechenland gelassen hatte. Jetzt gesellte sich noch die Wut hinzu, daß er uns in diese fremde Welt geholt hatte, obwohl er offensichtlich nicht für uns sorgen konnte.

Ich sank tiefer in meinen Sessel, vom Geruch des Popcorns wurde mir übel, und Tränen traten mir in die Augen. Doch dann wurde ich von einer Gestalt auf der Leinwand gefesselt – einem fetten Mann, der meinen Landsleuten so ähnelte, daß ich genauer hinsah. Es dauerte eine Weile, bis ich begriff, daß es sich bei den Kinohelden – in diesem Fall Sydney Greenstreet, wie ich später herausfand – um Schauspieler handelte.

Obwohl ich kein Wort verstand, zogen mich die Bilder in ihren Bann. Als das Licht wieder anging, hatte ich meine Furcht abgelegt und wartete bereits auf den zweiten Film. Er erwies sich als ein Western, und ich konnte ihm besser folgen. Bald überließ ich mich dieser faszinierenden Welt des Zelluloids. Als mein Vater sich beim entscheidenden Schußwechsel neben mich setzte und sagte, es sei Zeit zu gehen, bedeutete ich ihm zu schweigen und blieb wie angewurzelt sitzen, bis die Lichter angingen.

Auf dem Heimweg betrachtete ich ihn und versuchte zu erraten, was in ihm vorging. Aber aus seinem Gesichtsausdruck war nichts zu lesen. Zu Hause bat er Olga, ihm einen griechischen Kaffee zu machen. Als sie die schäumende Tasse auf den Küchentisch stellte, rief er Kanta und Fotini herbei, damit alle hören konnten, was er uns mitzuteilen hatte.

„Ich habe mich entschlossen, im Terminal Lunch in der Innenstadt eine Stelle als Koch anzunehmen", berichtete er. „Nassios Economou und Christos Stathis haben mich gebeten, in ihrem Diner zu arbeiten. Ich sage mir: Warum soll ich denen ewig böse sein?"

„Was zahlen sie dir?" wollte Kanta wissen.

„Fünfundfünfzig Dollar die Woche", murmelte er. „Mehr können sie angeblich nicht zahlen."

„Aber das sind ja zwanzig Dollar weniger als bei deiner letzten Anstellung!" rief Kanta.

Ich erinnerte ihn an das Fahrgeld. „Für den Bus brauchst du drei Dollar in der Woche."

„Und du bist weit weg in der Stadt", jammerte Olga.

Vater nahm einen Schluck Kaffee. „Wenigstens kommt Geld rein", meinte er. „Wenn es zum Leben nicht reicht, wird eine von euch Großen in der Fabrik arbeiten müssen."

„Kein anständiges Mädchen arbeitet in einer Fabrik", stieß Olga hervor.

„Laß mich in Ruhe, Olga!" Mein Vater seufzte. „Ich bin müde." Zum ersten Mal sah ich ihm in diesem Moment sein Alter an.

An diesem Abend besuchten uns wie an jedem Abend während des ersten Monats nach unserer Ankunft andere Einwanderer. Alle Griechen in Worcester hatten Verwandte in der Heimat, die vom Bürgerkrieg in Mitleidenschaft gezogen worden waren, und da der Postdienst unterbrochen war, warteten alle verzweifelt auf Neuigkeiten.

Am Abend nach dem enttäuschenden Ausflug mit meinem Vater stand Jimmy Tzouras vor der Tür, ein alter Freund von Vater. Er hatte eine Tüte Obst dabei und paffte an seiner unvermeidlichen White-Owl-Zigarre. Tzouras, ein bulliger Mann, etwa zehn Jahre jünger als mein Vater, besaß einen blühenden Großhandel in Worcester mit dem Namen „Standard Fruit".

Tzouras' Tochter und seine Frau waren mit derselben Gruppe wie

Im „Terminal Lunch": hinter der Theke die Inhaber Christos Stathis (ganz rechts) und Nassios Economou (zweiter von rechts)

unsere Schwester Glykeria von den Partisanen verschleppt worden. Er hatte Post von ihnen bekommen: In einem schrecklichen Fußmarsch waren die Frauen zur Küste gelangt und dann über das Meer nach Nordalbanien verfrachtet worden. Dort hatte man sie in Baracken gepfercht, die vorher als Ställe benutzt worden waren.

Tzouras begrüßte uns alle, betrachtete eingehend unsere Gesichter und ließ sich dann in einem bequemen Sessel nieder. Nachdem er uns die Obsttüte überreicht und sich eine neue Zigarre angezündet hatte, zog er einen vielfach gefalteten Umschlag aus der Tasche.

„Ich habe Neuigkeiten aus Albanien", begann er mit gerunzelter Stirn. „Ein Brief von meinem Vetter. Er schreibt auch was über Glykeria..."

„Ist sie tot?" schrien wir alle.

„Nein, nein!" antwortete Tzouras. „Am besten, ich lese euch den Brief vor."

Das Schreiben war vorsichtig formuliert, damit es die kommunistische Zensur passierte.

Lieber Vetter,
ich hoffe, dieser Brief trifft Dich bei guter Gesundheit an. Deine Frau und Tochter sind gesund wie alle unsere Verwandten. Einer Reihe von

tapferen jungen Frauen aus unseren Dörfern wurde die große Ehre zuteil, im Kampf zur Waffe greifen zu dürfen. Unter ihnen ist auch die Tochter unseres Vetters in Lia, der in Deiner Nähe in Worcester lebt. Leider wurde Deine Spirdoula für zu jung befunden, so daß sie nicht in den Genuß dieses Ruhmes kommt. Wir senden Dir alle ...

„Sie haben Glykeria eingezogen!" schrie Kanta, die von den Partisanen in unserem Dorf für kurze Zeit rekrutiert worden war. Sie war aber während der Ausbildung so oft ohnmächtig geworden, daß man sie schließlich zurückgeschickt hatte.

„Diese Schweine!" brüllte mein Vater. „Sie ist kaum fünfzehn Jahre alt! Und die schicken sie zum Kämpfen an die Front!"

„Die Partisanen müssen ziemlich verzweifelt sein", stimmte ihm Tzouras mit einem Kopfnicken bei.

Olga, Kanta und Fotini brachen in Tränen aus, als sie an die Leiden unserer Schwester dachten. „Sie wird Hosen anziehen und mit den schmutzigen Partisanen in den Gräben schlafen müssen!" jammerte Olga. „Ich würde mich lieber erschießen!"

„Halt den Mund!" fuhr Vater sie an. „Was immer Glykeria geschieht – sie ist meine Tochter und eure Schwester, und am Sonntag gehen wir alle in die Kirche und beten für ihre Errettung." Er bekreuzigte sich, zog sein Taschentuch hervor und schneuzte sich.

Meine Schwestern weinten den ganzen Abend um Glykeria und dachten sich die schrecklichsten Dinge aus, die ihr passieren konnten, bis ich beim Zuhören fast verrückt wurde. Keiner von uns aß von der Linsensuppe, die mein Vater gekocht hatte. Schließlich befahl er uns, nicht mehr von Glykeria zu sprechen, bis wir in die Kirche gegangen seien und Kerzen für sie angezündet hätten.

„Ich gehe nicht in die Kirche und lass' mich von Männern anschauen", erklärte Olga. „Ihr andern könnt gehen, wenn ihr wollt."

„Und *ich* gehe nicht in die Kirche, wenn ich nicht vorher die Haare geschnitten bekomme", verkündete Kanta. „Ich will doch nicht, daß mich alle Griechen in Worcester mit meinen Zöpfen auf dem Rücken sehen – ich sehe ja aus wie ein Dorftrampel."

„Gut, gut", seufzte mein Vater und wandte die Augen himmelwärts. „Olga, du bleibst zu Hause, und dich, Kanta, wird die irische Dame, die über uns wohnt, morgen zum Haareschneiden mitnehmen. Sie hat gemeint, wenn sie irgendwas für meine Kinder tun könne, solle ich es sagen. Und jetzt ab ins Bett!"

Am Sonntag schaffte es Vater, daß wir alle, außer Olga, gewaschen, gekämmt und festlich gekleidet in dem geliehenen DeSoto vor der

Kirche vorfuhren, wo wir großartig Einzug hielten. In der überfüllten Vorhalle richteten sich alle Augen auf uns. Damals gehörten der Gemeinde Sankt Spyridon vierhundert Familien an. Ich schöpfte den Verdacht, daß alle an diesem Sonntag mit der Absicht erschienen waren, die Kinder von Christos Gatzoyiannis unter die Lupe zu nehmen.

Auf dem Weg zur Kirche hatte mein Vater mich eindringlich gefragt, ob ich das Vaterunser auswendig aufsagen könne. Bescheiden antwortete ich, daß ich es könne. Nachdem wir uns durch die neugierige Menge geschoben hatten, kaufte mein Vater zwei lange dünne Kerzen für jeden von uns zum Anzünden – zum Andenken an unsere Mutter und unsere vermißte Schwester. Dann erkundigte er sich noch einmal: „Bist du sicher, daß du das *ganze* Vaterunser kennst?" Als ich bejahte, kritzelte er etwas auf einen Zettel: die Bitte an den Priester, ob ich es während des Gottesdienstes aufsagen dürfe.

Vater führte uns durch das ganze lange Mittelschiff bis zur vordersten Bank. Die vertrauten Gesichter der byzantinischen Heiligen, die mich von der Altarrückwand her ansahen, machten mir Mut. Ich atmete den dicken Weihrauchnebel ein und schaute auf zum riesengroßen Antlitz des Christus Pantokrator – Christus, der Allmächtige –, dessen strenge Gesichtszüge auf mich immer einschüchternd gewirkt hatten. Aber heute kam er mir wie ein alter Freund vor, der den ganzen Weg von unseren Bergen herabgekommen war, um in meinem neuen Zuhause über mich zu wachen.

Die Zeit für meinen Auftritt war gekommen. Mein Vater führte mich energischen Schrittes nach vorn. Der glutäugige Priester, Pater Rizos, starrte mich an, als ob er Schlimmes ahnte, und eine qualvolle Pause trat ein, in der ich mich sammelte. Dann sprach ich mit fester Stimme das griechische Vaterunser, in der Hoffnung, daß der Pantokrator mich hören und seine Hand über mich halten würde.

Als ich mich wieder zwischen meine Schwestern in die Kirchenbank gezwängt hatte, blickte ich zu meinem Vater auf, um zu sehen, was er von meiner Vorstellung gehalten hatte. Er starrte mit ausdruckslosem Gesicht auf den Altar, aber seine Wangen waren tränennaß.

Da wir in der vordersten Reihe saßen, waren wir am Ende des Gottesdienstes die ersten, die nach vorn traten, um das Stückchen Brot zu empfangen, das „Nachgabe" genannt wurde, und die Hand des Priesters zu küssen. Pater Rizos' düstere Miene entspannte sich, und er lächelte, als er zu mir sagte: „Gut gemacht, mein Junge. Willkommen!"

Wir gingen durchs Mittelschiff an vielen strahlenden Gesichtern vorbei. Auf dem Vorplatz wurden wir von Hunderten von Fremden umringt, die mir die Haare zausten oder mich in die Backe kniffen und sich dann an meinen Vater wandten, um ihre Meinung zum besten zu geben. „Gescheiter Junge." – „Feiner Kerl, Christos, auf den kannst du stolz sein." – „Viel Verantwortung, aber was für nette Kinder." – „Wo ist denn die Älteste? Wie ich höre, ist sie für die Hochzeitskrone bereit . . ."

Während uns die Menge umkreiste, platzte mein Vater beinahe vor Stolz. Ich war froh, daß ich mich an das Vaterunser erinnert hatte, aber die Vorstellung, die ich gegeben hatte, war eine Kleinigkeit gegen das, was mich am nächsten Morgen erwartete – meine Einführung in das amerikanische Schulsystem.

Für unseren ersten Schultag zogen Fotini und ich unsere besten Sachen an und gingen – an Vaters Hand geklammert – die Straße entlang und um die Ecke herum. „Es wird deine Lehrer beeindrucken, daß du schon etwas Englisch gelernt hast", sagte Vater zu mir. „Wenn ich dir ein Zeichen gebe, Nicholas, dann stehst du auf und zeigst, wie du auf englisch zählen kannst."

Ich nickte, während Fotini wütend einen Stein fortkickte und dabei ihre neuen Schuhe zerkratzte. Ich merkte, daß sie genausoviel Angst vor der Schule hatte wie ich, obwohl sie ein Jahr älter war.

Im Schulgebäude führte uns Vater zum Büro des Direktors, eines großen gebürtigen Amerikaners mit finsterem Gesicht und grauem Anzug. Er forderte meinen Vater mit einer Handbewegung auf, sich auf einen Stuhl neben dem Schreibtisch zu setzen, und uns verwies er auf kleinere Klappstühle an der Tür.

Vater begann mühsam, die notwendigen Unterlagen auszufüllen. Der Direktor sprach mit leiser, fester Stimme und sagte offensichtlich etwas, was Vater nicht wahrhaben wollte. Vater schüttelte den Kopf, protestierte und gestikulierte, um etwas klarzustellen. Dann drehte er sich zu mir um und machte eine Handbewegung. Wie ein Schachtelmännchen sprang ich vom Sitz und sprudelte hervor: „Einszweidreivierfünfsechssiebenachtneunzehn."

„Nicht jetzt, Nicholas, nicht jetzt!" rief mein Vater irritiert.

Dann diskutierte er weiter mit dem Direktor. Mehrmals deutete er auf mich, und jedesmal sprang ich in die Höhe und zählte weiter. Schließlich hörte mir der Mann geduldig bis „fünfzig" zu, dann nickte er und stand auf. In der Hoffnung, ihn mit meiner Gelehrsamkeit beeindruckt zu haben, folgte ich ihm, meinem Vater und Fotini den Korridor entlang. Als er uns in unser neues Klassenzimmer führte und ich mich umblickte, glaubte ich, den Direktor wirklich beeindruckt zu haben. Alle Kinder im Klassenzimmer waren nämlich größer als wir beide.

Der Direktor gab uns in die Obhut unserer Lehrerin, Miß McGinley, einer matronenhaften Frau mit kastanienbraunem Haar und dunkelrotem Kostüm, deren freundliches Lächeln im Widerspruch zur Strenge ihrer äußeren Erscheinung stand. Wir setzten uns, etwas verlegen, weil wir die Kleinsten in der Klasse waren, und sahen zu, wie unser Vater und der Direktor weggingen. An der Tür blieb mein Vater stehen und drehte sich noch einmal um; er schaute gleichzeitig wütend und besorgt drein. Dann schüttelte er den Kopf, drehte sich auf dem Absatz um und ging ohne ein Wort.

Nachdem die Tür geschlossen war, lächelte uns Miß McGinley an, klatschte in die Hände und rief dann einen großen, kräftigen Jungen namens Jerry an die Tafel. Er sah mindestens wie sechzehn aus. Mit Erstaunen beobachtete ich, wie er die Kreide in die Hand nahm und, sich vor Konzentration auf die Zunge beißend, zwei riesige ungelenke Buchstaben an die Tafel malte. Die Lehrerin sprach ein paar Worte des Lobes, woraufhin der große Junge vor Begeisterung hin und her hüpfte. Er freute sich wie ein Zweijähriger. Erschrocken drehte ich mich um und blickte in die Runde. Alle Schüler grinsten und nickten.

„Fotini", flüsterte ich, „mit denen stimmt was nicht. Die sind nicht normal."

„Natürlich nicht", antwortete meine Schwester in überlegenem Tonfall. „Das sind doch Amerikaner!"

IN UNSERER ersten Pause im Schulhof verstärkte sich mein Verdacht, daß unsere Klassenkameraden nicht normal waren. Als wir in den Schulhof strömten, spielten alle Kinder aus unserem Klassenzimmer zusammen in der entferntesten Ecke. Sie rannten ungeschickt herum und reagierten auf jede Wende des Spiels mit übermäßiger Erregung. Die anderen Schüler im Pausenhof neckten sie, indem sie ihre fahrigen Bewegungen und verwirrten Mienen nachahmten.

Fotini und ich standen am Rand und beobachteten, was vor sich ging. Als ich beim Hineingehen einen etwa gleichaltrigen dicken Jungen mit Igelhaarschnitt aus Versehen anstieß, überschüttete er uns mit Schmähungen. Die meisten verstand ich nicht, aber der Refrain, den seine Kameraden aufnahmen, blieb mir im Gedächtnis haften. „D. P.

dummies! D. P. dummies!" grölten sie. Dabei lachten sie und knufften einander in die Seite.

Als es zur Mittagspause klingelte und Miß McGinley uns zum Essen nach Hause entließ, trabten Fotini und ich heimwärts. „Du hast gehört, was sie uns nachgerufen haben", meinte ich. „Ich möchte herausfinden, was es bedeutet."

Während Fotini zu Hause die kalte Käsepastete aufschnitt, die uns Vater zum Mittagessen dagelassen hatte, blätterte ich in dem großen Wörterbuch, das auf dem Küchentisch lag. Ich fand das Wort *dummy* und las, daß es in seiner dritten Bedeutung auf griechisch „ein dummer oder geistig zurückgebliebener Mensch" sei.

Dies festigte meinen Verdacht, daß wir in eine Sonderschulklasse gesteckt worden waren. Kaum waren wir nach der Mittagspause wieder im Klassenzimmer, schritt ich mit herausforderndem Blick zum Pult von Miß McGinley, was diese zu überraschen schien. Ich schaute auf einen Zettel in meiner Hand, machte dann eine ausholende Geste, die den ganzen Raum einschloß.

„Welche – Klasse – dies?" verlangte ich zu wissen. Zwischen jedem Wort machte ich eine Pause.

Sie lächelte unsicher. „Keine besondere Klasse", antwortete sie.

So leicht kam sie mir nicht davon. Ich stieß mir mit dem Zeigefinger gegen die Brust und fixierte die Lehrerin mit unerschütterlichem Blick. „Welche Klasse *ich*?"

Sie stand auf, lächelte mir ermutigend zu und klopfte mir auf die Schulter. „Wir werden sehen", sagte sie und schob mich sanft zu meinem Tisch zurück.

VIER

Von allen hatte es Olga am schwersten, sich in unserer neuen Heimat einzuleben. Im Dorf wäre sie sicher eine glänzende Partie gewesen. Doch wenige Wochen nach unserer Ankunft mußte ihr eine Geschwulst am Hals herausoperiert werden.

Die Operation hinterließ eine riesige Narbe. Als Olga sah, wie entstellt sie war – so würde sie niemals einen Mann finden –, verlor sie ihren Lebenswillen. Nachdem Vater sie nach Hause gebracht hatte, lag sie nur im Bett oder saß im Sessel, und Tränen liefen ihr übers Gesicht. „Jeden Tag", erinnerte sie sich später, „betete ich, sterben zu können."

Vater suchte Olgas Chirurgen auf, um das Ergebnis der Biopsie zu erfahren, die im Krankenhaus durchgeführt worden war. Er fragte, ob die Geschwulst bösartig gewesen sei, ob Olga am Leben bleibe und – wenn ja – ob sie jemals heiraten und Kinder bekommen könne.

„Machen Sie sich keine Sorgen, Mr. Gage", versicherte ihm der Chirurg. „Ihrer Tochter geht es gut. Sie hatte nur einen Kropf. Sie kann heiraten und zwanzig Kinder bekommen." Erleichtert eilte Vater nach Hause, um Olga die gute Nachricht zu überbringen, aber nichts konnte sie aufheitern.

Jeden Abend leerte Vater seine Taschen und legte das Kleingeld in ein Gurkenglas. Er ermunterte Fotini und mich hineinzugreifen, wenn wir Geld brauchten. Ich versuchte, meinen Kummer zu vergessen, indem ich an jedem Dienstag, Freitag und Sonntag eine 25-Cent-Münze aus dem Glas nahm und mir eine Kinokarte für zwei Vorstellungen, ein Eis

Anfangs war die Greendale School für Fotini (vorn links) und mich (hinten Mitte) ein einziger Alptraum.

und eine Schachtel Popcorn kaufte. Bald war das Kino meine Leidenschaft.

Fotini und ich gewöhnten uns langsam daran, mit geistig zurückgebliebenen Kindern am Unterricht teilzunehmen. Schon bald nach unserer Ankunft teilte uns Miß McGinley ein griechischstämmiges Mädchen aus der Schule zu, das mit uns reden sollte. Mit Hilfe ihres holprigen Griechisch erfuhren wir, daß wir im Herbst in eine Klasse mit normalen Kindern kämen. In der Zwischenzeit ermutigte uns die Tatsache, daß uns unsere Klassenkameraden rasch in ihr Herz schlossen. Fotini und ich wurden zu ihren Maskottchen, und sie gaben sich viel Mühe, uns bei Laune zu halten.

Am nettesten waren Paul, der einen übergroßen Kopf hatte, und Jerry, der wie ein normaler Teenager aussah, bis er zu gehen oder zu sprechen anfing. Miß McGinley machte es für die Schüler zum Klassenprojekt, uns das Alphabet und die Bedeutung von englischen Wörtern beizubringen, die sie vorspielen sollten. Sie rief zum Beispiel Jerry nach vorn und sagte mit langsamer, deutlicher Stimme: „Ich laufe zum Fenster." Dann sprintete Jerry zum Fenster, während die ganze Klasse den Satz im Chor sprach.

Die Freundlichkeit der Lehrerin in der Greendale School über- raschte mich, weil sich die Lehrer in Griechenland oft wie Tyrannen aufführten und körperliche Züchtigung an der Tagesordnung war. Miß McGinley schlug mich nie, und sie schrie auch nie. Als ich einmal zu ihrem Pult ging, um etwas aufzusagen, legte sie den Arm um mich. Niemand hatte das seit dem Tod meiner Mutter getan, und Miß McGinleys Geste erfüllte mich mit so viel Sehnsucht nach mütterli- cher Berührung, daß mir plötzlich sämtliche neuen englischen Wörter entfielen.

Auf dem Schulhof brüllten die anderen Schüler immer noch „D. P. dummy", sobald sie mich sahen. Mein schlimmster Peiniger war Joey Doyle, ein kräftiger Junge, der bei uns um die Ecke wohnte, und wenn wir zum Mittagessen nach Hause gingen, boxte er mich. Am Nach- mittag nach Schulschluß liefen Joey und seine Kameraden hinter mir her, bewarfen mich mit Kieselsteinen, lachten und brüllten die übliche Beleidigung.

Eines Tages wurde ich auf dem Schulweg wieder einmal von einem Wurfgeschoß am Kopf getroffen. Ich hörte Joeys Gelächter und verlor die Beherrschung. Blitzartig wirbelte ich herum, und er hob die Fäu- ste. Ich wußte, wie muskulös Joeys Arme waren, daher ließ ich die Regeln des klassischen Boxkampfes lieber außer acht. Statt dessen packte ich Joey, als er nach mir schlug, am Kragen, zerrte ihn zu Boden, riß ihn an den Haaren und begann, auf seinen Kopf einzuhäm- mern und alle griechischen Flüche auszustoßen, die mir einfielen. Dann ließ ich ihn los, und er erhob sich voller Dreck, Rotz und Blut und rannte schluchzend nach Hause.

Von diesem Tag an galt ich als der Boxchampion der Greendale Avenue. Die Jungen aus der Nachbarschaft gingen mir wie einem bis- sigen Hund aus dem Weg, und auf dem Schulhof brüllte niemand mehr „D. P. dummy" hinter mir her, aber ich gewann auch keine neuen Freunde, und so mußte ich mich an die behinderten Kinder aus meiner Klasse halten.

WÄHREND ich meine Probleme auf meine Weise löste, hatte mein Vater mit eigenen übermächtigen Schwierigkeiten zu kämpfen. Die meisten Griechen glaubten, daß ein Vater seinen Kindern gegenüber nur insoweit verantwortlich war, als er sie ernährte, über die Tugend der Töchter wachte und die Mädchen mit einer Aussteuer versah. Mein Vater aber war als Alleinerziehender so fürsorglich wie eine Glucke mit ihren Küken. Er brachte uns zum Arzt und zum Zahnarzt und begleitete meine Schwester sogar zum Friseur. Er wählte für uns Kleidung aus, kochte uns Essen, und er rief tagsüber mehrmals an, um sich zu vergewissern, daß es Olga gutging und Fotini und ich von der Schule gleich nach Hause gekommen waren.

Obwohl er in ruhigen Zeiten mit einem Fünfcentstück vom öffentlichen Apparat aus telefonierte, beschwerte sich jedesmal einer der Köche im Restaurant, ein Mann namens Iannis, über die Anrufe: „Mein Gott, Christos, hängst du schon wieder an der Strippe? Dauernd bist du am Telefon!"

Manchmal erwiderte Vater mit Würde: „Meine Kinder sind neu im Land. Ich muß mich um sie kümmern." An anderen Tagen, wenn ihm der Gedanke kam, daß seine ehemaligen Partner Iannis vielleicht anstachelten, geriet er in Wut und brüllte seine Arbeitskollegen an: „Wie kommt ihr dazu, mir zu sagen, was ich zu tun habe? Warum muß ich euch Rede und Antwort stehen? Ich hatte längst ein eigenes Geschäft in Worcester, bevor einer von euch auch nur einen Dollar in der Tasche hatte. Wenn ich nicht gewesen wäre, würdet ihr alle noch am Fließband arbeiten."

Vater hatte sich immer für einen natürlichen Aristokraten gehalten, und die Possenreißerei seiner Kollegen war ihm ein Greuel. Aber unsere wachsenden Auslagen vermehrten noch die Schulden, die er gemacht hatte, damit er uns nach Amerika holen konnte. Bei mäßigem Einkommen arbeitete Vater weiter im Terminal Lunch und wurde jeden Tag wütender.

Als die Schule im Juni zu Ende ging, saß ich zu Hause, ohne Freunde und ohne etwas zu tun. Olgas Depressionen hatten sich verschlimmert. Kanta versuchte, sie zu trösten, und übernahm die meisten Hausarbeiten; Fotini hatte eine Freundin gefunden, die zwei Häuser weiter wohnte.

Der August war besonders schmerzlich für uns, weil sich der erste Jahrestag der Ermordung unserer Mutter am 28. näherte. Und obwohl keiner von uns davon sprach, fragten wir uns alle, wo unsere Schwester Glykeria sein mochte: War sie noch am Leben? Kämpfte sie auf einem Schlachtfeld? Oder war sie tot und bei unserer Mutter im Himmel?

Dann, am Morgen des 24. August, klingelte das Telefon. Vater nahm den Hörer ab. Wir hörten einen Schrei, und schließlich sagte Vater: „Chrysoula – bring das Telegramm rüber, und ich werde dich küssen, auch wenn du eine verheiratete Frau bist!"

Wir drängten uns um ihn, und er berichtete, daß Glykeriá den kommunistischen Partisanen entkommen war. Sie war in einem Gefangenenlager in der Nähe von Kastoria festgehalten worden, hatte die griechischen Armeeoffiziere aber irgendwie davon überzeugen können, daß sie keine Kommunistin war. Jetzt befand sie sich in Kastoria im Haus eines Kaufmanns, der aus Lia stammte und Christos Tatsis hieß. Er kannte unsere Familie nicht, aber einer seiner Vettern lebte in Worcester – Leo Tatsis, der Mann von Chrysoula, der hübschen jungen Frau, die am Tag unserer Ankunft in unserer Küche gekocht hatte.

Vor Freude überwältigt, aber auch traurig gingen wir am Sonntag zur Kirche, wo Pater Rizos den Gedenkgottesdienst zum Todestag unserer Mutter abhielt. Anschließend reichten wir ein Blech mit *Kolliwa*, ein Gebäck aus gekochtem Weizen, Rosinen, Mandeln, Gewürzen und Zucker, das am Morgen zu Hause zubereitet worden war. Olga hatte, während ihr Tränen über die Wangen liefen, in der Mitte ein Kreuz aus kandierten Mandeln geformt und daneben mit Granatapfelkernen die Buchstaben Alpha und Omega, die den Anfang und das Ende symbolisieren. Zum Schluß hatte sie ein blaues Band über das Blech gelegt, auf dem mit goldenen Buchstaben ELENI GATZOYIANNIS stand.

Während ich zusah, wie die Gemeinde an uns vorüberzog – jeder nahm sich eine Handvoll *Kolliwa* und murmelte „Möge man sich ewig ihrer erinnern" –, war ich sicher, daß meine Mutter unseren Schmerz an ihrem Todestag gelindert hatte, indem sie die Befreiung ihrer vermißten Tochter bewirkt hatte.

Trotz unserer Freude bedeutete Glykerias Flucht für meinen Vater neue Verantwortung und neue Unkosten. Glykeria schrieb uns aus Kastoria, daß sie in einer ausgebeulten Uniform und völlig verlaust den Schützengräben entstiegen sei. Sie brauchte Kleidung, Essen, ärztliche Versorgung. Vater mußte die Papiere für ihre Einwanderung besorgen und ihre Überfahrt bezahlen. In der Zwischenzeit mußte er Geld schicken, damit sie für ihren Unterhalt aufkommen konnte, bis alles für ihre Überfahrt bereit war.

Als Vater merkte, daß sich sein Geld rasch verflüchtigte, steckte er keine Münzen mehr in das Gurkenglas auf dem Küchentisch. Im verzweifelten Bemühen, meine Sucht nach Kino zu stillen, bat ich Vater um das Eintrittsgeld. Er gab mir aber nur ein Fünfcentstück oder zwei in der Woche, nicht genug für eine Doppelvorstellung, geschweige denn drei, wie ich sie mir sonst immer geleistet hatte. Natürlich sank Vater dadurch in meiner Achtung. Nach vierzig Jahren in diesem Land des Überflusses hätte er schließlich der Millionär sein müssen, für den ich ihn immer gehalten hatte.

AN EINEM der heißesten Tage im August hörte ich Plätschern, Schreien und Lachen draußen auf der Straße und schlich zur vorderen Veranda. Ich beobachtete, wie Mr. Cummings von gegenüber seine Söhne und einige Nachbarskinder, die alle Badehosen trugen, mit einem Gartenschlauch abspritzte. Er sah mich, winkte mich heran und rief: „Komm rüber! Es ist genug Wasser für alle da."

Ich fühlte mich elend von der Hitze, und das Wasser sah verlockend aus, aber ich besaß keine Badehose. Da zog ich einfach meine Hose aus und rannte in der Unterhose über die Straße. Das fanden die anderen zum Schreien komisch, aber sie nahmen mich trotzdem in ihre Mitte, auch Joey Doyle und seine Kumpane, die mir seit dem Frühjahr aus dem Weg gegangen waren.

Am selben Abend klingelten Joey und seine Kumpel – Brian Hackett, Steve Zilavy und Marty Akerson – an der Hintertür. „Kommst du raus – Schlagball spielen?" brummte Joey, als ich die Tür öffnete. Ich erkannte in der schroffen Einladung ein Freundschaftsangebot, und von da an gehörte ich zur Nachbarschaftsclique.

Im September erfuhren Fotini und ich, daß wir in die dritte Klasse zu Miß Foley kommen sollten. Für mich war das eine Enttäuschung, denn mit zehn Jahren hätte ich eigentlich in die fünfte Klasse gehört und Fotini mit elf Jahren in die sechste. Es war jedoch ein gewisser Trost, daß auch einige meiner neuen Freunde aus der Nachbarschaft mit mir diese Klasse besuchen würden.

Ich hatte meine Schwierigkeiten mit der englischen Sprache. Trotz meiner Entschlossenheit, meine Klassenkameraden in den Schatten zu stellen, passierte mir ein denkwürdiges Malheur, als ich zum ersten Mal nach vorn gerufen wurde, um laut vorzulesen. Das unbekannte Wort im Satz war *weapon* (Waffe). Ich versuchte, es dem Klang nach auszuloten, und las: „*we-pee-on*" (wir pinkeln drauf). Die meisten in der Klasse vermieden es taktvoll, loszukichern, aber Brian Hackett, der größte Witzbold in unserer Clique, brach in schallendes Gelächter aus.

„Warum lachst du?" fragte ich.

Aber inzwischen brüllten alle vor Lachen. Von da an las ich aus

Angst, wieder auf einen amerikanischen Ausdruck mit peinlichen Zwischentönen zu treffen, nur noch ungern vor.

Angesichts unserer schlechten finanziellen Lage faßte Vater einen verzweifelten Entschluß: Er mußte eine seiner Töchter zur Arbeit schicken. Es gab nur eine Firma in Worcester, wo ein Mädchen aus Griechenland ohne besondere Fertigkeiten, mit nur geringen Englischkenntnissen und ohne ihren Ruf zu gefährden eine Anstellung bekommen konnte: Angelo Cotsidas' Kuchenfabrik, die „Table Talk Pies" hieß.

Cotsidas, mit dem Vater seit dessen Ankunft in Worcester befreundet war, hatte sich mit einem anderen jungen Griechen selbständig gemacht. Inzwischen beschäftigte er in seiner Fabrik vierhundert Mitarbeiter, zumeist Griechen. Vater hatte keine Bedenken, eine seiner Töchter bei Table Talk Pies arbeiten zu lassen. Die meisten Angestellten, einschließlich der Chefs, sprachen Griechisch, und alle würden streng darauf achten, daß sich ein unverheiratetes Mädchen in ihren Reihen anständig benahm.

Inzwischen kannten sich Vater und Cotsidas fast dreißig Jahre. Vater wußte, daß er sich auf Cotsidas' Freundschaft verlassen konnte, obwohl der Besitzer von Table Talk Pies jetzt Multimillionär und er ein unterbezahlter Schnellimbißkoch war, der seine Kinder kaum ernähren konnte.

Vater kam zu dem Schluß, daß Olga nicht in der Verfassung war, Fabrikarbeit zu leisten. Nach ihrer Operation konnte sie immer noch nicht richtig sprechen. Außerdem war sie strikt dagegen, daß Frauen gegen Bezahlung arbeiteten. Die einzige, die eine Stelle annehmen konnte, war Kanta.

Am 16. November wurde Kanta nach den Einwanderungspapieren offiziell sechzehn, war also alt genug, um eine Arbeit aufzunehmen. In Wirklichkeit war sie siebzehn; ihre Einwanderungspapiere waren falsch ausgefüllt worden. Noch am selben Tag ging Vater zur Lamartine School, um sie abzumelden. Mrs. McCarthy, ihre Lehrerin, ließ sie ungern gehen, denn Kanta war eine ihrer besten Schülerinnen. Sie erklärte, daß Kanta laut Gesetz bis zum achtzehnten Lebensjahr die Handelsschule besuchen müsse, um in Abendkursen Englisch zu lernen. Bevor sie die Schule verlassen durfte, mußte mein Vater schriftlich bestätigen, daß er ihr den Besuch dieses Unterrichts gestatten würde.

Kanta gefiel es von Anfang an bei Table Talk Pies, obwohl sie sechs Tage in der Woche bis zu elf Stunden am Tag arbeitete. Sie trug dabei einen weißen Kittel und ein Haarnetz wie all die übrigen Arbeiterinnen, von denen sie kameradschaftlich aufgenommen wurde. Hier geht es zu wie bei den Vereinten Nationen, dachte Kanta – Irinnen, Albanerinnen, Polinnen, Litauerinnen. Aber die meisten ihrer Kolleginnen waren Griechinnen, und alle hatten ein wachsames Auge auf sie, die Jüngste.

In den Pausen musterten sie die Griechinnen. „Du bist so hübsch", meinten sie. „Warum trägst du nicht ein bißchen Lippenstift auf?"

Nach einigen Wochen wagte es Kanta, den farblosen Lippenstift einer Kollegin auszuprobieren, der auf der Haut langsam nachdunkelte. Als es Zeit war, nach Hause zu gehen, rubbelte sie unbarmherzig auf ihren Lippen herum, um den Lippenstift zu entfernen.

„Warum sind deine Lippen so rot?" fragte Vater.

„Es ist nur die Kälte", erwiderte Kanta.

Aber die Fingernägel knallrot lackieren wie die anderen Mädchen – so weit wollte sie nun doch nicht gehen. Sie benutzte farblosen Nagellack. Und wenn Vater sich argwöhnisch erkundigte, warum ihre Nägel so glänzten, antwortete sie schnell: „Das kommt von dem vielen Öl im Kuchenteig."

Von Anfang an verdiente Kanta zwischen 60 und 70 Dollar die Woche, im Vergleich zu Vaters 55 Dollar für uns ein Vermögen. Jeden Donnerstagabend übergab sie Vater ihren Lohn, und er behielt alles bis auf das Fahrgeld für den Bus und fünfzig Cent, damit sie sich jeden Morgen und Nachmittag eine Milch kaufen konnte. Aber Kanta hortete das Milchgeld. Sie hatte Besseres damit vor.

Kanta verschwendete ihre klassische Schönheit nicht an die männlichen Arbeitnehmer von Table Talk Pies. Dennoch konnte sie nicht verhindern, daß ein junger Mann sie sehnsüchtig anschaute. Er war Grieche, allerdings in Amerika geboren, was ihn als potentiellen Bräutigam ungeeignet machte. Wenn sie vorüberging, sprach er sie mit ihrem richtigen Namen auf griechisch an: „Guten Tag, Alexandra."

„Reden Sie nicht mit mir, oder ich sag's meinem Vater – der kommt und bringt Sie um", gab sie zurück, wie es von einem wohlerzogenen Mädchen erwartet wurde. Im Grunde ihres Herzens fand sie den jungen Mann aber ganz attraktiv.

Glykerias bevorstehende Ankunft in Amerika und Kantas einträgliche neue Stelle schienen Vorzeichen zu sein, daß sich das Schicksal endlich zu unseren Gunsten wendete. Ein dritter Glücksfall ereignete sich eines Morgens, als Vater an der West Boylston Street auf seinen Bus wartete und hörte, wie jemand seinen Namen rief.

Ein schnittiger Oldsmobile fuhr an den Straßenrand, und im Fond sah Vater John Kotsilimbas-Davis sitzen, einen Immigranten, der 1910 – im selben Jahr wie er – in Worcester angekommen war und in der Fabrik Arbeit gefunden hatte. Aber John und sein Bruder Charley hatten schließlich ihr Geld zusammengelegt, um ein Restaurant zu kaufen, das sie bald zu einem der besten von Worcester machten. Es hieß „Putnam and Thurston" und war ein elegantes Lokal mit Kronleuchtern, nachgedunkelten Ölgemälden und einer Weinkarte in goldverziertem Einband.

Die Gebrüder Kotsilimbas-Davis hatten es weit gebracht, seit sie ihr Dorf verlassen hatten: Sie trugen Brillantringe am kleinen Finger, und sie schickten ihre Söhne auf die Harvarduniversität. Mein Vater fühlte sich geschmeichelt, als John ihm zurief: „Wo gehst du hin, Christos? Steig ein, ich nehm dich mit!"

John zeigte am Wohlergehen meines Vaters großes Interesse. „Ich höre, du arbeitest bei deinen alten Partnern im Terminal Lunch", begann er. „Bezahlen sie dich gut?"

„Fünfundfünfzig die Woche", stieß mein Vater hervor. „Eigentlich ist meine Arbeit das Doppelte wert. Aber jetzt, da meine Kinder hier sind, muß ich Kompromisse schließen."

„Behandeln sie dich gut dort?" erkundigte sich John besorgt.

„Wie den letzten Dreck!" schimpfte mein Vater. „Beleidigungen, Ärger jeden Tag! Die wissen nicht, was sie an mir haben!"

„Da hast du sicher recht", erwiderte John mitfühlend. „Arbeite doch bei mir als Koch. Ich zahl dir das gleiche Gehalt. Aber bei mir wirst du besser behandelt, das verspreche ich dir."

So gelang es John Kotsilimbas-Davis, unseren Vater abzuwerben. Vater lächelte zufrieden, als er sich vorstellte, wie wütend Christos Stathis und Nassios Economou sein würden, wenn er ihnen mitteilte, daß er sie verließ, um im besten Restaurant der Stadt zu kochen.

Als in unserer neuen Heimat Weihnachten näher rückte, merkte ich, daß es für die Amerikaner ein viel größeres Fest war als für die Griechen. In der Greendale School dekorierten wir die Fenster unseres Klassenzimmers und studierten besondere Lieder ein. Die Geschäfte strahlten im Glanz ihrer Dekorationen und vieler glitzernder Verlockungen in den Schaufenstern.

Ich wußte, daß alle Bekannten vorbeikommen würden, denn Weihnachten ist das Fest aller, die Christos heißen. Der Duft von Honig und Zimt erfüllte unsere Küche.

Tatsächlich riß am Nachmittag des Weihnachtsfeiertages der Strom der Besucher nicht ab, die meinem Vater zum Namenstag „viele Jahre" wünschten. Sie machten viel Aufhebens um den neuen Anzug, den mir mein Vater geschenkt hatte, zausten mir die Haare (was ich haßte), steckten mir manchmal einen Vierteldollar zu und sagten: „Viele Jahre für deinen Vater."

Alle Gespräche drehten sich um Glykerias baldige Ankunft – ihre Papiere waren abgestempelt, und im Februar sollte sie abreisen. Sie hatte uns ein Foto geschickt, das von einem der nationalistischen Soldaten im Gefangenenlager aufgenommen worden war, nachdem sie sich einverstanden erklärt hatte, Einzelheiten über die Stellungen der Partisanen preiszugeben. Auf der Fotografie kniet Glykeria auf der Erde, dahinter sind Soldaten zu sehen. Glykerias rundes Kindergesicht steht in merkwürdigem Kontrast zu der ausgebeulten Uniform, die sie trägt; sie zeigt in eine bestimmte Richtung, vermutlich in diejenige, wo sich die kommunistischen Stellungen befanden.

Das winzige Foto wurde von Hand zu Hand gereicht und von allen Besuchern eingehend betrachtet. „Sie ist ja noch ein Kind", murmelten sie. „Stellt euch vor, was sie durchgemacht haben muß, so ein junges Mädchen!" Mit einem Blick auf uns jüngere Kinder setzte jemand geheimnisvoll hinzu: „Wir müssen beten, daß sie nicht geschädigt worden ist."

Die verschleierte Vermutung, daß Glykeria von den Partisanen vergewaltigt worden sein könnte, schien meinen Vater nervös zu machen, denn er entgegnete mit lauter Stimme: „Ihre Rettung ist ein Wunder! Wir betreiben keine Haarspaltereien mit Gottes Wundern. Wir werden sie mit offenen Armen empfangen, was auch immer sie erduldet hat."

GLYKERIA ging Anfang Februar 1950 in Piräus an Bord des Dampfers *La Guardia*. Vater hatte sich 500 Dollar von Angelo Cotsidas geliehen, um die Schiffspassage zu bezahlen. Als er Cotsidas um den Gefallen bat, hatte dieser fünf Hundertdollarscheine aus einem Bündel hervorgezogen und gemeint: „Nimm's, alter Freund, und mach dir keine Gedanken wegen des Zurückzahlens. Es reicht, wenn ich weiß, daß deine Tochter gerettet ist."

Der unerwartete Geldsegen ermöglichte es Vater, Möbel zu kaufen, mit denen die leere gute Stube eingerichtet wurde. Kanta, Olga und Vater erwarben eine Couchgarnitur mit blauem und weinrotem Samtbezug und dazu einen passenden blauen Glastisch. Mit Deckchen und vergoldeten Statuen, geblümten Vorhängen und Spitzengardinen wurde das Zimmer geschmückt. Die gerahmte Mitgliedsbescheinigung der AHEPA – der amerikanisch-hellenischen Gesellschaft zur Bildungsförderung – bekam einen Ehrenplatz an der Wand.

Am 17. Februar legte der Dampfer *La Guardia* im Hafen von New York an. Vater fuhr hin, um seine „verlorene Tochter" zu begrüßen. Wegen unserer angespannten Finanzlage mietete er dieses Mal keinen Wagen, sondern nahm den Zug. Wir Kinder warteten zu Hause, während sich die Wohnung mit Verwandten und Freunden füllte.

Auf dem Pier umarmte Glykeria glücklich ihren Vater, aber im Zug fing sie an zu weinen, während sie die wenig ansehnlichen Häuser Amerikas an sich vorbeisausen sah und der Gedanke an die weißgekalkten Häuser und die blumengeschmückten Höfe in der Heimat sie mit Wehmut erfüllte. Es war ein düsterer Februartag, und überall lag schmutziger Schnee. Glykeria fragte sich, wie sie an solch einem Ort jemals glücklich sein könnte.

Aber als sie die Stufen in der Greendale Avenue erklomm, um meine Schwestern und mich zu umarmen, und die Willkommensrufe der Verwandten hörte, die das Haus füllten, und als sie die rot-blauen Samtmöbel, die Spitzenvorhänge und die Tapete mit dem Rosenmuster sah, erklärte sie, es sei das schönste Zuhause, das sie je gesehen habe.

Beim Anblick unserer Schwester, die wir für tot gehalten hatten, brachen wir alle in Tränen aus. Aber Vater bat um Ruhe. „Keine Tränen! Jetzt habe ich alle meine Kinder hier – alle sind am Leben, und wir sind vereint. Endlich können wir glücklich sein, singen und tanzen und unsere schwarzen Kleider ablegen."

In dieser Nacht schliefen die Mädchen gemeinsam in einem Bett, wie sie es auf dem Fußboden unseres Hauses im Dorf getan hatten. Am nächsten Tag kamen noch mehr Besucher, und das Feiern und Lachen wollte kein Ende nehmen. Mit den Griechen kamen auch ein Reporter und ein Fotograf von der Tageszeitung *Evening Gazette*, die einen Artikel über das junge Flüchtlingsmädchen vorbereiteten, das man gezwungen hatte, in den Reihen der kommunistischen Partisanen zu kämpfen, und das geflohen war, um zu seiner Familie nach Massachusetts zu reisen.

Vater redete allein mit den Zeitungsleuten, während Glykeria schüchtern mit im Schoß gefalteten Händen neben ihm saß. „Sie hatte es schwer", sagte Vater zu dem Reporter. „Hier in ihrem neuen Zuhause wird sie lernen, wieder jung und glücklich zu sein."

Wie unser Vater lächelten wir alle dem Zeitungsfotografen zu, und wir lächelten Glykeria zu, aber tief in unserem Innern hatten wir Angst. Wir fürchteten, Dinge zu erfahren, die wir nicht ertragen könnten.

FÜNF

GLYKERIA ist ein uralter Name, der vom griechischen Wort für „süß" abgeleitet ist. Von Anfang an schien er zu meiner lebhaften, eigensinnigen und furchtlosen Schwester nicht so recht zu passen. Oft reizte Glykeria unsere Mutter so lange, bis diese die Geduld verlor. Wenn Mana das kleine Mädchen strafen wollte, rannte es durchs Dorf und rief alle Heiligen an, Zeugen seines Todes zu sein. Sie kommandierte uns kleinere Kinder herum wie eine Tyrannin und zögerte nicht, mit Gott selbst zu zanken, wenn sie meinte, er habe einen Fehler gemacht.

Jetzt, da die Besucher unser Haus füllten, um das Neueste aus Griechenland zu hören, nahm Glykeria den Ehrenplatz auf der rot-blauen Samtcouch ein und schlug die Zuhörerschaft mit ihren Abenteuergeschichten in Bann.

Nach Manas Hinrichtung hatten sich die Partisanen nach Albanien zurückgezogen. Als die Dorfbewohner nach einem schrecklichen Fußmarsch auf Armeelastwagen verfrachtet worden waren und schließlich auf Kohlenkähnen Shkodër erreichten, wurden sie in Baracken untergebracht, die vorher als Ställe gedient hatten. Man befahl ihnen, den Pferdemist aus den Boxen zu schaufeln, in denen sie hausen sollten. Ohne eine wärmende Decke teilte sich Glykeria eine Box mit fünfzehn anderen Frauen und Mädchen. Sechs Monate lang lebten sie von einer kargen Tagesration, die aus ein paar Löffeln Bohnen und einem Stück steinhartem Brot bestand.

Im März 1949 wurde Glykeria mit den anderen Mädchen auf einen Lastwagen gezerrt. Sie sollte eine *Andartina* werden, eine Partisanin, obwohl sie als einzige noch keine sechzehn Jahre alt war. Die zwangsrekrutierten Frauen wurden mit dem Zug nach Süden gebracht, der Front in Nordmakedonien entgegen. Dort mußte Glykeria in Sandalen durch den Schnee marschieren. Die makedonischen Bauersfrauen sahen sie mitleidig an und murmelten „armes Ding" beim Anblick der Kleinsten unter den Rekruten.

Im Ausbildungslager wurde Glykeria in eine viel zu weite Männeruniform und in Nagelschuhe gesteckt; doch bald erwies sich, daß sie

ein hoffnungsloser Fall war. Wenn sie Wache halten sollte, schlief sie
ein, und als sie hörte, daß eine Freundin von einer Maschinengewehr-
salve entzweigerissen worden war, warf Glykeria ihr Gewehr hin und
weigerte sich, es jemals wieder in die Hand zu nehmen.

Schließlich beschlossen die Partisanen, die Kleine als Telefonistin
einzusetzen. Nun konnte sie in der relativen Sicherheit eines unterirdischen Bunkers arbeiten, wo sie tagsüber Gespräche vermittelte.
Nachts mußte sie Telefonkabel im Erdboden verlegen.

Am 10. August 1949, als die nationalistische Artillerie einen Über-
raschungsangriff auf die kommunistischen Partisanen startete, hatte
Glykeria im unterirdischen Bunker zusammen mit einem anderen
Mädchen Telefondienst. Durch die Kopfhörer konnte sie die Granaten
der Artillerie hören und wußte, daß die Regierungstruppen vordran-
gen.

Plötzlich knackte es in der Telefonleitung der Partisanen, die seit
einer Stunde tot gewesen war. Eine fremde männliche Stimme fragte:
„Wer da?"

„Wie lautet die Parole?" erwiderte Glykeria automatisch, wie sie es
gelernt hatte.

Kurze Pause. „Keine Ahnung", antwortete die Stimme.

Glykeria merkte, daß sie mit einem Soldaten der nationalistischen
Armee sprach. Sie konnte sich genau vorstellen, wo er stand, weil sie
die Kabel selbst verlegt hatte. Mit einem Seitenblick auf ihre Kollegin
flüsterte Glykeria in den Hörer: „Hören Sie gut zu!" Dann beschrieb
sie genau, wo sich der Befehlsstand der Partisanenoffiziere und die gut
getarnten Unterstände befanden.

Als die ersten Granaten der Angreifer zielsicher einschlugen, kam
ein Partisan in den Bunker gestürzt und befahl den Telefonistinnen,
sich zurückzuziehen. Die schweren, kofferähnlichen Feldtelefone sollten sie mitschleppen. Draußen war es dunkel, lediglich bei Granattref-
fern leuchtete der Himmel kurz auf. Um sich herum hörten die beiden
Mädchen das Sirren der Kugeln, die an ihren Köpfen vorbeipfiffen. Sie
merkten, daß die Regierungstruppen schon sehr nahe waren. Glykeria
packte ihre Kollegin, die Marika hieß, am Arm. „Komm, wir ergeben
uns!"

Marika riß das Gewehr von der Schulter. „Willst du damit sagen,
daß wir unsere Genossen verraten sollen?" fragte sie und zielte auf
Glykerias Brust. Als eine Granate Marika knapp verfehlte, drehte sie
sich um und verschwand in der Dunkelheit.

Glykeria ließ ihr Feldtelefon fallen und verkroch sich stundenlang in einer Schlucht. Als sie endlich die Stimmen der nationalistischen Soldaten hörte, kam sie aus ihrem Versteck und bat einen Offizier um Gnade: „Herr Leutnant, ich ergebe mich! Die Kommunisten haben meine Mutter umgebracht! Mein Vater ist in Amerika. Ich bin auf eurer Seite!"

Glykeria war eine der vielen Männer und Frauen aus den Reihen der Partisanen, die sich in jener Nacht ergaben. Sie wurden in ein Gefangenenlager gebracht, und viele Frauen wurden geschlagen, weil die Soldaten ihnen nicht glaubten, daß sie keine Kommunistinnen waren. Glykeria hatte Glück, weil sie Oberst Constantinides vorgeführt wurde, einem imposanten Mann, der einen großen Schimmel ritt.

Als der Oberst Glykeria nach ihrem Heimatdorf fragte, erfuhr sie, daß er unseren Großvater, Kitso Haidis, kannte und sogar in dessen Haus in Lia übernachtet hatte. Schließlich bewirkte der Oberst, daß sie entlassen und in die Obhut von Christos Tatsis gegeben wurde, dem Ladenbesitzer in Kastoria, der Glykeria bei sich aufnahm. Er sorgte auch dafür, daß wir benachrichtigt wurden.

Nachdem Glykeria zwei Wochen lang von der Familie Tatsis umsorgt worden war, erhielt sie einen Brief und Geld von Vater. Sie wurde in ein kleines Flugzeug gesetzt, das sie nach Ioannina brachte. Großvater holte sie ab und begleitete sie zum Flüchtlingslager in Igoumenitsa. Dort versuchten er und unsere Großmutter sie mit allen Mitteln zu überreden, bei ihnen zu bleiben, damit sie im Alter für sie sorgen könnte, anstatt zu ihrer Familie nach Amerika zu fahren.

„Vielleicht komme ich irgendwann einmal wieder, Großvater", erwiderte Glykeria, obwohl sie wußte, daß sie nie zurückkehren würde. Und als er sie zum Schiff nach Piräus brachte und sie ihn dort am Pier stehen sah, weinte sie nicht. Sie fuhr ja nach Amerika.

GLYKERIA malte ihre Odyssee genauso aus wie unsere Großmutter, wenn sie uns am Kamin Volkssagen und Gespenstergeschichten erzählt hatte. Glykeria erwähnte nie, ob die Partisanen sie belästigt hatten, und keiner von uns wagte, sie danach zu fragen. Sie würde es uns schon sagen, wenn sie bereit dazu wäre.

Nachdem wir tagelang Besuch gehabt hatten, saßen wir eines Abends allein um den Küchentisch herum. Als der Uhrzeiger auf zehn rückte, sagte Olga zu Glykeria: „Heute mußt du uns von Manas Leidenszeit berichten."

Ich erkannte, wie schwer es Glykeria fiel, diese Augenblicke noch einmal zu durchleben. Die Farbe wich ihr aus dem Gesicht. Sie war nicht im Dorf gewesen, als wir unsere Flucht planten, denn man hatte sie zur Weizenernte in eine entlegene Gegend abkommandiert.

Am Tag vor unserer Flucht kamen die Partisanen und forderten eine zweite Frau aus unserem Haus, die beim Dreschen helfen sollte. Mana beschloß, selbst zu gehen. Sie hoffte, Glykeria zu treffen, damit sie zusammen fliehen könnten. Uns befahl sie, den ursprünglichen Plan durchzuführen und das Dorf mit unserer Tante, unserer Großmutter und einigen Nachbarn zu verlassen.

Nachdem Mana sich von uns verabschiedet hatte, mußte sie mit einer Gruppe Frauen aus dem Dorf zu den weit entfernten Feldern marschieren, wo Glykeria mit anderen Mädchen arbeitete. Aber sie verbrachten nur eine gemeinsame Nacht, als sie auf dem Fußboden eines verlassenen Hauses schliefen und Mutter ihr im Flüsterton unsere Fluchtpläne anvertraute. Mutter und Tochter wurden am folgenden Tag getrennt und zum Weizenschneiden in verschiedene Gebiete geschickt.

Mutter wußte, daß sie nicht allein fliehen konnte, weil sich die Partisanen an Glykeria rächen würden. Und Glykeria konnte nicht wissen, daß unsere Mutter kurz nach unserer Flucht festgenommen, zum Dorf zurückgebracht und ins Gefängnis geworfen wurde. Die Partisanen schlugen und folterten sie, um mehr über unseren Plan zu erfahren.

Am Morgen des 28. August wurden Glykeria und die anderen Frauen aus Lia vom Arbeitseinsatz befreit und ins Dorf zurückgeschickt. Glykeria machte sich mit einem sechzehnjährigen Mädchen namens Xanthi Nikou auf den Weg. Als sie die Hochfläche oberhalb von Lia überquerten, kamen sie an einem Trupp Partisanen vorbei, der ein großes Loch aushob. Aber die Mädchen wären nie auf den Gedanken gekommen, es könnte sich um das Massengrab der Opfer einer Hinrichtung handeln, die für denselben Nachmittag geplant war.

Als Glykeria ihr Heimatdorf erblickte, wurde sie von großer Angst gepackt, denn vor unserem Haus, das zum Hauptquartier umfunktioniert worden war, sah sie viele Partisanen. Xanthi und sie rannten den steilen Pfad hinunter, bis sie eine Nachbarin trafen, die ihnen unter Tränen mitteilte, daß Glykerias Mutter und Xanthis Vater zu dem Dutzend Dorfbewohner gehörten, die zum Tode verurteilt worden waren und jetzt im Keller unseres Hauses eingekerkert waren.

Die beiden Mädchen liefen zum Tor unseres Hofes und forderten schreiend von den Wachen, eingelassen zu werden, um ihre Eltern zu sehen. Bald eilten auch die beiden älteren Schwestern von Xanthi

herbei. Die vier Mädchen machten einen solchen Aufstand, daß die
Wachen schließlich das Tor öffneten.

Die verschreckten Mädchen wurden in eine große Kammer
gebracht. Kurz danach wurden Vasili Nikou und unsere Mutter, von
zwei Partisanen gestützt, in den Raum geführt. Die Gefangenen wirkten benommen und verwirrt, da sie glaubten, sie seien aus dem dunklen, überfüllten Keller geholt worden, um hingerichtet zu werden. Als
die Wachen sie losließen, glitten sie mit dem Rücken zur Wand zu
Boden.

Beim Anblick unserer Mutter fing Glykeria an zu schreien. Mana
erkannte sie nicht, sie blinzelte ins Sonnenlicht. Ihre Lippen waren aufgesprungen, die Augen blau geschwollen. Ihr Haar, das sie sonst
immer ordentlich geflochten und unter einem Kopftuch verborgen
trug, hing jetzt lose und in wirren Strähnen herab. An Mutters Beinen,

*Glykeria (vorn Mitte) zeigt nach ihrer Befreiung nationalistischen Offizieren
den Weg zu den Partisanenstellungen.*

die dunkle Male aufwiesen, erkannte Glykeria Folterspuren. Sie kniete sich vor Mutter nieder. „Mana, was haben sie mit dir gemacht?"

Endlich erkannte unsere Mutter die Tochter, für die sie jeden Tag gebetet hatte. „Mein Kind", antwortete sie, „mach dir um mich keine Sorgen. Schau dich an! Du bist ja dünn wie ein Strich."

Glykeria drückte das Gesicht an die Brust ihrer Mutter. „Ich hab dich so vermißt! Was haben sie mit den anderen gemacht?"

„Deine Geschwister sind in Sicherheit, und es ist mir gleichgültig, was jetzt mit mir geschieht. Du darfst nicht weinen. Ich möchte dich nicht weinend in Erinnerung behalten."

Mutter und Tochter hielten sich umschlungen, und sie versuchten, ihre Tränen voreinander zu verbergen. Schließlich erklärten die Partisanen, die Besuchszeit sei zu Ende.

„Geh jetzt, mein Kind", bat Mutter mit schwankender Stimme. „Ruhe dich aus, und dann komm zurück. Ich möchte dich wiedersehen." Auf Glykerias Schulter gestützt, erhob sie sich mühsam und blickte ihre Tochter an. „Ich wünsche dir ein langes Leben."

Glykeria starrte in das abgezehrte, zerschlagene Gesicht unserer Mutter. Sie ergriff ihre Hand und preßte sie an die Wange. Sie küßten sich zum Abschied, dann ging Glykeria hinaus. Als sie sich noch einmal umdrehte, sah sie Mana, die auf der Schwelle stand, sich an den Türpfosten klammerte und ihr nachblickte, als ob sie sich ihr Bild fest einprägen wollte. „Mach dir keine Sorgen!" rief ihr Glykeria zu. „Ich komme bald zurück!"

Im kühlen Dunkel des verlassenen Hauses unserer Großeltern, wo wir bis zu unserer Flucht gewohnt hatten, legte sich Glykeria nieder und schlief ein. Um zwei Uhr nachmittags erschien sie wieder im Gefängnis. Sie hatte Essen für unsere Mutter dabei, aber sie sah sofort, daß etwas nicht stimmte: Alle Türen, auch die zum Keller, standen weit offen.

„Wo ist meine Mutter?" schrie Glykeria. „Wo sind die Gefangenen?" Die Wachen beruhigten sie. Sie sagten, sie seien nach Mikralexi in ein anderes Gebäude verlegt worden, wo es ihnen bessergehen würde.

Glykeria wußte nicht, was sie tun sollte. Sie folgte dem Pfad weiter hinauf zum Mühlteich, wo sie den ganzen Nachmittag lang neben dem unangetasteten Essen im Schatten saß und weinte.

Gegen Abend kam eine Nachbarin, Giorgina Venetis, vom Hügel herab; sie war blaß und zitterte. „Was ist los, Kind?" fragte sie, als sie Glykeria erblickte.

„Sie haben meine Mutter nach Mikralexi geschafft, und ich habe ihr nicht mal Lebewohl sagen können", schluchzte Glykeria.

Giorgina Venetis wandte den Blick ab, murmelte ein paar tröstende Worte und eilte weiter. Sie hatte unserer Schwester nicht gesagt, was sie erlebt hatte: In der Nähe der Hinrichtungsstätte hatte sie den Schrei einer Frau gehört, der alle Qualen der Welt in sich barg: „Meine Kinder!" Dem Aufschrei war eine Gewehrsalve gefolgt, dann hatte Stille geherrscht.

Glykeria kehrte langsam zum Haus unserer Großeltern zurück und verbrachte die Nacht auf einem Strohsack, ein Kleid unserer Mutter wehmütig an sich gepreßt.

Am nächsten Morgen wurde sie von einem Partisanen mittleren Alters geweckt, der schuldbewußt die Augen zusammenkniff. „Du darfst es mir nicht verübeln, daß ich dir diese Nachricht bringe", sagte er. „Gestern nachmittag haben wir deine Mutter hingerichtet. Deine eigenen Leute aus dem Dorf haben sie verraten."

Glykeria hielt sich die Ohren zu. „Mana! Mana!" schrie sie.

Der Partisan trat einen Schritt zurück. „Du mußt jetzt mitkommen und ein paar Fragen beantworten."

Damit begann eine einsame, kummervolle Zeit für Glykeria. Niemand im Dorf wollte mit ihr reden, und selbst unsere früheren Freunde und Nachbarn gingen mit abgewandtem Blick an ihr vorüber. Jeden Tag wurde sie verhört. Man wollte wissen, wo die *Amerikana* ihr Vermögen versteckt hatte, über das gemunkelt wurde. Außerdem erhielt Glykeria den Auftrag, unter mörderischen Anstrengungen Verwundete und Nachschub auf Maultieren über die Berge zu bringen. Kaum war sie zurückgekehrt, schickte man sie von neuem los. „Jetzt mußt du für deine Schwestern gehen, da sie nicht hier sind", hieß es.

Die Kommunisten im Dorf nahmen ihr den kleinen Vorrat an Mehl und Mais weg, den unsere Mutter zurückgelassen hatte. Glykeria fürchtete verhungern zu müssen. Aber die alte Frau, die Mana versprochen hatte, auf unsere beiden Ziegen aufzupassen, gab ihr heimlich genug zu essen, so daß sie überlebte, bis die Kommunisten alle Zivilisten abholten. Im Dorf blieben lediglich die Toten, die streunenden Hunde und die Geier zurück.

LANGE bevor Glykeria mit ihrer Geschichte zu Ende gekommen war, schluchzten alle meine Schwestern, und auch das Gesicht meines Vaters war tränennaß. Olga und Kanta verfluchten die Partisanen aufs schrecklichste. Ich stand an der Schlafzimmertür und starrte meinen Vater wie versteinert an. Ich war überzeugt, daß nur er an all dem Entsetzlichen, das meiner Mutter widerfahren war, die Schuld trug.

„Diese Schlächter, diese kommunistischen Schweine", kreischte Olga. „Sie sollen alle langsam und qualvoll sterben, damit sie spüren, was unsere Mutter erdulden mußte!"

„Hör auf!" brüllte Vater plötzlich, und aller Augen richteten sich auf ihn. „Verschwendet eure Flüche nicht auf die Kommunisten. Verflucht mich! Es war *meine* Schuld! *Ich* bin schuldig!"

Wir starrten ihn verblüfft an, während er sich mit den heftigsten Selbstbezichtigungen überhäufte. „Es war der größte Fehler meines Lebens", fuhr er fort, „daß ich nicht auf meine Mutter gehört habe, als ich heiratete. ‚Nimm deine Frau mit, sie gehört an deine Seite', hatte sie mir geraten. Aber die Eltern eurer Mutter wollten ihre Eleni nicht gehen lassen. Eure Großmutter sagte, wenn ihre Tochter das Dorf verließe, würde sie sich noch am selben Tag umbringen. Und eure Mutter – sie war so sanft und lieb, ein Engel! Sie hörte auf sie und blieb. Und ich habe es zugelassen! Jetzt ist sie tot, und ich habe die liebste Frau verloren und meine Kinder die beste Mutter – alles umsonst! Ich habe ihr befohlen, in Lia zu bleiben und auf das Haus und die Felder aufzupassen, und sie hat mir gehorcht. Und das hat sie das Leben gekostet. *Ich* habe sie umgebracht!"

Er weinte, die Hände vors Gesicht geschlagen. Meine Schwestern standen auf, um ihn zu trösten. „Du hast sie nicht erschossen, *Patera*", murmelte Kanta. „Du konntest nicht wissen, was geschehen würde."

Leise schloß ich die Schlafzimmertür, damit ich meinen Vater nicht ansehen mußte. Ich fühlte mich elend vor Kummer, weil ich um meine Mutter trauerte und meinen Vater haßte. Ich machte ihn für Manas Tod verantwortlich, jetzt mehr denn je. Aber indem er sich selbst beschuldigte, hatte er der Feindseligkeit, die ja auch meine Schwestern gegen ihn hegten, die Spitze genommen und sogar ihr Mitgefühl erregt. Ich fühlte mich betrogen und war enttäuschter als je zuvor. Aber ich wagte es nicht, meinen Zorn offen zu zeigen.

OBWOHL Vater Glykeria vorgeschlagen hatte, ein Jahr freizunehmen, um sich von den Strapazen zu erholen, beschloß sie im Herbst, sich Kanta bei Table Talk Pies anzuschließen. Abends wollte sie zur Schule gehen, um Englisch zu lernen. Fotini und ich kamen in die vierte Klasse und hatten jetzt eine magere, strenge, altjüngferliche Irin als Lehrerin.

Während alle morgens aus dem Haus gingen, verbrachte Olga den ganzen Tag allein in der Wohnung, und ihre Depressionen kehrten schlimmer denn je zurück. Sie hatte keine Freundinnen, mit denen sie hätte schwatzen können wie einst im Dorf, als sie mit den Nachbarmädchen am Mühlteich Wäsche gewaschen hatte. Olgas einzige Vertraute in Amerika war ihre Patin Eugenia.

Dann starb Tante Eugenia ganz plötzlich an einem Herzschlag. Als Olga ihre Patin im Sarg liegen sah, weinte sie, als ob ihre Mutter noch einmal gestorben wäre. Olga gab sich einer Verzweiflung hin, die sie zu erdrücken drohte.

Sie weinte den ganzen Tag, rief nach ihrer Mutter und sah keinen Sinn mehr darin weiterzuleben. Sie saß am Fenster, das zur Straße ging, und sehnte sich nach Besuch. Sobald ein Auto in unsere ruhige Straße einbog, hoffte sie, daß es ein Bekannter wäre – einer von Vaters Freunden, irgend jemand, mit dem sie reden könnte. Wenn das Auto dann vorbeifuhr, brach sie in Tränen aus.

Eines Tages kam ein Freund unseres Vaters, Nicholas Bokas, zu Besuch. Schon als er an unsere Tür klopfte, konnte er Olga in der Wohnung weinen und nach ihrer Mutter rufen hören. Schließlich öffnete sie jedoch, und der alte Mann erschrak, als er das völlig verhärmte Mädchen sah.

Er ging unverzüglich in das Restaurant, in dem Vater arbeitete, und nahm ihn ins Gebet: „Christos, wenn du wegen deiner ältesten Tochter nichts unternimmst, wirst du sie verlieren. So, wie ich sie heute angetroffen habe, kann ich mir nicht vorstellen, daß sie lange genug lebt, um die Hochzeitskrone zu tragen."

Nicholas Bokas riet Vater, dem Mädchen eine Anstellung zu beschaffen, gleichgültig, ob sie sich dagegen sträubte oder nicht. Olga mußte sich unter Menschen begeben. Bokas fügte hinzu, daß er genau das Richtige für sie wisse: eine kleine Korsettfabrik, die einem seiner Freunde gehöre. Olga müßte nur leichte Arbeit verrichten, sie wäre unter Frauen, und das würde sie auf andere Gedanken bringen.

Tatsächlich lenkte die Arbeit in der Korsettfabrik Olga ein wenig ab. Strapse an den Saum der Korsetts zu nähen war besser, als weinend zu Hause zu sitzen; Olga brauchte nur fünf Tage in der Woche zu arbeiten und verdiente immerhin 47 Dollar.

An einem Tag Anfang 1951 winkte ihr Arbeitgeber sie heran und deutete aufs Telefon. Sie nahm den Hörer ab und hörte Vaters Stimme. Es mußte etwas Schlimmes geschehen sein! „Was ist, *Patera?*" rief Olga. „Ist was passiert?"

„Nein", antwortete Vater. „Mach dir keine Sorgen. Ich wollte dir nur sagen, daß ich dich verlobt habe. Ich hab einen Ehemann für dich gefunden!"

Olga sank auf einen Stuhl. Ihr schwirrte der Kopf. In den zwei Jahren, seit sie in Amerika lebte, hatte sie kaum das Haus verlassen und mit keinem Mann gesprochen, der jünger als ihr Vater war. „Aber wer?" brachte sie schließlich heraus.

„Dino Bartzokis. Ein Vetter von Tasso Bartzokis, unserem Nachbarn in Lia. Er arbeitet in einer Bäckerei in Kastoria. Ich hab heute einen Brief von Christos Tatsis erhalten, und er schreibt, Dino Bartzokis sei ein lediger junger Mann, der nach Amerika kommen möchte und einen ausgezeichneten Ehemann für eine meiner Töchter abgeben würde. Also hab ich ihm einfach zurückgeschrieben, daß ich ihn als Ehemann für meine älteste Tochter – dich – akzeptiere."

„*Patera*, können wir nicht darüber reden?" erwiderte Olga zaghaft. „Warte doch, bis ich nach Hause komme!"

„Was gibt's da noch lange zu reden?" meinte Vater unbekümmert. „Ich habe mich entschieden. Ich habe den Brief schon abgeschickt. Der Handel ist perfekt."

Wie benommen setzte sich Olga wieder an ihre Nähmaschine, doch sie war zu aufgewühlt, um gleich weiterarbeiten zu können. Ohne Vorwarnung hatte sich ihr Schicksal entschieden. An einem einzigen Vormittag hatte ihr Vater ein Problem aus der Welt geschafft, das Olga und ihre Mutter jahrelang beschäftigt hatte.

Seit Olga im Alter von elf Jahren wie alle Mädchen in den Dörfern aus der Schule genommen worden war, damit sie vom anderen Geschlecht getrennt aufwuchs, hatte sich alles in ihrem Leben um die Frage gedreht, wen sie einmal heiraten würde. Unter Manas Anleitung hatte Olga ihre Jugend damit verbracht, zu nähen, zu sticken und ihre Aussteuer zusammenzustellen, die in einer geschnitzten Truhe verstaut wurde.

Wer würde der Bräutigam sein? Mutter wurde von Verwandten mit Vorschlägen von heiratsfähigen Männern überschüttet. Olga war immerhin das begehrenswerteste Mädchen im Dorf, nicht nur wegen ihrer Schönheit und Tugendhaftigkeit, sondern auch, weil sie als die Tochter eines steinreichen Amerikaners galt. Olga selbst wollte am liebsten einen Akademiker heiraten, einen Rechtsanwalt, Arzt oder Lehrer – also den Angehörigen eines Standes, den es in unserer Bergregion so gut wie nicht gab.

Inzwischen war jedoch Olgas prächtige Aussteuer den Partisanen zum Opfer gefallen, und auch Olgas Schönheit hatte nach der Operation gelitten. So könnte sie nicht länger wählerisch sein. All das ging ihr an jenem Nachmittag, der eine Ewigkeit zu dauern schien, durch den Kopf, während sie Strapse an Korsetts nähte.

Sobald sie zu Hause war, fragte sie Vater nach ihrem künftigen Mann aus. Er erklärte, daß er Dino Bartzokis' Heiratsantrag angenommen habe, weil er mit Dinos Vater, Spiro, nach seiner Ankunft in Worcester zusammen in einer Wohnung gelebt habe. 1917 war Spiro nach Griechenland zurückgekehrt.

Nachdem Christos Tatsis Vaters schicksalsträchtigen Brief erhalten hatte, gab er ihn an Dino Bartzokis weiter, der ihn beantwortete. Das war der Beginn eines ausführlichen Briefwechsels zwischen den beiden Männern. Aber Vater erlaubte Olga nicht, an Dino zu schreiben. Erst fünf Monate später, als Dinos Einreisepapiere fertig waren, befand mein Vater, daß Olga nun eine Zeile an seinen Brief als Postskriptum anfügen dürfe.

Am 21. September 1951 kam Dino Bartzokis mit der *Argentina* in New York an. Olga und er heirateten am 21. Oktober, und schon kurz darauf wurde sie schwanger.

SECHS

WIR waren umgezogen. Unsere neue Wohnung befand sich in einer ärmeren Gegend, wo hauptsächlich irische und polnische Arbeiter lebten. Viele davon waren in Fabriken, auf den Kohlenhalden und in den Sägewerken an der Crescent Street beschäftigt. Die handtuchgroßen Gärten der Mietshäuser waren mit Asche statt mit Gras bedeckt. Lauter Verkehr rauschte Tag und Nacht an unserer Haustür vorbei, ein anhaltendes Getöse, das gelegentlich von den kreischenden Sirenen der Krankenwagen übertönt wurde, die sich zum nahe gelegenen Doctors' Hospital durchschlängelten.

Fotini und ich wurden in der Harlow Street School angemeldet, einem großen viktorianischen Backsteingebäude, das mit Kohlen beheizt wurde. Bevor wir unseren Schulweg antraten, hielt Vater eine Rede über die Gefahren in der Nachbarschaft. „Es gibt viele Herumtreiber und Säufer hier in der Gegend", sagte er. „Paßt auf, mit wem ihr euch anfreundet. Ihr kennt ja das Sprichwort: Niemand bleibt sauber, wenn er mit Schlamm spielt." Er verbot Fotini näheren Kontakt mit Amerikanerinnen und empfahl ihr statt dessen, sich mit griechi-

schen Mädchen anzufreunden, die in einer „erstklassigen" Familie wie
unserer aufwuchsen.

An einem Samstag im Frühsommer wollte ich meinen Vater um das
Eintrittsgeld für den neuen Film *Ivanhoe* in Loew's-Poli-Kino bitten.
Ich wußte, daß er am Zahltag außer seiner eigenen Lohntüte auch die
Wochenlöhne von Kanta und Glykeria in der Tasche hatte – insgesamt
über 200 Dollar. Weil er sich auf den Abend freute, den er samstags im
griechischen Kaffeehaus verbrachte, wäre er gewiß in Spendierlaune,
vermutete ich und behielt recht.

„Amüsier dich gut", meinte er. „Und kauf dir noch ein Eis!" Er
löste einen Dollarschein von einer faustgroßen Rolle Banknoten und
gab ihn mir. „Es ist ein so schöner Abend", fügte er hinzu. „Wir können ja gemeinsam in die Stadt gehen. Vasili sagt, das Auto sei fertig.
Dann kann ich dich nach dem Kino nach Hause fahren." Der Studebaker, den er gekauft hatte, brauchte ein neues Getriebe und wurde von
einem griechischen Werkstattbesitzer repariert.

Ich wartete geduldig, während Vater seinen neuen Hut abbürstete,
ein frisches Taschentuch zusammenfaltete und den Schirm holte, den
er bei gutem wie bei schlechtem Wetter wie einen Spazierstock trug.
Wir marschierten die Lincoln Street entlang, wobei mein Vater wie
immer im Takt eines imaginären Blasorchesters ausschritt.

Ich trennte mich von ihm an der unscheinbaren Tür des „Hellenic
Club" in der Front Street. Kein Schild zog den Blick auf sich, denn in
diesem griechischen Kaffeehaus waren Fremde nicht willkommen.
Seit die erste Welle griechischer Einwanderer eingetroffen war, hatten
die Kaffeehäuser von Worcester für die griechischen Junggesellen als
eine Art Ersatzheimat gedient. Dort konnte man griechischsprachige
Zeitungen lesen oder einen der privaten griechischen Radiosender
hören.

Spiro Tsefrekas war der Besitzer des Hellenic Club, solange man
denken konnte, und er kümmerte sich mit väterlicher Fürsorge um
seine Stammkunden. Er hatte zwei Köche angestellt, die jeden Tag für
etwa fünfzig Cent ein gutes, einfaches griechisches Mahl zubereiteten.
Das konnte ein Teller Linsen- oder Bohnensuppe sein oder ein Ein-
topfgericht; dazu gab es Käse und ein Stück Brot. Für weitere zehn
Cent bekam man eine Tasse griechischen Kaffee, der ganz nach
Wunsch auf mehr als dreißig verschiedene Arten serviert wurde, von
rabenschwarz bis extrasüß.

Frauen wurden im Kaffeehaus nicht geduldet, nicht einmal die Frau
und die beiden Töchter des Besitzers, aber seine drei Söhne, alle in

meinem Alter oder ein bißchen darüber, arbeiteten schon mit und wuselten wie Ameisen zwischen den Tischen umher.

In den Hellenic Club ging man jedoch nicht nur, um zu essen, den neuesten Klatsch zu hören oder über Politik zu diskutieren, sondern auch, um Karten zu spielen. Die echten Spieler bevorzugten Poker, während die „feinen Herren" eher dem Rommé oder dem Binokel zuneigten, Spielen, bei denen man an einem Abend etwa zwanzig Dollar gewinnen oder verlieren konnte. Binokel war Vaters liebstes Spiel.

An jenem Samstagabend betrat ich nach meinem Kinobesuch den Hellenic Club, der für mich den Inbegriff der griechischen Männerwelt darstellte. Ich hielt nach meinem Vater Ausschau und blickte zuerst zum viereckigen Binokeltisch hinüber. Doch dann entdeckte ich ihn an einem der großen runden Pokertische, und sogleich überfiel mich eine düstere Vorahnung. Vater hatte seine Fliege gelöst, und er blickte wie gebannt auf seine Karten. Ich ging hinüber und stellte mich hinter ihn, wobei ich bemerkte, daß ein eindrucksvoller Haufen Geld vor ihm auf dem Tisch lag.

„Zehn, zwei, sieben, Straight, zwei gleiche Vieren", hörte ich, während neue Karten ausgeteilt wurden. Ich sah zu, wie mein Vater eine hohe Summe setzte und schließlich fast siebzig Dollar gewann.

Er blickte zufrieden zu mir auf. „Das Kino ist aus", murmelte ich.

„Schon? Ich kann jetzt nicht gehen, weil mir das Glück gerade hold ist. Gibt's hier in der Gegend nicht noch ein Kino?"

„Ja, im Elm Street Theater läuft eine Wiederholung von ‚Die besten Jahre unseres Lebens'. "

„Prima! Du hast dir einen zweiten Film verdient." Er griff in seine Tasche, zog Kantas Lohntüte heraus und entnahm ihr einen Dollar. „Amüsier dich gut! Du kannst dir auch Popcorn kaufen. "

Ich ahnte, daß Vaters Abend noch lange dauern würde, also steckte ich den Dollar ein und strebte dem Elm Street Theater entgegen. Als ich nach elf Uhr zum Hellenic Club zurückkehrte, traf ich Vater in ganz anderer Verfassung an. Vor ihm lag kein Geldhaufen mehr. Er spielte nicht mehr mit, sondern sah nur noch zu.

„Wo warst du so lange?" knurrte er, als er mich sah. „Ich bin nur so im Geld geschwommen, aber du hast so lange herumgebummelt, bis ich eine Pechsträhne hatte. Los, komm! Hier stinkt's nach ungewaschenen Leuten und Habgier. "

Draußen auf der Straße erinnerte ich ihn an sein Auto. „Müssen wir nicht den Wagen abholen?"

„Die Werkstatt ist zu", entgegnete er bissig.

„Nehmen wir doch den Bus", schlug ich vor. „Ich bin zu müde, um zu Fuß zu gehen."

„Den Bus? Glaubst du vielleicht, ich sei ein Millionär? Die Jugend von heute ist viel zu verweichlicht. Die frische Luft wird dir bestimmt guttun."

Während wir uns durch die mitternächtliche Stille nach Hause schleppten, schwang mein Vater seinen Schirm nicht mehr wie bei einer Parade. Er hat nicht einmal mehr die dreißig Cent für den Bus, dachte ich entsetzt. Ich wurde wütend, weil er die Löhne meiner Schwestern und seinen dazu verspielt hatte – das ganze Geld, das uns eine Woche lang zum Leben reichen mußte –, und es brachte mich noch mehr in Rage, daß er versuchte, mir die Schuld anzuhängen.

Ich trug meinen Groll mit mir herum, während wir eine Woche lang Bohnen aßen und überallhin zu Fuß gingen, weil wir uns den Bus nicht leisten konnten. Doch hinderten unsere Leiden, wie ich später feststellte, meinen Vater nicht daran, am nächsten Wochenende wieder mit drei gefüllten Lohntüten ins Kaffeehaus zu gehen.

WENN Vater bei der Arbeit war oder im Kaffeehaus Karten spielte, kundschaftete ich die geheimen Winkel unserer neuen Umgebung aus. Während ich mich in der Schule mehr mit den fleißigeren und anständigeren Jungen abgab, fühlte ich mich in meiner Freizeit eher zu den halbstarken Jugendlichen hingezogen, die in der Nachbarschaft wohnten. Es war nicht allein die Aura der Verruchtheit, die diese Jungen umgab und die mir gefiel, sondern auch die Tatsache, daß viele von ihnen sitzengeblieben und daher – wie ich – älter als die übrigen Fünftkläßler waren.

Jackie Walsh, trotz seiner schmächtigen Gestalt der Anführer der Halbstarken, schien überhaupt nicht zur Schule zu gehen. Er war schon fast sechzehn, ein Aufschneider und Kettenraucher, der seine braunen Haare mit Brillantine zukleisterte und im Nacken zu einem Entenschwanz frisierte.

Die andere treibende Kraft der Bande war Al Berry, der zwar erst zwölf war, aber keinem Streit aus dem Weg ging. Berry war ein wieselflinkes Energiebündel, und er umkreiste uns ständig lachend, weil wir uns für seinen Geschmack viel zu langsam bewegten.

Von der hinteren Veranda unserer Wohnung aus konnte ich die Halbstarken erspähen, die an warmen Sommerabenden in der Henchman Street herumlungerten, einer ruhigen Seitenstraße. Meist trafen sie sich bei der verschnörkelten gußeisernen Straßenlaterne, die noch

aus der viktorianischen Zeit stammte. Einer ihrer Arme ragte in etwa
viereinhalb Meter Höhe über den Gehweg.

Diese Laterne inspirierte die Jungen aus der Nachbarschaft zu einem
halsbrecherischen akrobatischen Kunststück – natürlich, um den
Mädchen zu imponieren, die sich am Abend in „Ritz's Market", dem
Lebensmittelgeschäft an der Ecke, Süßigkeiten holten. Man mußte am
Laternenpfahl hochklettern, sich auf den Seitenarm setzen, sich
plötzlich zurückfallen lassen, so daß man in den Kniekehlen hing, und
dann – die absolute Schau – die Zigarettenschachtel aus der Tasche
angeln, sich eine Zigarette anzünden, um in dieser Position, in der ein
Abrutschen den sicheren Tod bedeutet hätte, lässig zu rauchen.

Natürlich träumte auch ich davon, dieses Kunststück zu beherr-
schen. Ich stellte mir vor, daß ich genau in dem Augenblick auf die
Laterne klettern würde, in dem ein langbeiniges Mädchen aus meiner
Klasse namens Nancy Flynn vorüberkäme. Obwohl Nancy aus einer
streng katholischen Familie stammte, gab sie sich Jungen gegenüber
recht keß, und das gefiel mir. Wenn Nancy sah, wie ich kopfüber am
Laternenpfahl hing, wäre sie mein fürs Leben, da war ich ganz sicher.

Heimlich übte ich den Aufstieg an einem Laternenpfahl in der Crescent Street, die abends ziemlich verwaist war. Zu meiner Überraschung dauerte es Wochen, bis ich allein das Hochhangeln bis zum Seitenarm meisterte; bei Al Berry sah es so einfach aus. Eine weitere
Woche saß ich auf der Stange und malte mir aus, wie ich in den Kniekehlen hing. Als ich es endlich schaffte, die Augen zu schließen und
kopfüber an der Stange zu hängen, fühlte ich mich für mein Debüt in
der Henchman Street bereit.

Während ich das Laternenpfahlklettern übte, lernte ich bei der
Henchman-Street-Bande auch Poker spielen. Wir versammelten uns
mal bei dem einen, mal bei dem anderen Jungen, deren Eltern tagsüber
nicht zu Hause waren. So konnten wir alles tun, was uns gefiel: rauchen, spielen und Bier trinken – falls wir Geld dafür hatten. Viele
Anspielungen, die meine neuen Freunde machten, gingen über meinen Verstand, vor allem Jackie Walshs und Al Berrys häufige Hinweise auf die Eisenbahnunterführung in der Nähe der Lincoln Street.
Ich vermutete, daß sie sich dort mit Mädchen trafen, um unaussprech-
liche Dinge anzustellen.

Am Sonnabend, dem 1. August, bekam Olga, nachdem sie mit der
wöchentlichen Großreinigung fertig geworden war, die ersten
Wehen. Vater bestand darauf, daß sie ihr Baby nach amerikanischer
Sitte bekäme, und fuhr sie rasch ins Krankenhaus. Danach benachrich-

tigte er Dino, der wie er als Koch bei Putnam and Thurston arbeitete.

Während der Rest der Familie ausharrte, bis Vater und Dino aus der Klinik zurückkamen, schlief ich ein. Ich erinnere mich, wie Dino mich aufweckte, außer sich vor Freude. Der kleine Spiro Bartzokis war geboren. Es gab keine Diskussion über den Namen: Wie jedes traditionsbewußte griechische Ehepaar mußten Olga und Dino ihren ersten Sohn nach dem Großvater väterlicherseits nennen.

Für uns alle war die Ankunft dieses kräftigen Jungen ein Wunder. Der kleine Spiro war mehr als nur das erste Baby in unserer Familie; er war der lebendige Beweis, daß das Opfer meiner Mutter nicht umsonst gewesen war.

DER Sommer neigte sich dem Ende zu, und ich wußte, daß Nancy Flynn bald ihre weißen Shorts gegen Faltenröcke eintauschen würde. Wenn ich nicht rasch handelte, hätte ich meine Chance verpaßt, ihr Herz mit meiner Tollkühnheit zu erobern. Eines Abends wartete ich nervös in der Nähe von Ritz's Market mit meinen halbstarken Freunden. Ich fürchtete, es könnte zu dunkel werden, bevor der Appetit auf ein Eis Nancy aus ihrem Vorgarten lockte.

„Sie kommt! Los, fang an!" raunte mir Jackie Walsh zu, und ich sprintete zu dem rostigen Laternenpfahl. Ich stellte mir vor, wie Nancy in der Dämmerung immer näher kam, wie ihre Shorts und ihre weiße Bluse in dem purpurfarbenen Zwielicht leuchteten, und dieser Gedanke verlieh mir übermenschliche Kräfte. In Rekordzeit kletterte ich den Pfahl hinauf, setzte mich todesmutig auf den Seitenarm und machte mich bereit.

„He, Nick, schau mal, wer da ist!" rief einer meiner Freunde mit merkwürdig warnendem Unterton. Ich holte tief Luft und ließ mich zurückfallen, so daß ich, hoch über dem Pflaster in den Kniekehlen hängend, wie der Klöppel einer Glocke hin- und herschwang. Dann hörte ich einen Schrei und blickte nach unten. Zu meinem Leidwesen sah ich nicht meine Angebetete in Shorts und weißer Bluse, sondern meine mollige, schwarz gekleidete Schwester Glykeria, die aus dem Haus geschlüpft war, um sich verbotenerweise ein Eiscreme-Sandwich zu kaufen.

„Komm sofort da runter!" schrie Glykeria auf griechisch zu mir hoch. „Gott schütze dich! Du wirst sterben! Wenn du runterfällst und dir das Genick brichst, bringt dich dein Vater um!"

Ich packte den Laternenpfahl und glitt wie ein Feuerwehrmann hinunter. Verwirrt hielt ich nach Nancy Ausschau und fragte mich, wie

*Unsere Familie im Jahr 1952: Fotini, ich, Glykeria, Vater mit seinem
ersten Enkel Spiro, Kanta, Dino und Olga (von rechts nach links)*

mein Plan so danebengehen konnte. Schließlich entdeckte ich Nancy
in der beleuchteten Tür von Ritz's Market. Sie kicherte, weil sie den
Auftritt meiner Schwester beobachtet hatte.

Glykeria beschimpfte mich auf dem ganzen Weg nach Hause auf
griechisch. Daheim erzählte sie Vater, was sie eben an der Straßenecke
erlebt hatte. Besonders lebhaft schilderte sie, wie meine halbstarken
Freunde mich angestachelt hatten.

„Diese Halunken, mit denen du dich abgibst – ich weiß Bescheid",
erklärte Vater wütend. „Die lungern nicht nur an den Straßenecken
herum, sie rauchen auch und trinken und rennen hinter den Mädchen
her."

Er sprach mit solcher Überzeugung, daß ich schon fürchtete, er
wüßte mehr von meinen Aktivitäten, als ich geglaubt hatte.

„In einem Alter, in dem die meisten Männer in Rente gehen, arbeite
ich wie ein Sklave", fuhr er fort, „und deine Schwestern schuften täglich neun Stunden am Fließband, damit du mit diesen Lumpen an den
Straßenecken herumlungern kannst. Ich hätte dich gleich zu Beginn
der Ferien zum Arbeiten zu Tzouras schicken sollen. Obstkisten ausla-
den würde dir vielleicht ein bißchen Verstand beibringen. Du hast

Glück, daß die Schule nächste Woche wieder beginnt, sonst würde ich dich gleich morgen früh hinbringen. Von jetzt ab gehst du immer gleich nach der Schule heim. Kein Herumbummeln mehr, keine Rowdys mehr als Freunde. Verstehst du mich?"

„Ja", sagte ich kleinlaut. Meine herrliche Zeit der Freiheit schien mit dieser Antwort ein für allemal beendet zu sein.

IM HERBST kam ich in die sechste Klasse. Tag für Tag ging ich von der Schule sofort nach Hause. Olga ließ mich wie eine Gefängniswärterin ein. Ich verbrachte viel Zeit damit, mir auszumalen, wie lange es wohl dauern würde, bis mein Vater an Altersschwäche stürbe. Ich war dreizehn und er neunundfünfzig, also würde es höchstens noch fünf oder sechs Jahre dauern. Mit neunzehn wäre ich ihn sicher los.

Diese Hoffnung hielt mich eine Weile aufrecht, aber nach einigen Wochen Hausarrest beschloß ich, es auf eine Auseinandersetzung ankommen zu lassen. Ich suchte mir einen Dienstag aus, weil das Vaters freier Tag war, den er immer im Kaffeehaus verbrachte. Statt nach der Schule heimzugehen, blieb ich bis lange nach Sonnenuntergang weg.

Am nächsten Morgen erwartete mich Vater in der Küche. „Ich hab dir befohlen, gleich nach der Schule nach Hause zu kommen", erklärte er streng wie ein Richter. „Gestern warst du ungehorsam."

Ich war darauf vorbereitet und ging sofort in die Offensive. „Soll ich hier wie ein Gefangener leben? Ich will eben ab und zu mit meinen Freunden zusammensein, genau wie du. Sobald du aufhörst, ins Kaffeehaus zu gehen, komme ich jeden Tag von der Schule direkt nach Hause."

Er lief rot an, und ich sah, daß ihn meine Worte getroffen hatten. „Was weißt *du* denn schon – ein Kind, dem alles leichtgemacht wird!" erwiderte er hitzig. „Ein Mann, der siebzig Stunden in der Woche arbeitet, weil er fünf Kinder versorgen muß, verdient der etwa nicht, einmal in der Woche auszuspannen?"

„Du hast dein ganzes Leben im Kaffeehaus vergeudet!" antwortete ich selbstgerecht. „Und dein ganzes Geld dazu! Du warst mal ein reicher Mann – das sagen alle. Jetzt müssen wir in so einer üblen Gegend wohnen, und du machst *mir* Vorwürfe, wenn ich mich mit den Jungen abgebe, die hier leben. Wenn du dein Geld nicht im Kaffeehaus gelassen hättest, könnten wir in der besten Gegend von Worcester wohnen. Und wenn du uns geholt hättest, bevor die Partisanen kamen, so wie Mana dich gebeten hatte, wäre sie vielleicht –"

„Genug! Kein Wort mehr!" schrie er. Er merkte, worauf meine Anschuldigungen abzielten, und konnte es nicht ertragen, die Wahrheit zu hören. „Du wirfst mir solchen Unflat an den Kopf – mir, deinem Vater?" tobte er. „Na gut! Geh, wohin du willst, wann du willst! Ruinier dein Leben mit Halunken und Dieben! Ich will nichts mehr mit dir zu tun haben."

Ich stand wie versteinert da. Ein berauschendes Triumphgefühl setzte ein. Ich war frei! Er hatte mir das Wort abgeschnitten, bevor ich zu Ende geredet hatte, aber ich beschloß, vorläufig Ruhe zu geben, da ich das angestrebte Zugeständnis erreicht hatte: Die Ausgangssperre war aufgehoben.

Ich rannte zur Schule und wartete den ganzen Tag ungeduldig auf das Ende des Unterrichts, damit ich zu meinen Freunden in die Henchman Street laufen konnte. Nach der Schule traf ich Jackie Walsh, der mit Al Berry vor Ritz's Market herumlungerte. „Schau mal, wer da auf einmal wiederauftaucht", begrüßte er mich. „Wir wollten per Anhalter nach White City fahren, da gibt's Autoskooter und 'ne Geisterbahn."

White City war ein großer Freizeitpark am Ufer des Quinsigamond-Sees mit Festzelten, Karussells, Wurf- und Schießbuden. Meine Freunde interessierten sich vor allem für das Bier, das in Strömen floß, und die Aussicht auf weibliche Wesen, die ohne Begleitung unterwegs waren. Aber solche Vergnügungen kosteten Geld, und meine Taschen waren noch leerer als sonst.

„Ich kann nicht mitkommen, ich hab nur vierzig Cent", gestand ich unglücklich.

Al sah Jackie an, der nickte. „Schau", meinte Al, „wir laden dich heute ein. Gehen wir zur Unterführung."

Ich wurde rot vor Freude. Endlich würde ich erfahren, was sie in der Eisenbahnunterführung machten. Ich hatte allerdings nicht erwartet, daß Jackie dort unter einen der Stahlträger, die die Schienen stützten, greifen, einen großen Stein entfernen und eine Kassette voll Geld aus dem Versteck holen würde. Er entnahm ihr einen Zwanzigdollarschein und reichte ihn mir.

„Mensch, wo hast du denn das Geld her?" entfuhr es mir, als Jackie die Kassette in ihr Versteck zurückstellte und den Stein wieder anbrachte.

„Von da und dort", antwortete er ruhig. „Die kleinen Geschäfte und Kneipen hier in der Gegend lassen nachts immer etwas Knete in der Kasse. Wir betrachten es als Herausforderung." Er wandte sich um und sah mich fest an. „Niemand weiß etwas von der Kassette außer mir und Al – und jetzt dir. Also, wenn irgendwas rauskommt, wenn auch nur was drüber geflüstert wird – da kannst du dir sicher denken, wer's bereuen wird."

Ich nickte und schluckte dabei.

„Wir sind beide schon auf Bewährung", sagte Al. „Wir können's uns nicht leisten, noch mal aufzufliegen."

„W-was ist Bewährung?" stotterte ich.

„Es bedeutet nur, daß wir uns einmal die Woche bei so 'nem Bullen melden und ihm sagen müssen, wie leid es uns tut, daß wir so böse Buben sind", erklärte Al. „Wenn sie uns erwischen, stecken sie uns in den Knast."

„Aber *du* bist nicht auf Bewährung", stellte Jackie fest. „Und du bist erst dreizehn. Niemand kann dich einbuchten, egal, was du machst, auch wenn dich nachts jemand im Sägewerk erwischt."

„Du meinst beim . . . Einbrechen?" stammelte ich.

„Mach dir mal keine Sorgen", sagte Al. „Es geht alles klar, 'ne todsichere Sache. Also, auf nach White City, mal sehen, was da los ist."

Während ich den beiden Jungen die Belmont Street entlang in Richtung Shrewsbury Street folgte, versuchte ich, meine frühere Begeisterung über mein Leben ohne Zwänge zurückzugewinnen. Aber die zwanzig Dollar in meiner Tasche wogen schwer, und ich ahnte bereits, daß dies ein Geschenk war, das mit hohen Zinsen zurückzuzahlen wäre.

Das Leben als vogelfreier Dreizehnjähriger verlief nicht so gut, wie ich es erwartet hatte. Zu Hause behandelten mich meine Schwestern wie einen jugendlichen Verbrecher. Zwischen meinem Vater und mir herrschte kalter Krieg. Er vermied es, mir unmittelbar Befehle zu erteilen, von denen er wußte, daß er sie nicht durchsetzen konnte. Statt dessen erging er sich in schrecklichen Prophezeiungen, indem er ausmalte, was passieren würde, wenn ich meine leichtsinnigen Gewohnheiten beibehielt. „Eines Tages bringt ihn die Polizei auf einer Tragbahre nach Hause – wenn er sich weiter mit diesem Volk abgibt." In bester griechischer Chortradition wiederholten meine Schwestern seine grimmigen Voraussagen unter anhaltenden Ausrufen des Mißfallens.

Ich verkniff es mir, auf seine Warnungen zu antworten, und äußerte höchstens mal eine gemurmelte Unverschämtheit. Diese war sorgfältig abgewogen, um ihn nicht zu sehr herauszufordern, denn ich fürchtete, bei einem neuen verbalen Schlagabtausch die Beherrschung zu verlieren, weil sich in mir jahrelang Zorn aufgestaut hatte. Noch war ich nicht bereit, den völligen Bruch mit ihm zu riskieren.

IM HERBST 1952, nachdem mich Al Berry und Jackie Walsh als Strohmann für ihren Coup im Sägewerk vorgesehen hatten, ließ ich mich nur noch ungern in der Henchman Street sehen. Ich hatte Angst, meine Freunde könnten den Tag festlegen, an dem ich mein Debüt als Krimineller geben müßte. Um mein verstörtes Gemüt zu beruhigen, suchte ich meinen üblichen Zufluchtsort auf – das Kino. Den Eintritt bezahlte ich mit Wechselgeld von der „heißen" Zwanzigdollarnote, die mir Walsh und Berry vor unserem Ausflug nach White City zugesteckt hatten. Mein Leben war seit meinem Einstand als Boxchampion der Greendale Avenue, der mir jetzt wie ein idyllisches Zwischenspiel vorkam, viel komplizierter geworden.

Als ob sich ein geheimer Wunsch erfüllte, traf ich beim Verlassen des Kinos auf Steve Zilavy, einen meiner Freunde aus der alten Nachbarschaft. „He, Steve!" brüllte ich. „Wie geht's allen so?"

„Gut", erwiderte er. „Sie reden immer noch von dir. Es war prima, als du noch in der Gegend warst."

„Das stimmt", sagte ich nachdenklich. „Wer ist jetzt Champion? Marty?"

„Nein – Don Muscovin."

„Dieser Knirps?" fragte ich verwundert. Don Muscovin mußte in unserer Gegend früher den meisten Spott einstecken. Es war einfach unmöglich, daß er meinen Platz als Boxstar eingenommen hatte.

„Ich sag dir, er hat dieses Jahr noch keinen Kampf verloren", antwortete Steve. „Er hat Hackfleisch aus allen gemacht."

Am Wochenende fuhr ich mit dem Bus in meine alte Nachbarschaft und fühlte mich wie Achilles, der ausritt, um Hektor auf dem Schlachtfeld von Troja zu begegnen. Die Jungen sahen noch aus wie früher – alle, bis auf Don Muscovin. Der war enorm gewachsen und schien jetzt groß genug, um jeden vorlauten Burschen das Fürchten zu lehren. Mit meiner Größe von einssiebenundfünfzig und meinen sechsundvierzig Kilo war ich dagegen ein Schwächling.

„He, Grieche, du hast dich überhaupt nicht verändert!" begrüßte mich Don freundlich.

„*Du* hast dich aber verändert!" murmelte ich und rechnete mir aus, daß ich ihn trotz seiner Größe immer noch mit meiner schnellen Beinarbeit und meinem starken Haken schlagen könnte. Die ganze alte Clique war zum Zuschauen gekommen. Wie immer bestand der Kampf aus drei Runden von je drei Minuten. Ich kam nicht nah genug an Don heran, um einen Schlag zu landen. Jedesmal wenn ich mich heranarbeitete, traf er mich mit seiner Faust, die trotz des Handschuhs hart wie ein Amboß war. Nach der ersten Runde hatte ich zwei blaue Augen.

„Geht's dir noch gut, Nick? Willst du lieber aufhören?" fragte Don, und seine Fürsorglichkeit war so aufrichtig, daß ich ihn am liebsten ermordet hätte.

„Mir geht's gut", japste ich und knirschte mit den Zähnen.

In der zweiten Runde platzte meine Lippe auf, und in der dritten schlug er mir die Nase blutig. Das schlimmste an dem ganzen Debakel war, daß alle so freundlich waren. Sie fragten mich andauernd, ob ich aufhören wollte, aber ich kämpfte verbissen weiter bis zum Ende. Die Schiedsrichter brauchten ihr Urteil nicht zu sprechen. Wir wußten alle, daß Don Muscovin Champion geblieben war.

Die Fahrt zurück in die Lincoln Street war folgenschwer, denn noch im Bus überdachte ich meinen ganzen Lebensplan. Es war klar, daß sich mein Wachstum verlangsamte, während die amerikanischen Jugendlichen noch größer wurden. Es schien mir jetzt unwahrscheinlich, daß ich meinen Traum von Siegesruhm und Wohlstand für meine Familie im Boxring verwirklichen konnte. Außerdem wurde mir zunehmend bewußt, daß mir meine Mutter nicht das Leben geschenkt hatte, damit ich es vergeudete. Mana war gestorben, damit ich nach Amerika gehen konnte. Ich wurde das Gefühl nicht los, daß ich es ihr schuldig war, das Leben, das sie mir so teuer erkauft hatte, nicht einfach wegzuwerfen.

Ich mußte die Welt mit dem Verstand erobern, wenn es mit roher Gewalt nicht ging. Ganz gewiß war ich dank meiner angeborenen griechischen Genialität meinen amerikanischen Klassenkameraden nicht unterlegen – und wenn sie noch so viele Vitamine mit ihrer Nahrung aufnahmen. Am Lincoln Square stieg ich mit zerschlagenem Gesicht aus, das allerdings ein selbstbewußter Ausdruck verklärte.

Als erste Hürde mußte ich mich aus dem Sägewerkcoup ausklinken. Statt nach Hause zu gehen, begab ich mich direkt in die Henchman Street. Als ich an der Ecke bei Ritz's Market ankam – in einem blutigen Hemd, mit blaugeschlagenen Augen und purpurfarbenen Blutergüssen –, waren Jackie Walsh und Al Berry sichtlich beeindruckt.

„Heiliger Bimbam, wer hat denn das fertiggebracht?" fragte Jackie voll Bewunderung.

„Das waren die Kerle vom Sägewerk", antwortete ich und zuckte mit den Schultern. „Die haben mich gestern nacht erwischt, als ich mich dort ein wenig umschauen wollte. Sie haben mich zusammengeschlagen und dann zur Polente gebracht."

„Was hast du ihnen gesagt?" forschte Jackie drohend.

„Gar nichts, ich hab euch nicht verpfiffen – bin doch kein Kanarienvogel", gab ich in meiner besten Marlon-Brando-Imitation zurück. „Ich hab getan, als ob ich ‚nix Englisch sprechen'."

„Richtig so, Grieche!" Al und Jackie sahen erleichtert drein.

„Sie haben mich gehen lassen", fuhr ich fort, „aber als ich heute früh zum Fenster hinausgeschaut habe, hat so ein Kerl im Hauseingang gegenüber gestanden und unser Haus beobachtet."

„Und dann kommst du hierher, du Vollidiot?" rief Jackie entsetzt.

„Ich bin zur Hintertür raus", protestierte ich. „Wofür hältst du mich eigentlich?"

„Geh auf der Stelle heim, und bleib bloß dort!" befahl Jackie. „Laß dich für 'ne Weile nicht blicken. Jetzt nützt du uns sowieso nichts mehr."

Und so kam es, daß ich meine vielversprechende Karriere als Einbrecher vorzeitig und jäh beendete.

Mit doppeltem Eifer marschierte ich als frisch geweihter Gladiator des Intellekts auf das akademische Schlachtfeld und war im zweiten Halbjahr der sechsten Klasse so gut, daß ich in die fortgeschrittene Literaturgruppe von Miß Diggins' Klasse kam, in der ich auf das College vorbereitet wurde.

Während der Schulferien stellte Jimmy Tzouras, ein weiterer Bekannter Vaters, Fotini vorübergehend bei Standard Fruit ein, da sein Buchhalter ins Krankenhaus mußte. Fotini machte Telefondienst und führte Buch über Rechnungen und Lieferungen, und in regelmäßigen Abständen brachten sie und Tzouras dem Buchhalter die Bücher zum Prüfen in die Klinik. Fotini erwies sich als äußerst tüchtig und hatte einen Blick für gute Investitionen. Als sie eines Tages mit Tzouras im Auto fuhr, erspähte sie ein dreistöckiges Haus, das zu verkaufen war. Sie erkundigte sich nach dem Preis und erfuhr, daß das große Gebäude, das in einem guten Wohnviertel lag, nur 14 000 Dollar kostete, weil es renovierungsbedürftig war. Fotini meinte, wir sollten es kaufen.

Seit ich in die Machenschaften der Henchman-Street-Bande verwickelt worden war, hatte Vater davon gesprochen, in eine bessere Gegend zu ziehen. Da er inzwischen über vier Gehälter verfügte, war es ihm endlich gelungen, ein wenig Geld zu sparen. Außerdem konnten die drei älteren Mädchen das Haus als eine Investition in ihre Zukunft mitfinanzieren. (In Griechenland umfaßt die Aussteuer einer Braut oft auch ein Haus für die Neuvermählten, und zwar mit der Übereinkunft, daß die Immobilie im Falle einer Scheidung Eigentum der Braut bleibt.)

Wir drängten uns alle in den Studebaker, um das Haus Nummer 369 in der Chandler Street zu begutachten, und kamen zu dem Ergebnis, daß Fotini eine kluge Wahl getroffen hatte. Kanta, Glykeria, Olga und Vater steuerten jeweils tausend Dollar bei, und für die restlichen zehntausend nahmen wir ein Darlehen auf.

Während Fotini den Sommer über bei Standard Fruit arbeitete, setzte mich Vater beim Renovieren der Erdgeschoßwohnung unseres neuen Hauses ein, in der wir alle – bis auf Olga und Dino – leben würden. Die beiden sollten die kleinere Wohnung im obersten Geschoß bekommen. Der erste Stock würde weiter an die fünfköpfige Familie vermietet werden, die darin wohnte, bis Kanta einen Mann gefunden hätte und die Wohnung selbst brauchte.

Unsere neue Schule, Chandler Junior High, war ein riesiger moderner Flachbau. Ich wurde in die sogenannte Prep-School verwiesen, während Fotini in den „praktischen Zweig" kam, wo sie außer in den herkömmlichen Schulfächern auch Unterricht im Kochen, im Nähen und in der Kinderpflege erhielt.

Meine neuen Klassenkameraden waren ganz anders als die, die ich bisher kennengelernt hatte. Sie waren teuer und konservativ gekleidet, die Mädchen sittsam in Faltenrock und Bluse, die Jungen in hellen Baumwollhosen und Hemden mit geknöpften Kragen. Solche Sachen besaß ich nicht, beschloß aber, meinen eigenen Stil zu kreieren, indem ich mich wie die Gangster im Kino kleidete, also wie Tony Curtis, John Derek, Humphrey Bogart. Ich fand, ich sähe bedrohlich und zugleich faszinierend aus.

Es war eine beunruhigende Erfahrung, daß ich in einer so großen Schule unmöglich mit allen Klassenkameraden Bekanntschaft schließen konnte, zumal wir in jeder Stunde das Klassenzimmer wechselten. Ich erfuhr bald, daß ich in der Prep-School von sehr klugen Schülern umgeben war, von denen manche vielleicht sogar noch klüger waren als ich.

Eine Woche nach meiner Ankunft stand ich vor einem Rätsel, als die Lehrerin, die unsere Hausaufgaben überwachte, bekanntgab, es sei Zeit, daß jeder von uns einer Arbeitsgemeinschaft beitrete, in der wir

Vorderansicht unseres Hauses in der Chandler Street

unserem liebsten Hobby frönen durften. Die Vorstellung eines Hobbys war für jemanden aus einem griechischen Dorf unverständlich. Ich erkannte jedoch rasch, daß auch ich eine Arbeitsgemeinschaft wählen mußte, ob ich wollte oder nicht.

Das einzige Hobby, das damals meinen Geist in Anspruch nahm, waren Mädchen, und so ging ich an dem bewußten Freitag in der fünften Stunde hinter Judy Olander aus dem Klassenzimmer, die mit ihrem aschblonden Lockenkopf und ihren fröhlichen blauen Augen meine Blicke vom ersten Tag an auf sich gezogen hatte. Sie war das beliebteste Mädchen in der siebten Klasse, und welche AG sie auch immer wählte, es würde auch die meine sein.

Ich blieb ihr dicht auf den Fersen, während sie an gekennzeichneten Türen vorbeiging – Fotografieren, Chor, Französisch. Für keine dieser Arbeitsgemeinschaften schien sich Judy zu interessieren.

Plötzlich blieb sie stehen, und gemeinsam betraten wir das Klassenzimmer, an dessen Tür „Schülerzeitung" stand. Zu meiner Verblüffung war schon eine ganze Reihe der intelligentesten Schüler da, aber wenn Judy an der Schulzeitung mitarbeiten wollte, dann wollte ich es ebenfalls, wie groß die Konkurrenz auch immer war. So werden schicksalsschwere Entscheidungen fürs Leben oft gedankenlos getroffen.

Die laute Schülerschar im Klassenzimmer wurde von Miß Hurd zur Ordnung gerufen, einer Lehrerin mit stählernem Blick, die unmißverständlich zu verstehen gab, daß sie in ihrer AG keinen Unsinn duldete. „Was wollt ihr Quatschköpfe hier alle?" brüllte sie. „Glaubt ihr, wir feiern hier eine Party? Dies ist die AG Schülerzeitung! Und was haben wir vor? Wir wollen eine Zeitung rausbringen! Wenn also jemand im Zimmer ist, der nicht gerne arbeitet, schlage ich vor, er geht gleich nach nebenan in den Schulchor."

Bald fesselte mich Miß Hurd mehr als Judy Olander. Sie brachte uns jeden Schritt bei, der zur Herausgabe des *Chandler Echo* nötig war – vom Verfassen der Artikel bis zum Tippen der Vervielfältigungsmatrizen. Miß Hurd paukte ständig Grammatik mit uns und ließ uns Sätze graphisch darstellen, bis ich endlich die innere Logik und den Aufbau der englischen Sprache begriff. Sie weckte meine Liebe zur Literatur. Ich hatte geglaubt, daß Erzählungen einfach die Wiedergabe von Abenteuern waren, aber dank Miß Hurd erkannte ich, daß sie auch Gefühle ausdrücken konnten: Schmerz, Enttäuschung, Wut und Verlust.

Miß Hurd vertiefte in mir auch die Achtung vor meinem griechischen Erbe. Ich hatte Griechenland als ein kleines, armes, durch den Krieg verwüstetes Land von geringer Bedeutung betrachtet. Aber Miß Hurd lehrte mich, daß meine Heimat der Ausgangspunkt der westlichen Zivilisation war, und jedesmal, wenn sie auf Plato oder Sophokles verwies, zwinkerte sie mir zu und sagte: „Berühmte Söhne deines Volkes, Nick!" Vom Außenseiter und Flüchtlingskind wurde ich zum Angehörigen einer Elite von Künstlern, Philosophen, Dichtern und Gründern der Demokratie. Bald freute ich mich richtiggehend auf die Schule – insbesondere auf den Englischunterricht bei Miß Hurd und auf ihre Schülerzeitungs-AG an den Freitagnachmittagen.

Kurz bevor ich die siebte Klasse abschloß, nahm unsere Familie an einem Ereignis teil, das für die gesamte griechische Gemeinde von Worcester einen Meilenstein darstellte: die Weihe der neuen Sankt-Spyridon-Kirche. Unsere neue Kirche war ein sichtbares Zeichen, daß sich die Griechen von Worcester endlich in ihrer neuen Heimat eingelebt hatten. Als eines der schönsten Beispiele neobyzantinischer Architektur in Amerika glänzte die Kirche mit unschätzbaren Mosaiken, einem riesigen Kronleuchter aus böhmischem Kristall und einem Altaraufsatz aus weißem Marmor.

Die großzügigsten Spender für die neue Kirche waren die Besitzer von Table Talk Pies, Angelo Cotsidas und sein Partner. Mit reichverzierten gold-schwarzen Weihegedenkbüchern, die für tausend Dollar die Seite verkauft wurden, sollten alle Schulden beglichen werden. Diese Alben enthielten die Geschichte der Kirche, Bilder und Gratulationsschreiben von Würdenträgern wie Präsident Dwight D. Eisenhower.

Gemeindemitglieder, die tausend Dollar für eine Albumseite zahlten, durften sich mit einem Foto darin verewigen. Wir wußten, daß Vater liebend gern sein eigenes Abbild zwischen den Porträts der Stützen der Gemeinde gesehen hätte, von denen viele erst nach ihm nach Amerika gekommen waren. Aber er konnte nicht einmal die 250 Dollar für eine Viertelseite – fast einen Monatslohn – aufbringen.

Vater hatte schon seit Wochen jedem Nichtgriechen gegenüber mit der neuen Kirche geprahlt: „Wissen Sie, es wurden Fotos für das Gedenkbuch gemacht – eine sehr wichtige Kirche, sehr schön." Aber als wir die Kirche zur Einweihung betraten und sahen, daß die vordersten Reihen für die geistlichen Würdenträger, die Mitglieder des Bauausschusses und die Spender mit Samtschnüren abgetrennt worden waren, spürte ich, wie wütend Vater wurde. Früher hatte er meist in der ersten Bank gesessen. Jetzt mußte er sich damit zufriedengeben, in einer der hinteren Reihen Platz zu nehmen, während seine Kartenspielerfreunde im abgetrennten Bereich bei den schwarzgewandeten Prälaten saßen.

Während des Gottesdienstes sank mein Vater noch ein bißchen mehr in sich zusammen. Mir wurde klar, was ihn bedrückte: Beim Bankett am Abend würden sich die angesehenen Gemeindemitglieder bei Putnam and Thurston versammeln, wo er kochte. Für meinen Vater stellte dies eine schwere Demütigung dar: Während seine alten Freunde Reden schwingen und sich gegenseitig gratulieren würden, stände er in seinem weißen Kittel schwitzend in der Küche und müßte sie wie ein Leibeigener bedienen.

Ich erkannte, daß auch meiner Schwester Kanta in ihrem modischen blauen Kostüm und dem passenden Hut sorgenvolle Gedanken durch den Kopf gingen. Sie war jetzt zweiundzwanzig Jahre alt und näherte sich einem Alter, in dem sie Gefahr lief, als alte Jungfer bezeichnet zu werden. Sie mußte sich bald einen Mann suchen, aber als sie sich in der heiligen Stätte umblickte, die mit der gesamten griechischen Gemeinde von Worcester gefüllt war, sah sie keinen Heiratskandidaten, der sowohl ihren Vater als auch sie zufriedenstellen würde.

Die meisten Einwanderer, die sich seit der Jahrhundertwende in Worcester niedergelassen hatten, stammten aus abgelegenen Bergdörfern und waren vor ihrer Übersiedlung nicht mit der modernen Zivilisation in Berührung gekommen. Viele ihrer mittelalterlichen Gebräuche betrachteten sie als unumstößlich. Es war in unserer griechischen Gemeinde undenkbar, sich mit einem Mitglied des anderen Geschlechts zu einem Rendezvous zu verabreden; dagegen waren arrangierte Ehen an der Tagesordnung, und eine Frau, die auf amerikanische Art mit einem Mann tanzte, der nicht ihr Angetrauter war, wurde für schamlos erklärt und verachtet.

Die griechische Gemeinde von Worcester erlaubte kein Abweichen von den traditionellen Verhaltensregeln – vor allem keine Eheschließung mit einer Person, die aus einem anderen Teil Griechenlands stammte, denn die Bergdörfler hielten sich für die Sittenwächter, während jemand aus dem Peloponnes ja eine unmoralische Erziehung gehabt haben konnte. Kanta mußte einen Mann aus der Umgebung unserer Dörfer heiraten. Ein in Amerika geborener Grieche kam überhaupt nicht in Frage.

Noch einmal blickte sich Kanta in der Kirche um – unter den Anwesenden war kein Heiratskandidat. Als der Erzbischof die neu geweihte Kirche segnete, hatte Kanta eine glänzende Idee. Sie wußte, daß jeder, der aus Amerika ins verarmte Griechenland zurückkehrte, die Wahl unter Hunderten von geeigneten Partnern hatte. Zu Hause konnte sich Kanta den besten Bräutigam von ganz Epirus aussuchen. Ihr Vater würde ihre Wahl akzeptieren müssen, weil sie einen Mann aus unserer Heimat heiratete.

Als der Erzbischof die Gemeinde mit einer Handbewegung aufforderte, sich zu erheben, blickte ihn Kanta mit einem verzückten Lächeln an und dachte, daß Sankt Spyridon, der ihr diese Idee in den Kopf gesetzt hatte, vielleicht schon sein erstes Wunder in der neuen Kirche vollbracht hatte.

VATER wies Kantas Plan zurück, bevor sie ihn ausgesprochen hatte. Keine seiner Töchter würde allein in der Welt herumkutschieren, meinte er. Aber Kanta konnte sehr überzeugend sein. Sie habe bereits genug für das Schiffsticket gespart, erklärte sie. Und nach fünf Jahren sei es eine Schande, daß an Manas Grab in Lia noch kein Gedenkgottesdienst abgehalten worden sei. Unser Großvater könne sie in Piräus abholen und überallhin begleiten. Vater wisse doch, daß sie zu vernünftig sei, um irgendwas zu tun, was die Familie in Verruf brächte.

Schließlich spielte sie ihre Trumpfkarte aus: „Da ist doch noch der Laden in Ioannina, der dir zur Hälfte gehört – den solltest du verkaufen! Ich kann einen Käufer finden, und der Erlös wird die Kosten für meine Reise und die Hochzeitsfeier in Griechenland abdecken. Wenn alles vorüber ist, komme ich zurück und hab noch Geld übrig."

Der Gedanke, für Kanta einen passenden Mann zu finden und gleichzeitig einen Gewinn zu erzielen, war so phantastisch, daß Vater einige Minuten lang still über die Sache nachgrübelte. Schließlich streckte er Kanta die Arme entgegen. „Meine Tochter!" rief er. „Die Zeit zu heiraten ist für dich gekommen. Du hast meinen Segen. Ich werde deinem Großvater schreiben und ihn bitten, er möge dich im Hafen von Piräus abholen."

Von diesem Augenblick an war Kanta nach der Arbeit vollauf mit Einkaufen beschäftigt, um für ihre triumphale Rückkehr nach Griechenland (und vielleicht auch für ihre Heirat) die passende Garderobe zusammenzustellen.

Anfang Juli 1954 reiste sie mit dem Dampfer *Nea Hellas* von New York ab. Ihre Koffer waren vollgepackt mit hübschen geblümten Kleidern und maßgeschneiderten Kostümen, eleganten Schuhen und Geschenken für die Verwandten – Kleiderstoffen, Kopftüchern und Nylonstrümpfen. Zuallerletzt hatte sie noch sorgfältig das wunderschöne Hochzeitskleid aus cremefarbener Spitze mit langer Schleppe und paillettenbestickten Ärmeln eingepackt, das sie für hundert Dollar gekauft hatte. Kanta wußte, daß sie ein solches Prachtstück in Griechenland nicht finden würde.

Am Ende des Sommers erhielten wir einen Brief von Kanta aus Griechenland. Sie war gut angekommen, schrieb sie, war von unserem Großvater abgeholt worden und hatte zwei Wochen mit ihm in Athen verbracht, wo sie Verwandte besuchte. Wo immer sie in der Hauptstadt hinging, berichtete sie, verursachte sie einen Aufruhr mit ihrem amerikanischen Aussehen und ihren Kleidern. Ihr schwirrte der Kopf von all der Aufmerksamkeit. „Ich sage allen dasselbe – zuerst muß ich ins Dorf gehen und den Gedenkgottesdienst abhalten lassen", schrieb sie. „Und später, wenn ich meine Familie wiedersehen möchte, kehre ich nach Amerika zurück. Ich hoffe, alles erledigen zu können, um Weihnachten wieder bei Euch zu sein."

Ich dachte mit Schrecken daran, daß sie vielleicht einen Ehemann mitbrächte. Mir fiel es ja bereits schwer, mit meinem Vater unter einem Dach zu leben. Wie sollte ich mich dann an eine weitere männliche Autorität gewöhnen, die mich herumkommandierte?

SIEBEN

WÄHREND Kanta achttausend Kilometer weit weg einen geeigneten Ehemann suchte, kam ich in die achte Klasse. Meine Leistungen fanden immer mehr Beachtung, doch für Fotini, die inzwischen sechzehn war, wurde der Unterricht von Tag zu Tag unerträglicher. Sie wünschte sich sehnlichst den Augenblick herbei, an dem sie die Schule endlich verlassen konnte.

Olga erwartete ihr zweites Baby. Dino war bei Putnam and Thurston befördert worden, und er kaufte sich einen klapprigen blauen Pontiac für sechshundert Dollar.

Am 25. Oktober 1954 nachmittags gebar Olga ihren zweiten Sohn. Er wurde nach meinem Vater Christos getauft. Unsere Familie wuchs langsam zu einem echten Clan heran, und mein Vater hatte große Freude an seinen Enkeln und zeigte sie voller Stolz seinen Landsleuten.

Zu Beginn des neuen Schuljahres erhielten wir ein Telegramm von Kanta: ICH HABE EVANGELOS STRATIS MEIN VERSPRECHEN GEGEBEN. HOCHZEIT AM 19. SEPTEMBER.

Der Name Stratis sagte mir nichts, aber für meinen Vater und meine Schwestern war er ein Grund zum Feiern. In unserem Dorf wurde jeder nach dem Ruf seiner Sippe beurteilt. Die Stratis galten als häuslich, rechtschaffen, fleißig und verantwortungsbewußt. Kantas Auserwählter, Evangelos, würde also einen idealen Ehemann abgeben.

Anfang Dezember erhielt Vater einen Anruf von Kanta, die ihn bat, bei Table Talk Pies nachzufragen, ob sie ihren Urlaub um einen Monat verlängern könne. Es würde noch mindestens zwei Monate dauern, bis die Einwanderungspapiere für ihren frischgebackenen Ehemann ausgestellt wären. Vater ging persönlich zu Angelo Cotsidas, der ihn aber auf die Gewerkschaftsvorschriften verwies: Kanta dürfe nur fünf Monate Urlaub nehmen. Wenn sie Weihnachten nicht wieder da sei, erklärte Cotsidas, könne man die Stelle nicht mehr für sie freihalten. Deshalb kehrte Kanta am 21. Dezember allein zurück.

IN AMERIKA arbeitete Kanta sogleich wieder am Fließband bei Table Talk Pies. Anfang Februar 1955 traf Evangelos in New York ein, wo Vater ihn abholte. Bei der Begrüßung küßte mich Kantas Ehemann auf beide Wangen – eine Geste, die mich überraschte und mir peinlich war, denn nach der langen Abwesenheit von Griechenland hatte ich vergessen, daß sich dort auch Männer mit einem Kuß begrüßen. Mein Vater und ich verzichteten jedenfalls auf diese Geste.

Trotzdem entdeckte ich bald, daß ich Evangelos mochte. Er war ruhig, höflich, gutmütig und erwies sich als eine sympathische Ergänzung unseres Haushalts. Bald betrachtete er den Wohlstand, den er in Griechenland so lange entbehrt hatte, als etwas Selbstverständliches.

WÄHREND sich Kanta und „Angelo" ihr Nest einrichteten, wurde ich zum vielgefragten Conférencier bei Schulveranstaltungen. Das verschaffte mir eine ganze Reihe von Einladungen bei Teenager-Partys, denen ich begeistert nachging. In der Zwischenzeit hatte Miß Hurd auch einige Gedichte, Artikel und Essays von mir für die Schülerzeitung ausgewählt.

An einem Frühlingstag – ich besuchte noch die achte Klasse – sagte Miß Hurd im Englischunterricht: „Wir haben darüber gesprochen, wie Autoren das beste Material ihrem eigenen Leben entnehmen. Ich möchte, daß jeder von euch einen Aufsatz schreibt, der auf persönlichen Erfahrungen beruht." Sie blickte mich an. „Nicholas, du schreibst am besten über das, was du während des Bürgerkrieges in Griechenland erlebt hast."

Darüber wollte ich überhaupt nicht gerne schreiben, und so verschob ich die Arbeit bis kurz vor dem Tag, an dem sie fällig war. Ich ging in mein Zimmer, schloß die Tür und setzte mich mit Bleistift und Schreibblock an den Tisch.

Schließlich nahm ich den Stift in die Hand und schrieb den ersten Satz: „Das Eintreffen des Frühlings hat für die einzelnen Menschen verschiedene Be-

Kanta mit ihrem Verlobten Angelo zu Hause in Lia

deutungen – der Winter ist vorüber, die Zugvögel kehren aus dem Süden zurück, und mancher junge Mann denkt plötzlich an die Liebe. Für mich hat der Frühling eine ganz andere Bedeutung, weil es die Jahreszeit ist, in der ich meiner Mutter für immer Lebewohl sagen mußte. "

Danach schrieb ich einfach weiter. Ich erzählte, wie ich eines Tages im Bohnenfeld unserer Familie lag und das Gespräch zweier Partisanenoffiziere mithörte, aus dem ich erfuhr, daß sie alle Kinder gewaltsam mitnehmen würden. Ich war nach Hause gerannt, um es meiner Mutter zu sagen; damit hatte ich die Ereignisse in Bewegung gesetzt, die mit unserer Flucht und ihrem Prozeß, ihrer Folter und Hinrichtung endeten.

Ich schilderte, wie Mana unsere nächtliche Flucht aus Lia bis hinter die nationalistischen Linien plante und wie sie einem der wenigen Männer, die im Dorf geblieben waren, Geld gab, damit er uns durch die Minenfelder führte. Ich beschrieb, wie die Partisanen an unserem letzten Tag in Lia eine weitere Frau aus unserem Haus zum Dreschen abkommandierten und wie meine Mutter sich für diese Aufgabe opferte, damit wir wie geplant flüchten konnten.

Ich ließ unerwähnt, was meine Mutter an jenem letzten Tag zu mir gesagt hatte, als sie mich an der Hand bis zu der Stelle mitnahm, wo sich die Erntefrauen versammelten. Ich erzählte auch nicht, daß sie mich auf den Schoß nahm und meinte, ich müsse sehr tapfer sein. Daß sie mir ihre Kette mit dem groben silbernen Kreuz zum Schutz um den Hals legte, verschwieg ich ebenso wie die Tatsache, daß sie mich ein letztes Mal küßte und dann hinter den Frauen herlief, die in eine Schlucht geführt wurden, wobei sie sich ein paarmal umdrehte, um zu mir zurückzublicken. All diese Dinge, die sich in unseren letzten gemeinsamen Augenblicken ereignet hatten, waren zu kostbar, um sie in einem Schulaufsatz niederzuschreiben.

„Ich hatte sehr viel Glück, daß ich nach Amerika kommen konnte", schloß ich, „und ich weiß, daß meine Mutter hier auch glücklich geworden wäre. Es war immer ihr größter Wunsch gewesen, eines Tages in diesem Land zu leben. "

Während ich mir beim Schreiben diese Zeit ins Gedächtnis rief, öffneten sich die Schleusen der Erinnerung und erfüllten mich mit schmerzlichem Kummer. Tags darauf gab ich meinen Aufsatz ab und hoffte, ihn nie wiederzusehen. Unglücklicherweise sagte mir Miß Hurd eine Woche später, daß sie ihn der Klasse gern vorlesen würde, wenn ich nichts dagegen hätte. Ich murmelte, daß es in Ordnung sei,

aber als sie es dann tat, brach mir vor Nervosität der kalte Schweiß aus,
und ich versuchte, mir vorzustellen, es sei der Aufsatz eines Fremden.
Nachdem die Lehrerin zum Schluß gekommen war, sprach niemand ein Wort. Miß Hurd lobte mich: „Eine sehr schöne Arbeit,
Nicholas." Später auf dem Flur wandten sich einige der Mädchen an
mich: „Es tut uns leid, was deiner Mutter passiert ist, Nick", meinten
sie leise. Und ein Junge aus meiner Klasse erklärte: „Das war wirklich
gut, Nick! Also – nicht gut, das war wirklich schrecklich! Na, du
weißt schon, was ich meine."

Als die achte Klasse zu Ende war, bedauerte ich, daß ich mein neu
erworbenes gesellschaftliches Prestige während der Sommerferien
nicht nutzen konnte. Für Fotini stellte der letzte Schultag das Ende
eines langen Leidensweges dar. Am Ende des Schuljahres verschwand
sie aus dem Klassenzimmer ebenso wie aus dem Gedächtnis ihrer
Mitschüler. In Griechenland war sie eine hervorragende Schülerin
gewesen, aber ihre Bildungsbegeisterung hatte von dem Tag an stetig
abgenommen, als man sie in eine Klasse mit drei Jahre jüngeren Mit-
schülern gesteckt hatte.

Kanta, die alles für einen High-School-Abschluß gegeben hätte,
hatte dafür kein Verständnis. „Du mußt *irgendwas* machen", belehrte
sie Fotini. „Immer fummelst du an deinen Haaren herum – warum
sparst du nicht etwas Geld und gehst zur Friseurschule? Als Friseuse
hättest du keine Mühe, eine große Kundschaft zu bekommen, so
hübsch, wie du bist."

Es stimmte, daß Fotini die hübscheste von meinen Schwestern war.
In jenem Sommer – 1955 – arbeitete sie tagsüber bei Table Talk Pies,
und abends ging sie zur Ollis Beauty School in der Main Street. Inzwi-
schen suchte ich mir einen Ferienjob, indem ich alle griechischen
Imbißbuden abklapperte. Schließlich stellte mich ein albanischer Grie-
che ein, in dessen Imbißstand ich hinter der Theke für achtzig Cent die
Stunde arbeitete. Ich hatte vor, mit dem verdienten Geld noch im
Sommer meinen Führerschein zu machen.

Ich bestand die Fahrprüfung an einem drückendheißen Augusttag
und konnte es kaum erwarten, die gesamte Schülerschaft am ersten
Tag im September in Erstaunen zu versetzen. Damit mir dies auch
richtig gelang, brauchte ich natürlich ein Auto; und ich wußte, es war
hoffnungslos, von meinem Vater zu erwarten, daß er mir seines lieh.
Ich fragte ihn trotzdem und erhielt die gleiche Antwort, die jeder
bekam, der ihn um sein Auto bat. „Drei Dinge soll ein Mann nie aus-

leihen, wie das Sprichwort sagt", dozierte er. „Seine Frau, sein Gewehr und seinen Esel! Und dieses Auto ist mein Esel."

Mir blieb also nur eine Alternative: Dinos alter, schrottreifer Pontiac. Ich versprach, das Fahrzeug jede Woche zu waschen und zu polieren, wenn Dino mich am ersten Tag zur Schule fahren ließe. Schließlich erklärte er sich einverstanden, wenn ich das Auto nach der Schule zu einem bestimmten Parkplatz in der Orange Street bringen würde, wo er es normalerweise abstellte.

Meine Ankunft in der Schule war so sensationell, wie ich es mir erhofft hatte. In der Mittagspause fuhr ich eine ausgewählte Gruppe von Freunden in der Stadt herum und dann zum „Coney Island Diner" zum Würstchenessen. Wenn ich vorher beliebt war, so war ich jetzt der König.

Eine Woche nach diesem Triumph fragte ich Dino, ob ich wieder mit dem Auto zur Schule fahren dürfe. Als Gegenleistung versprach ich, es bis in alle Ewigkeit zu waschen. Tatsächlich überließ er mir dienstags das Auto. An diesem Tag hatte ich einen Geistesblitz: Auf dem Heimweg hielt ich vor einem Kaufhaus und ließ den Zündschlüssel nachmachen. Jetzt hatte ich einen Zweitschlüssel, und ich wußte auch, daß Dino sein Auto immer an derselben Stelle parkte, wenn er um vierzehn Uhr dreißig zur Arbeit ging.

Nach der Schule hatte ich genug Zeit, um zum Parkplatz hinüberzugehen, Dinos Auto mit Hilfe des Zweitschlüssels wegzufahren, Freunde abzuholen, sie für ein paar Stunden herumzukutschieren und das Auto rechtzeitig zum Parkplatz zurückzubringen, bevor Dino es holte. Dino merkte nichts, weil ich stets das Auto genau so abstellte, wie ich es vorgefunden hatte.

Als ich mir Dinos Auto zum dritten Mal heimlich „auslieh", lud ich meinen Freund Chuck Goldthwaite und zwei beliebte Mädchen aus der neunten Klasse ein. Wir aßen ein Eis, und dann fuhr ich durch die Alleen mit den herrschaftlichen Häusern, wo die reichsten Familien von Worcester wohnten.

Auf dem Rückweg bog ich rechts ab, ohne auf das Stoppschild zu achten. Als ich um die Kurve brauste, krachte ich mit solcher Gewalt in den linken hinteren Kotflügel eines großen Kombiwagens, daß sich dieser um die eigene Achse drehte.

Während meine Passagiere aufkreischten, riß ich den Pontiac scharf herum und raste mit Vollgas davon. Dabei betete ich, daß mich der andere Fahrer nicht genau gesehen und Dinos Wagen keinen sichtbaren Schaden abbekommen hatte.

„He, Nick!" brüllte Chuck. „Wo fährst du denn hin? Du mußt doch anhalten!"

„Halt die Klappe!" stieß ich hervor. Ich bog an der nächsten Kreuzung so scharf nach rechts ab, daß ich über den Bordstein hinwegfuhr und schließlich in einem Vorgarten zum Stehen kam.

„Laß uns hier raus! Wir sind ja gleich zu Hause", sagten meine Freunde rasch und stiegen hastig aus. Sie hatten es eilig, den Fängen dieses Wahnsinnigen zu entkommen.

„In Ordnung", murmelte ich und versuchte, das heftige Zittern in meinen Armen zu unterdrücken. „Hört mal", fügte ich hinzu, „ich hab ihn kaum berührt. Es war nichts, nur ein leichter Stoß. Es lohnt sich nicht, darüber zu reden, klar?"

„Klar!" stimmten sie zu, erleichtert, noch am Leben zu sein.

Vorsichtig fuhr ich zur Orange Street zurück und parkte das Auto so, wie ich es vorgefunden hatte. Dann stieg ich, zu allen Heiligen betend, aus, um es mir von vorn anzusehen.

Der Schaden war schlimmer, als ich befürchtet hatte. Die vordere Stoßstange war völlig eingedrückt, der rechte Scheinwerfer zerbrochen. Ich war in Schwierigkeiten! Allerdings wußte ich noch nicht, wie ernst die Lage tatsächlich war: Der Mann, dessen Auto ich angefahren hatte, war Rechtsanwalt, und er hatte sich Dinos Autonummer gemerkt.

Meine Fahrerflucht war eindeutig das Schlimmste, was ich je angestellt hatte. Ich versuchte zu überlegen, wie ich die Strafe, die mich erwartete, umgehen könnte, aber mein Verstand war wie betäubt. So tat ich, was ich in Krisenmomenten immer tat: Ich ging ins Kino.

Als der Film zu Ende war, näherte ich mich mit zögernden Schritten der Chandler Street. Unser Haus lag ruhig da – keine Spur von Dino. Auch Vaters Auto war nicht da. Ganz leise stieg ich die Hintertreppe hinauf. Als ich die Fliegengittertür aufstieß, drehten sich die drei Personen, die in der Küche warteten, nach mir um: meine Schwestern Glykeria und Olga und ein uniformierter Polizist, der aus meiner Perspektive zweieinhalb Meter groß war.

Meine Schwestern fingen natürlich sofort im Chor auf griechisch zu kreischen an. „Verfluchter Kerl – was hast du uns da wieder eingebrockt?"

Der Gesetzeshüter ergriff das Wort. „Bist du Nicholas?"

„Ja", antwortete ich untertänig.

„Komm bitte mit aufs Revier."

Wie auf ein Kommando tauchte mein Vater atemlos an der Hintertür auf. Er war in Worcester herumgefahren und hatte mich überall gesucht. Auf alles gefaßt, drehte ich mich um – doch auf seinem Gesicht lag ein Lächeln, das gleichermaßen mir und dem Polizeibeamten zu gelten schien. Es beruhigte mich jedoch nicht, denn ich kannte dieses Lächeln, hinter dem ein Südländer seine Gefühle verbirgt, wenn sie zu schrecklich sind, um sie offen zu zeigen.

„Ihr Sohn wird mich aufs Revier begleiten, ich muß seine Personalien aufnehmen", erklärte der Polizist.

„Ist das wirklich nötig, Sir?" fragte mein Vater. „Er ist ein guter Junge – macht nie Ärger. Daß er festgenommen wird wie ein Verbrecher, verdirbt seinen guten Ruf ..."

„Ich sag Ihnen mal was", fuhr der Polizist etwas freundlicher fort. „Ich geh jetzt zum Essen. Wenn Sie und Ihr Sohn in der Zwischenzeit aufs Revier gehen und er sich freiwillig meldet, macht das später vor Gericht einen viel besseren Eindruck."

„Sie sind ein sehr gütiger Mensch", sagte Vater. „Ich werde das nicht vergessen."

Der Polizist verließ die Wohnung, und Vater ging zum Telefon und rief Peter Bell an, den kleinen griechischstämmigen Rechtsanwalt, an den sich alle unsere Landsleute wandten, wenn sie in juristischen Dingen Hilfe benötigten. Sie vereinbarten, sich auf der Polizeiwache zu treffen. Dann schob er mich zur Tür hinaus.

Ich stieg in den Plymouth, den sich mein Vater vor kurzem gekauft hatte, und wartete, daß der väterliche Zorn über mich hereinbrach, aber er fuhr nur schweigend dahin, tief in Gedanken versunken. Dann sah er mich an, und dieses unheimliche Lächeln huschte wieder über sein Gesicht. „Mach dir keine Sorgen, mein Sohn, Peter Bell wird alles richten. Er kennt jeden in Worcester, es geht alles klar."

Es war merkwürdig; ich wurde nicht klug aus ihm. Ich dachte, wahrscheinlich will er mich nur beruhigen, damit ich auf der Wache gelassen auftrete.

Auf dem Polizeirevier wurden meine Personalien festgehalten. Dann ließen uns die Beamten mit dem Anwalt allein. Peter Bell begrüßte mich wie einen trauernden Hinterbliebenen und flüsterte meinem Vater etwas zu, der zu allem, was der Anwalt sagte, ernst nickte.

Bell erklärte, wir sollten Dino dazu bringen zu behaupten, daß zwischen uns eine stillschweigende Vereinbarung bestanden hätte, wonach ich sein Auto benutzen durfte. Dann würde dies nicht zu meinen Ungunsten ausgelegt, und es wäre kein Diebstahl.

„Überhaupt kein Problem", versicherte mein Vater. „Dino wird behaupten, was ich ihm sage."

Nachdem mir die Beamten Fingerabdrücke abgenommen und mich fotografiert hatten, fuhr mich Vater in der gleichen beunruhigenden Stille nach Hause. Als wir die Wohnung betraten, machte er den Fragen und Verwünschungen meiner Schwestern mit einem furchterregenden Gebrüll ein Ende: „Laßt den Jungen in Frieden!"

Für die Vernehmung wurde ein Termin angesetzt, und wir versammelten uns alle vor Gericht. Peter Bell bekannte sich in meinem Namen für schuldig, ein Auto ohne ausdrückliche Erlaubnis genommen zu haben, rücksichtslos gefahren zu sein und Fahrerflucht begangen zu haben. Dann sprach er zu meiner Verteidigung: „Euer Ehren, dieser unglückliche Unfall ist auf jugendliche Unreife, nicht auf Böswilligkeit zurückzuführen. Dieser junge Mann brach wegen seiner Unerfahrenheit in Panik aus. Er kam erst vor sechs Jahren als griechischer Flüchtling in dieses Land und ist bis zu dieser Tragödie ein anständiger Junge gewesen. Sein verwitweter Vater arbeitet seit 1910 in Worcester und hat alle Mühen auf sich genommen, um seine fünf Kinder zu ernähren, ein vorbildlicher Bürger. Ich bitte Sie, die Umstände des Jungen, seine Jugend und seinen guten Charakter zu berücksichtigen."

Der Richter sah mich grimmig an. „Ist der Vater des Jungen hier?"

Mein Vater trat nach vorn, den Hut in der Hand, und blickte ehrfurchtsvoll zu der Gestalt in der schwarzen Robe empor. „Ich bin hier, Euer Ehren."

„Haben Sie zu den Handlungen Ihres Sohnes etwas zu sagen, bevor ich das Urteil fälle?"

„Mein Nicholas ist ein anständiger Junge!" begann mein Vater. „Er ist dem schlimmsten Bürgerkrieg entkommen – halb verhungert, ohne Schuhe, überall Landminen. Später wurde er ins Flüchtlingslager geschickt, hat seine arme Mutter verloren, die von den kommunistischen Schweinen ermordet wurde. Er kommt hierher nach Amerika, man steckt ihn in der Schule in eine Klasse mit den Dummen, weil er die Sprache nicht kennt. Es war schwer für ihn in den ersten Jahren, Euer Ehren. Aber dieser Junge – er lernt Englisch, bekommt gute Noten, hat großen Erfolg in der Schule, arbeitet hart in den Ferien, geht jeden Sonntag in die Kirche, er ist Ministrant. Es ist alles meine Schuld . . ., ich habe die Kinder nicht rechtzeitig nach Amerika geholt. Der Junge hat seinen Vater daher erst spät kennengelernt. Ich hab's versucht, aber ich war vorher kein Vater. Ich kenne meinen Sohn, Sir, und ich weiß, daß er nichts Böses tun wollte. Er hat einfach vergessen, was richtig ist, als er das Auto angefahren hat. Aber er hat eine Menge durchgemacht, und es tut ihm sehr, sehr leid. Bitte verzeihen Sie meinem Sohn, Euer Ehren. Ich verspreche, er wird so etwas nie wieder tun. Er lernt immer noch, wie es in Amerika ist, und wenn er ins Gefängnis muß – das würde sein Leben verpfuschen."

Der Richter schwieg einige Augenblicke. Nachdenklich blickte er mich an. Es war offensichtlich, daß die Rede meines Vaters ihn bewegt hatte. Auch mich hatte die leidenschaftliche Verteidigung von seiten meines Vaters erschüttert. Daß er aus tiefster Seele über meine anfänglichen Schwierigkeiten in diesem Land gesprochen hatte, überraschte und berührte mich. Trotzdem hegte ich den Verdacht, daß ich am Ende doch noch seinen Zorn zu spüren bekäme. Ich war in Gedanken derart damit beschäftigt herauszufinden, was in ihm vorging, daß ich den Richter kaum hörte, als dieser wieder das Wort ergriff.

„Steh auf, Nicholas", sagte er. „Du weißt, daß dies eine sehr ernste Angelegenheit ist. Was du getan hast, war eine Straftat, die zu schwerwiegenden Verletzungen, vielleicht sogar zum Tod eines Menschen hätte führen können. Verstehst du das?"

„Ja, Sir."

„Du mußt die Verantwortung für dein Tun selbst übernehmen. Wenn du in diesem Land eine Straftat begehst, mußt du dafür büßen. Niemand sonst, auch nicht dein Vater, kann das für dich tun. Ich billige dir eine Bewährungsfrist zu unter der Bedingung, daß du persönlich arbeitest, um den Schaden an beiden Autos voll zu ersetzen. Dieser beläuft sich, wie mir gesagt wurde, auf 234 Dollar für das Auto des Klägers und 120 Dollar für das Auto deines Schwagers. Dein Vater arbeitet schwer, um für dich und deine Schwestern zu sorgen, und verdient diese zusätzliche Belastung nicht. Er muß mir eine schriftliche Erklärung abgeben, daß du das Geld selbst verdienst und er dir keines schenkt." Er wandte sich an meinen Vater. „Bekomme ich darauf Ihr Ehrenwort, Mr. Gage?"

„O ja, Sir", antwortete mein Vater rasch.

„Dann gilt als vereinbart, Nicholas, daß deine Bewährungsfrist so lange dauert, bis all diese Beträge bezahlt sind, und daß dir dein Führerschein für die Dauer dieser Frist entzogen wird. Du wirst dich wöchentlich bei einem Bewährungshelfer melden, verstehst du?"

„Ja, Euer Ehren", murmelte ich, während in mir die Wut über die Schwere des Urteils aufstieg. Alle jugendlichen Delinquenten vor mir, Brandstifter und Diebe, waren an diesem Tag mit einer einfachen

Bewährungsstrafe davongekommen, aber ich mußte auch noch arbeiten, um den Schaden zu bezahlen. Bis meine Bewährungsfrist abgelaufen wäre und ich meinen Führerschein wiederbekäme, wäre ich wahrscheinlich zu alt zum Fahren.

Meine Niedergeschlagenheit verstärkte sich, als ich auf Vaters neuen Plymouth zuging und an die seit langem ausstehende väterliche Strafe dachte. Aber im Auto sagte er nur: „Es tut mir leid, daß ich dir nicht mit Geld aushelfen kann, aber du hast ja gehört, was der Richter gesagt hat. Ich hab ihm mein Wort gegeben."

„Ich werde es selbst verdienen", antwortete ich nachdrücklich.

Zu Hause warteten meine älteren Schwestern wie die drei Parzen auf das Urteil. Als Vater es ihnen erklärte, fingen sie alle gleichzeitig an zu zetern: Es sei nicht genug, ich hätte schlimmer bestraft werden müssen ... Höchste Zeit, daß mir eine Lehre verpaßt worden sei ...

„Laßt den Jungen in Ruhe – er hat genug gelitten!" brüllte mein Vater, und ich starrte ihn erstaunt an. Vater wandte sich zu mir um. „Komm, Nicholas, sehen wir zu, daß wir hier wegkommen!"

Er eilte mit mir zur Tür hinaus. Wir stiegen in sein Auto, und er fuhr los. Bald führte die Straße durch eine bewaldete, wenig bewohnte Gegend, und ich merkte, daß Vater den Flugplatz ansteuerte. Er lag auf einer Hochfläche nordwestlich der Stadt, umgeben von Waldgebieten und drei Stauseen. Von dem Plateau konnte man über das weite Land hinausblicken und sah keine Spur der geschäftigen Industriemetropole.

Vater hielt an einem Aussichtspunkt und machte eine Handbewegung, als ob er ein Geschenk mit mir teilen wollte. „Ich komm oft hier rauf, nur wegen des herrlichen Ausblicks", begann er. „Er erinnert mich an den Blick von unserem Haus im Dorf."

Seine Worte berührten in mir eine empfindliche Stelle. Ein Kloß steckte mir im Hals, und schließlich brach die Frage aus mir hervor, die meine widerstreitenden Gefühle so lange verhindert hatten. „Warum hast du uns zurückgelassen?" Kaum hatte ich diese Worte ausgesprochen, bereute ich sie sofort. Ich hatte vorgehabt, Vater eines Tages in aller Öffentlichkeit anzugreifen, wo auch andere meine Anklage hören und seine Schmach miterleben würden, aber nun war ich einfach damit herausgeplatzt.

Lastende Stille senkte sich über uns. Er starrte in die Ferne. Dann zog er ein Taschentuch hervor und schneuzte sich. „Weißt du, am Anfang, als wir gerade geheiratet hatten, wollte deine Mutter nicht mitgehen", erklärte er mit erstickter Stimme. „Sie wollte ihre Eltern nicht allein lassen. Ihre Mutter sagte, sie würde sich umbringen. Ich fuhr ohne sie – es gehört sich schließlich, daß die Tochter sich um ihre Eltern kümmert. Dann wurdet ihr Kinder geboren. Ich kaufte deiner Mutter die besten Felder, baute das größte Haus."

Ich nahm ihm diese Entschuldigung nicht ab. „Aber sie wollte nach Amerika auswandern", entgegnete ich. „Jeden Tag hat sie uns Geschichten erzählt, wie wunderbar Amerika sei."

„Die Wirtschaftskrise kam", fuhr er hartnäckig fort. „Hunderte von Griechen verließen Worcester. Ich mußte meinen Lastwagen verkaufen ... Zwar konnte ich euch immer noch genug Geld schicken, damit ihr im Dorf gut leben konntet, aber hier hätte es nicht gereicht. Ich hatte immer vor, euch zu holen, wenn alles besser wäre. Und dann begann der Krieg."

„Aber warum hast du uns nicht gleich nach dem Krieg geholt, wie es die anderen Männer getan haben? Ich kann mich noch an den Brief erinnern, den sie dir geschrieben hat. Sie hat dich angefleht, uns zu holen, und ich kann mich an deine Antwort erinnern: ,Bleib im Haus, paß auf die Sachen auf, du hast von den Partisanen nichts zu befürchten.' Dir war nur dein Hab und Gut wichtig, um uns hast du dir keine Gedanken gemacht!"

Vater nahm seine Brille ab, und ich konnte Tränen auf seinen Wangen glitzern sehen. „Ich war ein Narr", meinte er und blickte auf den Horizont. „Ich habe geglaubt, was ich in der Zeitung las. Sie haben nie von den Morden geschrieben, daß die Kinder aus den Armen ihrer Mütter gerissen wurden. Es hieß, die Partisanen kämpften für die Demokratie. Ich habe es geglaubt. Ich hätte nie gedacht, daß Griechen ihre eigenen Landsleute umbringen könnten. Als ich noch in der Heimat gelebt habe, waren es immer die Griechen gegen die Türken gewesen oder gegen die Italiener ..."

Er schwieg und verbrachte einige Augenblicke damit, sehr sorgfältig seine Brille zu putzen. Dann setzte er sie wieder auf und drehte sich zu mir um.

„Du sollst wissen, daß ich deine Mutter sehr geliebt habe", fuhr er fort. „Es vergeht kein Tag, keine Stunde, in der ich nicht an sie denke und daran, wie ich sie im Stich gelassen habe. Ich hab euch alle im Stich gelassen, und ich kann nur sagen, daß es nicht meine Absicht war."

Er drehte sich um, während das letzte Glühen am westlichen Himmel schwand. Ich wartete. Als er wieder sprach, schien er mit sich selbst zu reden. „Es ist merkwürdig, wie man – wenn man so von Tag zu Tag lebt – Dinge tut, die einem bedeutungslos vorkommen. Du spielst ein bißchen Karten und verlierst, also verschiebst du das Verschicken der Einreisepapiere auf den nächsten Monat. Du träumst davon, ins Dorf zurückzukehren und den reichen Mann zu spielen. Und dann, eines Morgens, wachst du auf und entdeckst, daß du etwas Schreckliches getan hast, daß deine Frau tot ist und deine Kinder dich hassen. Natürlich, wenn ich gewußt hätte, daß es so endet, hätte ich von Anfang an anders gehandelt."

Er erwähnte meine eigenen Missetaten mit keinem Wort, aber mir war klar, wie sehr seine Worte auch auf mich zutrafen. Als ich mir Dinos Auto auslieh, hatte ich nur meinen Freunden imponieren wollen, aber ich wäre beinahe im Gefängnis gelandet, mein Leben wäre verpfuscht gewesen. Vater hielt mir dennoch keine Standpauke. Er sprach von seinen eigenen Versäumnissen. „Jeden Tag gebe ich mir die Schuld am Tod eurer Mutter", fügte er hinzu. „Jemand, der es gut meint, aber nicht an die Konsequenzen seines Handelns denkt, kann so schuldig sein wie der schlechteste Mensch."

Ich starrte ihn an, wußte nichts zu sagen. Stets hatte ich geglaubt, daß nichts die Vernachlässigung seiner Familie rechtfertigen könnte, aber jetzt war ich nicht sicher, ob ich an seiner Stelle anders gehandelt hätte. Ich hatte keine Lust mehr, die Auseinandersetzung mit ihm fortzuführen.

Er stand noch eine Weile da, blickte hinunter auf seine Wahlheimat und dachte zweifellos an das Dorf, das er zurückgelassen hatte, und die Frau, die dort begraben lag. Als er sich zu mir umwandte, konnte ich auf seinem Gesicht lesen, wie sehr ich ihn an meine Mutter erinnerte.

„Fahren wir nach Hause", meinte er, aber als wir vor dem Auto standen, ging er zur Beifahrerseite. „Du fährst", erklärte er.

„Ich?" rief ich aus. „Hast du nicht gehört, was der Richter gesagt hat? Daß mein Führerschein eingezogen ist?"

„Erst wenn du das amtliche Schreiben bekommen hast."

„Aber du läßt doch nie jemanden mit deinem Auto fahren!"

„Dieses Mal hab ich mich anders entschieden", sagte er. „Ich will, daß du fährst."

ACHT

NACH diesem abendlichen Ausflug wandelten sich meine Gefühle für meinen Vater grundlegend. Der tiefe Haß, den ich seit so langer Zeit gegen ihn gehegt hatte, verflog. Vermutlich hatte ich mich damit nur selbst vor dem Schmerz zu bewahren versucht, den der Tod meiner Mutter in mir ausgelöst hatte. Nun, nachdem ich seine Liebe für mich entdeckt hatte, begann ich, auch für ihn Zuneigung zu empfinden.

Als ich nach der Gerichtsverhandlung wieder in der Schule erschien, war ich darauf gefaßt, inzwischen in Ungnade gefallen zu sein, aber zu meiner Verwunderung wußte niemand etwas von meiner Missetat. Die Schüler, die mit mir im Auto gesessen hatten, hatten ihr Schweigen bewahrt, und so erschien mein Name auch nicht in der Zeitung.

Mein Vater offenbarte mir eine Seite seiner Persönlichkeit, über die ich bisher nur vage Vermutungen angestellt hatte. Seit ich in Amerika lebte, hatte ich meinen Vater oft nach der Arbeit am Küchentisch sitzen und Briefe aus Griechenland lesen und beantworten sehen, seine Antwortbriefe mühsam formulierend.

Jetzt übergab er mir Schuhschachteln voller Briefe, aus denen ich erfuhr, daß er sein Vermögen nicht gänzlich am Kartentisch verspielt hatte. Ich las Dankschreiben von entfernten Verwandten und Bekannten, die von ihm gebrauchte Kleidungsstücke oder Geld zum Kauf von Arzneimitteln oder von Samen für ihre Felder bekommen hatten. Viele Briefe klangen erbarmungswürdig: „Wir kochen hier wilde Zichorie, um Kaffee daraus zu machen... Es gibt keinen Zucker, kein Fleisch, nur Löwenzahn und Bohnen."

Jedem Bittsteller hatte Vater etwas geschickt, und wenn es nur eine zerknitterte Dollarnote oder ein Karton mit abgetragenen Kleidern war. Nachdem ich einen Nachmittag lang Briefe gelesen hatte, sah ich meinen Vater in einem anderen Licht. „Wie konntest du diesen Leuten Geld schicken?" fragte ich. „Weißt du nicht, daß jeder von ihnen zehn anderen von dir erzählen wird, so daß es nie ein Ende nehmen wird?"

„In diesem Leben sind wir alle einander verpflichtet, alle aufeinander angewiesen", antwortete er und zeichnete mit dem Fingernagel konzentrische Kreise auf das Plastiktischtuch. „Zuerst kommt der engste und wichtigste Kreis, unsere Familie – dann unsere Verwandten, dann unsere Freunde, dann die Menschen in unserer Gemeinde, dann unsere Landsleute aus Epirus, dann alle anderen Griechen, dann alle Amerikaner und schließlich alle anderen auf der Welt. So wird unsere Verantwortung gemessen – die größte für die Familie und so weiter."

Die Lektüre der Briefe faszinierte mich. Als die Zivilisten, die im Bürgerkrieg verschleppt worden waren, 1954 in ihre ausgeplünderten Dörfer zurückkehrten, stand nicht mehr die Bitte um Nahrungsmittel, Geld und Bekleidung im Vordergrund, nun ging es um

Bürgschaften und Schiffspassagen nach Amerika. Jemand mußte schriftlich bekunden, daß er die Einwanderer unterstützen würde, sobald diese nicht für sich selbst sorgen könnten. Vater überredete oft wohlhabende Männer wie Angelo Cotsidas oder Charley Kotsilimbas-Davis, dieses Papier zu unterschreiben. Alle wußten, daß der Vertrag weniger Risiken barg, als es den Anschein hatte, denn es war noch nie vorgekommen, daß ein Grieche Sozialhilfe in Anspruch nahm, nachdem er das Tor zum Paradies aufgestoßen hatte.

In dem Maß, wie sich die Neuankömmlinge aus unserem Dorf vermehrten, vervielfachten sich auch meine Aufgaben. Da ich als einziges Mitglied unseres Clans eine höhere Schulbildung vorweisen konnte, mußte ich Sozialversicherungsausweise besorgen, Verkehrsunterricht erteilen und Arbeitsstellen suchen. Ich kümmerte mich sogar um die Steuererklärungen der Einwanderer. Das war eine Menge Verantwortung für einen Teenager, aber es machte mich glücklich, daß Vater mich mit solch ernsten Angelegenheiten betraute.

Unter den Einwanderern aus unserer Provinz, die Mitte der fünfziger Jahre in Worcester eintrafen, war auch ein junger Mann namens Prokopi Economou, auf den meine lebhafte, willensstarke Schwester Glykeria, die inzwischen fast einundzwanzig war, sofort ein Auge warf. Von allen meinen Schwestern richtete sie sich am meisten nach der Meinung der griechischen Gemeinde. Glykeria, die sich einst der kommunistischen Armee widersetzt hatte, hätte es niemals gewagt, gegen die Dorfkonventionen zu verstoßen. Das ging so weit, daß sie in der Kirche die Beine nicht übereinanderschlug. So empfand sie es als doppelt schmerzhaft, daß ihre erste romantische Verbindung mit einigen wichtigen Regeln des griechischen Ehrenkodexes kollidierte.

Eines Tages im Mai 1955 fuhr uns Jimmy Tzouras alle zum Haus von Leo und Chrysoula Tatsis, um Prokopi Economou zu begrüßen, den Neuankömmling aus unserer alten Heimat. Prokopi, siebenundzwanzig, war in der Hoffnung nach Amerika gekommen, dort Geld zu verdienen, denn er hatte viele Verpflichtungen, vor allem gegenüber zwei jüngeren Schwestern, die Aussteuern benötigten, und zwei Brüdern, von denen einer einen Studienplatz in Athen ergattert hatte. Prokopi war ein pflichtbewußter Sohn und Bruder. Er war klein und untersetzt, sah aber sympathisch aus und hatte ein freundliches Lächeln, das uns das Gefühl gab, als ob wir ihn schon ewig kennten. Auf dem Heimweg erwähnte Glykeria seine gesunde Gesichtsfarbe und sein offenes Wesen. Prokopi war seinerseits von Glykerias lebhafter Art und ihrem runden, hübschen Gesicht angetan. Bald danach kamen Gerüchte auf, daß Prokopi an Glykeria interessiert sei. Aber Vater begegnete allen Spekulationen mit der Bemerkung, daß sich ein junger Mann, der so viele Verpflichtungen habe und nur 29 Dollar in der Woche verdiene, keinerlei Hoffnungen machen dürfe, schon gar nicht auf eine von *seinen* Töchtern.

Kurz nachdem wir Prokopi kennengelernt hatten, feierten wir die Taufe von Olgas zweitem Baby, Christos, mit einer kleinen Party in unserem Haus. Bei der Tauffeier fiel Glykeria auf, daß Prokopi den Blick nicht von ihr abwenden konnte. Sie machte sich jedoch Sorgen, daß andere dies bemerken könnten. Ihre Aussichten wären verdorben, wenn man eine Liebschaft mit einem jungen Mann vermutete und dieser sie dann nicht heiratete.

Jeden Tag wurde es schwieriger für die beiden, ihre Gefühle zu verheimlichen. Bei einer griechischen Hochzeit war Glykeria Brautjungfer – zierlich und strahlend in einem hellblauen Kleid. Prokopi tanzte alle Tänze mit ihr. Daß sie sich auf der Tanzfläche von einem Mann im Arm halten ließ, mit dem sie nicht einmal verlobt war, war für ein Mädchen aus einer Familie mit so strikten Grundsätzen wie unserer schon ein recht fragwürdiges Verhalten, aber die Verehrung, die aus Prokopis Augen sprach, machte Glykeria leichtsinnig.

Inzwischen hatte mein Vater Schwierigkeiten mit seiner Arbeit, denn Charley und John Kotsilimbas-Davis waren in Urlaub und hatten das Restaurant Putnam and Thurston Charleys Sohn Jimmy überlassen, der gerade seinen Abschluß an der Harvarduniversität gemacht hatte. Eines Nachts hörte ich, wie Dino von der Spätschicht kam und meinen Vater weckte. Sie saßen zusammen am Küchentisch, während Dino ein Gespräch wiederholte, das er mit dem jungen Jimmy Kotsilimbas-Davis geführt hatte.

„Er hat herumgealbert", berichtete Dino, „und dann hat er gesagt: ‚Ich möchte dich was fragen, Dino. Wenn dein Schwiegervater uns verließe, würdest du dann auch gehen?' – ‚Mach dir keine Sorgen, Jimmy', habe ich geantwortet. ‚Meinem Schwiegervater gefällt's hier. Er hat nicht vor zu gehen.' Da hat sich Jimmy gewunden wie ein Aal. ‚Du weißt, Dino', hat er gesagt, ‚der Mann ist jetzt über sechzig. Und er ist nicht mehr so schnell. Also: Was wirst du tun, wenn er geht?'"

Ich glaubte, durch die Schlafzimmertür eine Druckwelle zu spüren, als mein Vater zu brüllen begann. „Dieser arrogante Mistkerl! Er will mich vor die Tür setzen! Warte nur, bis sein Vater und sein Onkel zurück sind. Die machen ihn fertig!"

„Sei nicht dumm", hörte ich Dino erwidern. „Jimmy würde so was nicht von sich aus sagen. Die Alten müssen es ihm aufgetragen haben. Sie haben wahrscheinlich gemeint, er soll warten, bis sie in Urlaub sind."

Langes Schweigen, während Dinos Worte einwirkten. Ich konnte mir den Ausdruck meines Vaters vorstellen, als ihm klar wurde, daß seine alten Kameraden beschlossen hatten, ihn loszuwerden.

Mein Vater begann, die Kotsilimbas-Davis – jung und alt – zu verfluchen. „Mögen sie durch ihr Restaurant gehen und nur das Echo ihrer eigenen Schritte hören!" schrie er. „Soll ihnen doch das Dach überm Kopf einstürzen! Sie können Christy Gatzoyiannis nicht behandeln wie den letzten Dreck! Niemals wieder werde ich diese stinkende Küche betreten!"

„Warte wenigstens, bis du eine neue Stelle hast!" flehte ihn Glykeria an. „Du bist dreiundsechzig Jahre alt. Es ist nicht leicht, in deinem Alter Arbeit zu finden."

„Du verstehst das nicht", antwortete er. „Da ich den Tod nicht überlisten kann, ist es für mich wichtig, meine letzten Jahre in Würde zu verbringen. Ich habe noch nie zugelassen, daß mich jemand demütigt, und ich werde es auch jetzt nicht zulassen."

Am folgenden Tag meldete sich mein Vater krank und tags darauf für eine ganze Woche. Am Zahltag holte Dino die Lohntüte meines Vaters ab und sagte, daß Christos sich entschlossen habe zu kündigen und nicht wiederkomme.

Entgegen Glykerias Befürchtungen fand mein Vater eine neue Stelle als Koch im Kaufhaus Kresge in der Main Street. Natürlich bedeutete dies einen großen Abstieg für ihn, nachdem er in einem der feinsten Restaurants von Worcester Küchenchef gewesen war. Aber sowohl die Bezahlung als auch die Arbeitszeiten waren an seiner neuen Arbeitsstelle besser. Endlich kam er nicht mehr, wie Dino, erst spät in der Nacht erschöpft nach Hause.

Sein Mut, die Arbeit niederzulegen, beeindruckte mich. Ich fragte mich, warum ich mich von meinem Chef herumkommandieren lassen mußte, wenn mein Vater sich mit dreiundsechzig nicht beleidigen ließ. Daher erkundigte ich mich auf dem Weg von der Arbeit nach Hause in jeder Imbißstube in der Pleasant Street nach einem neuen Job, und schließlich fand ich eine Halbtagsstelle als Koch für Schnellgerichte in einem Lokal, das „O'Connor's" hieß.

Während sich mein Leben verbesserte, stießen Glykeria und Prokopi auf Schwierigkeiten. Das schlimmste war, daß Prokopis Eltern nichts von einer Heirat wissen wollten, solange seine Schwestern nicht unter der Haube waren. Eines Abends rief Prokopi Glykeria mit triumphierender Stimme an. „Morgen mußt du in der Mittagspause zu Kresge gehen und dich ins Restaurant setzen", erklärte er. „Ich habe dir und deinem Vater etwas mitzuteilen."

Glykeria saß eine Viertelstunde früher als verabredet auf einem der Hocker an der Imbißtheke, atemlos vor Aufregung. Endlich tauchte Prokopi auf und blickte Vater entschlossen in die Augen. Die Kunden um ihn herum ignorierte er.

„Mr. Christy", begann er nervös, „ich habe mit meinem Großonkel Nassios Economou geredet und eine Möglichkeit entdeckt, mehr zu verdienen, so daß ich bald finanziell in der Lage sein werde zu heiraten."

Bei der Erwähnung des Namens seines alten Partners Nassios zuckte Vater zusammen. Nassios hatte ein gutgehendes Restaurant in Westboro eröffnet und war zu Wohlstand gekommen.

„Ich werde über Nassios' Lokal wohnen und das Restaurant am Morgen öffnen und nach elf Uhr nachts aufräumen", erklärte Prokopi. „Dafür zahlt mir Nassios zehn Dollar die Woche und gibt mir Unterkunft und Verpflegung umsonst. Und er hat mir eine Stelle besorgt; ich arbeite von drei Uhr nachmittags bis elf Uhr nachts in der Firma Bay State Abrasives. Da bekomme ich fünfzig Dollar pro Woche. Sie sehen also, mit insgesamt" – er machte eine kleine Pause, um die Wirkung zu steigern – „sechzig Dollar in der Woche, also mehr als das Doppelte von dem, was ich jetzt verdiene, kann ich meine Schwestern bald mit Ehemännern versorgen und dann mit gutem Gewissen um Glykerias Hand bitten."

„Aber möglichst bald", brummte mein Vater und zerteilte brutal einen Truthahn mit einem riesigen Messer. „Es gibt noch eine Menge anderer Bienen mit mehr Honig. Sie kann nicht ewig warten."

Glykeria war gleichzeitig begeistert und besorgt. „Aber das bedeutet ja, daß du weit draußen in Westboro wohnst", jammerte sie. „Wann werde ich dich je zu sehen bekommen?"

„Du brauchst ihn nicht zu sehen", fuhr mein Vater dazwischen. „Zuerst verlobt ihr euch, dann seht ihr euch."

Trotz dieser Warnung und der Belastung, an einem Tag an zwei Arbeitsplätzen tätig zu sein, schaffte es Prokopi, Glykeria zu treffen. Eines Nachts riß Vater die Geduld. Um elf Uhr war er vom Klingeln des Telefons aus tiefem Schlaf gerissen worden, und als er aufstand, entdeckte er, daß es wieder einmal Prokopi war, der Glykeria anrief, um ihr süße Nichtigkeiten zuzuflüstern. Als Glykeria verträumt auflegte, brüllte Vater: „Es wird Zeit, daß du diesen Kerl vergißt! Du verschwendest deine Zeit mit ihm – du wirst auch nicht jünger! Sag ihm, daß Schluß ist."

Dieser Befehl reizte Glykerias trotzige Natur. „Ich will keinen anderen außer Prokopi!" schrie sie. „Ich liebe ihn!" Und es sei ihr gleichgültig, wie lange sie auf ihn warten müsse.

„Liebe? Quatsch! Ich will solchen Blödsinn nicht hören", erwiderte Vater verächtlich schnaubend. „Morgen sagst du ihm, daß Schluß ist, und damit basta!"

Trotz ihrer Zuneigung zu Prokopi wußte sie, daß er recht hatte. Sie verbrachte weinend eine schlaflose Nacht. Am nächsten Tag rief sie Prokopi an. „Du wirst deine Schwestern nie verheiraten, und das bedeutet, daß ich als alte Jungfer sterben werde!" schimpfte sie. „Ich kann nicht länger warten. Es ist vorbei."

„Einen Augenblick – ich will dich nicht verlieren!" bettelte Prokopi. „Nächsten Monat, am achten Juli, meinem Namenstag, schenke ich dir einen Verlobungsring, ob es meinen Eltern paßt oder nicht. Sag deinem Vater und deinen Schwestern, sie sollen für den achten Juli unsere Verlobung vorbereiten!"

Prokopi informierte seine Eltern in einem Brief über sein Versprechen. An einem glühendheißen Juliabend versammelten sich unsere ganze Familie und unsere Freunde im ersten Stock unseres Hauses, um Glykerias Verlobung mit Prokopi zu feiern. Sie tauschten die Ringe, während alle applaudierten. Dann steckte er ihr ein Bukett aus weißen Rosen und Nelken an. Das würde sie am nächsten Tag in der Kirche tragen, und sie würde neben Prokopi gehen, um der Gemeinde zu zeigen, daß sie verlobt waren.

Es klopfte an der Tür – der Telegrammbote. Glykeria errötete, als sie den Absender las. Sie riß den Umschlag auf und reichte das Telegramm meinem Vater, der es vorlas: „Herzlichen Glückwunsch zu Eurer Verlobung. Wir wünschen Euch einen frohen Austausch der Hochzeitskronen. Fotios und Calliope Economou."

Jetzt, da Glykeria den Segen ihrer Schwiegereltern hatte, war ihre Freude vollkommen. Bald tanzten alle um den schwer beladenen Eßtisch herum. Mein Vater legte die Arme um Glykeria und Prokopi und sagte: „Ihr habt auch meinen Segen, Kinder. Jetzt könnt ihr euch verlieben."

Glykeria und Prokopi setzten den 11. November als Hochzeitstermin fest, einen Feiertag, an dem sie nicht zu arbeiten brauchten. Vater verfügte, daß es die schönste Hochzeit werden sollte, die Worcester je

erlebt hätte. Der Empfang würde bei Putnam and Thurston stattfin-
den, und er würde keine Unkosten scheuen.

Während Vater seine alten Freunde großzügig an seiner Feier verdienen ließ, zeigte er ihnen aber gleichzeitig, daß Christos Gatzoyiannis ohne sie ganz prächtig auskam. Am 11. November würden seine
früheren Kollegen für die Hochzeit seiner Tochter in der Küche schuften,
während er die Tänze anführte, wie es dem Mann zukam, der die Feier
bezahlte.

Am Tag der Hochzeit strahlte mein Vater vor Stolz, als er Glykeria in
der Kirche von Sankt Spyridon den Mittelgang entlangführte. Die dreihundert geladenen Gäste brachen beim Anblick ihres Kleides in bewun-
derndes Raunen aus. Meine Schwestern, die Brautjungfern, trugen rubinrote Kleider, und ich war „Platzanweiser" im schwarzen Smoking.

*Strahlende Gesichter bei Glykerias Hochzeit:
rechts neben mir die beiden Neuvermählten*

Vater hatte drei Monate später noch mehr Grund zur Freude, als er
in der *Evening Gazette* auf der Titelseite die Nachricht las, daß ich von
der „Freedom Foundation" einen Preis erhalten hätte. Ohne mir etwas
davon zu sagen, hatte meine Englischlehrerin, Miß Hurd, meinen
Aufsatz über unsere Flucht aus Griechenland eingereicht. Nicholas
Gage, hieß es in dem Zeitungsartikel, besuche die drittletzte Klasse der
Classical High School und sei der Sohn von Christy Ngagoyeanes,
„Koch in einem Billigkaufhaus".

Die Medaille, die ich bekam, und der Zeitungsartikel verursachten
in der griechischen Gemeinde von Worcester solches Aufsehen, daß
mein Vater vor Stolz ganz außer sich geriet. Und die Krönung war für
ihn die Tatsache, daß sein früherer Chef, Charley Kotsilimbas-Davis,
am Sonntag nach der Hochzeit auf uns zukam, um mir zu gratulieren.

„Einen sehr klugen Jungen hast du, Christy", meinte Charley und legte den Arm um meine Schulter. „Du solltest Arzt werden, mein Sohn. Was hältst du davon, Nick?"

Bis zu diesem Zeitpunkt hatte ich über meine Zukunft noch gar nicht richtig nachgedacht, aber auf Charleys Frage hin erschien mir alles plötzlich ganz klar, und ich war selbst überrascht über die Antwort, die ich ihm gab. „Nein, ich möchte viel lieber Journalist werden."

Die Macht des geschriebenen Wortes faszinierte mich schon geraume Zeit. Das Echo, das mein Aufsatz hervorrief, spornte mich zu einem ehrgeizigen Plan an: Ich wollte die Geschichte meiner Mutter niederschreiben.

Als mein Vater sich zu mir umdrehte, sah er mich mit neuem Respekt an. „Journalist", wiederholte er. „Das bedeutet, daß man für eine Zeitung arbeitet, nicht wahr? Muß man aufs College gehen, um das zu lernen?"

„Ich fürchte, ja", erwiderte ich.

„Wenn du das willst, dann solltest du es machen", erklärte er mit Entschiedenheit.

WÄHREND ich mein drittletztes High-School-Jahr abschloß, mehrte sich das Glück meines Vaters, der sich bald als Günstling der Götter fühlte. Im Mai 1957 bekam Olga ihren dritten Sohn, den sie Thomas nannte, und Kanta wurde ebenfalls schwanger. Vater hatte seine drei ältesten Töchter unter die Haube gebracht, und alle lebten mit ihren Familien in unserem dreistöckigen Haus – er war auf dem besten Weg, Patriarch einer bedeutenden Dynastie zu werden.

Hinter unserem Haus befand sich eine betonierte Fläche mit zwei großen Garagen; dort hatten insgesamt zehn Autos Platz, weshalb wir einige Stellplätze an andere griechische Familien in der Nachbarschaft vermietet hatten. Aber in jenem Sommer machte Dino den Vorschlag, eine der Garagen abzureißen und an ihrer Stelle einen Garten anzulegen.

Die meisten griechischen Einwanderer betrachteten es als Notwendigkeit, eigenen Grund und Boden zu bearbeiten. „Nichts schmeckt so gut wie selbstgezüchtete Tomaten", meinten auch meine Schwestern, und schon planten sie allerlei Gerichte, die sie aus dem Gemüse zubereiten konnten, das wir anpflanzen würden.

Eines Tages im August kam ich nach Hause und sah, wie mein Vater auf das Dach der zum Abriß bestimmten Garage kletterte, während

Dino, Prokopi und Angelo die Leiter festhielten. „Was machst du da oben?" rief ich. „Du wirst dir das Genick brechen!"

„Wenn ich diesen Grünschnäbeln nicht beibringe, wie man eine Garage abreißt, wird nur Pfusch draus", erwiderte er.

Ich ging ins Haus, wo ich Fotini antraf, inzwischen neunzehn Jahre alt. Sie war schrecklich aufgeregt, weil ein paar Griechen aus New Jersey angerufen hatten, um ihr mitzuteilen, sie seien gerade in Worcester und würden ihr gerne einen netten jungen Mann vorstellen, der ihr gewiß gefiele. Vor dem Spiegel fummelte sie an ihren Haaren herum. „Ob er gut aussieht?" murmelte sie und toupierte ihren Pony. Plötzlich hörten wir Olga und Kanta laut aufschreien. Wir hielten wie erstarrt inne. Beide Schwestern hatten Vater von ihren Veranden aus bei der Arbeit zugesehen, Olga im zweiten Stock, wo sie ihr Baby stillte, und Kanta im ersten.

Augenblicklich rannte ich zur Hintertür. Dino, Angelo und Prokopi standen wie versteinert da. Mein Vater war nirgends zu sehen. Auf dem Dach, wo er gearbeitet hatte, klaffte ein ausgefranstes Loch.

„Er ist einfach durchgefallen!" rief Prokopi.

„Schnell!" brüllte Olga von oben. „Schaut nach, ob er noch lebt!"

Alle drei Schwäger rannten zur Garagentür, aber ich blieb wie angewurzelt stehen. Ich hörte einen furchtbaren Schmerzensschrei, der aus der Garage kam, und wußte, daß Vater noch am Leben war. Jetzt wagte auch ich mich in die Garage, wo Dino, Angelo und Prokopi neben Vater knieten. Er lag auf dem Rücken und drehte den Kopf von einer Seite zur anderen, die Zähne zusammengebissen, um sein Stöhnen zu unterdrücken. Wenigstens hat er sich nicht das Genick gebrochen, dachte ich.

Mein Vater wog damals etwa hundert Kilo, was mit ein Grund war, warum das morsche Dach ihn nicht getragen hatte. Obwohl wir ihn zu viert anpackten, war es furchtbar anstrengend, ihn zum Auto zu schleppen. Seine Gesichtsfarbe – er war leichenblaß – machte mir angst, aber er war noch bei Bewußtsein. Dino setzte sich hinters Lenkrad und befahl mir, mich neben ihn zu setzen. „Du mußt im Krankenhaus reden", sagte er.

Endlich erreichten wir die Noteinlieferung der Städtischen Klinik. Die Sanitäter fuhren Vater auf einer Rollbahre hinein. Als die Krankenschwester seine Kleidung aufschnitt, wurde mir vor Entsetzen ganz kalt. Ich sah, daß Vaters Bein, seine Seite und sein Rücken blau wie Tinte waren. Er mußte viele Untersuchungen über sich ergehen lassen, und endlich rollten sie ihn in ein Zimmer. Ärzte kamen herein, um mit uns zu reden. Sie wandten sich an mich, weil ich Englisch am besten verstand.

„Er hat einige Brüche erlitten, die nur langsam heilen werden", berichtete ein Arzt. „Was uns am meisten Sorgen macht, ist die Tatsache, daß sich ein Blutgerinnsel gebildet hat. Wenn es zum Herzen, in die Lunge oder ins Gehirn wandert, kann das schwerwiegende Folgen haben. Ihr Vater muß völlig flach auf dem Rücken liegenbleiben, bis sich das Gerinnsel auflöst. Wenn er in den nächsten Monaten sehr aufpaßt, geht die Gefahr vorüber."

Der Arzt fragte, ob mein Vater berufstätig sei. Als ich es ihm erklärte, sagte er: „Er darf auf keinen Fall in nächster Zeit arbeiten. Außerdem ist er ohnehin in einem Alter, wo er sich zur Ruhe setzen sollte, und ich rate Ihnen dringend, ihn dazu zu überreden."

Nachdem die Ärzte hinausgegangen waren, setzte ich mich zu meinem Vater ans Bett. Zum ersten Mal wurde mir bewußt, daß er ein alter Mann war. Er hatte immer einen so vitalen und alterslosen Eindruck auf mich gemacht, aber jetzt sah er schwach und gebrechlich aus. Unbeholfen tätschelte ich seine Hand.

„Du hast gehört, was der Doktor gemeint hat", begann ich. „Es wird alles wieder gut, wenn du dich schonst. Du hast wirklich Glück gehabt. Ich habe dir ja gesagt, daß das eine verrückte Idee ist – aufs Dach zu steigen in deinem Alter!"

„Er hat auch gesagt, ich soll mich zur Ruhe setzen", jammerte Vater. „Wenn ich nicht mehr arbeiten kann – wie sollen wir dann dein Collegestudium bezahlen?"

„Du brichst dir fast das Genick und machst dir Sorgen, wie ich zu einem Studium komme?" rief ich aus. „Werde du erst mal gesund, und bleib schön still liegen, damit das Blutgerinnsel verschwindet."

Bald fing er wieder zu schimpfen an und wollte aufstehen; das bewies, daß er den Kampf noch nicht aufgegeben hatte. Aber in der Nacht, als ich nach Hause ging, wurde mir klar, daß durch das Loch im morschen Garagendach auch meine Zukunftspläne geplumpst waren, denn jetzt war ein Collegestudium in weite Ferne gerückt.

NEUN

IM HERBST verlängerte ich meine Arbeitszeit bei O'Connor's und arbeitete jeden Samstag. Ich verdoppelte auch meine Anstrengungen, in der High-School gute Noten zu erzielen, um ein Stipendium zu bekommen. Im Vorjahr war ich in den meisten Fächern Klassenbester gewesen; nun bestimmte mich Miß Shaunessy, die strenge Englischlehrerin, zum Redakteur der Schülerzeitung *Argus*.

Leider waren meine Aussichten, die Studiengebühren zusammenzubringen, im vorletzten High-School-Jahr noch trüber als bisher. Da mein Vater nicht mehr ganztags arbeiten konnte, hatte er seine Rente beantragt. Dino tat sein Bestes, um seine wachsende Familie von den 85 Dollar zu ernähren, die er als Koch verdiente. Kantas Mann Angelo hatte sich ziemlich erfolglos in einer Reihe von Berufen herumgeschlagen. Schießlich blieb ihm nichts anderes übrig, als in der Erntezeit für zehn Dollar am Tag Äpfel zu pflücken. Fotini hatte eine Stelle in einem Frisiersalon gefunden, aber sie bekam nur einen Hungerlohn. Da Glykeria und Kanta beide ihre Arbeit bei Table Talk Pies aufgegeben hatten, als sie schwanger wurden, war Prokopi, der immer noch bei Bay State Abrasives arbeitete, der einzige in der Familie mit einem anständigen Lohn; er verdiente 125 Dollar die Woche. Von den 40 Dollar, die ich bei O'Connor's verdiente, mußte ich 15 Dollar wöchentlich für meinen Unterhalt beisteuern, darüber hinaus zahlte ich immer noch die Unfallkosten ab, also blieb mir kein Cent zum Sparen.

Wir waren ärmer als je zuvor, aber es gab auch Tröstliches. Olga und Kanta schenkten beide Söhnen das Leben. Glykeria machte es ihnen nach und gebar im Mai 1958 ihr erstes Kind, Fotios. Somit hatte mein Vater fünf Enkel, alles Jungen, und wir alle lebten in unserem Haus in einer Großfamilie zusammen.

Es war wie früher im Dorf: Meine Neffen wuchsen wie Geschwister auf, meine Schwestern und Schwäger leisteten sich Gesellschaft und unterstützten sich gegenseitig, und über allem thronte mein Vater.

Im Frühling 1958 wurde uns klar, daß Fotini keinen Bräutigam aus unserer Stadt wählen würde. In den Flitterwochen war Glykeria nach Philadelphia gefahren, um ihren Brautführer, Gregory Bokas, zu besuchen. Sie hatte dort eine Anzahl Junggesellen kennengelernt, alles Einwanderer aus unserem Teil von Epirus. Nach ihrer Rückkehr hatte sie meinem Vater darüber berichtet. Zwischen den griechischen Kolonien beider Städte herrschte gutes Einvernehmen, und jetzt konnte Gregory als Ehestifter für „Tina" fungieren, wie wir Fotini nannten. Jedes Jahr gab Gregory Bokas am 25. Januar eine große Namenstagsparty. Deshalb beschloß Vater, inzwischen weitgehend genesen, mit seiner jüngsten Tochter nach Philadelphia zu reisen, um Bokas seine Aufwartung zu machen.

Wenn Tina die hübscheste unverheiratete Griechin von Worcester war, so war Minas Bottos, sechsundzwanzig, der bestaussehende griechische Junggeselle von Philadelphia. Er war vor kurzem mit seinem Bruder und seiner Schwester aus dem Dorf Finiki gekommen, wo er Möbelschreiner gelernt hatte. Minas' Tante, eine Säule der Rechtschaffenheit in der griechischen Gemeinde von Philadelphia, hatte in Tina eine Heiratskandidatin für ihren Neffen entdeckt. „Eine hübsche Halbwaise aus Epirus und noch dazu eine wunderbare Köchin!" sagte die alte Dame zu Minas. „Wenn du heute abend zu Gregory gehst, mußt du sie unbedingt kennenlernen!" Tina wiederum hatte man geraten, sich Minas gut anzusehen, wenn er käme. Die beiden tauschten an diesem Abend nur ein paar Worte, da sie von so vielen Leuten in dem vollen Haus beobachtet wurden, aber sie fanden auf Anhieb Gefallen aneinander.

Nicht lange nachdem Vater und Tina nach Worcester zurückgekehrt waren, erhielt Vater einen Anruf von Minas' Onkel, der uns mit seiner Frau, mit Minas und dessen Schwester besuchen wollte. Glykeria schickte sofort Briefe an alle Verwandten, um mehr über Minas und seine Sippe zu erfahren. Sie erhielt zur Antwort, daß die Familie tugendhaft und fleißig, aber auch sehr groß und deshalb arm sei.

Als die Besucher von unserem Vater förmlich ins Wohnzimmer geleitet wurden, platzten wir beinahe vor Neugier auf den Freier aus Philadelphia. Minas erwies sich als charmant und gesprächig, ehrerbietig meinem Vater gegenüber und aufmerksam zu Tina.

Als Tina in die Küche ging, um das Tablett mit dem Kaffee und den Süßigkeiten zu holen, eilten meine Schwestern hinter ihr her und hielten flüsternd eine Konferenz ab. Er sehe in der Tat gut aus, sagten sie, und er scheine nett zu sein, aber sie solle abwarten, bis sie ihn besser kennengelernt hätte. Schließlich hatte Minas noch acht Geschwister in Griechenland, die vielleicht alle finanzielle Unterstützung aus Amerika brauchten. Dies solle sie bedenken, rieten sie ihr, bevor sie dem Möbelschreiner aus Philadelphia ihre Hand reichte.

Diese Warnungen forderten Tina heraus. Während die Tante und der Onkel sich mit meinem Vater unterhielten, bat Tina, die noch nie mit einem jungen Mann allein gewesen war, um die Erlaubnis, mit Minas ein bißchen spazierenzugehen, um ihm die Gegend zu zeigen. Als sie wieder zur Tür hereinkamen, verkündete sie der wie vom Donner gerührten Gruppe im Wohnzimmer, daß sie Minas versprochen hatte, ihn zu heiraten.

Ich beobachtete die Entwicklung von Tinas und Minas' junger

Liebe mit Zurückhaltung und war insgeheim froh, daß ich mit einer so turbulenten Sache wie der Liebe noch nicht in Berührung gekommen war. Das Problem, das mich am meisten quälte, war die Suche nach einer guten Arbeitsstelle. Es ergab sich schließlich, daß mir derselbe Mann helfen konnte, der Glykeria als Brautführer und Tina als Heiratsvermittler gedient hatte – Gregory Bokas.

Eines Tages im Mai rief Bokas aus Philadelphia an, um Glykeria und Prokopi zur Geburt von Fotios zu gratulieren. Als er erfuhr, daß ich im Augenblick keinen Job hatte, bot er mir 75 Dollar die Woche für die Bewirtschaftung seiner Imbißstube in Ocean City an. In den Sommerferien sollte ich dort arbeiten, schlafen konnte ich im Hinterzimmer.

Diese drei Monate in Ocean City waren die aufregendste Zeit meiner Jugend. Ich verbrachte so manche schwüle Nacht im Nightclub, eingeklemmt zwischen sonnengebräunten Feriengästen, die an der Atlantikküste Urlaub machten. „Screwdriver" wurde zu meinem Lieblingsgetränk, während ich Songs wie „Fever", „Blueberry Hill" und „Hard-Headed Woman" lauschte. Schließlich ließ ich mich im Hinterzimmer der Imbißstube vom Rauschen der Brandung in den Schlaf wiegen.

Meine sommerliche Idylle endete schlagartig im September am Labor Day, als ich mit 600 Dollar in der Tasche nach Hause zurückkehrte, die letzte Rate meiner Buße bezahlte und feststellte, daß ich wegen des Konjunkturrückgangs schon wieder ohne Job dastand.

Bevor mir jedoch die Sinnlosigkeit meiner Arbeitssuche klar wurde, gab es in unserer Familie etwas zu feiern: Tinas Hochzeit mit Minas am 7. September. Trotz unserer angespannten Finanzlage schafften wir es, mit Hilfe von Tinas Ersparnissen bei Putnam and Thurston eine anständige Party auf die Beine zu stellen. Die griechischen Gemeinden von Worcester und Philadelphia kamen zusammen, und mein Vater herrschte über allem wie ein König, während Tina in ihrem weißen Spitzenkleid mit langer Schleppe wie ein Filmstar aussah.

Kaum hatte das junge Paar das Flugzeug nach Griechenland bestiegen, um seine Flitterwochen anzutreten, als schon die ersten Gerüchte über Meinungsverschiedenheiten zwischen den Neuvermählten zu uns drangen. Auch nach ihrer Rückkehr nach Philadelphia, wo sie sich niederließen, rissen die beunruhigenden Berichte nicht ab. Tina und Minas stritten sich häufig darüber, wer von beiden vor der Ehe die meisten Verehrer zurückgewiesen habe, was jedesmal mit Geschrei

und Tränen endete. Schließlich kamen alle Verwandten zu dem
Schluß, daß Tina, die unter schrecklichen Umständen ihre Mutter
verloren hatte, wahrscheinlich in der Nähe ihrer Schwestern leben
müsse, um sich sicher und glücklich zu fühlen. So zogen Minas und
Tina nach Worcester und mieteten eine Wohnung in der Nähe der
Chandler Street.

Jetzt fanden die ehelichen Auseinandersetzungen so sehr in unserer
Nähe statt, daß wir bald alle das Gefühl hatten, in die Kampfhandlun-
gen einbezogen zu sein. Einmal kam ich nach Hause und traf meinen
Vater am Küchentisch an. Er weinte, weil er nicht in der Lage war,
zum Eheglück seiner Tochter beizutragen. Meine Schwestern rieten
ihr zu einem Baby – das würde alles ins Lot bringen –, aber es half
nichts, obwohl Tina und Minas eine Tochter und einen Sohn bekamen. Am Ende – nach fünfzehn stürmischen Jahren – beschlossen sie,
sich zu trennen.

Bald nach Tinas und Minas' Hochzeit fand ich eine Halbtagsstelle
als Koch in einem Hamburgerrestaurant, wo ich von Mitternacht bis
acht Uhr früh arbeiten mußte und neunzig Cent die Stunde verdiente.
Da ich die ganze Nacht auf den Beinen war, absolvierte ich mein letztes Schuljahr sozusagen im Halbschlaf. Nachmittags um zwei kam ich
aus der Schule, schlief bis acht, machte meine Hausaufgaben bis Mitternacht und arbeitete dann im Restaurant, bis die Schule anfing. In der
ruhigeren Zeit der Nachtschicht füllte ich College-Bewerbungen aus
und träumte davon, wie angenehm sich mein Leben gestalten würde,
wenn ich nur ein Stipendium bekommen könnte. Als mir die Arbeit
im Restaurant schließlich zuviel wurde, kündigte ich.

Jenes Weihnachtsfest gehört zu den schlimmsten, an die ich mich
erinnern kann. Ich saß im Haus herum und ließ mir meine düstere
Zukunft durch den Kopf gehen. In wenigen Wochen wäre die High-
School beendet, und ich war wieder einmal ohne Arbeit.

„Ich muß irgendwie das Geld fürs College zusammenkriegen",
sagte ich verzweifelt zu meinem Vater.

„Wolltest du es nicht mal bei einer Zeitung versuchen?" erinnerte er
mich. „Dann tu's doch!"

„Hier gibt's nur eine Zeitung, die *Telegram and Evening Gazette*",
erwiderte ich. „Die nehmen mich nicht ohne Berufserfahrung."

„Ich kann ja mal mit Charley Kotsilimbas-Davis reden. Die Zei-
tungsleute essen fast jeden Tag in seinem Restaurant."

Kurz nach Neujahr rief mich Charley an und bat mich, am folgenden Nachmittag zu Putnam and Thurston zu kommen und die Arti-

kel, die in der Schülerzeitung erschienen waren, und meine Zeugnisse mitzubringen. Charley war wie mein Vater klein und untersetzt und schritt mit großer Würde aus, seinen Schirm wie einen Spazierstock schwingend, während er mit mir durch den Stadtpark von Worcester ging. Wir kamen am Rathaus vorbei und betraten schließlich das große Zeitungsgebäude.

Charley und ich wurden in das imposante Büro des Chefredakteurs geführt, der Charley wie einen alten Freund begrüßte. Er schickte uns zum Herausgeber, der mir einen Job in der Werbeabteilung mit einem Anfangsgehalt von 60 Dollar die Woche anbot. Ich nahm sofort an, obwohl ich mir unter der Werbeabteilung nicht viel vorstellen konnte. Hauptsache, ich faßte in einer Zeitung Fuß und kam meinem Traumberuf näher.

Als jüngstem Mitglied der Abteilung fiel mir zum Beispiel die Aufgabe zu, Geschäftsleute zu besuchen, um Referenzen zu sammeln. („Ich hab mein Auto über eine Anzeige in der *Telegram and Evening Gazette* verkauft.") Die Tätigkeit bei der Zeitung machte mir großen Spaß. Andererseits beunruhigte mich der Gedanke, daß ich eines Tages vielleicht in der Werbeabteilung auf dem Abstellgleis landete, während ich mich danach sehnte, in der Nachrichtenredaktion zu arbeiten. Sobald in meiner Abteilung wenig zu tun war, schlich ich mich in die Nachrichtenredaktion und versuchte, den hageren, wortkargen Lokalredakteur, Steve Donahue, dazu zu bewegen, mir etwas – irgend etwas – zum Schreiben zu übertragen. Oft schickte er mich weg, aber es kam auch vor, daß er mir kleinere Aufträge gab: Artikel über das Wetter oder High-School-Aktivitäten oder Nachrufe auf griechische Einwanderer.

Meinen Durchbruch erzielte ich eines Tages im März, als ein Sturm das Dach eines großen Lagerhauses abgedeckt hatte. Alle Reporter waren zufällig gerade unterwegs, und in seiner Verzweiflung zitierte mich Donahue herbei. Ich sprang in ein Taxi und fuhr in Windeseile zu dem beschädigten Gebäude. Von Augenzeugen ließ ich mir den Hergang berichten, und am Abend las ich mit Begeisterung meinen ersten richtigen Artikel auf dem Titelblatt der *Evening Gazette*. Geknickt stellte ich jedoch fest, daß ich nicht als Autor genannt wurde.

Am nächsten Tag fragte ich den Lokalredakteur, warum er meinen Namen nicht erwähnt habe.

„Es tut mir wirklich leid, Nick", sagte Donahue. „Nicholas Ngagoyeanes' paßt einfach nicht in eine Spalte. Entweder du schaffst dir einen kürzeren Namen an, oder du bleibst anonym."

Eines Sonntags las ich einen Artikel, in dem die Eröffnung des jähr-
lichen Shakespeare-Festivals in Stratford, Connecticut, angekündigt
wurde. „Schaut euch die Besetzung von ‚Othello' an!" rief ich hoch
erfreut. Es war mein liebstes Stück von Shakespeare, und mein Vater
erbot sich, mich hinzufahren. Ich war begeistert, vor allem weil Donahue mir erlaubt hatte, eine Kritik für die *Gazette* zu schreiben.

Ich mühte mich mit meiner Kritik bis zum Morgen ab, und als ich
fertig war, tippte ich als unterzeichnender „Verfasser" eine neue Ver-
sion meines Namens, wobei ich an den Spitznamen dachte, mit dem
Vater früher von seinen Kollegen gehänselt worden war: Dr. Gage.
Am nächsten Tag erschien die *Evening Gazette* mit einer Kritik der
Othello-Aufführung, verfaßt von Nicholas Gage.

Donahue beglückwünschte mich zu meinem gelungenen Schach-
zug. Dann fragte er mich, was ich einmal beruflich werden wolle. Ich
erzählte ihm von meinem Traum, in der Redaktion einer Zeitung zu
arbeiten, und von meinen schlechten Aussichten, ein Collegestudium
bezahlen zu können.

„Es ist wichtig, daß du aufs College gehst, Nick", meinte er. „Muß
ja nicht unbedingt Princeton sein. Ich war zum Beispiel auf der Universität Boston, dort gibt es eine erstklassige Abteilung für Kommu-
nikationswissenschaft, und die Gebühren sind bedeutend niedriger."

„Aber der Bewerbungstermin ist ja schon verstrichen", erklärte ich.

„Nicht unbedingt", erwiderte er. „Ich sehe mal, was ich tun kann.
In der Zwischenzeit bewirbst du dich bei allen Organisationen, die Sti-
pendien zu vergeben haben."

Steve Donahue rief bei seiner Universität an und lobte mich über
den grünen Klee, außerdem versprach er mir einen Job als Reporter bei
der *Gazette* in den Sommerferien. Kurz darauf bekam ich einen Brief
von der Boston University mit der Nachricht, daß ich einen Studienplatz und ein Stipendium von 500 Dollar erhielt. Dazu kamen noch
400 Dollar von der AHEPA, der amerikanisch-hellenischen Gesellschaft zur Bildungsförderung. Die Studiengebühren für ein Jahr
betrugen nur 950 Dollar, und 600 Dollar hatte ich in letzter Zeit gespart. Glückstrahlend stellte ich fest, daß ich mein Studium finanzieren konnte. Und im nächsten Sommer würde ich endlich als echter
Reporter in der Lokalredaktion sitzen.

Als der Sommer vorüber war, konnte ich es kaum erwarten, meinen Koffer zu packen und in den Bus nach Boston zu steigen. Neue
Kleidung oder Luxusgegenstände wie eine Schreibmaschine konnte
ich mir nicht leisten, aber was mir an materiellen Dingen fehlte, wurde

mir durch die Vorfreude auf eine neue Welt wettgemacht, in der ich mir so viel Bildung aneignen würde, daß ich mir meinen Lebensunterhalt nie mehr mit dem Braten von Hamburgern oder dem Verkauf von Obst verdienen müßte.

Am ersten Septembertag fuhr mich Vater in seinem Plymouth zum Busbahnhof. Bevor ich einstieg, steckte er mir einen Fünfzigdollarschein zu.

„Das ist alles, was ich dir fürs College geben kann", sagte er mit einem Gesichtsausdruck, den ich noch nie an ihm gesehen hatte. „Es tut mir leid, daß du nicht das Glück hast, einen reichen Mann zum Vater zu haben." Dann drehte er sich um und entfernte sich mit dem steifen Gang eines alten Mannes.

„Auf Wiedersehen, *Patera!*" rief ich hinter ihm her. „Zum Erntedankfest im November bin ich wieder zurück!"

ZEHN

SOBALD ich auf dem Campus der Universität angekommen war, ließ ich mein Gepäck beim Hausmeister zurück und machte mich auf Zimmersuche. In einer Seitenstraße in Campusnähe fand ich schließlich in einem ehemaligen Patrizierhaus ein Zimmer, das zur Straßenseite lag und nur acht Dollar die Woche kostete, weniger als die Hälfte dessen, was ich im Wohnheim hätte bezahlen müssen.

Gleich in der ersten Woche suchte ich das Büro der Collegezeitung *B. U. News* auf. Der Chefredakteur Jim Savage wollte die Artikel sehen, die ich für die *Evening Gazette* verfaßt hatte. Nachdem er meine Othello-Kritik gelesen hatte, streckte er mir die Hand entgegen. „Meinen Glückwunsch! Du bist unser neuer Theaterkritiker."

Der Redaktionsstab der *B. U. News* war ein Haufen kluger, lustiger und umgänglicher Studenten, die – wie ich – einen Hang zum Journalismus verspürten. Es war verführerisch, mit ihnen zu arbeiten, aber ich wußte, daß ich einen einträglichen Job finden mußte, wenn ich auf dem College bleiben wollte.

Ich suchte mir im Bostoner Telefonbuch alle Firmen heraus, die mit der Bezeichnung „griechisch" oder „hellenisch" begannen, und entdeckte eine Zeitung mit dem Namen *Hellenic Chronicle*. Der Herausgeber, Peter Agris, ein großer, stämmiger Amerikaner griechischer Abstammung, hatte seinen Traum verwirklicht und eine englischsprachige Zeitung für die in Amerika geborenen Söhne und Töchter griechischer Einwanderer gegründet. Ich wurde angestellt und sollte montags, dienstags und mittwochs nach den Vorlesungen vorbeikommen, um in der Redaktion zu helfen; donnerstags sollte ich mit Agris zum Drucker gehen, um die Produktion zu überwachen.

Der Job beim *Chronicle* gab mir Gelegenheit, mich im echten Journalismus zu üben, aber ich verdiente dabei nicht genug, um mir regelmäßige Mahlzeiten leisten zu können. Deshalb suchte ich einen zweiten Job: Samstags und sonntags arbeitete ich an der Theke einer Schnellgaststätte in Cambridge. Ich brauchte bloß die Brücke über den Charles River zu überqueren und sparte dadurch das Fahrgeld.

Als der Winter kam und die warmen Herbstfarben in der Natur allmählich erloschen, geriet meine Entschlossenheit immer mehr ins Wanken. Mir schien, als eilte ich ständig durch die bittere Kälte von einer Arbeitsstelle zur nächsten, wobei mir der eisige Wind ins Gesicht blies. Oft ertappte ich mich dabei, daß ich Heimweh hatte. Die Sonntage waren am schlimmsten, weil bei gutem Wetter sämtliche Einwohner von Cambridge nachmittags spazierenzugehen pflegten und anschließend zu einem Imbiß einkehrten.

Eines Tages, mitten im kalten Winter, bediente ich in großer Hektik an der Theke der Schnellgaststätte, rannte hin und her und dachte wehmütig an die Chandler Street, als ich plötzlich überrascht aufblickte und meinen Vater sah, der am Ende des Tresens saß und mich gespannt beobachtete. Es gab so viel zu tun, daß wir uns nur zulächeln konnten, aber er blieb den ganzen Nachmittag im Restaurant und schaute mir bei der Arbeit zu. Anschließend fuhr er mich über den Fluß zurück zu meinem Zimmer.

„Ich habe dir *Kuluria* mitgebracht", sagte er und gab mir einige griechische Brezeln, die meine Schwestern gebacken hatten. „Ich dachte, ich nehme deine schmutzige Wäsche mit nach Hause. Und im übrigen wollte ich mal sehen, wie es dir so geht."

Ich kochte uns griechischen Kaffee. Vater, der auf dem einzigen hölzernen Stuhl saß, sah sich im Zimmer um, das unter seinem Blick immer kleiner und billiger zu werden schien. Lange schwiegen wir.

„Als ich mit siebzehn nach Worcester kam", erklärte Vater schließlich, „ging ich mit ein paar Landsleuten zu Reed and Prince und fragte nach Arbeit. Es war ein Tag wie heute, mit Temperaturen unter null Grad, und wir standen draußen vor dem Fabriktor und warteten, während der Vorarbeiter sich Leute aus der Menge aussuchte. Zuerst nahm er die Skandinavier – die Schweden und Finnen und Dänen –, und dann suchte er sich die Deutschen und Iren raus. Endlich schaute er auf uns, den Rest, die wir mit hochgeschlagenem Kragen, die Hände in den Taschen, in der Kälte standen, und sagte: ‚Ihr *greaser* könnt heimgehen!‘ Ich verstand nicht alles, aber ich ahnte, daß er mit *greaser* uns Griechen meinte. Er ist weggegangen, aber wir haben ausgeharrt, weil wir dachten, daß er vielleicht doch noch ein paar Leute brauchte oder daß es ihm vielleicht leid tun würde, uns so in der Kälte stehenzulassen. Wir Griechen waren damals sehr hartnäckig – wir mußten hartnäckig sein. Nach einer Weile kam der Vorarbeiter zurück. Mit einem Eimer Wasser ging er bis zum Tor und rief: ‚Hab ich euch nicht gesagt, ihr sollt gehen?‘ Er schüttete das eisige Wasser auf uns, und es war, als ob er uns mit der Axt ins Gesicht schlüge.“

Erneut schwieg er eine Weile. „An dieses Erlebnis mußte ich denken, als ich dich heute hinter dem Tresen herumrennen sah“, fuhr er fort. „Ich dachte immer, mein Sohn wird mal nicht so leben, wie ich gelebt habe, er wird sich nicht abrackern müssen, um essen zu können. Und nun, mein Sohn, frage ich mich, was ich eigentlich getan habe, um dir zu helfen.“

Er steckte die Hand in die Tasche und kramte alle zerknitterten Geldscheine hervor, die er finden konnte – 63 Dollar insgesamt –, und legte sie neben die Kaffeetasse. Dann nahm er wortlos den Beutel mit der schmutzigen Wäsche und ging.

Meine erste Regung war, ihm nachzulaufen. Ich wollte ihm versichern, daß es keine Rolle spielte, ob er mir helfen konnte oder nicht, aber dann fühlte ich mich wie gelähmt. Es spielte ja tatsächlich eine Rolle! Während seine Schritte im Flur verhallten, fiel mein Blick auf den Geldhaufen auf meinem Tisch, und mir wurde klar, daß er mir immer so viel gegeben hatte, wie er konnte, auch wenn es bescheidene Summen waren, so wie jetzt.

IRGENDWIE gelang es mir, mein erstes Studienjahr erfolgreich abzuschließen. Sehr zu meiner Freude wurde auch mein Stipendium verlängert. Im Juni erfuhr ich, daß mich das *B.-U.-News*-Kollegium für den Posten des Chefredakteurs vorgeschlagen hatte, obwohl diese Position traditionell an einen Studenten im letzten Studienjahr ging, und daß die Universitätsverwaltung dem Vorschlag zugestimmt hatte. Bereits in meinem zweiten Studienjahr würde ich also Chefredakteur sein – und diese Position schloß die Finanzierung der gesamten Studiengebühren mit ein.

Im Sommer kehrte ich zur *Worcester Evening Gazette* zurück, befreundete mich mit Dave Mulholland, einem großen, schlaksigen

Tufts-Absolventen, der am selben Tag wie ich seine Arbeit als Reporter aufnahm. Ich begriff bald, daß in Dave das für meine Generation typische soziale Engagement sehr ausgeprägt war. Als Präsident Kennedy am 1. März 1961 das Peace Corps gründete, den amerikanischen Entwicklungshilfedienst, fühlte sich Dave sofort berufen; er bewarb sich um die Aufnahme und vertrieb sich bei der *Evening Gazette* nur noch die Zeit, bis er in ein Land der dritten Welt geschickt wurde.

In meinem zweiten Studienjahr belegte ich ausschließlich Journalismus. Dank meiner Erfahrungen bei *B.U. News, Hellenic Chronicle* und *Worcester Evening Gazette* waren mir Tätigkeiten wie Umbruch, Reportage und Verfassen von Aufmachern schon eine Selbstverständlichkeit, weshalb ich mich in den Kursen nicht besonders anzustrengen brauchte. Ich verbrachte viel Zeit in der Redaktion der *B.U. News*, und der Redaktionsstab wurde wie eine Familie für mich. Montagabend war der Höhepunkt der Woche. Da blieben wir fast bis zum Morgengrauen auf, um die Zeitung für den Drucker fertigzumachen.

Es war ein bittersüßer Augenblick für mich, als ich beim traditionellen Frühjahrsessen meine redaktionellen Pflichten an einen Nachfolger abtrat. Ich hatte zwar noch ein Jahr Studium vor mir, aber ich hatte beschlossen, mich aus der Redaktion der Collegezeitung zurückzuziehen. Denn ich hatte ein Angebot der *Worcester Evening Gazette* angenommen. Meine Arbeitszeit als Reporter begann dort um halb acht in der Frühe und dauerte bis nachmittags halb zwei. Danach ging ich zur Universität; ich wählte nur Vorlesungen und Seminare, die nachmittags stattfanden. Bei der Zeitung verdiente ich 85 Dollar die Woche – genug, um die Studiengebühren aus eigener Tasche zu zahlen.

In dieser Zeit erhielt ich in regelmäßigen Abständen Briefe von Dave Mulholland. Seine Erfahrungen im Peace Corps auf den Philippinen ließen meine Arbeit für die *Evening Gazette* trivial erscheinen.

Zu Weihnachten war Dave an seinem Posten in den Südphilippinen angekommen, wo er in einer hoffnungslos überfüllten Schule Unterricht erteilte. Um zur Schule zu gelangen, mußte er jeden Tag fünf Kilometer zurücklegen, wobei er mit dem Rad durch Zuckerrohrfelder fuhr und in einem Kanu über einen Fluß paddelte. Wenn ein Schüler nicht zur Schule kam und Dave nach dem Grund fragte, antworteten die anderen Schüler meist: „Ach, der ist gestorben."

Daves Geschichten über das Leben auf den Philippinen machten mir klar, wieviel Glück ich hatte, und ich arbeitete mit doppelter Energie in der Redaktion. Ich suchte nach einem Gebrauchtwagen, und alles schien sich bestens zu entwickeln, bis Steve Donahue mir eines Morgens mitteilte, man würde mich aus dem Reporterstab in die Bezirks-abteilung versetzen, wo ich Berichte, die aus den Vorortbüros kamen, zu redigieren hätte. Als ich protestierte, erklärte mir Steve ruhig und bestimmt, daß es die Anweisung des Chefs vom Dienst sei.

Ich verlor jede Begeisterung für meine Arbeit, während ich den ganzen Tag langweilige Berichte über Bezirksversammlungen, Wasserrechtsfragen oder Abfallbeseitigungsmaßnahmen las und versuchte, den Artikeln etwas Leben einzuhauchen. Beinahe täglich suchte ich den Chef auf und flehte ihn an, mich wieder zu den Reportern zurückzuversetzen. Schließlich, im August, erklärte er mit seiner sanften Stimme: „Nicholas, mein Junge, ich fürchte, das Leben bietet einem Entscheidungsfreiheit, aber keine Ideallösungen. Du kannst es dir aussuchen, ob du deine augenblickliche Tätigkeit in der Bezirksabteilung fortsetzen willst oder ob du die Zeitung verlassen möchtest."

„Gut", erwiderte ich trotzig. „Wenn das die Wahl ist, die ich habe, dann kündige ich."

Plötzlich platzten alle meine sorgfältig angelegten Pläne wie Seifenblasen. Ich hatte keinen Job und kein Geld, um mein letztes Studienjahr zu finanzieren. Verzweifelt bewarb ich mich bei sämtlichen Zeitungen in Boston und Umgebung, aber alle Chefredakteure bestanden auf einem Collegeabschluß. Schließlich bot mir Karen Gaines, die Pressechefin der Universität, an der Kunsthochschule eine Stelle als Pressereferent an. Ich bekam dort zwar nur 800 Dollar im Jahr, aber ich glaubte, es schaffen zu können.

Dennoch rissen die Hiobsbotschaften nicht ab. Gerade als ich meinen Job eingebüßt hatte, erfuhr ich, daß mein Freund Dave Mulholland auf den Philippinen an der Ruhr gestorben war. Er war das erste Mitglied des Peace Corps, das im Dienst ums Leben kam.

Sobald ich es einrichten konnte, fuhr ich nach Quincy, um Daves Eltern zu besuchen. Sie erzählten mir, daß Dave die Ärzte noch am letzten Tag seines Lebens gefragt habe, wie schnell er an seine Schule zurückkehren könne, denn er habe dort so viel zu tun. Daves Eltern zeigten mir auch eine Sammlung seiner Fotografien und Briefe, darunter einen, der an einen philippinischen Freund gerichtet war. „Versuche, eine kleine Sache zu tun, die unvergänglich ist", schrieb Dave. „Vielleicht erscheint dann alles der Mühe wert."

Ich verfaßte einen Artikel über Dave und überzeugte schließlich einen Redakteur seiner Heimatzeitung, des *Quincy Patriot Ledger*, die Story zu drucken. Das Blatt widmete Dave und seiner Arbeit auf den Philippinen am 21. Dezember 1962 eine ganze Seite.

Kurz nach Weihnachten erhielt ich einen Anruf vom Dekan der journalistischen Fakultät der Bostoner Universität. Er wollte wissen, ob er meinen Artikel über Dave bei einem Wettbewerb der William Randolph Hearst Foundation einreichen dürfe. „Wir gewinnen zwar nie etwas bei diesen Wettbewerben", meinte er, „aber mir hat deine Story über diesen jungen Mann vom Peace Corps so gut gefallen – ich denke, wir sollten es versuchen."

Einen Monat später, als ich überhaupt nicht mehr an den Wettbewerb dachte, bekam ich einen weiteren Anruf. Ich erfuhr, daß ich mit dem Artikel über Dave Mulholland den ersten Preis gewonnen hätte: die Summe von 750 Dollar! Zu jener Zeit war ich mehrere Monate mit meiner Miete im Rückstand. Nun bewahrte mich dieser Preis nicht nur vor dem Rausschmiß, sondern er würde mich auch für den Rest des Jahres über die Runden bringen.

„Hast du sonst noch Material, das wir einreichen könnten?" fragte der Dekan.

Ich schickte ihm einen Stoß Leitartikel, die ich für den *Hellenic Chronicle* geschrieben hatte. Der Dekan war genauso aufgeregt wie ich, als er mich zwei Monate später erneut anrief, um mir mitzuteilen, daß ich einen achten Platz erzielt hätte, der mit einem Preis von hundert Dollar verbunden war.

Die Hearst-Preise machten mir Mut, es mehreren meiner alten Freunde von der *B.U. News* gleichzutun und mich bei der Journalistenschule der Columbia-Universität zu bewerben. Dort wurde ein äußerst strenges Auswahlverfahren angewandt, und von etwa achthundert Bewerbern erhielten nur achtzig pro Jahr einen Studienplatz. Das Studienprogramm umfaßte unter anderem Berufspraxis in New York, und man bekam Kontakt zu den großen Zeitungen.

Im Frühjahr war ich in schlechter Verfassung. Alle meine Freunde hatten Zusagen von der Columbia-Universität erhalten, nur ich nicht. Dann kam ein Brief, in dem mir mitgeteilt wurde, daß auch ich einen Studienplatz bekäme und mir außerdem ein Stipendium in Höhe von 2500 Dollar gewährt würde. Das war eine wunderbare Nachricht, aber ich brauchte mindestens 3500 Dollar. Ich schrieb zurück, daß ich den Studienplatz gerne annähme, allerdings die vollen Studiengebühren noch nicht beisammenhätte. Aber ich sei zuversichtlich, die fehlenden tausend Dollar bis dahin verdienen zu können.

Kurz nach den Osterferien rief mich Karen Gaines an, die Pressechefin, die mir den Job an der Kunsthochschule vermittelt hatte. „Sitzt du, Nick?" fragte sie.

„Ja, schieß los!"

„Du bist ins Weiße Haus eingeladen worden. Du hast den ersten Preis im diesjährigen Journalismuswettbewerb der Hearst-Stiftung gewonnen, und Präsident Kennedy überreicht ihn dir am vierzehnten Mai!"

Zuerst konnte ich es nicht glauben, dann war ich vor Freude außer mir. John F. Kennedy war für jeden, den ich kannte, ein Idol.

Sobald Karen aufgelegt hatte, rief ich meinen Vater an. „Du errätst nie, was passiert ist!" rief ich. „Ich bin ins Weiße Haus eingeladen worden! Nächsten Monat!"

„Die haben dir einen Job im Weißen Haus gegeben?" fragte er ungläubig.

Etwas ernüchtert, verneinte ich. Es handle sich um einen Journalistenpreis, erklärte ich, den ich aus den Händen von Präsident Kennedy erhalten würde.

„Nicht schlecht für einen Grünschnabel wie dich", meinte Vater fröhlich. „Wird es im Fernsehen gezeigt?"

„Ich glaube nicht", erwiderte ich, „aber gewiß wird es in der Zeitung stehen."

„Am besten, wir erzählen vorerst niemandem was davon. Du weißt, wie leicht diese Politiker ihre Meinung ändern."

Als der Tag kam, an dem ich nach Washington fliegen sollte, machte ich mich allein auf den Weg. Ich zog meinen einzigen, oft getragenen blauen Anzug und ein weißes Hemd an und band mir eine schmale Krawatte um, steckte ein Hemd und Unterwäsche zum Wechseln in eine Schultasche und nahm den Bus zum Bostoner Flughafen. Ich hatte noch nie in einem Flugzeug gesessen, aber ich war ohnehin so aufgeregt, daß ich meine Flugangst glatt vergaß. Ich besuchte das Weiße Haus, um den Präsidenten kennenzulernen – der liebe Gott würde das Flugzeug schon nicht abstürzen lassen.

Die Hearst-Stiftung hatte mir das Flugticket geschickt sowie eine Wegbeschreibung zum Hotel Mayflower, wo die drei Gewinner des Wettbewerbs bei einer Cocktailparty von Randolph Hearst begrüßt wurden, dem Sohn des amerikanischen Zeitungsbarons. Am nächsten Vormittag wurden wir zu einer kurzen Stadtrundfahrt eingeladen; dann ging's ins Capitol zum Mittagessen, wo wir von den Senatoren unseres jeweiligen Bundesstaates geehrt wurden.

Am Nachmittag, als wir durch das Tor des Weißen Hauses gewinkt wurden, überkam mich das Gefühl, ich bewegte mich in einem Film und nicht im wirklichen Leben. Wir wurden in einen prächtig dekorierten Warteraum geleitet. Dann führte uns Kenneth O'Donnell, der Stabschef des Präsidenten, ins Oval Office.

Ich zwinkerte im hellen Sonnenlicht und sah die imponierende Gestalt John F. Kennedys, der vor seinem Schreibtisch stand und uns zur Begrüßung die Hand schüttelte. Mehrere Dutzend Reporter riefen durcheinander, fotografierten mit Blitzlicht und richteten Fragen an uns. Als sie zufriedengestellt waren, schickte Kennedy sie hinaus und sprach dann mit jedem von uns einzeln. Er war offensichtlich über unseren Hintergrund informiert worden und verlieh seiner Freude Ausdruck, daß mit mir auch ein Student vertreten war, der wie er selbst aus Massachusetts stammte.

Randolph Hearst erzählte ihm kurz, daß ich als Flüchtling nach Amerika gekommen war und es geschafft hatte, mein Studium mit Hilfe von Stipen-

Stolz nehme ich aus den Händen von Präsident Kennedy den Journalistenpreis der Hearst-Stiftung entgegen.

dien und Ferienjobs zu finanzieren. „Und das machen Sie alles, um Reporter zu werden?" fragte mich Kennedy. „Warum wollen Sie unbedingt Zeitungsmensch werden?"

„Wahrscheinlich bin ich ein Masochist", antwortete ich, weil ich nicht wußte, wie ich alle meine Gründe in ein paar Worte fassen sollte.

Alle lachten, als ob es sich um eine äußerst geistreiche Antwort gehandelt hätte; am nächsten Tag wurde sie in den Zeitungen vielfach zitiert. Die Viertelstunde, die wir im Oval Office verbrachten, verflog im Nu.

Nach meiner Rückkehr ins Hotel rief ich sofort meine Familie an, um ihr vom Präsidenten zu erzählen. Sie hörten höflich zu, fragten aber nur, ob er mir auch etwas zu essen angeboten hätte. Ich war über ihre Reaktion enttäuscht. Als jedoch am nächsten Tag auf der Titelseite des *Worcester Telegram* ein Bild erschien, das mich neben Kennedy zeigte, riefen sie mich ganz aufgeregt an. Erst nachdem sie es in der Zeitung gesehen hatten, glaubten sie, daß ich Kennedy wirklich getroffen hatte.

„Niemand, den ich kenne, hat etwas Vergleichbares erreicht", erklärte mein Vater am Telefon. „Ich bin nur ein ungebildeter Einwanderer, aber mein Sohn ist vom Präsidenten im Weißen Haus empfangen worden. Ich hatte große Dinge für dich erhofft, aber daß mir solch eine Ehre widerfährt, hatte ich nie geglaubt."

An jenem Tag kaufte mein Vater mehrere Exemplare der Zeitung und schnitt das Bild von mir und Kennedy aus. Eines davon ließ er mit Kunststoff beschichten und trug es von da an in seiner Jackettasche mit sich herum, um es beim kleinsten Anlaß Freunden, Verwandten und völlig Fremden zu zeigen. Jedesmal, wenn er von der Ehre seines Sohnes sprach, endete er mit den Worten: „Gott segne Amerika!" Am Tage seines Todes fand ich das abgenutzte, kaum noch erkennbare Foto in seiner Jackettasche.

Niemand hatte mir gesagt, daß die Feierlichkeiten sich für zwei weitere Tage in New York City fortsetzen würden. Ich zog meinen leicht zerknitterten Anzug noch einmal an, und wir reisten als Gruppe mit dem Zug von Washington ab – meine erste Bahnfahrt. Im Salonwagen erkundigte sich Randolph Hearst persönlich nach meinen Zukunftsplänen. Ich erzählte ihm, daß ich die Journalistenschule der Columbia-Universität besuchen wollte, wenn ich bis zum Herbst noch tausend Dollar zusammenbringen könnte.

In New York wurden wir in einem Hotel mitten in der Stadt untergebracht. Am nächsten Morgen beschloß ich, in der Journalistenschule anzurufen. Der stellvertretende Dekan, Richard Baker, bat mich vorbeizuschauen. „Ich würde mich gerne mit Ihnen unterhalten", sagte er. Er teilte mir bei diesem Gespräch mit, mein Stipendium würde auf 3500 Dollar erhöht – das genügte für das ganze Jahr! Ich stammelte meinen Dank und war so aufgeregt über diesen unerwarteten Glückstreffer, daß ich kaum meinen Weg in die Innenstadt zurückfinden konnte.

Ich hatte mich schon verspätet, und so ging ich direkt zu dem Restaurant, in das uns Randolph Hearst zum Mittagessen eingeladen hatte. Nach dem Essen stand der Zeitungsverleger auf und verkündete mit einem Lächeln in meine Richtung, daß die Treuhänder der Hearst-Stiftung gerade abgestimmt hätten und zwei Preisträgern „Überraschungsstipendien" gewähren wollten: fünfhundert Dollar für Miß Harrington und eintausend Dollar für Mr. Gage!

„Jetzt werden Sie Ihr Studium fortsetzen können", meinte Randolph Hearst, als er mir die Hand schüttelte.

„Danke, Sir", stammelte ich. „So etwas hätte ich nie erwartet."

Als das Flugzeug an diesem Abend abhob, ging die Sonne gerade unter. Ihre Strahlen fielen auf die Wolkenkratzer Manhattans, die für einen Augenblick aus purem Gold gemacht zu sein schienen, gerade so, wie es meine Mutter im Dorf immer erzählt hatte. Ob nun solche Einwanderermärchen wahr sind oder nicht – der Tag in New York hatte mir jedenfalls zweifaches Glück beschert. Jetzt hatte ich nicht nur genug Geld, um die Studiengebühren zu entrichten, ich hatte auch noch tausend Dollar extra! Zwei Tage zuvor war ich ein armer Student gewesen, der seine Miete nicht bezahlen konnte, und jetzt war ich ein Kapitalist, der entscheiden mußte, was er mit dem überschüssigen Geld anfangen sollte. Aber ich wußte die Antwort im gleichen Augenblick, in dem meine Glückssträhne begann. Ich würde meine griechische Heimat besuchen!

Seit langem war mir bewußt, daß ich irgendwann in mein Dorf zurückkehren mußte, um genau zu erfahren, was nach unserer Flucht mit meiner Mutter geschehen war. Außerdem wollte ich die Reise bald antreten, solange meine Großeltern noch lebten.

ELF

Es war schwierig, meine Schwestern und meinen Vater davon zu überzeugen, daß meine Entscheidung, Griechenland zu besuchen, klug war. Sie überschütteten mich mit Ratschlägen und Warnungen, aber am Ende wurde ihnen klar, daß sie meine Reisepläne nicht verhindern konnten.

Mein Vater hielt mir einen längeren Vortrag. „Wenn dein Großvater und mein undankbarer Bruder Foto fragen, warum ich nicht mitgekommen bin", instruierte er mich, „dann läßt du sie wissen, daß ich keinem von den beiden verziehen habe. Schließlich sind meine Frau und meine Kinder durch ihre Schuld in die Hände der Partisanen gefallen." Sein letzter Auftrag war, ich solle jeden Tag ins Kaffeehaus des Dorfes gehen und alle Gäste in seinem Namen freihalten.

Die Abschlußfeier der Bostoner Universität fand im Juni statt, aber ich war durch meine bevorstehende Reise so abgelenkt, daß ich die Zeremonie längst nicht so aufregend fand wie meine vier Gäste – mein Vater, meine beiden ältesten Neffen (die ich für die höhere Bildung zu begeistern versuchte) und Miß Hurd, meine frühere Englischlehrerin.

Für mich war die Abschlußfeier nur eine Nebensache, etwas, das ich vor dem Besuch in meinem Heimatdorf hinter mich bringen mußte. Der ganze Familienclan begleitete mich am 10. Juni zum Bostoner Flughafen, sogar meine jüngsten Neffen und Nichten waren dabei. Meine Schwestern küßten mich und weinten und überschütteten mich mit weiteren Warnungen. Als ich mich meinem Vater zuwandte, war ich überrascht, daß sich auch seine Augen mit Tränen gefüllt hatten. „Mein Sohn", sagte er nur. Bei diesen Worten erinnerte ich mich an den Klang der Stimme meiner Mutter, und ich bekam plötzlich Angst, ihn nie wiederzusehen. Aber es war längst zu spät für eine Umkehr. Ich ging übers Vorfeld zum Flugzeug und wagte nicht, mich nach Vater umzublicken.

Als sich das Flugzeug am nächsten Morgen Athen näherte, war ich von den unerwartet lebhaften Farben Griechenlands, vor allem den Blau-, Türkis- und Grüntönen des Meeres, überwältigt. Die ockerfarbene Erde, die roten Dachziegel und die strahlendweißen Häuser blendeten mich. Nach vierzehn Jahren stumpfem Grau und Grün in Massachusetts hatte ich die Farben meiner Heimat vergessen.

In Athen stieg ich im Hotel Amalia ab, in der Nähe des königlichen Palastes. In meinem Hotelzimmer packte ich aus, duschte mich und fragte den Portier, wie ich zum Restaurant Zonar käme, wo einer meiner Vettern als Kellner arbeitete. Es befinde sich drei Straßen weiter, erklärte er.

Alles, was ich auf der Straße sah und hörte, steigerte meine Aufregung: die Schreie der Schwammverkäufer und Schuhputzer, die alten Frauen mit ihren schwarzen Kopftüchern und die schicken Athenerinnen in der neuesten Pariser Mode. Das Zonar stellte sich als elegantes Restaurant und Straßencafé heraus. Ich näherte mich einem der Kellner und fragte ihn nach Iannis Gatzoyiannis. Als ich hinzufügte, daß ich ein Verwandter aus Amerika sei, horchte er auf und führte mich in ein Hinterzimmer, wo er mit Iannis telefonierte.

Mein Vetter bestand darauf, daß ich ihn sofort zu Hause besuchte, und erklärte mir, wie ich mit dem Bus vom Zentrum in den Stadtteil Kaisariani käme, wo er wohnte. Iannis holte mich an der Bushaltestelle ab. Er führte mich in die Dreizimmerwohnung, in der er mit seiner Frau und seinen beiden Kindern lebte. Sie hätten jetzt Toilette und Dusche im Haus, sagte er stolz.

Ich mußte immer wieder daran denken, wie hingerissen meine Schwestern und ich während unseres ersten Besuchs in Athen von Iannis' luxuriöser Stadtwohnung gewesen waren. Jetzt verglich ich unwillkürlich das, was ich in diesen überfüllten Räumen sah, mit der Art, wie wir in Worcester lebten. Unser Auto, der Fernsehapparat und der große Kühlschrank ließen uns im Vergleich zu den Athener Verhältnissen wie Millionäre erscheinen.

An den folgenden Tagen besuchte ich Verwandte, die in größeren Geldnöten lebten als Iannis. Einige wohnten in Vorstädten, wo sie sich ein winziges Stück Land gekauft und ohne Genehmigung Baracken gebaut hatten. Ich brachte meiner jeweiligen Gastgeberin immer Konfekt mit, die Kinder bekamen einen Fünfzigdrachmenschein und die Alten einen Dollar.

Gleichgültig, wie arm sie sind – die Griechen lieben das Leben und verstehen es so zu genießen, daß ein Millionär neidisch werden könnte. Die Verwandten, die ich besuchte, gingen jeden Abend aus, auch wenn sie nur einen Kaffee in der benachbarten Kneipe tranken. Sie neckten sich und stritten spielerisch in einer Art miteinander, die ich schnell nachzuahmen verstand. Ihre Gastfreundschaft rührte mich zu Tränen. Aber nach zwei Wochen erinnerte ich mich daran, daß ich nicht nach Griechenland gekommen war, um in Athener Kneipen angenehme Sommerabende zu verbringen. Es war Zeit, in mein Dorf zurückzukehren.

Ich flog von Athen nach Korfu und nahm in der alten venezianischen Inselhauptstadt ein Hotelzimmer. Von dort aus telegrafierte ich meinem Großvater, er solle mich am folgenden Tag auf dem Festland treffen, und verbrachte den Vormittag damit, mehrere Vettern zu besuchen, bevor ich an Bord der Fähre ging. Zwei Stunden später näherte ich mich der Stadt Igoumenitsa.

Als die Fähre anlegte, sah ich, daß Großvater Onkel Foto, den Bruder meines Vaters, mitgebracht hatte. Mein Großvater, inzwischen dreiundachtzig, hatte sein ganzes Leben lang als Müller gearbeitet. Er war schlank und gebräunt, hatte weißes Haar und einen Schnurrbart und muskulöse Arme wie ein Athlet. Mein Onkel Foto war einundachtzig und schon fast zahnlos, eine etwas schlankere Ausgabe meines Vaters.

Ich hatte meinen Großvater mit seinem reizbaren Temperament, seinem eisigen Schweigen und seinem starren Blick immer gefürchtet. Seine Frau und seine beiden Töchter – Mutter und Tante Nitsa – hatten seine Schläge oft zu spüren bekommen. Mich hatte er allerdings nie geschlagen. Sein schreckliches Gebrüll hatte stets ausgereicht, damit ich gehorchte. Im Dorf galt Kitso Haidis als Geizkragen, rachsüchtiger Gegner und notorischer Schürzenjäger, aber noch mehr war er für seine Schläue und den scharfen Verstand bekannt, die ihn zu einem der angesehensten Männer in den Murgana-Bergen machten.

Großvater mietete ein Taxi, das uns nach Filiates bringen sollte, der Stadt am Fuß der Berge, wo wir in einer Pension übernachten wollten. Auf der holprigen Fahrt fragten mich die beiden alten Männer über die ganze Verwandtschaft aus, die in den Vereinigten Staaten lebte. In Filiates machte ich mich sogleich auf den Weg, um Gebäck, türkischen Honig und Lebensmittel wie Salz, Zucker, Butter, Fleisch und Brot zu kaufen, die ich auf Anraten meiner Schwestern mit nach Lia nehmen sollte. In der Nacht träumte ich dann, ich wäre bereits im Dorf und unterhielte mich mit meinem Onkel Andreas.

Mein Großvater hatte Andreas, den sanften, zurückhaltenden Ehemann meiner Tante Nitsa, stets verachtet, weil er nur ein armer Schuster war. Aber er war der freundlichste Mann gewesen, den ich als Kind kannte. Im Traum hörte ich Andreas' Stimme, und als ich aufwachte, stellte ich fest, daß er tatsächlich gesprochen hatte, da er neben meinem Bett stand. Er hatte das Dorf im Morgengrauen verlassen und war den Berg herabgestiegen, um mich zu begrüßen. Jetzt umarmte er mich scheu und brachte nur ein „Du bist zurückgekehrt" heraus.

Auch von Filiates nach Lia fuhren wir mit dem Taxi. Damals bei unserer Flucht hatte die Straße hinter Ajies Pantes aufgehört, aber jetzt führte ein staubiger Fahrweg zwischen Felsblöcken, Zwergkiefern und Kapellenruinen in Serpentinen den Berg hinauf. Als wir endlich in Lia einfuhren, erblickte ich am Eingang des Dorfes, unterhalb des Weges, das Haus meiner Großeltern. Meine Großmutter und meine Tante standen bereits vor der Tür und starrten zu uns hinauf. Weil der Abhang so steil war, mußte ich, von einem Stein auf den anderen tretend, vorsichtig zum Eingang hinunterklettern.

„Bringt die Sachen rein, bevor die Nachbarn sie sehen", stieß Tante Nitsa ohne ein Wort der Begrüßung hervor. Dann musterte sie mich von Kopf bis Fuß. „Hat lange gedauert, bis du zu uns zurückgekommen bist, nicht wahr?" brummte sie. „Gehen wir rein, und sehen wir nach, was du mitgebracht hast."

Ich erwartete, daß meine Großmutter bei meinem Anblick in

Tränen ausbrechen würde, da ich immer ihr Liebling gewesen war, aber die winzige, zusammengeschrumpfte alte Frau starrte mich nur verwirrt an. Mein Großvater hatte mir unterwegs erklärt, daß ihr Geist nachzulassen begann.

„Ist er das?" fragte meine Großmutter unsicher. „Er sieht nicht so aus."

„Er ist's schon", murmelte Nitsa. „Kommt rein!"

Das Haus meiner Großeltern war genauso, wie ich es in Erinnerung hatte: Vom engen Flur aus betrat man zwei Kammern, die beide einen offenen Kamin hatten. Das Toilettenhäuschen stand in einer Ecke des ummauerten Hofes, die Ziegen hausten im Keller, und die einzige Wasserstelle war die Bergquelle vor dem Tor.

Mein Großvater wies stolz auf zwei Liegen, die er für die „obere Kammer" – die für Gäste reservierte gute Stube – erworben hatte. Er und meine Großmutter, die alle „*Megali*, die Alte", nannten, schliefen immer noch auf Strohsäcken neben dem Kamin im anderen Raum.

Nitsa sammelte sofort alle mitgebrachten Süßigkeiten, das ganze Gebäck und die Lebensmittel ein und sagte, sie würde sie in der Speisekammer, einer kleinen Nische auf der Rückseite des Hauses, aufbewahren. „Ich pack mir nur ganz wenige Sachen ein, die ich meiner Familie mitbringen will."

„Das glaub ich dir gern, aber läßt du uns auch was übrig?" fragte Großvater mürrisch, ehe er mir erklärte: „Sie ist neunundfünfzig, und ihr Mann ist vierundsechzig, und sie stopfen sich immer noch mit meinem Essen voll." Er steckte sich eine Zigarette an, bot Andreas aber keine an.

Ich überreichte die Geschenke – die Kleiderstoffe und die Dollarscheine, die mir meine Schwestern mitgegeben hatten. Später, als ich auf der Liege in der oberen Kammer saß und Fragen über meine Familie beantwortete, stand meine Großmutter plötzlich auf, huschte zu mir und küßte mich auf die Stirn. „*Idia Eleni,* genau wie Eleni", sagte sie. Die Worte und das plötzliche Wiedererkennen, das sich in ihren Augen spiegelte, rührten mich zu Tränen.

Nach einer Weile wollte Nitsa unbedingt, daß wir alle Siesta hielten, da sie schläfrig wurde. „Ich bin nicht müde, ich möchte mir mein Elternhaus ansehen", erwiderte ich.

Aber Nitsa machte ein solches Theater, daß ich zu warten beschloß. Ich lag auf der neuen Matratze, bis ich sie alle gleichmäßig atmen hörte, dann schlich ich mich auf Zehenspitzen in den nachmittäglichen Sonnenschein hinaus.

Der Fußweg, der am Tor des Haidis-Hauses vorbeiführte, stieg bergan zum *Periwoli*, dem Hauptplatz des Dorfes. Im Frühjahr war er mit gelben Krokussen und blauen Traubenhyazinthen gepolstert, aber jetzt wuchs dort wilde Kamille, die von Bienenschwärmen umgeben war. Bald sah ich hinter den Spitzen uralter Zypressen Sankt Demetrios, die Kirche, in der meine Mutter jeden Tag gebetet hatte und in deren Beinhaus ihre sterblichen Überreste lagen. An der Eisentür hing ein Vorhängeschloß, ein Kirchendiener war nirgends zu sehen. Ich setzte meinen Weg fort.

Hinter der nächsten Biegung kam ich zu der Schlucht, wo ich mich von meiner Mutter verabschiedet hatte, bevor sie von den Partisanen zum Dreschen auf die Felder gebracht wurde. Während ich ihr nachgeblickt hatte, war sie im Gebüsch weit unten im Tal verschwunden, dann wiederaufgetaucht, ein winziger Punkt am fernen Berghang. Es war ein schöner Sommernachmittag wie dieser gewesen. Sie hatte sich umgedreht, eine winzige schwarzgekleidete Gestalt, und hatte zum Abschied die Hand gehoben.

Ich wandte der Schlucht nun den Rücken zu, da mich der Pfad nach links und hinauf zu unserem Haus führte. Als ich mich unseren Feldern näherte, hörte ich ein kratzendes Geräusch und sah eine gebückte schwarze Gestalt, die zwischen ordentlichen Reihen von Bohnenpflanzen Unkraut jätete. Es war eine Frau, die sich ein schwarzes Kopftuch umgebunden hatte. Jetzt richtete sie sich auf und wischte sich die Hände an ihrer schwarzen Schürze ab.

Als ich vor ihr stand, blickte sie mir in die Augen, und mein Herz krampfte sich zusammen – es war meine Mutter, die im Garten stand und auf mich wartete! Dann sprach sie, und das Gesicht meiner Mutter verschwamm vor meinen Augen und nahm schließlich die Züge von Vangelina Dimitriou, einer Nachbarin, an.

„Wer bist du denn?" rief sie. „Doch nicht etwa der Sohn von Eleni? Sie haben mir gesagt, daß du zurückkommst. Dein Großvater hat mir erlaubt, hier Gemüse anzupflanzen. Ich hoffe, daß es dir nichts ausmacht."

„Natürlich nicht, *Thia*", sagte ich und zitterte immer noch vor Schreck. „Ich bin nur heraufgekommen, um mir unser Haus anzuschauen."

„Was gibt es da zu sehen? Es ist nichts übrig außer den Seelen der Toten, die Frieden suchen. Aber überzeug dich nur selbst davon!"

Ich ging durch das Tor in den ummauerten Hof. Die Eingangstür des Hauses war verriegelt und mit einer Kette verschlossen, deshalb

spähte ich durch die Fenster in die Küche, wo wir in einer Reihe auf
dem Fußboden geschlafen hatten. Rasch kehrte ein Bild in mein
Gedächtnis zurück: meine Mutter, die Ziegenmilch butterte, während
ich mich in der Nähe versteckt hielt, weil ich frische Ziegenmilchbut-
ter gern mit Brot aß. Aber jetzt war alles still. Überall lag Staub, und
ich nahm lediglich die rasche Bewegung einer Eidechse in den Spalten
zwischen den Steinen wahr.

Entmutigt, weil ich mehr zu sehen erwartet hatte, kletterte ich zum
Kellereingang hinab. Hier, im Keller ihres Hauses, war meine Mutter
festgehalten worden, eingepfercht mit Dutzenden von anderen Gefangenen, bis sie mit den Verurteilten zur Schlucht gebracht wurde, wo
der Tod auf sie wartete. Mir fiel auf, daß die Holztür nur angelehnt
war. In der gleißenden Nachmittagssonne packte mich eine schreckliche Angst vor dem, was in dem dunklen Keller verborgen sein
mochte, aber eine ebenso starke Macht zog mich hinein. Ich konnte
nicht anders, ich mußte auf die offene Tür zugehen.

„Was machst du hier?"

Ich wirbelte herum und erblickte Andreas – ganz außer Atem, weil
er hinter mir den Berg hinaufgeeilt war. „Konntest du nicht warten?"
fuhr er fort. „Du mußtest unbedingt allein hier raufkommen! Schön –
nun hast du's gesehen! Komm mit mir zurück! Deine Tante und deine
Großmutter sind außer sich."

Als wir zur Kirche Sankt Demetrios kamen, blieben wir stehen.
„Warte hier!" befahl Andreas. Bald kehrte er mit den Schlüsseln zum
Beinhaus zurück. Er öffnete das Vorhängeschloß, und die Eisentür
ging knarrend auf. Unmittelbar vor mir stand auf vier Stützen eine
kleine Holzkiste, nicht ganz einen Meter lang, mit einem Deckel darauf und einem einfachen Metallkreuz. Auf der Seite der Kiste war mit
weißer Farbe „Eleni C. Gatzoyiannis, 41 Jahre, und Alexandra F. Gatzoyiannis, 56 Jahre, am 28. August 1948 von kommunistischen Ver-
brechern ermordet" aufgemalt worden.

Ich konnte mir nur schwer vorstellen, daß dieser kleine hölzerne
Kasten einen Teil meiner Mutter enthalten sollte. Sie schien draußen
im Sonnenschein zu sein, wo sie vor der Kirche für ein kurzes Gebet
innehielt oder mit unserem Esel Merjo den Feldern entgegenstrebte
oder mit frisch gebackener *Pita* den Pfad zu meiner Großmutter hin-
untereilte. Als ich die Lampe anzündete, fragte ich mich, warum mir
meine Erinnerungen nur heitere und angenehme Bilder vorspiegelten,
da meine Kindheit doch aus einem Jahrzehnt des Krieges und Hungers
bestanden hatte. Mir wurde klar, daß die Liebe meiner Mutter mich

wie mit einem schützenden Panzer umgeben hatte. Nach ihrem Tod war dieser zerbrochen, und nicht einmal unser schönes Leben in Worcester schien mir das Gefühl der Geborgenheit wiedergeben zu können.

Als Andreas und ich endlich wieder zum Haus meines Großvaters hinabstiegen, warteten Nitsa und Megali auf uns. Die Nachricht über meine Ankunft hatte sich bis in den letzten Winkel des Dorfes verbreitet, und kaum war die Mittagsruhe vorbei, kamen auch schon die Dörfler, um einen Blick auf Elenis Sohn zu werfen.

Schnell waren die beiden unteren Räume meiner Großeltern bis zum Bersten gefüllt. Die alten Frauen äußerten sich alle erstaunt über meine Ähnlichkeit mit meiner Mutter. Sie saßen auf dem Fußboden um mich herum, und wie orientalische Geschichtenerzähler berichteten sie mir von ihrer letzten Begegnung mit meiner Mutter.

Ich erfuhr, daß meine Mutter und Tante Alexo am Tag nach unserer Flucht zunächst für acht Tage eingesperrt worden waren. Dann wurden sie mit dem Befehl, mit niemandem zu sprechen, freigelassen. Sie durften sich frei bewegen, bis die Partisanen sie einen Monat später erneut festnahmen. Danach fand die Gerichtsverhandlung statt und die Hinrichtung.

Aus dem, was die Frauen mir berichteten, schloß ich, daß die Partisanenführer erwartet hatten, daß meine Mutter und meine Tante sie zu den anderen Verschwörern führen würden. Aber als sich diese Hoffnung nicht erfüllte, beschlossen sie, sich die Informationen über den Fluchtplan durch Folter zu beschaffen.

Eine der wenigen, die es gewagt hatten, in der kurzen Zeit der Freiheit mit Mana zu sprechen, war Olga Venetis, eine hochgewachsene Frau, die am *Periwoli* in der Nähe unseres Hauses wohnte. „Eines Tages ging ich zu unserem Feld und sah deine Mutter den Pfad heraufkommen", erzählte sie. „Sie trug Brennholz. ‚Heute bin ich bis hinunter zum Kloster von Sankt Athanassios gegangen', sagte sie, ‚und habe niemanden gesehen. Ich hätte einfach weitergehen und die Reihen der Nationalisten erreichen können.' Ich fragte sie: ‚Warum in Gottes Namen hast du es nicht getan?', und sie sagte, sie könne nicht weggehen, solange Glykeria noch auf den Dreschplätzen sei, weil die Partisanen das Mädchen umbringen würden."

Ich wollte von Olga alles über die Gerichtsverhandlung wissen, bei der meine Mutter und die sechs anderen Dorfbewohner zum Tode verurteilt worden waren. „Wer hat gegen meine Mutter ausgesagt? Wie lautete die Anklage? Wer waren die Richter?"

„Du solltest dich bei Athena Charamopoulos erkundigen", erwiderte Olga. „Sie war die ganzen drei Tage dabei. "

„Als du Mana zu Beginn des Prozesses gesehen hast – machte sie da auf dich den Eindruck, als ob man ihr große Schmerzen zugefügt hätte?" Ich brachte diese Frage kaum über die Lippen, weil mein Mund so trocken war. Herauszufinden, was meine Mutter vor ihrer Hinrichtung hatte erdulden müssen – davor fürchtete ich mich am meisten. Doch ich mußte alles erfahren, was sie auf sich genommen hatte, denn sie hatte es getan, um mich zu retten.

„Nein, erst *nach* dem Prozeß fingen sie an, deine Mutter fürchterlich zu schlagen", berichtete Vasiliki Petsis, eine alte Frau mit einem unschuldigen runden, runzeligen Gesicht; sie wohnte in der Nähe meiner Großeltern. „Ich erinnere mich, wie sie Eleni auf einem Maultier den Berg herunterbrachten und sie zwangen, ihnen zu zeigen, wo sie Olgas Aussteuer versteckt hatte. Ich hatte sie gar nicht gleich erkannt, so schlimm war sie zugerichtet –"

„Sei still, Vasiliki!" unterbrach sie Nitsa. „Warum wollt ihr den Jungen aufregen?"

Die alte Frau verfiel in Schweigen.

Ich war entsetzt über das, was ich bereits gehört hatte, und die Hitze in dem überfüllten Raum erregte in mir Übelkeit. Aber ich beschloß, Athena Charamopoulos aufzusuchen und später mit Vasiliki Petsis zu sprechen, wenn ich sie ohne Zuhörer befragen konnte.

AM FOLGENDEN Vormittag nahm mich mein Großvater mit ins *Kafenion*, das Kaffeehaus des Dorfes bei der riesigen Platane. Als wir eintrafen, waren die Tische mit Männern aus dem Dorf besetzt, die darauf warteten, den Sohn von Christos Gatzoyiannis zu sehen.

Mit dem Spazierstock autoritär in eine Richtung weisend, wählte mein Großvater einen leeren Tisch aus. Ich ahmte eine vertraute Verhaltensweise meines Vaters nach, als ich den Besitzer herbeirief und „Eine Runde für alle!" bestellte. Die auf einen Fetzen Packpapier gekritzelte Rechnung machte weniger als einen Dollar aus, und so bestellte ich prompt eine weitere Runde.

Später kehrten wir zum Haidis-Haus zurück, wo Megali ihren Mittagsschlaf hielt. Ich beschloß, uns beiden ein Omelett mit Schafskäse und Zwiebeln zu machen, und Großvater sah mir mit Genugtuung beim Kochen zu.

„Es tut gut, mit dir zusammenzusein", sagte er. „Heute war es wie in früheren Zeiten, wenn dein Vater auf Besuch war und in seiner feinen amerikanischen Kleidung im Kaffeehaus wie ein großer Mann auftrat und alle beim Essen und Trinken freihielt." Er lachte. „Ich war immer gern in seiner Gesellschaft, auch wenn er sich von den Einheimischen ausnutzen ließ. Warum ist er nicht mitgekommen, um wieder den Kapitalisten zu spielen?"

Seine Überheblichkeit ärgerte mich. „Er will nicht kommen, *Papu*, weil er dir nie verziehen hat, daß du Mana und uns im Stich gelassen hast, als die Partisanen kamen."

Mein Großvater zog die Augenbrauen zusammen, und seine Miene verfinsterte sich. „Wer konnte wissen, daß das alles passieren würde? Wir dachten, die Partisanen würden ein paar Tage bleiben und dann wieder verschwinden. So war es in anderen Dörfern gewesen. Als mir klargeworden war, daß sie sich verschanzten, arbeitete ich einen Plan aus, um heimlich nach Lia zurückzukehren und euch alle herauszuholen."

„Und warum hast du's nicht getan?" stieß ich mit aufwallendem Zorn hervor. „Niemand hat uns geholt! Niemand!"

„Du irrst dich – ich bin tatsächlich zurückgekommen!" erwiderte er heftig. „Im März 1948 bin ich mit den nationalistischen Truppen zurückgekehrt. Wir waren mehrere Männer aus Lia und hofften, unsere Familien herausholen zu können. Ich kam bis Ajies Pantes, und dann hörte ich die Schüsse und merkte, daß wir es niemals bis Lia schaffen würden. Die Partisanen waren uns an Stärke weit überlegen. Darum blieb ich in Ajies Pantes, aber die anderen gingen weiter und wurden gefangengenommen, die Dummköpfe!"

Ich klatschte ihm sein Omelett wütend auf den Teller, und wir aßen schweigend. Ich wußte, daß er wie immer recht hatte, aber im Grunde meines Herzens wünschte ich immer noch, wir hätten ihm so viel bedeutet, daß er sein Leben riskiert hätte. Statt seine Schuld zuzugeben, verteidigte er sich lautstark. Mein Vater hatte genau umgekehrt reagiert: Er hatte die ganze Schuld auf sich genommen. Mein Großvater mag vielleicht schlauer sein, dachte ich, aber es fällt mir schwer, ihn zu mögen.

Eines Nachmittags, als meine Großeltern schliefen, kletterte ich den Pfad zum Haus von Athena Charamopoulos hinauf, die alle drei Prozeßtage miterlebt hatte. Sie war eine kleine Frau mit intelligenten braunen Augen, die zu den Freundinnen meiner Mutter gehört hatte.

„Nein, deine Mutter erweckte bei der Gerichtsverhandlung nicht den Eindruck, als ob sie geschlagen worden wäre", sagte Athena auf meine Frage hin. „Man hat sie erst später mißhandelt. Vor der

Verhandlung wirkte sie allerdings traurig und niedergeschlagen. Sie ahnte von Anfang an, daß man sie umbringen würde."

Ich fragte sie, wer von den Dorfbewohnern sich gegen meine Mutter gestellt habe. Einundzwanzig Zeugen waren aufgerufen worden, die gegen die sieben Angeklagten aus dem Dorf aussagen sollten. „Die meisten brachten nicht viel Belastendes vor", berichtete Athena. „Aber eine, die deiner Mutter wirklich geschadet hat, war Milia Drouboyiannis, deren Mutter und Schwestern bei den ersten beiden Fluchtversuchen dabeigewesen waren. Sie beschrieb im einzelnen, wie die Gruppe einmal wegen eines schreienden Babys und dann ein zweites Mal wegen dichten Nebels umkehren mußte. Sie trat in den Zeugenstand, um ihre eigene Mutter zu retten, die ebenfalls angeklagt war, aber sie hätte nicht zu sagen brauchen, daß deine Mutter alles organisiert hatte. Sie hätte jemandem von den Leuten die Schuld geben können, denen die Flucht gelungen war. Milia trug bei Gericht ihre Partisanenuniform, sie stieß mit dem Gewehr auf den Boden und schrie: ‚Ich schwöre bei dem Gewehr, das ich halte ...!'"

„Wo ist Milia jetzt?" unterbrach ich sie.

Athena zuckte die Schultern. „In der Tschechoslowakei, glaube ich, wo viele eingefleischte Kommunisten gelandet sind."

„Hat sich denn niemand für meine Mutter eingesetzt?" fragte ich.

„Die einzigen, die es wagten, waren die alten Leute", erwiderte sie. „Der alte Grigorios Tsavos sagte: ‚Ich habe Eleni ihr ganzes Leben lang gekannt, und ich weiß, daß sie keinem im Dorf jemals etwas zuleide getan hat. Dann stand Kosta Poulos auf und sagte das gleiche. Der Richter wurde wütend und erklärte schließlich, nur diejenigen, die etwas Belastendes vorbringen könnten, sollten reden, und so hat sich keiner mehr gemeldet."

„Welcher Richter? Wie viele waren es?" fragte ich.

„Es waren drei, glaube ich. Der Vorsitzende, der mit der tiefen Stimme, wurde ‚Katis' genannt."

„Aber Katis bedeutet auf albanisch einfach nur ‚Richter'", entgegnete ich. „Das ist kein richtiger Name."

„Ich weiß", antwortete sie. „Sie hatten alle falsche Namen, um ihre wahre Identität zu verbergen."

„Aber die anderen – die Beisitzer, die Gefängniswärter, diejenigen, die sie geschlagen haben –, wie kann ich sie finden, wenn ich ihre richtigen Namen nicht kenne?"

„Die Namen müssen doch in den Akten der Armee stehen", meinte Athena. „Das könntest du wahrscheinlich in Athen erfahren."

An einem anderen Nachmittag ging ich zum Haus von Vasiliki Pet-sis. Die schwarzgekleidete Frau kochte Kaffee für mich, und dann nahm sie die Geschichte wieder auf. „Einige Zeit nach der Verhand-lung sah ich von meinem Haus aus drei Partisanen, die vor einem Maulesel hergingen, auf dessen Holzsattel eine zusammengesunkene Frau saß. Zwei Packpferde folgten, dann kam ein großer Trupp Parti-sanen. Ich bin aus dem Garten hinüber zum Tor des Haidis-Hauses gegangen, wo sie stehenblieben. ‚Dort ist es, unter dem Beet mit den trockenen Bohnen‘, hörte ich deine Mutter sagen, aber sie sprach mit unnatürlicher Stimme, als ob ihr das Reden Schmerzen bereitete. Ich bin nah herangegangen. ‚Eleni, mein Kind. Bist du's?‘ fragte ich. Und langsam, ganz langsam, hob sie den Kopf, blickte mir in die Augen und sagte etwas – ich konnte es kaum verstehen. ‚Geh!‘ befahl sie mir. ‚Sonst machen sie mit dir dasselbe ...‘ Ihre Lippen waren aufgesprun-gen, ihre Haare ganz wirr. Und ihre Beine waren geschwollen von den Schlägen –"

Ich war aufgesprungen, weil ich kein Wort mehr über den bedau-ernswerten Zustand meiner Mutter ertragen konnte. Ich murmelte eine Entschuldigung und ging zur Tür. Noch war ich nicht stark genug, mehr über die Leiden meiner Mutter zu erfahren. Den Gedan-ken an die tödlichen Schüsse, die ihrem Leben im Bruchteil einer Sekunde ein Ende gesetzt hatten, konnte ich aushalten, aber mir ihre Qualen und ihre Einsamkeit – getrennt von allen, die sie liebte, und ohne Hoffnung auf Rettung – vorzustellen war immer noch zu schmerzlich.

ALS sich der Juli dem Ende zuneigte, wußte ich, daß es Zeit war, nach Athen zu fahren, um herauszufinden, wer die Anführer der Kommunisten in unseren Bergen gewesen waren. Bevor ich nach Amerika zurückflog, wollte ich jedoch zum Todestag meiner Mutter noch einmal ins Dorf zurückkehren. Ich schenkte den größten Teil meiner Kleidung meinen Verwandten, um mein Gepäck zu verrin-gern, aber auch, weil ich entdeckt hatte, wieviel ihnen, die das ganze Jahr über dieselben Sachen trugen, auch der kleinste Besitz bedeutete.

Ich stieg in den Bus, der täglich von Lia abfuhr, während meine Ver-wandten sich versammelten, um mir zum Abschied zuzuwinken. In Athen ging ich zum Archiv der griechischen Streitkräfte, nicht weit vom Hotel entfernt. Ich sagte dem uniformierten Offizier am Emp-fang, ich sei Student, würde an einer Forschungsarbeit über die Geschichte des griechischen Bürgerkriegs arbeiten und wolle ein paar

Informationen über die Führer der kommunistischen Partisanenarmee nachprüfen.

Zuerst schien ihm meine Frechheit die Sprache zu verschlagen, dann redete er mit mir wie mit einem Kind. Er sagte, daß ich ohne Vollmacht des Verteidigungsministeriums keinen Zugang zu den Akten erhalten könne. Ich merkte, daß ich in eine Sackgasse geraten war. Wenn ich ein Beglaubigungsschreiben einer Nachrichtenagentur hätte, würde ich vielleicht etwas erreichen, aber als einfacher Student war es hoffnungslos. Ich würde meine Nachforschungen verschieben müssen, bis ich über die entsprechenden beruflichen Erfahrungen und die erforderlichen Dokumente verfügte, um diese Männer erfolgreich aufzuspüren. Aber ich würde wiederkommen, das wußte ich.

Mitte August kehrte ich ins Dorf zurück. In Filiates unterbrach ich meine Reise und füllte meinen fast leeren Koffer noch einmal mit Gebäck und Süßigkeiten. Meine Schwestern hatten mir geraten, am Todestag unserer Mutter keine vollständige Gedenkfeier zu veranstalten, denn das hätte ein kompliziertes Zeremoniell erforderlich gemacht, für das meine Möglichkeiten ihrer Meinung nach nicht ausreichten. Nur sie, die in der Dorftradition zu Hause waren, konnten alle Rituale einhalten, ohne Gefahr zu laufen, den Ruf unserer Familie aufs Spiel zu setzen. So ging ich am 28. August, dem 15. Jahrestag ihrer Ermordung, vormittags nur in Begleitung des graubärtigen Dorfpriesters, Pater Nicholas, meiner Tante und meines Onkels, meines Großvaters und meiner Großmutter und Onkel Fotos zur Sankt-Demetrios-Kirche hinauf. Wir betraten das Beinhaus und standen vor dem kleinen Kasten, der die sterblichen Überreste meiner Mutter und von Onkel Fotos Frau Alexo enthielt, während der Priester das Weihrauchfaß schwenkte und das *Trisajion* sang, die Dreiheiligkeitshymne für die Toten, und der duftende Rauch himmelwärts schwebte. Wir waren alle still in unserer Erinnerung. Nur meine Großmutter schluchzte leise.

Als wir zum Haidis-Haus zurückkehrten, legten sich meine Tante und meine Großmutter zur Mittagsruhe hin. Mein Großvater ging auf die Veranda, um zu rauchen, und ich folgte ihm. Ich spürte, daß er immer noch an meine Mutter dachte. Sie war sein Lieblingskind gewesen, weil Eleni ihm als einzige aus der Familie an Intelligenz in nichts nachstand. Dennoch hatte sich ihr Verhältnis zueinander in späterer Zeit verschlechtert.

„Du bist zurückgekommen, und ich bin dir dafür sehr dankbar, Nicholas", sagte er jetzt, und ich spürte, daß ihm jedes Wort schwerfiel. „Ich hatte mir immer einen Sohn erhofft, der den Namen Haidis tragen würde, aber es sollte nicht sein. Gott hat mir nur Töchter geschenkt, die meisten starben, kaum daß sie geboren waren. Weil Nitsa keine Kinder bekommen kann, bist du in der zweiten Generation der einzige männliche Nachkomme, in dessen Adern mein Blut fließt."

Er blickte zu den Ausläufern des Gebirges. „Ich möchte dir etwas erzählen, das ich noch nie jemandem erzählt habe", fuhr er nach einer Weile fort. „Ich habe einmal einen Mann getötet, einen Türken. Es war 1916. Die Türken behandelten uns damals wie Sklaven, und dieser Erpresser kam immer wieder vorbei und behauptete, ich müßte ihm einen Teil meiner Einnahmen zahlen, sonst könnte es passieren, daß meine Mühle abbrennt. Nun, eines Tages, nachdem ich mich einverstanden erklärt hatte, ihm seinen Zehnten zu geben, bot ich ihm *Tsipuro* an, und als er schön betrunken war, nahm ich eine Axt von der Wand und spaltete ihm den Schädel. Ich begrub ihn unter den Steinen, die den Mühlbach säumen. Niemand hat mich jemals mit dem Verschwinden des Türken in Verbindung gebracht. Aber deine Mutter – sie war damals neun – schlief im Speicher der Mühle, als ich den Türken tötete. Das glaubte ich jedenfalls. Sie hat alles gesehen. Zwar hat sie nie einem Menschen ein Wort davon erzählt, aber jedesmal, wenn ich sie ansah, traf mich ihr vorwurfsvoller Blick."

Mein Großvater hatte das Geheimnis enthüllt, das hinter seiner heiklen Beziehung zu meiner Mutter stand. Sie hatte von seinem Verbrechen gewußt und ihn ständig mit ihrem angstvollen Blick daran erinnert. Ich wußte, daß er wie alle Griechen glaubte, daß die Sünden der Väter an den Kindern gerächt werden. Meine Mutter war unter Gewaltanwendung gestorben, und er war zweifellos der Meinung, daß dies die Strafe für das Blut war, das an seinen Händen klebte. Gott hatte ihm zur Strafe sein liebstes Kind genommen.

Schließlich begriff ich, daß sich hinter der Beichte meines Großvaters ein Freundschaftsangebot verbarg; er wünschte, daß ich ihm vergab für das, was er uns angetan hatte. Er fühlte sich verantwortlich für den Tod meiner Mutter, nicht nur weil er uns im Dorf zurückgelassen hatte. Aber das alles sagte er nicht am Jahrestag ihrer Hinrichtung. „Du hast deine Mutter verloren", fügte er voll Bitterkeit hinzu, „aber ich habe meine Eleni verloren, und Gott hat mir dafür Nitsa gelassen."

Als die Zeit meiner Abreise gekommen war, jammerte Tante Nitsa, aber ich spürte mehr Gefühl im stillen Lebewohl von Andreas und in

den Abschiedsworten meines Großvaters. „Ich hoffe, daß du uns in
freundlicher Erinnerung behältst und zurückkehrst, bevor ich sterbe",
sagte er. „Es wird nichts mehr so sein, wie es war, wenn du fort bist."

ZWÖLF

AN DER Columbia-Universität brachten uns bewährte Journalisten,
richtige „alte Hasen", das Handwerk bei. Sie verwandelten das Semi-
nar in ein militärisches Grundausbildungslager, putzten uns herunter
und sagten uns Nervenzusammenbrüche voraus, während wir verzweifelt gegen die Abgabefristen anschrieben. In meinem Semester
waren auch einige Studentinnen, darunter eine mit blauen Augen und
braunem Haar. Sie kam aus Minnesota und hieß Joan Paulson.

Wir begannen, regelmäßig miteinander auszugehen, obwohl ich
mich auch noch mit anderen Frauen traf. Ich hatte eigentlich nicht die
Absicht, mit einer Amerikanerin aus Minnesota, die aus einer presby-
terianischen Pfarrersfamilie stammte, eine engere Beziehung einzugehen. Nichtsdestoweniger faszinierten mich Joans Aufrichtigkeit und
ihre Arglosigkeit – Charakterei-
genschaften, die man unter Griechen beiderlei Geschlechts nur
selten antrifft. Aber ich war
gewohnt, sehr scharfe Grenzen
zu ziehen: Da waren zum einen
die Griechinnen, unter denen ich
mir einmal eine Ehefrau auswäh-
len würde, und zum anderen die
Nichtgriechinnen, mit denen ich
ausging, um mich zu amüsieren.
Mit Joan war es schwierig, weil
sie längst nicht so freizügig war
wie die anderen Frauen, die ich
kannte, und ich beschloß, daß
es keinen Sinn hatte, meine Zeit
mit einer nichtgriechischen Un-
schuld zu vergeuden.

*Eines meiner Lieblingsfotos: Vater freut
sich über mein bestandenes Examen.*

Als wir unser Examen abgelegt hatten, kam mein Vater von Worcester nach New York, um der Abschlußfeier beizuwohnen. Vor der Feier bat ich Joan, ein Foto von mir und meinem Vater zu machen – der Schnappschuß wurde zu einem meiner Lieblingsfotos, weil er die Bindung zwischen Vater und Sohn so deutlich zeigt. Mein Vater steht aufrecht wie ein Soldat, mit strahlender Miene, ein Bild väterlichen Stolzes. Ich in meiner schwarzen Robe lehne mich zum Spaß mit beiden Armen auf seine Schultern. Aus dem Foto geht deutlich hervor, daß mein Vater sich überhaupt nicht von der akademischen Ausbildung seines Sohnes einschüchtern ließ, sondern diesen vielmehr immer noch über jeden Aspekt des Lebens mit Ratschlägen bedachte.

„Diese Jones, die du mir da vorgestellt hast", meinte er – den Namen Joan meisterte er nie –, „ist ein sehr nettes Mädchen, sehr bescheiden und anständig. Trägt auch kein Make-up wie die meisten anderen Frauen heutzutage." Das stimmte zwar nicht, aber meinem Vater kam es so vor. „Schade, daß sie keine Griechin ist! Wenn du ein griechisches Mädchen findest, das so ähnlich ist, solltest du es heiraten!"

Nach der Abschlußfeier begann ich mit der Suche nach einer Arbeitsstelle, die das Sprungbrett meiner brillanten Karriere werden sollte. Unsere Professoren hatten uns bereits den Rat gegeben, uns den Gedanken aus dem Kopf zu schlagen, in New York Arbeit zu finden, es gebe einen Einstellungsstopp. „Geht zu einer guten Zeitung in einer Kleinstadt, verschafft euch solide Berufserfahrung, dann habt ihr Chancen in New York."

Joan hatte sich gehorsam darauf vorbereitet, nach Hause zurückzukehren und sich dort einen Job zu suchen, aber aus irgendeinem Grund – nach dem ich nicht allzu genau zu fragen wagte – störte mich der Gedanke, daß ich sie nie wiedersehen würde. Wenige Wochen vor der Abschlußfeier unternahmen wir eine romantische Bootsfahrt um die Insel Manhattan herum. „Wie kannst du New York verlassen?" fragte ich sie. „Nimm dir zwei Wochen Zeit – und ich tu das gleiche. Vielleicht finden wir beide hier Arbeit, und dann könnten wir uns weiter treffen."

Innerhalb dieser Frist fand sie tatsächlich eine Stelle bei einem Konzern, der Seife und Zahnpasta herstellte; dort sollte sie die Redaktion der Firmenzeitung übernehmen. Sie verdiente 75 Dollar die Woche und teilte sich mit drei ehemaligen Kommilitoninnen eine Wohnung.

Mit meinem Magisterdiplom in der Tasche machte ich die Runde durch alle Zeitungsredaktionen und Nachrichtenagenturen und erntete nichts als entschuldigend vorgebrachte Ablehnungen. Mein Vermögen war auf 14 Dollar zusammengeschmolzen, als ich einen Job als Urlaubsvertretung in einer kleinen Agentur fand, in der im Kundenauftrag Zeitungsartikel geschrieben wurden, die Schleichwerbung enthielten. Das war eindeutig nicht die Laufbahn, von der ich geträumt hatte – schließlich wollte ich doch auf der Titelseite der *New York Times* Verbrechen und Korruption aufdecken. Aber zumindest konnte ich mich mit dem Geld einen weiteren Monat über Wasser halten.

Mitten im heißen, drückenden New Yorker Sommer fuhr ich mit dem Bus nach Worcester, um am *Glendi* teilzunehmen, dem ganztägigen Picknick, das jedes Jahr von den Einwanderern unseres Dorfes veranstaltet wurde. Dieses Picknick war ein Ereignis, das sich keiner in meiner Familie entgehen ließ, weil mein Vater dank seiner Bemühungen um die anderen Einwanderer zu den Ehrengästen zählte.

In diesem Jahr wollte Vater unbedingt, daß auch ich einen Platz bei den Honoratioren bekäme. Ich versuchte, es ihm auszureden, denn ich kam mir wie ein Hochstapler vor. Christos' Sohn, der im Weißen Haus empfangen worden war, war jetzt ein bettelarmer Lohnschreiber, der sich dubiose Zeitungsartikel aus den Fingern saugte, aber mein Vater ließ mich nicht entwischen. „Du mußt neben mir sitzen und alle begrüßen", sagte er, „denn irgendwann bin ich nicht mehr da, und dann mußt du meinen Platz einnehmen."

Sobald ich nach New York zurückkehrte, bewarb ich mich beim *Insider's Newsletter*; ich wurde eingestellt und bezog ein schwindelerregendes Gehalt von 125 Dollar in der Woche. Neun Monate später rief mich der Personalchef der internationalen Presseagentur *Associated Press* an und teilte mir mit, in New York sei eine Stelle für mich frei geworden.

In meinem neuen Job mußte ich hauptsächlich kurze aktuelle Texte verfassen und telefonisch an die Agentur durchgeben; meist stand ich bereits in der Telefonzelle, wenn ich mir die Nachrichtenmeldungen mit Hilfe meiner Notizen zusammenreimte. Nach einigen Monaten wurde ich zum Redakteur für den Bundesstaat befördert, was bedeutete, daß ich im *Associated-Press*-Gebäude am Rockefeller Center die Nachtschicht übernahm. Joan hatte inzwischen ein paar Straßen weiter eine Stelle bei der Zeitschrift *Ladies' Home Journal* gefunden, und so trafen wir uns manchmal früh am Morgen im Rockefeller Center, wenn ich von der Arbeit kam und sie sich auf dem Weg dorthin befand, und frühstückten zusammen. Ich berichtete ihr von den Mel-

dungen aus Krisengebieten, mit denen ich mich in der Nacht herumgeschlagen hatte, und sie erzählte mir Anekdoten über die schillernde
Welt der Frauenzeitschriften, und dann dachte ich, wie angenehm es
doch war, sich mit einer intelligenten Frau zu unterhalten, die außerdem noch über Journalismus Bescheid wußte – wenn ich doch nur eine
Griechin finden könnte, die so wäre!

Eines Tages erhielt ich ein Stellenangebot, dem ich nicht widerste-
hen konnte. Ein Reporter des *Boston Herald Traveler* teilte mir mit, daß
seine Zeitung ein Team zusammenstelle, das nur aus professionell
recherchierenden Reportern bestehen solle. Ich packte die Gelegenheit
beim Schopf und sagte zu. Endlich würde ich die Art von Reportagen
schreiben können, von denen ich immer geträumt hatte.

Voller Begeisterung, wieder näher bei meiner Familie zu leben, zog
ich nach Boston in eine sonnige Wohnung auf der Commonwealth
Avenue, und bald darauf ließ ich einen Wohnungsschlüssel für meinen
Vater nachmachen. Er trug die Schlüssel zu den Wohnungen seiner
Kinder ständig mit sich herum und fühlte sich wie ein Großgrundbe-
sitzer.

Natürlich tat es mir leid, New York und Joan zurückzulassen, aber
es war vielleicht besser so, sagte ich mir, denn es hatte ja keinen Sinn,
sie hinzuhalten, wenn unsere Beziehung keine Zukunft hatte. Ich lud
sie jedoch für ein Wochenende nach Boston ein, um ihr die Sehens-
würdigkeiten zu zeigen.

Joan kam auch wirklich zu Besuch, und bei einer dieser Gelegenheiten nahm ich sie mit nach Worcester, wo sie meine Schwestern kennenlernte. Sie trug einen Hut und Handschuhe, setzte sich an den
wachstuchbedeckten Küchentisch und unterhielt sich mit meinen
Schwestern über ihre Familien. Sie bot ihnen an, ihnen und den Kindern New York zu zeigen, wenn sie einmal in die Stadt kämen. „Was
für ein nettes Mädchen", sagten meine Schwestern anschließend. „Sie
kleidet sich wie eine vornehme Dame. Du solltest versuchen, eine
Griechin zu finden, die so ist wie sie."

WÄHREND meine eigene Karriere gedieh, hatten endlich auch meine
Schwäger beruflichen Erfolg. Dino eröffnete mit seinem Bruder eine
Pizzeria in Needham, einem Vorort von Boston, und erzielte sofort
Gewinne. Bald danach hatte Kantas Mann Angelo die Idee, einen
Schulbus in eine fahrende Pizzeria umzufunktionieren und Pizza an die
Studenten der Bostoner Universität zu verkaufen. Angelo machte mit
der fahrenden Pizzeria ein so gutes Geschäft, daß schließlich auch

meine anderen beiden Schwäger, Prokopi und Minas, eigene Pizzerien in Westboro und Concord eröffneten. Bald verdienten alle mehr Geld, als sie es sich je hatten träumen lassen.

Meine Schwestern und ihre Männer arbeiteten ununterbrochen bis zu sechzehn Stunden an den heißen Pizzaöfen. Sie kamen nach Mitternacht nach Hause, ihre Kleider und Haare rochen nach Pizza, und sie fielen erschöpft ins Bett. Aber am Montag, ihrem einzigen freien Tag, fuhren sie in chromblitzenden Straßenkreuzern herum und trugen teure Kleidung zur Schau. Meine Schwestern freuten sich, wenn sie diese Sachen in eine nagelneue Waschmaschine und das Geschirr in eine moderne Spülmaschine stecken konnten. Die Pizza hatte ihnen ein Stück des amerikanischen Wohlstands beschert.

Doch die Erfüllung des amerikanischen Traums verursachte Risse in der Einheit unserer Großfamilie. Als erste zogen Olga und Dino mit ihren vier Kindern aus. Sie fanden für 28 000 Dollar in Needham einen kleinen Bungalow mit einem Schwimmbecken, das fast das ganze hintere Grundstück einnahm. Obwohl niemand in der Familie schwimmen konnte, war Olgas erste Tat im neuen Haus, die ganze Familie ins Becken zu schicken, wo sie – mit feierlicher Miene bis zum Hals im Wasser stehend – fotografiert wurde. Dieser Schnappschuß wurde an die staunenden Dörfler von Lia geschickt, die wohl von Schwimmbecken gehört, aber noch nie eines zu Gesicht bekommen hatten.

In der Zwischenzeit stieß ich in meinem Traumjob plötzlich auf Schwierigkeiten, als ich Material über einen Bostoner Geschäftsmann und früheren Schwarzbrenner sammelte, der Verbindungen zur Mafia hatte. Zwei Reporter unseres Teams hatten eine Menge belastender Einzelheiten über ihn aufgedeckt. Aber der Herausgeber unserer Zeitung befahl ihnen, die Untersuchung fallenzulassen. Wir fanden bald heraus, daß der Geschäftsmann zu seinen besten Freunden zählte.

Das war eine niederschmetternde Erfahrung, denn kein Reporter mit Selbstachtung arbeitet gern für einen Verleger, der Nachforschungen über seine Freunde im Keim erstickt. Aber wenn wir kündigten, konnten wir nicht sicher sein, jemals wieder Arbeit als Reporter zu finden.

Kurz zuvor, im März 1967, hatte mich die erschütternde Nachricht erreicht, daß meine Großmutter gestorben war. Außerdem erfuhr ich, daß mein Großvater unheilbar an Krebs erkrankt war. Mein Großvater sei, wie unsere Verwandten schrieben, ins Bett gekrochen und habe zwei große Goldmünzen auf den Tisch neben sich gelegt. „Ich will meinen Enkel Nicholas oder meinen Schwiegersohn Christos wiedersehen, bevor ich sterbe", hatte er erklärt. „Diese Münzen bekommt derjenige, der mir als erster die Nachricht bringt, daß einer von ihnen den Berg heraufkommt."

Als ich das hörte, überkam mich großes Mitleid. „Einer von uns muß zu ihm gehen", sagte ich zu meinem Vater am Telefon.

„Ich werde fahren, sobald sich eine Gelegenheit ergibt", erwiderte Vater verdrießlich.

Nach einem langen, spannungsgeladenen Tag, an dem sich unser Reporterteam darauf verständigte, geschlossen zu kündigen, kam ich nach Hause, wo mein Vater im Dunkeln saß.

„Dein Großvater ist tot", sagte er. „Er starb schneller, als alle gedacht haben."

„Aber er hat doch auf uns gewartet!" rief ich aus. „Er starb allein."

„Nitsa und Andreas waren bei ihm", antwortete mein Vater.

„Für ihn war das wie Alleinsein", erwiderte ich.

Wir saßen eine Weile schweigend da und dachten an den grimmigen, verschlossenen, stolzen alten Mann. Dann sprach mein Vater wieder. „Er hat deine Mutter im Stich gelassen, so daß sie allein sterben mußte, und jetzt ist er allein gestorben. Aber er glaubte, seine Goldmünzen würden uns herbeizaubern. Er hat immer so sehr auf die Macht des Geldes gebaut."

ZUSAMMEN mit meinen Reporterkollegen vom *Herald Traveler* bemühte ich mich im ganzen Land um eine Stelle. Zu meiner Überraschung wurde mir schließlich Arbeit beim *Wall Street Journal* angeboten, obwohl ich, wie ich einem Freund anvertraute, von Börsendingen keinen blassen Schimmer hatte. Dennoch schmiedete ich gleich wieder Pläne, denn ich nahm mir Untersuchungen über korrupte Gewerkschaftsführer, eine betrügerische religiöse Stiftung und über die Kartellbildung in der Großindustrie vor.

Durch meine Rückkehr nach New York sah ich Joan wieder häufiger. Obwohl ich mich damals auch mit anderen Frauen traf, war es für mich ein Schock, als Joan mir mitteilte, sie habe genug Geld gespart, um eine ausgedehnte Reise nach Europa unternehmen zu können. Vielleicht wolle sie sogar in England bleiben und sich in London eine Stelle suchen.

Wann sie zurückkomme, fragte ich, und sie antwortete in der für sie typischen Offenheit, daß sie es nicht wisse, daß es aber lange dauern könne. Seit vier Jahren kannten wir uns nun, sagte sie, und es sei klar, daß unsere Beziehung keine Zukunft habe. In Europa hoffte sie

Abstand von allem zu gewinnen. Ich stimmte ihr zu – eine kluge Entscheidung – und wünschte ihr viel Glück.

Joan schickte mir regelmäßig lebhafte Berichte über ihre Reisen. Schließlich gelang es ihr, eine attraktive Stelle als Zeitschriftenredakteurin in London zu finden. Sie lernte auch eine Reihe von Engländern kennen, schrieb sie, vor allem einen, den sie als geistreich, intelligent und recht erfolgreich beschrieb.

Aus irgendeinem Grund machten mich diese Briefe wütend. Vielleicht nicht ganz zufällig schlug ich dem Chefredakteur des *Wall Street Journal* vor, eine Artikelserie zu veröffentlichen, die eingehende, mehrwöchige Recherchen in London erforderlich machte. Ich hatte Gerüchte gehört, daß amerikanische Mafiosi versuchten, Spielkasinos in England zu unterwandern. Also flog ich nach London, wo ich hart arbeitete: Die Nacht verbrachte ich, als Spieler getarnt, am Roulettetisch, und tagsüber ging ich heißen Spuren nach. Aber ich fand dennoch Zeit, mich mit Joan zu treffen.

Es war ein merkwürdiges Wiedersehen. Mir wurde klar, wie sehr ich sie vermißt hatte. Und trotzdem beruhigte mich die Tatsache, daß zwischen uns ein Ozean lag. Während meines Aufenthalts erklärte ich ihr meine Situation: Seit dreitausend Jahren, sagte ich, hätten meine Landsleute nur Partner aus ihrer unmittelbaren Umgebung gewählt. Ich war darüber hinaus der erste in unserer ganzen Gemeinde mit Universitätsbildung. Alle Griechen in Worcester sahen in mir ein Vorbild. Wenn ich eine Nichtgriechin heiratete, gelte dies als Ablehnung meines Erbes. Ich bedauerte, daß sie keine Griechin war. Mein Vater mochte sie, meine Schwestern ebenfalls ...

Joan verstand mich und wünschte mir für meine Zukunft alles Gute. Sie meinte, sie fühle sich in London so wohl, daß sie nie wieder wegziehen wolle.

Als ich nach New York zurückgekehrt war, hatte ich das Gefühl, gerade noch einmal mit heiler Haut davongekommen zu sein. Die nächsten sechs Wochen arbeitete ich in der Redaktion des *Wall Street Journal*. Da ich inzwischen 5000 Dollar gespart hatte, beschloß ich, mich für ein Jahr beurlauben zu lassen und in Griechenland zu leben. Wenn ich in Amerika keine Griechin fand, die zu mir paßte, dann mußte ich mir eben in meiner alten Heimat eine Frau suchen.

Meine Schwestern und mein Vater freuten sich, als sie hörten, daß ich in Griechenland auf Brautschau gehen wollte. Über den anderen Grund meiner Reise sagte ich meiner Familie nichts. Inzwischen war ich nämlich der Meinung, daß ich genug Berufserfahrung gesammelt hätte, um mit der Suche nach den Mördern meiner Mutter zu beginnen.

Im Dezember 1968 reiste ich also nach Athen und mietete für den Winter eine Wohnung im Zentrum der Stadt. Gewissenhaft tat ich mein Bestes, um heiratsfähige griechische Mädchen kennenzulernen. Aber es war schwierig, etwas über den Hintergrund einer griechischen Familie zu erfahren, denn damals galt es immer noch als unschicklich, daß sich ein Paar allein traf. Junge Leute gingen meist in großen Gruppen mit Freunden aus.

Ich hatte jedoch viel angenehme Abwechslung, denn einige ehemalige Freundinnen aus Amerika kamen mich besuchen. Die meisten waren für griechische Verhältnisse zu auffallend gekleidet und benahmen sich zu ungehemmt, um sich jemals in das Leben meiner Familie und Verwandten eingliedern zu können. Dagegen waren viele griechische Mädchen, die ich kennenlernte, zwar intelligent und in der klassischen Literatur Griechenlands zu Hause, hatten aber keine Ahnung von englischer Literatur, amerikanischem Theater oder dem ungezwungenen Lebensstil, den ich gewohnt war. Von griechischen Mädchen erwartete man damals, daß sie sich hübsch kleideten und sich im übrigen ganz den hauswirtschaftlichen Künsten widmeten, und ich begann zu meiner Bestürzung zu vermuten, daß ich zu sehr Amerikaner geworden war, um mit einer Frau zufrieden zu sein, deren Energie vollkommen auf das gerichtet war, was sie trug und was sie kochte.

Die einzige, die weder in der einen noch in der anderen Kultur fehl am Platze schien, war Joan, die mich im Frühjahr zu einem kurzen Urlaub besuchte. Obwohl sie in ihrem Minirock schon im vergleichsweise städtischen Athen auffiel, machten ihr ruhiges, bescheidenes Wesen und die Tatsache, daß sie griechisches Essen und die griechischen Gebräuche schätzte, einen guten Eindruck auf meine Verwandten, die die meisten amerikanischen Frauen aufgrund ihres Aussehens und ihrer Aufgeschlossenheit als zu locker einstuften.

So war ich noch immer ohne griechische Braut – und in meinen journalistischen Nachforschungen blieb ich fast genauso erfolglos! Die Militärjunta, die zwei Jahre zuvor die Macht in Griechenland an sich gerissen hatte, war zwar streng antikommunistisch, aber auch so reaktionär, daß ich wie viele Amerikaner griechischer Abstammung in den Vereinigten Staaten dem demokratischen Widerstand beigetreten war. Deshalb betrachtete man mich in jeder Regierungsstelle, die ich betrat, mit großem Mißtrauen, und an Akten über den Bürgerkrieg heranzukommen erwies sich als unmöglich.

Im Herbst 1969 waren meine Ersparnisse praktisch aufgebraucht, und es war Zeit, nach New York und an meine Arbeit zurückzukehren. Zuvor machte ich allerdings in London Station. Nachdem ich mich in der halben Welt nach einer Braut umgesehen hatte, war mir endlich klargeworden, daß ich die Frau, die ich heiraten wollte, schon längst kannte.

In London führten Joan und ich lange, bewegte Gespräche. Dann unternahmen wir einen kurzen Ausflug nach Paris. Irgendwo am Ufer der Seine kamen wir zu dem Schluß, daß wir nach sechs Jahren nun endlich zugeben sollten, daß wir uns liebten und ohne einander nicht glücklich sein konnten.

Wir wurden uns rasch einig, auch ohne Verlobungsritual: Joan würde ihre Stelle aufgeben und nach New York zurückkehren, und in einem Jahr würden wir heiraten. Ich rüstete mich für die Aufgabe, meine Familie für meine Wahl zu begeistern. Eine äußerst heikle Angelegenheit! Meiner Familie beizubringen, daß ich eine Frau heiraten wollte, die nicht nur keine Griechin war, ja, nicht einmal eine griechischstämmige Amerikanerin, sondern aus Minnesota kam und skandinavische Vorfahren hatte – das war eine diplomatische Übung, die selbst Fürst Metternich Kopfzerbrechen bereitet hätte.

Ich kehrte in die Vereinigten Staaten zurück, überredete den Chefredakteur des *Wall Street Journal*, mich wieder als Reporter einzustellen, und fuhr weiter nach Worcester. Am Sonntag versammelten wir uns alle in Olgas neuem Bungalow. Nach dem Essen setzten wir uns zusammen, und ich richtete mit ernster Stimme das Wort an die Familie. „Wir müssen etwas besprechen", begann ich. „Ihr wißt, daß ich ans Heiraten denke. Schließlich bin ich schon dreißig."

„Ja, es wird Zeit", sagte mein Vater. „Du solltest nicht so lange warten wie ich. Sonst bist du schon alt, wenn deine Kinder noch klein sind."

„In den letzten drei Jahren bin ich mit drei verschiedenen Frauen ausgegangen", fuhr ich fort und zählte sie auf: mit Joan, mit einer anderen Amerikanerin aus meiner Zeit an der Bostoner Universität und mit einer Griechin aus Athen, die meine Familie ebenfalls kannte. Ich verließ mich auf die Tatsache, daß alle Joan mochten und meine Schwestern die anderen beiden ganz und gar nicht leiden konnte. „Ich glaube, ich könnte mit jeder von den dreien glücklich sein", erklärte ich, „aber ich möchte gern wissen, wie ihr darüber denkt."

Meine Schwestern begannen, die drei Frauen zu vergleichen, und wurden so aufgeregt, daß bald die Hölle los war.

„Aufhören!" brüllte mein Vater und stand auf. „Hört sofort mit diesem Geschrei auf!" Meine Schwestern wurden still und sahen ihn an. „Was soll das ganze Gerede von den anderen Frauen?" meinte er ärgerlich. „Jones ist die Richtige für Nick."

„Aber sie ist keine Griechin!" rief Glykeria aus.

„Na und? Du hast diese Mädchen aus Griechenland gesehen. Sie wollen alles bestimmen. Glaubst du, daß Nick mit so einer Frau leben kann? Was die andere angeht – der hab ich nicht getraut. Also, was gibt's da noch lange zu überlegen? Jones ist die Frau für Nick."

„Aber wird sie in unserer Kirche heiraten? Wird sie unsere Sitten achten?" fragten mich meine Schwestern. „Du weißt, es muß eine große Hochzeit werden – du bist der einzige Sohn."

Ich versicherte ihnen, daß Joan keine Einwände hätte.

Schließlich akzeptierten sie Joan als die Beste von allen und empfahlen mir, um ihre Hand anzuhalten. Ich kehrte mit meinem Vater nach Worcester zurück und freute mich, wie gut meine Strategie funktioniert hatte.

Als wir auf die Autobahn fuhren, stellte mir Vater eine Frage: „Was hättest du eigentlich getan, wenn uns eine der anderen Frauen lieber gewesen wäre?"

„Na ja", erwiderte ich, „was ihr alle denkt, ist mir sehr wichtig, und ich –"

„Ja, sicher", unterbrach er mich. „Gut, daß du einen schlauen Vater hast." Für den Rest der Fahrt lachte er in sich hinein. Er hatte mich von Anfang an durchschaut.

Joan und ich planten unsere Hochzeit für den Labor Day des folgenden Jahres, einen Feiertag im September, der ein verlängertes Wochenende ergab, so daß viele unserer Freunde aus New York nach Worcester kommen könnten. Meine Familie würde ohnehin ein Jahr benötigen, um eine Hochzeit vorzubereiten, die für den einzigen Sohn von Christos Gatzoyiannis prächtig genug wäre.

Seit Olga von der Chandler Street weggezogen war, waren meine anderen Schwestern in ihren engen Wohnungen unzufrieden. Kanta entdeckte einen kleinen Bungalow, der an der Maxdale Road, in der Nähe des Flughafens von Worcester, gebaut wurde. Sie kaufte das Haus und ordnete an, daß es ein völlig offenes Untergeschoß mit Küchenecke und Bad erhalten sollte. Gleich nebenan entdeckte Kanta ein unbebautes Grundstück und bat Glykeria, es für sie zu erwerben. Glykeria wies den Bauunternehmer an, darauf ein Haus zu errichten, das dem ihrer Schwester Kanta aufs Haar glich. Mein Vater sollte

weiter bei Glykeria wohnen und ein eigenes Schlafzimmer und Bad
bekommen.

In den ausgebauten Untergeschossen verbrachten die Familien meiner Schwestern schließlich ihre freien Stunden; hier saßen alle zusammen, nahmen ihre Mahlzeiten ein oder machten auf den bequemen
Sofas vorm Fernsehapparat ein Nickerchen. Wenn meine Schwestern
am Herd standen oder bügel-
ten, brauchten sie auf die
Gespräche der übrigen nicht
zu verzichten. Um mit der
gesamten griechischen Ge-
meinde in Verbindung zu
bleiben, ließ sich Glykeria am
Telefon im Untergeschoß
eine so lange Schnur anbrin-
gen, daß sie allen ihren haus-
fraulichen Pflichten nachge-
hen konnte, ohne den Hörer,
der zwischen Ohr und Schulter eingeklemmt war, jemals
loslassen zu müssen. Zwar
wischten Kanta und Glykeria
auch in den oberen Räumen
gewissenhaft Staub, aber eigentlich lebten ihre Familien
im Keller.

Ich hatte kurz zuvor meine
Stelle gewechselt und bei der
New York Times angefangen,
wo ich das Doppelte ver-
diente. Nachdem ich mein

*Die feierliche Stimmung bei unserer Hochzeit
schlug auch Nichtgriechen in ihren Bann.*

Büro in der riesigen Nachrichtenredaktion der berühmten Tageszeitung bezogen hatte, schritten die Vorbereitungen für unsere Hochzeit
rasch voran. Über den Wortlaut der Einladungen wurde man sich
nicht einig, denn nach amerikanischer Tradition luden gewöhnlich die
Eltern der Braut die Gäste ein, aber dies kam natürlich nicht in Frage,
da die Hochzeit ein Anlaß war, dessen Regie in meiner Familie zu liegen hatte.

Ich traf eine salomonische Entscheidung: Wir ließen verschiedene
Einladungskarten drucken. Die englischsprachigen waren konserva-

tiv gehalten und hatten geprägte Namen; auf den griechischen waren Braut und Bräutigam, Amor, Goldringe, Blumen und Hochzeitskronen abgebildet, und man konnte sie wie eine Ziehharmonika auseinanderfalten.

Das Hochzeitsessen war bei Putnam and Thurston geplant, wobei es das teuerste Fleischgericht geben sollte, das dort serviert wurde – Steak. Meine Schwestern bestellten die Hochzeitskronen, Kerzen und die Geschenke für die Gäste – kleine vergoldete Glaspokale, die mit einer Plastikblume und Zuckermandeln gefüllt waren.

Vor der kirchlichen Trauung konvertierte Joan zum orthodoxen Glauben. Sie ließ sich vom Priester auch eine Übersetzung der langen griechischen Hochzeitszeremonie geben, tippte sie ab und ließ sie fotokopieren und binden, um sie an die nichtgriechischen Gäste verteilen zu können.

Mein großzügiges Gehalt, das ich bei der *New York Times* verdiente, erlaubte es Vater, jeden einzuladen, den er zu Gast haben wollte. Auf seiner Liste standen schließlich mehr als dreihundert Namen. Joan lud indessen ein paar New Yorker Freunde und fünf Verwandte ein, darunter ihre Mutter. Ihr kränkelnder Vater scheute die weite Reise. Bei unseren New Yorker Gästen handelte es sich hauptsächlich um Kollegen und ehemalige Kommilitonen – Reporter, Redakteure, Rechtsanwälte –, und die Begeisterung dieser „Ausländer" für die griechischen Speisen, Getränke und die Musik erstaunte die Griechen.

Am Morgen der Hochzeit mußte das wöchentliche griechische Radioprogramm, das bei besonderen Anlässen Musikwünschen aus der Hörerschaft nachkommt, um eine Stunde verlängert werden, damit alle Platten, die uns zu Ehren aufgelegt werden sollten, abgespielt werden konnten. Es war ein herrlicher Herbsttag, und jeder Grieche in Worcester schien der Kirche zuzustreben, um Zeuge unseres Gelübdes zu sein.

Zu Beginn der Zeremonie reichte mir der Priester eine brennende Kerze und machte das Zeichen des Kreuzes. Er tauschte die Ringe, setzte uns die Hochzeitskronen auf und ließ uns aus einem gemeinsamen Becher Wein nippen. Als er uns fünfundvierzig Minuten später im Tanz des Jesaja dreimal um den Altar führte, wobei die Hochzeitskronen mit einem weißen Satinband miteinander verbunden waren, hatte die feierliche Stimmung längst auch alle Nichtgriechen in ihren Bann gezogen.

Die anschließende Feier bei Putnam and Thurston stellte alles bisher Dagewesene in den Schatten. Nach dem Essen und den Tischreden in

griechischer und englischer Sprache begann die Kapelle bekannte
Melodien aus Epirus zu spielen. Joan und ich und unsere Brautführer
standen auf, um die Reihe der Tänzer anzuführen. Auch Joans Bruder
und seine zukünftige Frau – die erste Brautjungfer – reihten sich zur
Freude der Menge am Anfang der immer länger werdenden Schlange
ein.

Wir tanzten alle ausgelassen, sogar meine sittsame Schwiegermut-
ter. Die Musik spornte mich zu immer gewagteren Schritten an, die
ich nie zuvor getanzt hatte, und keiner schien so glücklich wie mein
Vater, der mit einer inneren Freude erfüllt war, die seinen Gesichtsausdruck verklärte. Während ich ihm beim Tanzen zusah, wurde mir
bewußt, daß er eine Bürde ablegte, die er einundzwanzig Jahre zuvor
auf sich genommen hatte, als er im Alter von sechsundfünfzig Jahren
plötzlich alleinerziehender Vater von fünf Kindern wurde. Jetzt war er
siebenundsiebzig. Er hatte uns allen sein Bestes gegeben, und nun war
zu guter Letzt auch sein Sohn verheiratet und hatte seinen Platz im
Leben gefunden.

Während sich meine Schwestern und die übrigen Verwandten versammelten, um sich von uns zu verabschieden, winkte mich Vater zu
sich heran, um mir einen letzten Rat zu geben. Ich war zwar jetzt ein
verheirateter Mann, aber deshalb hatte ich Belehrung nicht weniger
nötig. „Paß auf, wenn du in die Flitterwochen fährst, achte darauf, daß
der Tank immer voll ist", erklärte er und hob väterlich mahnend den
Zeigefinger. „Und hör auf deinen Vater – sei nett zu deiner Frau. Sie
kommt immer zuerst. Sei nicht wie dein Großvater, gut zu allen
außerhalb des Hauses, aber böse zur eigenen Frau und zu den Kindern.
Das Zuhause ist das Wichtigste. Wenn das nicht in Ordnung ist,
stimmt nichts im Leben."

Kurz darauf brachen wir zu unserer einwöchigen Hochzeitsreise
auf, die uns unter anderem in sämtliche Pizzerien entlang der Halbinsel
von Cape Cod führte.

DREIZEHN

SEIT ich verheiratet und im Begriff war, eine eigene Familie zu gründen, wurde mir immer stärker bewußt, daß mein Vater nicht ewig
leben würde. Ich hatte ein schönes Zuhause und einen guten Beruf,
und ich nahm mir vor, meinem Vater die drei Dinge zu schenken, die
ihm in den Jahren, die ihm noch blieben, Freude machen würden.

Sein größter Wunsch war es, Enkelkinder zu bekommen, die seinen und den Namen meiner Mutter tragen würden. Dieses Geschenk erforderte Joans Einverständnis und eine Menge Glück. Für die beiden anderen Gaben dagegen konnte ich allein sorgen. Das eine war ein Auto. Er hatte immer nur Gebrauchtwagen besessen, die er sorgfältig pflegte – nun sollte er einen Neuwagen bekommen. Das andere war eine Reise, die ihn an den Ort zurückführen würde, der ihn geprägt hatte und der auf uns alle immer noch große Macht ausübte.

Das Glück schien mir bei meinen Bemühungen zur Seite zu stehen, denn Joan wurde sehr bald schwanger, und ein Verlag bot mir einen beträchtlichen Vorschuß für eine Sammlung meiner Zeitungsartikel über die Mafia. Als ich Weihnachten 1970 nach Hause fuhr, überraschte ich meinen Vater mit zwei guten Nachrichten. „Joan ist schwanger", sagte ich, „und du kannst im nächsten Sommer nach Griechenland reisen."

Zuerst machte ihm der Gedanke angst, nach zweiunddreißig Jahren in seine alte Heimat zurückzukehren, aber ich blieb hartnäckig. Bald weckte ich seine Begeisterung, indem ich ihn an seine triumphalen Reisen nach Lia in den dreißiger Jahren erinnerte. An einem warmen Aprilsonntag fuhr ich ihn zum Kennedy-Flughafen.

Die Reise wurde kein Erfolg. In meinem Vater hatte sich offensichtlich in den Jahrzehnten seit der Ermordung meiner Mutter großer Zorn angestaut, und der Anblick des Dorfes und der Gesichter seiner Verwandten ließ all seine Bitterkeit hervorbrechen.

Vater saß am 17. Juli 1971 im Kaffeehaus am Dorfplatz unter der Platane, als Joan einem Sohn – Christos – das Leben schenkte. Ich rief sofort meine Schwestern an, die vor Freude weinten. Glykeria telefonierte mit ihrem Schwiegervater in Filiates, und der gab die Neuigkeit an den Taxifahrer des Ortes weiter, der sofort die Fahrt in die Berge antrat. Er überbrachte meinem Vater die Nachricht, daß er einen Enkel hatte, der seinen Namen tragen würde. Wenige Tage später traf in New York ein Telegramm aus Griechenland ein: *„Komme früher nach Hause, um meinen Enkel zu sehen."*

Wir hatten unseren kleinen Sohn kaum aus der Klinik heimgebracht, als mein Vater in New York eintraf, wo ich ihn abholte. Er stieg aus dem Flugzeug, und ich umarmte ihn und fragte dann etwas ängstlich, wie ihm Griechenland gefallen habe.

Er schüttelte den Kopf. „Ich bin dort geboren, alle meine Kinder sind dort geboren", erklärte er müde. „Aber meine Heimat ist Amerika. Ich bin froh, wieder zu Hause zu sein."

Ich erkannte, daß ihn die Reise sehr erschöpft hatte. Als wir in unserer Wohnung ankamen, ging er sofort zum Bettchen des Babys und legte einen Fünfzigdollarschein auf Christos' Brust. Dann heftete er mehrere goldene Amulette an die Kissen um ihn herum, die den bösen Blick abwenden sollten. „Ein feiner Junge, mein Enkel", sagte er. „Aber jetzt muß ich mich hinlegen."

Es war wichtig für meinen Vater, daß wir die Tradition beachteten, auch wenn wir weit entfernt von der griechischen Gemeinde in einem Wolkenkratzer mitten in New York lebten. An jedem sechsten Dezember besuchte er uns zu meinem Namenstag und verbrachte viele Stunden kochend in unserer winzigen Küche. Aber er war immer enttäuscht, weil Joan und ich in New York nur mit wenigen Griechen befreundet waren, die die Namenstagstradition kannten. Es schmerzte meinen Vater, daß wir in dieser kaltherzigen Stadt lebten, in der niemand das Fest des heiligen Nikolaus feierte, während in Athen die Straßen verstopft waren, weil alle Einwohner ihre Freunde besuchten, die Nikolaus hießen.

Fast jedes zweite Wochenende fuhren wir nach Worcester und übernachteten entweder bei Kanta oder Glykeria. Die Geborgenheit, die ich bei meiner Verwandtschaft spürte, gab mir die Kraft, in meinem Berufsalltag die heiklen Themen anzupacken – Drogenprobleme, Korruptionsskandale und Mafiakriege –, mit denen man sich als Journalist Anfang der siebziger Jahre in New York auseinandersetzen mußte.

1974 BEFAND sich Griechenland in heftigem politischem Aufruhr. Ich drängte den Chefredakteur der *New York Times*, ein Büro in Athen einzurichten. Mein Hintergedanke dabei war, daß ich selbst hingeschickt würde und so die Geschichte meiner Mutter weiterverfolgen könnte. Tatsächlich eröffnete die Zeitung in Athen ein Büro, aber zu meiner Bestürzung wurde ein anderer Reporter zum Korrespondenten ausersehen. Als ich mich beim Chefredakteur beschwerte, meinte dieser: „Wenn es so wichtig für Sie ist, bekommen Sie die Stelle als nächster."

Die Verzögerung hatte wahrscheinlich ihr Gutes, denn Joan war wieder schwanger und konnte das Kind nun in Amerika zur Welt bringen. Wir besuchten weiterhin jedes zweite Wochenende meine Schwestern, aber es wurde allmählich schwierig, unsere wachsende Familie in Kantas kleinem Haus unterzubringen. Eines Tages entdeckte ich im nahe gelegenen Grafton ein großes, zweihundert Jahre

altes Bauernhaus, das nicht weit von der Autobahn entfernt lag und
günstig zu erwerben war. Joan und ich suchten schon lange ein altes
Haus wie dieses. Aber ich wollte zuerst die Meinung meines Vaters
hören, bevor ich mich in Schulden stürzte. Ich wußte, daß meine
Schwestern das Haus entsetzlich finden würden, da sie verrückt auf
alles Neue waren. Wenn Joan und ich ihnen Antiquitäten zeigten, die
wir auf Flohmärkten und Auktionen erstanden hatten, fragten sie:
„Verdienst du denn immer noch so wenig, daß ihr euch nichts Neues
leisten könnt?"

Ich fuhr meinen Vater zu dem alten Haus mit seiner klassizistisch
anmutenden Fassade, den Parkettböden aus Weymouthskiefernholz
und den offenen Kaminen.

„Nein, ich brauche das erste Stockwerk nicht zu sehen", erklärte er
und betrachtete argwöhnisch die steile Treppe. „Es hat eine schöne
sonnige Veranda, da kann ich mich ja dann auf einen bequemen Stuhl
setzen. Kauf's!"

Am Wochenende und im Urlaub bemühten wir uns, die mit rohen
Balken versehenen Räume wohnlich einzurichten. Während der
Woche arbeitete ich weiterhin als Reporter für die *New York Times* und

Vater – zweiundachtzigjährig – tanzt ausgelassen bei Elenis Taufe.

tröstete mich, daß ich 1977 nach Griechenland versetzt würde. Im Oktober 1974 wurde Joan von einer Tochter entbunden, die wir nach meiner Mutter Eleni nannten. Das Kind wurde ihrer Großmutter mit der Zeit sehr ähnlich, es hatte die gleichen großen blauen Augen, das gleiche honigblonde Haar.

Am 28. September 1975 feierten wir Elenis Taufe, und unsere Gäste beobachteten mit Freude und Rührung, wie Vater tanzte. Seine elf Monate alte Enkelin in ihrem Taufkleid aus Spitze ahmte ihren Großvater nach, indem sie die Hände in die Höhe hielt und sich mit ernster Miene im Kreis drehte. Vater führte die Reihe an, wobei er ein Glas auf dem Kopf balancierte, bis er schließlich aufgab, um den winzigen, pausbäckigen Engel in die Arme zu schließen.

Bald nach der Taufe kaufte ich meinem Vater ein neues Auto, einen silbergrauen Oldsmobile Omega.

Als sich der Tag unserer Abreise nach Griechenland näherte, schienen sich die glücklichen Vorzeichen zu häufen. Joan schenkte am 12. Juli 1977 einem weiteren Mädchen das Leben. Nun war sie an der Reihe, dem Kind einen Namen zu geben, und sie wählte einen, der von Griechen und Amerikanern gleichermaßen leicht auszusprechen war: Marina; mit zweitem Vornamen tauften wir unsere Tochter Zoe, was auf griechisch „Leben" bedeutet.

Im September trafen wir in Athen ein, wo wir ein großes Haus mit einem ummauerten Garten mieteten. Ich dachte, ich hätte Mittel, Zeit und Gelegenheit, um mit den Nachforschungen über das Schicksal meiner Mutter sofort zu beginnen, aber kaum waren wir in Griechenland, da brach im gesamten Nahen Osten eine Krise nach der anderen aus. In den nächsten Jahren pendelte ich zwischen Athen, Ankara, Beirut und Teheran hin und her.

Eines Tages wurde mir klar, daß ich bei der *New York Times* kündigen mußte, wenn ich mich jemals den Nachforschungen über die Geschichte meiner Mutter widmen wollte. Am 1. Oktober 1980 gab ich meinen Posten bei der Zeitung auf und wandte mich der Aufgabe zu, jeden Menschen ausfindig zu machen, der mit meiner Mutter in ihren letzten Tagen zu tun gehabt hatte. Dazu mußte ich nicht nur durch ganz Griechenland, sondern auch nach England, Kanada, Amerika, Polen, Ungarn und in die Tschechoslowakei reisen. Ich interviewte Hunderte von Menschen – Dorfbewohner, die ihrem Prozeß beigewohnt hatten, falsche Freunde, die gegen sie ausgesagt hatten, Partisanen, die Befehle ausgeführt hatten.

Als ich noch in Griechenland war, hatte mein Vater einen Autounfall. Täglich war er mit seinem kleinen Auto von Worcester nach Grafton gefahren, um sich um unser leerstehendes Haus zu kümmern, und dann weiter nach Westboro, wo er Glykeria und Prokopi in ihrer Pizzeria besuchte. An einem Sommertag stieß Vater mit dem Auto einer Frau zusammen, die aus dem Parkplatz ausscherte. Es war nur ein Bagatellschaden, und Vater tauschte mit der Frau Adresse und Versicherungsnummer aus. Als er jedoch in Westboro eintraf, war er ziemlich aufgeregt. „Ich hatte einen Unfall", berichtete er Prokopi und Glykeria, „aber ich kann mich nicht erinnern, wo es passiert ist und wie!"

Sie ließen ihn die Strecke zurückfahren und versuchten, seinem Gedächtnis auf die Sprünge zu helfen, aber Vater konnte sich an nichts erinnern. Schließlich erfuhren sie den genauen Hergang bei der Polizei, weil die beteiligte Frau einen Unfallbericht eingereicht hatte. Vater war nach diesem Gedächtnisverlust so demoralisiert, daß er aufhörte, allein Auto zu fahren. Aber er konnte sich nicht an den Gedanken gewöhnen, daß es für immer vorbei wäre. „Niemand rührt mein Auto an", warnte er die Familie. „Ich fahre heute nicht damit, aber morgen brauche ich es vielleicht." Doch sein Selbstvertrauen hatte

Im Kreise seiner Lieben: Vater vor unserem Haus in Grafton

einen Knacks bekommen, und er fuhr nie wieder. Für ihn war es der
Anfang vom Ende.

Am Neujahrstag 1982 kehrte ich mit meiner Familie nach Amerika
zurück. Meine Schwestern begrüßten mich mit erschreckenden Nachrichten. „Wir wollten dich nicht beunruhigen, weil wir wußten, daß
du sowieso nach Hause kommen würdest", begann Glykeria. „Vater
liegt im Krankenhaus. Sein Diabetes hat sich verschlimmert."

Mein Vater litt seit vielen Jahren an Diabetes und hielt die Krankheit
zuerst durch strenge Diät und dann mit Insulin in Schach, aber jetzt
war er neunzig, und es gab Komplikationen. Ich fuhr sofort ins Krankenhaus und erkannte mit Entsetzen, wieviel Gewicht er verloren
hatte. Außerdem hatte er ein Gangrän, und die Ärzte sprachen sogar
schon davon, das Bein zu amputieren.

Er wurde mit Antibiotika behandelt, die glücklicherweise anschlu-
gen. Innerhalb weniger Wochen war mein Vater so weit wiederherge-
stellt, daß er in die Maxdale Road zurückkehren konnte; Glykeria bet-
tete ihn im Untergeschoß auf ein Sofa, wo er von der Familie umgeben
war. Hier konnte er mit seinen Enkeln spielen, an Unterhaltungen
teilnehmen, fernsehen und Besucher empfangen.

Ich schaute täglich vorbei. Oft schien mein Vater die Fesseln, die ihn
an diese Zeit und an diesen Ort banden, abgestreift zu haben. Ich
merkte, daß sein Geist durch die Jahrzehnte zurückwanderte. Dennoch war es für mich ein schönes Erlebnis, neben seiner Couch zu sitzen und zuzuhören, wie er von seiner Kindheit erzählte. Da ihn seine
geistige Reise immer näher an die Brücke brachte, die diese Welt mit
der nächsten verbindet, sah er vielleicht die Schatten, die dort auf ihn
warteten, deutlicher als die erwachsenen Kinder neben ihm.

Oft sprach er mit meiner Mutter, und ich beneidete ihn um die
Fähigkeit, sie so nahe und lebendig zu sehen, während ich ihr nur in
meinen flüchtigen Träumen begegnete. „Komm, setz dich neben
mich, Eleni", sagte er und klopfte mit der Hand auf den Platz neben
sich. „Leg deinen Besen weg, soll doch jemand anders fegen. Aber
warum trägst du nicht das neue Kleid, das ich dir mitgebracht habe?"

Während die Zeiten, die mein Vater in seiner entrückten Welt verbrachte, immer länger wurden, schien sein Körper zu schrumpfen, als
ob er sich langsam aus dem Leben davonstehlen wollte. Aber manchmal war er wieder ganz der alte. Dann saß er auf der Couch und funkelte mich mit seinem ironischen Lächeln an.

„Ich schreibe ein Buch, *Patera*", erklärte ich bei einer dieser Gelegenheiten.

„Noch ein Buch? Ich fürchte, du wirst dir irgendwann das Hirn kaputtmachen", antwortete er lächelnd. „Worum dreht es sich denn?"

„Es handelt von Mana."

„Meine Engelsfrau." Er nickte. „Bring es mir, wenn es herausgekommen ist."

„Bestimmt", versprach ich.

Im Herbst war ich mit dem Schreiben fertig. Sobald die gedruckte Ausgabe des Buches vorlag, schenkte ich eines der ersten Exemplare meinem Vater. Aber er hatte vergessen, was ich ihm erzählt hatte. „Ich habe schon alle deine Bücher", meinte er. „Dort im Regal stehen sie."

„Das hier ist neu", sagte ich und reichte es ihm. „Es heißt *Eleni*."

Er schaute sich den Einband an und sah das Foto auf der Rückseite des Buches: ein Familienporträt, das 1946 von einem Wanderfotografen aufgenommen worden war. In der hinteren Reihe standen meine drei älteren Schwestern und Tante Nitsa. Vorne saß meine Mutter in ihrer groben Bauerntracht, das Haar mit einem Kopftuch bedeckt. Fotini und ich standen zu beiden Seiten, und Mana hielt meine rechte Hand in ihrer Linken. Wir starrten alle ernst in die Kamera.

Mein Vater schaute das Bild eine Weile lang prüfend an, sich vielleicht erinnernd, wie Mutter es ihm geschickt und er es an den Spiegel hinter der Theke der Imbißstube geklebt hatte, in der er arbeitete. „Meine liebe Frau", sagte er endlich, reichte mir das Buch zurück und schloß die Augen. Ich stellte das Buch in das Regal neben die anderen, die ich geschrieben hatte, und wußte, daß er es nie würde lesen können.

Das Buch erschien im April. Lesereisen nahmen fast den ganzen Mai in Anspruch, und Ende Juni war ich ausgebrannt und wollte unbedingt ein paar Tage freinehmen. Am Tag vor unserem Urlaubsantritt besuchte ich meinen Vater. Ich küßte ihn zur Begrüßung. „Ich mache mit Joan und den Kindern Urlaub in Ocean City, *Patera*", erklärte ich. „In einer Woche bin ich wieder da."

Er nickte. „Geh nur. Hab Spaß mit deiner Familie."

„Wir fahren erst morgen früh", fügte ich hinzu. „Möchtest du noch irgendwas haben?"

„*Kalo telos* – ein gutes Ende", antwortete er mit einer Spur des alten Feuers in den Augen.

Er bekam sein *Kalo telos* zwei Tage später, als er starb, wie er es sich gewünscht hatte: im Kreis seiner geliebten Familie.

Am Sonntag, dem 10. Juli, feierte Glykeria den Namenstag ihres Mannes Prokopi mit einem kalten Büfett. Am Tag vor der Party

kochte und putzte sie wie ein Wirbelwind. „Putz nicht soviel!" rief ihr
mein Vater zu. „Setz dich lieber hierher, damit ich dich sehen kann. "
„Du willst nur schwatzen", erwiderte Glykeria unwirsch. „Ich kann
nicht herumsitzen und reden, wir feiern morgen Namenstag. "
„Wenn ihr einmal in meinem Alter seid, wollt ihr sicher auch, daß
sich eure Kinder zu euch setzen und mit euch reden. "

Am Sonntag kamen die ersten Gäste um fünf Uhr nachmittags, und
bald drängten sich vierzig Besucher im Untergeschoß von Glykerias
Haus. Sie hatte ein Krankenhausbett für meinen Vater gekauft, damit
er nachts bequemer schlafen konnte, aber an jenem Tag wollte er
unbedingt auf der Couch inmitten der Festlichkeiten sitzen, damit ihm
nichts entging.

Alle erinnern sich, wie er Späße machte, seine Kinder und Enkel
neckte, wie er eine Frau tadelte, weil sie zu laut lachte, und dann selbst
noch viel lauter lachte.

Vater bat um einen Teller mit Bohnen in Tomatensauce, aber Glykeria erinnerte ihn daran, daß dieses Gericht für seinen Diabetes nicht
gut war. Olga kam, setzte sich an seine Seite und fütterte ihn mit etwas
Reis. Dann brachte ihm Kanta eine Tasse Tee. „Eigentlich möchte ich
ja von den Bohnen haben", jammerte er.

Noch bevor die Besucher gegen halb zwölf gegangen waren, hatte
sich Vater auf sein Bett in die Ecke gelegt; auf dem Weg nach draußen
blieben alle Gäste dort kurz stehen, um ihn zum Abschied zu küssen.
Die Söhne meiner Schwestern, die zu jungen Männern herangewachsen waren, hielten unverändert wie Brüder zusammen. Sie beschlossen, noch ein wenig auszugehen, und ihr Großvater gab jedem von
ihnen seinen Segen.

Nachdem sich alle verabschiedet hatten und Glykeria die schmutzigen Teller weggeräumt hatte, kletterte Vater wieder aus dem Bett und
kehrte auf seine Couch in der Mitte des Raumes zurück. „Ich möchte
heute nacht hier schlafen", erklärte er.

„Aber im Bett ist es viel bequemer", erwiderte Glykeria.

„Nein, heute nacht schlafe ich hier", beharrte er.

Als Glykeria mit dem Aufräumen fertig war, legte sie sich zum
Schlafen auf die andere Couch, wie sie es manchmal tat, wenn sie
ahnte, daß Vater sie in der Nacht rufen würde. Als sie die Decke über
sich zog, fragte er: „Bleibst du hier?" Sie bejahte, und er antwortete:
„Gut!"

Glykeria nickte ein, wurde aber von meinem Vater geweckt, der
sich aufgesetzt hatte. „Mir ist nicht gut", bemerkte er.

Er stand auf und fiel beinahe um. Glykeria fing ihn auf, bevor er zu Boden sank, aber plötzlich verzerrte sich sein Mund.

„Helft mir!" rief Glykeria in ihrer Verzweiflung. „Mein Vater! Er stirbt!"Sie schrie so laut, daß Kanta sie im Haus nebenan hörte und herübergerannt kam. Gleichzeitig kehrten die Enkel zurück, die ihren Großvater behutsam auf den Boden legten. Glykerias Sohn Spiro versuchte Mund-zu-Mund-Beatmung, und jemand rief den Krankenwagen.

Prokopi saß im Krankenwagen hinten bei Vater, und alle anderen folgten in ihren Autos. Vater kam noch einmal kurz zu Bewußtsein und deutete mit Gesten an, daß Prokopi ihm das Portemonnaie aus der Brusttasche nehmen sollte. Es enthielt 400 Dollar, einen Teil seiner Ersparnisse, die er – wie sein Testament später zeigte – mit Bedacht unter seinen Kindern und Enkeln verteilt hatte.

In der Notaufnahme schoben ihn Ärzte und Schwestern schnell in einen anderen Raum. Nach wenig mehr als einer Stunde erschien ein Arzt, der den wartenden Verwandten mitteilte, daß Christos an Herzversagen verstorben sei. Er hatte die Brücke zur anderen Seite überschritten, aber nicht ohne vorher jeden seiner Lieben zum Abschied geküßt zu haben.

Gegen drei Uhr früh wurde ich in der Ferienwohnung, die wir in Ocean City gemietet hatten, vom Klingeln des Telefons geweckt. Glykeria teilte mir mit, daß mein Vater gestorben sei. Ich legte auf, bevor sie weitersprechen konnte: Ich wollte in meiner Trauer allein sein. Erst mit neun Jahren hatte ich meinen Vater kennengelernt, aber Gott hatte mir vierunddreißig Jahre geschenkt, in denen ich erfahren durfte, was für ein Mensch er war.

Wir begruben ihn am 13. Juli 1983 auf dem Hope-Friedhof in dem Doppelgrab, das er viele Jahre zuvor schon vorbereitet hatte. Hunderte von Trauernden drängten sich in der Aufbahrungshalle und in der Kirche. „O Christus bei den Heiligen", sang der Priester beim Trauergottesdienst, „schenke der Seele Deines Dieners Christos Frieden, damit er an einem Ort des Lichtes ruhen kann, wo es keine Schmerzen, keinen Kummer, kein Seufzen gibt, aber immerwährendes Leben . . . "

Die griechischen Senatoren und Mitglieder des Repräsentantenhauses schickten Kondolenzschreiben, und aus Griechenland trafen Telegramme ein. Der Nachruf in der *Worcester Telegram and Evening Gazette* endete mit den Worten: „Im Laufe der Jahre hat Mr. Ngagoyeanes für über hundert Personen aus seiner Heimatregion gebürgt

und damit ihre Einwanderung in die Vereinigten Staaten ermöglicht."
Der *Hellenic Chronicle* widmete dem ehemaligen Gemüsehändler und
Koch einen langen Artikel. „Christos Ngagoyeanes zählte 73 Jahre
lang zu den prominentesten Mitgliedern der griechischen Gemeinde
von Worcester", hieß es darin. „Er arbeitete hart ..., erreichte, was
jeder griechische Einwanderer sich nur wünschen kann. Er bedauerte
nur eines, daß seine Eleni nicht bei ihm sein konnte ... Sie war von
ihm gegangen, aber sie hinterließ ihm ein Vermächtnis – fünf Kinder,
dreizehn Enkel und zwei Urenkel ..."

Vierzehn Monate nach dem Tod meines Vaters wurden er und seine
Frau endlich wiedervereint, als ich Elenis sterbliche Überreste aus
Griechenland holte und sie an seiner Seite beerdigen ließ. Ein neuer
Grabstein aus Marmor wurde aufgestellt, der die Namen und
Geburts- und Todesdaten der beiden auf griechisch trug. Außerdem
war ein Bild in den Stein gemeißelt, ein Ausschnitt aus ihrem Hoch-
zeitsporträt aus dem Jahr 1926. Es zeigt meinen Vater in seinem amerikanischen Anzug, mit Schlips und Hut, meine Mutter mit ihrem
Kopftuch und in ihrer bestickten Hochzeitstracht aus Samt. Eingra-
viert ist auch eine Zeile aus dem ersten Brief des Paulus an die Korin-
ther: „Die Liebe höret nimmer auf."

Nicholas Gage

„Nicholas Gage schreibt aus dem Kopf und dem Herzen heraus", urteilt die bekannte amerikanische Zeitschrift *Time* über *Elenis Kinder*. „Er schielt nicht nach Effekten, vielmehr zeigen die Menschen und Ereignisse ihre natürliche Poesie." Schon mit seinem ersten großen Bucherfolg, *Eleni*, war der Autor in den Reader's Digest Auswahlbüchern vertreten und ließ Hunderttausende von Lesern Anteil am Schicksal seiner Mutter nehmen, die von Angehörigen der kommunistischen Partisanenarmee ermordet worden war. Für ihren Tod rächte sich Nicholas Gage recht eindrucksvoll – nicht mit einer Pistolenkugel für die Mörder, sondern durch seine aufrüttelnde Darstellung der Ungerechtigkeit und Dummheit von Menschen, die in politischer Verblendung handeln.

Nicholas Gage wurde 1939 als fünftes Kind von Christos und Eleni Gatzoyiannis in Lia in Nordwestgriechenland geboren. Kindheit und Jugend, Studienzeit und beruflichen Werdegang beschreibt er auf sehr persönliche Weise in *Elenis Kinder,* dem Buch, das an *Eleni* anknüpft und zugleich Zeugnis ablegt über den dornigen Weg der griechischen Auswanderer ins gelobte Land Amerika.

Auch heute noch lebt der Autor mit seiner Frau und seinen drei Kindern in dem Bauernhaus aus dem 18. Jahrhundert in Grafton. Mehr denn je engagiert er sich in der griechischen Gemeinde von Worcester. „Was auch immer in der Welt um mich herum geschieht", meint Nicholas Gage, „im Kreise meiner Landsleute fühle ich mich geborgen. Hier kann mich nichts erschüttern." Neben seiner beruflichen Tätigkeit und der Schriftstellerei hält Gage häufig Vorträge über die Geschichte der griechischen Immigranten und die Ergebnisse seiner eigenen journalistischen Ermittlungen. Die Honorare, die er dafür erhält, fließen in die Restaurierung seines Heimatdorfes Lia sowie in einen Studienfonds, den er im Andenken an seine Mutter der Universität Boston stiftete.

DER
WEISSE PUMA

EINE KURZFASSUNG DES BUCHES VON
RON D. LAWRENCE

NACH DER ÜBERSETZUNG VON GERHARD BECKMANN
ILLUSTRATIONEN VON TED COCONIS

„*Die beiden Männer waren vor Furcht wie gelähmt. Außerhalb des Lichtscheins, den das flackernde Lagerfeuer und die Gaslampe auf ihren Lagerplatz und das Zelt warfen, konnten sie nichts erkennen – ihr Feind blieb für sie unsichtbar. Die Nacht gehörte ihm, sie war sein Lebensraum, hier war er der Überlegene. Der Puma konnte aus jeder Richtung lautlos angreifen. Sie waren völlig hilflos. Nie zuvor hatten die beiden Jäger eine solche Angst ausgestanden. Denn nie zuvor waren sie die Gejagten gewesen.*"

DER PUMA (Puma concolor)

Diese größte aller Katzen der Neuen Welt – auch als Berglöwe, Silberlöwe oder Kuguar bezeichnet – besaß einst von den Säugetieren in der westlichen Hemisphäre eines der größten Verbreitungsgebiete. Heute ist der Bestand drastisch reduziert; Pumas leben vorwiegend noch im westlichen Kanada, im Westen der USA und in einigen Regionen Südamerikas. Die Fellfarbe des erwachsenen Tieres wechselt von Braun bis Grau, sie kann aber auch gelblich und rötlich sein. Weiße Pumas sind äußerst selten.

1. Kapitel

DIE gelbbraune Berglöwin blutete aus ihrer Wunde. Sie hinkte in die Höhle, durchquerte eine dämmerige Zone und zwängte sich in eine Felsspalte, die etwa einen Meter oberhalb des Bodens begann. Blutflecke markierten ihre Fährte und verrieten dadurch ihren Schlupfwinkel; doch sobald sie sich in der Felsspalte befand, wußte sie sich in Sicherheit.

Sie duckte sich und begann einen rasch dunkler werdenden Gang hinaufzukriechen, der nach etwa vierzig Metern scharf nach rechts abbog und vor einem kurzen, hohen Tunnel endete. Hier blieb sie einige Augenblicke lang stehen, um sich den linken Schenkel zu lecken, dort, wo die Gewehrkugel eine häßliche Furche hinterlassen hatte. Die natürlichen Heilkräfte des Speichels stillten die Blutung ein wenig. Dann setzte sie sich erneut in Bewegung und folgte dem Tunnel, der schließlich in eine natürliche Höhle mündete. Die Berglöwin legte sich nieder. Sie wimmerte vor Schmerz und begann, die Wunde von neuem zu lecken.

Währenddessen folgten draußen am Hang fünf Jagdhunde ihrer Fährte. Immer wieder rutschten sie aus, denn der felsige Untergrund des Eagleberges, eines schneebedeckten Gipfels im Hazeltongebirge in Britisch-Kolumbien, war mit losem Geröll übersät. Den aufgeregt bellenden Hunden folgten zwei Reiter. Unerbittlich trieben sie ihre

Pferde den Abhang hinauf, und der vordere der beiden, ein großer, untersetzter Mann Anfang Vierzig, versuchte, eine noch schnellere Gangart zu erzwingen, indem er seinem schwarzen Wallach unablässig die Peitsche gab.

Die Pferde schnaubten. Sie gaben ihr Bestes, doch immer wieder stolperten sie auf dem tückischen Boden. Der Wallach war trotz der Peitsche nicht schneller als der unsicher folgende Falbe. Die Hunde hatten die Pferde bald weit hinter sich zurückgelassen und verschwanden unter den immergrünen Bäumen und Büschen, die dort oben dicht beieinander standen.

Den Reitern blieb nichts anderes übrig, als dem weithin hörbaren Gebell der Hunde zu folgen. Der voranreitende Walter Taggart war vor Anstrengung inzwischen ganz rot im Gesicht. Er zügelte sein keuchendes Pferd und wandte sich zu seinem Begleiter um. „So kommen wir langsamer voran als zu Fuß, Steve. Wenn wir die Hunde einholen wollen, sollten wir die Pferde hier anbinden und laufen. Ich bin mir absolut sicher, daß ich diese Katze angeschossen habe, und mit einer Kugel im Leib kommt sie nicht weit."

Steve Cousins schien froh, von seinem Falben absteigen zu können. Er war ein hagerer, wortkarger Mittdreißiger. Im Mundwinkel hatte er eine selbstgedrehte Zigarette, und er antwortete seinem Begleiter nur beiläufig mit einem Kopfnicken, während er den Zügel seines Pferdes an einer jungen Birke festband.

Die beiden Männer zogen ihre Gewehre aus den Futteralen und begannen, den Hang hinaufzuklettern. Sie waren nur wenige Schritte weit gekommen, als das Kläffen der Hunde merklich erregter wurde.

„Jetzt haben wir sie! Wetten, daß sie die Berglöwin auf einen Baum gejagt haben?" Taggart strahlte vor Freude über das ganze Gesicht. Die beiden Männer gingen jetzt schneller und überwanden Geröllfelder, indem sie sich an Schößlingen und Büschen festhielten. Je höher sie stiegen, desto lauter wurde das Hundegebell.

Cousins sah den Blutfleck, der eine große Gesteins- und Grasfläche karminrot gefärbt hatte, als erster. Jetzt wußten die Jäger endgültig, daß Taggarts Kugel ihr Ziel nicht verfehlt hatte.

Der große Mann warf sich in die Brust. „Das war ein Schuß, was? Aus zweihundert Metern ..., und noch dazu bergauf! Glaub mir, die Katze hat's böse erwischt. Die schnappen wir uns!"

„Aber nur, wenn wir hier nicht stundenlang rumstehn und quatschen", erwiderte Cousins trocken.

Zwanzig Minuten später erreichten die Männer die Höhle. Die Junisonne brannte hernieder, und vom langen Aufstieg waren die beiden heftig ins Schwitzen geraten. In der Höhle rannten die Hunde vor der Felsspalte herum, durch die die Berglöwin verschwunden war, bellten, winselten und kratzten mit den Pfoten am Felsen.

Als die Jäger die Spalte sahen, erkannten sie, daß die Hunde, falls sie in den dahinterliegenden engen Raum überhaupt eindringen konnten, von der verwundeten Katze sofort in Stücke gerissen würden. Im ersten Augenblick waren sie enttäuscht, dann gerieten sie in Wut. Laut fluchend trat Taggart nach einem der Hunde, und das mißhandelte Tier überschlug sich mehrmals.

Cousins hatte sich besser im Griff, war aber nicht weniger wütend über die Berglöwin. Er entsicherte sein Gewehr und stellte sich an die Felsritze. Er schob den Lauf ins dunkle Innere und feuerte zweimal. Die Männer hörten in ihrer weiträumigen Höhle nur einen gedämpften Widerhall, doch im engen Schlupfloch der Löwin war die Erschütterung physisch zu spüren. Die Löwin sprang auf, und die Wunde, die bereits zu bluten aufgehört hatte, riß wieder auf und begann erneut heftig zu bluten.

TAGGART und Cousins waren als Führer für Andrew Bell, einen Organisator von Großwildjagden, tätig. Sein Unternehmen nannte sich „High Country Hunting" und hatte seinen Sitz in einem Tal im Telkwazug des Hazeltongebirges. Das Jagdhaus und die angeschlossene kleine Siedlung von Blockhäusern waren am südöstlichen Ufer des Moose-Skin-Johnny-Sees errichtet worden, etwa zwanzig Kilometer vom unzugänglichen Schlupfwinkel der Berglöwin entfernt. Taggart und Cousins hatten sich um wohlhabende Leute aus aller Herren Länder zu kümmern, die große Summen ausgaben für das Vorrecht, Tiere abschießen zu dürfen. Obwohl die Saison nur drei Herbstwochen dauerte, war das Ganze ein blühendes Geschäft, und außerhalb der Jagdzeit nutzte Bell das Camp als Urlaubszentrum für Angler. Seine Kunden ließ er vom vierzig Kilometer nordöstlich gelegenen Smithers Airport mit einem eigenen Amphibienflugzeug abholen und nach „High Country Hunting" bringen.

Wenn Taggart und Cousins nicht als Führer unterwegs waren, beschäftigten sie sich anderweitig, indem sie etwa die Motorboote warteten, sich um die Stallungen mit den Pferden kümmerten oder den Whiskey tranken, den ihnen Bells Kunden geschenkt hatten, wenn sie sie mit abenteuerlichen Geschichten über ihre Jagdkünste unterhielten. Des öfteren ergaben sich einträgliche Nebengeschäfte

mit Kunden, die offensichtlich gegen ein bißchen Wilderei nichts ein-
zuwenden hatten; für eine angemessene Sonderzahlung ritten Taggart
und Cousins dann in die Berge und kehrten mit dem Fell und Kopf
eines Tieres zurück, die der Gast als Trophäen heimtragen konnte. Ein
Fell als Läufer vor dem offenen Kamin und ein Kopf, auf eine glänzende Holzplakette montiert, an der Wand lieferten stets einen Auf-
hänger für Gespräche, in denen sich der Eigentümer der Trophäe als
wagemutiger Jäger ausweisen konnte.

In der zweiten Juniwoche hatte Taggart gegenüber einem New
Yorker Börsenmakler angegeben und von einem Puma erzählt, den er
in der Umgebung des Eaglegipfels gesehen habe. In jener Region, so
hatte Taggart erläutert, sei diese Raubkatze nicht gesetzlich geschützt,
wenngleich Jagen in dieser Jahreszeit nicht erlaubt sei. „Aber diese
Raubkatzen sind eine echte Plage. Sie fallen Schafe, Kälber und sogar
unsere Pferde an. Deshalb kehrt sich im Grunde niemand daran,
wenn mal eine an einer hübschen Gewehrkugel krepiert."

Taggarts Zuhörer biß an. Man kam überein, daß Taggart und
Cousins für Fell und Kopf des Tieres dreihundert Dollar erhalten sollten, falls es sich um einen großen Puma handelte. Während der Börsenmakler sich am nächsten Tag an Bord eines kleinen, aber dennoch
komfortablen Motorboots befand und Regenbogenforellen fing,
waren Taggart und Cousins schon seit Tagesanbruch mit ihren Hunden unterwegs.

Bei Anbruch der Dämmerung hatten sie den Puma jedoch noch
immer nicht gesichtet, auch wenn die Hunde verschiedene alte Fährten aufgespürt hatten. Am nächsten Tag erging es ihnen lange Zeit
kaum besser, bis die Hunde schließlich auf eine relativ frische Spur am
sandigen Ufer eines Baches stießen. Nach Einschätzung der beiden
Männer mußte die Berglöwin hier in der vorausgegangenen Nacht auf
dem Weg in die Berge vorbeigekommen sein. Doch es war schon zu
dunkel, um die Suche fortzusetzen.

Am nächsten Morgen ritten die Wilderer in die Berge. Die Jagdhunde liefen aufgeregt voraus. Da endlich bekamen sie den Puma zu
Gesicht. Sie sahen nur das kurze Aufblitzen des goldgelben Körpers
und einen langen Schwanz, als das Tier im schützenden Grün des
Gebüschs verschwand. Doch das reichte bereits. In wilder Jagd stürmten sie den Hang hoch, bis ihre Pferde schließlich ermüdeten und sie
anhalten und absteigen mußten.

Sorgfältig betrachtete Taggart den Hang und meinte plötzlich, er
habe eine Bewegung gesehen. Rasch griff er nach seinem Gewehr und

hatte eben eine Patrone in die Kammer geschoben, als ihm der Puma voll ins Blickfeld lief. Gänzlich auf die angreifenden Hunde konzentriert, die nur hundert Meter von ihm entfernt waren, blieb er einen Augenblick lang unschlüssig stehen, Taggart halb seitlich zugewandt – eine goldgelbe Statue, umgeben von immergrünen Bäumen und grauem Fels.

Taggart drückte ab, und die knapp elf Gramm schwere Kugel traf den Schenkel des Pumas mit einer Geschwindigkeit von rund sechshundert Metern pro Sekunde – ein Energiestoß von über einer Tonne. Obwohl die Kugel nur eine Streifwunde hinterließ, wurde die Berglöwin von der Macht des Schusses umgeworfen und drehte sich einmal im Kreis. Aber sie erholte sich rasch, und als Taggart die leere Hülse aus dem Gewehrlauf auswarf, war die Berglöwin bereits wieder auf den Beinen und jagte davon, um in ihrem vor Eindringlingen geschützten Höhlenloch Zuflucht zu suchen.

Taggart und Cousins hatten die Hunde an die Leine gelegt und mit ihnen die Höhle verlassen. Nun standen sie im Freien und besprachen ihr weiteres Vorgehen. Schließlich stieg Cousins auf seinen Falben und ritt zurück nach „High Country Hunting", wo er sich ein großes Tellereisen mit einer fast acht Meter langen Kette, große Eisenkrampen und eine Axt besorgte. All das band er am Sattel fest und machte sich erneut auf den Weg. Am späten Nachmittag traf er wieder bei der Höhle ein. Gemeinsam machten sich die beiden Wilderer an die Arbeit. Sie fällten eine Fichte, wobei sie sich mit der Axt abwechselten, schlugen den Stamm auf eine Länge von sechs Metern zu und säuberten ihn von Ästen.

Sie ächzten vor Anstrengung, als sie den Stamm in die Höhle trugen und drei Meter vor der Felsspalte absetzten. Dann legten sie das eine Ende der Kette um seine Mitte, befestigten die letzten vier Glieder mit Krampen am Holz und verbanden das andere Ende der Kette mit Hilfe eines Drahtes fest mit der Falle. Schließlich klemmten sie den Axtgriff zwischen die gezackten Bügel, der so dem Druck der schweren Blattfedern entgegenwirkte, während sie den Auslösemechanismus einstellten.

Danach setzte Taggart die Falle vorsichtig anderthalb Meter vor der Felsspalte auf den Boden, und Cousins deckte sie mit Fichtenzweigen zu. Falls die Berglöwin auf das runde Brett in der Mitte sprang, würden die Bügel zusammenschnappen und ihr Bein oder ihre Pfote einklemmen.

Die Wilderer wandten damit die übliche Methode zum Fangen und Festhalten eines großen Tieres an. Die gezackten Bügel des Tellereisens machten es dem gefangenen Tier unmöglich, sich zu befreien, und jedesmal, wenn es in seiner Panik auf die Stahlbügel losging, würde es durch die am Baumstamm befestigte Kette zurückgerissen. Mit einer solchen Falle hatten Taggart und Cousins bereits Schwarzbären und Grizzlys gefangen, und sie waren überzeugt, daß es auch für den Puma kein Entrinnen mehr geben würde, wenn er erst einmal auf den Teller des Fangeisens getreten war.

Die braungelbe Berglöwin war drei Jahre alt und schon früher einmal von Menschen verwundet worden. Diese Verletzung, ein unbedeutender Riß am linken Ohr, war ihr vor gut zwei Jahren zugefügt worden, als sie nur wenige Kilometer von ihrem jetzigen Territorium entfernt zusammen mit ihrer Schwester die Mutter auf die Jagd begleitet hatte. Es war weniger der Schmerz als vielmehr der Schock gewesen, der sich ihrem Gedächtnis unauslöschlich eingeprägt hatte: Die Erinnerung an diese Wunde war mit einem Ereignis verbunden, das sie nie würde vergessen können.

Eines frühen Abends im Herbst hatten sich die drei Pumas in einem kleinen Gebirgstal an ein älteres Karibu herangeschlichen. Die Mutter führte ihre Töchter an der Fährte entlang hangabwärts und erspähte bald darauf die Beute. Die erwachsene Berglöwin hatte ihre Pirsch kaum begonnen, als sie plötzlich zusammenbrach. Erst Sekundenbruchteile später hörten die Töchter den Knall des Gewehrschusses. Und schon sackte auch die jüngere Pumaschwester in sich zusammen, und die überlebende Jungkatze spürte den stechenden Schmerz der Kugel, die ihr Ohr streifte. Als den Schüssen fast unmittelbar darauf der scharfe Detonationshall folgte, jagte der junge Puma mit höchster Geschwindigkeit in Richtung auf das Tal zu.

In ihrer Panik und Verwirrung lief die junge Berglöwin immer weiter, bis sie eine Erdrutschzone erreichte. Hier fand sie, versteckt hinter immergrünem Gebüsch, Schutz zwischen zwei riesigen Felsblöcken, die eine Art enger Höhle bildeten. Die folgenden beiden Tage blieb sie in ihrem Schlupfwinkel. Sie hatte große Angst und konnte nicht verstehen, warum Mutter und Schwester plötzlich fort waren. Ihren Zufluchtsort verließ sie erst, als der Hunger sie dazu zwang.

Jetzt war sie zum erstenmal in ihrem Leben ganz auf ihre eigenen Fähigkeiten angewiesen, um zu überleben; denn bis der Schuß die Mutter getroffen hatte, hatte ja diese die Beute aufgespürt und erlegt, und die Jungen hatten sie dabei beobachtet, solange sie selbst Größeres als Mäuse oder gelegentlich ein Murmeltier noch nicht erlegen konnten.

Das Pumajunge war damals neun Monate alt gewesen, maß von der Nasenspitze bis zum Schwanzende rund anderthalb Meter und wog knapp dreißig Kilo – etwa die Hälfte des Gewichts, das es einmal erreichen würde, wenn es ausgewachsen war.

Die Berglöwin wußte nicht, als sie beinahe unhörbar durch die schnell dunkler werdende Wildnis glitt, daß sie, so ganz auf sich allein gestellt, nur geringe Überlebenschancen hatte. Sie war nun selbst eine mögliche Beute für andere Raubtiere: Ein Rudel Wölfe etwa hätte keine Mühe gehabt, sie zu töten, und falls sie einem Grizzlybären begegnete, würde sie bestimmt nicht mit dem Leben davonkommen, wenn sie nicht rasch die Flucht ergriff.

Da Pumas im Unterschied zum Menschen nicht in der Lage sind, in die Zukunft vorauszudenken, machten der Berglöwin die Gefahren und Sorgen, die vor ihr lagen, keine Angst. Sie lebte wie alle wilden Tiere ganz dem gegenwärtigen Augenblick und war von negativen Gefühlen wie Sorge und Furcht frei. Ausschließlich widmete sie sich nun der Nahrungssuche.

Nachdem sie eine Stunde suchend umhergelaufen war, gelang es ihr, mehrere weißpfotige Mäuse zu fangen; doch letztlich waren das nur Appetithappen, die sie ihren Hunger um so stärker spüren ließen. Aber bald darauf hatte sie Glück: Sie nahm den Geruch eines Kojoten auf. Es war nur eine schwache Witterung, doch ihrer scharfen Nase war sie nicht entgangen.

Im Schatten eines umgestürzten Baums ging die Berglöwin in Stellung. Sie duckte sich sprungbereit und verharrte, ohne sich zu rühren. All ihre Sinne waren hellwach. Die Minuten verstrichen. Dann hörte sie die ersten schwachen Tierlaute.

Die Witterung wurde stärker. Die Berglöwin konnte ihre Ungeduld jetzt kaum mehr bezähmen. Ihre Muskeln zitterten vor Spannung, doch sie zwang sich zu warten, die Ohren wachsam aufgestellt und die bernsteinfarbenen Augen aufmerksam auf den dunklen Pfad gerichtet.

Der Kojote, der den leichten Hang hinauflief, bemerkte die Löwin nicht, weil der schwache Wind von hinten wehte. Als er etwa fünfzehn Meter von ihr entfernt war, warnte ihn plötzlich sein scharfer Geruchssinn vor einem nahen Feind, doch bevor er fliehen konnte, griff die Berglöwin an. Sie sprang fast fünf Meter weit, setzte kurz auf und sprang dann erneut – das Ganze war eine Sache weniger Sekunden. Ihre weit ausgestreckten Pfoten trafen den Kojoten an der Schulter, und der abrupte Stoß schleuderte ihn gegen den Stamm einer großen Fichte. Doch da war er bereits tot: Der Puma hatte ihm bei seinem heftigen Angriff das Genick gebrochen.

Die Berglöwin lief zu dem toten Tier und hob es mit den Zähnen hoch. Der Kojote wog gut fünfzehn Kilo, aber sie trug ihn mühelos zu dem umgestürzten Baum, in dessen Schutz sie auf ihre Beute gewartet hatte. Dort begann sie zu fressen. Nachdem sie sich gut fünf Pfund Fleisch einverleibt hatte, reinigte sie sich gründlich und bedeckte die Reste des Kadavers mit Blättern und Zweigen vom Waldboden. Danach begab sie sich auf die Suche nach einem Plätzchen in der Nähe, wo sie sich ausruhen konnte, bis sie wieder Hunger verspürte.

Die Tatsache, daß sie den Kojoten aus dem Hinterhalt ganz allein überwältigt hatte, gab der Berglöwin Vertrauen in ihre Jagdfähigkeiten. Sie hatte zwar vom Verhalten der Mutter gelernt, aber bis zur vergangenen Nacht hatte sie keine Gelegenheit gehabt, das eigene Können unter Beweis zu stellen und in der Bergwildnis ihren Platz zu finden.

Zweieinhalb Jahre später war die Berglöwin ausgewachsen und hatte ihre Geschlechtsreife erlangt. Ende April verließ sie zum erstenmal ihr angestammtes Gebiet, um ein Männchen zu suchen. Rastlos streifte sie umher, und ihre klagenden hohen Schreie hallten in der Wildnis wider.

Nach fünf Tagen betrat sie das Revier eines großen Berglöwen; sie erkannte es an den Steinhaufen, welche Pumas zur Kennzeichnung ihres Reviers über ihrem Kot errichten. Die Berglöwin schnupperte an einem der Kothaufen, hob dann den Kopf und stieß einen markerschütternden Schrei aus.

Das Pumamännchen, das sich etwa einen Kilometer entfernt aufhielt, wurde sogleich aufmerksam und steuerte zielbewußt auf das Geheul zu. Als es bis auf zweihundert Meter herangekommen war, begann es zu pfeifen und mit seinem Schwanz zu schlagen, und seine Schnurrhaare richteten sich auf.

Die Berglöwin vernahm das Pfeifen des Männchens, als sie aus einer Gruppe moosbesetzter Felsbrocken heraustrat. Sie legte die Ohren eng an ihren großen Kopf zurück, und dann sprang sie von den Felsen herab. Sie landete auf einer Bergwiese, in deren Mitte ein kleiner von Schilf, Binsen und Farnen gesäumter See lag. Hier war die Witterung des Männchens besonders stark. Die Berglöwin blieb am Ufer des

Sees stehen und trank in vollen Zügen. Das Wasser troff ihr von den Lefzen, als sie ihr Maul weit öffnete und dabei ein bemerkenswertes Gebiß entblößte. Dann stieß sie erneut einen durchdringenden Schrei aus.

Auf diesen Schrei folgte totale Stille. Das Pumaweibchen stand am Rande des Gewässers, mit erhobenem Kopf und heftig atmend. Es wußte nichts von der Furcht, die sein Schrei ringsumher ausgelöst hatte: Gerade noch hatten überall in den Wiesen die Vögel gesungen, und nun waren mit einem Schlag sämtliche Vogelstimmen verstummt. Selbst die Laubfrösche gaben nur noch ein gedämpftes Quaken von sich. Und während die Berglöwin regungslos dastand, war erneut das Pfeifen des Pumamännchens zu vernehmen – diesmal deutlich näher. In fünf großen Sätzen sprang die Berglöwin über die Wiese hinweg und betrat den Wald.

Die beiden Pumas begegneten sich auf einer Lichtung, die etwa vierhundert Meter von der Bergwiese entfernt lag. Das Männchen, ein prächtiges Tier von beinahe zweieinhalb Meter Länge und einem Gewicht von neunzig Kilo, stand auf einem nach vorn abfallenden Felsen, als das Weibchen auftauchte. Der Puma sprang ihr mit einem stolzen Satz entgegen, doch die Berglöwin nahm trotz ihres eigenen Verlangens sogleich eine Abwehrhaltung ein, fletschte die Zähne, schlug drohend mit dem Schwanz auf den Boden und reckte trotzig ihre rechte Pfote empor, wobei sie ihre voll ausgefahrenen Krallen zur Schau stellte. Doch den Puma schreckte ihr Imponiergebaren nicht. Er kam immer näher an sie heran, die Lefzen geschürzt, und gab dabei erneut ein tiefes Pfeifen von sich. Das Weibchen brüllte und schlug mit der Pfote nach ihm, doch das Männchen sprang schnell und behende zur Seite. Dann wich er zurück und blieb laut schnurrend stehen. Die Berglöwin drehte sich um, ließ sich auf ihren Hinterpfoten nieder und begann sich Gesicht und Hals zu putzen. Anschließend streckte sie sich auf dem Boden aus und verfolgte mit ihren goldenen Augen, wie ihr potentieller Paarungsgenosse ruhelos auf- und abwanderte. Diese Stellung behielt sie für den Rest des Tages bei.

Bei Anbruch der Nacht, im Licht des Vollmonds, paarten sich die Berglöwen schließlich unter ständigem Schreien und Knurren. Sie blieben noch die folgenden zehn Tage beieinander – bis plötzlich das Pumamännchen Opfer eines Jägers wurde, der das stolze Tier mit einem Kopfschuß erlegte. Da die Berglöwin in diesem Moment ein ganzes Stück von ihrem Partner entfernt war, kam sie ungeschoren davon. Der Schuß und der verhaßte Geruch der Menschen vertrieben sie aus dieser Gegend. Sie lief immer weiter, ohne Unterbrechung, bis sie das Hazeltongebirge erreichte. Dort, auf der Ostseite des Eagleberges, entdeckte sie, die mittlerweile tragend war, ein neues Heimatrevier, und hier fand sie auch ihren Zufluchtsort, die Höhle.

2. Kapitel

ALS die beiden Männer zur Höhle zurückgekehrt waren, hatte die Berglöwin sie sogleich gerochen und auch gehört. Furchtsam verharrte sie in ihrem Schlupfloch, wo sie abwechselnd schlief und den tiefen Riß leckte, den Taggarts Kugel hinterlassen hatte. Die Wunde hörte nach sechsundvierzig Stunden auf zu bluten und begann langsam zu heilen, aber die Berglöwin quälte jetzt furchtbarer Durst. Sie mußte Wasser finden, wenn sie überleben wollte. Als sie am Morgen des dritten Tages ihre Wunde lecken wollte, merkte sie, daß ihr Speichel nicht mehr ausreichte.

Während der folgenden Stunden erhob sie sich immer wieder, um die Felskammer zu verlassen. Jedesmal lief sie in den Tunnel hinein, blieb dann wieder stehen und kehrte schließlich in ihr Schlupfloch zurück. Gegen vier Uhr nachmittags hielt sie es vor Durst nicht mehr aus. Zuerst hinkte sie noch ein wenig, doch mit jedem Schritt wurde sie sicherer. Sie durchquerte den Tunnel und betrat den engen Schacht. Draußen regnete es. In den Bäumen wehte ein heftiger Wind, dessen Brausen im Höhleninneren nachhallte.

Das Lärmen des Sturms überlagerte die Geräusche, die Taggart und Cousins bei ihrer Rückkehr verursachten. Wie schon am Tage zuvor hatten die beiden Männer auch diesmal Taggarts besten Spürhund mitgebracht, damit dieser die Falle überprüfte. Die Wilderer stiegen ein Stück unterhalb der Höhle ab und banden ihre Pferde an Bäume in der Nähe an. Cousins nahm den Hund an die Leine, und gemeinsam liefen die beiden Männer zum Höhleneingang. Als sie die Höhle betraten, war die Berglöwin noch gerade sieben Meter von der Felsspalte entfernt.

„Wenn das Drecksvieh noch nicht rausgekommen ist, wird es wohl tot sein. So lange hält es ohne Wasser nicht durch", meinte Taggart.

„Vielleicht gibt's drinnen Wasser", gab Cousins zu bedenken und ließ den Hund vorangehen in die düstere Höhle.

„He! Laß den Hund bloß nicht von der Leine! Nachher steckt der noch seine Pfote in die Falle!" mahnte Taggart leise. Dann hockte sich

der große, schwere Mann vor die Falle und streckte die rechte Hand
aus, um ein paar von den Fichtenzweigen zu entfernen, die das Tellereisen verdeckten.

Von seinem Platz aus war die Berglöwin, die sich in der Felsritze
zusammenkauerte, nicht zu sehen. Sie verharrte völlig regungslos und
verließ sich auf die Informationen, die ihr Nase und Ohren lieferten.
Auch wenn sie die Männer nicht sehen konnte, wußte sie genau, wo
sie sich gerade befanden. Ganz langsam, mit vorsichtig wedelndem
Schwanz, bewegte sie sich vorwärts, bis sie nur noch knapp einen
Meter von der Öffnung entfernt war.

Plötzlich spannte sie ihre Muskeln an und sprang mit einem tiefen,
heiseren Knurren vorwärts. Im Fallen stießen ihre vorgestreckten Pfoten auf dem Boden der Höhle gegen etwas, das bei der Berührung
nachgab. Die Bewegung des Gegenstandes brachte sie für einen
Moment aus dem Gleichgewicht, und sie geriet bei ihrer Landung auf
dem felsigen Boden ins Stolpern. Doch gleich darauf fing sie sich wieder und stürzte durch den Höhleneingang davon. Im gleichen Augenblick stieß Taggart einen gellenden Schmerzensschrei aus, und der
Hund riß mit aufgeregtem Bellen so heftig an der Leine, daß Cousins
loslassen mußte. Die Berglöwin drehte im vollen Lauf nach links ab
und steuerte auf einen Deckung versprechenden zerklüfteten Felshang
zu, auf dem eine Reihe abgestorbener Bäume stand. Da plötzlich holte
der Hund sie ein. Die Berglöwin warf sich herum. Mit ihrer riesigen
Vorderpfote schlug sie blitzschnell zu. Ihre Krallen erwischten die
Kehle des Hundes, der sofort tot war. Der Puma lief hangaufwärts
weiter.

Der große Mann im Innern der Höhle schlug unterdessen laut
schreiend um sich. Cousins tastete hastig nach seinem Feuerzeug und
fluchte, weil er seine Taschenlampe im Sattelzeug gelassen hatte. Er
war so verstört, daß es ihm erst nach mehreren Versuchen gelang, das
endlich gefundene Feuerzeug zu entflammen. Der Anblick, der sich
ihm bot, war entsetzlich. Taggart lag auf dem Boden der Höhle und
wand sich vor Schmerzen. Sein rechter Arm saß in der Falle fest: Die
Bügel hatten ihn etwa zehn Zentimeter oberhalb des Handgelenks
erwischt. Bei jeder seiner Bewegungen schoß ein Strahl Blut aus der
offenen Wunde. Cousins brauchte seine ganze Willenskraft, um sich
zusammenzunehmen. Er brüllte Taggart an, er solle stillhalten, rannte
an dem toten Hund vorbei zu seinem Pferd, holte die Taschenlampe
und die Erste-Hilfe-Ausrüstung und eilte zurück in die Höhle.
Taggarts Schreie waren inzwischen schwächer geworden.

Cousins hockte sich neben seinen Gefährten und öffnete hastig den Erste-Hilfe-Kasten. Er entnahm ihm zwei Packungen Verbandszeug, mit denen er einen Druckverband anlegte. Nachdem er den Arm oberhalb der Wunde straff umwickelt hatte, rannte er wieder nach draußen, fand einen starken Ast, den er als Hebel benutzen konnte, und schaffte es damit, die Bügel des Tellereisens aufzudrücken und Taggarts zerquetschten Unterarm herauszuziehen. Der Verletzte hatte inzwischen das Bewußtsein verloren. Cousins sammelte draußen rasch drei weitere Äste und raste zurück, um den Arm zu verbinden, wobei er die Äste als provisorische Schienen verwendete.

Taggart brauchte dringend ärztliche Hilfe. Bis zum Moose-Skin-Johnny-See war es jedoch ein Zweieinhalbstundenritt. Cousins wußte, daß der große, schwere Mann unterwegs sterben konnte; er stand unter Schockwirkung und hatte viel Blut verloren. Wie um alles noch schlimmer zu machen, hatte mittlerweile starker Regen eingesetzt, und die Temperatur war merklich gefallen. Nässe und Kälte würden Taggarts Zustand weiter verschlechtern. Doch Cousins blieb keine Wahl.

Er führte die Pferde zum Eingang der Höhle. Dann nahm er die große Feldflasche, die am Sattelzeug des schwarzen Wallachs befestigt war, schraubte sie auf, ging in die Höhle hinein und schüttete Taggart Wasser ins Gesicht. Der Verletzte stöhnte und öffnete die Augen.

„Dich hat's böse erwischt, Walter. Aber du mußt mir helfen, damit ich dich aufs Pferd kriege. In Ordnung?"

„Gehn wir, Steve!" Taggarts Stimme klang schwach, aber drängend. „Der Puma kann jeden Augenblick wiederkommen und mich töten."

Cousins zerrte Taggart auf die Beine und stützte ihn auf dem Weg ins Freie. Sie kamen nur langsam voran, weil der Verletzte immer wieder kurz vor dem Zusammenbruch zu stehen schien und sie Pausen einlegen mußten. Als sie den Wallach erreichten, hievte Cousins Taggart mit großer Anstrengung auf den Rücken des Pferdes und band ihn am Sattel fest. Taggart war kaum mehr bei Bewußtsein. Cousins bestieg seinen Falben und führte den schwarzen Wallach den Hang hinauf hinter sich her.

Der Rückritt zum Jagdhaus war ein Alptraum. Taggarts Zustand verschlechterte sich zusehends. Vom Jagdhaus wurde der Verletzte dann ins Krankenhaus nach Smithers geflogen, von wo aus er nach notärztlicher Behandlung mit dem Rettungshubschrauber nach Vancouver weitertransportiert wurde. Dort mußte ihm noch am gleichen

Tag der Arm zehn Zentimeter oberhalb der Wunde amputiert werden.

Im Jagdhaus traf am Tag darauf spätmorgens ein Unteroffizier der „Royal Canadian Mounted Police" mit dem Wagen ein. Von Smithers bis zum Moose-Skin-Johnny-See hatte der Polizist stundenlang über holprige, enge Waldwege fahren müssen. Er war erhitzt, erschöpft, von Mücken zerstochen und reichlich verärgert, als er erfuhr, daß der Zeuge Cousins vom Fischfang mit einem Kunden noch nicht zurück war. Daß Andrew Bell ihm frisch gefangene Forellen servierte, besänftigte ihn nur wenig.

Beim Essen berichtete er, Taggart befinde sich nicht mehr in einem kritischen Zustand, müsse aber noch zur Überwachung auf der Intensivstation bleiben und sei nur halb bei Bewußtsein. „Er ist bisher noch nicht ansprechbar. Deshalb ist es für uns so wichtig, mit Mr. Cousins zu reden", erklärte der Polizist.

Cousins kam gerade rechtzeitig herein, um noch die letzte Bemerkung zu hören. Doch als er sich genauer nach dem Befinden seines Gefährten erkundigen wollte, erhob sich der Unteroffizier und kam ihm zuvor.

„Sie sind Steven Michael Cousins?" fragte er förmlich.

Als der Befragte nickte, fuhr der Unteroffizier fort: „Warum haben Sie den Unfall nicht sofort gemeldet, nachdem Sie Mr. Taggart in ärztliche Betreuung übergeben hatten?"

Cousins runzelte die Stirn. „Ich dachte, das sei Sache des Krankenhauses. Es war doch wohl nicht meine Pflicht, euch Kameraden anzurufen, oder?"

„Doch, Mr. Cousins, das *war* Ihre Pflicht. Alle Unfälle sind unverzüglich der Polizei zu melden. Also, was ist da oben in den Bergen passiert?" Der Unteroffizier zog Notizbuch und Stift aus der Tasche seines Umhangs, schlug das Büchlein auf und wartete mit gezücktem Kugelschreiber.

Cousins kratzte sich am Kopf. „Nun . . ., es war folgendermaßen: Walter hat eine Stute, die hat ein Fohlen geworfen. Also, ein paar Tage, bevor Walter verletzt worden ist, kam diese Raubkatze eines Nachts von den Bergen herunter und wollte sich das Fohlen holen. Da haben Walters Hunde aber solchen Lärm geschlagen, daß er mit seinem Gewehr nach draußen kam und einen Schuß auf das Mistvieh abfeuerte. Es war ziemlich dunkel, aber ein bißchen Mondschein gab's doch, und Walter glaubte, sein Schuß habe die Katze gestreift. Er hat sich dann am folgenden Morgen umgeschaut, und tatsächlich war da

eine Blutspur, und die führte in die Berge. Wir hielten es für richtig,
dem Tier zu folgen, um es von seinem Leiden zu erlösen."

Diese lange Rede schien irgendwie nicht zu dem wortkargen Mann
zu passen. Worte und Tonfall kamen dem Unteroffizier eingeübt vor;
er hatte das Gefühl, daß das noch nicht die ganze Geschichte war. Als
Cousins geendet hatte, blickte der Polizist auf. „Und dann?" fragte er
ungeduldig. „Ich brauche einen vollständigen Bericht, Mr. Cousins.
Bitte fahren Sie fort."

Cousins erzählte stockend, mit langen Pausen, und phantasierte sich
ein Märchen zusammen. Die beiden Männer, so erzählte er, seien den
Eagleberg hochgeritten, immer den Hunden nach, die der Fährte und
den Blutspuren gefolgt seien. Dann hätten sie den Puma gesichtet und
Taggart habe ihn ein zweites Mal angeschossen. Danach hätten sie das
Schlupfloch des Tieres ausfindig gemacht.

Bis zu diesem Punkt entsprach sein Bericht haargenau der
Geschichte, die er sich vor langer Zeit einmal mit Taggart zurechtgelegt hatte für den Fall, daß sie beim Wildern geschnappt würden. Nun
aber begab sich Cousins auf unsichereres Terrain; für die Ereignisse in
der Höhle hatten sie nichts vorbereitet. „Wir haben gemeint, daß das
Vieh dort wahrscheinlich sterben würde, aber wir wollten nicht, daß
es litt. Da haben wir eine Falle aufgestellt, wissen Sie. Also, Walter
überprüft gerade die Falle, als plötzlich die Katze auftaucht und Walter
angreift. Sie hätte ihn bestimmt getötet, wenn mein Hund sich nicht
von der Leine gerissen und den Puma angegriffen hätte. Dann hat der
Puma den Hund getötet und ist davongelaufen." Cousins atmete
innerlich auf. Er war der Ansicht, er habe die ganze Geschichte sehr
überzeugend zu Ende erzählt.

Der Polizist hingegen fand das Ganze alles andere als zufriedenstel-
lend und verlieh seinen Zweifeln auch in dem Bericht Ausdruck, den
er später dazu verfaßte. Als Taggart bei seiner Vernehmung jedoch
eine sehr ähnliche Geschichte erzählte, nahm man an, daß die wenigen
Unstimmigkeiten, die seine Version enthielt, auf die Verwirrung
zurückzuführen seien, die von der Verletzung herrührte. Die Untersuchung wurde eingestellt.

Dann aber begann sich die Geschichte plötzlich zu verselbständigen.
Eine führende Tageszeitung interessierte sich für den Fall, bauschte
ihn mächtig auf und berichtete darüber am folgenden Morgen unter
der Überschrift WILDER PUMA GREIFT MENSCHEN AN. Dieser Bericht
wurde vom Rundfunk aufgegriffen, und so verbreitete sich die
Geschichte über ganz Nordamerika. Taggart geriet damit plötzlich ins

Rampenlicht und wurde von den Medien als Held gefeiert, während man Steve Cousins als „wagemutigen Retter" bewunderte.

Andrew Bell, den dieses ungeheure Interesse der Öffentlichkeit natürlich entzückte, lud sogleich einen Fernsehreporter mit seinem Kamerateam ein, das Gebiet zu überfliegen, wo Taggart und Cousins die Höhle entdeckt hatten. Während später auf dem Bildschirm Luftaufnahmen des felsigen Areals zu sehen waren, schloß der Reporter mit tiefer Stimme seinen Bericht mit den Worten: „Irgendwo unter uns lauert der gefährliche Berglöwe, der Mr. Taggart auf heimtückische Weise angeschlichen und ihm so übel mitgespielt hat, daß die Ärzte ihm den rechten Unterarm abnehmen mußten. Während wir in sicherer Höhe über diese endlose Wildnis hinwegfliegen, bleiben die wenigen tapferen Menschen, die hier leben, in ihren Häusern, verriegeln die Türen und halten ihre Gewehre bereit, um notfalls um ihr Leben zu kämpfen."

NACHDEM die verwundete Berglöwin aus der Höhle entkommen war, rannte sie, so schnell sie konnte, den Berg hinauf, wobei sie stets darauf achtete, im Schutz des immergrünen Waldes zu bleiben. Doch wie alle Raubkatzen war sie nicht in der Lage, eine derartige Anstrengung lange durchzuhalten, denn sie hatte nur einen schmalen Brustkorb und eine relativ kleine Lunge. Daher mußte sie ihr Tempo bereits nach wenigen Minuten verlangsamen.

Langsam und unter Schmerzen lief sie weiter, denn ihre Wunde war erneut aufgebrochen und blutete. Sie stieß auf einen schmalen Pfad, folgte ihm eine Weile und blieb dann stehen. Sorgsam lauschte sie in die Richtung, aus der sie gekommen war, und prüfte, ob die Witterung ihrer Feinde noch bis zu ihr drang. Sie kam zu dem Schluß, daß die Jäger die Verfolgung aufgegeben hatten, und setzte ihren Weg fort. Nach etwa einem Kilometer gelangte sie an einen Bach, wo sie ihren Durst stillte. Dann ließ sie sich nieder, um ihre Wunde zu lecken, und döste ein.

Eine Stunde später wachte sie wieder auf, erhob sich und trank noch einmal aus dem Bach. Allmählich machte sich auch der Hunger bemerkbar. Die Berglöwin beschloß, ihren Weg fortzusetzen, durchquerte den seichten Bach und stieß am anderen Ufer erneut auf einen Pfad, dem sie folgte.

Den ganzen Nachmittag hindurch bis zum Abend und tief in die Nacht hinein wanderte sie weiter. Beim Morgengrauen hatte sie einen Vorsprung von mehr als sechzig Kilometern vor ihren Verfolgern. Es war eine gewaltige Anstrengung gewesen: erst den steilen Hang des Eagleberges hinauf, dann auf der anderen Seite wieder abwärts. Inmitten eines dichtbewachsenen Waldgebietes war sie dort auf einen Bach gestoßen, dessen Lauf sie bis zum Telkwapaß und von dort bis zum Zymoetzfluß führte. An seinem Ufer legte sie weitere fünfundzwanzig Kilometer zurück.

Als im Osten die Gipfel im Licht der aufgehenden Sonne zu glühen begannen, betrat die Berglöwin ein relativ flaches, großes Tal. Ihr feiner Geruchssinn meldete ihr, daß in diesen dichtbewaldeten Niederungen eine ganze Reihe von Tieren beheimatet sein mußte, doch ihre eigene Spezies konnte sie nicht ausmachen. Erschöpft ließ sie sich in einer Mulde zwischen Felsen nieder und schlief friedlich bis zum Anbruch der Nacht, ohne die Aufregung zu ahnen, die ihr Sprung in die Freiheit unter den Menschen ausgelöst hatte. Dann erwachte sie, setzte sich auf ihre Hinterpfoten und prüfte von neuem das Laut- und Geruchsspektrum, das sich ihr in ihrem neuen Revier bot. Aus einer Richtung drang die Witterung einer Fledermaus zu ihr, aus einer anderen die eines Murmeltieres.

Aber da waren auch Anzeichen für Konkurrenten. Bären etwa, die sie allerdings nicht weiter kümmerten, denn sie ernährten sich hauptsächlich von Früchten, Wurzeln, Insekten und Aas. Wölfe hingegen waren auf die gleiche Beute aus wie sie, doch sie wußten nur zu gut, welches Risiko sie eingingen, wenn sie sich mit einem Puma anlegten. Bei den Wölfinnen sah es anders aus. Sie nahmen anderen Tieren die Beute ab und waren dabei schnell wie der Blitz, ungemein kräftig, verwegen und angriffslustig.

Instinktiv wußte die Berglöwin, daß jetzt Vorsicht geboten war, und verdrängte ihren Hunger. Eine Stunde lang saß sie regungslos auf ihren Hinterpfoten, wartete und beobachtete; nur ab und zu verscheuchte sie mit einer ihrer Vorderpfoten Mücken von Gesicht oder Ohren. Sie war sich darüber im klaren, daß ihr Überleben von einer genauen Kenntnis ihrer Umgebung abhing.

Es war stockfinster, und am schwarzblauen Himmel funkelten bereits zahllose Sterne, als die Berglöwin sich endlich erhob und die felsübersäte Ruhestätte verließ. Fast lautlos bewegte sie sich vorwärts, langsam, vorsichtig, und legte dabei immer wieder Pausen ein, um nach allen Seiten Ausschau zu halten, zu lauschen und zu wittern. Auch der Beschaffenheit der Landschaft widmete sie große Aufmerksamkeit; schließlich handelte es sich hier um ihr neues Revier.

Plötzlich schlug der Wind um und trug ihr den starken Geruch von

Schwarzwedelhirschen zu. Sie änderte sofort ihren Kurs und folgte der Witterung, wobei sie sich äußerst vorsichtig bewegte und den Körper dicht am Boden hielt.

Zehn Minuten später sichtete sie ihre Beute. In der Nähe eines Flüßchens, das zwischen Felsen heraussprudelte und sich dann durch grüne Wiesen schlängelte, grasten drei Junghirsche. Zwei von ihnen hielten sich nahe am Wasser auf; sie wirkten schlank und geschmeidig und schienen sich in guter Verfassung zu befinden. Der dritte Hirsch äste etwa zehn Meter von ihnen entfernt. Er war mager und litt offenbar unter Atemnot.

Die Berglöwin rutschte mit dem Bauch fast über den Boden, als sie langsam und lautlos den Felshang hinaufkletterte. Sie brauchte fünfzehn Minuten. Oben angelangt kauerte sie sich am Rande des Felsvorsprungs hin, fixierte noch einmal den mageren Hirsch, spannte ihre Muskeln an und sprang schließlich mit einem gewaltigen Satz nach unten.

Die Junghirsche am Flußufer schraken auf und stoben davon. Mit ihrer Flucht warnten sie auch ihren kränkelnden Artgenossen. Er wandte sich in dem Augenblick um, als zehn Meter von ihm entfernt die Wildkatze auf der Erde landete, doch bevor er davonlaufen konnte, sprang sie erneut. Ihre ausgestreckten Pfoten trafen den Hirsch an der Schulter und brachen ihm sogleich das Genick. Das Pumaweibchen schleifte sein Opfer unter die Büsche und machte sich darüber her.

Als sich der Sommer in den letzten Julitagen seinem Ende zuneigte, begann die tragende Berglöwin nach einem Unterschlupf zu suchen. Mit ihrem neuen Revier war sie inzwischen zwar gut vertraut, doch wenige Tage vor der Geburt ihrer Jungen hatte sie noch keinen passenden Ort für ihre Niederkunft gefunden.

Eines Abends durchstreifte sie ein Gebiet, in dem ein kleiner smaragdgrüner See lag. Er wurde aus mehreren Bächen gespeist, die überwiegend Schmelzwasser von den Gletschern hoch oben in den Bergen führten. Einer dieser Bäche stürzte als Wasserfall über einen Felsvorsprung in den See.

Die Berglöwin schaute zu dem Wasserfall empor. Sein kristallklares Wasser breitete sich in der Luft wie ein Fächer aus und formte einen eleganten Bogen, bevor es dreißig Meter tief in den See stürzte. Da sah sie plötzlich, wie von irgendwoher mehrere dunkle Schatten in raschem Flug in der Abenddämmerung verschwanden. Fledermäuse! Diese Flattertiere waren ihr gut vertraut, denn sie war bereits ganzen

Kolonien von Fledermäusen begegnet – in Höhlen! Sie machte sich unverzüglich auf den Weg nach oben zum Wasserfall, wobei sie darauf achtete, nur trockene Felsen zu betreten. Oben stieß sie dann auf eine Ansammlung großer, moosüberwachsener Steine und entdeckte dahinter eine Höhle.

Es war eine geräumige Höhle, an deren hinterem Ende der Boden anstieg, und dort stieß die Berglöwin auf eine kleine Kammer mit einem schüsselartig geformten Boden. Ein idealer Platz: Der leicht ansteigende Grund würde ihre Jungen davor bewahren, während der ersten Zeit zu weit fortzukriechen, und der Weg zur Grotte war durch den herabstürzenden Wasserfall verdeckt und würde kaum Aufmerksamkeit erregen.

Am 4. August gebar die Berglöwin nach siebenstündigen Wehen drei winzige Junge, zwei Weibchen und ein Männchen. Als erstes kam das Männchen zur Welt. Seine verschlossenen Äuglein wirkten wie zugeklebt. Es wog knapp ein Pfund und maß von der Nasenspitze bis zum Schwanzende dreißig Zentimeter.

Zunächst zeigte das winzige Tier nur eine einzige Reaktion: Immer wieder machte es das Maul auf und zu, um hastig nach Luft zu schnappen. Es hörte damit erst in dem Augenblick auf, als die Mutter begann, es mit ihrer rauhen Zunge sanft trockenzulecken, wobei ihr leises Schnurren beruhigend in der Felskammer widerhallte.

Mit ihrer großen Pfote hielt sie das sich windende kleine Junge zärtlich am Rückenfell fest, senkte die Schnauze und biß vorsichtig die Nabelschnur durch. Nachdem sie die dabei entstandene Wunde einige Minuten lang geleckt hatte, schob sie das Erstgeborene mit ihrer Nase an ihre sechs vollen Zitzen.

Das Junge begann rasch zu saugen und hielt sich so energisch an der Zitze fest, daß es auch nicht losließ, als die Wehen der Mutter von neuem einsetzten und sie sich für eine Weile nicht mehr um es kümmern konnte, da sie vollauf mit der Ankunft ihres zweiten Kindes beschäftigt war. Es war weiblich und um einiges kleiner als der erstgeborene Bruder. Die Mutter widmete sich ihrer Tochter so, wie sie sich vorher ihres Sohnes angenommen hatte, und während schließlich beide Geschwister an ihren Zitzen nuckelten, brachte sie ein zweites Weibchen zur Welt.

Nachdem sie auch ihre zweite Tochter gereinigt und versorgt hatte, ruhte die Mutter sich aus. Das Gefühl, das sie an ihrem Bauch verspürte, während die drei Jungen saugten, und die Laute, die sie dabei machten, waren für sie etwas ganz Neues, und sie genoß es. Ihre Bernsteinaugen leuchteten zärtlich und liebevoll, als sie die jungen Pumas beobachtete.

Die beiden weiblichen Jungtiere bedeckte am ganzen Körper ein Mantel aus weichem hellbraunem Fell, das überall mit schwarzen bis braunen Flecken übersät war, ähnlich den Rosetten eines Leoparden. Ihre kurzen Schwänze zierten dunkle Ringe, und ihre Gesichter trugen eine dunkle Zeichnung, die über den Augen einsetzte und sich entlang der Nase bis zum Mund zog. Die Farbe des Männchens aber war völlig anders. Zwar wies sein Fell ebenfalls dunkle Flecken auf, sein Schwanz besaß die gleichen Ringe, auch die Zeichnung im Gesicht war gleich. Doch sein Fell war ganz weiß.

Die Jungen beendeten die erste Mahlzeit ihres Lebens und schliefen, dicht an ihre Mutter gekuschelt, ein. Und gleich darauf fiel auch das von den Anstrengungen erschöpfte Pumaweibchen in tiefen Schlaf.

3. Kapitel

WÄHREND der ersten Tage blieben die Jungen beinah völlig untätig. Nur wenn sie hungrig waren, quiekten sie leise. Zwischen den Fütterungen verbrachten sie jedoch die meiste Zeit, indem sie sich eng an die Mutter kuschelten und schliefen, und wenn die Mutter, um zu trinken, aus der Höhle gestapft war, kugelten sie sich zusammen und behalfen und trösteten sich mit Bein, Fuß oder Öhrchen eines ihrer Geschwister. Am vierten Tag begannen sie sich schließlich zu rühren. Langsam und tolpatschig fingen sie an, sich zu bewegen, wimmerten leise und kletterten auf- und übereinander.

Der weiße Puma war besonders aktiv. Er kroch oft auf den Ausgang des Schlupflochs zu, dessen Lage er anhand des kühlen Luftzuges ausmachte, der von draußen hereindrang. Doch seine Mutter streckte jedesmal sanft eine Pfote aus, fing ihn ein und zog ihn behutsam zurück.

Am zehnten Tag öffneten die Jungen dann die Augen. Der weiße Puma war der erste; irgendwann im Laufe des Vormittags blinzelte er zaghaft ins Halbdunkel, als seine Mutter gerade in der Haupthöhle einen Kojoten verzehrte, den sie getötet und heimgeschleppt hatte.

Das Licht, das in die Felskammer drang, war zwar schwach, doch es reichte aus, um den Jungpuma seine Umgebung erkennen zu lassen. Er starrte in Richtung Tunnel, wo das Licht am hellsten war. Sobald er Formen unterscheiden konnte, meldete sich in ihm die Neugierde.

Er ließ seine Schwestern allein zurück und begann auf den Ausgang zuzusteuern. Er lief noch sehr unsicher, denn er vermochte Gleichgewichtssinn und Bewegungen noch nicht richtig in Einklang zu bringen. Doch schnell fand er heraus, daß er sich von dem Geruch leiten lassen konnte, den die Pfoten seiner Mutter links an der Felswand hinterlassen hatten. Immer wieder schwankte und stolperte er, aber er war fest entschlossen, die Quelle des Lichts zu erreichen. Er brauchte sieben Minuten, um die vier Meter bis zum Eingang des kurzen Tunnels zurückzulegen, der von der Felskammer zur Haupthöhle führte.

Als der junge Berglöwe, gefährlich auf dem Rand der leicht erhöhten Tunnelöffnung balancierend, seinen Kopf in die Haupthöhle hinausstreckte, blendete ihn vom Haupteingang her ein Strahl taghellen Lichts, und gleichzeitig drang das fürchterlich laute Tosen des Wasserfalls an sein Ohr. Erschrocken verlor er das mühsam gehaltene Gleichgewicht, fiel hinab auf den Boden der Höhle und schrie dabei erbärmlich.

Die Pumamutter hatte sich gerade von den Resten des Kojoten abgewandt, und als sie die jämmerlichen Schreie ihres Jungen vernahm, sprang sie in Richtung der Laute und erreichte in vier kurzen Sätzen den unverletzten, aber verängstigten Sohn. Mit einem beruhigenden Schnurren packte sie ihn und trug ihn zurück in die Felskammer.

Alle drei Jungen wuchsen rasch und wurden zunehmend lebhafter. In der ersten Septemberhälfte, als sie fünf Wochen alt waren, wog der weiße Puma drei Kilogramm – ein Pfund mehr als seine Schwestern. Doch er war nicht nur am größten, sondern auch am unternehmungslustigsten und dabei kaum zu bremsen. Sobald seine Mutter fort war, begann er die Haupthöhle zu erforschen. Doch er wußte ganz genau, daß er unehrenhaft in die Sicherheit des Schlupflochs zurückgeholt werden würde, falls er in ihrer Anwesenheit eine solche Exkursion wagte.

Die Pumamutter erkannte bald, daß ihre Jungen jetzt in eine Umwelt mit größeren Herausforderungen ziehen mußten, eine Umwelt, wo sich ihre Fähigkeiten als Raubkatzen stärker entwickeln konnten. So brachte sie eines Morgens das Seitenstück eines Hirschs in die Höhle, damit die Jungen an den Knochen ihre Zähne erproben sollten. Und während die Jungen damit beschäftigt waren, sich um die Rippenknochen zu zanken, suchte die Mutter nach einer neuen Bleibe.

Nach einer Weile ließen sich die Jungen friedlich nieder, knabberten und leckten an den Knochen und schnurrten zufrieden. Die beiden

Jungkatzen schliefen nach einer Stunde ein; ihr Bruder aber beschloß, auf Entdeckungsreise zu gehen.

Der kleine weiße Puma hatte es bisher vermieden, sich in die Nähe des Höhlenausgangs zu begeben; das beständige Donnern des herabstürzenden Wassers hatte ihn davon abgehalten. An jenem Morgen jedoch leuchtete die Sonne in die Höhle hinein, und die schimmernden Spiegelungen, die der hereinwehende Nebel verursachte, begannen ihn zu faszinieren. Also faßte er Mut und begann, sich dem Licht zu nähern. Er ging langsam, ja, er schlich geradezu, und über fast zehn Meter hielt er den Kopf gesenkt, die Ohren angelegt und die Augen unablässig auf den Zielpunkt gerichtet. Schließlich richtete er sich auf, hob den Kopf und lief tatsächlich zum Höhleneingang. Als er dort ankam und ins Sonnenlicht blinzelte, traf ihn die Gischt des Wasserfalls. Er sprang zurück, heulte laut auf und fauchte, zum Teil aus Wut, zum Teil aber auch aus Angst.

Aus sicherer Entfernung betrachtete er die Situation von neuem. Er leckte sich die Lippen und entdeckte zum erstenmal, wie Wasser schmeckt. Er mochte es. Ermutigt ging er wieder nach vorn, und diesmal erschrak er nicht, als der Wasserfall ihn anspritzte. Statt dessen begann er zu spielen, und während er mit seiner Pfote nach den Wassertröpfchen schlug, wagte er sich immer weiter vor. Und plötzlich befand er sich zum erstenmal in seinem Leben außerhalb der Höhle.

Der kleine Puma stand wie gebannt auf einem Felsen und blickte staunend auf die Wildnis unter ihm. Die Bäume, der Wasserfall und der See, die hohen, schneebedeckten Spitzen der Berge, das Sonnenlicht, das noch in seinen Augen schmerzte, und der weite blaue Himmel vereinigten sich zu einem ehrfurchtgebietenden Panorama, das ihn ganz gefangennahm. Dann hörte er den Ruf eines Fuchssperlings und nahm so erstmals die neue, fremde Welt auch akustisch wahr. Suchend schaute er sich um und sah den kleinen braunen Vogel hoch oben auf einer nahen Fichte sitzen.

Während der Puma ihn beobachtete und seinem Zwitschern lauschte, merkte er, daß er den Spatz, die Erde, das Wasser, die Fährten verschiedener Tiere auch riechen konnte. Sie alle waren Teil eines Wirrwarrs von Gerüchen und Düften, das um seine Nase spielte, doch im einzelnen identifizieren konnte er sie noch nicht. Er wurde langsam verwirrt, und so rutschte er von seinem Felsen hinunter, rannte in die Höhle zurück und blieb dort bis zur Heimkehr der Mutter am späten Nachmittag sitzen.

Etwa zehn Kilometer vom Wasserfall entfernt hatte die Berglöwin eine neue Unterkunft gefunden, zu der sie ihre Jungen noch am gleichen Tag schaffen wollte. Es war eine flache Höhle, die an der Westseite des Hazeltongebirges lag, oberhalb des Zusammentreffens des Zymoetzflusses und des Red Canyon Creeks, und in ein Gewirr von Spalten und Tunneln auslief, die Schutz boten, falls ein Bär oder ein Wolfsrudel die Jungen angriff. Diese Grotte war vor langer Zeit durch einen Erdrutsch entstanden, der zugleich den Abhang mit Felsblöcken und -geröll bedeckt hatte. Auch die Aussicht auf die Landschaft unten im Tal war hervorragend, und so erfüllte die Höhle eigentlich alle Voraussetzungen für eine prächtige Wohnstätte.

Nach der Rückkehr zur alten Höhle hielt die Pumamutter kurz inne, um ihre Töchter abzulecken, packte dann ihren Sohn am Nacken und verließ die Höhle. Das Junge, das auf diese Weise schon oft getragen worden war, hing ruhig und völlig entspannt im Maul der Mutter. Die Berglöwin brauchte nur eine Stunde, um die neue Höhle zu erreichen. Drinnen ließ sie das Junge los, leckte es ab und fauchte es drohend an – die Angst, in die sie es damit versetzte, sollte es sofort im hintersten Teil der Höhle Zuflucht suchen lassen. Seine Reaktion wartete die Berglöwin allerdings nicht ab. Sie lief zurück und holte ihre kleinste Tochter. Bei Einbruch der Nacht waren alle drei Jungen im neuen Heim untergebracht.

IN DER dritten Septemberwoche wogen der weiße Puma neun und seine beiden Schwestern je sieben Pfund. Sie würden bald groß und stark genug sein, um ihre Mutter auf die Jagd zu begleiten, und von da an würden sie kein Schlupfloch mehr brauchen. Ihre Schwänze waren länger geworden, und die Flecken im Fell verblichen; beim weißen Puma waren sie schon beinah völlig verschwunden, so daß sein Fell mit Ausnahme der dunklen Gesichtszeichnung weiß war wie Schnee.

Der weiße Puma hatte sich bereits an ein Eichhörnchen angeschlichen und es gefangen, und seine Schwestern hatten Wühlmäuse gejagt, Tiere, die man in dieser herbstlichen Jahreszeit besonders häufig antraf. Das Laub nahm bereits seine wunderschönen gedeckten Farbtöne an, und die Nadeln der Lärchen leuchteten buttergelb. Spät reifende Früchte wie die der Felsenmispeln, Bärentrauben und des blauen Holunders hingen in den Büschen und wurden von Bären und von Vögeln eifrigst verzehrt.

Eines frühen Abends, als ihre Mutter unterwegs war, um zu jagen, turnten die drei Jungen vor ihrer Höhle herum und gerieten dabei unversehens immer weiter hangabwärts in ein Gebiet, das dicht mit

Bärentraubenbüschen bewachsen war. Das niedrige Gebüsch rankte sich an Felsbrocken und Stämmen abgestorbener Bäume hoch, und vor dem Hintergrund seiner immergrünen Blätter leuchteten überall seine roten Beeren. Durch dieses Gestrüpp aus Blattwerk und Früchten tobten die Jungen, schnappten manchmal nach davonflitzenden Mäusen, balgten spielerisch miteinander oder kugelten in vorgetäuschten Kämpfen auf dem Boden herum.

Als die Dämmerung sich allmählich tiefer senkte, entfernte sich das Jüngste von seinem Bruder und seiner Schwester und begann, einen umgefallenen verrottenden Baumstamm anzugraben. So eifrig war die kleine Berglöwin damit beschäftigt, von dem feuchten, morschen Holz große Stücke zu lösen, daß sie gar nicht merkte, daß ihre Geschwister nicht mehr da waren. Die beiden waren den Hang hinaufgesprungen und hatten sich in den Schutz der Höhle zurückgezogen, als der kleine weiße Puma einen starken, durchdringenden Geruch wahrnahm, der ihm instinktiv eine drohende Gefahr signalisierte.

Die kleine Berglöwin kratzte unterdessen immer noch ganz konzentriert an ihrem Baumstamm, als sie auf einmal in unmittelbarer Nähe schwere, schlurfende Schritte hörte. Sie wandte den Kopf in die Richtung, aus der das Geräusch kam – und sah einen Schwarzbären vor sich, ein riesiges, männliches Tier, das bereits angefangen hatte, sich seinen Winterspeck anzufressen. Es trat hinter einem großen Felsblock hervor und starrte sie mit seinen kleinen braunen Äuglein an. Bevor das Pumajunge Zeit hatte wegzulaufen, schlug der Bär bereits mit seiner großen Tatze zu und traf sie heftig an der Seite. Der kräftige Hieb schleuderte sie zwei Meter in die Höhe, und sie landete inmitten einer Ansammlung von Felsen, wo sie mit gebrochenem Rückgrat und einer Gehirnerschütterung liegenblieb. Nachdem der Bär auf diese Weise den kleinen Eindringling aus dem Weg geräumt hatte, widmete er seine Aufmerksamkeit sogleich den reifen Früchten.

Es war bereits stockfinster, als die Pumamutter eine Stunde später vom Jagen heimkehrte. Diesmal war es der Bär, der überrascht wurde. Er war gerade damit beschäftigt, etwa dreißig Meter von der Höhle entfernt, gierig seine Beeren zu verschlingen, als die Wildkatze aus dem Wald trat.

Sie befand sich ein ganzes Stück unterhalb der Höhle am Hang und konnte den Eindringling nicht sehen, wohl aber hören und riechen. Sie schlug einen Pfad ein, auf dem große Felsbrocken sie der Sicht des Bären entzogen, und lief rasch den Hang hinauf. Obwohl sie es eilig hatte, verursachte sie nicht das geringste Geräusch. Wenige Augenblicke darauf hatte sie einen geeigneten Felsblock zehn Meter oberhalb des Bären erreicht. Sie duckte sich und sprang.

Der Bär nahm die Berglöwin so lange nicht wahr, bis sich der Umriß ihres Körpers über ihm als schwarze Silhouette gegen den Nachthimmel abhob. Wie um den tolpatschigen Eindruck, den dieses gewaltige Tier sonst oft auf andere machte, Lügen zu strafen, warf es sich blitzschnell herum, dem ihn anspringenden Puma entgegen, und erhob sich gleichzeitig auf die Hinterbeine. Doch es war bereits zu spät.

Die lang ausgestreckte Berglöwin traf die Brust des Bären mit ihren Vorderpfoten, und die Wucht des Schlages wurde noch verstärkt durch ihr Körpergewicht, das mit einer Geschwindigkeit von fünfzig Stundenkilometern gegen ihn prallte. Der Stoß schleuderte den Bären nach hinten, und sein Kopf flog dabei so heftig nach vorn, daß er sich beinahe das Genick gebrochen hätte.

Der Puma setzte zu einem zweiten Sprung an. Doch inzwischen war es dem Bären gelungen, wieder auf die Beine zu kommen, und er wandte sich vom Holunderbusch ab und lief taumelnd, so als ob er betrunken wäre, den Hang hinunter.

Die Berglöwin hielt im Sprung inne, blieb stehen, horchte und schnüffelte. Als sie sicher war, daß der Bär sich entfernt hatte, begann sie zur Höhle hinaufzuklettern. Plötzlich witterte sie ihr Junges. Sie drehte sich um, lief zu den Felsen und fand ihre verletzte Tochter. Zunächst leckte sie sie vorsichtig ab, doch als das Kleine nicht reagierte, hob sie es zärtlich auf und trug es in die Höhle. Dort legte die Berglöwin sich nieder, damit ihre anderen beiden Jungen an ihren Zitzen saugen konnten, während sie ihre verwundete Tochter zwischen den Vorderpfoten hielt und den reglosen Körper leckte.

Das Junge starb im Laufe der Nacht.

ANFANG Oktober, kurz bevor die Jagdsaison für Großwild begann, startete Andrew Bell seine Cessna und nahm vom Moose-Skin-Johnny-See aus Kurs auf Vancouver. Er wollte Walter Taggart vom Krankenhaus abholen. Taggart hatte sich von seiner Verletzung inzwischen erholt, doch es fiel ihm immer noch schwer, die Unterarm- und Handprothese an seinem rechten Arm zu gebrauchen.

Als Chef von „High Country Hunting" hatte Bell seinem Angestellten während des wochenlangen Krankenhausaufenthalts den Lohn weitergezahlt und ihm seine alte Position uneingeschränkt zugesichert. Taggart war seinem Chef dafür natürlich dankbar, gleichzeitig jedoch klug genug, um zu sehen, daß diese Großzügigkeit keineswegs uneigennützig war. Durch die Berichte über Taggarts Abenteuer mit dem Puma war Bells Unternehmen so bekannt geworden, daß sich die Buchungen über Nacht verdoppelt hatten.

Bell hatte die Gunst der Stunde rasch genutzt und bei den Behörden sofort einen Antrag auf Erweiterung seines Jagdgebietes gestellt. Kurz darauf hatte er eine Zusage erhalten, und zugleich war ihm auf diesem Gebiet auch der Bau von zwei Jagdhütten genehmigt worden. Nunmehr hatte er das exklusive Recht auf Führungen in einem Gelände, das vierhundert Kilometer lang und zweihundertfünfzig Kilometer breit war.

Während des Flugs nach Vancouver ging Bell in Gedanken noch einmal seine Pläne für die anstehende Jagdsaison durch. Er hatte sechs zusätzliche Führer angeheuert, so daß er nun gleichzeitig sechzehn Kunden betreuen konnte. Bei fünftausend Dollar pro Woche und Kunde würde ihm die Saison brutto zweihundertvierzigtausend Dollar einbringen. Im übrigen war die siebenmonatige Angelsaison für das kommende Jahr voll ausgebucht. Andrew Bell pfiff leise vor sich hin, als er mit der Cessna die Landebahn ansteuerte. Er war zufrieden mit sich und der Welt.

Zwei Stunden später startete Bell wieder, diesmal in Begleitung von Taggart. Der Unternehmer informierte seinen Jagdführer über den letzten Stand der Entwicklungen und zeigte ihm topographische Karten von der Gegend, in denen die neuen Jagdhütten bereits eingezeichnet waren. Eine von ihnen lag am östlichen Ufer des Burniesees, fünfundzwanzig Kilometer südwestlich des Geschäftssitzes am Moose-Skin-Johnny-See; die zweite war am McDonnellsee errichtet worden, dreißig Kilometer nördlich vom Firmensitz.

Nach dem Studium der Landkarten blieb Taggart ein Weilchen still, bevor er sich Bell zuwandte. „Sie haben das alles wirklich gut arrangiert, Chef. Nur . . ., wie passe *ich* da hinein?"

Bell schaltete den Autopiloten ein. „Nun, ich habe beschlossen, Sie und Steve zu meinen Hauptführern zu machen. Sie bekommen natürlich eine Gehaltserhöhung. Während der Hauptsaison müssen Sie persönlich führen, aber Ihre eigentliche Aufgabe wird darin bestehen, die anderen zu beaufsichtigen, Wild aufzuspüren und so weiter. Viele Kunden haben ausdrücklich verlangt, von Ihnen und Steve geführt zu werden. Wer bei Ihnen bucht, muß jetzt zwanzig Prozent mehr zahlen, und bei Steve sind es fünf. Von den Mehreinnahmen kriegen Sie und Steve jeweils ein Drittel als Prämie."

Taggart schwieg. „Ja, klingt nicht schlecht, Chef", sagte er schließlich. „Meine rechte Hand kann ich mir dafür nicht zurückkaufen. Aber
das ist ja nicht Ihre Schuld."

In diesem Moment hatte Bell zum erstenmal Mitleid mit Taggart.
Der Jagdunternehmer hatte über die innere Verfassung des großen,
starken Mannes nicht viel nachgedacht, doch als er ihn jetzt so neben
sich sitzen sah, wie er mit der Linken die Prothese umklammerte,
spürte er, wie sehr Taggart der Verlust seiner Hand zu schaffen
machte. Seine Körperkraft und die Fähigkeit zu jagen bedeuteten diesem Mann viel. Ohne seine rechte Hand mußte sich Taggart unvoll-
kommen und unsicher fühlen.

Walter Taggart hatte vor sechs Jahren bei „High Country Hunting"
angefangen, und Bell hatte bald erkannt, daß dieser Mann hinter einer
äußerlich ruhigen Fassade einen schwelenden Groll verbarg. Aber
Taggart hatte sich unter Kontrolle und erwies sich als ausgezeichneter
Führer. Er kannte sich in der Wildnis hervorragend aus, und als Fähr-
tensucher konnte niemand mit ihm mithalten. Seine Kunden gingen
fast nie ohne eine Jagdtrophäe nach Hause, und viele kamen wieder,
weil sie erneut von ihm betreut werden wollten.

4. Kapitel

WÄHREND Andrew Bell mit Walter Taggart von Vancouver zum
Moose-Skin-Johnny-See zurückflog, ruhte die Pumafamilie im
Innern einer flachen Höhle nahe dem Kitsegueclasee aus. Dieser See,
ein klares blaues Gewässer, lag fünfunddreißig Kilometer nordöstlich
vom letzten Zufluchtsort der Pumas und nur zwanzig Kilometer
nördlich von der neuen Jagdhütte der „High Country Hunting" am
McDonnellsee – immer per Luftlinie gemessen. Legte man diese
Strecke jedoch auf den verschlungenen Pfaden der Bergwildnis
zurück, waren die Entfernungen deutlich größer; um das Tal zu erreichen, in das der See eingebettet lag, mußten die Pumas etwa achtzig
Kilometer zurücklegen.

Eine Woche zuvor hatte die Pumamutter ihre Jungen aus dem zweiten Unterschlupf herausgeführt und sie das Überleben in der Wildnis
gelehrt. Kleinere Tiere und Vögel konnten die jungen Pumas bereits
jagen, und sie hatten auch gelernt, bei Gefahr hoch oben in den
Bäumen Zuflucht zu suchen. Trotzdem hatten die Jungen noch viel zu
lernen, als sie ihre Höhle verließen, um das typische Wanderleben der

Pumas zu führen. Die erste Lektion sollte ihnen bereits sehr bald erteilt werden.

Die Familie war die ganze Nacht unterwegs gewesen und hatte bis zur Morgendämmerung fünfundzwanzig Kilometer hinter sich gebracht, als die Pumamutter den jungen Berglöwen und seine Schwester in den Schutz eines dichten immergrünen Gehölzes leitete. Hier schliefen sie den ganzen Tag über. Als sie bei Sonnenuntergang erwachten, nahm die Mutter die Witterung von Wild auf. Sie war rasch wieder verflogen, vom Wind davongetragen, aber nun war bei der Berglöwin der Hunger erwacht, und das bedeutete, daß sie auf die Jagd gehen mußte.

Vor dem Aufbruch wandte sie sich ihren Jungen zu. Mit unbeweglich emporgehobenem Schwanz fixierte sie die beiden mit starrem Blick und knurrte leise – ein unmißverständlicher Befehl, hier im Versteck zu bleiben. Die Jungen wimmerten kläglich; offenbar waren sie unglücklich darüber, allein zurückgelassen zu werden, aber sie gehorchten. Die Pumakatze schlich davon.

Nur drei Kilometer entfernt spürte die Berglöwin einen Schwarzwedelhirsch auf und erlegte ihn. Sie fraß sich satt, überdeckte dann die Reste mit Laubwerk und kehrte zurück, um ihre Jungen zu holen.

Nachtschwarze Finsternis lag über der Wildnis, und über den nördlichen Berggipfeln leuchtete ein fahler Mond. Anderthalb Stunden nachdem die Berglöwin ihre Beute zurückgelassen hatte, wurde ein Schwarzbärmännchen vom Geruch angelockt. Er näherte sich dem Versteck, räumte die Blätter und Zweige weg und ließ sich zum Fressen auf den Hintertatzen nieder. Anschließend zerrte er den Kadaver unter eine hohe Zeder, legte sich daneben und schlief ein.

Davon, daß ein Bär sich an ihrer Beute gütlich getan hatte, ahnte die Berglöwin natürlich nichts. Sie hatte unterdessen wieder die Höhle mit ihren Jungen erreicht, begrüßte sie schnurrend und leckte sie ab, und dann machten sie sich auf den Weg zu dem Platz, wo sie den Hirsch liegengelassen hatte.

Sie roch den Bären bereits aus fünfhundert Meter Entfernung. Einige Sekunden lang blieb sie völlig reglos stehen; dann drehte sie sich zu ihren Jungen um, die sich beide an ihre Hinterbeine klammerten, und knurrte leise – das war ihr Warnsignal. Die Jungen kletterten eine große Fichte hoch.

Die Berglöwin aber wartete. Wie eine dunkle Statue stand sie reglos da inmitten der vielen konturlosen Schatten, die den Wald füllten. Ein paar Sekunden später begann sie mit ihrem Vormarsch. Sie duckte sich, hielt sich in Deckung, und wie eine Schlange schlich sie sich an den Gegner heran.

Der Bär wachte erst auf, als die Berglöwin angriff und ihm das Gesicht mit ihren Krallen aufriß. Der Bär war völlig überrumpelt, sprang auf, drehte ihr rasch den Rücken zu und rannte davon. Die Berglöwin verfolgte ihn ein Stück weit, dann kehrte sie befriedigt zurück, um die Beute in Augenschein zu nehmen. Doch plötzlich stutzte sie. Ihr standen die eigenen Jungen gegenüber.

Getrieben von ihrem Hunger, hatte sie der Geruch von frischem Fleisch angelockt, und sie waren aus ihrem sicheren Versteck herabgestiegen, als sie unten den Tumult bemerkt hatten. Dann waren sie durch den Wald gerannt – und hatten dabei zum erstenmal in ihrem Leben den Befehl ihrer Mutter vergessen, hatten vergessen, daß ihre Mutter sie zu ihrer eigenen Sicherheit auf den Baum geschickt hatte, wo sie hätten bleiben sollen, bis sie sie wieder heruntergeholt hätte.

Bei ihrem Anblick ließ die Berglöwin ein böses Knurren hören. Die Jungen kauerten sich zusammen; sie spürten, daß ihnen jetzt ein gewaltiger Rüffel bevorstand. Die Mutter versetzte beiden nacheinander zwei so rasche, genau bemessene Stüber, daß sie sich überschlugen und kläglich jaulten. Doch damit war die Bestrafung noch keineswegs beendet. Die Mutter packte den jungen Puma im Nacken und trug ihn zum Fuß einer nahen Fichte. Dort ließ sie ihn zu Boden fallen und knurrte. Das Junge ließ sich nicht zweimal bitten und kletterte in Windeseile den Baum hoch. Während er noch kletterte, kam schon seine Schwester angelaufen und begann ohne Aufforderung, ebenfalls den Baum zu erklimmen.

Die Berglöwin blickte nach oben und sah die beiden auf einem Ast sitzen. Unter den Augen ihrer hungrigen Kinder ließ sie sich zum Fressen nieder. Dem klagenden Wimmern schenkte sie dabei überhaupt keine Beachtung. Damit hatten die jungen Pumas eine weitere Lektion gelernt. In Zukunft würden sie an ihrem Platz bleiben, wenn ihre Mutter es ihnen befahl.

Später durften die bestraften Kleinen dann doch noch etwas fressen, und anschließend wurden sie von ihrer Mutter in nordöstlicher Richtung weitergeführt. Die Überreste des Hirschs blieben zurück. Die Berglöwin zögerte zwar, so viel Nahrung aufzugeben, doch es war spät, und vor Winteranbruch mußte sie mit ihren Jungen ein angemessenes Revier finden. Was sie brauchten, war ein Gebiet, in dem sie sicher waren und zugleich reichliche Beute fanden, und deshalb war der Puma darauf aus, sich im Kitsegueclatal niederzulassen.

WENIGE Tage nachdem sie im Tal angelangt waren, begann es zu schneien. Es war kurz vor Mitternacht, als die ersten kleinen Flocken fielen. Die drei Pumas schliefen fest und lagen aneinandergeschmiegt auf einem langen, wacholderbewachsenen Felsgrat. Am Abend zuvor hatten sie gut gefressen, nachdem die Mutter eine alte Elchkuh überrascht und erlegt hatte.

In ihrem sicheren und warmen Lager unter dem immergrünen Gebüsch beachteten sie die treibenden Flocken zunächst gar nicht. Doch als später ein heftiger Sturm einsetzte, führte die Berglöwin ihre Jungen in den Schutz einer Höhle.

Der Sturm ließ im Laufe der Nacht nach, aber der Schneefall dauerte an. Als der Morgen dämmerte, lag die Wildnis unter einer dreißig Zentimeter dicken weißen Decke begraben. Starke Luftströmungen in den höheren Schichten der Atmosphäre schoben Wolkenmassen nach Osten, wo die Pastelltöne des Sonnenaufgangs den Himmel zart färbten. Als die orangerot glühende Sonne langsam hinter den höchsten Gipfeln hervorlugte, fielen auch ein paar goldene Lichtstrahlen in die Höhle.

Die Berglöwin lag, den Kopf auf die Vorderpfoten gebettet, direkt gegenüber vom Eingang. Sie öffnete blinzelnd die Augen, reckte sich im Liegen und gähnte. Dann schloß sie ihr Maul mit einem hörbaren Schnappen und schaute zu ihren Jungen hinüber, die weiter hinten in der Höhle lagen. Die kleinen Pumas standen gerade eben auf.

Das weiße Fell des kleinen Pumas zog das Licht förmlich an. Wie er so dastand und sich gähnend streckte, leuchtete er wie ein Standbild aus Silber. Danach stapfte er zur Mutter hinüber und rieb seinen Kopf an ihrem Gesicht. Inzwischen hatte auch seine Schwester ihr Aufwachritual beendet und gesellte sich neben der Mutter an seine Seite. Mehrere Minuten lang schnurrten die drei Pumas einstimmig zur Begrüßung. Danach führte die Mutter die Jungen aus der Höhle.

Sie stürzten sich sogleich in die tiefe Schneewehe, die sich vor dem Eingang aufgetürmt hatte. Die Berglöwin bahnte ihren Jungen einen Weg, wobei sie mit untrüglichem Instinkt auf den Elchkadaver zusteuerte. Der Schnee wurde bald weniger tief, so daß die Jungen nun unbeschwert herumtollen konnten. Sie waren ganz fasziniert von diesem weißen Zeug, das sie nun zum erstenmal sahen, und beide spielten begeistert und rollten manchmal gleich mehrmals über- und hintereinander durch das flauschige Weiß, von dem sie gelegentlich auch einen Mundvoll aßen.

Die Berglöwin setzte unterdessen den Weg zum Kadaver fort. Für sie war der Schnee nichts Neues, und außerdem war sie hungrig. Sie erreichte das Nahrungsversteck, säuberte den Rest der Elchkuh vom Schnee und ließ sich zum Fressen nieder. Wenige Augenblicke später kamen die Jungen nach. Als alle genug hatten, deckte die Mutter den Kadaver wieder zu. Was an Fleisch übriggeblieben war, reichte noch für die nächsten fünf oder sechs Tage. Doch auf dem Rückweg zu ihrer Höhle wurde die Berglöwin plötzlich unruhig. Ihre Barthaare sträubten sich, und ihr Schwanz schlug nervös von einer Seite zur andern.

Als sie an diesem Morgen aufgewacht war, hatte sie zunächst die beunruhigenden Laute vergessen, die sie am Nachmittag zuvor vernommen hatte. Doch jetzt erinnerte sie sich plötzlich wieder daran: Es waren die Geräusche eines Motors gewesen. Sie wußte, daß Motorengeräusche immer mit Menschen zu tun hatten. Während der vorausgegangenen Jagdsaison waren mehrmals Flugzeuge über sie hinweggezogen, und einige Male war sie auch von Schneemobilen gejagt worden.

Die Berglöwin blieb stehen, hob den Kopf und horchte. Aber sie konnte keine besorgniserregenden Laute ausmachen. Ein wenig beruhigt, aber trotzdem noch immer etwas nervös, brachte sie ihre Jungen zurück ins Versteck.

WALTER TAGGART verließ seine Hütte am gleichen Morgen bei Sonnenaufgang. Er hatte sein Gewehr geschultert und fuhr auf Skiern zu einem Abhang in der Nähe, der voller Felsbrocken war und oben mit einer hohen Granitwand abschloß – ideale Gegebenheiten für einen Schießstand. Steve Cousins hatte hier denn auch drei Wochen zuvor eine Reihe von beweglichen Zielscheiben aufgestellt.

Getan hatte er das auf Taggarts Wunsch hin. Der große Mann konnte seinen Arm mit der Prothese inzwischen zwar recht geschickt bewegen, hatte aber beschlossen, mit links schießen zu lernen. Aus diesem Grund hatte er sich in Vancouver eigens ein neues Gewehr gekauft, eine Savage für Linkshänder.

Oben angekommen, stapfte Taggart zu seinem Schießstand, nahm das Gewehr von der Schulter, lud und zielte. Er verschoß zwanzig Kugeln, überprüfte dann die Treffer und lächelte zufrieden. Er wußte nun, daß er so gut schießen konnte wie eh und je. Jetzt konnte er die Tätigkeiten wieder aufnehmen, die ihm am besten gefielen: Jäger führen und sich durch Wildern zusätzlich Geld verdienen – was er übrigens keineswegs als ungesetzlich betrachtete. Walter Taggart war nämlich überzeugt, daß die Umwelt samt ihren Tieren Teil eines riesigen Erbes für alle Menschen darstellte und er darüber wie jeder andere nach Belieben verfügen dürfe. Das Wildern war für ihn eine ganz normale Art, seinen Lebensunterhalt zu bestreiten: Es brachte Nahrung auf den Tisch und Geld in die Tasche. Wie er Steve Cousins gegenüber oft bemerkt hatte, hielt er jeden für verrückt, der hinnahm, wenn ihm „ein Haufen neunmalkluge Städter" Vorschriften darüber machen wollte, was er zu tun und zu lassen habe.

Als er an jenem Tag heimkehrte, dachte Taggart über die bevorstehende Jagdzeit nach. Er fragte sich, wie viele Kunden wohl diesmal bereit sein mochten, extra dafür zu zahlen, daß sie über die per Lizenz festgelegten Quoten hinaus jagen durften. Er beschloß, daß es an der Zeit sei, Cousins von dem Mann zu berichten, der ihn am Krankenbett besucht hatte.

Taggart hatte sich während seiner Zeit im Krankenhaus daran gewöhnt, daß Besucher vorbeikamen. Die meisten von ihnen waren Journalisten. Eines Nachmittags jedoch erhielt er ganz anderen Besuch. Es war ein stämmiger Mann mit starkem amerikanischem Akzent gewesen, viel besser gekleidet als die üblichen Journalisten. Der Besucher streckte ihm seine weiche, gepflegte Hand entgegen, um ihn zu begrüßen. „Hallo, Kollege, wie geht's denn so? Ich heiße Joe."

Joe erklärte dann, er komme aus Seattle im Staate Washington und sei nur Taggarts wegen hier. Er habe ihn bei einigen Fernsehinterviews gesehen und in den Zeitungen über ihn gelesen. Dabei habe er ein besonderes Interesse für ihn entwickelt. Und nun wolle er ihm einen geschäftlichen Vorschlag machen.

Es stellte sich heraus, daß der geheimnisvolle Joe – seinen Nachnamen wollte der Mann nicht nennen – einen illegalen Exporthandel mit Tierorganen betrieb, die er in den Fernen Osten verkaufte. Taggart war interessiert, hatte davon allerdings noch nie etwas gehört. „Um was handelt es sich denn genau?" wollte er wissen.

Verschiedene ostasiatische Völker hätten seit Jahrhunderten bestimmte Organe gewisser Tiere für medizinische Zwecke verwendet, erklärte Joe. Die Gallenblasen von Bären etwa, so glaube man dort, hätten starke Heilkräfte, ebenso Geweihe von Hirschen, Karibus und Elchen. Und zur Anfertigung von Halsketten, Armreifen und exotischen Schlüsselringen seien die Krallen von Bären, Luchsen und Wölfinnen sehr gefragt; die Zähne dieser Tiere übrigens auch.

Mit dem Export von Tierorganen sei viel Geld zu verdienen, führte Joe weiter aus. Es gebe da nur ein Problem. Kanada verbiete den

Export solcher Objekte zwar nicht, doch die US-Regierung unterhalte eine hartnäckige Behörde zum Schutz wilder Tiere, die an allen Grenzübergängen eng mit dem Zoll zusammenarbeite.

„Wir sind nun schon seit sechs Jahren im Geschäft und noch nie gefaßt worden", erklärte Joe. „Das ist allerdings auch kein Zufall, sondern vielmehr auf unsere sorgfältige Planung und gute Verbindungen zurückzuführen. Außerdem haben wir uns auf die Zusammenarbeit mit Partnern im Ausland spezialisiert. Es gibt in den USA zwar auch viele Wilderer, aber die meisten stellen sich ungeschickt an oder sind nicht organisiert wie wir, und die werden rasch erwischt. Die Geldbußen sind hoch und die Gefängnisstrafen lang. Hier in Kanada hingegen habt ihr es nur mit den Burschen von der Polizei zu tun, und die können euch nur etwas anhaben, wenn sie euch auf frischer Tat ertappen."

Taggart zögerte nicht lange und erklärte sich bereit, Joe so viele Gallenblasen, Geweihe, Krallen, Felle und Köpfe zu liefern, wie er und Cousins zu beschaffen vermochten. Auch Felle von Bären, Wölfen und vor allem von Pumas wollte er besorgen, denn daran war eine Reihe von Joes Kunden offenbar besonders interessiert.

„Wie wickeln Sie das Ganze denn ab?" fragte Taggart. „Wie werde ich bezahlt? Und wie schaffe ich das Zeug zu Ihnen?"

„Alles der Reihe nach, mein Freund. Also, *wir* kommen und holen das Zeug ab. Per Hubschrauber. Sie brauchen nur diese Nummer anzurufen." Joe reichte Taggart eine gedruckte Karte, auf der lediglich eine Vorwahl- und eine Telefonnummer standen. „Wenn Sie sich mit uns in Verbindung setzen, müssen Sie eine topographische Karte bei sich haben und für den Hubschrauber eine geeignete Stelle zum Landen finden. Dem Burschen, der sich bei Ihrem Anruf meldet, teilen Sie lediglich die genauen Koordinaten mit. Sonst sagen Sie nichts. Zuerst die Angaben für den nördlichen Breitengrad, dann die für den Westen. Sie können doch solche Karten lesen?"

Taggart nickte.

„Was die Bezahlung betrifft", fuhr Joe fort, „so wird bei Ablieferung in bar bezahlt. Wenn der Pilot die Ware geladen hat, gibt er Ihnen die Moneten. Und noch etwas. Wir holen alles ab, wir übernehmen den Transport, und wir zahlen. Aber im Ernstfall sind Sie ganz auf sich gestellt. Falls Sie geschnappt werden, baden Sie's allein aus. Das sind die Konditionen. Einverstanden?"

Taggart hatte auch diese Bedingung akzeptiert. Cousins und er hatten schon so lange außerhalb der Legalität gearbeitet, daß er kaum noch Angst hatte, beim Wildern geschnappt zu werden.

Als er sich jetzt seinem Blockhaus näherte, freute er sich darauf, sein neues Vorhaben mit seinem Partner durchzusprechen. Taggart war sich sicher, daß Cousins bestimmt scharf auf eine Gelegenheit war, sich auf leichte Weise ein paar Dollar zusätzlich zu verdienen.

Kurz nach seiner Entlassung aus dem Krankenhaus hatte Taggart bereits einen guten Landeplatz für einen Hubschrauber ausfindig gemacht: eine kleine Lichtung, etwa sechs Kilometer südlich des Jagdhauses. Er und Cousins brauchten jetzt nur noch einen kleinen Schuppen zu bauen, in dem sie die Organe und Felle der Tiere lagern konnten.

5. Kapitel

VIER Tage darauf hatten die Pumakatze und ihre Jungen im Morgengrauen gerade die letzten Reste des Elchkadavers gefressen, als plötzlich Gewehrschüsse im Tal widerhallten. Die herbstliche Jagdsaison hatte begonnen. Noch waren nur vereinzelte Schüsse zu hören, zunächst zwei dicht aufeinanderfolgende im Süden und dann noch einer mehr in westlicher Richtung. Nach ein paar Minuten der Stille peitschten in Abständen weitere Schüsse durch die Wildnis.

In dem Moment, als die ersten Schüsse die morgendliche Ruhe zerrissen, raste die Berglöwin mit höchster Geschwindigkeit zurück zu ihrer Zufluchtsstätte. Die Jungen, die ihr hinterhereilten, so schnell sie eben konnten, wimmerten vor Angst. In der Höhle tröstete die Mutter sie, indem sie zärtlich schnurrte und sie ableckte. Aber die beiden fürchteten sich immer noch, da das sporadische Gewehrfeuer anhielt. Das Schießen hörte erst auf, als die Sonne hinter den westlichen Bergen versank.

Als die Jungen später am Abend schliefen, lag die Mutter dicht beim Höhleneingang und schaute wachsam hinaus in die hereinbrechende blauschwarze Nacht. Schließlich wandte sie den Kopf ins Höhleninnere und rief ihre beiden Jungen – ein leiser, kehlig klingender Laut, der den kleinen Puma und seine Schwester aufweckte. Die Jagdgewehre hatten die Berglöwin gewarnt, daß sie den Feinden zu nahe waren, und sie hatte deshalb beschlossen, ihre Jungen auf eine entlegene Bergwiese zu führen, die fünfzehnhundert Meter höher lag.

Die Pumas liefen in gemächlichem Tempo durch das weitgehend ebene Tal. Bis zum Paß auf der anderen Seite des Kitsegueclaflusses brauchten sie eine Stunde. Dort wurde der Weg eng und steil und das

Fortkommen mühselig. Als die Berglöwenfamilie in dreizehnhundert Meter Höhe angelangt war, wurde sie zusätzlich durch den einen Meter hoch liegenden Schnee behindert. Doch die Mutter bahnte ihren beiden Jungen einen Weg, und so arbeiteten sie sich immer weiter voran, erklommen steile Böschungen und mußten manchmal auch Umwege in Kauf nehmen, um riesige Erdrutsche zu umgehen.

Der mühsame Aufstieg drohte die Jungen zu erschöpfen, ehe sie ihr Ziel auch nur halbwegs erreicht hatten. Am meisten machte ihnen die ungewohnte sauerstoffarme Bergluft zu schaffen. Das weibliche Pumajunge war nach besonders harten Steigungen bereits zweimal zusammengebrochen, und der weiße Puma litt ebenfalls. Einmal wäre er beim Sprung über eine Kluft beinahe in den Tod gestürzt und konnte sich gerade noch in Sicherheit bringen, bevor er keuchend liegenblieb. Doch die Pumamutter ging unbeirrt voran, und die Jungen mußten ihr folgen.

Der furchtbare Gewaltmarsch dauerte endlos erscheinende fünf Stunden. Dann endlich hatten sie das Gebirgstal erreicht. Die Berglöwin blieb jedoch nur einen Augenblick stehen, um sich zu orientieren. Danach führte sie ihre Jungen zur Ostseite der Bergwiese, wo eine steile Granitwand emporragte. An ihrem Fuße lag eine tiefe Höhle, die ihr schon in der Vergangenheit als Zufluchtsort gedient hatte.

Die Berglöwin trat vor den Eingang, und mit nach vorn gestellten Ohren lauschte sie aufmerksam. Als sie sich vergewissert hatte, daß die Höhle leer war, ging sie voraus. Ein ovaler Vorraum führte zu einem kurzen Gang, hinter dem sich eine zweite Kammer befand.

In der dunklen Grotte konnten sich die Jungen bequem niederlegen und schliefen vor Erschöpfung sofort ein. Ihre Mutter aber blieb wach. Sie gähnte zwar leise, erhob sich dann aber und ging ruhig zum Höhleneingang, wo sie sich an einer Stelle niederlegte, von der aus sie die Außenwelt beobachten konnte.

Über den Gipfeln im Westen hing ein gelblichgrüner Halbmond. Außerdem erleuchtete ein Nordlicht den nächtlichen Himmel; sein Schein breitete sich in phosphoreszierenden Wellen aus, die sich in funkelnde Pfeile verwandelten und in ständig wechselnden Richtungen über den Himmel zuckten.

Von den kahlen Zweigen einer Espe herab rief eine große Horneule fünfmal tief und hallend ihr *Huuhhuuu*, das bis in die Höhle des Pumas drang. Wie zur Antwort heulte mit schwacher Stimme ein einsamer Wolf. Dann herrschte Schweigen.

Am nächsten Morgen brachen beim ersten Tageslicht zwei Fähr-
tensucher mit Schneemobilen von der Blockhütte am McDonnellsee
auf, um Wild aufzuspüren. Sie durchquerten ebene Täler, fuhren sanft
ansteigende Pässe hinauf und arbeiteten sich so stetig gen Norden
voran. Von Zeit zu Zeit hielten sie auf höher gelegenen, strategisch
günstigen Punkten an, um mit Feldstechern das Terrain abzusuchen.

Drei Stunden nach Verlassen des Jagdhauses erreichten die Männer
das Kitsegueclatal und stießen auf die Spuren der Berglöwin und ihrer
Jungen. Sie folgten ihnen bis zur Höhle und den Resten des Elchkadavers. Freudig erregt meldeten sie ihren Fund über ihr tragbares
Funkgerät an die Zentrale. Im Jagdhaus am Moose-Skin-Johnny-See
entschied man, daß die erwachsene Berglöwin aufgespürt und zwei
Kunden, die Jagdscheine zum Abschuß eines Pumas erworben hatten,
auf dem Luftweg zu der Stelle gebracht werden sollten.

Die Führer begannen inzwischen den Spuren zu Fuß zu folgen. Sie
führten weiter talabwärts zum Kitsegueclafluß. Dort stellten die Männer fest, daß die Pumas das seichte Gewässer durchwatet und zum Paß
weitergegangen waren. Einer von ihnen suchte die Strecke mit seinem
Feldstecher ab und sah, daß der Paß eng und steil war. Die Schnee-
mobile würden es niemals schaffen, dort hinaufzukommen. Als die
Männer dies per Funk an die Zentrale weitergaben, befahl ihnen Bell,
zum McDonnellsee zurückzukehren. Er werde ein Flugzeug losschik-
ken, das die Fährte weiterverfolgen solle.

Bevor die beiden Führer die Hälfte des Weges zu ihrem Blockhaus
zurückgelegt hatten, befand sich Walter Taggart bereits an Bord einer
Cessna, die zu dem von den Fährtensuchern bezeichneten Ort unterwegs war. Das entsicherte Gewehr hielt er schußbereit. Falls der Puma
auftauchte, so lautete seine Weisung, solle er ihn mit Gewehrschüssen
in eine Gegend treiben, wo ein Flugzeug gut landen könne.

Der Pilot, mit dem er flog, hieß Jack Kent. Zunächst folgte er dem
engen Paß, und Taggart hängte sich aus dem Fenster und suchte den
Erdboden ab. Trotz der Kälte, die ihm ins Gesicht schlug und ihm die
Tränen in die Augen trieb, hatte er keine Mühe, die Spuren zu erkennen, die die Berglöwin und ihre Jungen hinterlassen hatten. Dann aber
stieg der Paß plötzlich steil an und wurde für die Cessna zu eng. Der
Pilot zog die Maschine nach oben und brachte sie auf eine Höhe von
fünfzehnhundert Metern.

Sobald die Cessna die Gipfel hinter sich gelassen hatte, ging der
Pilot wieder auf hundert Meter hinunter und überflog eine Bergwiese.
Taggart hatte die Spuren eben ausgemacht, als aus einem Fichtendik-

kicht der Puma hervorbrach und über das offene Gelände schoß. Doch
bevor Taggart das Gewehr anlegen konnte, war er bereits in der Höhle
verschwunden.

„Wir haben ihn!" schrie er, als er sich in die Kabine zurücklehnte.

Jack Kent war ein erfahrener Pilot. Er hatte bereits bemerkt, daß die
Wiese für eine Landung zu klein und zu uneben war. „Nein, Walter.
Wir haben ihn nicht. Hier können wir auf keinen Fall landen!"

Taggart erwiderte darauf nichts. Er starrte nur ins Tal hinunter,
während der Pilot einen weiteren Kreis zog, und sah ein, daß Jack Kent
recht hatte.

AM SELBEN Morgen hatte die Berglöwin, getrieben von Hunger,
ihre Jungen in der Höhle zurückgelassen und war ins Freie gelaufen,
um die Wiese auszukundschaften. Als sie das letztemal in dieser
Gegend gewesen war, hatten sich hier einige Bergziegen aufgehalten,
jetzt aber schien es hier, von einigen Wühlmäusen abgesehen, keinerlei
Beutetiere zu geben. Trotzdem lief sie noch das ganze steil ansteigende
Gelände rings um das Tal herum ab. Als sie den Hang dreihundert
Meter oberhalb der Wiese hinaufgeklettert war, wußte sie, daß ihre
Suche fruchtlos bleiben mußte. Hier war einfach keine Nahrung zu
finden.

Während des Abstiegs hörte sie das Flugzeug. Anfangs war es noch
ein schwaches Brummen, das aber spürbar lauter wurde, während sie
lauschte. Sie rannte los, sprang von Fels zu Fels, doch sie hatte die
Wiese noch nicht ganz erreicht, als die Cessna in geringer Höhe über
sie hinwegglitt. Die Berglöwin erschrak, rutschte aus, rollte in ein
Fichtengebüsch, sprang gleich wieder auf und stürzte über die Lichtung zu ihrer Höhle.

Die Jungen hatten sich zusammengekauert und waren vom dröhn-
enden Motorgeräusch des Flugzeugs völlig verängstigt. Die Pumamutter wedelte mit dem Schwanz, lief zu ihnen hinüber, senkte die
Schnauze und leckte sie zärtlich. Mit einem Knurren gab sie ihnen zu
verstehen, daß sie liegenbleiben sollten; dann wandte sie sich um und
ging zum Eingang, um die laute Maschine zu beobachten, die gerade
davonflog. Sie blieb auf ihrem Posten, bis das Geräusch in der Ferne
verschwunden war. Dann kehrte sie in die Höhle zurück.

Nachdem sie ihre beiden Jungen noch einmal tröstend geleckt hatte,
brachen sie auf. Die Berglöwin nahm Kurs auf die andere Seite der
Wiese, wo der Paß sich westwärts wandte. Die hungrigen, ungedul-
digen Jungen liefen, laut jammernd und wehklagend, hinter ihr her,

doch sie schenkte ihnen keine Beachtung. Sie bewegte sich in einem
gemäßigten Laufschritt vorwärts, schnell genug, um die Jungen auf
Trab zu bringen, doch langsam genug, daß sie mithalten konnten.
Und so suchte sie ihren Weg durch den baumbestandenen, felsübersäten Paß, wobei sie immer wieder einmal einen Hang hochklettern
mußte, um den Gesteinsmassen eines noch recht frischen Erdrutsches
auszuweichen. Solche Hindernisse verlangsamten ihr Fortkommen
und machten sie besorgt, doch sie wußte, daß die Jungen nicht noch
schneller laufen konnten, als sie es schon taten.

Zwei Stunden später versank die Sonne hinter den Bergen. Sie
befanden sich jetzt in einem stark bewaldeten Teil des Passes, und die
Berglöwin beschloß, hier die Nacht in einem dichten Fichtengehölz zu
verbringen. Die Jungen waren müde, und sie brauchten eine Ruhepause sogar noch dringender als Nahrung.

Sie wachte auf, als das Dunkel eben der Morgendämmerung zu weichen begann. Sie leckte kurz die Jungen und trieb sie dann sogleich
zum Aufbruch an. Jetzt folgte sie dem Hauptpfad, hielt sich dabei aber
stets im Schutz der Bäume und legte eine forsche Gangart vor. Eine
Stunde nachdem die Pumas ihr Nachtlager verlassen hatten, betraten
sie einen breiteren, nicht mehr ganz so steilen Teil des Passes. Hier
ging es leichter voran.

Schließlich erreichten sie die Niederungen und befanden sich nun in
einer Gegend, die dem Puma und den Jungen vertraut war; keine zwei
Kilometer westlich von hier lag der Zymoetzfluß und etwas über fünf
Kilometer entfernt die zweite Höhle. Die Berglöwin hatte diese Route
nicht zufällig gewählt. Sie war entschlossen, ihre Jungen in ein Revier
zu bringen, das sie selbst als Junges unter der Obhut ihrer Mutter kennengelernt hatte. Um dorthin zu gelangen, mußten sie den Fluß
durchqueren.

Als sie die Witterung von Maultierhirschen bemerkte, griff sie einen
Junghirsch an, tötete ihn und ließ ihre ausgehungerten Jungen sich satt
fressen. Doch anschließend drängte sie sofort weiter. Sie folgten dem
Flußlauf, konnten ihn aber während der nächsten fünfzig Kilometer
nicht durchqueren, weil zahllose Stromschnellen dieses Unterfangen
zu gefährlich erscheinen ließen. Daher dauerte es fast sechs Stunden,
bis der Puma die Jungen durch seichte Tiefen führen und sie,
erschöpft, wie sie waren, endlich in einem dichten Wald ausruhen lassen konnte. Hier schliefen sie bis zum nächsten Morgen.

Bei Tagesanbruch setzten die drei Pumas ihren Weg fort. Zehn
Stunden später hatten sie knapp vierzig Kilometer zurückgelegt und

einen dreizehnhundert Meter hohen Berg überwunden, um ihr Ziel zu erreichen – ein breites Tal am Ostrand des Coastgebirges, das inmitten von hohen schneebedeckten Bergen lag, deren Schmelzwasser ein ganzes Netz von Bächen speiste.

In dem vom Puma ausgewählten Revier gab es viele große Beutetiere, darunter Elche, Maultierhirsche und Schneeziegen. Aber auch Wölfe und Kojoten kamen hier oft vor. In diesem geschützten Gebiet, das vor den Verwüstungen durch menschliche Jäger sicher war, ließ die Pumafamilie sich für den langen Winter nieder.

DER Winteranbruch bedeutete das Ende der Jagdsaison. In dieser Zeit bestand die Hauptarbeit für Bell und seine Angestellten darin, Vorkehrungen für die folgenden Monate zu treffen, in denen die Jagdexkursionen eingestellt wurden. Lebensmittelvorräte aus den Jagdhütten wurden in einem Depot der Hauptstelle eingelagert, die Wasserleitungen wurden entleert und Gebäude und Gerätschaften, falls erforderlich, repariert. Bis auf Taggart und Cousins zogen dann alle Jagdführer nach Smithers oder Telkwa. Bell holte seine Frau in Vancouver ab und flog mit ihr nach Kalifornien, wo das Ehepaar einen Winterwohnsitz besaß.

Taggart und Cousins blieben als Hausmeister in der Hauptniederlassung am Moose-Skin-Johnny-See. Von Zeit zu Zeit sollten sie mit dem Schneemobil zu den neuen Jagdhütten hinausfahren, um sie zu inspizieren; wichtig war dabei vor allem, daß die Dächer der Gebäude nicht vom Schnee überlastet waren. Außerdem gehörte es zu ihren Aufgaben, gelegentlich nach den Pferden zu sehen, die während der Jagdsaison als Reit- und Lasttiere gebraucht wurden. Im Winter wurden sie stets freigelassen und mußten für sich selbst sorgen – zweifellos eine rücksichtslose und grausame Gewohnheit, da jedes Jahr mehrere unglückliche Pferde an Hunger verendeten.

Da Taggart und Cousins in dieser Region nun die einzigen menschlichen Wesen waren, gaben ihre regelmäßigen Ausflüge ideale Alibis ab für ihre Wilderei, falls ein Aufsichtsbeamter der Umweltschutzbehörde in ihrem Gebiet auftauchen sollte. Bei Joes Angebot, ihnen Tierteile abzukaufen, konnte dies ein lukrativer Winter für sie werden.

Einen Monat nach Bells Aufbruch zu seinem kalifornischen Wohnsitz lieferten die beiden Männer ihre erste Ladung an Pelzen und Organen ab, für die sie fast dreitausend Dollar bekamen. Sie hatten acht Wölfe, drei Schwarzbären, zwei Grizzlys, fünf Luchse, eine Wölfin, zwei Elche und fünfzehn Maultierhirsche getötet. Sechs

Wochen später brachten sie eine zweite Ladung zusammen, für die sie viertausend Dollar erhielten. Sie konnten mit der Entwicklung ihrer privaten Geschäfte zufrieden sein.

6. Kapitel

NACH einem Winter mit viel Schnee und Temperaturen bis zu fünfunddreißig Grad unter Null zeigten sich allmählich die ersten Anzeichen des Frühlings. Mitte Mai begannen die Bäche, die so lange unter einer Eisdecke eingesperrt gewesen waren, sich wieder zu regen. Durch das Schmelzwasser schwollen sie mächtig an, traten über die Ufer und stürzten kaskadenartig die Hänge hinunter, verursachten Erdrutsche und entwurzelten große Bäume. Fast zwei Wochen lang waren weite Bereiche der Niederungen überschwemmt.

Durch das Tal der Pumas verliefen fünf Bergbäche, die jetzt rasch und fast genau gleichzeitig anfingen aufzutauen. Die Berglöwin brachte ihre Jungen daher zur Sicherheit auf einen etwa siebenhundert Meter hohen Hügel. Hier oben war es weitgehend trocken; nur in ein paar granitenen Felsvertiefungen hatten sich Lachen kristallklaren, trinkbaren Wassers angesammelt. Junge Gräser reckten sich der Sonne entgegen, und Espen und Kirschbäume begannen zu knospen.

Die jungen Pumas waren inzwischen fast zehn Monate alt. Seitdem sie die Bergwiesen, die ihnen keine Beute geboten hatten, verlassen hatten, waren sie beachtlich gewachsen. Sie konnten jetzt selbständig jagen, obwohl sie das nur taten, wenn der Hunger sie dazu trieb.

Der weiße Puma war inzwischen ein Meter siebzig lang und wog über dreißig Kilo. Sein Fell war nun ganz weiß; die schwarze Zeichnung auf seinem Gesicht und die schwarze Schwanzspitze fielen deshalb besonders auf und verliehen seiner Erscheinung etwas Königliches und Würdevolles. Das weibliche Junge in seinem glänzenden rötlichbraunen Fell war ebenfalls zu einem prachtvollen Tier herangewachsen. Sie war zierlich gebaut, und ihr Gesicht, das kleiner und weicher wirkte als das ihres Bruders, war ausgesprochen hübsch. Während der letzten ein bis zwei Monate konnte man bereits erkennen, daß der weiße Puma außergewöhnlich groß werden würde; und es war auffällig, daß er eine rasche Auffassungsgabe besaß und viel findiger und kühner war als seine etwas ängstliche Schwester.

Die Pumas blieben in ihrem Winterrevier, bis die Überflutung fast gänzlich zurückgetreten war. Ende Mai kam die Mutter dann zu dem

Schluß, daß es nun wieder sicher sei weiterzuziehen. Sie führte die Jungen aus dem Tal hinaus und kehrte mit ihnen zum Kitsegueclatal zurück. Diesmal ließen sie sich Zeit. Wenn sie müde waren, ruhten sie. Wenn sie hungrig waren, jagten sie. An besonders angenehmen Plätzen hielten sie sich ein oder zwei Tage lang auf. So erreichten sie ihr Ziel in der ersten Juniwoche.

ANDREW BELL war einen Monat zuvor zum Hauptsitz von „High Country Hunting" zurückgekehrt und hatte seitdem das Personal am Moose-Skin-Johnny-See pausenlos auf Trab gehalten. Es gelang Taggart und Cousins aber trotzdem, sich für kurze Ausflüge unauffällig davonzustehlen; wie schon während der vorangegangenen Monate jagten sie für Joe außerhalb der Saison Bären, Elche, Wölfe und Hirsche. Bell als ihr Arbeitgeber durfte von diesen illegalen Geschäften, die seine beiden leitenden Jagdführer so erfolgreich betrieben, natürlich nichts wissen.

Die beiden Männer wollten vor der Hauptsaison noch eine weitere Ladung mit Tierteilen zusammenbringen. Sie waren also verständlicherweise entzückt, als sie von Bell den Auftrag erhielten, das nördliche Gebiet seines Lizenzterritoriums zu sondieren und festzustellen, wie viele Tiere den Winter überlebt hatten. Derartige Bestandsaufnahmen führte Bell zur Vorbereitung der Jagdzeit jedes Jahr durch. Auch wenn er seinen Kunden nicht garantieren konnte, daß sie die Tiere erlegen würden, war eine Aufzählung all jener Tierarten, die sein Jagdgebiet bevölkerten, in Werbeanzeigen stets gebührend hervorgehoben.

Taggart und Cousins war diese Kundschaftertour um so willkommener, als Joe ihnen durch den Hubschrauberpiloten, der die letzte Ladung abgeholt hatte, hatte bestellen lassen, daß er ein Pumafell mit Kopf brauche. Für eine solche Trophäe stellte er ihnen fünfhundert Dollar in Aussicht.

Mit einem zusätzlichen Lastpferd, das ihren Proviant trug, ritten sie los. Sie ließen sich für ihre Reise Zeit. Tagsüber prüften sie Fährten und suchten nach Überresten von Beutetieren, die von Raubtieren getötet worden waren.

Acht Tage nach Ankunft der Berglöwin und ihrer Jungen im Sommerrevier trafen die Jäger um die Mittagszeit im Kitsegueclatal ein. Sie hielten an, um das offene Land zu überschauen. Taggart hob sein Fernglas, stellte es scharf und bemerkte gerade noch die junge Berglöwin, die sich, so schnell sie konnte, in Deckung brachte. Sie war zum See hinuntergelaufen, um zu trinken, und befand sich auf dem Rückweg zum Ruheplatz der Familie, als sie die beiden Männer erblickte. In panischer Angst stürzte sie zu Mutter und Bruder ins Dickicht der Bäume.

Taggart ließ das Fernglas sinken und wandte sich Cousins zu. „Das war ein Puma, Steve! Wenn wir bloß einen meiner Hunde mitgenommen hätten!"

Cousins nickte bedauernd. Ohne einen abgerichteten Hund war es unmöglich, in solchem Terrain einen Puma anzupirschen. Die Führer beschlossen, ihre Bestandsaufnahme zu unterbrechen und zum Moose-Skin-Johnny-See umzukehren. Sie vereinbarten, Bell zu erzählen, die Grizzlys hätten sich drastisch vermehrt, und sie bräuchten einen Hund, um die Reviere der einzelnen Bären auszumachen.

Doch sie hatten Pech. Bell lehnte ihr Ansinnen ab und erklärte, daß sie ihre Reise zu verschieben hätten. Die ersten Kunden für die Angelsaison sollten in Kürze eintreffen, und er benötigte die beiden Führer als Begleiter.

Weil die Männer entgegen der Windrichtung ins Tal gekommen waren, hatten die Pumas ihre Witterung nicht wahrnehmen können, und so war nur die junge Berglöwin der beiden Eindringlinge gewahr geworden. Die Pumamutter hatte die Unruhe ihrer Tochter sofort bemerkt; doch da das junge Tier schon öfter grundlos ängstlich gewesen war, schenkte sie seinem Gebaren keine sonderliche Beachtung.

Die Pumamutter hatte beschlossen, den Sommer über in diesem Revier zu bleiben. Sie hielt dieses Gebiet für sicher, wußte, daß auch für Nahrung gesorgt war, denn es gab im Tal und in seiner Umgebung viele Maultierhirsche, dazu ein paar Elche und andere, kleinere Beutetiere. Hätte sie allerdings die Männer gerochen, so wäre sie unverzüglich mit ihren Jungen in ein anderes Revier umgezogen.

In jener Nacht erlegten die Pumas gemeinsam einen älteren Elchbullen. Es war das erste Mal, daß die heranwachsenden Jungen ihrer Mutter bei der Jagd wirklich halfen. Die Berglöwin hätte auch allein ein so großes Tier wie dieses gar nicht bezwingen können.

Die drei Pumas hatten den Geruch des Elchs aufgenommen, als sie sich ihm bei Gegenwind auf knapp fünfhundert Meter genähert hatten. Mit der Mutter voran jagten sie in großen Sätzen lautlos durch den Wald, dem Kitsegueclafluß entgegen. Erst hundert Meter vom Elch entfernt liefen sie langsamer.

Der Elch stand brusttief in der Strömung des Flusses, nicht weit vom Ufer entfernt, und tauchte immer wieder mit seinem von Narben gezeichneten Haupt unter die Wasseroberfläche, um die dort wachsenden Pflanzen abzuweiden. Jedesmal wenn er wieder emporkam, konnte man hören, wie er mit einem laut rasselnden Geräusch Luft holte. Sein mühsames Atmen, sein abgemagerter Körper und seine steife, unbewegliche Haltung fiel den Pumas natürlich auf. Offensichtlich war das Tier alt und bei schlechter Gesundheit.

Vorsichtig schlichen sich die Berglöwen durch eine Baumgruppe bis an den Fluß. In der Nähe ihres Opfers begannen sie sich behutsam anzupirschen. Sie krochen mit ihren geschmeidigen Leibern dicht über den Boden, und kaum hörbar setzten sie eine Pfote vor die andere.

Der Elch bemerkte die Pumas zunächst überhaupt nicht. Erst als sie das ungeschützte Flußufer erreichten, stieß plötzlich ein rotes Eichhörnchen hoch oben in einer Weißfichte einen Warnruf aus. Der Bulle wandte alarmiert den Kopf, erblickte die Pumas und wollte die Flucht ergreifen. Aber er hatte kaum das Ufer erreicht, als sie schon angriffen.

Die Berglöwin legte mit einem Satz gut acht Meter zurück, und der weiße Puma schaffte immerhin bereits sechs Meter; nur seine Schwester sprang überhaupt nicht, sondern rannte einfach, so schnell sie konnte. Mit ihrem Sohn direkt auf den Fersen berührte die Berglöwin nach dem ersten Satz kurz den Boden, sprang erneut und fiel den Bullen von hinten an. Der Elch strauchelte, und bevor er sich wieder aufzuraffen vermochte, war der weiße Puma bereits über ihm und schlug mit seinen Vorderpfoten zu. Der Elchbulle stürzte zu Boden, und der junge Puma grub seine scharfen Krallen tief in die Kehle seines Opfers.

Noch einmal versuchte der Bulle, wieder auf die Beine zu kommen, doch die Berglöwin hatte sich jetzt in seinem Nacken festgekrallt, und inzwischen war auch noch das junge Pumaweibchen hinzugekommen. Geschickt wich es einem reflexartigen Tritt des Elchs aus und schlug seine Fangzähne in seinen Schenkel. Nachdem er nun von drei Widersachern zugleich attackiert wurde, hatte der Bulle endgültig keine Chance mehr, und innerhalb weniger Sekunden war er tot. Die Pumas hielten ihr Opfer noch einige Augenblicke nieder, dann richteten sie sich auf. Sie hatten es geschafft.

Während die Jungen in der nächsten halben Stunde lautlos fraßen, betrachtete die Mutter ihre Kinder nachdenklich. Diese Jagd hatte ihr eine wichtige Erkenntnis gebracht. Ihre beiden Jungen waren erwachsen geworden.

IN DIESEM Sommer wurden Taggart und Cousins am Moose-Skin-Johnny-See von einer wahren Flut von Kunden überrollt. Die meisten von ihnen waren von den überall verteilten Werbeprospekten angelockt worden oder durch Anzeigen in führenden Sportzeitschriften. Interessenten versprach man eine echte Attraktion: Eine Jagd unter Führung des Mannes, dessen Arm von einem wilden Puma abgerissen worden war, und die Bekanntschaft mit seinem „tollkühnen Retter".

Obwohl die ungewöhnliche Aufmerksamkeit, die ihnen jetzt zuteil wurde, den beiden Führern schmeichelte und obwohl sie über das zusätzliche Geld hoch erfreut waren, das sie Woche für Woche für ihre persönliche Betreuung von Kunden erhielten, wurden sie allmählich unruhig. Sie wollten vom Hauptquartier fort. Immer häufiger dachten sie an den Puma, den sie bei ihrer Erkundungstour gesehen hatten.

Die dritte Augustwoche war bereits angebrochen, als Bell Taggart und Cousins eines Morgens in aller Frühe zu sich ins Büro rief. Er teilte ihnen mit, daß sie am nächsten Tag bereits früh aufbrechen sollten, um für die Jagdzeit wieder Tiere aufzuspüren. Die beiden Männer strahlten vor Freude über diesen Auftrag.

„Großartig, Chef!" rief Taggart begeistert. „Vielleicht sollte ich aber einen Hund mitnehmen", fügte er dann noch schnell hinzu.

Bell nickte. „Ja, das hätte ich Ihnen sowieso vorgeschlagen. Aber passen Sie auf ihn auf! Wir wollen das Wild nicht verscheuchen."

Es dämmerte noch, und ein schwaches gelblich-orangefarbenes Licht, das auf die östlichen Berggipfel fiel, kündigte eben den bevorstehenden Sonnenaufgang an, als die Jäger losritten. Taggart führte zwei seiner Hunde an langen Leinen mit sich, die er am Sattelknopf befestigt hatte. Cousins kümmerte sich, wie üblich, um das Packtier, das ihre Nahrungsvorräte, die Campingausrüstung und ein Funkgerät trug.

Auf ihrem Weg gen Norden hielten die beiden Männer oft an und saßen ab, um zu Fuß den Fährten von Bären, Elchen, Kojoten und Wölfen zu folgen. Auf diese Weise kämpften sie sich Kilometer um Kilometer voran, dem Kitsegueclatal entgegen. Sie ließen sich Zeit und trugen auf Übersichtskarten sorgfältig alle Stellen ein, an denen sie Tiere gesehen hatten oder vermuteten.

Auf ihre Fähigkeiten im Aufspüren von Wild waren beide Männer sehr stolz. Sie nahmen ihre Aufgabe ernst – nicht nur, weil ihnen das freie und ungebundene Leben gefiel, das zu dieser Arbeit gehörte, sondern auch, weil sie diese Arbeit als eine Herausforderung empfanden, und so begannen sie denn allmählich ungeduldig zu werden, als sie nach drei Tagen noch immer keine Spuren von Pumas bemerkt hatten.

Am Morgen des vierten Tages schaute Taggart, der gerade seinen Frühstückskaffee trank, plötzlich auf. „Also, Steve, ich glaube, wir sollten einfach dorthin, wo wir den Puma gesehen haben, und ihn gleich erledigen. Den Rest des Kundschaftens besorgen wir, wenn wir dieses Mistvieh haben."

„In Ordnung", stimmte Cousins zu. „Falls wir ihn kriegen."

Vier Tage darauf kamen die Männer nachmittags im Tal an. Sie wollten gerade anfangen ihr Lager zu errichten, da begannen Taggarts Hunde zu winseln und an den Leinen zu ziehen. „Die haben was gewittert, Steve! Es muß der Puma sein! Wir haben noch drei Stunden Tageslicht. Los, komm!"

Fünf Minuten später saßen sie wieder im Sattel. Die Hunde waren von der Leine und stürzten sofort laut bellend davon. Taggart und Cousins trieben die Pferde kräftig an, um die Hunde nicht aus den Augen zu verlieren. Unten im Tal war das nicht weiter schwierig, denn hier war das Gelände eben, und sie konnten in vollem Galopp reiten. Doch bald begann das Terrain steil anzusteigen, und überall lagen Felsblöcke im Weg. Sie kamen langsamer voran, und das Bellen der Hunde wurde zunehmend schwächer.

„So ein Mist!" schimpfte Taggart, während er abstieg. „Wir müssen zu Fuß hinterher, sonst schaffen wir es nicht."

Stolpernd und fluchend ging er zunächst voran, doch seine Kräfte ließen bald nach. Er war in so schlechter Verfassung, daß er bereits nach hundert Metern heftig nach Luft schnappte, und sein Gesicht war puterrot angelaufen. Sein Gang wurde schleppend, und er schnaufte mühsam.

Cousins war zehn Jahre jünger als Taggart und wesentlich besser durchtrainiert. Er übernahm die Führungsposition und entschwand seinem Partner rasch aus dem Blickfeld. Kurz darauf hörten die Männer, daß das Bellen der Hunde plötzlich viel aufgeregter klang und sich auch nicht mehr weiter entfernte.

Cousins blieb stehen, und Taggart, der bis auf Rufweite wieder an ihn herangekommen war, strahlte über das ganze Gesicht. Obwohl er vor Anstrengung keuchte, schrie er zu Cousins hinüber: „Wir haben sie! Die Hunde haben das Mistvieh auf einen Baum getrieben! Wart auf mich!"

ALS Taggart und Cousins das Tal erreichten, hatten die Pumas in der Nähe des Elchs gerastet, den sie am Abend zuvor erlegt hatten. Die Mutter lag völlig entspannt auf einem flachen Fels ausgestreckt. Die junge Berglöwin hatte sich zusammengerollt und schlief; nur ihr Bruder saß wachsam mit gespitzten Ohren da.

Plötzlich sprang die Pumamutter auf. Ihr Schwanz schlug heftig von einer Seite zur andern, und sie starrte in Richtung des Kitsegueclasees. Sie hatte die Männer, ihre Pferde und die Hunde gehört, obwohl zwischen den Eindringlingen und ihnen über achthundert Meter lagen. Warnend knurrte sie. Dann drehte sie sich um und stürzte davon. Der weiße Puma folgte ihr dicht auf den Fersen. Die junge Berglöwin reagierte nicht gleich, doch dann spürte auch sie die drohende Gefahr. Sie sprang auf und folgte den anderen rasch.

Die drei Pumas hatten etwa fünfhundert Meter zurückgelegt, als die Hunde die Jagd aufnahmen. Die Mutter, die das Terrain am besten kannte, steuerte gen Nordosten, wo sich zwei Kilometer entfernt der Rocky Ridge erhob, ein steiler, nackter Berg, der mit großen Felsblöcken übersät und von steilen Spalten durchzogen war. Die Berglöwin und ihr Sohn jagten auf diese Zuflucht zu, doch der junge Puma, der weit hinter ihnen zurückgeblieben war, wandte sich in seiner Panik westwärts dem Fluß zu. Er fühlte sich auf freiem Feld schutzlos und wurde immer verwirrter. Als er einen Augenblick zögerte, brachen schon die beiden Hunde aus dem Wald hervor und rannten auf ihn zu. Fauchend vor Angst und vor Wut, wandte er sich ihnen entgegen.

Der Leithund, ein sechsjähriges großes schwarzbraunes Tier, hatte schon viele Pumas gejagt und wußte genau, was zu tun war. Er überließ es seinem Gefährten, den Puma von vorne zu bedrängen, während er einen Bogen schlug und sich von der anderen Seite näherte. Als der Puma sich ihm zuwandte, fiel ihm der andere Hund sofort in den Rücken und schnappte ihm nach den Flanken. Seine Zähne streiften die Berglöwin nur, aber der Angriff allein bewirkte, daß sie sofort wegrannte. Sie schoß auf die nächstgelegene hohe Fichte zu, sprang an ihr hoch, umfaßte den Stamm mit den Vorderpfoten und stieß sich mit beiden Hinterpfoten vom Boden ab. Die Hunde begannen wie verrückt zu bellen, während die Berglöwin höher und höher kletterte, bis sie sich mehr als zehn Meter über dem Erdboden befand. Hier, in luftiger Höhe, fühlte sie sich sicher. Sie balancierte auf zwei Ästen, starrte auf die Hunde hinab und fauchte sie wütend an.

Die Hunde setzten ihre Belagerung so lange fort, bis zehn Minuten später Cousins eintraf. Er blieb in zwanzig Meter Entfernung von der Fichte stehen und schaute zu dem Puma hinauf. Dann betätigte er ruhig den Repetierhebel seiner Winchester und wartete auf Taggart, denn er wußte, wie wütend sein Partner sein würde, wenn er ihm nicht den ersten Schuß ließe.

Doch plötzlich ging alles blitzschnell. Der Puma machte Anstalten, von der Fichte herunterzukommen, und Cousins hob das Gewehr, atmete einmal tief aus und drückte leicht auf den Abzug. Der Schuß traf den Puma mitten ins Herz, noch bevor der Detonationsknall zu hören war. Der leblose Körper schlug dumpf auf den Boden unter der Fichte.

Cousins war mit dem Anleinen der Hunde beschäftigt, als Taggart keuchend aus dem Wald stürzte. Nachdem er wieder zu Atem gekommen war, begann er lauthals zu fluchen. „Du hast wohl nicht auf mich warten können, was! Du Hundesohn! Du wußtest doch genau, daß *ich* das Drecksvieh erschießen wollte!"

Cousins musterte seinen Partner kühl. „Stimmt. Ich hab das gewußt. Aber die Berglöwin wollte runterklettern. Wenn du körperlich besser in Form wärst, hättest *du* sie abschießen können. Ich *mußte* schießen. Und jetzt laß mich in Ruhe, Walter!"

Die knappen Worte mit den absichtlich eingelegten Pausen brachten Taggart wieder zur Vernunft. Er wußte, daß Cousins nicht jemand war, der sich Beleidigungen gefallen ließ. Obwohl er es nie offen zugegeben hätte, fürchtete er sich insgeheim vor dem jüngeren Mann. Cousins holte die Pferde, und währenddessen häutete Taggart den jungen Puma ab und faltete das Fell mit Pfoten und Kopf zu einem bluttriefenden Bündel zusammen.

Cousins war völlig aus dem Häuschen, als er mit den Pferden zu seinem Partner zurückkam. „Da drüben gibt's noch zwei Pumas, Walter!" erklärte er aufgeregt.

Taggart wusch gerade das Abhäutemesser im Fluß ab. Er sprang überrascht auf. Das Wasser tropfte ihm von den Händen, während er Cousins anstarrte. „Noch zwei Pumas? Woher weißt du das?"

„Ich hab zwei Fährten gefunden, die nordostwärts führen. Die drei Pumas müssen zusammengewesen sein und sich getrennt haben."

Zehn Minuten später ließ Taggart dort, wo Cousins die Spuren entdeckt hatte, die Hunde von der Leine. Sie nahmen die Fährte sofort auf und verschwanden laut bellend zwischen den Bäumen. Die Führer ritten ihnen nach, sahen sich aber bald erneut gezwungen, die Pferde zurückzulassen und zu Fuß weiterzugehen. Diesmal bat Taggart Cousins, die Führung zu übernehmen. „Geh voraus, Steve! Wenn's sein muß, knall die Mistviecher ohne mich ab. Aber ich hoffe inständig, daß das nicht nötig sein wird!"

WÄHREND die junge Berglöwin gejagt und getötet wurde, sprangen die Pumamutter und ihr Sohn dem Rocky Ridge entgegen. Das Bellen der Hunde trieb sie zu größten Anstrengungen an. Und dann, als sie noch nicht einmal die Hälfte des Wegs hinter sich gebracht hatten, hörten sie auch noch den Schuß aus Cousins' Gewehr.

In zwölfhundert Meter Höhe stießen die beiden Pumas auf einen großen Erdrutsch. Der ganze Hang war von losem, rutschigem Geröll bedeckt, das ihnen das Vorwärtskommen unmöglich machte. Der weiße Puma wandte sich nach rechts bis zum Ende des Geröllfeldes. Dann kletterte er weiter bergaufwärts. Die Pumamutter hingegen wandte sich nach links, um den gefährlichen Sturz zu umgehen, doch ihr versperrte der Erdrutsch den Weg. So folgte sie einem Weg abwärts und befand sich bald auf ebenem Boden in einem dichtbewaldeten Gebiet.

Die Hunde hatten zu bellen aufgehört. Die Berglöwin, die glaubte, sie sei ihnen entkommen, kroch unter eine große Fichte und legte sich nieder, um auszuruhen. Keuchend versuchte sie, wieder zu Atem zu kommen. Eine halbe Stunde lang lag sie so da, doch als sie sich wieder zum Rocky Ridge aufmachen wollte, um ihren Sohn zu suchen, hatten die Hunde, die inzwischen wieder von der Leine gelassen waren, sie gewittert und begannen erneut zu bellen. Die Berglöwin sprang auf und rannte tiefer hinein in den Wald. Doch sie war immer noch erschöpft, und die Hunde begannen aufzuholen. Schon nach knapp fünfhundert Metern wußte sie, daß ihre Verfolger sie bald eingeholt haben würden. Als sie eine hohe Fichte entdeckte, kletterte sie an ihr hinauf, bis sie die obersten Zweige erreicht hatte. Aus einer Höhe von zwanzig Metern schaute sie zu den erregten Hunden hinunter, die ihren Zufluchtsort entdeckt hatten. Laut begann sie zu knurren, und sie knurrte auch noch, als Cousins eintraf.

Cousins hatte nicht vergessen, was ihm sein Partner gesagt hatte. Da Taggart so scharf darauf war, das Raubtier zu erlegen, beschloß er, die Hunde an die Leine zu legen und sie vom Baum wegzuführen. Aus Erfahrung wußte er, daß das Tier nicht so darauf erpicht sein würde zu entkommen, wenn es sich weniger verfolgt fühlte. Und er hatte recht. Sobald er sich mit den Hunden etwa zwanzig Meter vom Baum entfernt hatte, hörte die Berglöwin auf zu knurren. Sie starrte zwar ihren Gegnern weiterhin nach, machte aber keine Anstalten, vom Baum herunterzuklettern.

Taggart traf mit hochrotem Kopf ein paar Minuten später ein. Er war so außer Atem, daß er zunächst nicht sprechen konnte, sondern nur keuchend neben seinem Partner stand.

Cousins grinste. „He, Walter, setz dich doch erst mal ein Weilchen hin. Die Katze wird bestimmt auf dich warten ..., und wenn nicht, na, dann werde ich eben auf sie schießen müssen."

Taggart starrte Cousins mit wütend funkelnden Augen an. Er brauchte alles in allem zehn Minuten, bis er wieder Atem geschöpft hatte und einen sauberen Schuß wagen konnte. Dann hob er das Gewehr, zielte sorgfältig und feuerte. Die Berglöwin bäumte sich auf und wurde vom Aufprall der Kugel gegen den Baumstamm geschleudert. Während sie ihr Leben aushauchte, erschlaffte ihr Körper, stürzte nach unten und landete mit einem dumpfen Aufschlag am Fuße des Baums.

DER weiße Puma stand in der Nähe vom Gipfel des Rocky Ridge auf einem Felsen und erschrak heftig, als er den Schuß hörte. Schnell lief er weiter. Er befand sich nur wenige hundert Meter von der runden Kuppe des Bergs entfernt, und so war er bald oben und begann am andern Ende mit dem Abstieg. Er wußte, daß er nun ganz allein war. Sein scharfer Gehör- und Geruchssinn hatte die Täter identifiziert. Von nun an würde er die Menschen hassen.

Er erreichte die bewaldeten Niederungen und hielt sich fortan im Schutz der Bäume, die entlang des Kitsegueclaflusses standen. Nach einer Stunde verließ er seine Route, kletterte einen felsübersäten Hang hoch und legte sich inmitten der Steine hin. Hier hielt er zwei Stunden lang ein Nickerchen. Es war früh am Nachmittag, als er sich erhob. Da er weder den Geruch noch die Geräusche der Männer bemerkte, machte er sich in gemächlicherem Tempo auf den Weg gen Norden.

Beim Laufen begann ihn Hunger zu quälen. Doch sein Verlangen, das unglückselige Land hinter sich zu lassen, in dem er aufgewachsen war und wo Lebewesen umherzogen, die seine Mutter und seine Schwester brutal umgebracht hatten, war stärker. Er lief weiter.

Vier Tage danach fand der Puma ein neues Revier nahe beim Ursprung des Nassflusses. Hier, in einer riesigen Wildnis mit Bergen und Niederungen, lebten unzählige Elche und Hirsche, und er entdeckte keinerlei Zeichen von menschlicher Aktivität. Hier sollte er während der nächsten fünfzehn Monate bleiben, bis der Paarungstrieb ihn auf die Suche nach einem Weibchen aufbrechen ließ.

7. Kapitel

DIE Aufgabe, einen neuen, sicheren Zufluchtsort zu finden, hatte den weißen Puma so sehr beschäftigt, daß er zunächst die Gesellschaft von Mutter und Schwester noch nicht vermißt hatte. Doch bald nachdem er in seinem neuen Revier seßhaft geworden war, begann er zu spüren, daß sie ihm fehlten. Er suchte an der Erde nach Spuren ihres Geruchs, und manchmal lief er auf einen Hügel, um die Umgebung nach ihnen abzusuchen. Er fühlte sich einsam und verwirrt. Unter dieser Angst litt auch seine Tüchtigkeit beim Jagen, und der Hunger wurde ihm während dieser Zeit, in der er verzweifelt nach seiner Familie Ausschau hielt, ein ständiger und unwillkommener Begleiter.

Nach mehreren Wochen fand sich der junge weiße Puma aber schließlich mit seinem Alleinsein ab, auch wenn es ihm, wie schon zuvor seiner Mutter, auf grausame Weise frühzeitig aufgezwungen worden war. Von da an lebte er sich in seinem nördlichen Refugium ein und führte nun das normale Leben eines erwachsenen männlichen Pumas.

Von menschlichen Aktivitäten unbehelligt, jagte er zuerst kleinere Tiere, insbesondere Biber, Schneeschuhhasen und Murmeltiere, an denen er seine Geschicklichkeit im Anschleichen und Angreifen übte, bis er schließlich imstande war, auch einen großen Maultierhirsch zu bezwingen. Von da an ernährte er sich bis zum Winterende von großen Tieren.

Im folgenden Frühling gelang es ihm, einen einjährigen Elch zu töten und tags darauf einen Kojoten, der sich dem zugedeckten Kadaver genähert hatte, um ihn auszugraben. Diese beiden Erfolge stärkten sein Selbstvertrauen und gaben ihm das Gefühl, tatsächlich der Herr seines Reviers zu sein.

Im September allerdings wurde diese „Oberhoheit" zum erstenmal wirklich in Frage gestellt: Ein männlicher Puma tauchte auf, ein sechsjähriges Tier, das sein angestammtes Revier verlassen hatte, weil es dort keine Beutetiere mehr gab. Der Eindringling begegnete recht bald den Geruchsmarkierungen, die das Revier des weißen Pumas kennzeichneten, beachtete sie jedoch nicht.

Im Vertrauen auf seine Kampfstärke war der ältere Puma entschlossen, den gegenwärtigen Herrn dieses Territoriums zu vertreiben, in dem es, wenn er seiner Nase trauen durfte, Beutetiere in Hülle und Fülle gab. Mutig ging er immer weiter und machte dabei oft halt, um seine Urinmarke bei jenen Baumstämmen und Felsen zu hinterlassen, die der weiße Puma bereits gekennzeichnet hatte.

Da der Eindringling nicht sofort vom Herrn des Reviers herausgefordert wurde, begann er, unachtsam zu werden. Sorglos kletterte er bis zur Talsohle hinunter, und als er den Geruch von frischem Fleisch witterte, lief er hungrig der Spur nach. Er war so wild darauf, den Kadaver zu finden, daß er, ohne sich umzusehen, direkt unter einer Felsbank vorbeirannte, auf der der junge Berglöwe auf ihn lauerte.

Der weiße Puma sprang, als der Fremdling sich auf einer Höhe mit dem Felsen befand. Der Angegriffene schrie erschrocken auf, und dann stürzten die beiden Pumas zu Boden, wo sie heftig miteinander rangen und sich dabei wütend anbrüllten. Kurze Zeit später lösten sich die beiden Rivalen wieder voneinander, blieben einen Augenblick unbeweglich stehen, um gleich darauf von neuem aufeinander loszugehen.

Der Eindringling war zwar groß, aber dafür nicht so stark wie der weiße Puma. Die beiden bedrängten einander heftig, und die Wildnis hallte wider von ihrem Brüllen und Fauchen. So kämpften sie fast fünf Minuten lang miteinander – eine lange Zeit für ein Zusammentreffen zweier gesunder und kräftiger Pumas. Endlich mußte der Herausforderer einsehen, daß er einen überlegenen Gegner vor sich hatte. Er blutete bereits aus mehreren tiefen Bißwunden. Daher riß er sich los und floh.

Der erregte weiße Puma verfolgte ihn noch ein kurzes Stück, doch nach rund hundert Metern blieb er heftig atmend stehen. Er knurrte laut; dann fegte er mehrmals triumphierend mit dem Schwanz über den Boden und wirbelte dabei eine Wolke von Steinchen auf. Nach dieser Siegesgeste drehte er sich befriedigt um. Er war wieder der Herr des Reviers.

ENDE November wurde der Puma unruhig. Er war inzwischen über zwei Jahre alt, ein voll ausgewachsenes Männchen, das an die fünfundneunzig Kilo wog und fast drei Meter lang war. Mittlerweile hatte er sich zu einem prächtigen Exemplar seiner Art entwickelt; sein weißes Fell und die tiefschwarze Zeichnung auf seinem Gesicht, an den Ohrspitzen und am Schwanzende wirkten ebenso beeindruckend wie sein geschmeidiger, muskulöser Körper. Bislang war er zufrieden gewesen, sich im eigenen Revier aufzuhalten, doch nun spürte er von Tag zu Tag ein immer stärkeres, unbekanntes Drängen. Es war der Geschlechtstrieb, der sich zum erstenmal mit Macht bei ihm meldete.

Im Dezember gab er dem Verlangen, eine Partnerin zu suchen, schließlich nach und verließ frühmorgens sein Revier. Während der Nacht hatte es geschneit, und in den höheren Regionen lag nun eine sechzig, im Tal hingegen nur zwanzig Zentimeter hohe Schneedecke. Um die steilen Pässe zu meiden, hielt sich der Puma in den Niederungen, und so verließ er das Gebiet des Nassflusses auf dem gleichen Weg, auf dem er gekommen war.

Er bewegte sich stetig südwärts und erreichte schließlich das Ostufer des Kitseguecla. Von hieran folgte er dem Lauf des Flusses und gelangte bald zum Rocky Ridge, fast genau an der gleichen Stelle, die er und seine Mutter erklommen hatten, um Taggart und Cousins aus dem Weg zu gehen.

Er konnte sich an ihre Flucht nicht mehr genau erinnern, aber er spürte eine unbestimmte Erregung, eine Mischung aus Aggression und Furcht. Dieses Gefühl trieb ihn unwillkürlich an, und statt wie bisher gemächlich zu laufen, begann er, in langen Sätzen vorwärts zu jagen. Dieses Tempo behielt er bei, bis ihm die dichten Fichten, die das Kitsegueclatal säumten, Deckung boten.

Er keuchte und bewegte sich auf die Wiese zu, die den Kitsegueclasee umgab. Nachdem er prüfend das offene Land um sich herum betrachtet hatte, lief er zum Seeufer. Dort hielt er an, um zu trinken. Vom langen Treck erschöpft, tapste er zu der Höhle, in der er und seine Familie einst Zuflucht gefunden hatten.

Trotz der Zeit, die seither verstrichen war, konnte er immer noch schwach seine eigenen Geruchsspuren sowie die seiner Mutter und seiner Schwester ausmachen. Daher fühlte er sich hier gleich zu Hause und legte sich, ohne seinen drängenden Hunger zu beachten, ein paar Augenblicke später hin und schlief ein.

Als er wieder erwachte und die Höhle verließ, beleuchtete der Mond mit seinem gelben Licht die Wildnis. Die Temperatur war auf zwanzig Grad unter Null gefallen. Da sein Nahrungsbedürfnis noch größer geworden war, beschloß der Puma, auf die Pirsch zu gehen. Lautlos bewegte er sich vorwärts und erreichte nach kurzer Zeit den See. Mit der unendlichen Geduld, die allen Pumas eigen ist, umrundete er ihn. Doch keine der Spuren, die er fand, war wirklich frisch. Er betrat daher den Wald und pirschte dort den größten Teil der Nacht über. Als die Sonne aufging, erlegte er einen Hirsch.

Der Berglöwe begann zu fressen. Plötzlich sprang er auf und schlug aufgeregt mit dem Schwanz. Er wandte sich gen Süden und hielt den Blick scharf auf das Laubwerk gerichtet. Aus dieser Richtung hatte er ein schwaches Geräusch gehört. Als er sich schon von seiner Beute davonstehlen wollte, durchbrach ein langgezogener Schrei das Schweigen des Waldes. Und noch bevor er sich rühren konnte, ertönte der Schrei ein weiteres Mal.

Der Berglöwe wurde erregt. Instinktiv wußte er, daß dies die Rufe eines Pumaweibchens waren, das einen Partner suchte. Aufgeregt lief er in die Richtung, aus der die klagenden Laute gekommen waren, und begann zur Antwort leise zu pfeifen.

Als die Berglöwin das Pfeifen hörte, eilte sie ihm entgegen. Sie war sieben Jahre alt; von ihren fünf Würfen waren sechs Junge erwachsen geworden, doch bis auf eines waren sie alle von Taggart und Cousins getötet worden. Sie hatte den weißen Puma am vorausgegangenen Tag gewittert. Jetzt kam sie zu ihm.

Die beiden Pumas begegneten sich auf einer kleinen Lichtung mitten im Wald. Der forsche und zugleich etwas ängstliche Berglöwe trat sofort auf sein Gegenüber zu. Zu seiner Überraschung und seinem Schrecken erhob das verführerische Weibchen seine Vorderpfote und schlug ihn auf den Kopf.

Der Puma sprang zurück und schüttelte den Kopf. Dann trat er von neuem auf sie zu, duckte sich dabei zum Zeichen der Unterwerfung und stieß eine Reihe rascher, werbender, flehender Laute aus. Erneut wurde er abgewiesen, doch diesmal konnte er sich dem abwehrenden Schlag durch einen Sprung entziehen. Eine Weile beobachtete er die Berglöwin aufmerksam aus sicherer Distanz. Jetzt, da sie ihn fortgetrieben hatte, wurde sie scheu, schnurrte und räkelte sich wollüstig.

Er versuchte, das Verhalten des Weibchens zu verstehen, und legte sich abwartend in einiger Entfernung nieder. Unwissentlich hatte er sich richtig verhalten, denn kaum schien er das Interesse an ihr zu verlieren, kam sie zu ihm und begann seinen breiten Kopf abzulecken und laut zu schnurren.

Überrascht und erfreut begann der Puma gleichfalls zu schnurren. Bald danach paarten sich die beiden, und sie wiederholten dies mehrmals im Laufe der folgenden drei Wochen, die sie gemeinsam verbrachten.

Am zweiundzwanzigsten Tag nach ihrer ersten Begegnung lief das Weibchen fort, als der Berglöwe gerade von einem Hirsch fraß, den sie gemeinsam erlegt hatten. Der weiße Puma reagierte nicht. Wie beim Weibchen hatte auch bei ihm der Geschlechtstrieb nachgelassen.

Das Weibchen, das im schnellen Tempo südwärts lief, war trächtig. Ihr lag nun daran, ein Revier zu finden, wo sie im kommenden April ihre Jungen zur Welt bringen konnte.

DER restliche Winter bescherte dem Puma eine schwere Zeit. Hirsche und Elche, die es in dieser Region während seiner Jugend im Überfluß gegeben hatte, waren selten geworden. Bells Kunden hatten den Wildbestand dezimiert, und außerhalb der Jagdsaison hatten Taggart und Cousins gewildert, um Joe Geweihe und Felle zu liefern.

Der Berglöwe wanderte ohne Unterlaß umher und hielt sich am Leben, indem er alles jagte, was er an Tieren aufstöbern konnte. Als der Frühling nahte, befand er sich in schlechter körperlicher Verfassung und hatte fast zwanzig Kilo an Gewicht verloren. Er lief jetzt in Richtung Südwesten, folgte dem Lauf des Zymoetzflusses ins Flachland östlich des Hazeltongebirges. Dort kam er Anfang April an.

Der weiße Puma begann, das Flußtal zu erforschen. Nach zwei Stunden hatte er noch nicht einen einzigen Hirsch aufzuspüren vermocht. Als er einen schmalen Bach überquerte, witterte er dagegen Pferde. An den Geruch erinnerte er sich gut; mit ihm verband er sofort die Anwesenheit von Menschen.

Der Puma schlug mit dem Schwanz, zog seine Lefzen zurück und entblößte die Fangzähne. Er knurrte leise. Im ersten Augenblick verspürte er den Drang wegzulaufen, doch als der Geruch stärker wurde, pirschte er sich vorsichtig an. Sobald er die Pferde hören konnte, blieb er stehen. Sorgfältig prüfte er, ob er auch den Geruch von Menschen ausmachen konnte. Doch dem war nicht so, und deshalb wagte er sich weiter vor. Diesmal kletterte er jedoch eine Bergflanke hoch, bis er die

Niederung überschauen konnte, während er selbst von den Bäumen vor Blicken verborgen war. Unter ihm befanden sich vierzehn Pferde, die die vertrockneten Gräser und das Unkraut fraßen, das ihnen das Tal als einziges Futter bot.

Es waren Reittiere, die zur Jagdhütte der „High Country Hunting" am McDonnellsee gehörten. In Anbetracht des bescheidenen Futters, mit dem sie sich gezwungenermaßen über sechs Monate hatten zufriedengeben müssen, hatten sie den Winter ziemlich gut überstanden. Aber es war nicht zu übersehen, daß sie an Unterernährung litten.

Mit hungrigem Blick wählte der weiße Puma als Opfer einen abgemagerten Zweijährigen aus, der mit hängendem Kopf ein Stück von den anderen entfernt stand. Die Pferde bemerkten den Berglöwen nicht, da der Wind aus ihrer Richtung kam. Der Puma begann seinen Abstieg. Er erreichte die Talsohle, schlich sich durch ein Dickicht von Zwergwacholderbüschen und tauchte plötzlich auf, um sein Opfer anzuspringen und ihm das Genick zu brechen. Die anderen Pferde flohen in Panik talabwärts.

Der Puma schleifte seine Beute in eine von Wacholderbüschen abgeschirmte Senke. Er begann am Kadaver zu schnuppern und zögerte, sich über die ungewohnte Beute herzumachen. Aber sein Heißhunger siegte.

Eine Viertelstunde später war er gesättigt, deckte die Reste des Kadavers zu und kletterte hangaufwärts zu einer Ansammlung von Felsen. Unter einem von ihnen entdeckte er einen ausreichend großen Unterschlupf. Der Puma rollte sich zusammen und schlief ein.

Drei Tage und drei Nächte lang hielt er sich in der Nähe der Beute auf, fraß, wenn er Hunger hatte, und danach ruhte er sich unter dem Felsen aus. Am Morgen des vierten Tages ließ er die Überreste unbedeckt zurück. Er hatte beschlossen, sich wieder auf die Suche nach einem geeigneten Revier zu begeben.

An diesem Morgen wehte ein frischer Wind. Das Rauschen in den Bäumen überdeckte andere Geräusche, und so nahm der Puma die Ankunft von Steve Cousins erst wahr, als der Jäger bereits ins Tal eingeritten war.

Cousins hatte seinen Partner beim Jagdhaus am McDonnellsee zurückgelassen und war bei Morgengrauen aufgebrochen, um nach den Pferden zu schauen, die in diesem Gebiet überwintert hatten. Sein eigenes Pferd witterte den Puma sofort; es schnaubte und bäumte sich auf vor Angst. Als der Puma den Reiter erblickte, ergriff er sofort die Flucht. Cousins, der sein Gewehr bereits aus dem Futteral gezogen hatte, war vom Anblick des weißen Berglöwen so überrascht, daß er für den Bruchteil einer Sekunde zögerte, ehe er schoß. Die Kugel schlug in einen Felsen in der Nähe des Pumas ein, und ein Hagel von Steinsplittern traf ihn am linken Hinterbein. Der Puma verspürte einen stechenden Schmerz und machte einen zehn Meter langen Satz, durch den er in die schützende Deckung mehrerer Felsen gelangte. Mit höchster Geschwindigkeit rannte er die Ostflanke des Howson Peak hinauf, eines gletschergekrönten Berges, der zum Hazeltongebirge gehört.

Als er gut dreihundert Meter emporgestiegen war, blieb er unter einer Baumgruppe stehen. Die Flucht hatte ihn erschöpft, und er mußte sich hinlegen. Mühsam rang er nach Atem und spürte, wie sein Haß auf Menschen immer mehr wuchs.

Von der Wiese im Tal aus suchte Cousins mit seinen Blicken den Berg ab. Doch schnell mußte er sich eingestehen, daß er seine Chance, den weißen Puma zu erlegen, verpaßt hatte. Der für gewöhnlich schweigsame Mann begann ärgerlich vor sich hin zu murmeln und zu fluchen, aber er verlieh auch immer wieder seiner Verwunderung Ausdruck. „Heiliger Strohsack! Ein weißer Puma! ... Ist ein Vermögen wert ... Bin gespannt, was Walter dazu sagen wird!"

Er trieb sein Pferd vorwärts, bis zu der Stelle, an der er den weißen Puma zuletzt gesichtet hatte. Doch sein Falbe hatte nur wenige Schritte getan, als er plötzlich nach links ausbrach. Der Führer hatte so sehr damit zu tun, das Pferd wieder unter Kontrolle zu bringen, daß er die Überreste des Pferdekadavers zunächst gar nicht bemerkte. Dann stieß er einen kräftigen Fluch aus.

Seine erste Reaktion war, nach seinem Funkgerät zu greifen und dem Hauptquartier die Neuigkeit über das tote Pferd und den außergewöhnlichen Puma zu melden. Doch dann besann er sich eines Besseren. Ihm wurde klar, daß im ganzen Gebiet Jäger ausschwärmen würden, wenn er bekanntgab, daß er einen weißen Puma gesehen hatte. Deshalb beschloß er, die Farbe des Pumas nicht zu erwähnen.

Im Hauptquartier wurde Bell ans Funkgerät gerufen und nahm das Mikrofon vom Halter. „Was ist passiert?" wollte er wissen.

„Eines unserer Pferde ist gerissen worden. Muß vor etwa vier Tagen passiert sein. Es war vermutlich ein Puma; ich hab ihn selbst gesehn, ist ein ganz schön großer Bursche. Einen Schuß hab ich auf ihn abgegeben, der hat ihn vielleicht gestreift. Jedenfalls ist er in die Berge abgehauen."

„Haben Sie schon nach den anderen Pferden geschaut?"

„Nein. Melde mich, falls noch weitere getötet wurden."

Zehn Minuten später fand Cousins die übrigen Pferde, die friedlich am anderen Ende einer großen Wiese grasten. Damit war sein Auftrag erfüllt, und da er seinem Partner möglichst bald vom weißen Puma erzählen wollte, begab er sich auf den Rückweg zum McDonnellsee.

Auf halber Strecke begegnete er Taggart, der offensichtlich sehr aufgeregt war und seinen schwarzen Wallach im Galopp über den Pfad trieb. Als er Cousins erblickte, zügelte er sein Pferd. „Ich hab dich über Funk gehört. Was ist los?"

Nachdem Cousins es ihm erklärt hatte, erwiderte Taggart ungehalten: „Wie konntest du den bloß verfehlen? So ein Mist!"

Cousins zuckte die Schultern. „Wenn du an meiner Stelle gewesen wärst, hättest du ihn auch verfehlt, Walter. Ich sag dir, dieser Puma ist phantastisch. Ein schneeweißes Fell, bis auf die Zeichnung im Gesicht und am Schwanz. Und riesengroß."

Jetzt lächelte Taggart. „Wir sollten besser zurückkehren. Du reitest nach Smithers. Ruf Joe an und sag ihm, für fünf Riesen gehört der Puma ihm. Ich kehre um nach Moose-Skin und hol die Hunde. Bell sage ich, du seist hinter dem Puma her, weil du meinst, daß du ihn verwundet hast. Dann wird er dich ein, zwei Tage in Ruhe lassen."

Zwei Tage darauf kehrte Cousins spätabends zum Hauptquartier zurück. Er brachte Taggart die gute Nachricht mit, daß Joe zugesagt hatte, für Fell und Kopf des seltenen weißen Pumas fünftausend Dollar zu zahlen.

Am nächsten Morgen begaben sich die beiden Männer in Bells Büro. Cousins versicherte seinem Chef, daß er inzwischen überzeugt sei, er habe mit seinem Schuß die Katze doch verfehlt. Er habe keinerlei Blutspuren gefunden, obwohl er die Fährte fast zwei Kilometer verfolgt habe, bevor sie sich in den Bergen verlor.

Bell bat die beiden, einen Augenblick dazubleiben, und ging in den Funkraum. Von hier aus rief er beim Amt für Jagd und Fischerei in Prince George an. Er berichtete, daß ein Puma eines seiner Pferde angefallen und getötet habe, und forderte die Genehmigung, das Raubtier außerhalb der Saison jagen zu dürfen.

Nachdem er die offizielle Bewilligung erhalten hatte, ging er zurück in sein Büro und befahl Cousins und Taggart, sich noch am gleichen Tag auf die Jagd nach dem Puma zu begeben. „Ich will euch Burschen zum Beginn der Angelsaison wieder bei mir haben", sagte der Unternehmer. „Das heißt, ihr habt zehn Tage, um den Puma zu kriegen."

„Wird bestimmt nicht mehr als ein paar Tage dauern, Chef", versprach Taggart und folgte seinem Partner nach draußen.

Schweigend gingen sie zu Taggarts Hütte hinüber. Dann wandte sich Taggart Cousins zu. „Hör zu, ich hab mir folgendes überlegt. Wir töten den Puma, aber Bell sagen wir, wir hätten ihn nicht finden können. Ich sehe nicht ein, daß der einen Anteil von unserem Geld abkassiert."

Cousins nickte zustimmend.

DER weiße Puma ruhte auf einer kleinen moosbedeckten Lichtung nahe der Höhle, in die er mit seiner Mutter und seinen Geschwistern eingezogen war, nachdem sie die Höhle hinter dem Wasserfall verlassen hatten. Von hier aus überschaute er die Stelle, an der der Red Canyon Creek und der Zymoetzfluß sich vereinigten, und konnte das Tal in seiner ganzen Breite überblicken. Am vorausgegangenen Spätnachmittag hatte er am Nordufer des Red Canyon Creek einen Hirsch erlegt und ihn unter ein paar schützende Bäume gezerrt. Nachdem er sich daran gütlich getan hatte, war er in einen tiefen und erholsamen Schlaf gefallen.

Bei Anbruch der Dämmerung kehrte er zu den Überresten seiner Beute zurück und hatte sie eben wieder zugedeckt, als er die Hunde hörte. Das Bellen war schwach, doch er erkannte sofort, daß die Hunde sich seinem Standort näherten.

Er lauschte, den Blick unverwandt in die Ferne gerichtet, und knurrte leise. Dann versuchte er, die Witterung aufzunehmen. Ein leichter Wind, der in seine Richtung wehte, trug den schwachen, aber deutlichen Geruch von Menschen, Pferden und Hunden zu ihm herüber. Der Puma machte sich auf, hügelabwärts dem Tal zuzulaufen.

Zehn Minuten lang rannte er, so schnell er konnte, dann fiel er in ein gemäßigtes Lauftempo. Nach kurzer Zeit gelangte er an eine Biegung des Zymoetzflusses. Die Strömung hatte hier im Laufe der Zeit so viel Sand angeschwemmt, daß der Fluß an dieser Stelle nicht sehr tief war. Der Puma sprang, flog in einem hohen Bogen über das eisige Wasser hinweg, setzte kurz auf einer Sandbank in der Mitte des Flusses auf und gelangte mit einem zweiten Sprung an das gegenüberliegende Flußufer. Dann lief er den Hang hinauf, um sich zwischen den dort wachsenden Espen zu verstecken.

Er hatte kaum die Bäume erreicht, als das Bellen der Hunde merklich lauter wurde. Vor sich erblickte er einen steilen Granitüberhang, der durch einen dichten Hain junger Lärchen abgeschirmt war. Mit einem gewaltigen Satz sprang er die drei Meter hohe Felswand hinauf. Oben wartete er hinter der schützenden Wand aus gelbgrünen Nadeln auf seine Verfolger, bereit, aus seinem Hinterhalt anzugreifen.

Das Bellen kam näher. Wenige Minuten später vernahm der Berglöwe ein platschendes Geräusch: Die Hunde waren in den Fluß gesprungen und durchquerten ihn. Während er weiter wartete, sicherte er. Menschen und Pferde konnte er nicht ausmachen, doch die Hunde roch und hörte er. Immer lauter drang ihr helles, erregtes Bellen zu ihm herauf, und ein Krachen im Unterholz kündigte ihr unmittelbar bevorstehendes Eintreffen an.

Taggarts bester Spürhund, Blue, führte die vier Jagdhunde an. Sie stürzten den Hang hinauf, den auch der Berglöwe erklommen hatte. Der weiße Puma sprang mit drohend aufgerissenem Maul und ausgestreckten Pfoten auf sie herab, und aus seiner Kehle drang ein todverheißendes, lautes Brüllen.

Die entsetzten Hunde versuchten zurückzuweichen, doch zu spät. Mit seinen Krallen erfaßte der Puma den Leithund und riß ihm die Brust auf. Er war sofort tot. Die übrigen Hunde ergriffen die Flucht. Einen holte der Berglöwe ein und traf ihn so heftig mit der rechten Vorderpfote, daß das unglückliche Tier durch die Luft segelte und winselnd etwa zwei Meter vom Angreifer entfernt auf dem Boden landete. Die beiden anderen entkamen.

Laut knurrend schaute der weiße Puma den fliehenden Hunden nach. Dann drehte er sich um und beroch den toten Hund, packte ihn und trug ihn den Berg hinauf. Der zweite Hund winselte noch immer. Der Berglöwe hatte ihm mit seinen Krallen an der linken Schulter tiefe Rißwunden zugefügt, und sein rechtes Vorderbein war beim Sturz gebrochen.

Taggart und Cousins befanden sich noch auf der anderen Seite des Zymoetzflusses, als sie die beiden Hunde auf sich zurennen sahen. Die Männer zügelten ihre Pferde und hielten an.

„Was soll . . .", murmelte Taggart.

Cousins sprang ab, rief die Hunde zu sich und leinte sie an. „Die Hunde sind völlig verschreckt, Walter. Da stimmt etwas nicht."

„Das kann man wohl sagen. Steig auf! Die beiden Hunde sollen uns zu Blue und Turk bringen."

Zwanzig Minuten später fanden die Führer den verletzten Turk. Während Taggart ihn untersuchte, betrachtete Cousins den Schauplatz des Kampfes. Er fand die Spuren des Pumas und erkannte, daß dieser den Leithund weggeschleift hatte.

Taggart wandte sich an seinen Partner. „Das verdammte Biest hat Turks Schulter aufgerissen und ihm ein Bein gebrochen. Aber wo ist Blue?"

Cousins stand auf. „Blue ist tot. Der Puma hat ihn weggeschleppt." Er deutete den Hang hinauf, wo einzelne Felsen und umgestürzte Bäume zu sehen waren. „Hier können wir ihm nicht folgen. Wir sollten umkehren, Walter."

Taggart begann zu fluchen. „Den Teufel werden wir! Wir folgen ihm zu Fuß und halten die Hunde an der Leine. Das Vieh kriegen wir noch!"

„Und was geschieht mit Turk?"

„Was mit ihm geschieht? Wir erschießen ihn! Er nützt uns jetzt nichts, und als Jagdhund taugt er eh nicht mehr viel, nachdem die Katze ihn so zugerichtet hat."

Cousins sah seinen Partner an und gelangte zu der Überzeugung, daß Taggart vor Wut nicht mehr klar denken konnte. Er wußte schließlich, wie gern der Mann seine Hunde hatte. „Komm, beruhige dich, Walter! Turk ist ein guter Jagdhund. Er hat sein Bestes getan. Ich würde nie zulassen, daß du den Hund erschießt. Du kannst gern zu Fuß weitergehen, wenn du willst. Aber ich – ich werde Turk heimbringen."

Es brauchte nicht viel, um Taggart zu überreden. Er kraulte dem Hund bereits den Kopf, während er Cousins zuhörte.

„Also gut. Vielleicht hast du ja recht."

DREIZEHNHUNDERT Meter über der Talsohle hatte sich der Puma einen Ruheplatz gesucht und erholte sich. Er hatte sich an Taggarts Jagdhund gesättigt, nachdem er ihn über dreihundert Meter bergauf geschleppt hatte. Die Reste des Kadavers ließ er anschließend liegen; er nahm sich nicht die Mühe, sie zu bedecken, denn er wollte weiter.

Eine Stunde nach Sonnenuntergang erhob er sich und brach auf in Richtung Süden. Es war Mitternacht, und der Himmel war sternenklar, als er den Many Bear Creek erreichte. Hier hielt er an, um zu trinken. Danach lief er weiter nach Osten, bis er am Limonite Creek ankam.

Da er bislang nicht den Geruch eines anderen Pumas aufgespürt hatte, brauchte er hier nicht mit einem Rivalen zu rechnen und beschloß, in diesem Gebiet zu bleiben. Er folgte dem Bach bis zum Telkwapaß und nahm beim Abstieg die frische Witterung eines Hirsches auf. Die Fährte führte ihn zum Milk Creek, einem der vielen

Zuflüsse, die den Telkwafluß speisen. Hier erjagte er einen mageren Virginiahirsch, und da es mittlerweile schon spät war, legte er sich nieder zum Schlafen. Er konnte nicht ahnen, daß zwanzig Kilometer südwestlich von ihm Taggart und Cousins in Taggarts Hütte saßen und Pläne schmiedeten, die ihn betrafen.

ALS die beiden Männer wieder im Hauptquartier am Moose-Skin-Johnny-See angekommen waren, hatte Cousins als erstes Turk behandelt, während sein Partner Bell Bericht erstattete. Wie so viele Menschen, die ihr Leben in der Wildnis verbringen, besaß Cousins beachtliche Fähigkeiten, was das Pflegen verletzter Tiere anging. Er brauchte nicht lange, um den gebrochenen Fuß des Hundes fachgerecht zu schienen und die Wunden zu desinfizieren.

Zwei Tage später hatten die beiden Männer erneut alle Vorbereitungen für die Jagd auf den weißen Puma getroffen. Es war noch dunkel, als sie in Begleitung der beiden Hunde, die Taggart geblieben waren, den engen, holprigen Pfad entlangritten, der zum McDonnellsee führte.

Die Stelle, an der der weiße Puma Blue getötet hatte, erreichten sie am frühen Nachmittag. Sie stiegen ab und banden ihre Pferde an. Dann machten sie sich daran, den Hang hinaufzusteigen. Cousins, der die Hunde an der Leine mit sich führte, ging voran.

Das ruhige Verhalten der Hunde verriet den Männern, daß sie einer kalten Spur folgten. Zwei Stunden später wurden sie lebhafter, und Cousins, der diese Veränderung bemerkte, rief Taggart zu: „Die Spur wird jetzt frischer, Walter. Ich laufe schon mal voraus."

Taggarts Gesicht war purpurrot vor Anstrengung. Er konnte dem Jüngeren gerade noch zurufen: „Verdammt, Steve! Warte auf mich!"

Bevor Cousins jedoch zu antworten vermochte, stürmten die Hunde auf einmal los und zerrten ihn zu einem Zwergwacholdergebüsch. Dahinter lagen die Überreste des toten Jagdhunds. Cousins sah sich den Fund an, kehrte um und stieg den Hang wieder hinab. Er wollte unbedingt verhindern, daß Taggart sah, was Blue zugestoßen war.

Sein Partner fluchte laut, als er von Cousins' Fund hörte. Wütend schwor er Rache. „Ich sag dir, Steve, ich werde das Biest umlegen. Ich will zusehen, wie es krepiert."

Cousins nickte bloß. Nach einer kurzen Weile äußerte er seine Vermutung, daß der weiße Puma sich wahrscheinlich auf der anderen Seite des Berges aufhielt. „Ich wette, der Puma ist irgendwo am

Telkwafluß", sagte er. „Oberhalb der Schneegrenze gibt's nicht viel zu fressen."

Die Nacht verbrachten sie am McDonnellsee. Beim ersten Tageslicht brachen sie auf und kamen um acht Uhr früh bei der Mündung des Milk Creek in den Telkwafluß an.

Fünfzehn Kilometer von dieser Stelle entfernt hatte sich der weiße Puma bei Anbruch der Dämmerung in einer Höhle schlafen gelegt. Vier Stunden später weckte ihn das Bellen der Jagdhunde. Obwohl es noch weit weg war, sprang er knurrend auf. Er lief in nördlicher Richtung, zurück zum Telkwapaß. Für seine Flucht wählte er einen Weg durch die Berge. So würde er außerhalb der Reichweite der beiden Männer und ihrer Hunde bleiben, die sich an die längere, leichter zu begehende Strecke zum Paß halten mußten, wenn sie die Jagd fortsetzen wollten.

Am frühen Nachmittag hatte der Berglöwe ein sicheres Versteck in siebenhundert Meter Höhe über dem Limonite Creek gefunden. Von hier aus konnte er den westlichen Zugang zum Paß beobachten. Drei Stunden später tauchten die berittenen Männer mit ihren Hunden am Eingang auf. Sie hatten die Fährte des Pumas bis zur Höhle verfolgt, danach jedoch die Spur verloren.

Der Puma setzte sich auf und beobachtete seine Verfolger mit neu entfachtem Haß. Es lag nicht in seiner Natur zu hassen; Haß ist überhaupt ein Gefühl, das Tiere selten empfinden. Angriffslust verspürte der Puma eigentlich nur, wenn es erforderlich war zu töten, entweder um sich Nahrung zu beschaffen oder um sein Revier zu schützen. Aber die Menschen, die er jetzt beobachtete, hatten ihn seiner Familie beraubt. Diese Männer, ihre Hunde und ihre Pferde hatten ihn herausgefordert. Sie waren allesamt seine Feinde, sie hatten ihn hassen gelehrt. Und weil er stark, gewandt und ein hervorragender Jäger war, war er gefährlich geworden.

Als die Männer weitergingen, folgte ihnen der Puma. Später beobachtete er, wie sie ein Zelt errichteten und ein Lager aufschlugen.

8. Kapitel

VIER Stunden nachdem Taggart und Cousins in ihre Schlafsäcke gekrochen waren, schwelte das Lagerfeuer noch immer, und in dem schwachen Licht, das von der Glut ausging, konnte man die Umrisse der Bäume und Büsche nur ahnen. Die Nacht hatte ihr pechschwarzes

Dunkel über der Wildnis ausgebreitet. Doch der Himmel über den Bäumen war klar und übersät von unzähligen hell leuchtenden Sternen.

Während der letzten Stunde war der Puma langsam den Berg hinuntergestiegen und hatte sich dem Lager immer weiter genähert. Gegen Mitternacht war er keine hundert Meter mehr von dem orangefarbenen Zelt entfernt. Bedingt durch den Gegenwind konnten die Hunde ihn nicht riechen, und er war jetzt an einer Stelle angelangt, von der aus er das ganze Lager zu übersehen vermochte. Der Puma konnte nicht nur die Pferde und die Hunde, sondern auch Taggart und Cousins riechen und hören. Vor allem Taggarts Schnarchen war weithin vernehmbar.

Nun, da er sich sicher fühlte, begann sich der Puma anzuschleichen. Immer näher kroch er heran, bis er nur noch sieben Meter vom Zelt entfernt war. Ein paar Sekunden lang verharrte er regungslos wie eine Statue; dann sprang er das Zelt an, wobei er ein ohrenbetäubendes wütendes Brüllen ausstieß.

Die Wucht seines Sprungs drückte das kleine Zelt beinahe platt, doch durch seine Spannung federte das Zelt wie ein Trampolin und warf den Puma zurück. Verblüfft kam er wieder auf die Beine und wollte gerade zu einem zweiten Angriff ansetzen, als er seine Meinung änderte, weil er von drinnen ein Fluchen vernahm. Dann ging ein Schuß los. Der Berglöwe geriet in Panik, drehte sich um und raste unter die Bäume.

Im Innern des Zelts herrschte Chaos. Die Krallen des Pumas hatten eine Wand eingerissen und drei Spannleinen gekappt, so daß das Zelt zum Teil zusammengefallen war. Nachdem die beiden Männer abrupt aus dem Schlaf gerissen worden waren, kämpfte sich Taggart sofort aus dem Schlafsack frei, stieß dabei mit der linken Hand an sein Gewehr und löste so versehentlich den Schuß aus.

Cousins, der noch in seinem Schlafsack lag, wurde durch den Knall des Schusses fast taub, als die Kugel an seinem Ohr vorbeipfiff – um ein Haar hätte sie ihn getroffen. „Walter, du verdammter Idiot!" schimpfte er. „Du hättest mich fast erwischt!"

Schließlich fand er den Riß in der Zeltwand und kroch nach draußen, während Taggart noch immer fluchte und im Zelt herumtobte. Cousins orientierte sich an den wenigen noch glühenden Holzstücken in der Asche, fand den Weg zum Feuer und blies in die Glut, bis die Flammen erneut aufflackerten.

Das Feuer warf einen schwachen Lichtschein in das Zelt und machte es Taggart möglich, sich zurechtzufinden. Er folgte dem Beispiel seines Partners und kroch durch den Riß. Dann packte er sein Gewehr und ging zum Feuer, wobei er ängstliche Blicke nach allen Seiten warf.

Als Taggart sich zu ihm gesellte, zündete Cousins eine Gaslampe an. Die beiden Männer gingen gemeinsam zurück zum Zelt und suchten den sandigen Boden ab. Die riesigen Pfotenabdrücke des Pumas hatten sie rasch gefunden, bald darauf auch die Stelle, wo der Puma wartend gelauert hatte, und den Fleck, von dem aus er das Zelt angegriffen hatte.

„Allmächtiger! Steve, der Puma macht Jagd auf uns!" Taggarts sonst eher laute Stimme war zu einem ehrfürchtigen Flüstern herabgesunken.

Cousins nickte. „Wir holen besser die Hunde ans Feuer. Bis Tagesanbruch können wir nichts tun."

Cousins nahm sein Gewehr aus dem Zelt. Gemeinsam mit Taggart lief er zu den Hunden hinüber, als ein langgezogener, unheimlicher Schrei die Wildnis erfüllte. Taggart erschauerte und hob sein Gewehr an die Hüfte. Ohne ein Wort zu reden, stellten sich die beiden Männer Rücken an Rücken. Der Schrei wiederholte sich, ein Schrei, der eine furchtbare, unbändige Wut auszudrücken schien. Die verängstigten Hunde brachen in ein klägliches Winseln aus.

Dann war es still – eine Stille, die geradezu unnatürlich wirkte in einer Wildnis, in der ansonsten stets Geräusche von der Anwesenheit anderer Lebewesen kündeten: das Gezwitscher nistender Vögel, das Quieken von Mäusen und Wühlmäusen, das Summen von Insekten. All diese Laute waren auf einen Schlag verstummt.

Die beiden Männer waren vor Furcht wie gelähmt. Außerhalb des Lichtscheins, den das flackernde Lagerfeuer und die Gaslampe auf ihren Lagerplatz und das Zelt warfen, konnten sie nichts erkennen – ihr Feind blieb für sie unsichtbar. Die Nacht gehörte ihm, sie war sein Lebensraum, hier war er der Überlegene. Er konnte aus jeder Richtung lautlos angreifen. Sie waren völlig hilflos.

Niemals zuvor hatten die beiden Jäger eine solche Angst ausgestanden. Denn nie zuvor waren *sie* die Gejagten gewesen.

NACHDEM der Puma den zweiten Schrei ausgestoßen hatte, war er den Howson Peak hinaufgelaufen, auf der Ostseite des Berges herabgestiegen und in den Niederungen am Telkwafluß entlang in Richtung Burniesee gelaufen.

Bei Tagesanbruch tat sich der Puma an einem großen Murmeltier gütlich, das er erlegt hatte, bevor er sich in einem Sumpf im Quellgebiet des Burnieflusses zum Ausruhen hinlegte. Er befand sich jetzt gut zehn Kilometer von der Wiese entfernt, auf der Bells zweite Pferdeherde graste. Weil er noch nie in dieser Gegend gewesen war, wußte er nicht, daß das südliche Lager der „High Country Hunting" an diesem See lag und daß Taggart und Cousins schon auf dem Weg dorthin waren.

Die beiden Männer waren am Feuer geblieben, bis sie bei Anbruch der Morgendämmerung allmählich ihre Umgebung erkennen konnten. Auf ihrem Ritt südwärts beschlossen sie, ihr Erlebnis mit keinem Wort zu erwähnen, weil sie befürchteten, daß sonst die allgemeine Jagd auf den „Menschenfresser" anheben würde. Sie wollten statt dessen berichten, daß der „Pferdekiller" entkommen war.

Einen entsprechenden Bericht funkten sie nach ihrer Ankunft in der Jagdhütte an Bell und ritten anschließend weiter zum Hauptquartier, um rechtzeitig zum Beginn der Angelsaison zur Stelle zu sein. Zwei Tage später trafen die ersten Kunden ein.

Taggart hatte einen kleinen, dicklichen Mann zu betreuen, einen deutschen Industriellen namens Erwin Hegel. Er war ein passionierter Angler und Jäger und hatte die Anzeige der „High Country Hunting" in einer deutschen Zeitschrift gesehen. Da er geschäftlich in Vancouver zu tun hatte, wollte er die Gelegenheit nutzen, hier angeln zu gehen. Er war ein angenehmer Klient und lauschte den übertriebenen Erzählungen Taggarts mit großem Interesse, wobei ihn vor allem die Geschichte von dem Puma faszinierte, der Taggart seinen halben Arm abgerissen hatte.

Eines Morgens kletterte das Thermometer auf dreißig Grad. Bei dieser hohen Temperatur wurden die Forellen im See träge und bissen nicht mehr. Mit hochrotem Gesicht und Schweißperlen auf der Stirn bat der Deutsche Taggart, das Boot zum Mittagessen an einen schattigen Platz zu steuern.

Hegel hatte bereits einen drei Pfund schweren Barsch gefangen. Taggart ließ das Boot auf eine sandige Uferstelle im Schatten laufen und erbot sich, den Fisch zu grillen, während sie sich ein kühles Bier schmecken ließen. Nach dem Essen saßen sie auf dem mit Felsbrocken übersäten Strand und unterhielten sich. Taggart war entspannt und wurde redselig. Er ließ fallen, daß er wisse, wo man einen weißen Puma finden könne.

Hegel war völlig aus dem Häuschen. „Was? Ein weißer Puma? Den muß ich haben!"

Taggart verfluchte sich innerlich. Er hatte eigentlich überhaupt nicht vorgehabt, den Puma zu erwähnen. „Die Sache ist folgende, mein Partner und ich haben schon ein Angebot für diesen weißen Puma von einem Kunden in Vancouver."

„Wieviel hat er geboten? Egal. Ich biete Ihnen zehntausend Dollar, wenn Sie mich führen. In Ordnung? Abgemacht?"

Der Führer tat so, als denke er nach; in Wahrheit war er sprachlos. Da war ihm tatsächlich gerade das Doppelte von dem angeboten worden, was ihnen Joe bezahlen wollte!

„Also, so einfach ist das nicht. Erst mal müssen wir den Puma finden, und dann müssen wir ihn auch noch zur Strecke bringen. Ich sag Ihnen, dieses Tier kriegt man nicht so leicht zu Gesicht. Und noch etwas. Als Steve und ich vor knapp zwei Wochen hinter dem Mistvieh her waren, griff es mitten in der Nacht unser Zelt an! Da haben Sie's. Dieses Biest ist gefährlich!"

Doch Hegel konnte nichts von seinem Vorhaben abbringen. Daraufhin gab Taggart ein Stück weit nach und sagte ihm zu, er werde sich das Angebot überlegen, ließ ihn aber schwören, alles für sich zu behalten. „Halten Sie sich bitte daran, sonst laufen die Kerle hier zu Hunderten rum, um den Puma zu schießen! Klar?"

Hegels Augen leuchteten vor Aufregung, aber Taggart war noch nicht bereit, ihm eine Zusage zu geben. Erst wollte er mit Joe Kontakt aufnehmen, um zu sehen, ob der Händler nicht noch mehr bieten würde, als Hegel zu zahlen bereit war. Er mußte also zunächst auf Zeitgewinn spielen.

„Ich sag Ihnen was, Mr. Hegel. Ich kann Ihnen nichts versprechen, aber ich rede mit Steve über die ganze Angelegenheit. Vielleicht können wir mit Ihnen dann eine Abmachung treffen."

Am Abend unterhielten sich Taggart und Cousins über Hegels Angebot. Sie kamen überein, Joe die Chance zu geben, Hegels Angebot zu überbieten, glaubten aber, daß er sich weigern werde. In diesem Fall sollte Taggart so tun, als ob er kapitulierte, und Joe Fell und Kopf, wie vereinbart, für fünftausend Dollar zusagen, den Puma dann allerdings auch Hegel versprechen. Und sobald Hegel das Geld herausrückte, würde er die begehrten Trophäen erhalten.

„Joe können wir später einfach mitteilen, daß wir den Berglöwen nicht erwischt haben und daß Hegel das Glück hatte, daß er ihm über den Weg gelaufen ist", meinte Taggart. „Dagegen kann Joe dann überhaupt nichts machen."

AM TAG bevor Hegels Zeit mit „High Country Hunting" zu Ende gehen sollte, betrat Taggart um sieben Uhr früh Bells Büro und teilte ihm mit, er habe die ganze Nacht nicht schlafen können, weil ihn fürchterliche Zahnschmerzen plagten. Bell glaubte ihm und arrangierte, daß Taggart nach Smithers geflogen wurde, damit er dort einen Zahnarzt aufsuchen konnte.

Eine Stunde später war Taggart in der Stadt, fand dort einen Zahnarzt, unterzog sich der lästigen Pflicht, zwei Zähne, die bereits seit einiger Zeit Löcher hatten, behandeln zu lassen, und rief anschließend Joe an.

Joe ging, wie erwartet, nicht von seinem Angebot ab. Er habe, so teilte er Taggart mit, bereits Abmachungen für den Verkauf des behandelten Fells und des Kopfes für einen Betrag von achttausend Dollar getroffen, was ihm selbst, wie er behauptete, ohnehin nur einen sehr geringen Profit einbringe.

„Also, mach mir bloß keine Dummheiten, Freundchen. Ich bin euch gegenüber immer fair gewesen, und dasselbe erwarte ich auch von euch. Ich will den weißen Berglöwen haben!"

Taggart versicherte, falls sie den Puma erwischten, werde Joe ihn zum vereinbarten Preis kriegen. „Das Problem ist nur, daß wir ihn wahrscheinlich nicht mehr vor der Jagdsaison schießen können. Dann müßten Sie vielleicht bis zum Winter warten. In Ordnung?"

„In Ordnung. Aber keine krummen Touren, Taggart."

Nach der Rückkehr zum Hauptquartier am Moose-Skin-Johnny-See teilte Taggart Hegel mit, der Handel mit ihm sei perfekt, und am nächsten Tag flog Hegel zurück nach Vancouver mit der erklärten Absicht, zur Jagdzeit wiederzukommen. Bald nach seiner Abreise meldete einer der Führer über Funk, der Puma habe ein weiteres Pferd getötet. So große Spuren wie die von diesem Puma habe er noch nie gesehen. Taggart und Cousins wurden noch einmal ausgeschickt, um den Puma aufzuspüren.

Als Ersatz für Blue und den noch immer nicht ganz genesenen Turk hatte Taggart zwei neue Jagdhunde gekauft, beide erfahrene Spürhunde. Die Hündin Queen galt als hervorragende Aufspürerin von Pumas und war sofort Taggarts Lieblingstier geworden.

Die Jäger verließen das Hauptquartier bei Sonnenaufgang und legten die fünfunddreißig Kilometer zum Burniesee in weniger als fünf Stunden zurück. Dort fanden sie den Kadaver des Pferdes und ließen die Jagdhunde auf die alte Spur los. Sie führte nach Süden, am Ostufer des Burnieflusses entlang, dem sie zwanzig Kilometer weit folgten.

Am frühen Nachmittag wurden die vier Hunde unruhig. Queen begann zu kläffen und an ihrer Leine zu zerren, deren anderes Ende an Taggarts Sattel festgemacht war. Die übrigen Hunde führte Cousins, der hinter seinem Partner herritt. Die Spur leitete sie über einen schmalen Bach in ein steiles Hangterrain, das von großen Felsbrocken übersät war, und je weiter sie ihr folgten, desto aufgeregter wurden die Hunde.

Fünfhundert Meter von ihnen entfernt lag der weiße Puma auf einem Felsvorsprung und wartete auf seine Verfolger. Sein Beobachtungsposten befand sich etwa sieben Meter oberhalb der Fährte an einer Stelle, wo der Pfad sich plötzlich durch einen steilen Felsabbruch stark verengte.

Zehn Minuten verstrichen. Die Jäger näherten sich dem Hinterhalt, Taggart vorneweg. Wenige Meter vom Versteck des Pumas entfernt, schnaubte der Wallach plötzlich, vielleicht weil er die drohende Gefahr spürte.

Da sprang der Puma. Und wieder stieß er einen seiner angsteinflößenden, haßerfüllten Schreie aus, während er aus der Höhe auf seine Feinde hinabstieß, die Beine weit vorgestreckt und die Krallen ausgefahren.

Taggarts Wallach bäumte sich auf. Fast wäre Taggart abgeworfen worden; er griff nach den Zügeln, verfehlte sie und schrie auf, als er die weiße Bestie sah, die beinahe über ihm war. Aber der Wallach hatte seinen Reiter gerade so weit aus der Reichweite der schrecklichen Pumakrallen getragen, daß diese nur den Rumpf des Pferdes streiften. Der Aufprall warf Taggart aus dem Sattel; das Pferd wäre um ein Haar den Felsabbruch hinabgestürzt.

Der Puma, der sein Ziel verfehlt hatte, segelte am Pferd vorbei und landete sieben Meter weiter unten am Hang. Er kam mit der üblichen Leichtigkeit wieder auf die Beine und verschwand inmitten der Bäume.

In der Hoffnung, den Berglöwen abzuschrecken, feuerte ihm Cousins einen Schuß hinterher. Dann stieg er ab und suchte nach seinem Partner. Taggart lag regungslos auf dem Rücken. Er hatte das Bewußtsein verloren und blutete aus einer Stirnwunde.

Cousins band den Wallach fest, der erregt unmittelbar neben dem auf der Erde liegenden Taggart tänzelte. Er holte die Feldflasche des Verletzten, ließ sich neben ihm nieder, schob einen Arm unter seinen Kopf und spritzte ihm Wasser ins Gesicht. „He, Walter. Keine Angst, du bist nicht schwer verletzt. Du hast dir nur den Kopf gestoßen."

Taggart öffnete die Augen, als Cousins ihm das Blut von der Wunde abtupfte. „Wie fühlst du dich?" fragte Cousins.

„Kein Grund zur Aufregung, ist alles in Ordnung. Aber ich hab ganz entsetzliche Kopfschmerzen." Taggart setzte sich auf. „Diese verdammte Katze! Sie hat's schon wieder versucht. Hast du ihr wenigstens eine Kugel verpassen können?"

„Ich hab geschossen, aber nur, um sie zu erschrecken. Sie war zu schnell weg." Cousins half seinem Partner auf die Beine. Aus dem Riß an der Stirn tropfte Blut, doch es war in der Tat keine schlimme Verletzung. Cousins holte den Erste-Hilfe-Kasten aus der Satteltasche, tupfte Jod auf die Wunde und legte einen Verband an. Dann ging er, um sich Taggarts Pferd anzusehen.

Der Wallach hatte drei lange, aber nur oberflächliche Kratzer am Rumpf abbekommen. Cousins wischte das Blut ab und reinigte die Wunden. Zehn Minuten später saßen die gedemütigten Männer auf und kehrten zum Hauptquartier zurück.

Am nächsten Nachmittag rief Bell Cousins in sein Büro. „Wie geht's Walter?" fragte er den Führer beim Eintreten.

„Der ist schon in Ordnung. Hat ein bißchen Kopfweh und ein paar blaue Flecken, aber sonst geht's ihm gut. Hat Glück gehabt. Der Puma hätte ihn fast erwischt."

Bell nickte, warf einen Blick auf einige Notizen, die er sich auf einem Blatt Papier gemacht hatte, und blickte auf. „Gut. Und jetzt was anderes. Was wissen Sie über einen weißen Puma, der sich angeblich auf unserem Territorium befindet?"

Cousins war völlig überrascht. „Ich, äh – nicht viel. Aber ich meine, ich ..., wir, das heißt, Walter und ich ..., wir wissen von ihm."

„Und wie kommt's, daß *ich* nichts von ihm gewußt habe, bis über Funk ein Reporter aus Vancouver nach ihm fragte?"

Cousins war von dieser Nachricht wie betäubt. „Ach du meine Güte! Chef, das weiß ich auch nicht."

„Cousins, Sie sollten lieber schleunigst auspacken! Ich will wissen, was hier vor sich geht. Von dem Puma hab ich erfahren, weil dieser Deutsche, den Walter geführt hat, bei einem Abendessen in Vancouver besoffen wurde und prahlte, er werde im Herbst wieder herkommen und einen weißen Puma erlegen. Das hat er einem Reporter erzählt, diesem Trevor Burns, der für die *Jägerpostille* schreibt. Burns nahm per Funk mit uns Kontakt auf und erkundigte sich bei mir nach dem Puma. Dabei teilte er mir mit, daß Sie und Taggart diesen Hegel führen wollten. Also los, raus mit der Sprache!"

Cousins hatte keine Wahl. Er erzählte, ließ die Verhandlungen mit Joe und Hegel allerdings weg. Taggart und er hätten die Sache geheimhalten wollen, so erklärte er, um zu vermeiden, daß andere Jäger herkämen und ebenfalls Jagd auf den Puma machten.

Bell ahnte, daß Cousins ihm etwas verschwieg, gab sich aber zufrieden. „Also gut, jetzt ist das Geheimnis gelüftet. Den Kuhhandel, den ihr beiden mit dem Deutschen ausgeheckt habt, könnt ihr vergessen. Burns will, daß ich die Geschichte bestätige oder dementiere. Ich werde sie bestätigen, und außerdem werde ich sie für die bevorstehende Saison annoncieren. Mit einem Albino auf unserem Gebiet können wir Großwildjäger aus aller Welt anlocken."

Burns meldete sich noch am gleichen Nachmittag, und Bell bestätigte die Existenz eines weißen Pumas in seinem Jagdgebiet. Er fügte hinzu, es handle sich um den weißen Puma, der erst am Vortag Taggart angegriffen habe. „Das Tier ist gefährlich", sagte Bell zu Burns. „Es hat zwei meiner Pferde und Taggarts besten Spürhund getötet und einen seiner Jagdhunde übel zugerichtet. Wir haben das Recht, diesen Puma außerhalb der Saison zu jagen."

Bell hatte nicht die Absicht, den Puma tatsächlich außerhalb der Jagdzeit zum Abschuß freizugeben, denn das hätte ihn bloß eine Menge an Reservierungen in der Saison gekostet. Er glaubte jedoch, daß er mit einer solchen Meldung auf die Titelseiten der Zeitungen käme. Und er behielt recht: Als Burns die Meldung publik machte, stürzten sich die Medien darauf.

Und wieder flogen Fernsehteams zum Moose-Skin-Johnny-See, um Taggart, Cousins und Bell zu interviewen. Obwohl Taggart es genoß, Held der Stunde zu sein, war er unzufrieden. Als Cousins und er allein waren, machte er ihm Vorwürfe, daß er Bell gegenüber die Existenz des weißen Pumas zugegeben hatte. „Das hast du wirklich vermasselt, Steve. Jetzt kriegen wir keine zehntausend Dollar mehr."

Cousins zuckte die Schultern. „Eine Chance haben wir noch. Bell will, daß wir den Berglöwen aufspüren, wenn die Kamerateams wieder weg sind. Das machen wir natürlich. Und wenn wir ihn sehen, erschießen wir ihn und sagen Bell, wir hätten ihn nicht finden können. Auf diese Weise kommen wir an unser Fell und den Kopf und können die Abmachung mit dem Deutschen einhalten."

Eine Woche später schickte Bell Taggart und Cousins aus, um das Revier des Berglöwen in der Wildnis zwischen dem Burniesee und dem Howson Peak zu erkunden. Die einzige Spur, auf die sie stießen, war die alte Fährte des weißen Pumas, die sie zu der Stelle führte, an der er Taggart angegriffen hatte. Sie entschieden sich schließlich, weiter nördlich zu suchen.

Drei Wochen nach ihrem Aufbruch vom Hauptquartier erreichten die entmutigten Führer, denen allmählich die Vorräte ausgingen, den Kitsegueclasee. Ihre Ankunft mitten am Morgen fiel fast haargenau zusammen mit dem Eintreffen einer Aeronca am Moose-Skin-Johnny-See, einem alten, einmotorigen Amphibienflugzeug, das drei Kreise zog, bevor es zur Landung ansetzte.

Die zweisitzige Maschine ging hundert Meter vom Ufer entfernt auf dem Wasser nieder. Aus dem Cockpit stiegen ein Mann und eine Frau. Beide trugen ein Paddel und stiegen auf die Schwimmer. Sie paddelten das Flugzeug an Bells Landungssteg heran und wurden dort von Bell persönlich begrüßt, der annahm, daß ihm jetzt ein weiterer öffentlichkeitswirksamer Auftritt beschert würde.

„Hallo! Willkommen bei High Country Hunting!" rief er jovial und streckte ihnen seine Rechte entgegen. „Ich bin Andrew Bell, der Besitzer."

Der Pilot trat vor und schüttelte die dargebotene Hand. „David Carew", stellte er sich vor und wies dann auf seine Begleiterin. „Das ist Heather Lansing."

Die Frau, eine schlanke, gebräunte Brünette Ende Zwanzig, schüttelte Bell ebenfalls die Hand. „Mr. Bell, ich bin die Präsidentin der Canadian Conservation Alliance, des Kanadischen Umweltschutzbundes. David Carew ist Biologe und unser wissenschaftlicher Berater. Wir sind hier, um mit Ihnen über den weißen Puma zu reden, der aus dieser Gegend gemeldet wurde."

Bells Willkommenslächeln verschwand. Er wandte sich von der Frau ab und richtete seine Antwort an den Mann. „Da gibt's nicht viel zu reden. Es stimmt, daß es einen weißen Puma hier in der Umgebung gibt. Er hat Pferde getötet, dazu einen Hund und einen weiteren verletzt und einen meiner Führer angegriffen. Jawohl, wir werden ihn garantiert erschießen."

David Carew antwortete nicht. Nach ein paar Augenblicken wurde es Bell klar, daß er sich an Heather Lansing wenden mußte. „Sie sind eine Naturfanatikerin, na schön. Sie haben gehört, was ich Ihrem Leibwächter eben gesagt habe. Das wär's. Sie haben hier nichts zu suchen. Sie befinden sich auf privatem Boden."

„Sie irren sich in einer Reihe von Punkten", entgegnete Heather Lansing. „Erstens ist Doktor Carew Biologe und nicht mein Leibwächter. Zweitens befinden wir uns keineswegs widerrechtlich auf einem Privatgrundstück. Dieses Land gehört der Regierung, und Sie können uns nicht hinauswerfen. Drittens habe *ich* Sie angesprochen, und daher hat David sich korrekterweise zurückgehalten, als Sie unhöflicherweise versucht haben, mich aus dem Gespräch auszuschließen."

Bell wurde wütend. „Hören Sie mal, ich hab für Ihr Gewäsch keine Zeit. Sagen Sie mir einfach, was Sie wollen. Und dann machen Sie, daß Sie abhauen."

„Meine Organisation möchte Sie einladen, uns zu helfen, den weißen Puma zu retten. Es handelt sich um ein einzigartiges Tier, das am Leben bleiben und seine Erbanlagen für zukünftige Generationen erhalten soll."

Der Unternehmer starrte Heather Lansing voller Überraschung an. „Haben Sie den Verstand verloren? Da hab ich einen einmaligen Berglöwen, der mir mehr Jagdkundschaft bringt, als ich je gehabt habe. Und Sie haben die Unverfrorenheit, mich zu bitten, ihn am Leben zu lassen? Steigen Sie in Ihr Kinderflugzeug, und verschwinden Sie!"

Heather Lansing blieb ruhig. „Wir werden Sie verlassen, Mr. Bell. Aber seien Sie versichert, daß Sie uns wiedersehen werden. Und falls Sie den Puma töten, werden Sie es bereuen!"

Ohne auf Antwort zu warten, drehten die beiden sich um und begaben sich zur Aeronca zurück. Bald darauf befanden sie sich wieder auf Kurs Vancouver.

Wutentbrannt rief Bell Taggart und Cousins zurück zum Hauptquartier, um sie vom Besuch der „Naturfanatiker" zu informieren. Nachdem die Vorräte der Führer aufgestockt worden waren, schickte er sie erneut aus. Ihr Auftrag lautete diesmal nicht nur, den weißen Puma aufzuspüren, sondern die Position aller Berglöwen im ganzen Gebiet festzustellen. Dem Unternehmer war nämlich eine neue Idee gekommen. Er hatte beschlossen, das Amt für Jagd und Fischerei in Victoria anzurufen und es aufzufordern, die Jagd auf *alle* Pumas grundsätzlich für frei zu erklären. Dann wollte er seinen besten Kunden die Gelegenheit bieten, vor der Hauptsaison Berglöwen zu jagen. Der weiße Puma wäre das Große Los.

Bell hatte keine große Mühe, die Behörden zur Erklärung der sogenannten „offenen Saison" zu bewegen. Politisch hatten Jagdunternehmer großen Einfluß, weil sie den Einwohnern in dünn besiedelten Gebieten Arbeit beschafften und Jäger anlockten, die in der Provinz eine Menge Geld ausgaben.

Einen Tag nachdem die „High Country Hunting" die Genehmigung erhalten hatte, brachte eine führende Tageszeitung eine Meldung darüber groß auf der ersten Seite. Gleichzeitig berichtete sie, wie oft die „Killerkatze" bereits angegriffen hatte. Es dauerte nicht lange, bis in allen Medien Geschichten von der Pumajagd auftauchten.

In der Zwischenzeit starteten Heather Lansing und David Carew ihre Gegenkampagne. Sie verurteilten die offene Saison und forderten vollen Schutz für den weißen Puma. Bevor die Art und Weise, in der die Provinzbehörden mit Natur und Leben in der Wildnis umgingen, Heather Lansing so in Wut versetzt hatte, daß sie beschloß, etwas dagegen zu unternehmen, war sie als Texterin bei einer großen Werbeagentur in Vancouver tätig gewesen, ohne sich viel Gedanken über Umweltschutz zu machen. Als aber Biologen im Regierungsauftrag Wölfe aus der Luft abschossen, beschloß sie, für eine Veränderung dieser Zustände einzutreten. Sie gab ihre Stelle auf und gründete die „Canadian Conservation Alliance".

Sie begann praktisch allein. Aber sie kümmerte sich intensiv um ihre Organisation, und innerhalb von zwei Jahren war ihr Verband auf über fünftausend Mitglieder angewachsen. Sie arbeitete hart, wußte die Aufmerksamkeit der Medien zu gewinnen und engagierte sich konsequent für den Umweltschutz. Ein Jahr zuvor hatte David Carew Kontakt mit ihr aufgenommen. Er war Dozent für Biologie an der Universität Seattle, und als er von ihrer Organisation gelesen hatte, beschloß er, sich ihr anzuschließen. So bot er ihr kostenlos seine Dienste als Umweltberater an und erklärte sich bereit, sie und andere Mitglieder der CCA in seiner Aeronca zu vereinbarten Treffen zu fliegen.

Heather und David wurden von Reportern über ihre Meinung zur offenen Saison befragt. Anschließend hielten sie in der wenig ansehnlichen Zentrale der CCA, die nur aus zwei Zimmern bestand, mit dem Präsidium Kriegsrat. Man einigte sich auf einen Plan, der, wie sie hofften, die Rettung des weißen Pumas möglich machen und die Regierung überzeugen würde, die Genehmigung der offenen Saison zurückzuziehen.

9. Kapitel

DER weiße Puma war eine Weile im Bergland südwärts gelaufen und dann zum Sumpfgebiet zwischen dem McBridesee und dem Nanikafluß hinuntergestiegen. Hier hatte er sich mehrere Wochen lang in den abgeschiedenen Wäldern aufgehalten, wo es ausreichend Beutetiere gab. Er verließ das Tal mit der Absicht, wieder an den Zymoetzfluß zurückzukehren. Nach sechzehn Tagen kam er beim Clorefluß an, der das Burnietal entwässert und etwa elf Kilometer südlich vor dem Zymoetzfluß nach Westen abbiegt.

Er erreichte sein Ziel eines Nachmittags in der zweiten Juliwoche, als gerade eine ganz ungewöhnliche Hitzewelle das Gebiet heimsuchte. Da es dem Puma hier zu heiß war und ihn obendrein ständig Stechfliegen belästigten, durchschwamm er den Fluß und stieg den Südhang des Pillarberges hinauf. Als er auf einer Höhe von dreizehnhundert Metern angelangt war, wo es immer noch vereinzelte kleinere Eisflächen gab und wo ihn keine Fliegen plagten, beschloß er, vorerst hierzubleiben, und legte sich im Schutz von großen Heidelbeerbüschen schlafen.

Abends um acht Uhr wachte er auf. Er sah, wie die Sonne, eine große orangerote Scheibe, über den Dog's Ears Peaks schwebte, einer Bergkette, die sich in einiger Entfernung südlich erhob. Er räkelte sich, wälzte sich dann erst auf den Bauch und danach auf den Rücken, streckte seine Beine und gähnte ausgiebig. Dann sprang er auf, schlug mit dem Schwanz und beugte sich vorwärts. Anschließend stand er entspannt da und wartete, daß die Sonne ihr glühendes Antlitz hinter dem Gebirge im Westen verbarg.

Als die Dämmerung sich wie ein Schatten über die Wildnis legte, begann der Puma mit dem Abstieg. Nachdem er die Baumgrenze erreicht hatte, nahm er den schwachen Geruch von Wild wahr. Eine halbe Stunde später erlegte er nahe dem Zusammenfluß von Clorefluß und Burniefluß eine Maultierhirschkuh.

ERWIN HEGEL stand vor der Jagdhütte am Burniesee und schwitzte bei fünfunddreißig Grad Hitze. Er hielt einen teuren Mannlicher-Schönauer-Jagdrepetierer, dessen Spezialkammern Magnumpatronen enthielten. Als Taggart und Cousins mit Pferden und Jagdhunden ankamen, brach die kleine Gruppe auf.

Seit drei Wochen zuvor die offene Saison genehmigt worden war, hatte nicht ein einziger Führer der „High Country Hunting" auf dem Gebiet einen Puma ausfindig gemacht – auch keiner der Jäger aus der Umgebung, die sich die offene Saison rasch zunutze machten und deren Anwesenheit Bell ein Dorn im Auge war. Und die Umweltschützer, die sich jetzt ungehindert im ganzen Gebiet bewegten, waren für Bell ein zusätzliches Ärgernis.

David Carew hatte mit seinem Flugzeug zwei junge Männer hergebracht und ihnen geholfen, neben dem Kitsegueclasee ein Lager zu errichten. Anschließend war er nach Vancouver zurückgeflogen, um Heather Lansing zu holen. Sie packten so viel an Proviant ins Flugzeug wie eben möglich und steuerten eine bewaldete Insel im Atnasee an. Dort wollten sie ihr Hauptquartier einrichten, die Basis, von der aus Heather mit ihrem Büro in Vancouver Kontakt halten und mit den anderen Lagern Verbindung aufnehmen konnte; und von dort aus konnte sie sich natürlich auch direkt ins südliche Gebiet des Burniesee-Territoriums von Bell begeben.

David überließ Heather die Einrichtung des Lagers und brachte zwei weitere freiwillige Umweltschützer an eine Stelle fünf Kilometer südlich des Burniesees. Zuletzt transportierte er eine Biologin namens Linda Delacroix auf die Insel im Atnasee.

Die „Canadian Conservation Alliance" hatte also fünf Mitarbeiter in Bells Territorium im Einsatz. Sie alle waren fest entschlossen einzuschreiten, sobald sie mit Jägern in Berührung kämen. David sollte als Verbindungsmann zwischen den Gruppen fungieren und – von seinem Flugzeug aus – als Kundschafter.

Bell fielen die wiederholten Überflüge der Aeronca in seinem Gebiet auf, und daher setzte er einen eigenen „Aufklärer" ein. Als Carew nach dem Beliefern des letzten Lagers zum Atnasee zurückflog, wußte Bell über die genaue Lage eines jeden Camps der CCA genauestens Bescheid. Er war sehr ungehalten, denn er betrachtete dieses Territorium inzwischen als seinen Privatbesitz. Vor Beginn der regulären Jagdzeit wollte er diese Menschen, die er als Eindringlinge betrachtete, unbedingt loswerden.

Bevor Taggart und Cousins sich mit Hegel auf den Weg machten, hatte Bell die beiden Führer beiseite genommen und ihnen eine Prämie versprochen, falls sie, wie er sich ausdrückte, „diese Emanze und ihr Gesindel ‚überreden' können, von meinem Gebiet zu verschwinden".

„Ist es Ihnen gleich, wie wir's machen?" fragte Taggart.

„Ist mir egal – nur darf es keine Zeugen geben, und umbringen dürft ihr auch keinen."

HEGEL und seine Führer befanden sich nur wenige Kilometer westlich des Burniesees, als Davids Aeronca auf siebzig Meter herunterging und über sie hinwegflog. Taggart schüttelte drohend seine Armprothese gegen das Flugzeug und griff mit der Linken nach dem

Gewehr. Die kleine Maschine begann jedoch schon wieder höherzu-
gehen, bevor er das Gewehr aus dem Futteral herausziehen konnte.

In der Aeronca beugte sich Heather zu David hinüber. „Der große
Dicke hat nach seinem Gewehr gegriffen, David. Ich habe es fotografiert. Wenn es gut herauskommt, könnten wir das Bild an die Medien
verschicken. Das wäre großartig!"

David nickte. „Ich habe es auch gesehen", bestätigte er. „Ich glaube
zwar nicht, daß er gewagt hätte zu schießen, aber ich fühle mich trotzdem wohler, wenn wir uns außerhalb der Reichweite seines Gewehres
befinden."

Sie folgten dem Lauf des Burnieflusses. Es war ihr erster Erkun-
dungsflug in der Region, und David überflog das Gebiet in einer Höhe
von hundertfünfzig Metern. Er war nur tiefer gegangen, wenn sie ein
Tier entdeckten, das Heather durch eine Kamera mit Teleobjektiv aufnehmen konnte.

Nicht lange nachdem sie den Jägern begegnet waren, bemerkte
Heather, die das Tal mit einem starken Fernglas absuchte, daß in der
Ferne etwas weiß aufblitzte. „David! Auf der kleinen Wiese da habe
ich gerade den weißen Puma gesehen! Er schien ganz nah an dem
Sumpfgebiet zu sein. Siehst du's? Wenn du hinuntergehst, können wir
es noch besser erkennen."

David folgte dem Rat seiner Begleiterin und erblickte unter sich
zwei Flüsse und einen Bach, die sich hier vereinigten. Zwischen den
Flußarmen lag ein Moorgebiet. Aber den Puma konnte Carew nicht
ausmachen. „Den Sumpf sehe ich. Aber den weißen Puma kann ich
nirgends entdecken."

„Er war auch nur ganz kurz zu erkennen. Ich glaube, er bewegt sich
nach Süden. Auf jeden Fall ist er zwischen den Bäumen verschwunden." Sie studierte eine topographische Karte. „David, siehst du den
Berg dort zu deiner Linken? Laut der Karte ist das der Hope Peak. Ich
bin mir ziemlich sicher, daß der Puma dorthin wollte."

„Vielleicht sollten wir kreisen und versuchen, ihn noch einmal aufzuspüren."

David wendete das Flugzeug in Richtung Süden. Als die Maschine
sich dem Berg näherte, fiel Heather eine kleine baumlose Geröllzone
am Fuße eines Felskamms auf. Sie blickte durch das Fernglas und
stellte fest, daß sich dort unten etwas bewegte. Sekunden später sah sie
den Puma, eine wunderbar geschmeidige weiße Gestalt, die über das
Geröll schoß und dann wieder zwischen den Bäumen Deckung
suchte.

Diesmal war der Berglöwe auch David nicht entgangen. Auch nachdem der Puma unter den Nadelbäumen verschwunden war, hielt er immer noch zwischen den Bäumen nach ihm Ausschau, weil er hoffte, daß sich das prachtvolle Tier noch einmal zeigte.

Heather suchte weiter das Terrain ab. Als klar wurde, daß der Puma sich ihren Blicken endgültig entzogen hatte, wandte sie sich an ihren Begleiter. „Es ist ein herrliches Tier, David. Einfach phantastisch."

David nickte lächelnd. „Ich denke, wir sollten für unsere Freunde da drüben eine Schau abziehen. Was hältst du davon, wenn wir wenden, auf den Pillar Peak zufliegen und zwischen dem Berg und dem Fluß kreisen?"

„Ja, das ist eine sehr gute Idee. Die werden annehmen, wir hätten dort den Puma entdeckt."

David wendete die Aeronca und zog wenige Minuten später in weiten Kreisen über den Clorefluß, wobei er sich zwischen Pillar Peak und Nimbusberg hielt. Er wollte eben davonfliegen, als er die Jäger erspähte. Selbst aus einer Entfernung von etwa vierhundert Metern konnte er erkennen, daß Taggart vorausritt und dabei sein Pferd zur Eile antrieb; die anderen eilten ihm nach. Es war eindeutig: Sie glaubten wirklich, daß sich irgendwo hier im Flußtal ein Puma aufhielt.

Um den Jägern vorzutäuschen, sie hätten ihn mit ihrer Anwesenheit überrascht, beschleunigte David, drückte die Maschine nach oben und flog in Richtung Süden, um bald zwischen dem Hope Peak und den Dog's Ears Peaks zu entschwinden. Unten hob Taggart erneut seine Prothese und schüttelte sie drohend gegen das Flugzeug. Heather beobachtete ihn durch das Fernglas und sah, daß er lachte und seinen Begleitern etwas zuschrie.

„DIESE Trottel haben uns eben einen Puma gezeigt!" rief Taggart, zügelte sein Pferd und hielt an.

Cousins ritt mit den vier Hunden neben ihn. „Ich weiß nicht recht, Walter. Die Hunde verhalten sich nicht so, als ob ein Berglöwe in der Nähe wäre."

„Stimmt. Aber das Flugzeug war weiter oben, dort, wo der Burnie in den Clorefluß mündet. Vielleicht ist das Tier noch zwei Kilometer entfernt", erwiderte der große, stämmige Mann.

Der Trupp ritt westwärts. Die Pferde trotteten zunächst langsam, weil das Terrain zum Flußtal hinab steil abfiel. Als die Jäger sich dann zwanzig Minuten später der Stelle näherten, wo der Puma am Vortag seine Beute erlegt hatte, zerrten die Hunde laut bellend an ihren Leinen. Sie hatten die Geruchsfährte des Pumas aufgespürt.

„Jetzt haben wir ihn! Laß sie von der Leine, Steve!" rief Taggart.

Hegel, der dicht hinter Taggart ritt, zog sein Gewehr aus dem Futteral. Die Hunde rasten davon, als Cousins sie losließ. Innerhalb kürzester Zeit hatten sie die Reste der Hirschkuh entdeckt. Von hier nahm der Leithund die Fährte des Pumas auf und folgte ihr bis zur Nordostseite des Nimbusberges, wo er vor einem fast senkrecht aufragenden Granitfelsen stehenblieb. Dem Puma war es ein leichtes gewesen hinaufzuspringen, aber die Hunde rutschten immer wieder am Steilhang ab.

Taggart begann zu fluchen, doch Cousins stieg ab und nahm die Hunde wieder an die Leine. „Ich denke, der Puma ist da hochgeklettert, Walter. Dann ist er nach Nordwesten und am Pillarberg vorbei. Warum wäre das Flugzeug sonst da oben gekreist?"

„Verdammt! Wahrscheinlich hast du recht. Also gut, machen wir uns auf den Weg."

Sie kamen zügig voran, doch nach fünfzehn Kilometern hatten die Hunde noch immer keine Spur aufgenommen. Zum Berg hin erhob sich dichtes Fichtengehölz, das ihnen die Sicht versperrte. „Also", meinte Cousins, „entweder hat das Flugzeug uns getäuscht, oder der Berglöwe war weiter oben. Was nun?"

Taggart zuckte die Schultern. „Wahrscheinlich halten wir am besten Ausschau nach einem Lagerplatz. Morgen früh können wir es noch einmal versuchen."

An diesem Abend saßen Heather, David und Linda bei Sonnenuntergang an einem kleinen Feuer am Ufer ihrer Insel im Atnasee. Nachdem die Jäger von der Fährte des Pumas abgelenkt waren, schmiedeten sie nun Pläne, wie sie den Berglöwen finden könnten.

„Ich bin überzeugt, er wollte nach Süden", meinte Heather, während sie sich eine Tasse Tee aufgoß. „Am wahrscheinlichsten erscheint mir, daß er sich in die Umgebung südöstlich von den Dog's Ears Peaks begibt; dort befindet sich ein kleines Tal mit drei Seen. Hier, schaut!"

Sie breitete die Karte aus und zeigte David und Linda ein Gebiet, das man vom Atnasee aus über die niederen Pässe zu Fuß erreichen konnte. „Grob geschätzt liegen diese Seen zwischen fünfzehn und zwanzig Kilometer von hier entfernt. Man wird vermutlich nicht länger als fünf Stunden bis dorthin brauchen."

David unterbrach sie. „Das ist eine ganz schöne Strecke, Heather.

Und das Flugzeug kann dort nirgends landen. Wer dorthin geht, müßte seinen Proviant, das Zelt und das Funkgerät mitschleppen."

Heather schaute ihn an. „Ich werde selbst gehen. Linda kann hierbleiben und alles koordinieren, und wenn ich Nachschub brauche, kannst du ihn vom Flugzeug aus abwerfen."

„Stimmt, Heather, aber ich komme lieber mit. Ich werde zusätzlichen Proviant tragen und dir helfen, das Lager aufzuschlagen. Danach kehre ich zurück."

„Wer hat eben noch gemeint, es handle sich um eine ganz schöne Strecke?" erwiderte Heather. „Aber meinetwegen, wenn du fünfunddreißig Kilometer am Tag schaffst . . ."

David lachte und schüttelte den Kopf. „Nein, schaff ich nicht. Wir könnten morgen bei Sonnenaufgang losmarschieren, dann werden wir die Seen am frühen Nachmittag erreichen. Ich werde auf dem Rückweg irgendwo kampieren und am Tag darauf wieder hier eintreffen. Einverstanden?"

Die Tierschützerin nickte zustimmend.

„Noch eins", warf Linda ein. „Den Meldungen zufolge ist der Puma gefährlich. Vielleicht haben die Medien übertrieben, aber daß er die Führer angegriffen hat, steht wohl außer Zweifel. Was ist, wenn er dich angreift, Heather? Und wie sieht es mit Grizzlys aus?"

„Ich bin nicht überzeugt, daß das stimmt, was die Führer berichtet haben. Und wir haben auf jeden Fall genügend Knallkörper und Leuchtraketen mit, um Grizzlys, Pumas oder was auch immer abzuschrecken. Aber ich bin mir ganz sicher, daß das Tier nicht angreifen wird, wenn wir uns friedlich nähern."

HEATHER und David machten sich am nächsten Morgen bei Tagesanbruch auf den Weg. David trug einen großen Rucksack aus Segeltuch mit einem Tragegurt, dessen Lederband über Stirn und Schultern lag und so die siebenundzwanzig Kilo schwere Last erträglicher machte. Heather trug einen achtzehn Kilo schweren Nylonrucksack.

Beide waren durchtrainiert und körperliche Anstrengungen gewöhnt, aber es war lange her, daß sie solche Entfernungen mit schwerem Gepäck zurückgelegt hatten. Im Laufe des Morgens wurde es heiß; bald war ihre Kleidung naßgeschwitzt, und der Schweiß lief ihnen übers Gesicht. Um halb elf legten sie eine einstündige Erholungspause ein. Die folgende Strecke wurde noch anstrengender; mehrmals waren sie gezwungen, mehrere hundert Meter hohe Hügel hinaufzuklettern, bevor sie endlich in die Täler hinabsteigen konnten, die auf gewundenen Wegen zu den drei kleinen Seen führten. Doch trotz all dieser Erschwernisse kamen sie gut voran und erreichten ihr Ziel wie geplant am frühen Nachmittag.

Gemeinsam errichteten sie am Ufer des südlichsten der drei Seen ein Lager. David sammelte während des Nachmittags einen Vorrat an Feuerholz. Anschließend brachte er den Proviant in Sicherheit: Über den Ast einer hohen Pappel, der zwar kräftig, aber nicht stark genug war, um das Gewicht eines Schwarzbären zu tragen, warf er ein Seil und zog damit die Vorräte in luftige Höhe, so daß sie von der Erde aus unerreichbar waren. Dann trat er den Rückweg an.

Heather war nun allein, doch das machte ihr nichts aus. Unerschrocken erforschte sie ihre unmittelbare Umgebung, indem sie zunächst die beiden anderen Seen aufsuchte und später siebenhundert Meter die Hänge hinaufkletterte, um mit ihrem Fernglas das Land abzusuchen. Bei Sonnenuntergang kehrte sie in ihr Lager zurück.

Während des Abendessens verschwendete sie noch keinen Gedanken an eine mögliche Gefahr. Als dann aber die Dunkelheit hereinbrach und leise Geräusche aus dem Wald zu ihr herüberdrangen, begann sie ein wenig nervös zu werden. Unwillkürlich fragte sie sich, was sie wohl tun sollte, falls in der Nacht ein Schwarzbär oder, noch schlimmer, ein Grizzly ihrem Lager einen Besuch abstattete. Ein solches Ungetüm könnte ihr Zelt mit einem einzigen Prankenhieb zusammenschlagen.

Bei diesem Gedanken wurde ihr klar, daß sie das Opfer einer Panik zu werden drohte. Entschlossen, ihre Angst zu überwinden, drehte sie dem Feuer den Rücken zu und blickte nach oben. Der tiefblaue Himmel mit seinen zahllosen Sternen strahlte ein majestätisches Gefühl von Ruhe und Frieden aus, und beruhigt wandte sie sich nach einiger Zeit mit einem Lächeln wieder dem Feuer zu. Sorgsam schaufelte sie Ufersand auf die Flammen, bis sie völlig erloschen. Dann begab sie sich in ihr Zelt und war zehn Minuten später eingeschlafen.

Als Heather am nächsten Morgen, vom fröhlichen Schlagen einer Drossel begrüßt, aus ihrem Schlafsack kroch, konnte sie kaum begreifen, warum sie in der Nacht zuvor solche Angst gehabt hatte. Heute fühlte sie sich wieder ganz zuversichtlich, ja, sogar in Hochstimmung. Mehr noch: Sie hatte das Gefühl, daß sie, obwohl auf sich gestellt, doch nicht allein war, weil sie ein Teil dieser Wildnis geworden war. Sie befand sich im Einklang mit ihrer neuen Umgebung und vermeinte geradezu deren Pulsschlag zu spüren. Doch ein Gedanke bewegte sie mehr als alle anderen, selbst wenn sie sich eingestand, daß er vermessen war: Sie glaubte, daß die Wildnis ihre Anwesenheit respektierte, daß die Lebewesen dieser Bergwelt – und insbesondere der weiße Puma – wußten, wer sie war und was sie bewegt hatte, hierher zu kommen.

Sie summte leise vor sich hin und ging zum See, um sich in dem eisigen Wasser zu waschen. Danach zog sie sich an, machte ein Feuer und bereitete sich ein Frühstück zu. Als sie fertig gegessen hatte, rüstete sie sich mit Fernglas, Kamera, Karte, Kompaß, Leuchtraketen und einem kleinen Beil für die Fährtensuche aus. Vor dem Aufbruch meldete sie sich per Funk in der Zentrale am Atnasee. Man teilte ihr mit, daß David angekündigt hatte, er werde in zwei Stunden dort eintreffen.

Sie brachte das Funkgerät wieder ins Zelt und verließ die Lagerstelle. Ihr erstes Ziel an diesem Tag waren die Dog's Ears Peaks. Sie hatte vor, die Bergkette unterhalb der Gletscher auf dreizehnhundert Meter Höhe zu überqueren; nach ihrer Karte verlief von dort ein schmaler Paß zwischen den Dog's Ears Peaks und dem Hope Peak, der bis in die Gegend hinabführte, in der sie den weißen Puma gesehen hatten.

Es war elf Uhr morgens, als sie – erschöpft, erhitzt und durstig – den Paß erreichte. Sie setzte sich auf einen moosigen Stein, trank ein paar Schlucke aus ihrer Feldflasche und schaute nach unten. Von ihrem Platz aus erschien der vor ihr liegende Weg sehr eng und steil. Viel vermochte sie nicht zu erkennen, weil zahllose dicht an dicht wachsende immergrüne Büsche die Sicht verstellten, doch hinter dieser Waldung – etwa fünf Kilometer von ihrem Standort entfernt – konnte sie den gewundenen Lauf des Cloreflusses und ein kleines offenes Gebiet an seinem Ostufer ausmachen.

Heather begann mit dem Abstieg. Nach knapp zehn Kilometern fand sie sich von Nadelwald umgeben, dessen hohe Bäume so dicht beieinanderstanden, daß die unteren Zweige teilweise ineinandergewachsen waren. Sie mußte sich ganz tief bücken oder mit ihrer Axt die Zweige abhacken, die ihr das Gesicht zerkratzten.

Erleichtert atmete sie auf, als der Weg nach einer Stunde weniger steil wurde und die immergrünen Bäume hinter Felsen zurückwichen. Als sie um einen riesigen Granitblock herumging, stolperte sie plötzlich. Sie schaute zu Boden und sah Pumaspuren und dann auch einen Kothaufen, den das Tier vor nicht langer Zeit, vielleicht erst in der Nacht zuvor, hier hinterlassen hatte.

Ihr Herz begann zu klopfen. „Gütiger Himmel", sagte sie leise zu sich selbst. „Hab ich ihn etwa schon gefunden?"

In Wirklichkeit hatte Heather den weißen Puma gar nicht gefunden. *Er* hatte Heather gefunden.

Der Berglöwe hatte die Anwesenheit eines Menschen in seinem Revier bemerkt, als Heather begonnen hatte, den Paß hinabzusteigen. Er hatte mitten im dichten Wald gerastet, als der Geruch der Frau erstmals zu ihm drang. Der Puma hob den Kopf und sog mehrmals prüfend die Luft ein. Genaugenommen war es ein Gemisch von Gerüchen, das von der eindringenden Person ausging, und dank seines hervorragenden Geruchssinns identifizierte der Puma nicht nur ihr Geschlecht anhand der winzigen Hormonmengen auf ihrer Haut, sondern nahm auch den Geruch der Seife wahr, die sie bei ihrer Morgenwäsche benutzt hatte, den Holzgeruch des Feuers, Zahnpasta und Lippenstift.

Für den Puma war diese Kombination von Gerüchen, die von Heather ausging, so einmalig wie ihre Fingerabdrücke. Er merkte, daß ihr Geruch in mancher Hinsicht dem von Taggart und Cousins ähnelte. Doch ein Geruchsstoff, der bei Aggression und Furcht in besonders hoher Konzentration auftrat, war bei ihr nur in einer ganz geringen Beimischung vorhanden: der Geruch von Adrenalin. Diese Frau war entspannt, im Einklang mit sich selbst wie mit ihrer Umwelt. Von ihr ging keine unmittelbare Gefahr aus.

Verwirrt und neugierig erhob sich der Puma und begann, der Geruchsfährte zu folgen. Als sich die Distanz zwischen ihm und Heather auf weniger als achthundert Meter verringert hatte, registrierte sein Gehörsinn die leisen Geräusche, die sie verursachte, wenn sie über den dichten Nadelteppich schritt. Der Berglöwe verließ den Weg und kletterte den Hang hinauf.

Als Heather in der Nähe des Kothaufens ins Stolpern geriet, war der Puma nur noch dreißig Meter von ihr entfernt. Er verhielt sich mucksmäuschenstill, beobachtete, wie sie seine Spuren entdeckte, und folgte ihr, als sie seiner Fährte nachging.

Heather schritt langsam voran. Manchmal blieb sie stehen, um die Fährte zu fotografieren. Eine halbe Stunde später jedoch verlor sich die Spur auf felsigem Untergrund.

„So ein Mist! Er muß doch hier durchgekommen sein", murmelte sie, als sie sich umschaute. Sie war unsäglich enttäuscht und glaubte, alle Schuld liege bei ihr, weil sie beim Spurenlesen versagt habe. Sie war den Tränen nahe, während sie überlegte, was sie als nächstes tun sollte.

Der Puma blieb zwanzig Meter von ihr entfernt stehen, unbewegt wie eine Statue. Trotz seines weißen Fells war er inmitten der Felsen und des Unterholzes nicht wahrzunehmen. Als er die Stimme der Frau hörte, wuchs seine Verwirrung noch. Sie klang völlig anders als die barschen Stimmen von Taggart und Cousins.

Heather blieb stehen, fast so unbewegt wie der Berglöwe. Sie wußte nicht mehr weiter, und ihre Enttäuschung schlug in leichte Verzweiflung um. „Mist, Mist, Mist!" sagte sie leise.

Sie trat einen Schritt vor, zu einem nahe gelegenen Felsen, und setzte sich grübelnd hin. Auf einmal lachte sie hell auf. Das plötzliche laute Geräusch beunruhigte den Berglöwen. Er sprang. Heather bemerkte die Bewegung, und einen Augenblick lang sah sie den Puma – eine weiße Gestalt, zum Teil vom Gebüsch verborgen. Er hatte ihr den Kopf zugewandt, und der Blick seiner Bernsteinaugen begegnete ihrem Blick. Dann war der Puma verschwunden wie eine Fata Morgana.

„O mein Gott!" Heather blieb wie angewurzelt auf ihrem Fels sitzen. Sie starrte verblüfft auf die Stelle im Wald, wo der weiße Puma gestanden hatte. Dann stand sie auf und begann den Hang hochzuklettern, auf demselben Weg, den sie gekommen war. Ihre Verzweiflung war einer euphorischen Begeisterung gewichen, und in Gedanken sah sie das wunderbare Tier immer wieder vor sich, den Blick, mit dem der Puma sie angeschaut hatte, und das weiße Fell, das wie Silber in der Sonne leuchtete.

TAGGART, Cousins und Hegel hatten an diesem Morgen seit Sonnenaufgang nach dem Puma gesucht. Sie hatten das Gebiet östlich des Pillarberges durchforscht und dann nördlich vom Hopeberg den Burniefluß durchquert. Doch die Hunde hatten den ganzen Tag über keine frische Spur entdeckt.

Die Männer zügelten schließlich ihre Pferde und stiegen ab. „Hat wohl keinen Sinn, den Clorefluß nochmals zu überprüfen", meinte Cousins, während er sich eine Zigarette drehte.

„Kaum", pflichtete ihm Taggart bei. „Als ob der verdammte Puma Flügel bekommen hätte und davongeflogen wäre."

Cousins steckte sich die Zigarette an und lächelte seinem Partner zu. „Weißt du, Walter, vielleicht ist uns der Puma wirklich irgendwie davongeflogen. Hier unten können wir ihn nicht finden, und wir wissen genau, daß er in diesem Gebirge herumgelaufen ist. Ich vermute, daß er über die Berge rüber ist." Er deutete auf Dog's Ears Peaks.

„Vielleicht hast du recht", erwiderte Taggart, holte seine Karte hervor und runzelte die Stirn. „Aber das wäre eine ganz schöne Klettertour. Und durch dichten Wald!"

Cousins nickte und beugte sich ebenfalls über die Karte. „Der Paß sieht wirklich eng aus. Ich schlage vor, daß wir morgen in aller Frühe aufbrechen, so weit wie möglich reiten und dann zu Fuß weitergehen."

NACHDEM Heather in ihr Lager zurückgekehrt war, rief sie David über ihr Funkgerät und berichtete ihm von ihrer Begegnung mit dem Puma. „Ich muß hierbleiben, David. Ich bin mir ziemlich sicher, daß ich ihm wieder begegnen werde."

„Du wirst mehr Proviant brauchen." David dachte nach. „Kennst du den See südlich von Pat Peak?"

„Ja, David. Ich habe ihn hier auf der Karte vor mir."

„In Ordnung. Morgen früh um sieben werde ich dorthin fliegen und am Nordende des Sees ein Proviantpaket abladen. Du kannst die Stelle gut zu Fuß erreichen und den Proviant dann bei Bedarf abholen."

David machte anschließend den Vorschlag, die Gegend zu überfliegen, vor allem das Gebiet, wo Heather den Puma gesehen hatte. Er könne jederzeit hinuntergehen, falls er die Jäger sähe. „Ich weiß, das Funkgerät bedeutet Extragewicht, Heather", fügte er hinzu. „Aber du solltest es von jetzt an immer bei dir tragen."

Die Umweltschützerin widersprach, aber David blieb hart. „Hör mal, wir machen uns Sorgen deinetwegen. Du bist ganz allein. Der Puma hat dich diesmal nicht angegriffen, aber ein andermal tut er es vielleicht doch. Und was ist, wenn diese Typen dich dort finden? Nein, Heather, du *mußt* das Funkgerät immer mitnehmen."

Zögernd willigte sie ein. An diesem Abend ging sie früh schlafen, weil sie am nächsten Morgen beim ersten Tageslicht zu der Stelle aufbrechen wollte, wo David den Proviant abladen würde. Ihre letzten Gedanken vor dem Einschlafen galten dem weißen Puma.

Sie schlief schon seit ein paar Stunden, als der Puma den Kopf aus dem schützenden Wald steckte und auf ihr kleines Zelt starrte. Während er es beobachtete, prüfte er erneut die vielen Gerüche, die von der Lichtung am Seeufer ausgingen. Einige wenige erinnerten ihn an die Jäger, vor allem der beißende Duft des Holzfeuers und der Geruch des Stiefelleders. Doch ihn faszinierten Heathers individuelle Duftnoten. Sie machten ihn neugierig.

Gegenüber diesem fremden Wesen, das da plötzlich in seinem

Revier aufgetaucht war, empfand der Puma keinerlei Aggression. Im Gegenteil, er verspürte ein starkes Interesse. Als er sich ihrem Zelt näherte, erkannte er an Heathers tiefen, regelmäßigen Atemzügen, daß sie schlief. Er näherte sich lautlos dem Zelt, bis er nur noch zwanzig Zentimeter vom Eingang entfernt war. Dann begann er zu schnurren.

Heather erwachte. Ohne zu wissen, wodurch sie geweckt worden war, setzte sie sich auf, und bei dieser Bewegung raschelte ihr Schlafsack. Das schwache Geräusch alarmierte den Puma. Er stellte sich auf die Hinterbeine, sprang fort und verschwand unter den Bäumen.

Das Geräusch, das er dabei verursachte, war so gering, daß Heather meinte, draußen sei eine Maus oder ein ähnlich kleines Tier vorübergelaufen. Sie legte sich wieder schlafen.

10. Kapitel

UM VIER Uhr morgens, als der erste zarte Hauch der Morgenröte sich auf die Gipfel im Osten legte, klingelte Heathers Wecker. Sie zog sich an, trank einen Schluck Wasser und befestigte einen Beutel an ihrem Gürtel, der ihre Tagesration für die Wildnis enthielt: getrocknete Früchte, Getreideflocken und Nüsse. Kamera und Fernglas hängte sie sich um den Hals, holte das Funkgerät, und damit war sie zum Aufbruch bereit. Inzwischen drang der erste Schimmer des Tageslichts bis in die Niederungen des Tales vor. Und nun sah sie die Spuren des Pumas. Die ausgeprägten Pfotenabdrücke liefen vom Waldrand direkt bis ans Zelt.

„Ich kann das nicht glauben!" murmelte sie aufgeregt. „Er hat mich während der Nacht besucht!"

Diese Entdeckung veranlaßte sie, sofort ihre Pläne zu ändern. Der Proviant am See konnte warten. Es war wichtiger, den Puma zu finden.

Sie nahm das Funkgerät und rief das Lager am Atnasee. Linda meldete sich.

„Linda, ich geh heute doch nicht den Proviant holen", erklärte Heather. „Ich hab letzte Nacht eine echte Überraschung erlebt. Er hat mich besucht, während ich schlief, und dabei Spuren hinterlassen, die bis ans Zelt führen. Ist David noch da?"

Davids Stimme klang aus dem Funkgerät. „Sag jetzt lieber nichts mehr, Heather, ich habe alles verstanden. Ich komme mit der

Maschine hinüber und schau mich mal um, wen ich so sehe. Ich ruf dich noch mal."

Heather begriff sofort, weshalb David sich so vage ausdrückte. Die Umweltschützer wußten, daß die Jäger von „High Country Hunting" mit Funkgeräten ausgerüstet waren. Einer von ihnen hätte ihren Funkdialog mithören können.

Ohne genau zu wissen, wie sie ihre Suche anfangen sollte, steckte Heather ihr Funkgerät in eine Schultertasche. Dann nahm sie, einer plötzlichen Eingebung folgend, noch eine Tüte feingemahlenen Cayennepfeffer mit. Man hatte ihr gesagt, daß Hunde ihren Geruchssinn verlören, wenn sie daran röchen. Vielleicht konnte ihr das noch nützen.

Vom Lagerfeuer aus begann sie den Spuren des Pumas nachzugehen, verlor aber im Wald schon bald seine Fährte. Sie suchte mit unglaublicher Geduld, doch nach zwei Stunden gab sie auf; ihr war heiß, Stechfliegen fielen pausenlos über sie her, und vom vielen Bücken war sie völlig verkrampft. Voller Enttäuschung setzte sie sich auf einen Felsen und aß etwas von ihrer Expeditionsration. Und dann beschloß sie, den Versuch zu machen, einmal so zu denken wie ein Puma.

Das Ergebnis war, daß sie entschied, sich dem Paß zuzuwenden. Sie ging langsam, blieb alle paar Minuten stehen, spähte in den Wald und horchte so aufmerksam, wie es ihr nur möglich war. Doch abgesehen von dem Gesang der Vögel, dem Rauschen des Bergwinds in den Bäumen und dem gelegentlichen Rascheln einer Maus konnte sie nichts entdecken.

Als sie eine Stunde unterwegs war, wurde der Wald dichter. Sie bemerkte einen tunnelartigen Pfad, den sie am Vortag nicht wahrgenommen hatte. Er führte in Richtung Westen und war gerade so weit frei, daß sie aufrecht gehen konnte. Sie betrat ihn und stellte fest, daß er leicht bergan führte.

Zweihundert Meter weiter wich der dichte Nadelwald plötzlich einem lichteren Mischwald aus Espen, Birken und Sitkaerlen, und die Erde war von einem dichten Bewuchs aus niedrigen Pflanzen und Farnen bedeckt. Nach kurzer Zeit stieß sie auf einen wild dahinschäumenden Bergbach. Sie lief ein Stück weit an seinem steinigen Ufer entlang und stieg dann, um sich besser umschauen zu können, auf einen großen Felsen. Sie wollte einen Blick auf die andere Seite des Ufers werfen und hob gerade das Fernglas aus der Tasche, als sie etwa hundertfünfzig Meter vom anderen Ufer entfernt in der Nähe eines Baumes eine eigenartige Erhebung sah. Es sah aus wie ein künstlicher Hügel und war unverkennbar ein zugedeckter Tierkadaver – die Beute eines Pumas.

Sie setzte das Fernglas an die Augen und begann den Sand am anderen Ufer abzusuchen. Sofort entdeckte sie wirr durcheinander verlaufende Raubtierspuren. Bei genauerem Hinsehen glaubte sie rekonstruieren zu können, was sich dort abgespielt hatte. Der Puma mußte in den Büschen im Hinterhalt gelegen haben, als das Beutetier sich dem Bach näherte. Dann hatte er sein Opfer angegriffen. Die Anzeichen des Kampfes waren deutlich zu sehen.

. Der Bergbach war an dieser Stelle etwa fünf Meter breit. Von einem Schößling schnitt sich Heather einen kräftigen Stock, um die Tiefe des Wassers auszuloten. Einen Meter vom Ufer entfernt war der Bach nur etwa zehn Zentimeter tief. Nachdem sie ihre Stiefel in der Tasche verstaut hatte, machte sie sich daran, den Bach zu durchqueren, und stützte sich dabei mit dem Stock ab, um in der reißenden Strömung nicht das Gleichgewicht zu verlieren. In der Mitte reichte ihr das eiskalte Wasser bis an die Oberschenkel, und als sie das andere Ufer erreichte, kam es ihr vor, als ob sie eine ganze Stunde lang in einem Eisblock eingefroren gewesen wäre. Glücklicherweise war es warm – die Temperatur betrug gut dreißig Grad –, und so zog sie Socken und Jeans aus und hängte ihre Kleidung zum Trocknen an einen Busch. Dann begann sie, Fotos zu machen.

Die Spur führte vom Hinterhalt bis zu einer Uferstelle am Bergbach, die weiter unten am Paß lag. Heather entdeckte außerdem, daß der Puma auf dem sandigen Ufer weitergelaufen war. Sie folgte der Fährte etwa achthundert Meter weit, doch dann begannen sie die Fliegen so erbarmungslos anzugreifen, daß sie zum Beutehügel zurückkehrte, um ihre Sachen wieder anzuziehen.

Die Kleidungsstücke waren zwar noch etwas feucht, aber zum Tragen gerade trocken genug. Wieder in voller Bekleidung, machte sie noch ein paar weitere Fotos, wobei sie sich langsam bis zu dem toten Beutetier vorarbeitete. Sie wollte eben erneut den Auslöser betätigen, als sie ein leises Knurren vernahm.

Erschrocken hob sie den Kopf.

Da war er!

Er stand unmittelbar über ihr auf einer Granitsäule von zehn Meter Höhe. Sie konnte seinen Kopf und seine Schultern, seine Brust, seine Beine und die riesigen Samtpfoten erkennen. Sein Maul war leicht geöffnet und enthüllte die riesigen, strahlendweißen Fangzähne.

Heather war hingerissen. Sie stand regungslos da und blickte in die
gelbbraunen Pumaaugen, viel zu überrascht, um Furcht oder Aufregung zu empfinden. Und während sie den Berglöwen anschaute,
knurrte er erneut.

Er warnte sie davor, sich seiner Beute zu nähern.

Sie wich langsam zurück. Als sie fünf Schritte getan hatte, schloß
der Puma das Maul. Er starrte sie weiterhin an, doch seine Haltung
wirkte jetzt anders. Er schien eher neugierig als angriffslustig.

Da erinnerte Heather sich plötzlich an ihre Kamera. Der Puma stand
vor einem Hintergrund von Nadelbäumen. Sie hob den Apparat ans
Auge, stellte die Blende ein und knipste. Beim Klicken des Auslösers
zuckte der Puma leicht zusammen, blieb ansonsten aber ruhig.

Mit vor Aufregung zitternden Händen tauschte Heather das Nor-
mal- gegen ein Teleobjektiv und machte zwei weitere Aufnahmen.
Anschließend setzte sie sich auf einen nahen Felsblock, legte Tasche,
Kamera und Funkgerät zur Seite und sah den weißen Puma einfach nur
an. Auch er blickte eine Weile zu ihr herüber und legte sich dann mit
vollendeter Grazie hin. Seine Vorderbeine ragten über die Felskante,
die Pfoten hingen schlaff herunter. Ohne den Blick von ihr abzuwen-
den, legte er seinen großen Kopf auf die Beine.

Heather konnte kaum fassen, was sie da erlebte. Einer spontanen
Regung folgend, begann sie mit dem Puma zu reden, mit leiser
Stimme, zärtlich, beinahe so, als spräche sie mit einem geliebten Kind.
Die Ohren des Pumas stellten sich auf; er hob den Kopf und sah sie mit
aufmerksamen, leuchtenden Augen an.

Ich blicke jetzt in die Augen der wilden, ungebändigten Natur,
sagte sich Heather innerlich. Und laut sagte sie: „Du bist einfach wun-
derschön. Du bist das herrlichste Lebewesen, das ich je gesehen habe.
Du bist großartig. Ich bewundere dich."

Zur Antwort gähnte der weiße Puma. Er öffnete die rosa Höhle seines Mauls, bewegte seine Zunge und gähnte. Seine blendendweißen
Zähne leuchteten im Sonnenlicht. Dann schloß er das Maul wieder
und begann zu schnurren. Es klang ganz ähnlich wie das Schnurren
einer Hauskatze, aber lauter, so daß Heather es deutlich hören konnte.

Sie war außer sich vor Freude. Sie sprach weiter zu ihm, obwohl
ihre Stimme vor Erregung heiser wurde.

Plötzlich hörte der Puma schlagartig auf zu schnurren. Er wandte
den Kopf und blickte zum Paß hinunter. Dann sprang er mit unglaublicher Geschwindigkeit auf die Pfoten und verschwand.

Heather fühlte sich durch seinen raschen Rückzug beunruhigt. Sie schaute zum Paß hinab, sah jedoch nichts Ungewöhnliches. Dann hörte sie schwach das Bellen von Hunden. „Deswegen ist er also weggerannt!" rief sie aufgeregt.

Sie sah auf ihre Armbanduhr. Es war halb zwei. David würde mit seinem Flugzeug schon unterwegs sein – und nicht mehr weit entfernt, hoffte sie. Sie nahm das Funkgerät aus der Tasche, stellte es an und rief die Zentrale am Atnasee. Linda antwortete. David befinde sich zur Zeit am Kitsegueclasee, außer Reichweite von Heathers Funkgerät, erklärte sie.

„Setz dich mit ihm in Verbindung, Linda", bat Heather. „Ich bin unserem Objekt ganz nah, aber die Jagdgesellschaft kommt den Paß hoch." Sie gab Linda ihre Koordinaten.

Dann begann sie den Hang hinunterzumarschieren, immer der Fährte nach, die der Puma vor dem Erlegen seiner Beute zurückgelassen hatte. Sie lief zwanzig Minuten, bis der Sandboden aufhörte. Dort holte sie den gemahlenen Cayennepfeffer aus ihrem Rucksack, kehrte wieder um und schüttete auf dem Rückweg das scharfe Gewürz auf die Fährte, die so die ganze Strecke entlang mit dem feinkörnigen roten Pulver überdeckt wurde. Dann ließ sie sich auf einem etwa zwei Meter hohen Felsvorsprung nieder, der zehn Meter südlich vom Beutehügel des Pumas entfernt lag. Von hier aus konnte sie den Bach im Blick behalten.

Mit dem Rücken an die Felswand gelehnt, stellte Heather das Funkgerät ein. Bei ihrem zweiten Versuch meldete sich David. Seine Stimme war nur schwach zu hören. „Hallo, Heather. Ich bin soeben von Kitseguecla abgeflogen. Ich werde in etwa zwanzig Minuten in deinem Gebiet sein. Was ist los?"

„Die Jäger kommen den Paß hoch. Sie sind hinter ihm her. Wir brauchen jetzt wohl nicht mehr um die Sache herumzureden. Ich habe die Fährte mit Pfeffer bestreut, und das Ergebnis sollte sich bald zeigen."

„Das alles gefällt mir ganz und gar nicht, Heather. Bleib auf Empfang! Ich werde mich regelmäßig melden, damit du nicht das Gefühl hast, du wärst allein. Die Typen werden ganz schön wütend auf dich sein."

DIE Reiter hatten keine zwei Kilometer nach Betreten des Passes absitzen und ihre Pferde zurücklassen müssen. Cousins ging voraus. Drei Kilometer weiter oben blieb er stehen, weil er wußte, daß sowohl sein Partner als auch Hegel eine Ruhepause brauchten.

Taggart und der Deutsche setzten sich sofort hin. Cousins drehte sich eine Zigarette, zündete sie an und folgte der Fährte noch ein Stück weiter. Nach ein paar hundert Schritten sah er das Dickicht aus Nadelhölzern und den Pfad, den sich Heather gebahnt hatte. Er kehrte zu seinen Gefährten zurück. „Während der letzten ein oder zwei Tage ist jemand hiergewesen. Dort oben hat sich jemand einen Weg durch die Bäume geschlagen."

„Verflucht!" knurrte Taggart und stand auf. „Vielleicht haben diese Umweltfanatiker sich hier herumgetrieben. Gehen wir!"

Eine Viertelstunde später bewegten die Jäger sich durch den Nadelwald, als die Hunde plötzlich an den Leinen zu zerren begannen, wie wild an der Erde schnupperten und laut zu bellen anfingen.

„Sie haben die Spur!" schrie Taggart.

Der stämmige Mann nahm ihnen die Leinen ab, und die Hunde sausten davon. Bald waren sie nicht mehr zu sehen. Nach achthundert Metern kamen sie beim Bach an und begannen zu kläffen, um eine frische Fährte anzuzeigen. Die Jäger beschleunigten ihre Schritte.

Das kalte Wasser des Bergbaches machte Taggart und Hegel schwer zu schaffen. Cousins dagegen stürmte hindurch, ohne ihm die geringste Beachtung zu schenken. Er gelangte an eine Stelle, wo die Fährte abbog, und rief seinen zurückgebliebenen Gefährten zu: „Ihr solltet euch beeilen. Die Hunde haben eine gute Spur."

Mit einemmal erstarb das Hundegebell. Die Männer blieben verwirrt stehen. „Was ist los, Steve?" rief Taggart. „Ich hab noch nie gehört, daß Hunde auf einer guten Fährte plötzlich zu bellen aufhören!"

Aber auch Cousins wußte auf die Frage seines Partners keine Antwort. Er ließ die andern hinter sich und stapfte mit dem Gewehr in der Hand den Berg hinauf. Nachdem er ohne Unterbrechung zweihundert Meter weit gelaufen war, hielt er schnaufend inne. Die Laute, die er vernahm, waren für ihn völlig überraschend. Die Hunde winselten.

Beunruhigt rannte er vorwärts, so schnell er konnte. Das Winseln wurde lauter, und dann begannen zwei oder drei der Hunde zu heulen. Nach einem kurzen Spurt erreichte Cousins schließlich das sandige Ufer.

Die vier Hunde wälzten sich auf der Erde, kratzten sich die Schnauze mit den Pfoten und rieben die Nasen im Sand. Offenbar ging es ihnen äußerst schlecht. Cousins lief auf sie zu, konnte einen von ihnen mit großer Mühe festhalten und drückte ihm den Kopf nach oben. Dem Hund tränten die Augen, und aus seiner Nase lief Flüssigkeit. Cousins ließ ihn los und schnappte sich einen anderen. Er wies die gleichen Symptome auf. Als er nach dem Leithund faßte, den es am schlimmsten erwischt zu haben schien, sah er vor sich eine der noch unberührten Pumaspuren. Und dann bemerkte er das rote Pulver. Er bückte sich über die Fährte und schnupperte. Sofort begann ihm die Nase zu brennen, und er mußte niesen. Er feuchtete seinen Zeigefinger an, drückte ihn in das Pulver und leckte daran. Was er da schmeckte, war unverkennbar: Cayennepfeffer.

Er war völlig verwirrt. „Wie kommt das Zeug in die Spur?" murmelte er vor sich hin. Er hörte, wie sich Taggart und Hegel näherten, und gleichzeitig vernahm er das entfernte Dröhnen eines Flugzeugs. Dann ging ihm ein Licht auf. „Natürlich! Die verdammten Umweltschützer! Die sind's gewesen!"

Cousins lief die Fährte entlang weiter bergauf. Er sah Cayennepfeffer in sämtlichen Pfotenabdrücken. Da packte ihn die Wut. Er wußte, daß die Reizung bei den Hunden bald abklingen würde. Aber zum Spurenlesen waren sie jetzt nutzlos. Es würde wahrscheinlich Stunden dauern, bis sie ihren Geruchssinn wiedergewannen.

Wutentbrannt nahm er sein Gewehr und lud durch. Vor Erregung vergaß er, die Waffe anschließend zu sichern. Hastig stürmte er vorwärts.

ANHAND der Klettergeräusche hatte Heather von ihrem Felsensitz aus das Näherkommen des Jagdführers verfolgt. Als er das Gewehr lud, begann sie nervös zu werden und wollte schon mit David Kontakt aufnehmen, überlegte es sich dann aber doch anders. Sie würde sich von diesen Männern keine Angst einjagen lassen. Ruhig wartete sie.

Cousins war außer Atem, als er die Lichtung erreichte, über die Heathers Felsvorsprung ragte. Zuerst sah er die Frau gar nicht; seine Aufmerksamkeit galt allein dem Beutehügel. Er fluchte und ging darauf zu. In diesem Augenblick knackte das Funkgerät in Heathers Hand, und Davids verzerrte Stimme ertönte.

Cousins blickte überrascht nach oben, erblickte Heather und trat gleichzeitig einen Schritt zurück. Dabei stolperte er. Das Gewehr glitt ihm aus den Fingern, schlug an einem Felsen auf und entlud sich.

Die Kugel traf Heathers rechten Oberschenkel. Sie schrie auf und stellte das Gerät auf SENDEN. „David! David! Ich bin angeschossen worden!" rief sie und faßte nach ihrem Bein. Dann stellte sie das Gerät auf EMPFANG um.

„Ist es schlimm?" fragte David.

„Ich glaube nicht, daß es sehr schlimm ist. Aber es tut schrecklich weh. Die Kugel hat meinen Oberschenkel erwischt."

„Heather, bleib ganz ruhig. Leg den Erste-Hilfe-Verband an, der sich in deinem Rucksack befindet. Ich werde in der Zwischenzeit Linda verständigen, damit sie einen Hubschrauber ruft, der dich da herausholt."

Unterdessen stand Cousins mit einem Ausdruck des Entsetzens unter Heathers Felsen. Er schlug die Hände vors Gesicht und murmelte: „O Gott ..., o Gott ...!"

Heather tastete behutsam nach der Verletzung. Der Blutfleck auf ihren Jeans wurde langsam größer, aber die Wunde schien nicht tief zu sein. Sie teilte David mit, ihr komme die Wunde nicht so ernst vor, daß ein Abtransport mit dem Hubschrauber nötig sei. Dann schaltete sie das Funkgerät aus und sah Cousins an. „Sie haben mich angeschossen, Sie Idiot! Nun stehen Sie nicht so dumm herum. Kommen Sie her, und helfen Sie mir!"

Der Jäger blickte auf. „Hören Sie, es war ein Unglück. Sie wissen, daß es ein Unglück war. Aber verdammt, warum müssen Sie sich auch einmischen und uns beim Jagen stören!"

Heather durchwühlte ihre Tasche nach dem Verbandszeug. „Das ist ja wohl im Augenblick unwichtig. Kommen Sie her!"

Cousins begann sich ihrem Felsen vorsichtig zu nähern. Plötzlich ertönte irgendwo oberhalb von Heather das tiefe, drohende Knurren eines aufgebrachten Berglöwen, und fast im gleichen Moment tauchte der weiße Puma auf und sprang mit einem gewaltigen Satz vom Felsen herab.

Cousins schaute wie gelähmt zu ihm auf. Aus seiner Perspektive wirkte der Puma riesig, und er sah, wie sich seine gewaltigen schwarzen Krallen nach ihm ausstreckten, als der Puma über die Frau hinwegschoß.

Heather erblickte den weißen Bauch des Pumas über sich und schrie instinktiv auf: *„Nein! Tu's nicht!"*

Vielleicht war es der unerwartet schrille Klang ihrer Stimme, der den Puma veranlaßte, sein Ziel doch nicht anzuspringen; vielleicht war es aber auch so, daß das hochintelligente Tier den Sinn des Schreis verstand. Aus welchem Grund auch immer – nach der Landung verharrte der Puma für den Bruchteil einer Sekunde geduckt am Boden, bevor er aus einer Entfernung von weniger als zehn Metern erneut zum Sprung auf den wie gelähmt dastehenden Cousins ansetzte.

„Nein!" schrie Heather noch einmal.

Der weiße Puma veränderte noch während des Sprunges ganz leicht seinen Kurs. Statt mit seinen tödlichen Krallen den Mann frontal zu treffen, verpaßte er Cousins mit der rechten Schulter einen harten Schlag, bevor er auf dem Boden landete und über den Bach hinwegsetzte. Dann drehte er sich noch einmal kurz nach Heather um und verschwand unter den Bäumen.

Der Schlag des zwei Zentner schweren Pumas hob Cousins vom Boden. Er schien durch die Luft zu fliegen und landete mit gewaltigem Platschen rückwärts im Bach. Noch halb unter Wasser, versuchte er sich aufzusetzen.

In diesem Augenblick erschien Taggart auf der Bildfläche. Der Schuß hatte ihn alarmiert, und so hatte er Hegel bei den niesenden Hunden zurückgelassen und war keuchend den Paß hinaufgeeilt. Beim Anblick seines sich im Bach wälzenden Partners blieb er mit vor Entsetzen weit geöffnetem Mund stehen. „Um Himmels willen! Was machst du denn da, Steve? Hast du den Schuß abgegeben?"

Cousins mühte sich, auf die Beine zu kommen, und gab keine Antwort. Er war ganz bleich und stand unter Schock. Er spürte, daß er soeben dem Tod begegnet war, und er wußte auch, daß er die Begegnung nur durch ein Wunder überlebt hatte.

„Allerdings, das hat er!" rief Heather. „Ihr Freund hat geschossen, und mich hat er getroffen. Er hat mich am Bein verletzt!"

Taggart wandte den Kopf dem Felsvorsprung zu und starrte Heather an. Dann schaute er wieder zu Cousins hinüber, der soeben das Ufer erreichte. „Hast du wirklich auf diese Frau geschossen?"

Der noch immer am ganzen Leib zitternde Cousins fand die Sprache wieder. „Es war ein Unfall. Ich bin gestolpert. Das Gewehr glitt mir aus der Hand und ging los. Ich wollte die Frau nicht verletzen."

Taggart schwieg. Er war noch immer außer Atem und sah erst Cousins, dann Heather an. „Haben *Sie* den roten Pfeffer auf die Pumafährte gestreut, damit meine Hunde das Zeug in die Nase kriegen?" fragte er.

„Ja, das war ich", antwortete sie. „Und das werde ich jederzeit wieder tun, wenn Sie Pumas zu töten versuchen."

Taggart gab einen Laut von sich, der dem Knurren eines Tieres nicht unähnlich war. Etwa eine halbe Minute lang schwieg er; dann schüttelte er den Kopf, als ob er soeben aus einem bösen Traum erwachte, und blickte Heather scharf an. „Ich würde nicht so eine große Lippe riskieren, wenn ich Sie wäre, meine Beste. Sie sind hier völlig allein. In der Wildnis können Menschen manchmal ganz plötzlich verschwinden –"

„Hör auf damit, Walter!" unterbrach ihn Cousins. „Wenn du ihr was antun willst, kriegst du's mit mir zu tun. Jedenfalls klettere ich jetzt zu ihr hoch. Sie braucht Hilfe."

Cousins war klatschnaß und noch unsicher auf den Beinen, und seine Schulter tat höllisch weh, aber er spürte, daß er an der Frau etwas wiedergutzumachen hatte. Er wußte, wenn er das Gewehr gesichert hätte, wäre der Schuß nicht losgegangen. So kletterte er unter Schmerzen zu Heathers Sitz hoch und zog sein Jagdmesser aus der Scheide. „Ich muß Ihnen das Hosenbein aufschneiden, damit wir die Wunde verbinden können. Sind Sie damit einverstanden?"

Heather nickte. Die Veränderung im Verhalten des Mannes kam für sie überraschend. Zuvor war er so aggressiv gewesen, und jetzt klang er richtig sympathisch. Und er schien es wirklich zu bereuen, sie verletzt zu haben.

Vorsichtig zerschnitt Cousins mit seinem Messer den Jeansstoff, angefangen an der Stelle, wo die Kugel den Stoff zerrissen hatte, bis unten zum Knöchel. Heather zuckte zusammen und verzog das Gesicht.

Cousins murmelte eine Entschuldigung und bat dann: „Könnten Sie das Bein wohl etwas anheben, damit ich mir die Verletzung ansehen kann?"

Die Wunde begann stärker zu bluten, sobald Heather das Bein bewegte. Cousins holte Watte aus dem Verbandskasten, tränkte sie mit Wasserstoffperoxyd und wischte damit das Blut ab.

„Ist nur eine Streifwunde. Muß nicht genäht werden." Während er sprach, legte er sterilisierten Mull auf die Wunde und darüber ein Wattepolster, das er mit Heftpflaster festklebte. Er sah Heather an. „Meinen Sie, Sie können aufstehen?"

„Ich glaube schon", erwiderte sie. „Danke, daß Sie mich verbunden haben", fügte sie hinzu.

Cousins schenkte ihr eines seiner seltenen Lächeln. „Ich bin Ihnen etwas schuldig. Und ich habe meine Schuld noch nicht beglichen. Noch lange nicht. Soll ich Ihnen beim Aufstehen helfen?"

Doch Heather verzichtete auf die angebotene Hilfe und erhob sich ohne allzu große Schwierigkeit. Dann begann sie, ihr Bein zu bewegen. Es tat weh, aber sie war sicher, daß sie zum Lager laufen konnte, wenn sie es langsam anging.

Cousins durchwühlte die geräumigen Taschen seiner weiten

Armeehose und holte eine kleine, flache Dose heraus, der er Nadel und Faden entnahm. „Ich bin im Nähen zwar nicht besonders gut, aber wenn Sie stillhalten, kann ich den Riß in Ihrer Hose notdürftig flicken. Vermutlich ist das immer noch besser, als wenn Sie die Fliegen an sich heranlassen." Er machte eine Pause. „Ach ja, mein Name ist übrigens Cousins, Steve Cousins."

Heather quittierte seine Vorstellung mit einem leichten Lächeln.

Taggart stand die ganze Zeit über schweigend da. Jetzt erst fiel ihm ein, daß er überhaupt nicht wußte, weshalb Cousins im Bach gelandet war. Bevor er jedoch fragen konnte, tauchte von unten Hegel auf, dem vier betrübt dreinschauende Hunde folgten.

Hegel wirkte alles andere als glücklich. Von der ungewohnten Anstrengung war er ganz rot im Gesicht, und außerdem hatte er Angst. Das Verhalten der Hunde, der Gewehrschuß und das Flugzeug, das inzwischen über ihnen kreiste, weckten in ihm das Gefühl, daß sie in arge Schwierigkeiten geraten seien. Wenn er ehrlich war, so mußte er zugeben, daß er von dieser Jagd die Nase gründlich voll hatte. So hatte er sich das alles wirklich nicht vorgestellt.

Als er näher kam, erblickte Hegel Cousins, der unerklärlicherweise das Hosenbein einer Frau nähte. Er wußte nicht mehr, was er denken sollte. Das war doch verrückt! Er wandte sich Taggart zu. „Was geht hier vor? Wer ist die Frau? Was ist mit den Hunden los?"

„Ich weiß selber nicht, was hier los ist, Mr. Hegel." Taggart warf Heather und Cousins einen bösen Blick zu. „Vielleicht werden wir ja etwas darüber erfahren, wenn Steve mit seinem Getue fertig ist."

Die Stille wurde vom Motorgeräusch der Aeronca durchbrochen. Dann piepste Heathers Funkgerät. Sie schaltete es ein und meldete sich. „Ja, David?"

„Heather, was geht da unten vor?"

„Im Moment hilft mir Mr. Cousins gerade. Ich kann aufstehen und laufen, und der Schmerz ist erträglich."

„In Ordnung, und nun? Soll ich den Schuß als Unfall oder als Angriff melden?"

Cousins hatte soeben das letzte Ende des Fadens am Aufschlag von Heathers Hose abgeschnitten und sah sie an. „Es war ein Unfall. Sie wollen mich doch nicht in Schwierigkeiten bringen, oder?"

Heather schüttelte den Kopf. „Es war wirklich ein Unfall, David. Ich möchte nicht, daß du es überhaupt meldest. Okay?"

„In Ordnung. Ganz wie du meinst."

Cousins lächelte und nickte Heather dankbar zu.

„Hör zu, David", sprach sie weiter. „Ich schaffe den Weg zurück zum Lager. Lande auf dem Pat-Peak-See, und komm zu mir herüber."

„Gut. Vermutlich werde ich dann etwa zur gleichen Zeit im Lager eintreffen wie du. Bist du auch ganz sicher, daß du so weit laufen kannst?"

Bevor Heather antworten konnte, beugte Cousins sich zum Funkgerät vor. „Mister, hier ist Steve Cousins. Es war mein Gewehr, das die Dame verwundet hat. Also sorge ich auch dafür, daß sie sicher ihr Lager erreicht."

David schaltete sich aus, als Taggart seinen Partner anzubrüllen begann. „Du Blödmann!" schrie er. „Sie soll sehen, wie sie alleine zurechtkommt!"

„Reg dich ab, Walter!" Cousins' Blick war kühl, und er blieb ruhig. Er sprang vom Felsvorsprung hinunter. „Die Frau da hätte mich durch eine winzige Lüge in größte Schwierigkeiten bringen können. Aber sie hat dem Piloten gesagt, er solle die Sache nicht mal melden. Wenn sie Hilfe braucht, werde ich ihr helfen."

Das war für Cousins' Verhältnisse eine lange Rede, und Taggart war sichtlich beeindruckt. Doch die größte Wirkung übte auf den gewichtigen Mann Cousins' unerbittlicher Blick aus. „Ist ja schon gut, Steve, ist ja schon gut!" murmelte er. „Ganz wie du willst."

Da schaltete sich Hegel ein. „Ich muß Ihnen beiden mitteilen, daß ich zum Moose-Skin-Johnny-See zurückkehre. Ich habe von dieser Jagd genug."

Taggart, der plötzlich eine Chance witterte, selbst den weißen Puma zu schießen und an Joe zu verkaufen, lächelte. „Meinetwegen. Aber nur, daß Sie es wissen, Sie werden vom Chef Ihr Geld nicht zurückbekommen."

Der Deutsche nickte.

Taggart wandte sich an Cousins. „Nun sag mir mal, wie du es geschafft hast, dich der Länge nach in den Bach zu legen."

Cousins blickte auf. Er merkte Heather an, wie beunruhigt sie war, und setzte eine, wie er hoffte, bedeutungsvolle Miene auf, bevor er Taggart antwortete. „Ich bin gestolpert, und da ist mir das Gewehr hingefallen und losgegangen. Ich bin leider sehr unvorsichtig gewesen. Ich hatte es nicht gesichert. Ja, und dann bin ich rückwärts in den Bach gefallen."

Taggart brüllte vor Lachen. Er schlug sich vergnügt auf die Schenkel. „Das ist ja wirklich einsame Spitze! Warte nur, bis ich das den Jungs erzähle. Cousins stolpert über seine eigenen Füße, fällt in einen

Bach und schießt beim Fallen auf eine Umweltschützerin. Klasse!"
Heather starrte Cousins völlig verblüfft an. Er hatte gelogen. Doch
warum? fragte sie sich. Warum hatte dieser Mann gelogen?

11. Kapitel

SIE gingen zusammen den Paß hinauf. Heather stützte sich auf einen
Stock, den Cousins ihr zurechtgeschnitten hatte. Als sie fast oben
waren, blieb sie stehen. Sie atmete keuchend, und Cousins, der ihre
Sachen trug und ein paar Meter voraus war, drehte sich um. „Alles in
Ordnung?"

„Ja, ich bin nur ein bißchen erschöpft."

„Kann ich verstehen", meinte Cousins. „Sie halten sich beachtlich.
Ich muß schon sagen, Sie sind wirklich eine tapfere Frau."

Heather lächelte. Der Mann war ihr noch immer ein Rätsel. Müh-
sam atmete sie so tief wie möglich durch. „Warum haben Sie Ihrem
Partner nicht gesagt, daß der weiße Puma Sie angegriffen und in den
Bach geworfen hat?" fragte sie dann.

Cousins, der mit dem Rücken an einen Baum gelehnt dastand,
schaute zur Seite, als sei er verlegen. „Weiß ich selbst nicht. Ich sah,
wie er seine großen Pfoten mit den schwarzen Krallen nach mir ausstreckte, und ich dachte schon, mit mir ist's aus." Er drehte sich
schweigend eine Zigarette, zündete sie an und atmete den beißenden
Rauch ein. „Aber da haben Sie ihn angeschrien, zum zweiten Mal, und
ich schwör's, ich hab es gesehen, wie er sich von mir wegbewegt hat.
Als ob er verstanden hätte, was Sie schrien. Nachher, als Walter dann
ankam, tja, ich weiß nicht ..., ich habe mir gedacht, irgendwie ...,
also, ich habe mir gedacht, es wäre vielleicht doch nicht recht, den
Puma zu töten."

Heather sah den Mann zutiefst erstaunt an. Er schaute in die Luft, als
ob er sich schäme, eine Schwäche einzugestehen. „Ich versteh's nicht.
Er hätte mich töten können. Aber er hat's nicht getan. Er hat abgedreht. Ich weiß, daß er abgedreht hat. Ich habe es selber gesehen. Ich
hätte nie gedacht, daß er Worte verstehen kann. Ich begreife das alles
nicht."

Mehr sagte er nicht. Als Heather sich genug ausgeruht hatte, setzten
sie ihren Weg fort. Cousins lief voraus. Beide schwiegen.

Sie kamen im Lager an, als die Sonne eben hinter den westlichen
Höhenzügen verschwand. Heather, die erschöpft war und allmählich

erst richtig die Schmerzen in ihrem Bein spürte, ging in ihr Zelt und legte sich hin. Cousins begann, Holz für das Feuer zu sammeln.

Währenddessen dachte er immer wieder an den weißen Puma. Sein ganzes Leben lang hatte er in den Wäldern von Britisch-Kolumbien gearbeitet, und es hatte ihn nie sonderlich berührt, wenn er Tiere gefangen oder getötet hatte. Er hatte das immer als etwas ganz Natürliches empfunden. Doch jetzt stellte er plötzlich fest, daß da ein Tier war, das ihn faszinierte.

Als Cousins eine Stunde später mit einem großen, abgestorbenen Baumstamm auf der Schulter ins Lager zurückkam, konnte er es noch immer nicht fassen, daß der Puma dem Befehl der Frau gehorcht hatte. Und doch war er sich seiner Sache völlig sicher: Der Berglöwe hatte es ganz bewußt vermieden, ihn mit seinen Pfoten anzugreifen.

Ohne zu wissen, daß Heather ihn vom Eingang ihres Zeltes aus beobachtete, ließ Cousins den Baumstamm zu Boden fallen und richtete sich auf. „Wenn er mich mit den Pfoten erwischt hätte", murmelte er laut vor sich hin, „dann hätte er mir bestimmt das Genick gebrochen."

„Nun, Mr. Cousins, ich bin jedenfalls froh, daß Sie nicht verletzt worden sind", bemerkte Heather.

Cousins wirbelte herum; sein Gesicht war feuerrot angelaufen. Jetzt sieht er wie ein kleiner Junge aus, der beim Naschen ertappt worden ist, dachte Heather. „Ach, haben Sie mich aber erschreckt", stammelte Cousins.

Bevor Heather darauf antworten konnte, betrat David mit einem großen Sack auf dem Rücken die Lichtung.

„Ich kann gar nicht sagen, wie froh ich bin, dich wiederzusehen, David", sagte Heather strahlend, erhob sich und umarmte ihn. „Und ich bin auch froh, daß du den Proviant mitgebracht hast."

Das erste, was der Biologe aus seinem Gepäck hervorkramte, war eine Pillendose. „Das ist Penicillin", erklärte er Heather. „Du solltest sofort eine von diesen Kapseln nehmen." Dann packte er ein Nylonzelt für zwei Personen aus und wandte sich an Cousins. „Ich war mir nicht sicher, ob Sie noch da sein würden, aber nun bin ich froh, daß ich ein Zweipersonenzelt mitgebracht habe."

Nach dem Abendessen setzten die drei sich ans Lagerfeuer. David berichtete Heather, daß Linda mit Vancouver Verbindung aufgenommen und erfahren hatte, daß eine Reihe von Umweltschutzorganisationen sich dem Protest gegen die Jagd auf den weißen Puma angeschlossen hatte. Das Ministerium für Natur und Umwelt war mit Anrufen und Briefen überschüttet worden, und Linda glaubte, es werde die Genehmigung für die offene Saison wieder zurückziehen.

Cousins hörte schweigend zu. „Ich glaube, Bell ist zu gierig geworden", sagte er nach einer Weile. „Er hat einfach mit seinem Laden zuviel Geld verdient. Würde es helfen, wenn ich mich mal mit Ihren Umweltschutzgruppen unterhalten würde? Wenn ich erzählen würde, was hier so vorgeht? Daß hier aus der Luft Tiere aufgestöbert werden und daß man dann per Funk die Jäger heranholt?"

Heather und David schauten sich an und konnten ihre Überraschung nicht verbergen. „Das würde uns wahnsinnig helfen, Mr. Cousins. Würden Sie das wirklich tun?"

Cousins antwortete nicht gleich. „Doch, das würde ich tun", bestätigte er dann. „Ich habe viel nachgedacht, seit der Puma auf mich losgegangen ist. Er hätte mich leicht töten können. Aber als Sie ihn angeschrien haben, da hat er auf Sie gehört. Ja, ich bin mir ganz sicher. Ich verdanke Ihnen mein Leben. Aber das ist noch nicht alles. Ich glaube, wegen Geld Tiere zu töten und die vielen Menschen herzuholen, nur um zu töten . . ., also, mir kommt das nicht recht vor."

David sah sich den Mann stirnrunzelnd an. Es schien ihm unbegreiflich, daß dieser langjährige Jäger plötzlich bekehrt sein sollte. Aber er sagte nichts.

„Wenn Sie keine Jäger mehr führen, Mr. Cousins . . .," begann Heather vorsichtig, „wie wollen Sie denn dann Ihren Lebensunterhalt verdienen?"

Cousins zuckte die Schultern. „Weiß ich nicht. Vielleicht werde ich Holzfäller, oder ich lasse mich als Lastwagenfahrer anheuern. Aber Jagdführer bleibe ich nicht. Das steht fest!"

Sie saßen eine Zeitlang schweigend am Feuer. Dann erzählte Heather ihnen mit leuchtenden Augen von ihrem überwältigenden Erlebnis mit dem Puma. „Bevor die Hunde bellten, hat er bloß ganz entspannt dagelegen und mich angesehen. Es war einfach phantastisch. Es gibt gar keinen Zweifel, daß er friedlich ist."

„Also", setzte David an, „als Biologe kann ich dazu nur bemerken, daß sein Verhalten sehr ungewöhnlich war, um es vorsichtig auszudrücken. Aber ich finde es noch überraschender, daß er bei dir war, als Mr. Cousins auftauchte –"

Cousins unterbrach ihn. „Von wegen! Das ist keine Übertreibung! Ich habe selbst gesehen, wie der Puma hinter einem Felsen hervorsprang, der sich fünf Meter hinter dem Rücken der Dame befand. Mir schien es, als ob er wegen ihr in der Nähe geblieben war. Er verhielt sich so, als wäre er ihr Partner. Tatsächlich, so war's wirklich."

David hatte sich eifrig Notizen gemacht. In diesem Moment neigte er dazu, Cousins recht zu geben. Wahrscheinlich hatte das Tier sich Heather gegenüber nur deshalb so verhalten, weil sie eine Frau war.

„Okay, Mr. Cousins. Jetzt ist die Reihe an Ihnen. Und bitte, berichten Sie alles ganz genau. Sie und Ihr Partner behaupten, daß ein Puma Ihr Zelt angegriffen hat und daß dieser weiße Puma oder ein anderes Tier dieser Rasse einen von Ihren Hunden getötet und einen anderen verletzt hat. Ist das wirklich so passiert?"

„Ganz bestimmt. Da besteht gar kein Zweifel! Und es war dieser weiße Puma!"

„Sie haben viel Erfahrung mit Pumas. Haben Sie je zuvor einen Puma getroffen, der seine Jäger angriff oder Hunde umbrachte?"

„Nein, nie. Und wir haben auch nie zuvor einen Puma gesehen, der nicht auf Bäume flüchtete."

„Und wie erklären Sie sich das Verhalten dieses Pumas?"

„Das kann ich nicht. Dieser Puma ist anders. Das ist alles."

MIT Rücksicht auf Heathers Verletzung blieben die drei während des nächsten Tages im Lager. In der Zwischenzeit saß Andrew Bell, ohne daß sie es wußten, aufgebracht in seinem Büro am Moose-Skin-Johnny-See seinem Führer Taggart gegenüber. Bell hatte bereits Vorkehrungen getroffen, Hegel nach Smithers zu fliegen. Und nun fragte er den Jagdführer nach den Ereignissen des Vortages aus.

Das Gespräch wurde durch einen Funkruf für Bell unterbrochen. Er begab sich in den Funkraum. Der Anrufer war ein höherer Beamter vom Amt für Jagd- und Fischerei.

„Ich bedaure, Ihnen das mitteilen zu müssen, Mr. Bell, aber das Ministerium für Natur und Umwelt hat seinen Beschluß, Ihnen eine offene Saison für Pumas einzuräumen, überprüft. Ab sofort sind die regulären Jagdbestimmungen wieder in Kraft."

Wütend protestierte Bell, doch dann erfuhr er, daß es sogar noch schlechtere Nachrichten für ihn gab. „Da ist noch etwas, Mr. Bell. Die Lizenz für das zusätzliche Gebiet, die wir Ihnen auf vorläufiger Basis zugestanden haben, ist widerrufen worden."

„Was? Und was ist mit den Gebäuden, die ich errichtet habe? All das Geld, das ich dort hineingesteckt habe?"

„Offen gestanden befinden wir uns da in einer gewissen Verlegenheit. Die Gebietserweiterung hätte Ihnen nie bewilligt werden dürfen.

Die Regierung ist deshalb bereit, Ihnen Ihre Ausgaben voll zu erstatten. Es wäre wohl am besten, wenn Ihr Rechtsanwalt sich deshalb mit uns in Verbindung setzen würde. Und es wäre wohl ganz sinnvoll, wenn Sie selbst baldmöglichst nach Victoria kommen könnten, um eine Reihe weiterer Punkte zu besprechen. Wäre es Ihnen möglich, uns einen Besuch abzustatten?"

„Ich bin schon ganz wild darauf! Ich fliege gleich morgen früh!"

„Ausgezeichnet. Wir erwarten Sie also um – sagen wir – halb elf."

Bell marschierte zurück in sein Büro, wo Taggart gerade eine Zigarette rauchte, und schlug mit der Faust auf den Tisch. „Also, Taggart, was, verdammt noch mal, haben Sie und Cousins da angestellt?"

„Angestellt, Chef? Nichts – außer auf den fetten Deutschen aufzupassen."

„Warum haben die Idioten in Victoria dann die offene Saison für Pumas annulliert und mir das Zusatzgebiet wieder weggenommen? Antworten Sie!"

Der Jagdführer saß mit offenem Mund da. Die Nachricht traf ihn genauso überraschend wie Bell. „Chef, ich weiß es nicht. Ehrlich!"

Bell war einem Schlaganfall nahe und haute noch einmal auf den Tisch. „Also, ich flieg morgen früh nach Victoria, um das herauszufinden. Die ruinieren mir mein Geschäft. Wo ist eigentlich Cousins, verdammt?"

„Keine Ahnung. Als wir zuletzt miteinander sprachen, wollte er diese Umweltschutzemanze zu ihrem Lager begleiten. Ich hatte sie etwas heftiger angefahren, und da hat er gegen mich Partei ergriffen. Sie wissen ja, wie er sein kann, wenn er sich ärgert. Ich hab's dabei bewenden lassen."

„Also gut. Bringen Sie mir Jack Kent her. Sagen Sie ihm, er soll die Cessna ankurbeln, und ihr zwei haut ab und findet das Lager dieser Frau. Dann kommt ihr wieder her, sattelt eure Pferde und reitet hin, um nachzusehen, was da los ist. Diese Umweltschützer haben irgendwas ins Rollen gebracht. Vielleicht weiß Cousins, um was es geht."

SPÄTER am Morgen maß David die Pfotenabdrücke des Pumas, die sich in der Nähe des Zeltes befanden. Cousins ging zu ihm, um mit ihm zu reden. „Ich hab ein ungutes Gefühl", begann er.

David war gerade in der Hocke und blickte nun auf. „Weshalb?"

„Diese Zelte können aus der Luft leicht entdeckt werden. Sollte mich nicht wundern, wenn Bell ein Flugzeug losschickt, um uns zu finden. Wir sollten uns lieber unter die Bäume verziehen."

„Warum sollte man nach uns suchen, Mr. Cousins?"

„Sie kennen Bell nicht. Der kann ganz schön wütend werden, wenn ihm jemand in die Quere kommt. Und Walter spielt gelegentlich auch ganz schön verrückt. Vielleicht tut sich auch nichts. Ich meine aber, wir sollten auf alle Fälle vorbereitet sein."

David stand auf und schlug Cousins freundschaftlich auf die Schulter. „Mr. Cousins, jetzt weiß ich, daß Sie auf unserer Seite sind. Tut mir leid, aber ich war mir nicht ganz sicher, ob ich Ihnen wirklich vertrauen kann."

Heather, die die letzten Worte mit angehört hatte, als sie aus dem Zelt kam, war wütend. „David! Ich habe genau gewußt, daß wir ihm trauen können! Von dem Augenblick an, als er mich gegen Taggart verteidigte, war mir das klar. Er gehört zu uns!"

Cousins lächelte. „Ist schon in Ordnung. Scheint mir nur natürlich, daß Mr. Carew so dachte. Keine Aufregung, ich kann das verstehen."

„Na, Heather hat schon recht, Mr. Cousins. Tut mir leid."

„Und wenn wir schon mal dabei sind", bemerkte Heather, „dann sollten wir uns endlich dieses förmliche ‚Sie' schenken. Ich heiße Heather, und er heißt David."

Eine Stunde später hatten sie das Zelt unter die Bäume verlegt und alles entfernt, was auf ihre Anwesenheit hätte hindeuten können. Am frühen Nachmittag hörten sie dann das Dröhnen eines Flugzeugs. Cousins rannte zum Waldrand und suchte den Himmel ab. Dann sah er Bells Cessna. Das Flugzeug flog dreimal über sie hinweg und zog danach in südlicher Richtung ab. Cousins kehrte zu den beiden anderen zurück und rief: „Ich hab sie gesehen! Der Pilot war Jack Kent, und neben ihm saß Taggart."

„Wenn sie nach Süden fliegen, werden sie meine Aeronca entdecken", sagte David. „Mit ihrer Propellermaschine können sie zwar nicht am Seeufer landen, aber sie wissen jetzt, daß wir uns hier in der Gegend aufhalten. Es ist fast zwei Uhr. Linda wird warten, daß wir uns melden. Ich denke, wir sollten ihr diese neue Entwicklung mitteilen."

Als David über Funk anrief, sprudelte Linda fast über vor lauter Neuigkeiten. Sie hatte vom Hauptquartier des Umweltschutzverbandes erfahren, daß Bells offene Saison und seine Gebietserweiterung annulliert worden waren. „Der weiße Puma ist jetzt berühmt", erklärte sie. „Ihr solltet die Proteste gegen seine Verfolgung hören. In Vancouver haben Tausende demonstriert. Wir haben gewonnen! Ach – ich bin so aufgeregt, fast hätte ich es vergessen: Ein

Dr. Lightfoot von der Jagd- und Fischereibehörde möchte dich sprechen, David. Er sagte, es sei sehr wichtig, daß Heather und du nach Victoria fliegen. Ich soll ihn benachrichtigen, wann ihr kommt."

David versprach, sich in einer Viertelstunde noch einmal zu melden. „Ich muß mit Heather darüber sprechen."

Während sich Cousins entschuldigte und Holz sammeln ging, erzählte David Heather zunächst, daß ihm am vergangenen Abend die Idee gekommen sei, sich um einen Forschungsauftrag über den weißen Puma zu bemühen. „Allerdings laufen diese sogenannten Feldstudien immer nur über kurze Zeitspannen", erklärte David. „Wenn ich finanzielle Unterstützung bekomme, werde ich sechs oder acht Wochen im Spätsommer und Herbst hier verbringen können und ein oder zwei Monate im Winter. Wir brauchen hier aber außerdem jemand das ganze Jahr über. Und da habe ich an Steve gedacht."

Heather stimmte sofort zu. „Und was hat dieser Dr. Lightfoot damit zu tun, David? Warum will er sich mit uns treffen?"

„Er ist ein Biologe beim Amt für Jagd und Fischerei, eines der hohen Tiere. Ich nehme an, sein Anruf hat mit dem weißen Puma zu tun. Er ist ein hervorragender Wissenschaftler und hätte sicher Interesse an unserem Projekt. Vielleicht kann er uns helfen."

Sie schwiegen eine Weile. Dann fragte Heather: „Glaubst du, daß du von ihm die notwendigen Mittel für einen ‚Pumabeschützer' bekommen könntest, David?"

„Ich denke schon. Dies ist eine einmalige Gelegenheit – die Erforschung des ersten weißen Pumas in Britisch-Kolumbien. Die Frage ist nur, ob Steve annehmen wird, wenn ich die Gelder bekomme."

„Frag ihn am besten gleich, David. Er kommt gerade zurück."

Cousins war von dem Angebot überrascht. Es dauerte einige Minuten, bis er antwortete. „Ich glaube, das würde ich machen. Aber nur, wenn ich mit Walter ein Abkommen treffen kann."

„Ein Abkommen mit Walter?" fragte David. „Was für ein Abkommen?"

„Es geht um folgendes: Wie Ihr wißt, sind Walter und ich seit langer Zeit Partner. Er ist oft ein furchtbarer Dickschädel und ein raffgieriger Hundesohn dazu. Aber trotzdem – wir sind Partner. Ich muß mit ihm reden. Ich muß ihn so weit bringen, daß er mir verspricht, diesen Puma nicht zu töten. Ich will in keine Situation geraten, in der ich gegen Walter vorgehen müßte, weil ich ihn dabei erwische, wie er gerade den Puma erlegen will."

David wollte schon zustimmen, als Cousins weitersprach. „Da gibt es noch eine Sache, über die ich mit Walter reden muß. Und mit euch auch."

„Und die wäre?"

„Diese Sache macht mir zu schaffen, seit ich euch begegnet bin. Vielleicht wollt ihr mich nicht mehr, wenn ich euch das gesagt habe. Aber ich erzähl's trotzdem."

Und dann gestand Cousins, daß er und Taggart lange Zeit gewildert hatten, in der Vergangenheit, vor allem aber in jüngster Zeit, für Joe und seinen Handel mit Tierteilen. Er beschrieb, wie sie Kontakt mit Joe aufnahmen, berichtete von den Hubschraubertransporten und verschwieg auch nicht die Tatsache, daß Joe bereit war, fünftausend Dollar für Fell und Kopf des weißen Pumas zu zahlen.

Heather und David waren sprachlos.

Dann stand Heather auf und ging zu Cousins hinüber. Ohne ihm vorher anzudeuten, was sie vorhatte, zog sie ihn an sich und gab ihm einen Kuß.

Cousins lief rot an. Er trat einen Schritt zurück und sah Heather an, als ob sie den Verstand verloren hätte. „He ..., warum haben Sie das getan?"

„Weil du ein guter Kerl bist."

David kam ebenfalls und bot Cousins die Hand, die dieser kräftig schüttelte.

„Ich bin der gleichen Meinung wie Heather, Steve. Es hat Mut gebraucht, uns das alles zu erzählen. Und vielleicht brauchst du noch mehr Mut, wenn's darauf ankommt, mit dem Problem fertig zu werden. Wir müssen Joe und seine Organisation anzeigen. Ist dir das klar?"

Cousins begriff. Er blieb aber in einem Punkt unerbittlich – Taggart mußte aus der Sache rausgehalten werden. „Ich werde nicht gegen Walter angehen. Aber ich werde aussagen."

HEATHER LANSING, David Carew und Steve Cousins saßen Dr. John Lightfoot gegenüber, dem leitenden Biologen beim Amt für Jagd und Fischerei. Sie hatten ihn in seinem Büro in Victoria aufgesucht und nun bereits über eine Stunde lang mit ihm gesprochen. Jetzt klopfte es an der Tür. Dr. Lightfoot erhob sich und öffnete.

Der Eintretende war ein Mann in den Fünfzigern, eine großgewachsene, leicht vornübergebeugte Gestalt. Das einst schwarze Haar war von grauen Strähnen durchzogen. Er stellte sich als Charlie Morgan vor, Leiter der Abteilung, die die Einhaltung der Jagd- und Fischfangbestimmungen zu überwachen hatte. Dr. Lightfoot hatte bereits erzählt, daß er ein strikter Sachwalter des Umweltschutzes war und deshalb mit seinen Vorgesetzten oft Auseinandersetzungen hatte.

Nachdem Dr. Lightfoot ihm seine Gäste vorgestellt hatte, hörte Morgan ihnen schweigend zu. David erläuterte mit gelegentlicher Unterstützung durch Heather, was ihre Gruppe unternommen hatte, nachdem sie erstmals von der Existenz des weißen Pumas erfahren hatte. Dann wandte sich Morgan Dr. Lightfoot zu. „Warum hast du mich gebeten herzukommen, John?"

„Aus zwei Gründen", erwiderte Lightfoot. „Der eine betrifft eine Routineangelegenheit; es geht um die Durchsetzung von Bestimmungen. Darauf komme ich nachher zu sprechen. Der andere ist ernsterer Natur." Er machte eine Pause und schaute auf seinen Notizblock. „Hier im Land tut sich etwas, was deine Abteilung angeht, Charlie. Die Information hat mir Mr. Cousins allerdings vertraulich gegeben. Er wird nur unter gewissen Bedingungen mit dir reden."

„Ich lass' mich nicht gern auf solche Kuhhandel ein", erwiderte Morgan. „Und schon gar nicht, wenn ich vorher nicht weiß, welche Gesetze gebrochen worden sind."

Lightfoot schaute zu Cousins hinüber. In seinen Augen stand eine unausgesprochene Frage. Cousins nickte.

„Also gut", erklärte Dr. Lightfoot. „Ich habe mein Wort gegeben, daß ich das Vertrauen von Mr. Cousins nicht mißbrauchen werde. Aber obwohl er persönlich involviert ist, hat er mir die Erlaubnis gegeben, dir zu sagen, daß es sich hier nicht um, na, sagen wir, einen kleinen Fisch handelt, sondern um die Entlarvung eines organisierten Rings von Wilderern, die einen internationalen Exporthandel mit Teilen von Tieren betreiben. Sämtliche Hauptakteure sind Amerikaner."

Morgan beugte sich auf seinem Stuhl vor. „Ich habe von diesem Ring gehört. Er operiert vom Staat Washington aus. Die US-Behörden haben deswegen schon vor Monaten mit mir Kontakt aufgenommen. Aber sie wissen nicht, wer die Operation leitet und wo genau sich ihre Zentrale befindet. Das ist einer der Gründe, warum der stellvertretende Minister für Natur und Umweltschutz Andrew Bell hergebeten hat. Ich vermute nämlich, daß Jagdführer in dieser Gegend beteiligt gewesen sind. Im vergangenen Winter haben wir von einem Hubschrauber gehört, der dort ein- und ausgeflogen ist."

Er wandte sich Cousins zu und musterte ihn prüfend. „Wenn Sie uns helfen können, diese Schweine dingfest zu machen, gibt es gar keine Frage, daß wir Sie als Informanten schützen. Darauf haben Sie mein Wort."

Cousins nickte. „In Ordnung."

David widersprach. „Nein, Steve. Ich vertraue diesen Herren, aber ich bin nicht der Meinung, daß es sinnvoll ist, sich selbst anzuklagen, ohne eine schriftliche Garantie zu haben, die eine strafrechtliche Verfolgung ausschließt."

David hatte mit Protest gerechnet, doch Morgan lächelte. „Da gibt's überhaupt kein Problem. Das ist nur vernünftig. Ich kann Ihnen innerhalb einer Stunde eine schriftliche Garantie unserer Abteilung verschaffen."

Nachdem man sich darauf geeinigt hatte, wandte Morgan sich Lightfoot zu. „Also, was ist der zweite Punkt?"

Der Biologe deutete auf Heather. „Es wäre wohl am besten, wenn Miß Lansing das darlegen würde."

Heather brauchte keine zweite Aufforderung, um ihr Anliegen zu erläutern. „Wir möchten ein wissenschaftliches Projekt starten, das sich der Erforschung des weißen Pumas widmet. Gleich nach unserer Ankunft hier habe ich unser Büro in Vancouver angerufen, und David hat mit der Universität telefoniert. Beide Institutionen, sowohl die Universität als auch die CCA, haben uns ihre Unterstützung zugesichert. Wir brauchen aber noch mehr Geld. Wir wollen einen Mann einstellen, der das Tier vor Wilderern schützt."

Morgan verzog keine Miene. „Nun, Miß Lansing, wenn ein Tierschützer vonnöten ist, wird meine Abteilung ihn anstellen müssen. Wie Sie vermutlich wissen, stehen uns unter anderem auch Mittel zur Einstellung von Außenbeamten für den Naturschutz zur Verfügung. Die Frage ist nur: Wen können wir in diesem Gebiet für eine solche Aufgabe finden?"

Heather sah David an. Sie lächelten sich zu. „Nun, wir hätten da einen idealen Anwärter für Sie."

„Ach ja? Wen denn?" fragte Morgan.

„Mr. Cousins", erwiderte David.

Morgan schlug sich auf die Schenkel. „Na, wenn das keine originelle Idee ist!" rief er aus. „Es könnte wirklich klappen. In England gibt es das Sprichwort, daß bekehrte Wilderer die besten Wildhüter abgeben." Er wandte sich an Cousins. „Wollen Sie das machen, Mr. Cousins?"

„Ja. Will ich."

„Sie werden wahrscheinlich in einer der Jagdhütten von Bell wohnen können", meinte Morgan. „Das Ministerium hat zugestimmt, sie ihm abzukaufen."

„Am besten die vom Burniesee. Besonders großartig ist sie zwar nicht. Aber sie liegt im Revier des Pumas", erklärte Cousins.

AM MITTAG des nächsten Tages tauchte Cousins vor Taggarts Blockhütte auf und trat ein, ohne anzuklopfen. Der stämmige Mann säß an einem Tisch und trank Bier. „Hallo, du alter Esel", begrüßte er Cousins. „Ich habe mir um dich Sorgen gemacht, seit ich gesehen habe, wie du dieser Emanze nachgekrochen bist! Und da kommst du, wie aus dem Ei gepellt und mit strahlendem Gesicht."

Cousins zuckte nur die Schultern. „Hast du dich jetzt genug über mich lustig gemacht, Walter? Ich hab dir was zu sagen."

„Dann spuck's aus."

„Also gut, Walter. Erstens: Ich höre bei Bell auf. Ich werde für den Umweltschutz arbeiten."

„Hast du deinen verdammten Verstand verloren?" brüllte Taggart.

„Nix da", entgegnete Cousins. „Ich bin voll bei Verstand, Walter. Und du solltest besser gut zuhören. Sonst wirst du Schwierigkeiten bekommen."

„Wovon redest du eigentlich?"

„Walter, die Sache mit Joe ist vorbei. Und das Wildern für Kunden auch. Der Chef vom Aufsichtsamt weiß vom Schmuggel mit Tierteilen. Und über das Wildern ist er auch gut informiert." Cousins berichtete Taggart von seinem Besuch in Victoria. „Ich bin nicht scharf drauf, Joe reinzureiten. Aber entweder er oder wir. Dich habe ich rausgehalten. Von jetzt an hältst du dich selbst auch besser raus."

„Du krummer Hund!" schrie Taggart und sprang auf. „Rettest deine eigene Haut, und mich läßt du sitzen. Ich hätte Lust, dir eine Kugel durch den Kopf zu jagen."

Cousins lächelte. „Nun stell dich nicht an, Walter. Ich kenn dich, und ich weiß, daß du nicht die Hälfte von dem meinst, was du sagst. Ich werde nicht mehr für Bell arbeiten. Und was dich und mich angeht, Mensch, wir sind doch immer Partner gewesen. Ich habe es übernommen, auf den weißen Puma aufzupassen. Du gibst mir dein Wort, ihm nicht nachzustellen, und wir bleiben Freunde."

Taggarts Temperamentsausbrüche dauerten nie lang. Er schritt im Raum auf und ab und wurde sichtlich ruhiger. Daraufhin erzählte ihm Cousins von seiner Begegnung mit Heather und dem Puma, vor allem aber von seiner Überzeugung, das Tier habe ihn absichtlich verfehlt, nachdem Heather ihm etwas zugerufen habe. „Es ist schwer zu glauben, ich weiß. Aber dieser Puma *denkt*. Er hat Heather verstanden. Er hätte mich leicht töten können, aber er hat's nicht getan. Er hat abgedreht und hat mich nur in den Bach geworfen."

„So bist du also im Wasser gelandet. Du verdammter Fuchs, das war es also, was du für dich behalten hast. Also ehrlich ..." Taggart lief unruhig weiter auf und ab. „Ich muß schon zugeben – abgesehen davon, daß er weiß ist, ist er auch sonst irgendwie etwas Besonderes. Also, in Ordnung. Du hast mein Wort."

EINE Woche danach wurde Cousins als Umweltschutzbeamter vereidigt. Als kostenlose Wohnung und Stützpunkt wurde ihm die Hütte am Burniesee zugewiesen. Taggart half ihm beim Umzug. Zunächst gab es dabei zwar noch Scherereien mit Bell, weil dieser über Cousins' „Fahnenflucht", wie er es nannte, sehr erbost war. Doch schließlich endete es damit, daß er Taggart die Zeit, in der dieser Cousins behilflich war, vom Lohn abzog.

Als Cousins eingerichtet war, flogen David, Heather und Linda zum Burniesee, wo sie von Cousins und Taggart herzlich empfangen wurden. Die Gäste brachten die Zutaten für ein kleines Fest mit, doch bevor die Festlichkeit richtig in Gang kam, berief David noch eine Besprechung ein. Er brannte darauf, seine Forschungen über den weißen Puma zu beginnen, und da gab es noch ein paar Dinge, die ihm Sorge bereiteten. Zum einen könnte der Geruch von Cousins oder von den Pferden den Puma eventuell veranlassen, sie oder wer immer sie begleiten mochte, anzugreifen – wobei natürlich Heather die einzige Ausnahme darstellte. Weil das Tier außerdem von Flugzeugen belästigt worden war, würde es kaum hilfreich sein, zur Bestimmung seines Reviers die Aeronca einzusetzen. „Wenn wir aber Hunde nehmen, um ihm nachzuspüren, wird er sie mit Sicherheit angreifen."

Taggart unterbrach David. „Ich könnte Ihnen meine Queen borgen. Sie müßten sie nur an der Leine halten. Queen hat eine gute Nase, aber sie bellt eigentlich nie, nur dann, wenn sie mit den anderen Hunden zusammen ist."

„Das könnte klappen", meinte David. „Aber sind Sie sicher, daß Sie uns Ihre Hündin für diese Arbeit leihen möchten?"

„Was vorbei ist, ist vorbei. Steve steckt in der Sache drin, also helf ich ihm. Ich helf ja schließlich nicht Ihnen."

„Meinetwegen", stimmte David zu. Die Bauernschläue des Mannes gefiel ihm.

„Wird der Puma dann nicht versuchen, Queen zu töten?" fragte Heather.

„Ich glaube nicht", entgegnete David. „Bisher hat der Puma Hunde nur angegriffen, wenn sie ihm auf den Fersen waren. Wenn wir ihn nicht bedrängen, wird er wahrscheinlich auch nicht angreifen."

So schwierig es auch durchzuführen sein mochte, am Ende wurde beschlossen, die Pferde in Stallungen unterzubringen und nur die Hündin einzusetzen. David würde, wenn nötig, Cousins mit dem Flugzeug abholen und absetzen, wo immer der Puma sich gerade befände. Von dort aus würde er dann zu Fuß weitergehen.

Damit waren alle einverstanden. Es war immerhin ein praktischer, durchführbarer Plan. Doch David hatte noch einen letzten Vorschlag zu machen. „Heather, würdest du ein paar Tage lang ein Hemd von Steve und mir tragen und es uns dann ungewaschen zurückgeben? Das gleiche mit einem Paar Socken?"

Taggart und Cousins schauten David an. War er noch recht bei Trost? Aber Heather verstand ihn. „Na klar. Die Sachen, die ihr auf einer Suche nach dem Puma tragen werdet, haben dann meinen Körpergeruch angenommen, nicht wahr?"

„Genau", sagte David.

Cousins grinste. Doch als Heather vorschlug, daß David und er einen Tropfen von ihrem Parfum auftragen und ihr Deodorant verwenden sollten, weigerte er sich hartnäckig. Am Ende machte Heather Cousins einen Kompromißvorschlag. Er sollte einen Tropfen Parfum auf seinen Hut träufeln, und mit ihrem Deodorant sollte der Jagdhund Queen behandelt werden.

Mit Unterstützung von Cousins und Heather, die vorläufig nicht nach Vancouver zurückkehren wollte, verbrachte David den Rest des Sommers mit dem Studium des weißen Pumas, seines Territoriums, seiner Jagd nach Beute und seiner Beziehungen zu den anderen Tieren der Wildnis, insbesondere zu Raubtieren. Seine Geruchsstrategie hatte offensichtlich Erfolg: Sie waren dem Puma dreimal begegnet, ohne seinen Zorn zu erregen, obwohl sie ihm recht nahe gewesen waren.

Es wurde bald klar, daß der weiße Puma die Menschen in seinem Revier duldete, daß sein Interesse an Heather jedoch weiterhin unvermindert bestand. Wann immer die Frau sich allein in einem Gebiet aufhielt, wo es von ihm starke frische Fährten gab, näherte sich ihr der Puma freundschaftlich. Im Laufe des Sommers nahm die Intensität ihrer Beziehung noch zu. Bis Mitte August saß Heather des öfteren nur wenige Schritte von ihm entfernt. Er blieb stets entspannt. Sein lautes, gleichförmiges Schnurren war wild und doch friedlich.

Anfang September nahte die Zeit, da Heather die Wildnis verlassen und das Lager abgebrochen werden mußte. Einen Teil des Proviants und der Ausrüstung flog David nach Vancouver. Als er bei seiner Rückkehr Heather traf, war sie vor Aufregung völlig aus dem Häuschen.

„David!" rief sie, sobald er das Ufer erreichte. „Du wirst nie erraten, welche Neuigkeiten ich für dich habe! Als ich gestern abend ruhig dasaß und den Sonnenuntergang beobachtete, sah ich, wie sich am Ufer etwas bewegte. Ich habe meinen Augen nicht getraut! Eine Berglöwin trat aus den Büschen hervor – mit drei Jungen. Und David, eines der Jungen ist völlig weiß. Ein Sohn oder eine Tochter des weißen Pumas ist wieder ein weißer Puma, genau wie er."

Foto: Murray Palmer

Ron D. Lawrence

Seine erste Begegnung mit einem Puma hatte der 1921 geborene englische Journalist Ron D. Lawrence Ende der vierziger Jahre in einem Zoo. „Das Tier wirkte völlig niedergeschlagen in seinem kleinen, engen Käfig", erinnert sich der Autor bewegt. „Da habe ich angefangen, mit ihm zu reden, und plötzlich stellte es seine Ohren auf und begann zu schnurren."

Von nun an besuchte Lawrence den Berglöwen regelmäßig. „Die Wärter ließen es zu, daß ich ganz nah an den Käfig heranging und den Puma tätschelte und kraulte. Schon bald witterte die Wildkatze mich bereits acht bis elf Minuten vor meinem Eintreffen, und die Wärter schlossen untereinander Wetten ab, wie viele Minuten im voraus sie mich wohl diesmal bemerken würde."

1954 kehrte Lawrence England den Rücken. Um sich verstärkt seinem zunehmenden Interesse für die Natur widmen zu können, zog er nach Kanada und erwarb dort eine Farm inmitten der Wildnis von Ontario. Fünfzehn Jahre später wandte er sich erneut den Pumas zu: Er verbrachte zehn Monate im Selkirkgebirge, um eine dieser Wildkatzen zu beobachten. Die Ergebnisse seiner Studien verarbeitete er anschließend in seinem Roman *Der weiße Puma*.

Ron D. Lawrence ist der Verfasser von zwanzig weiteren Büchern, darunter der Roman *Ich nannte ihn Yukon*, der auch in den Auswahlbüchern erschienen ist. Wenn er nicht gerade schreibt, kümmern er und seine Frau Sharon sich um verletzte oder verwaiste wilde Tiere. Zwei Wölfe, die auf die Namen Taiga und Tundra hören, leben schon seit längerem bei ihnen, und kürzlich sind einige Füchse und Waschbären hinzugekommen. „Ich glaube, daß ein Menschenleben nicht ausreicht, um auch nur annähernd das zu lernen, was man über seine Umwelt wissen sollte", meint der Autor. „Aber ich versuche, so viele Erfahrungen wie möglich zu sammeln, und dabei helfen mir sowohl Bücher als auch all das, was sich in meiner Umgebung tagtäglich ereignet."

EINE KURZFASSUNG
DES BUCHES VON
SAM LLEWELLYN

SCHUSS
IN DIE
S●NNE

NACH DER ÜBERSETZUNG
VON BRUNHILD SEELER

Titelillustration von Geoff Hunt
Textillustrationen von Roger Towers

*M*artin Devereux ist einer der besten Steuermän-
ner der Welt, und doch wird er bei einer Segelregatta
in Australien von seinem Gegner ausgetrickst.
Daraufhin möchte er sich in seinem Heimatort in
England erst einmal erholen. Aber daraus wird nichts,
denn auf den Jachthafen, der ihm zur Hälfte gehört,
haben es gerissene Verbrecher abgesehen,
die mit allen Mitteln versuchen, in den Besitz von
wertvollen Grundstücken zu gelangen. Devereux'
waghalsige Ermittlungen führen ihn bis nach
Spanien, an die „Costa des Verbrechens".

„WENDE jetzt!" schrie die Stimme in meinem Kopfhörer. Sie klang dünn und blechern, denn sie kam aus zweitausend Meter Höhe in den UKW-Empfänger, der in der Tasche meiner Shorts steckte.

„Moment", sagte ich ins Kehlkopfmikrofon, das mir die Hände für das lederbezogene Steuerrad der Jacht freiließ.

Bis auf das Knattern des Hubschraubers, in dem unser Trainer Geoffrey Lampson saß, und das Zischen, das von dem mächtigen Aluminiumschiffsrumpf verursacht wurde, hörte man nichts. Ich genoß das, denn wenn man bei den Ausscheidungsrennen zum „America's Cup", dem ältesten Wettbewerb des Hochseesegelns, das Letzte aus einer Regattajacht der 12-Meter-Klasse herausholt, dann sind Augenblicke relativer Ruhe selten.

Siebzig Meter steuerbords hinter mir pflügte die *Castor* durch die glitzernde blaue See und spritzte Wasser über Bill Rogers, den Vorschiffsmann, der sich damit abplagte, den Kopf eines Segels ans Vorstag zu bringen. Sein Gesicht glänzte schweißgebadet in der Sonne. Er sah elend aus. Vor dem Rennen hatte er mir gesagt, daß er Grippe habe. Aber für Leute, die dem „Constellation Challenge" angehörten, dem britischen Herausfordererteam gegen das amerikanische Verteidigerteam, war Grippe kein Grund, an Land zu bleiben.

„Moment", sagte ich noch einmal und spürte, wie die Spannung von den zehn Männern wich, die in dem kastenförmigen Aluminiumrumpf schwitzten, auf den die Sonne Sydneys niederbrannte. Eine Regattajacht der 12-Meter-Klasse ist mitnichten die „Ballerina der Meere", wie sie von den Journalisten der Segelzeitschriften so gern bezeichnet wird. Mit fünfundzwanzig Tonnen Metall und weit überdimensioniert, sind solche Jachten für den Kampf gebaut und haben eher Ähnlichkeit mit einem Panzer. Ich blinzelte in den hellen Himmel hinauf. Der Hubschrauber schien rückwärts zu fliegen. Geoffrey Lampson war sicher krebsrot angelaufen, weil die Jungs da unten nicht machten, was er sagte.

„*Pollux*", quäkte die Stimme. „Klar zur Wende!"

Wieder schaute ich zur *Castor* hin. Ihr Vordeck schien nur aus einem gebauschten Segel zu bestehen. Bill Rogers war krampfhaft bemüht, es runterzudrücken, seine Bewegungen wirkten schwerfällig; mit ihm war wirklich etwas nicht im Lot.

„Ree!" sagte ich und kurbelte am Steuerrad.

Die *Pollux* ging durch den Wind.. Der dicke Aluminiumbaum schwenkte herum, das Genuasegel glitt zügig auf die andere Seite, und Gischt spritzte hoch, als die *Pollux* , nach Steuerbord überholte, und am Bug der *Castor* vorbeizog. Bill Rogers warf sich der Länge nach auf das Deck, als die *Castor* nach uns wendete und die Genuafock übers Vordeck fegte.

„Gut!" krächzte Lampsons Stimme in mein Ohr, als sei das perfekte Wendemanöver sein Verdienst. „Prima gemacht, Martin. Bleibt auf diesem Kurs!"

Ich schwitzte vor Hitze, aber auch vor Anspannung und Ärger über das Gequassel aus diesem hoch über mir summenden Insekt.

„Noch 'ne Wende!" rief ich.

Die Winschen schnarrten, und wir gingen wieder zurück auf Backbordbug.

Zwischen unseren beiden Booten lagen jetzt etwa hundert Meter. Paul Welsh, der Rudergänger der *Castor*, schrie etwas. Es klang nervös, und das freute mich. Schon den Start hatten wir gewonnen, und nun gewannen wir Zentimeter um Zentimeter an Vorsprung.

Die *Castor* und die *Pollux* gehörten dem „Constellation Challenge". Seit sechs Wochen segelten wir zum Training hier draußen in der blauen Tasmansee gegeneinander, und seit sechs Wochen wurde ich immer deprimierter.

Um ein Herausfordererteam für den „America's Cup" aufzustellen, muß man eine Stange Geld haben und ein paar Manager, die es verstehen, dieses Geld für die richtigen Boote auszugeben. Außerdem braucht man noch Leute, die diese Boote so schnell wie irgend möglich segeln. Ein schnelles Boot ist das erklärte Ziel eines guten Teams, und zwar schnell ohne kleine Tricks.

Doch den Vorsitz des „Constellation Challenge" hatte Lord Honiton, Chef einer international tätigen Unternehmensberatungsfirma und Großgrundbesitzer, und für Seine Lordschaft waren kleine Tricks so wichtig wie Sauerstoff zum Atmen. Er hatte Geoffrey Lampson als Trainer angestellt, der dann ausgeschwirrt war, um die Crews anzuheuern. Ich hatte meine Zweifel gehabt, ob ich überhaupt mitmachen sollte. Aber andererseits liegen die Angebote, als Steuermann auf einem potentiellen „America's-Cup"-Herausforderer zu segeln, nicht jeden Tag im Briefkasten, selbst wenn man schon eine Menge Regatten gewonnen hat. Doch ich bereute meine Zusage ziemlich bald.

In dem Boot hinter uns schielte Paul Welsh auf seine Segel. Er würde gleich zu wenden versuchen. „Wende!" rief ich und kurbelte an dem großen, lederbezogenen Steuerrad.

Wir wendeten beide gleichzeitig. Ich sah, wie sich Pauls Augenbrauen finster zusammenzogen. Er haßte es, zu verlieren, besonders gegen mich. Das hatte er immer gehaßt, schon seit unserer Kindheit.

Ein Windstoß fuhr in das Segel, das auf dem Vordeck der *Castor* lag, und bauschte es jäh auf. „Runter damit!" schrie Paul. Seine Stimme klang heiser und wütend.

Sofort rannte Bill Rogers nach vorn, um das Segel zu bändigen. Es war nicht zu übersehen, wie angeschlagen er sich fühlte. Er lief wirklich nur auf halben Touren.

„Klar zur Wende!" brüllte Paul.

An Pauls Stelle hätte ich gewartet, bis Bill da vorn die Sache im Griff hatte. Aber wenn es ums Gewinnen ging, war Paul völlig rücksichtslos. Das Unterliek der Genua peitschte übers Vordeck. Bill starrte die Genua an und machte nicht einmal Anstalten, sich zu rühren. Das Segel hieb ihm in die Magengrube und fegte ihn ins Wasser.

„Mann über Bord!" schrie ich zu Paul hinüber.

Aber die *Castor* schob sich, einer weißen Pyramide gleich, auf uns zu. Paul glaubte wohl, daß Bill sich vorn der Länge nach hingeworfen hatte und das Segel über seinen Rücken gerauscht war.

„Hat er nicht gehört", sagte jemand.

Die Begleitboote standen etwa achthundert Meter achteraus. Die See vor Sydney ist weit, und es gibt Haie.

„Wende!" schrie ich. „Klar zur Wende, schnell!"

Das Deck schwankte unter meinen Füßen, als ich wie wild am Steuerrad drehte und wir mit flatternden Segeln wendeten. „Ich sehe ihn!" rief mein Mann auf dem Vorschiff. Auch ich hatte den kleinen schwarzen Schopf ausgemacht, der auf einer Welle auf und ab tanzte. Dann hörte ich aufgeregtes Geschrei. Ich drehte mich um und erblickte den Bug der *Castor*, der wie eine scharfe rote Schneide, die tintenblaues Wasser aufwarf, genau auf die Mitte unserer Bordwand zuschoß. Ich ließ das Steuerrad wirbeln. Das Gequassel aus dem Empfänger war eine Oktave höhergerutscht. Geoffrey schrie etwas von Regattaregeln. Aber wenn ein Mann über Bord gegangen ist, gilt nur noch der gesunde Menschenverstand.

Ich brüllte erneut: „Mann über Bord!"

Der Bug der *Castor* kam immer näher. Die *Pollux* drehte gerade, aber der scharfe weinrote Bug rammte sie am Heck mit einem heftigen Schlag. Das Deck schlingerte unter meinen Füßen und schleuderte mich gegen die Großschot. Die Rümpfe krachten aufeinander, der Bug der *Castor* bohrte sich in das Heck der *Pollux*, und mit einem langgezogenen Schrillen kreischte Metall auf Metall. Für den Bruchteil einer Sekunde dachte ich: Nichts weiter passiert, es ist nicht das Ruder oder sonst ein wichtiges Teil.

Dann sah ich das Backstag. Das Backstag ist in Hecknähe an Deck verankert und läuft bis zur halben Masthöhe hinauf. An seinem unteren Ende hat es eine starke Talje zum Durchsetzen und Abstützen des Mastes. Auf unserem Backstag ruhte eine Belastung von vier Tonnen. Als sich der Bug der *Castor* aus dem Spalt zog, den er in unser Heck gebohrt hatte, bewegte sich die Talje.

Ich konnte gerade noch „Wahrschau!" rufen, dann riß das Backstag aus seiner Verankerung. Irgend etwas prallte mit voller Wucht gegen meinen rechten Unterarm. Der vorfedernde Mast schleuderte die Talje in die Luft, als sei sie ein Köder am Ende einer Angelschnur. Der Mast federte wieder zurück. Es schien mir, als schreie jemand etwas von Schoten fieren und Last aus dem Mast nehmen, dabei war ich das selbst.

Zu spät. Es krachte gewaltig, die oberen zwanzig Meter des Mastes bogen sich vor, dann brach er. Segel rissen, und der Rumpf lag plötzlich schwer und träge im Wasser. Geschrei setzte ein. Ein höllischer Schmerz brannte in meinem rechten Unterarm. Ich krümmte mich. Wie gern hätte ich meinen Kopf auf das kühle Metalldeck gelegt, aber leewärts im Wasser konnte ich Bill Rogers in etwa zehn Meter Entfernung ausmachen. Er bewegte nervös den Kopf hin und her. Hält Ausschau nach Haien, dachte ich. Mit der unversehrten Hand zerrte ich den Rettungsring aus seiner Halterung an der Reling und schleuderte ihn Bill zu. Ich konnte nicht erkennen, ob er ihn erwischte. Der Schmerz in meinem Arm wurde immer schlimmer. Die Stimme aus dem UKW-Gerät gellte mir in den Ohren. „Halt die Klappe!" brüllte ich und schmiß den ganzen Kram über Bord. Vier Besatzungsmitglieder halfen Bill an Bord. Das war ziemlich einfach, weil unser Freibord schon sehr niedrig war. Entsetzt dachte ich: Sie sinkt!

Die *Castor* kam längsseits. Meine Crew kletterte hinüber. Ich wartete bis zuletzt – zum einen, weil das vom Kapitän erwartet wird, zum anderen, weil es mir schwerfiel, mich zu bewegen. Mein rechter Arm schmerzte derart, daß ich ihn mit der Linken halten mußte. Deshalb beugten sie sich zu mir herunter, packten mich am Rücken am T-Shirt und hievten mich an Bord. Paul Welsh, tief gebräunt und die breite Stirn über der Filmstarnase in Falten gelegt, schaute mich an.

„Verdammt noch mal, Martin", knurrte er, „du hattest überhaupt keinen Grund zu wenden. Das wäre nicht nötig gewesen. Ein Begleitboot hätte Bill rausgeholt."

Er bastelte sich jetzt sein Alibi zurecht, aber mein Arm schmerzte zu sehr, als daß ich zum Kontern aufgelegt gewesen wäre. So schwieg ich, hielt meinen Arm behutsam fest und schaute zur *Pollux* hinüber.

Eines der Begleitboote kam heran, um sie in Schlepp zu nehmen, aber ich sah an der Art, wie die weißen Blasen aus dem klaffenden Riß im Heck aufstiegen, daß es zu spät war. Bald würde sie wie ein Tümmler in die Tiefe gleiten. Ein Boot im Wert von einer halben Million Pfund würde langsam auf den Grund der Tasmansee sinken.

Das Krankenhaus war kühl, sauber, voller Topfpalmen und Reporter, die mich mit Fragen über gesunkene Boote bombardierten und wissen wollten, ob dies ein weiterer Beweis für Martin Devereux' Aggressivität sei. Ich hielt den Mund, weil nicht nur mein Arm mir Unbehagen verursachte. Dicht gedrängt warteten sie alle vor dem Raum, in den nun ein Arzt eintrat. Er schlug ihnen die Tür vor der Nase zu und fing unter grellen Scheinwerfern mit einer unangenehmen Behandlung an. Dann sagte er mir, daß ich Glück gehabt hätte. Irgend etwas hatte knapp zehn Zentimeter über meinem Handgelenk mit großer Wucht Elle und Speiche zerschlagen. Aber das Gelenk selbst war unversehrt. Ich schaute den Gips an und die aus ihm herausragenden starren, von der örtlichen Betäubung noch ganz gefühlosen Finger. Glück empfand ich nicht gerade. Ich verspürte nur den Wunsch, nach Hause zu gehen und mich hinzulegen, bis mein Arm nicht mehr so schmerzte.

„Constellation Challenge" sorgte gut für seine Mannschaft. Man wünschte, wie Honiton es auszudrücken beliebte, daß der Steuermann von den Matrosen getrennt wohnte. Also hatte man mir ein Apartment in der obersten Etage eines großen Holzhauses an der Rushcutters Bay gemietet. Der Wohnraum hatte ein riesiges Fenster mit einem Balkon davor. Die Glasscheibe kühlte meine Stirn. Ich schaute auf blaues Wasser, bläuliche Gummibäume und schmucke Vororthäuser, die bis zum Dach in üppigem Grün steckten. Aber ich war dieser ganzen Exotik überdrüssig. Ich sehnte mich nach dem grauen Himmel und dem scharfen Horizont von Marshcote, meinem Heimatort an der

Südküste Englands, wo die lärmerfüllten Pubs nach Salz, feuchten Pullovern und Rauch rochen. Dort würden mein Geschäftspartner Henry und seine Frau Mary jetzt durch Werft und Jachthafen stapfen und über den Regen fluchen, der vom Wind über die Marschen gepeitscht wurde.

Aber ich war in Sydney, und an Heimfahrt war nicht im Traum zu denken.

Ich ging ins Bad und blickte mich finster im Spiegel an. Ich habe ein ovales Gesicht, blaue Augen, eine große Nase und ein vorspringendes Kinn, was mit dazu beiträgt, daß die Leute mich für aggressiv halten; mein Haar ist dunkelblond und müßte mal wieder geschnitten werden. Meine Nase hatte zuviel Sonne abbekommen und häutete sich. Ansonsten sah ich grünlichgrau aus – weiß Gott kein schöner Anblick!

Ich schälte mich aus den Kleidern und stieg unter die Dusche. Den Gipsarm hielt ich hoch, damit er nicht naß wurde, was auch das Pochen dämpfte, allerdings nicht sehr. Dann trocknete ich mich ab, ging ins Schlafzimmer und legte mich aufs Bett. Nach einer Weile schmerzte der Arm dermaßen, daß ich doch die Tabletten nahm, die man mir im Krankenhaus gegeben hatte, und eindöste. Das Telefon neben dem Bett klingelte. Die Stimme am anderen Ende hielt sich nicht lange mit Vorreden auf. „Devereux, wo sind Sie gewesen?"

„Im Krankenhaus", antwortete ich. „Ich habe mir den Arm gebrochen."

„Ah", sagte Lord Honiton. „Tut mir leid, das zu hören." Die Stimme war etwa so warm wie eine Tiefkühltruhe. „Haben Sie eine Minute Zeit? Wir machen gleich Lagebesprechung."

„Bin schon unterwegs", antwortete ich und legte auf.

Ich nahm ein Taxi. Das Büro des Teams lag unmittelbar neben den Schuppen am Binnenhafen. Darin befanden sich zwei Palmen, drei Schreibtische, sechs Telefone und heute abend einige mächtige Leute.

Geoffrey Lampson war gekommen; die schweren roten Hängebakken fielen ihm fast über seinen weißen Kragen. Dann war natürlich Georgie Honiton da, braun gebrannt und im Blazer. Er hatte sein weltmännisches Lächeln aufgesetzt, während er mit dem fetten Mr. Morton von der „Constellation Bank" plauderte, dem größten Sponsor unseres Teams. Paul Welsh hatte zwei seiner Trimmer und seinen Taktiker mitgebracht. Sie hatten schon früher mit ihm Regatten gesegelt und machten diesmal vermutlich mit, um einen Teil des Preisgeldes zu bekommen. Deshalb konnte er auf ihre Loyalität bauen. Ich begann mich unbehaglich zu fühlen.

Paul grinste mich an. Ich grinste zurück und verdrängte das gräßliche Pochen in meinem Arm in die hinterste Ecke meines Bewußtseins. Paul hatte sehr wenig Grund zu grinsen. Die Kollision war seine Schuld gewesen.

„Na, wieder zusammengeflickt?" fragte Honiton. Sein Blick war auf meinen Gipsverband gerichtet. „So, dann wären wir also komplett", stellte er fest. „Guten Abend zusammen. Vielleicht wollen Sie anfangen, Geoffrey?"

„Gut", sagte dieser. „Martin, tut mir leid, daß du dich verletzt hast. Aber ich kann dir ebensogut gleich jetzt sagen, daß ich dir vom Hubschrauber aus Anweisungen gegeben hatte. Die hast du ignoriert. Du hast genau vor Paul gewendet."

„Um Bill Rogers rauszuholen. Er war über Bord gegangen." Ich sprach ruhig und gemessen.

„Wissen wir", erwiderte Geoffrey kurzatmig. „Wir haben schließlich Augen im Kopf. Aber die Begleitboote waren ja da, sie hätten ihn rausgeholt." Er sprach langsamer, um Zeit zu gewinnen. „Statt dessen wendest du dein Boot etwa eine Länge direkt vor Paul –"

„Vier Längen", wandte ich ein. „Mindestens."

„Das ist nicht das, was Paul sagt", meinte Geoffrey. „Und es ist nicht das, was ich sah."

Ich starrte ihn an. Er log. Warum?

Durch den Tablettennebel dämmerte mir die Erkenntnis: Ein Steuermann mit gebrochenem Arm ist für mindestens vierzehn Tage außer Gefecht gesetzt. Und wenn dieser Steuermann von Lord Honiton als geradezu gefährlich unabhängig eingeschätzt wurde, was lag dann näher, als ihn vor den Sponsoren als den Mann hinzustellen, der soeben ihre halbe Million auf den Meeresgrund geschickt hatte.

Ich sammelte meine Gedanken und sagte: „Du weißt verdammt genau, daß das nicht stimmt. Die Begleitboote standen gut achthundert Meter achteraus. Und in dieser See gibt es Haie. Paul behielt seinen Kurs bei, so daß ich logischerweise davon ausgehen mußte, daß er Bills Unfall nicht gesehen hatte. Also war ich verpflichtet, Bill rauszufischen, und Paul war verpflichtet, sich von mir fernzuhalten."

Honitons Unterkiefer war vorgereckt. „Paul bleibt dabei, daß Sie unmittelbar vor der Kollision direkt vor ihm wendeten."

„Ich fürchte, die Jungs aus meiner Crew werden das bestätigen", meinte Paul mit einem jungenhaften Grinsen.

„Aber nicht Bill", entgegnete ich.

„Ach!" sagte Paul. „Der war doch über Bord, oder?"

Ich schaute ihn an, dann Geoffrey und Honiton und wußte, daß es nichts weiter zu sagen gab. Sie hatten eine perforierte Linie um meinen Hals gezogen mit der Aufschrift: „HIER ABTRENNEN."

Ich rekapitulierte das Ereignis: „Du wolltest dich mit Bill nicht aufhalten, weil du eindeutig hinter mir lagst und ich seinetwegen langsamer wurde. Als du dann gemerkt hast, daß du mich dabei austricksen konntest, hast du mich gerammt. Du hast die *Pollux* versenkt. Und nun versuchst du es mir in die Schuhe zu schieben."

Es folgte tiefes, bedrohliches Schweigen.

„Ich finde, das sollten Sie besser zurücknehmen", erklärte Honiton schließlich.

Ich fühlte mich krank. „Jetzt reicht's mir aber. Ich scheide hiermit aus dem Rennen aus."

Ihre Gesichter wurden starr, aber nicht vor Überraschung, sondern weil sie den Atem anhielten in der Hoffnung, daß ich meine Worte nicht zurücknehmen würde, denn sie ersparten ihnen eine lästige Aufgabe.

Lord Honiton schien äußerst indigniert. „Ihr Benehmen läßt zu wünschen übrig, Martin. Nun denn, ich werde dafür sorgen, daß die, die es wissen sollten, erfahren, wie Sie sich hier aufgeführt haben."

„Ich werd's überstehen", erwiderte ich. Damit verließ ich den Raum, bahnte mir einen Weg durch die wild gestikulierenden Reporter und setzte mich mit meinem pochenden Arm in ein Taxi. Ich wollte nach Hause. Nach England.

AM NÄCHSTEN Morgen, in der Maschine nach London, teilte die Stewardeß Zeitungen aus. Die Titelseite des *Sydney Herald* brachte es auf einen kurzen Nenner: DEVEREUX VERSENKT BOOT, BRICHT SICH DEN ARM UND SCHEIDET AUS. Die Story triefte von Honitons scheinheiligem Bedauern. Die Zeitung hätte auch meine Stellungnahme gebracht, wenn ich gestern nacht mit einem der Reporter gesprochen hätte.

Aber so gab es nur ein kurzes, größtenteils korrektes Resümee meines Lebens, wobei hervorgehoben wurde, daß ich zu den sechzehn weltbesten Regattasteuerleuten gehörte. Und zu den drei freimütigsten. Man rätselte, ob meine notorische Neigung, kein Blatt vor den Mund zu nehmen, zu meinem Ausscheiden geführt hatte.

Ich legte die Zeitung weg und schaute aus dem Fenster. Unter mir schimmerte die Küste von New South Wales in der Morgendämmerung.

Es sah ganz danach aus, als müsse Martin Devereux die Wettfahrt mal für ein Jahr oder zwei vergessen und als Juniorpartner hübsch im South-Creek-Jachthafen bleiben. Ich zog Marys Brief hervor und las ihn wohl zum zehntenmal.

„Ich hoffe, bei Dir läuft alles gut", stand in dem Brief. „Wir haben ununterbrochen Sturm, wie Du Dir wohl vorstellen kannst." Ich konnte. Ich war bei Mary und Henry aufgewachsen, in ihrem Backsteinhaus am Hafen, wo der Wind über die Marschen heulte. „Henry arbeitet viel zuviel. Alle wollen ihre Boote überholt haben, und das bis spätestens Ostern. Und Henry will natürlich niemanden hängenlassen." Auch das konnte ich mir vorstellen. Bei Henry galt als eherner Grundsatz, daß ein Gentleman ein Mann ist, der sein Wort hält.

„Im Moment mache ich mir ziemliche Sorgen um den alten Starrkopf", schrieb seine Frau. „Wir verlieren eine Menge Kunden. Ich fürchte, er wird einfach zu alt für diese Arbeit. Beim letzten Sturm hatten wir eine schreckliche Massenkarambolage; zwei Boote müssen wir deshalb ganz abschreiben. Die Versicherungsprämien steigen ins Unerschwingliche."

Ich faltete das Blatt zusammen und schob es in die Brieftasche zurück. Henry wurde allmählich alt, er war ja auch schon einundsiebzig. Ich schluckte eine von den Tabletten aus dem Krankenhaus und lehnte mich zurück. Es sah ganz danach aus, als würde ich in South Creek so viel zu tun bekommen, daß mir sehr wenig Zeit für Regatten blieb.

2

SECHSUNDZWANZIG Stunden nach dem Start in Sydney stieg ich um 5 Uhr 12 in Marshcote aus dem Zug. Der Bahnhofsplatz war dunkel und naß von einem salzig schmeckenden Nieselregen. Mein Arm schmerzte, und mein Magen, durch die Zeitverschiebung völlig aus dem Rhythmus gekommen, verlangte nach Kaffee. Aber in Marshcote gab es um fünf Uhr morgens kein offenes Café. Es waren auch keine Taxis da. Ich hängte meine Tasche über die linke Schulter und wanderte auf den aufgeweichten Wegen zur Bucht.

Der South-Creek-Jachthafen liegt zweieinhalb Kilometer südöstlich von Marshcote. Unten am Ufer der Bucht mußte man nach links gehen und dem Pfad über drei wackelige Holzbrücken folgen. Der Wind trieb mir die Regentropfen ins Gesicht, aber ich lächelte,

während ich durch die Niederung stapfte, weil ich nun gleich zu Hause
sein würde.

Der Himmel war mittlerweile grau geworden, und rechts von mir
lag der lange dunkle Schutzwall des Deiches. Genau vor mir, gegen
den Horizont scharf abgezeichnet, erhob sich eine Gebäudeansamm-
lung und dahinter ein Wald von Bootsmasten: South Creek.

Es gibt nur wenige Bäume in Marshcote, und die meisten davon stehen in South Creek. South Creek hat auch meilenweit die höchste
Erhebung – eine Kiesbank, die sich etwa sechs Meter über die Marschen erhebt. Irgendwann im siebzehnten Jahrhundert hatte jemand
ein Backsteinhaus auf dieser Anhöhe errichtet. Und am Ende des
neunzehnten Jahrhunderts hatte ein wagemutiger Werftbesitzer einen
Bagger gekauft und das natürliche Becken, wo der South Creek ins
Meer mündet, ausgebaggert. Henry MacFarlane hatte dann dieses
Anwesen gekauft, als er aus dem Krieg heimkam, und 1948 drei lange,
niedrige Wellblechschuppen neben das Hafenbecken gesetzt.

Als ich auf den letzten fünfhundert Metern gegen den Wind
ankämpfte, wehten plötzlich die Auspuffgase eines Dieselmotors zu
mir herüber. Ich konnte in dem Dunst einen Geländewagen langsam
die Deichstraße nach Marshcote entlangfahren sehen. Fünf Minuten
später war ich am Parkplatz neben dem Hafenbecken angelangt, wo
die Jachten von etwa achtzig Eignern an den von Henry gebauten Pontons lagen. Über mir schoß ein Paar Heringsmöwen seitlich durch den
Wind. Die Masten an den
Schwimmstegen standen
säuberlich in Reih und
Glied.

Einer der Masten be-
wegte sich drüben an der
äußersten   Anlegestelle.
Es war ein hoher Mast,
und er trug keine Se-
gel. Motorgeräusch war
nicht zu hören. Der Mast
bewegte sich schneller
und glitt, leicht schwan-
kend, hinter den anderen
Masten vorbei: der Mast
eines führerlos treiben-
den Bootes.

Ich warf meine Tasche hin und setzte mich in Trab. Der Mast lief mit dem Wind. Er gehörte zu einer großen Kreuzerjacht mit hohen Aufbauten, die dem Wind soviel Angriffsfläche boten wie ein mittelgroßes Segel. Das Boot, das *Moody Grenadier* hieß, führte keine Lichter, und an Bord war niemand zu sehen.

Meine Schritte hallten auf den Stegplanken. Die *Moody* driftete auf eine am Ende des Schwimmstegs festgemachte Ketsch zu, die den Namen *Seadog* trug. Die Karambolage, die es gleich geben würde, käme jemanden teuer zu stehen.

Ich stieg über die Reling der *Seadog* und rannte auf ihrem schmalen Seitendeck nach achtern. Die *Moody* war noch etwa drei Meter entfernt und näherte sich schnell.

Ein achtsamer Eigner hatte an der seewärts liegenden Bordwand der *Seadog* Fender hängen lassen. Mit klammen Fingern löste ich einen davon und brachte ihn mit der linken Hand übers Heck aus. Die *Moody* prallte seitlich auf den Fender. Der Fender wurde gequetscht wie eine überreife Frucht, platzte aber nicht. Einen Augenblick hing die *Moody* fest, dann begann sie mit einem schrecklichen Knirschen leewärts zu scheuern. Achtern hing ein Festmacher über Bord. Ich riß den Bootshaken aus seiner Halterung auf dem Kajütdach der *Seadog*, fischte die Leine auf und legte sie um die Backbordklampe auf dem Achterschiff der *Seadog*.

Der Festmacher spannte sich. Die *Seadog* zerrte an ihren Leinen, als die größere *Moody* versuchte, sie seewärts zu ziehen. Aber zwei Meter vor der Steinmole stoppte die *Moody*, von einer einzigen Leine gehalten wie ein riesiges Pendel. Es sah ganz so aus, als hätte ich dem Eigner der *Moody* eine kostspielige Reparatur erspart.

„Habe ich dich endlich, du Schweinehund?" rief jemand auf dem Steg.

Mein Herz machte einen Satz. Ich drehte mich um und blickte in die Mündung eines Jagdgewehrs, das ein untersetzter grauhaariger Mann, der auf dem Steg stand, auf mein Gesicht gerichtet hielt.

„Guten Morgen!" entgegnete ich.

„Meine Güte!" rief Henry MacFarlane und ließ das Gewehr sinken. „Was zum Teufel machst du denn hier?"

„Irgendein Idiot hat vergessen, die *Moody* festzumachen", antwortete ich. Henry reckte seinen dicken Hals. Sein Blick ruhte auf der *Moody*. „Gott sei Dank, daß du gekommen bist!" brachte er atemlos heraus.

Im Morgengrauen sah Henry aus wie aus Stein gemeißelt. So war er immer gewesen: hart wie Granit. Aber als wir uns zuletzt gesehen hatten, waren seine Wangen noch nicht so schlaff gewesen.

„Wir sollten sie wegbringen", schlug ich vor.

„Das können die Leute nachher tun."

Wir machten die *Moody* neben der *Seadog* fest. Dann gingen wir über den Steg zurück und zu dem leeren Liegeplatz der *Moody* hinüber. Die für die Festmacherleinen vorgesehenen Ringe waren leer.

„Nichts gebrochen", stellte Henry fest und betrachtete die Ringe. „Auch nichts zerschnitten. Die ist losgemacht worden!"

„Als ich ankam, fuhr gerade ein Auto weg."

Er schaute mich an. „War vielleicht der Milchmann. Gehen wir frühstücken!"

Nach dem scharfen Wind draußen war die Küche der reinste Backofen: ein nüchterner Raum mit sechs Holzstühlen, einem lackierten Tisch und dem Kalender eines Winschenherstellers an der Wand. Henry stellte die Blechkanne mit Kaffee auf den Kanonenofen und sagte: „Mary ist noch nicht auf. Was zum Teufel hast du mit deinem Arm gemacht?"

Es war typisch für ihn, daß er sich, obwohl soeben ein hundertfünfzigtausend Pfund teures Boot in seiner Werft sabotiert worden war, mehr für meinen Arm interessierte. Ich berichtete, was in Australien vorgefallen war.

Dann fragte ich: „Wer kommt hierher und bindet Boote los, damit sie stranden?"

„Ich weiß es nicht", antwortete er. „Ich weiß es einfach nicht."

Er nahm eine Zigarette aus einem Metalletui und zündete sie an. „Nachher führe ich dich ein bißchen herum. Mal sehen, was du davon hältst." Etwas zu schnell stand er auf und goß uns Kaffee ein, noch bevor er richtig an der Zigarette gesogen hatte. Ich merkte, daß Mary nicht die einzige war, die sich Gedanken darüber machte, ob er noch mit allem zurechtkam. Unsanft setzte er den dickwandigen weißen Becher vor mir ab und stapfte zum Kühlschrank. „Die Milch. Wo ist die denn, zum Kuckuck aber auch!"

„Der Milchmann kommt nicht vor acht", sagte eine Stimme von der Tür her. Es war Mary, in einem blauen Morgenrock und mit Lederpantoffeln an den Füßen.

Mary zu umarmen war, als umarme man eine ausgewachsene Eiche. „Wie schön, dich wiederzusehen", begrüßte sie mich. Ihr Gesicht war genauso wettergegerbt wie Henrys. Um ihre lustigen blauen Augen hatte sie Falten, an die ich mich nicht erinnern konnte.

Sie nahm sich eine Tasse Kaffee und trank, dann briet sie ein anständiges Stück Speck, und wir schwatzten darüber, wer aus der Stadt was, wann und wo gemacht hatte. Ich kannte Mary besser als irgend jemanden sonst auf der Welt. Sie war eine große, resolute Frau, die genau das sagte, was sie dachte, und die für Leute, die es nicht ebenso hielten, wenig Zeit hatte. Henry nickte und grinste ab und zu, doch die meiste Zeit hielt er den Blick auf seine Tasse gesenkt.

In South Creek begann jetzt der Tag. Ein halbes Dutzend Männer in Overalls kamen herein, sagten guten Morgen und gingen wieder. Zu ihnen gehörte der Aufseher Tony Fulton, ein großer Mann mit einem jungenhaften Grinsen und breiten Schultern. Wenn ich nicht da war, erledigte er die meisten wichtigen Arbeiten und wartete die Charterflotte von acht 7,5-Meter-Kreuzerjachten. Dick Hammer, schmal und dunkelhaarig, kümmerte sich um die Liegeplätze. Dann gab's noch einen Mechaniker, einen Takler und ein paar Leute für die Schmutzarbeiten. Als Hammer von Henry erfuhr, daß die *Moody* treibend gefunden worden war, ging er los, um alle Leinen zu überprüfen.

„Komm", sagte Henry, als wir mit dem Frühstück fertig waren. „Machen wir einen Rundgang!"

Wir gingen um das Treibstofflager und die Schuppen zu den Pontonbrücken. Dann marschierte er auf die Stelle des Parkplatzes zu, wo die aufgebockten Jachten standen.

„Was ist denn das?" fragte ich.

In der Ecke lagen zwei Charterboote auf der Seite oder besser das, was von ihnen noch übrig war. Sie sahen aus wie mit Preßlufthämmern bearbeitet.

„Ziemlich scheußlich, was?" erwiderte Henry grimmig. „Wir hatten sie für den Winter eingelagert. Es gab Sturm, und da sind sie von ihren Böcken gefallen. Ins Wasser. Platsch, platsch, platsch!" Wir traten an den Beckenrand und schauten hinunter. Zwischen den unbehauenen Steinen der Kaimauer hingen immer noch Glasfaserstücke wie Fleischfetzen im Fang eines Löwen.

„Die müssen wir abschreiben", erklärte er. „Die Versicherung war gar nicht erfreut."

Wir begaben uns in das Büro, das inzwischen von den selbstgedrehten Zigaretten der Männer voller Rauchschwaden hing. Das Telefon klingelte. Henry würde eine Weile beschäftigt sein, und so ging ich ins Haus zurück. Mary lächelte sichtlich erfreut, als sie mich sah.

„So", sagte sie. „Bleibst du jetzt ein bißchen länger?"

Es hätte sie nicht gerade aufgemuntert, wenn ich ihr erzählt hätte, daß Lord Honiton sein Bestes tat, um meine Seglerkarriere zu ruinieren. „Ich dachte, daß es hier bestimmt einiges zu tun gibt."

„O ja." Ihre Stimme klang erleichtert. „Das wäre wirklich fein."

„Henry hat mir die Boote gezeigt, die der Sturm umgeworfen hat. Einen so starken Nordsturm habt ihr hier aber nicht oft."

„Es war auch nicht der Nordwind", wandte sie ein.

„Wieso?" Ich verstand nicht. Die Boote hatten am nördlichen Beckenrand gestanden; ein Südwind hätte sie landeinwärts gekippt und nicht ins Hafenbecken.

„Der Sturm damals", erklärte sie, „kam aus Süden." Sie verbarg ihr Gesicht in den Händen, und zwischen ihren Fingern wurde es naß.

Ich kannte Mary, seit sie die Pflegschaft für mich übernommen hatte, und da war ich fast zwölf gewesen. Aber ich hatte sie noch niemals weinen sehen. Ich trat neben sie und tätschelte ihr mit meiner gesunden Hand unbeholfen den breiten Rücken. Dann fragte ich: „Was geht hier vor?"

„Du kennst doch Henry. Er will's mir nicht sagen."

Henry gehörte das Grundstück, und als Seniorpartner traf er die wichtigen Entscheidungen. Als Juniorpartner kam und ging ich, wann ich wollte, organisierte die Arbeit übers Jahr und half aus, wenn meine Regatten es erlaubten. Es war eine gute Vereinbarung.

„Alles gerät außer Kontrolle", sagte sie. „Und ich weiß nicht, was er vorhat. Du kennst ihn ja."

Ich kannte ihn. Henry war ein Einzelkämpfer.

„Dir würde er es vielleicht sagen", meinte Mary. „Ob du's mal versuchst?"

„Natürlich."

Die Tür flog auf. „Komm!" rief Henry. „Wir wollen die Hummerkörbe einholen, wenn du nicht zu gehandikapt bist."

„Natürlich nicht", antwortete ich. Dinge wie Zeitverschiebung und gebrochene Glieder durften Henrys Grundsätzen nicht im Wege stehen. Die Hummerkörbe gehörten eingeholt.

Sein kantiges Gesicht verzog sich zu einem breiten Grinsen. „Bist doch ein feiner Kerl", sagte er. „Ich bin verdammt froh, dich wieder hierzuhaben!"

DRAUSSEN in der Bucht zerrte die Ebbe an Henrys Fischkutter, der *Hellcat*, als wir Kurs auf das tiefe Wasser der Flußmündung nahmen. Wir liefen unter Motor, und außer dem satten Tuckern des Diesels und Möwengekreische war nichts zu hören.

„Bißchen langsam im Vergleich zu dem, was du sonst gewohnt bist", meinte Henry.

„Aber ruhiger."

Ein Schwarm schwarzweißer Gänse segelte über die Seegraswiesen. So war es immer hier draußen, wo die Sandbänke unter dem blaßgrünen Wasser ihre weißen Finger spreizten und die Wellen ans Ufer brandeten. So war es schon gewesen, als ich zum erstenmal hier gewesen war, wenige Tage vor meinem zwölften Geburtstag. Mein Vater war drei Monate zuvor gestorben; meine Mutter hatte ihn schon lange vorher verlassen. Tappamore, mein graues, halbverfallenes irisches Elternhaus war dem Efeu und den Gläubigern zum Opfer gefallen, und ich war ein kleiner, aggressiver Junge gewesen, der mit einem Koffer und einem Brief meines Vaters bei Henry angekommen war.

Später hatte Henry mir von diesem Brief erzählt. Die beiden hatten sich im Krieg kennengelernt und waren Freunde geworden. Mein Vater bewunderte Henry dermaßen, daß er entschieden hatte, einzig und allein Henry könne sich um einen zwölfjährigen Jungen kümmern, für dessen Schulgeld gesorgt war, bis er ins Erwachsenenleben eintrat. Für meinen Unterhalt waren zehntausend Pfund dagewesen, die Henry zu meinen Gunsten in den South-Creek-Jachthafen investiert hatte.

Die Mündung erweiterte sich auf beiden Seiten. Austernfischer segelten am Ufer entlang. Wir kämpften uns durch die Sturzwellen am Ende der vorgelagerten Barre in der Mündung und wurden von der Ebbe in die offene See katapultiert.

Henrys Hummerkörbe waren hinter den Klippen von Oar Head ausgelegt. Ich manövrierte das Boot an die gelbe Markierungsboje mit dem eingestanzten „H.M.", fischte ihre Leine mit dem Bootshaken, schlang sie um die Winsch und begann einzuholen.

An der ersten Leine hingen sechs Körbe. In keinem war auch nur ein einziger Hummer. Ich legte stinkende Makrelen als neue Köder aus, und wir fuhren weiter zur nächsten Boje. Mit nur einer Hand Köder auszulegen ist anstrengend, und ich wurde langsam müde. Daher war ich erleichtert, als der vorletzte Korb aus den schwarzen Tiefen zu uns heraufschimmerte. Ich beugte mich über den Köderbehälter.

„So, du Vieh!" schrie Henry hinter mir.

Ich drehte mich um. Er hielt einen riesigen Hummer in der Hand, dessen aufgeregt winkende dunkelblaue Scheren die Größe von Boxhandschuhen für Kinder hatten.

„Sieben Pfund bringt der mindestens", verkündete Henry. Er ließ die Gummibänder um die Scheren schnappen und legte den Hummer ehrfürchtig in einen Eimer. Lauthals singend ließ er die Körbe wieder zu Wasser. Als der letzte verschwunden war, wendete ich den Bug wieder in Richtung grünes Land.

Ich kannte Henrys Stimmungen. Dies war eine seiner Triumphphasen, in denen er weniger wortkarg war. „Wer schmeißt deine Boote um?" fragte ich unvermittelt.

Er starrte zur Sonne hinauf. „,Seahorse Land'", sagte er. „Immobilienfirma aus London."

Ich starrte ihn an. „Was?"

„Der Kerl ist vor ein paar Monaten aufgetaucht", erzählte Henry. „Ein fürchterlich mieser Typ in einem abgewetzten Anzug. Er ließ mir seine Karte da, wollte den ganzen Kram mit allem Drum und Dran kaufen. Ich hab ihm gesagt, daß er sich zum Teufel scheren soll."

Henry zündete sich gemächlich eine Zigarette an. „Die Woche darauf hat er wieder angerufen. Ich habe ihm dasselbe gesagt. Da hat er nach meiner Versicherungsprämie gefragt. Er wollte wissen, ob sie ausreicht."

„Verstehe. Aber Immobilienfirmen befassen sich normalerweise nicht damit, Jachthäfen zu ruinieren."

„Diese hier schon", entgegnete Henry.

„Hast du die Polizei verständigt?"

„Natürlich! Ich sagte ihr, daß diese Jachten nicht umgefallen sind, sondern umgeworfen wurden. Die Polizisten haben sich das angeschaut und gemeint, daß es vielleicht der Sturm war." Der Zigarettenrauch verhüllte sein Gesicht und zog über die blaue Bucht davon. „Der Sturm kam aber aus der falschen Richtung."

„Was hast du jetzt vor?" fragte ich.

Henrys Blick ruhte auf dem Siebenpfündigen Hummer. „Ich habe schon einen Plan", erklärte er.

„Was für einen Plan?"

„Einen Plan eben."

Mir war klar, daß ich einen Henry vor mir hatte, der erpicht darauf war, der Welt zu zeigen, daß er die Dinge noch fest im Griff hatte. Es lag mir auf der Zunge, ihn daran zu erinnern, daß ich sein Partner war und Mary seine Frau. Ich wußte aber auch, daß er noch viel weniger mit der Sprache rausrücken würde, wenn sein Juniorpartner sich jetzt als Nervensäge erwies. So schob ich nur den Gashebel etwas weiter vor, und wir tuckerten schweigend nach South Creek zurück.

NACHTS schlief ich im Point House, einem kleinen Backsteinhäuschen, das einen Kilometer entfernt von South Creek auf einer grasbewachsenen Kuppe in den Dünen stand. Ich hatte es vor zehn Jahren für weniger als den Preis eines Gebrauchtwagens erstanden. Im Wohnraum hingen zwei Bilder von Wildgänsen, der Fußboden war mit Steinplatten ausgelegt, und in der Ecke stand ein Holzofen: Hier war ich weit weg von den Rennjachten der 12-Meter-Klasse und dem Glamour Sydneys.

Ich wurde früh wach und machte mir einen anständigen Kaffee. Dann ging ich hinaus, ließ den alten Landrover an und fuhr zum Jachthafen. Das Büro war leer, die Uhr an der Wand zeigte zwanzig vor acht. Ich setzte mich an Henrys Schreibtisch und blätterte sein Adreßbuch durch. Es war gespickt mit Namen und Telefonnummern und enthielt auch etliche Visitenkarten. Die, nach der ich suchte, war mit einem stilisierten Segelboot und einer Palme geschmückt und schwarz-blau bedruckt. SEAHORSE LAND stand darauf, der Name TERENCE RAISTRICK prangte in der linken unteren Ecke, und rechts unten war noch eine Telefonnummer vermerkt. Eine Adresse war nicht angegeben.

Ich nahm das Telefon und wählte eine Nummer in London. Die Stimme am anderen Ende klang verschlafen.

„Harry?" fragte ich.

„O Gott", sagte die Stimme. „Was willst du denn um diese Zeit?"

Harry Chase und ich waren zusammen zur Schule gegangen. Er war Polizeiberichterstatter beim *Guardian*. Der South-Creek-Jachthafen machte ihm immer einen Sonderpreis, wenn er bei uns ein Boot charterte. Hin und wieder gingen wir zusammen in London essen.

Ich sagte ihm, was ich über die Firma Seahorse Land wissen wollte.

„Nie gehört", brummte er. „Worum geht's dabei?"

„Weiß ich noch nicht." Ich gab ihm die Telefonnummer auf der Visitenkarte durch. „Kannst du die Adresse für mich rausfinden?"

„Ist ein Autotelefon."

„Dann vielleicht was über den Besitzer und dessen Adresse?"

Er grunzte. „Muß ich?"

„Willst du diesen Sommer wieder segeln?"

„Ich ruf nachher zurück." Er legte auf.

In der nächsten Stunde klingelte fast ununterbrochen das Telefon. Meistens waren es Eigner, die alles mögliche wegen ihrer Boote wissen wollten. Dann, um neun Uhr, nahm ich den Hörer ab und hörte eine wohlvertraute Stimme.

„Martin?" fragte die Stimme. „Hier ist Jack Archer. Ich rufe dich im Auftrag des Pulteney-Jachtklubs an."

„Tag", sagte ich. Jack Archer, ein kleiner Mann mit rosiger Gesichtsfarbe, war einer der Direktoren von „Padmore and Bayliss", Großbritanniens größter Bootswerft. Vor kurzem war er in den Vorstand des Pulteney-Jachtklubs gelangt, einen netten Verein in einem hundertzehn Kilometer weiter südlich gelegenen Hafenstädtchen. Er war clever und ehrgeizig, und ich war ziemlich sicher, daß ich schon wußte, was er wollte.

„Der Iceberg Cup", sagte er . „Ich ..., also, wir hier im Klub ... Wir würden uns sehr freuen, wenn du mitmachen könntest."

Den Iceberg Cup gab's noch nicht lange, und er gehörte nicht gerade zu den großen Regatten. Oder, besser gesagt, er gehörte sogar eindeutig zu den zweitklassigen Rennen.

„Ich weiß noch nicht, ob ich bis dahin fit sein werde", antwortete ich.

„Wie ich höre, hast du dir den Arm gebrochen", sagte er. Archer hörte alles, gewiß hatte er auch schon von meinem Krach mit Honiton gehört.

„Womit segelt ihr denn?" fragte ich.

„Mit einer Bayliss 34", antwortete er, „am nächsten Dienstag."

Ich dachte nach. Archer bat also einen bekannten, wenn auch derzeit etwas verdächtigen Steuermann, bei einem zweitklassigen Rennen mitzumachen. In Booten, die seine Firma baute. Das lief ganz schön auf Publicity für ihn hinaus.

„Siebeneinhalb Riesen für den Sieger", lockte Archer.

Unser Jachthafen konnte siebeneinhalb Riesen sehr gut gebrauchen und ich einen Sieg. „Na gut!" willigte ich ein. „Ich hätte schon Lust."

„Prima", jubelte Archer voll Enthusiasmus. „Prima!"

Ich rief Charlie Agutter an und fragte, ob er kurzfristig eine Crew auftreiben könne. Charlie war ein Freund aus Zeiten, in denen wir beide um den „British Captain's Cup" gesegelt waren. Außerdem hatte er die Bayliss 34 entworfen, so daß es sehr nützlich war, ihn an Bord zu haben. Charlie sagte, er könne.

Als ich auflegte, streckte Tony den Kopf durch die Tür und suchte Henry. Ich bat: „Bleib doch 'n Moment." Er setzte sich hin. Er war so groß, daß der Stuhl unter ihm zu schrumpfen schien. „Tony, was geht hier vor?"

„Du hast die Boote, die's umgehauen hat, ja gesehen", antwortete er. „Dann die Sache mit dem Diesel. Irgend jemand hat 'ne Menge

Wasser in den Dieseltank gefüllt. Verdammte Schweinerei, dreitausend Liter versaut. Und noch mehr so Kleinigkeiten. Das Boot, das du heute morgen eingefangen hast, war nicht das erste. Auch bei zwei anderen waren letzte Woche die Leinen losgemacht. Eins ist am Ufer gestrandet mit einem Loch im Bug."

„Und du meinst, daß da jemand dahintersteckt?"

Sein wettergegerbtes Gesicht blieb unbewegt. „Wir machen sichere Knoten, und wir lassen weder Wasser in unsere Dieseltanks noch teure Boote nur so zum Spaß auf Steine brummen."

Das stimmte. In den fünf Jahren, in denen er hier Aufseher war, hatte uns die Leistungsfähigkeit des Jachthafens scharenweise Kunden gebracht.

„Hast du jemanden gesehen, der hier rumlungert?"

Er zuckte die Achseln. „Man kommt ziemlich leicht hier rein. Und da wir keine Wachmänner haben, läßt sich auch nachts nicht viel verhindern. Schon gar nicht durch Henry in seinem Alter."

Die Bürotür ging auf. Ein dünner Mann mit grauem Schnauzbart kam herein.

„'tschuldigung, Leute", sagte er. „Soll mir eine Ketsch hier angukken, die *Aldebaran*." Er zog ein Päckchen Zigaretten aus seiner Wildlederjacke und zündete sich eine an.

Ich wurde neugierig. „Was wollen Sie denn an der *Aldebaran* sehen?"

„Alles", sagte er. „Hier ist meine Karte." Auf der Karte stand MATES & BUSHELL – GUTACHTER SHEERNESS, KENT."

„Und wer hat das Gutachten in Auftrag gegeben?"

„Ein Typ namens Paul Welsh", antwortete der dünne Mann. „Für einen Kunden. Hat mich aus Australien angerufen."

Es dauerte eine Weile, bis ich merkte, daß mein Mund offenstand.

„Ich steige nur noch in meinen Overall", erklärte der Mann. „Könnt ihr sie schon aus dem Wasser heben?" Und weg war er.

Ich wandte mich an den Aufseher. „Was zum Teufel hat Paul Welsh mit uns zu tun?"

Tony runzelte bekümmert seine breite Stirn. „Solltest du dir von Henry erzählen lassen", meinte er. „Ich muß zum Kran."

Ich ging zum Haus, um Henry zu suchen. Er saß am Schreibtisch in seinem Büro. „Draußen ist ein Gutachter, um sich die *Aldebaran* anzusehen", begann ich. „Er sagt, Paul Welsh habe ihn geschickt."

„Ach so . . ." Henry rieb sich das Kinn. „Ja, das ist richtig. Sieh mal, Martin, wir waren sehr knapp bei Kasse. Du weißt, daß ich das

Makeln ohnehin nur nebenbei betreibe. Also, Paul Welsh hat mir vor sechs Wochen geschrieben und ein gutes Angebot gemacht. Ich hab's angenommen. Ich wußte, daß dir das nicht gefallen würde. Aber wir brauchten das Geld. Also habe ich verkauft."

Ich schaute in sein Gesicht. Fast bittend blickte er mich an. Von seiner Warte aus gesehen hatte er das Bestmögliche getan.

„Fünfzigtausend Pfund hat er bezahlt. Und wenn er die *Aldebaran* verkaufen kann, bevor sie völlig auseinanderfällt, kriegen wir noch mehr Geld. Komm, schauen wir mal nach dem Gutachter."

Es hätte gar keinen Zweck gehabt, ihn zu fragen, warum Paul Welsh wohl den Namen einer so unbedeutenden Maklerfirma wie South Creek kaufen wollte. Henry gehörte nicht zu den Menschen, die hinter solchen Schritten verborgene Motive vermuteten.

Ich folgte ihm über die Pier zur *Aldebaran*, die mit ihrem halbverrotteten Holzrumpf tropfend im Hebezeug hing. Der Gutachter wanderte mit einer Ahle um sie herum und stach in die Planken. „Ein hübsches Boot", meinte er.

Henry bedachte ihn mit einem Lächeln, als habe er einen Irren vor sich. Ich ging ins Büro zurück.

Um Viertel nach zwölf rief Harry Chase an. „Deine Nummer", sagte er, „gehört einer Firma namens Seahorse Land."

„Das weiß ich schon!"

„Eingetragen auf der Isle of Man. Geschäftsführer sind ein Bankdirektor und ein Anwalt, wie üblich. Sonst ist nichts rauszukriegen. Außer einer Anschrift, wo die Telefonrechnungen hingehen. Die lautet: Upper Tier 22, Waterfront, Southampton."

3

Ich fand Tony im „Burnett Arms", seiner Stammkneipe. Er nippte an einem Glas Bier und sprach mit einem Krabbenfischer.

„Los, wir fahren jetzt nach Southampton!" forderte ich ihn auf.

„Wieso das?"

„Seahorse Land einen Besuch abstatten. Ich will ihnen ein paar Fragen stellen über Strolche, die anderer Leute Boote losbinden und Wasser in anderer Leute Treibstoff schütten."

Seine Hand mit dem Glas blieb mitten in der Luft hängen. „Bist du sicher?"

„Sicher bin ich kein bißchen. Ein Grund mehr, gleich loszufahren."

Er starrte mich einen Moment an und seufzte dann. „Pure Zeitverschwendung", meinte er. „Dabei haben wir noch jede Menge Boote aufzutakeln."

„Wir nehmen deinen Wagen", ordnete ich an.

Mehr oder weniger schweigend fuhren wir nach Southampton.

Waterfront war das typische Objekt von Baufirmen, die hofften, das große Geld dadurch zu machen, daß sie die heruntergekommene Hafengegend Southamptons mit dem maritimen Flair eines Jachthafens aufpolierten. Eine Ladenpassage bot einem den Blick auf einen Hafen mit lauter leeren Liegeplätzen, und „Upper Tier" war eine Büroetage über der Passage. Nummer 22 befand sich zwischen einem Reisebüro und dem Büro eines Jachtmaklers. Das Büro Nr. 22 hatte eine getönte Fensterscheibe, hinter der das Modell eines Jachthafens ausgestellt war. Drinnen saß eine Empfangsdame an einem grünen Schreibtisch, hinter ihr war eine Tür zu sehen.

„Was kann ich für Sie tun?" fragte sie. Der Aussprache nach war sie Amerikanerin.

„Ich suche Mr. Raistrick", sagte ich. „Von Seahorse Land."

„Haben Sie einen Termin?" Sie war hübsch und hatte graugrüne Augen und kurzes blondes Haar.

„Nein", antwortete ich. „Aber es betrifft den South-Creek-Jachthafen."

Der Blick der graugrünen Augen schien schärfer zu werden. „Wen darf ich melden?"

Ich sagte es ihr. Sie drückte eine Sprechtaste und sagte: „Mr. Devereux und Mr. Fulton von South Creek für Sie, Mr. Raistrick."

Es kam keine Antwort. Irgendwo hinter der Wand zu dem nächsten Büro schlug eine Tür. „Tut mir leid", erklärte das Mädchen. „Mr. Raistrick scheint nicht ..."

Ich war mit zwei Schritten an der Tür hinter dem Schreibtisch und riß sie auf. Das Mädchen rief: „He!", aber da stand ich schon in Raistricks Büro.

Die Außenwände waren ganz aus Glas, hinter denen eine Galerie rund um das Gebäude lief. Zu dieser Galerie führte eine weitere Tür. Sie stand offen, weil ein dunkelhaariger Mann gerade hinausgestürzt war. Seine Füße hämmerten laut auf den Eisenrosten der Galerie. Als er den Kopf wandte, sah ich flüchtig ein weißes, verschwitztes Gesicht mit einem dichten schwarzen Schnauzbart.

Es ist gar nicht so einfach, mit einem schweren Gipsarm zu rennen.

„Tony!" schrie ich. „Schnapp ihn dir!"

Tony begann zu rennen. Er war schnell. Im nächsten Moment waren sie schon nicht mehr zu sehen, weil sie eine Wendeltreppe hinunterjagten, die in einen viktorianischen Wachturm an der Ecke des Gebäudes führte. Ich rannte den beiden nach.

Im Wachturm verschwand die Wendeltreppe im Dunkeln. Meine Schritte hallten unheilvoll wider. Weiter unten stöhnte jemand. Draußen auf dem Parkplatz wimmerte ein Anlasser, dann quietschten Reifen. An der übernächsten Windung der Treppe lehnte eine dunkle Gestalt am Geländer. Ich rannte hinunter. Es war Tony. Sein Gesicht war blaß, die rechte Seite blutverschmiert. Er schimpfte. „Der Hund hat mir ein Bein gestellt!" Ich half ihm die Treppe hinauf.

Das Mädchen wartete vor dem Büro. Sie sah blaß aus. Wir gingen hinein, sie brachte Wasser, und wir säuberten Tonys Wunde. Er hatte eine lange, häßliche Platzwunde über dem Auge. Als sie die Treppe zu den Toiletten hinunterlief, um die Schüssel auszugießen, ging ich ihr nach.

„Ich hätte gern die Privatnummer von Mr. Raistrick", forderte ich sie freundlich auf.

Wir gingen zum Büro zurück. „Die hat er mir nicht gegeben. Ich arbeite erst seit einer Woche hier." Sie schrieb mir eine Londoner Telefonnummer auf einen Zettel. „Und ich schätze, daß ich hier auch nicht alt werde. Dies ist die Nummer einer Firma, die Mr. Raistrick häufig angerufen hat. Ich weiß, daß er von dort Anweisungen bekam. Vielleicht können die Ihnen weiterhelfen. Aber Sie sollten ihnen lieber nicht sagen, daß Sie die Nummer von mir haben."

Ich gab ihr meine Nummer und bat: „Vielleicht können Sie mich anrufen, wenn Mr. Raistrick zurückkommt?"

Sie lächelte nur. Jetzt hatte sie wieder Farbe im Gesicht, und ihr Lächeln war anziehend, verriet aber nicht, was sie dachte.

Ich holte Tony aus dem Büro, und wir machten uns auf den Heimweg. Sein Auge schwoll an, und er verfiel in düsteres Schweigen.

Ich hielt an einer Telefonzelle und wählte die Nummer, die das Mädchen mir gegeben hatte. Eine Frauenstimme antwortete. „Marine Investments."

„Ich hätte gern mit einem Ihrer Geschäftsführer gesprochen."

„In welcher Angelegenheit bitte?"

Ich zögerte. Wenn ich die falsche Antwort gab, würde sie mich abwimmeln. Aber es gab ja auch eine richtige Antwort. Also sagte ich: „Den Verkauf des South-Creek-Jachthafens."

„Und wer spricht da bitte?"

Ich nannte ihr meinen Namen. Kurz darauf dröhnte eine Männerstimme in mein Ohr: „Hallo? Was können wir für dich tun?" Die Stimme klang volltönend und sonor.

„Wer spricht da?" fragte ich verblüfft.

„James", sagte die Stimme. „Dein Cousin James."

Ich stand da, und meine Gedanken überschlugen sich. James de Groot war ein Vetter zweiten Grades und Geschäftsführer bei einem Dutzend Firmen.

„Also", drängte er, „was möchtest du?"

„Du hast mit einer Firma von der Isle of Man zu tun, sie heißt Seahorse Land", antwortete ich.

„So?" In seiner Stimme lag jetzt ein Anflug von Argwohn.

Langsam wurde mir einiges klar. „Es würde mich nicht wundern", erklärte ich, „wenn du deinen Freunden bei Seahorse Land von einem netten kleinen Wassergrundstück erzählt hättest, aus dem sich allerhand machen ließe. Aber du kannst ihnen von mir ausrichten, daß es nicht zu verkaufen ist. Sag ihnen außerdem, daß es hier Gesetze gegen Erpressung und gegen Sachbeschädigung gibt. Ich werde deinen Namen und den deines Freundes Terence Raistrick morgen der Polizei melden."

„Ich könnte mir vorstellen, daß du Schwierigkeiten haben wirst", meinte James, „derartige Behauptungen zu beweisen."

„Das werde ich schon schaffen", entgegnete ich. „Also richte das deinen Freunden aus." Ich hängte ein und stieg wieder ins Auto.

Es wäre mir schwergefallen, jetzt mit Mary oder Henry zusammenzutreffen, deshalb fuhr ich, nachdem ich Tony abgesetzt hatte, direkt zum Point House, ging ein bißchen in die Marschen hinaus und beobachtete dort einen Schwarm Graugänse. Harry Chase hatte gelegentlich durchblicken lassen, daß die Steuerbehörden sich für James interessierten. Dennoch war das Ganze seltsam: Die Kampagne von Seahorse Land gegen South Creek war rabiater, als es normalerweise James' Stil entsprach.

Ich wandte mich von den Gänsen ab und ging durch die Dünen zum Haus zurück. Von heute nachmittag an würde James sich wohl wieder auf die gute alte Steuerhinterziehung beschränken. Frieden schien ausgebrochen zu sein.

IRGEND jemand hämmerte an die Tür. Ich öffnete ein Auge. In das Hämmern mischten sich Rufe.

„Komme schon!" schrie ich und wühlte mich aus dem Bett.

An der Tür stand Tony Fulton, ein langes Pflaster über dem Auge. Er sah blaß und angespannt aus.

„Wie spät ist es?" fragte ich.

„Neun. Du solltest lieber gleich rüberkommen", sagte er. „Henry ist weg!"

„Weg?"

„Er ist gegen sechs ausgelaufen, um die Hummerkörbe einzuholen, ist mit der Tide zurückgekommen und hat die Körbe heimgebracht. Mary sagt, daß er, bevor er wegfuhr, einen Koffer gepackt hat. Ich muß zurück. Da unten geht's zu wie im Irrenhaus."

Ich zog mir Jeans, einen Pullover und Segelschuhe an und lief durch die Dünen aufs Haus zu. Mary war im Garten auf allen vieren dabei, mit der abgebrochenen Schneide eines alten Küchenmessers die ersten Grashalme des Jahres zwischen den Pflastersteinen zu jäten. Sie haßte Unkrautjäten, doch wenn etwas nicht so lief, wie sie wollte, dann konnte sie wahre Jätorgien veranstalten, als würde sie, wenn sie ihren Garten in Ordnung brachte, auch ihr Leben wieder in Ordnung bringen.

„Oh, hallo!" sagte sie, ohne aufzuschauen.

„Henry ist weggefahren?" fragte ich.

„Richtig", antwortete sie knapp. „Nicht weiter tragisch. Hat er schon öfter gemacht." Das stimmte. Es war nicht das erste Mal, daß Henry mich dazu bestimmt hatte, nach Mary zu schauen. Dabei brauchte sie überhaupt niemanden, der sich um sie kümmerte.

„Alles in Ordnung", meinte ich. „Ich habe inzwischen mit ein paar Leuten gesprochen. Es wird hier keine solchen Vorfälle mehr geben. Tony und ich, wir machen das schon."

Sie hob den Kopf. Das Haar hing ihr in grauen Strähnen ums Gesicht, und sie schaute mich entgeistert an. „Aber es geht mir nicht um den Jachthafen", erklärte sie. „Es geht um ihn! Er ist nicht mehr der Jüngste. Und außerdem hat er's mit dem Herzen."

„Es wird ihm schon nichts passieren", versuchte ich sie zu beruhigen. Da ich mit James ein paar klare Worte gesprochen hatte, war ich fest davon überzeugt, die Wahrheit zu sagen.

Es WURDE eine harte Woche. Der „Iceberg Cup" sollte am nächsten Dienstag starten, und von Henry kam immer noch keine Nachricht. Am Samstag morgen erschien Tony im Büro. Er setzte sich, drehte sich eine Zigarette und musterte stirnrunzelnd sein Feuerzeug.

„Na?" fragte ich.

„Dieser Gutachter", antwortete er, „der sich die *Aldebaran* ange-
guckt hat. Er hat einen sehr günstigen Bericht geliefert."

„Dann muß er blind sein", meinte ich.

„Das Boot ist verkauft", entgegnete Tony. „Und das ist die Hauptsache!"

Ich nickte. Es war in der Tat eine gute Nachricht für Henry und
Mary. Für den Käufer war die Nachricht weniger gut, aber das war das
Problem des Gutachters.

„Nachher spendiere ich uns ein Bier", sagte ich.

Er grinste mich an. Dann ging er raus und ließ die Zeitung, die er
jeden Morgen aus Marshcote mitbrachte, auf dem Tisch liegen. Wie
gewöhnlich blätterte ich darin, um zu sehen, wer was in der Welt der
schnellen Boote gemacht hatte.

Die Story stand in der rechten oberen Ecke. CONSTELLATION GIBT
AUF lautete die Überschrift. Die Geschichte war im Grunde ganz einfach: Der bekannte Steuermann Martin Devereux, dessen Aggressivität stärker war als sein gesunder Menschenverstand, hatte eine
teure 12-Meter-Jacht im Wert von einer halben Million Pfund versenkt, ein weiteres Boot beschädigt und war dann ausgestiegen. Die
Sponsoren hatten daraufhin die Lust verloren, und das Team hatte sich
aufgelöst.

Ich las den Artikel zweimal. Dann reichte es mir. Das Telefon klingelte. „Einen schönen guten Morgen", sagte Jack Archers Stimme am
anderen Ende, mit der Frische einer Welle, die einem ins Gesicht
schwappt. „Alles klar für die nächste Woche? Mit dem Arm und so?"

„Der ist in Gips, aber sonst geht's ihm gut", antwortete ich und
wartete. Jack Archer war ein sehr beschäftigter Mann, der bestimmt
keine kostbare Telefonzeit damit verschwendete, sich nach meinem
Wohlbefinden zu erkundigen.

„Hast du schon die Zeitung gelesen?" fragte er. „Tja – ich wollte dir
nur mitteilen, daß wir die Teilnehmerzahl erhöhen. Einverstanden?"

„Sicher", entgegnete ich. Viel mehr hätte ich ohnehin nicht sagen
können. „Wer kommt denn noch?"

„Jacques Lebreton", erklärte er. „Und Paul Welsh. Der ist ja jetzt
frei. Und ich kann dir auch sagen, daß du beim ‚Marbella Cup' dabei-
sein solltest."

„Beim Marbella?" fragte ich.

„Ganz richtig", meinte Archer. „Bis dahin sind es natürlich noch
sechs Wochen. Honiton sitzt mit im Komitee, aber du kriegst trotzdem 'ne Einladung. Es ist ja noch jede Menge Zeit."

Ich atmete zweimal tief durch. Dann sagte ich: „Archer, du bist doch wirklich ein gerissener Hund!"

„Ich weiß", erwiderte Archer. „Die Sponsoren sind hoch erfreut. Das wird bestimmt ein Kampf bis aufs Messer zwischen dir und Paul. Devereux läßt Welsh keine Chance. Nicht daß Welsh überhaupt eine Chance hätte. Aus allem kann man 'ne Story zimmern. Die Reporter werden sich auf dich stürzen. Also mach's gut, ja?"

„Natürlich", knurrte ich und legte auf.

Archer hatte recht mit den Reportern. Das Telefon hörte den ganzen Vormittag nicht mehr auf zu klingeln. Ich sagte ihnen, daß ich mich riesig auf den „Iceberg Cup" freute, daß ich Paul Welsh wie einen Bruder liebte, und nahm mir im übrigen vor, mir mittags ausgiebig im Burnett Arms den Lügengeschmack von der Zunge zu spülen.

Ich war schon auf dem Weg zur Tür, als sie aufging und Mary hereinkam. Sie sah besser aus als vor einer Woche. „Schau dir das an!" rief sie und warf eine Ansichtskarte mit dem Bild eines Punkers mit grünen Haaren auf den Schreibtisch. Auf der Rückseite war die Anschrift, eine in Gatwick abgestempelte Briefmarke und eine Nachricht in Henrys akkurater Handschrift: *Fahre nach Spanien. Nehme brav meine Pillen. Alles Liebe. H.*

„Jedenfalls geht's ihm gut", sagte sie. „Dieser Querkopf! Warum hat er mir nichts gesagt, bevor er losfuhr? Ein bißchen Sonne könnte ich auch gut gebrauchen. Mensch, bin ich erleichtert!"

Ich legte ihr den Arm um die Schultern, froh darüber, daß Henry ihrem Kummer ein Ende bereitet hatte. Aber im Boot hatte er mir von einem Plan erzählt, und die Karte sah mir gar nicht nach Urlaub aus. Ich hatte eher das ungute Gefühl, daß Henry nur Postkarten verschickte, um Mary zu beruhigen. Und wenn das stimmte, dann war es sehr gut möglich, daß ich weit weniger wußte, als ich bisher geglaubt hatte.

4

PULTENEY war ein mittelgroßes, vom Fortschritt nur wenig verschandeltes englisches Fischerdorf. Es hatte einen schönen, hufeisenförmigen Hafen mit grauen Steinmolen und einer Seenotrettungsstation und war jedenfalls besser für eine Bootswerft geeignet als Marshcote, weil die steilen Gassen von Pulteney mit ihren kleinen Steinhäusern, in denen früher Fischer gelebt hatten, heute von reichen Leuten bewohnt wurden. Und in den Lagerhäusern am Kai waren keine Fische und Netze mehr untergebracht, sondern Jachtmaklerbüros, Schiffsausrüster und Charlie Agutter.

Charlie Agutter war etwa fünfunddreißig Jahre alt, ein hagerer Mann mit dunklem Haar, das ihm, den Stacheln eines Seeigels nicht unähnlich, struppig vom Kopf abstand. Er war mal ein sehr guter Steuermann gewesen. Heute war er ein sehr gefragter Taktiker und einer der besten Jachtkonstrukteure der Welt.

Nachdem ich ihn hinter einem Berg von Papier gefunden hatte, gingen wir auf den Kai hinaus. Es war ein grauer Tag mit einem Westwind von Stärke fünf bis sechs, der die Wellenkämme einer schmutziggrauen See vor der Hafeneinfahrt hochpeitschte. Die Flaggen am Mast des Jachtklubgebäudes wehten steif im Wind wie Bretter.

„Wir treffen uns drüben im Pub", schlug er vor.

Ich warf einen angewiderten Blick zum Jachtklub hinüber. „Gut", sagte ich. Wir gingen zur „Mermaid", einer Kneipe am anderen Ende des Kais. Drei große Männer warteten an der Bar. Der größte von allen war der Neuseeländer Scotto Scott, der sich um Charlies Boote kümmerte. Die anderen beiden waren Noddy und Slicer, Mastmann und Vorschoter. Ich bestellte ihnen ein Bier, und wir plauderten. Nach dem Mittagessen wickelte ich wasserfeste Bandagen um meinen Gips und stiefelte mit den anderen zu den Regattabooten hinüber. Sie lagen auf den äußersten Liegeplätzen. Jack Archer, rosig und geschniegelt, wartete in Blazer und grauer Flanellhose neben den Booten. Er kam auf uns zu und begrüßte uns mit kernigen Handschlägen. „Schön, euch zu sehen. Fein, daß ihr kommen konntet!" Er grinste. „Welsh ist noch nicht da."

Die Boote waren lang, flach und schnittig. Wir warfen die Leinen los und setzten rückwärts aus dem Liegeplatz. Ein Kameramann filmte uns routiniert, als wir am Wellenbrecher vorbei in den Fluß glitten.

„Prima Boot", sagte ich. Charlie nickte. Die Bayliss 34 war schnell und beweglich. Das Deck legte sich über, und in die Pinne kam Leben. Ich stellte den Motor ab, und in der plötzlichen Stille hielten wir auf die offene See zu.

Bald war alles wie ausgelöscht: Cousin James, Paul und Honiton, Henry und seine Postkarte. Jetzt gab es nur den Cockpitboden, der sich unter meinen Füßen wiegte, die Segel und den Druck des Wassers am Ruderblatt. Die vor uns liegenden Wettfahrten wurden in Einheitsklassen, also in praktisch identischen Booten gesegelt. Bei anderen Klassifizierungen können die Skipper versuchen, durch letzte Finessen an ihren Booten noch einen Vorteil herauszuschinden. Für unsere Rennen hingegen gab es keinerlei technische Vorteile; man gewann, wenn man aus seinem Boot alles herausholte, was überhaupt herauszuholen war. Also nahmen wir uns die Bayliss vor und machten uns an die Arbeit. Wir fuhren Segelmanöver, bis Noddy und Slicer der Schweiß herunterrann; wir fuhren mit ihr hinaus in die rauhe See und beobachteten, was geschah, wenn wir ihren Bug in eine genau von vorn kommende Welle rammten oder ihr Heck von einer nachfolgenden anheben ließen. Wir probierten, hantierten und manövrierten herum; wir nahmen gewissermaßen das Boot auseinander, um es anschließend wieder zusammenzusetzen. Charlie hielt alles minutiös schriftlich fest. Wir liefen bei Niedrigwasser flußaufwärts zurück, brachten das Boot zum Liegeplatz und gingen in den nächsten beiden Stunden Charlies Checkliste durch. Es wurde halb fünf, bis wir fertig waren, und es begann schon dunkel zu werden. Schwatzend gingen wir alle zusammen über die Mole. Der Tag hatte die Crew zusammengeschweißt und zuversichtlich gestimmt.

DIE gegnerischen Paare wurden am Abend ausgelost. Bei den Vorläufen segelte jeder gegen jeden, neun Rennen pro Boot. Die vier Boote mit der höchsten Punktzahl kamen dann ins Halbfinale. Wir gewannen alle Wettfahrten bis auf eine, als das Schothorn der Fock ausriß. Wir schlugen Paul um zwei Minuten, worüber er gar nicht glücklich war. Punktemäßig lagen wir an der Spitze, und Paul war Zweiter.

Am Freitag abend stieg eine Party im Jachtklub. Diesmal wurde ausgelost, wer im Halbfinale gegen wen segeln würde. Archer fummelte mit seinen rosigen Fingern in dem Hut herum und lächelte dann wie ein Werbemanager.

„Erstes Halbfinale", verkündete er, „Welsh gegen Devereux."

Ein Raunen ging durch den Saal, und ein paar Leute steckten tuschelnd die Köpfe zusammen. Zwei oder drei Reporter rannten zum Telefon. Es sah ganz so aus, als würden die Sponsoren für ihr Geld auch was bekommen.

Am nächsten Morgen sagte der Wetterbericht Südwestwind Stärke fünf bis sechs voraus, in Böen bis Stärke sieben. Das Pflaster der Uferstraße glänzte regennaß, und der Wind fauchte uns dermaßen ins Gesicht, daß wir die Augen zusammenkneifen mußten. Für ein Wettsegeln war der Wind ziemlich stark. Wir schauten zum Fahnenmast des Jachtklubs in der Erwartung, die Flagge zu sehen, die anzeigen würde, daß das Rennen verschoben war. Aber wir sahen nur die Nationalflagge und die Hausflagge des Sponsors in der steifen Brise flattern.

Die Rennboote waren schon vom Jachthafen an den Kai gebracht und dort in Zweierreihen festgemacht worden. Eine Bö rüttelte wütend an den Riggs, als wir über die Leiter ins Cockpit hinunterstiegen. Zwei Boote weiter räkelte sich Paul Welsh im grau-weißen Overall in seinem Cockpit. Das dunkle Wasser zwischen den Booten kräuselte sich unruhig.

„Ganz schön rauh", meinte Charlie.

„Los geht's!" rief ich.

Rückwärts fahrend legten wir von der Kaimauer ab, und bis wir an der Einfahrt waren, hatten wir die Segel oben. Eine Bö erfaßte das Boot und ließ es stark krängen. Grünes Wasser gurgelte übers Leedeck, und die Relingstützen zogen weiße Schleppen durchs Wasser.

Achteraus waren die dreieckigen Segel von Pauls Boot hinter der Mole zu sehen. Weiße Gischt sprühte über den Bug, als es auf die ersten Wellen außerhalb des Hafens stieß. Mein Mund war trocken. Ich trank eine Tasse Tee aus der Thermosflasche, aber das half auch nicht sehr.

Der UKW-Empfänger rauschte. Das Komitee sagte, wir sollten reffen, und das taten wir auch. Sofort schien das Boot sich wohler zu fühlen; es bekam weniger Schräglage, wenn es von den aus Südwest heranjagenden Böen gebeutelt wurde.

Charlies Gesicht verschwand fast unter seiner Kapuze, als er sich über seine Uhr beugte. „Noch zwei Minuten bis zum ersten Schuß", meldete er.

Bei diesen Wettfahrten gab es zwei akustische Signale. Das erste, acht Minuten vor dem Start, bedeutete, daß die beiden Teilnehmer sich in die Startzone begaben und die Feindseligkeiten beginnen konnten. Meistens wird ein Wettsegeln schon beim Start gewonnen oder verloren. Es geht darum, so rabiat zu manövrieren, daß man vor seinem Rivalen in eine Position gelangt, in der man ihn beim Absegeln der gesamten Bahn behindern kann.

Ich beobachtete, wie die weißen Segel von Pauls Boot sich bedenklich neigten, als sie von einer Bö erfaßt wurden. Das erste Signal ertönte. Behutsam manövrierte ich uns in die Startzone. Paul blieb abwartend zurück. Das Rigg seines Boots ratterte. Wer sich an einem solchen Tag mitten unter seine Rivalen mischte, suchte Streit. Also hielten wir uns, den Bug genau im Wind, von den in den kurzen Wellen stampfenden Booten fern.

„Noch drei Minuten", verkündete Charlie.

„Schoten", sagte ich nur.

Die Winschen knarrten. Die Segel wurden zu steifen weißen Flügeln; das Boot nahm Fahrt auf und fiel ab, fast gleitend, zur rechten Seite der Bahn hin. Wir holten zu einem weiten Bogen aus, gingen über Stag und hielten zügig auf die rechte Seite der Startlinie zu.

„Er geht nach backbord", stellte Charlie fest.

Ich behielt Paul im Auge. Unser Steven zerhackte die Wellen, und der hohle Rumpf dröhnte bei jedem Aufprall. An Steuerbord kam die aufblasbare Startboje immer näher.

„Zehn", zählte Charlie. „Neun. Acht."

Die Boje war noch etwa fünfzig Meter entfernt. Das Boot holte schwer über, als eine Bö die Segel auf die graue See hinunterdrückte.

„Eins – null!" rief Charlie.

Drüben auf dem Komiteeboot riß der Wind ein graues Rauchwölkchen von der Mündung der Startpistole. Unser Bug zermalmte eine Welle zu weißem Schaum. Paul war jetzt auf gleicher Höhe mit uns.

„Er kommt", erklärte Charlie.

Aus dem Augenwinkel konnte ich erkennen, daß Paul abfiel, um Fahrt aufzunehmen und den nötigen Schwung zu bekommen, mit dem er hinter unserem Heck entlangschießen und in Luv wieder auftauchen würde. Sein Boot preschte durch die See, und über die Leereling quirlte das Wasser.

„Wende!" befahl ich leise.

Wir wurden von einer Welle emporgetragen, der Baum kam über, und schon segelten wir über Steuerbordbug. Pauls Gesicht wurde dunkel vor Wut. Er war bei seinem Bemühen, möglichst viel Geschwindigkeit rauszuholen, so weit abgefallen, daß er nun klar achteraus lag. Wir waren jetzt zwischen ihm und der Luvmarke, deckten ihn ab, und er konnte überhaupt nichts daran ändern.

Bis zur Luvmarke zogen wir vor ihm her und rundeten sie anstandslos. Auf dem ersten Vorwindkurs lag er dann, durch die harten grauen Wellen von uns getrennt, hundert Meter achteraus.

„Dem haben wir's gegeben", feixte Scotto.

Ich schwieg und konzentrierte mich. Vor dem Zielschuß war ein Rennen nicht beendet. „Halsen", sagte ich und legte Ruder.

Wir ließen die Leetonne an Steuerbord und hielten auf den Amwindkurs zu.

„Der ist erledigt", meinte Noddy, als wir wieder der Luvmarke entgegenbolzten.

Er hat recht, dachte ich. Das hier ist keine Regatta, sondern ein Leichenzug.

Dann sah ich einen riesigen Flecken vor unserem Bug. Er erstreckte sich fünfzig Meter breit quer über unseren Kurs, eine Wasserfläche, deren Riffelung durch irgend etwas zu einer öligen Lache geglättet wurde. Mein Arm bewegte sich schon, bevor mein Hirn ihm überhaupt Anweisungen gegeben hatte, und riß die Pinne herum. Aber da waren wir schon mittendrin in diesem Feld.

„Wir verlieren Fahrt", meldete Charlie.

Das Boot wirkte schwerfällig. Als ich einen Blick zurückwarf, sah ich den näher kommenden Bug von Pauls Boot.

„Seegras am Ruder!" rief ich.

Wir versuchten alles nur Menschenmögliche. Wir segelten achteraus, stocherten mit Riemen und Bootshaken herum, aber das Seegras war nicht loszukriegen. So gingen wir volle fünf Minuten hinter Paul durchs Ziel.

Scotto stieg ins eiskalte Wasser und zog ganze Hände voll dünner brauner Fäden vom Ruderblatt. Wir tranken Tee, und ich beobachtete Paul. Noch zwei Wettfahrten, dachte ich. Noch zwei, und ich kann sie beide gewinnen.

Aber etwas bereitete mir Unbehagen. Ich konnte mir selbst noch so oft vorbeten, daß die Sache mit dem Seegras einfach Pech gewesen war, irgendwie hatte sie unseren Kampfgeist gedämpft. Mir war schwummrig zumute. Paul besaß nicht nur das Maklerbüro von South Creek, er hatte auch das Glück auf seiner Seite.

Beim nächsten Durchgang liefen wir raumschots zur linken Seite der Startlinie. Wir waren das Seegras los und machten gute Fahrt, und ich peilte einen Kurs an, mit dem wir vom äußersten Ende der Startlinie, wo der Wind jetzt leicht schräg einkam, zur Luvmarke laufen konnten.

„Noch eine Minute", meldete Charlie. Wir fuhren eine 180-Grad-Wende. Krachend kam der Baum über. Das Vorstag war jetzt in Deckung mit der linken Starttonne. Dazwischen segelte Paul Welsh. Wir preschten, parallel zur Startlinie, aufeinander zu, wir auf Steuerbordbug, er auf Backbordbug. Die Gischt prasselte aufs Deck wie Kieselsteine.

„Startschuß!" rief Charlie.

Es windete so stark, daß der Schuß kaum zu hören war. Die Boje

schoß an Backbord vorbei. Ich wartete auf etwas mehr Ruhe, darauf
daß ich durch die scharfe Linse schauen konnte, mit der sich alles ganz
klar sehen ließ, so daß ich wußte, was der andere tun würde, noch
bevor er es wirklich tat.

Aber diese Ruhe kam nicht.

„Ich laufe nach steuerbord", sagte ich. Wir würden bis vor den
Wind abfallen, beschleunigen und hinter dem Heck von Pauls Boot
durchschießen müssen. Wasser klatschte übers Deck und mir ins
Gesicht. Der Rumpf von Pauls Boot krachte in eine Welle.

„Jetzt!"

Ich drückte die Pinne von mir weg, das Heck drehte in den Wind.
Paul zog jetzt gleichauf. Noch während wir abfielen, sah ich den
Baum des anderen Boots in Augenhöhe auf uns zukommen. Ich zog an
der Pinne. Aber wir waren im Wellental, und Paul war auf dem
Kamm. Sein schwerer Baum knallte in unsere straffe Backbordwant.
Er begann zu schreien. Er hatte ein Recht zu schreien, denn er hatte
Wegerecht. Und ich war mit ihm kollidiert.

Jetzt schrien alle durcheinander. Die Want glitt zum Ende des
Baums. Ich biß die Zähne zusammen, preßte meinen eingegipsten
Arm gegen den Brustkorb und wartete auf das Krachen. Aber es kam
nicht. Statt dessen glitt Pauls Boot achteraus an uns vorbei. Mir lief der
Schweiß am Körper herunter. Ich schaute hoch.

Eine Want läuft normalerweise straff vom Masttopp zur Salings-
nock und von dort zu den Püttings herunter. Dieses hingegen baumelte lose im Wind.

„Ist aus der Saling gesprungen!" schrie Noddy.

„Verdammter Mist!" rief Scotto.

Vom Komiteeboot ertönte die Lautsprecherstimme: „Protest aner-
kannt, Devereux disqualifiziert." Auch das zweite Rennen ging an
Welsh.

„Jetzt hat er uns", stellte ich niedergeschlagen fest. Dann begannen
wir, den Schlamassel wieder in Ordnung zu bringen.

PAUL stand mit einem strahlenden Lächeln am Kai und sah überlegen und gelassen aus. Das durfte er auch. Ich war nervös in das zweite
Rennen gegangen und hatte nur darauf gewartet, angegriffen zu werden. Und prompt bekam ich die Quittung dafür. Ich reagierte vor-
schnell, und das hatte uns den Sieg gekostet.

Ich wich den Journalisten aus, ging zu Charlie und duschte bei ihm.
Anschließend war ein Empfang im Jachtklub, zu dem ich am liebsten

nicht hingegangen wäre. Wir saßen in Charlies Eßzimmer und tranken Whisky. Er meinte: „Du solltest lieber diplomatisch sein und hingehen, Devereux."

Ich wollte widersprechen. Aber das ist sinnlos, wenn man weiß, daß der andere recht hat.

Im Jachtklub sprach ein Werbemanager gerade ins Mikrofon. Aber ich schaute nicht ihn an, sondern ein Mädchen mit dunklen Augenbrauen und kurzem blondem Haar: die Empfangsdame, die im Waterfrontgebäude am Schreibtisch der Firma Seahorse Land gesessen hatte. Und sie schaute mich an.

Der Redner pries gerade den Sportgeist. Durch die Menge schob ich mich auf das Mädchen zu.

„Ich hoffte, Sie hier zu finden. Wir treffen uns draußen", sagte sie.

Draußen vergoldeten die Strahlen der Abendsonne die Pfützen auf dem abgenutzten Pflaster der Pier. Das Mädchen trug eine weiße Seidenbluse und eine enganliegende Jacke mit Kupferknöpfen. Am Revers steckte ein Abzeichen der Gesellschaft zur Rettung Schiffbrüchiger. Das alles sah sehr adrett aus. Wir staksten über die Festmacherleinen einiger Boote zur „Mermaid" hinüber.

Ich bestellte etwas zu trinken, und wir setzten uns. „Ich habe nicht erwartet, Sie wiederzusehen", gestand ich. „Wie heißen Sie?"

„Helen Gallagher. Ich habe nach Ihnen gesucht. Um Ihnen ein paar Fragen zu stellen."

„Nur zu."

„Warum sind Sie damals nach Southampton gekommen?"

„Weil Ihr Mr. Raistrick dem South-Creek-Jachthafen, an dem ich Anteile habe, ein Kaufangebot gemacht hat", antwortete ich. „Und weil, als wir das ablehnten, ein paar merkwürdige Dinge bei uns passierten. Aber ich habe die Nummer angerufen, die Sie mir gaben, und diesem Unfug ein Ende gemacht."

Sie schaute mich mit ihren graugrünen Augen skeptisch an und fragte: „Was wissen Sie über Seahorse Land?"

Irgend etwas an dieser Frau stimmte nicht. Ich hatte sehr wenig Grund, ihr zu vertrauen, trotzdem fiel es mir schwer, es nicht zu tun. Ich erklärte ihr die Zusammenhänge. „Ich weiß, wer die Firma leitet, deren Nummer Sie mir gegeben haben. Dieser Mann liebt zwar das große Geld über alles, aber ins Gefängnis will er dafür nicht. Ich habe mit ihm gesprochen. Er hat mit den Belästigungen aufgehört."

Sie nickte, trank ihr Glas aus und stand auf.

„Ist das alles?" fragte ich.

„Das ist alles. Ich gehe allein zurück, ja?"

Ich trank noch ein Bier. Das Gespräch hatte bei mir einen seltsamen Geschmack hinterlassen. Helen war die ganze Strecke bis Pulteney gefahren, um mir diese paar Fragen zu stellen. Ich war mir ziemlich sicher, daß sie nicht an Informationen über Seahorse Land interessiert war, sondern herauszufinden versuchte, wieviel ich wußte. Ich hatte das eigenartige Gefühl, daß mir auf den Zahn gefühlt werden sollte.

5

DAS Gefühl der Bedrohung war noch da, als ich am nächsten Morgen aufwachte. Ich ging direkt ins Büro und rief James an. Er schien nicht sehr erfreut, von mir zu hören.

„Ich möchte genauer wissen, in welcher Verbindung du zur Firma Seahorse Land stehst", sagte ich.

„Kümmere dich um deinen eigenen Kram", antwortete er. Für einen Augenblick schwieg er. „Mit Seahorse ist Schluß", fuhr er dann fort. „Das ist außer Kontrolle geraten. Vielleicht machen die in Spanien noch ihre Geschäfte. Aber ich weiß es wirklich nicht."

„Wo ist Raistrick?"

„Keine Ahnung." Das konnte sogar stimmen. „Ich an deiner Stelle würde nicht rumlaufen und jede Menge blöder Fragen stellen."

„Ich möchte wissen, was es von Seahorse Land in Spanien noch gibt. Namen und Adressen."

Er räusperte sich. „Keine Ahnung", meinte er.

„Du kennst doch meinen Freund Harry Chase, den Journalisten. Willst du, daß er sich mal ein bißchen umhört?"

„Soll er ruhig", sagte James. „Ich kann ihm nichts erzählen, was ich nicht weiß."

„Das wird sich herausstellen." Ich legte auf und starrte auf den Hafenplan an der Wand. Wenn James bei der Drohung mit einem Journalisten nicht klein beigab, dann hatte er entweder wirklich nichts zu erzählen – oder aber ganz große Angst.

Wie auch immer, Henry war jedenfalls da unten ganz auf sich allein gestellt. Und hier in England war Mary, die mich behütet hatte, seit ich zwölf war. Jetzt brauchte *sie* jemanden, der sie behütete. Ich beschloß, nicht ins Point House zu fahren. Ich würde mit ihr zusammen essen und über Nacht dableiben.

Paul gewann an diesem Tag den „Iceberg Cup". Als Charlie

Agutter mich anrief, um mir diese Neuigkeit mitzuteilen, sagte ich ihm, er solle Paul meinen Glückwunsch bestellen. Schließlich gab es ja noch den „Marbella Cup".

Umgeben von den vertrauten nächtlichen Geräuschen South Creeks lag ich auf dem Bett und döste. Draußen wehte ein starker Wind, und die See donnerte auf den Strand hinter der Mole.

Plötzlich war ich hellwach. Mein Zimmer lag genau über Henrys Büro. Außer dem Radau draußen im Jachthafen hörte ich noch ein anderes Geräusch, ein vorsichtiges Schleifen und Rascheln, das durch den Fußboden zu mir heraufdrang.

Ich schwang die Füße auf den kalten Boden, zog meine Hose und einen Wollpullover über, machte die Tür auf und begann die Treppe hinunterzusteigen. Unter Henrys Bürotür drang ein blaßgelber Streifen Licht hervor.

Die Hälfte der Treppe hatte ich geschafft. Mit dem rechten Fuß ertastete ich den Weg an der Scheuerleiste entlang zur nächsten Stufe, möglichst dicht an der Wand, um zu vermeiden, daß es knackte. Vorsichtig verlagerte ich mein Gewicht.

Da knarrte die Stufe wie ein vollgetakeltes Segelschiff in einer Sturmbö. Das Licht im Büro ging aus. Den Rest der Treppe legte ich in einem einzigen Satz zurück, drehte den Türknauf und stürmte in den Raum. Im ersten Moment konnte ich in dem dunklen Zimmer lediglich erkennen, wo das Fenster war. Dann kollidierte etwas mit meinem Kopf, und in meinen Ohren klingelte es, als ich in einen Stapel Karteikästen fiel.

Der Schatten eines massigen Körpers bewegte sich aufs Fenster zu und mühte sich dort mit dem Schiebefenster ab. Ich kam in genau dem Moment auf die Füße, als der Mann das Fenster geöffnet hatte. Er zog sich hoch und plumpste draußen mit einem dumpfen Aufprall ins Blumenbeet. Mit den Füßen zuerst sprang ich ihm nach und landete auf ihm. Er stöhnte und rollte sich zur Seite. In meinen Ohren rauschte das Blut. Ich sah, wie sich die dunkle, massige Gestalt aus dem Beet aufrappelte. „Halt, stehenbleiben!" brüllte ich.

Er blieb aber nicht stehen. Mit gesenktem Kopf stürmte ich auf ihn zu und rammte ihn. Einen Moment lang rangen wir ganz nah am Haus miteinander, und ich versuchte, einen Fuß hinter seinen Knöchel zu haken, um den Mann umzuwerfen. Aber sein Körper war breit und dick, und der Gipsverband machte es mir unmöglich, die Hände hinter ihm zu verschränken. So konnte er sich befreien. Mit einem Ruck riß er den Gipsarm hoch und schmetterte ihn gegen die Hauswand.

Mein Magen schien sich umzudrehen, das Rauschen in meinen Ohren wurde zum Tosen, und meine Knie gaben nach. Ich fiel auf den nassen Rasen.

Von oben fragte Marys Stimme: „Wer ist da?" Dann ging das Licht an.

Ich hörte die Schritte über den Rasen davonhasten und rappelte mich hoch, um dem Mann nachzulaufen, aber meine Knie waren immer noch ganz weich. Ehe ich an der niedrigen Backsteinmauer zwischen Hof und Garten war, wimmerte draußen auf dem Parkplatz ein Anlasser. Ich sah dem Licht der Scheinwerfer nach, als der Wagen über den Schotter holperte und auf die landeinwärts führende Straße einbog. Ich konnte nur einen hohen, kastenförmigen Umriß erkennen, aber nicht das Nummernschild, dazu war der Wagen zu weit entfernt. Auf dem Parkplatz roch es nach Diesel.

Ich drückte meinen rechten Arm an mich, als sei er ein Baby, und wankte zum Haus zurück.

Dort fragte Mary: „Was zum Teufel geht hier vor?" Sie sah blaß und verschlafen aus.

„Einbrecher", erklärte ich. „Ich glaube nicht, daß er etwas mitgehen lassen konnte. Aber ruf trotzdem die Polizei an. Sag ihr, daß es ein Wagen mit Vierradantrieb war, Typ Toyota Land Cruiser."

Der Fußboden des Büros war knöchelhoch mit Papieren und Aktenordnern übersät. Mary starrte auf das Chaos und wußte nicht, wo sie mit dem Aufräumen anfangen sollte. Ich stand da, schaute aus dem offenen Fenster und dachte an schwergewichtige Einbrecher, die instinktiv einen gebrochenen Arm gegen die Wand schleuderten. Plötzlich drehte sich mir der Magen wieder um. Ich ging in den Garten und mußte mich tatsächlich übergeben.

Die Polizei traf ein: Sergeant Hone aus Marshcote und drei Leute von der Kriminalpolizei Exeter. Sie hatten den Wagen nicht gefunden. Der konnte mittlerweile sonstwo sein, meinten sie, weil es doch ein Geländewagen war.

Ich nickte und dachte an den hohen, eckigen Wagen und den nach Diesel stinkenden Auspuff, den ich bei meiner Ankunft aus Australien gesehen hatte. Sie fragten, ob etwas fehle, und Mary sagte, sie könne das noch nicht sagen. Dann beschrieb ich den Mann, was sie ebenfalls nicht weiterbrachte.

Als die Polizisten gegangen waren, meinte Mary: „Schon seltsam, da kommt jemand mitten in der Nacht, wühlt hier alles um und nimmt nichts mit."

Inzwischen war es hell geworden. Ich ging ins Büro, um ein paar Briefe zu unterschreiben. Als Tony eintraf, rief ich ihn zu mir ins Büro. „Wir brauchen einen Mann am Tor", sagte ich. „Die ganze Nacht über. Jede Nacht."

Er sah mich schweigend an.

„Mit einem Funksprechgerät", sagte ich. „Und am anderen Ende werde ich sitzen, im Point House."

„Das wird den Kunden gar nicht gefallen", meinte er.

„Sie werden sich daran gewöhnen müssen."

Tony zuckte die breiten Schultern. „Wenn du meinst", antwortete er.

Ich arbeitete, bis die Sonne als dicker orangeroter Ball hinter den Masten am Himmel hing, dann ging ich zum Parkplatz hinüber. Tony kam mir entgegen. „Dick ist im Dienst", sagte er. „Ich hab ihm zwei Illustrierte, 'ne Kanne voll Tee, 'ne Dose Tabak und das Funksprechgerät mitgegeben. An dem kommt kein Dieb vorbei."

„Danke." Hundemüde kletterte ich in den Landrover, winkte Dick zu und begab mich auf den Weg zum Point House.

Dort machte ich mir ein Steak und dazu den Inhalt einer Dose Bohnen, aß und wusch ab. Als ich das Kaminfeuer versorgt hatte, probierte ich das Funksprechgerät aus. Ich drehte es auf volle Lautstärke, damit ich Dick auch hörte, falls er in der Nacht versuchen sollte, Kontakt mit mir aufzunehmen.

Dann saß ich da und starrte auf mein Schachbrett. Aber die Figuren auf dem Brett begannen in meiner Phantasie neue Formen anzunehmen: James und Helen, Raistrick und der Einbrecher. Ich sah den Jachthafen in Miniatur vor mir, das Hafenbecken mit den Schwimmstegen, die Wellblechschuppen und das rote Backsteinhaus auf seiner Kiesbank. Ganz langsam verblaßte dieses Bild in meiner Vorstellung wieder.

Im Kamin kullerte ein Holzklotz zur Seite. Ich fuhr auf. Langsam erhob ich mich und stieg über die schmale Treppe nach oben.

Als ich die Augen öffnete, war es noch dunkel. Der Mond schien zum Fenster herein und malte silberne Vierecke auf die weiße Bettdecke. Meine Uhr zeigte 4.38. Ein paar Sekunden lag ich so da, lauschte dem Stöhnen des Windes und versuchte herauszufinden, was mich geweckt hatte.

Dann hörte ich die Stimme erneut. „Martin!" schrie sie. Furcht lag in dieser Stimme, sogar Panik. Ich stürzte ans Fenster.

Vor mir lag, flach und grau im Mondschein, der Dünenweg. An seinem Ende stand ein Auto mit schräg gen Himmel gerichteten Scheinwerfern. Über den Weg rannte eine Gestalt mit einem langen Gewand, das ihr um die Beine flatterte: Mary.

Ich zog Hose, Pullover und Stiefel an und sprintete gerade die Treppe hinunter, als sie zur Tür hereinkam. Ihr Haar war vom Wind zerzaust, der blaue Morgenrock voller Sand und ihr Gesicht tränenüberströmt. „Mein Auto steckt im Sand fest. Komm mit!" japste sie. „Irgend etwas stimmt mit dem Ponton nicht!"

Wir liefen nach draußen, und ich ließ den Landrover an. „Der Ponton treibt ab", sagte sie und dann nichts weiter, weil sie zu sehr damit beschäftigt war, sich an ihren Sitz zu klammern, als ich den Landrover über den holprigen Weg jagte.

Als wir die Marsch durchquert hatten und zum Becken runterkamen, sah ich schon, daß etwas nicht stimmte an der Art, wie sich die Masten in den östlichen Himmel reckten. Normalerweise standen sie ordentlich in Reih und Glied. Jetzt hingegen war ein Teil von ihnen in einem wirren Pulk unten vorm Parkplatz gelandet.

Mit aufheulendem Motor jagten wir um das Hafenbecken, und ich sprang aus dem Wagen und schrie „Wo ist Dick?"

„Den hab ich nicht gesehen", sagte sie. „Aber ich habe Tony angerufen."

Ich rannte zum Beckenrand. Die Masten sahen aus wie ein Fichtenwald nach einem Orkan. Der Ponton, ein langer, schwerer Schwimmsteg aus Holz und galvanisiertem Eisen, war vom Wind quer durch den Hafen getrieben worden und hatte die an ihm festgemachten Boote mitgezogen. Das Ganze schaukelte an der Beckenwand auf und nieder. Es war grauenvoll, dieses Geräusch, mit dem der Ponton soeben Boote im Wert von einer halben Million Pfund zermalmte.

Ich schaute nach Dicks Boot. Es lag nicht an seinem üblichen Platz am Treibstofflager. Ich rannte zum Landrover zurück und holte eine Taschenlampe. Ihr Lichtstrahl tanzte über schwarzes Wasser und gesplitterten Kunststoff.

„Kann ich was tun?" fragte Mary mit zittriger Stimme.

„Zieh dir was über!"

Das gelbe Licht der Taschenlampe ruhte jetzt auf der Wasserseite des Schwimmstegs. Dort drüben lag, lang und schwarz, Dicks Boot. Ich rutschte die Mauer hinunter und kletterte über den zertrümmerten Bug einer großen Westerly auf den Steg. Dicks Boot war nicht

festgemacht, sondern lag einfach so da und wurde nur vom Winddruck gegen die Fender gepreßt.

Ich sprang hinunter und balancierte auf der Motorhaube. „Dick!"
schrie ich.

Keine Antwort.

Der Motor war noch warm. Ich drückte auf den Anlasser. Der
120-PS-Diesel sprang mit einem satten Tuckern an. Ich schlang die
Enden einer langen Trosse durch die Ringe an beiden Enden des Pontons. Dann führte ich die Mitte der Trosse zur Klampe am Heck,
machte sie fest, haute den Vorwärtsgang rein und schob den Gashebel
durch.

Der Motor heulte auf. Als die auf diese Art gebildeten Zügel sich
strafften, wurde das Boot zur Spitze eines Dreiecks und der Ponton zu
dessen Grundlinie. Das Heckwasser schäumte silbrig. Leinen ächzten.
Achteraus begannen die Masten unruhig zu pendeln, sobald das
Gewicht des Pontons von den eingeklemmten Booten genommen
wurde. Sehr langsam schleppte ich den Ponton seewärts. Die daran
befestigten Boote kamen wie zerbeulte Erbsenschoten, in ihren Leinen
hängend, hinterher.

Am Ufer brannten jetzt viele Lichter, am Ende der Mole fuhr ein
niedriges Fahrzeug vor: der Winschenwagen. Ein Boot hielt auf mich
zu.

„Ich bring 'ne Trosse", sagte Tonys Stimme aus dem Dunkel heraus. „Sie ist schon auf der Seilwinde. Mach sie mal fest!" Er reichte mir
das Auge einer schweren Drahttrosse. Ich machte die Mitte meiner als
Zügel dienenden Leine an dem Auge fest, löste sie von der Klampe und
trat zur Seite, als die Winde den Druck übernahm. Sie kreischte auf,
und dann bewegte sich der Ponton mit seinem Anhang langsam durch
das Hafenbecken.

Ich fuhr das Boot zurück und rannte zu Tony neben der Seilwinde.
Die Trosse spannte sich bis zum Zerreißen quer übers Wasser zu den
zermalmten Wracks, die vor kurzem noch fünf elegante Jachten gewesen waren. Inzwischen war es heller geworden. Tony versuchte mich
aufzumuntern. „Zum Glück bist du noch rechtzeitig aufgetaucht."
Unter seinen Augen zeigten sich tiefe Schatten.

„Hast du Dick gesehen?" fragte ich.

„Nein", antwortete er. „Wahrscheinlich schläft er drüben im
Schuppen."

Inzwischen war es so hell, daß man die Gestalten am anderen Ende
des Hafenbeckens deutlich ausmachen konnte. Es waren zwei Werft-

arbeiter und Mary. Die Werftarbeiter stocherten mit einem Bootshaken in dem das Wasser säumenden Schutt.

Mir lief unter dem Pullover ein Schauer über den Rücken. Ich rannte am Beckenrand entlang zu Mary. Sie stand auf der Mauer und sah ebenfalls hinunter. Und sie stöhnte immer nur: „O nein, o nein!" Ich sah Dick Hammer. Er lag am Fuß der Mole, wo die Werftarbeiter ihn aus dem Wasser gezogen hatten. Im frühen Morgenlicht erschien er unnatürlich blaß. Er war tot. Er hatte schon eine Stunde oder mehr im Wasser gelegen.

Wir zogen ihn auf die Mole herauf. Die Polizei und der Krankenwagen trafen ein. Eine Polizistin brachte Mary ins Haus und machte ihr einen Tee.

Ich besah mir derweil den ersten Festmacher des Pontons. Er hätte mit einer schweren, galvanisierten Kette an dem Ringbolzen gesichert sein müssen, der etwa einen Meter tief in den Beton der Mole eingelassen ist. Im Schein meiner Taschenlampe sah ich, daß die Kette senkrecht ins Hafenwasser hing. Die Galvanisierung hatte ein paar Korrosionsflecke, aber nicht über das übliche Maß hinaus.

„Die Kette wurde erst in dieser Saison erneuert", sagte Tony. Er bückte sich und zog das im Wasser baumelnde Ende hoch. „Da muß ein Glied gebrochen sein."

„Zwei Glieder?" fragte ich. „An jedem Ende des Pontons eines?"

Tony starrte mich an.

„Jemand hat sich an der Kette zu schaffen gemacht", meinte ich. Ich dachte an Dick. Armer Kerl, ganz allein, mit seinen Zeitschriften, seiner Kanne Tee und seiner Dose Tabak . . .

Die Taucher machten sich auf die Suche. Sie fanden die Reste von zwei Kettengliedern. Das eine sah aus, als sei es zermahlen worden, und das andere, als habe es sich verdreht und sei gerissen, als das eine Ende des Pontons mit dem Wind abgedriftet war.

„Also ehrlich", sagte Kommissar Hone. „Das sieht mir ganz nach einem Instandhaltungsproblem aus."

„Oder nach Sabotage", wandte ich ein.

„Wir müssen das Untersuchungsergebnis abwarten", erwiderte Hone. „Wäre es Ihnen recht, wenn wir uns in der Zwischenzeit in Ihrem Büro unterhielten?"

Also unterhielten wir uns. Ich erklärte Hone, daß es für mich ganz so aussah, als sei South Creek ein Opfer ständiger Sabotageakte.

Er nickte müde. „Ich hab mich umgehört", meinte er. „Offenbar haftet South Creek mittlerweile der Ruf an, daß es hier ständig Unfälle gibt. "

„Das ist die Absicht", sagte ich. „Aber nicht die Wahrheit. Eine Firma namens Seahorse Land versucht, den Jachthafen billig zu kaufen. Sie beschädigen die Boote, um unsere Kunden zu vergraulen. "

„Meinen Sie?" fragte Hone. Er seufzte und ließ seinen Blick durchs Fenster zu den Wrackteilen in der Ecke des Parkplatzes schweifen. „Aber nehmen wir nun mal an, daß Sie sich täuschen", meinte er. „Nehmen wir nun mal an, daß der Jachthafen hier von nachlässigen Leuten geführt wird. Wie ich höre, sind Sie viel unterwegs. Und Mr. MacFarlane ist ... Nun ja, er ist nicht mehr der Jüngste. " Er stand auf. „Wenn Sie nichts dagegen haben, würde ich gerne noch mit Ihren Leuten sprechen. " Die Notizzettel an der Pinnwand flatterten, als er durch die Tür ging.

Das Telefon läutete. Ich nahm ab. Eine dünne, leise Stimme fragte durch das Rauschen, das nach großer Entfernung klang: „Hallo, wer ist dort?"

Die Verbindung war schaurig, aber es war unverwechselbar die Stimme von Henry MacFarlane.

„Henry!" rief ich. „Gott sei Dank, daß du dich meldest!"

„Ist jemand verletzt?" fragte er.

„Dick ist tot. Er ist ertrunken. "

Es folgte ein kurzes Schweigen. Dann sagte Henry: „Armer Dick!"

„Wie hast du's erfahren?"

„Von jemandem hier. "

„Wo bist du?"

„In Spanien. " Selbst durch das Rauschen in der Leitung kam seine Zerstreutheit durch. „Also hör zu. Ich brauche hier länger, als ich dachte. Deshalb möchte ich dich um ein paar Dinge bitten. Als erstes solltest du ein Auge auf diesen Paul Welsh haben. "

Ich war fast die ganze Nacht aufgewesen, mir brummte der Kopf. „Warum?"

„Tut nichts zur Sache. Beobachte den Schweinehund wie ein Luchs. " Es knackte in der Leitung. „. . . Aldebaran. "

„Was ist mit der Aldebaran?"

„Krieg raus, wer sie nach Marbella überführt. Und fahr da mit. Ich werde hier Hilfe brauchen. "

„Henry, was ist los?" fragte ich besorgt.

„Ich hab keine Zeit für lange Erklärungen", sagte Henry. „Du segelst doch beim ‚Marbella Cup' mit, oder? Dann kannst du auch mit der *Aldebaran* herkommen. So. Und dann noch was: Hol die Hummerkörbe raus!"

Ich hatte den Eindruck, daß er sich bemühte, nicht belauscht zu werden.

„Und bring's zur Bank", fuhr er fort. „Es ist äußerst wichtig. Ich muß jetzt Schluß machen. Liebe Grüße an Mary! Sag ihr, daß ich meine Tabletten nehme. Der arme Dick! Ich melde mich wieder."

„Wo bist du?" fragte ich. „Was soll ich zur Bank bringen?"

Aber die Leitung war schon tot.

Da saß ich nun und fragte mich, *was* wohl länger dauerte, als Henry gedacht hatte, und woher er wußte, daß letzte Nacht in South Creek jemand verletzt worden war. Dann ging ich zum Haus, um nach Mary zu sehen.

Sie war im Garten und jätete.

„Henry hat gerade angerufen", sagte ich. „Er ist noch in Spanien und nimmt seine Tabletten. Ich soll dir liebe Grüße ausrichten."

Ihre Miene erhellte sich für einen kurzen Moment. „Na ja", meinte sie. „Wenigstens etwas."

„Die Verbindung wurde unterbrochen", erklärte ich. „Sonst hätte ich ihn zu dir durchgestellt."

Sie zuckte die Achseln. Henry, du alter Starrkopf, dachte ich, warum hast du mich und nicht lieber sie angerufen?

„Hast du ihm das mit Dick erzählt?" fragte sie.

„Er wußte es schon."

Sie runzelte die Stirn. „Woher?"

„Wollte er nicht sagen."

Sie richtete sich langsam auf. „Komm, ich brauche einen starken Kaffee!"

Im Haus schenkte sie sich eine pechschwarze Kaffeebrühe ein. Ich wiederholte ihr genau, was Henry gesagt hatte.

„So!" meinte sie, als ich fertig war. „Er will also, daß du die Hummerkörbe rausholst. Da bringt er wohl was durcheinander. Die hatte er doch raufgeholt, bevor er wegfuhr. Aber vielleicht sollten wir gleich mal nachschauen." Sie drückte meine Hand und lächelte, ihre blaßblauen Augen waren ganz feucht und ihre Wangen hochrot, woran nicht nur das Kaffeegebräu schuld war.

Wir gingen über den Hof vor zur Anlegestelle. Henrys Hummerkörbe waren sauber an der Stirnseite des Wellblechschuppens gestapelt. „Wie viele hatte er denn ausgebracht?" fragte ich.

„Achtundvierzig", antwortete sie. „Nur er allein mit der kleinen

Winsch auf dem Fischkutter. Jeden, aber auch jeden Tag. Und das in seinem Alter!"

Ich besah mir die Stapel. Die Körbe waren zu sechst übereinandergestellt, also hätten es acht Reihen sein müssen. Es waren aber nur sieben.

„Da fehlen sechs", folgerte ich.

„Wirklich?"

„Deshalb sagte er, hol die Körbe raus", überlegte ich weiter. „Wo kann er sie ausgesetzt haben?"

„Am Eel Hole", meinte sie. „Da läßt er immer 'ne Leine runter, weil es sonst niemand macht. Dort gibt's aber keine Hummer. Nur Seeaale." Sie legte mir die Hand auf den Arm. „Ich fühl mich nicht gut", sagte sie. „Ich werde mich noch ein Stündchen hinlegen."

Ich sah ihr nach, als sie, wie unter einer schweren Last, mit hängenden Schultern wegging, und dachte: Was immer du vorhast, Henry, ist es das wirklich wert? Dann ging ich zum Fischkutter, warf die Maschine an, machte die Leinen los und hielt auf das Eel Hole zu.

Dort tanzten etwa ein Dutzend Markierungsbojen auf und ab. Ich schob die Pinne nach backbord und glitt zwischen den beiden Untiefen durch, die als natürlicher Schutzwall die Einfahrt zum Eel Hole bewachten.

Innerhalb des Klippenrings war das Wasser klar und grün. In der Mitte pendelte die gelbe Markierungsboje mit dem eingestanzten H. M. Ich schob den Bootshaken darunter, fischte die Leine auf, schlug sie um die Winsch und begann sie einzuholen.

Die ersten beiden Körbe waren leer. Mein Puls hämmerte, nicht nur wegen der Anstrengung. Im dritten Korb war ein dicker Seeaal. Ich kippte ihn über Bord und hievte weiter.

Der vierte Korb war wieder leer, der fünfte ebenfalls.

Als der sechste im klaren Wasser sichtbar wurde, erkannte ich in seinem Flechtwerk einen flachen, viereckigen Gegenstand.

Ich holte den Korb an Bord, steckte meine linke Hand in die Öffnung und zog eine emaillierte Geldkassette heraus, die Henry offenbar sorgfältig eingepaßt hatte, bevor er sie mit dem Korb der See übergeben hatte. Sofort legte ich Ruder und nahm Kurs auf South Creek.

Die Stahlkassette stand auf dem Schreibtisch. Henry hatte gern solide Dinge um sich. Diese Stahlkassette hätte man auf den Flugzeugträger *Ark Royal* abschießen können, und dabei wäre dann nur die *Ark Royal* eingedellt worden.

„Das war's, was hier fehlte! Die hatte er immer auf dem Regal neben dem Fenster stehen." Mary schüttelte den Kopf. „Aber warum dieser Zirkus mit dem Hummerkorb?"

„Er will, daß ich sie zur Bank bringe", erklärte ich.

„Die Bank hat zu. Heute ist Sonntag."

Schweigend starrten wir die Kassette an. Dann meinte Mary: „Wenn wir wüßten, was drin ist, dann wüßten wir vielleicht auch, was dieser Starrkopf in Spanien vorhat. Wir sollten ihm die Sache aus der Hand nehmen. Ich habe genug davon, daß er immer einfach so auf eigene Faust loszieht." Sie schwieg kurz. „Vielleicht war's die Kassette, die unser Einbrecher gesucht hat." Sie trat zum Schreibtisch. „Also, wo ist der Schlüssel?"

In Henrys Schreibtisch waren Kisten voller Schlüssel. Aber keiner paßte ins Schloß der Geldkassette.

„Nimm 'ne Säge!" ordnete Mary an.

Ich zog mein Messer und kratzte an einer Seite herum. Die Farbe ging ab, aber am Metall entstand nicht mal ein Kratzer. „Panzerstahl", sagte ich.

„Wie wär's mit einem Schneidbrenner?"

„Wenn da Papier drin ist, verbrennt's dabei."

„Also, was machen wir?"

„Wir bringen sie morgen zum Schlosser."

„Mist!" schimpfte sie. „Ich will's aber gleich wissen." Sie schwieg. „Und außerdem will ich das Ding nicht über Nacht im Haus haben."

„Ich nehme sie mit zu mir."

Sie gab mir einen Koffer, ich legte die Stahlkassette hinein, trug den Koffer zum Landrover und warf ihn auf den Beifahrersitz.

Der Parkplatz war voller Autos, wie immer an einem so schönen Frühlingstag. Unten am Becken standen etliche Eigner, die ihre Boote saubermachten. Ich duckte mich und lief, bevor mich jemand sehen konnte, schnell in den großen Schuppen. Drinnen war es kühl und schummrig, und von den aufgebockten Booten, die wie Dinosaurier aussahen, ging etwas Beruhigendes aus. In der Ecke hing ein Telefon. Ich nahm den Hörer ab und wählte Paul Welshs Nummer.

„Hallo", sagte er verbindlich.

„Wer überführt die *Aldebaran* nach Marbella?" fragte ich.

„Geht dich das was an?" gab er zurück. Die Stimme war plötzlich kalt und feindselig.

„Ja", antwortete ich. „Es ist Henrys Boot, und er hat mich gebeten, mich darum zu kümmern."

„Wie rührend. Ich überführe sie selbst. "

„Du selbst?" Das kam so überraschend, als hätte er gerade angekündigt, er wolle das Regattasegeln aufgeben und bei der Handelsmarine anheuern. „Wieso macht das nicht ein Profi?"

„Versicherungsfrage. "

„Will die Versicherung etwa den Bericht deines Gutachters nicht anerkennen?"

„Es reicht, wenn du weißt, daß ich für dieses Boot in Marbella bezahlt werde", giftete er, „und daß ich es selbst überführe. Auf mein Risiko. "

„Aha. " Ich begann, Henrys Sorgen zu verstehen. Der Käufer würde Paul das Geld am Kai von Marbella übergeben – ein gerissenes Manöver, wenn Paul ein bißchen Druck auf den Gutachter ausgeübt hatte, damit er ein günstiges Gutachten lieferte. Wenn die *Aldebaran* die Überführung nicht durchstand, würde der Käufer sein Geld behalten, Henry seines aber verlieren.

Ich seufzte. „Hast du schon eine Crew?"

„Ich nehme zwei Leute von der Werft. "

„Von welcher Werft?"

„Von South Creek natürlich. "

Ich sagte, so sanft ich konnte: „Ich fürchte, ich kann dir nur einen Mann überlassen. "

„Na schön", erwiderte er. „Das müßte reichen. Und wen?"

„Mich", erklärte ich.

„Moment mal . . . "

„Als Crew", fuhr ich fort, „und als Interessenvertreter des Eigners. "

Es folgte eine lange Pause. Schließlich meinte er: „Na gut, warum nicht?"

„Bis bald, Skipper", verabschiedete ich mich, legte den Hörer auf und ging zum Landrover zurück. Eines der Seitenfenster auf der Fahrerseite stand offen. Ich schloß die Tür auf und kletterte in den Wagen. Ich schob den Koffer auf dem Beifahrersitz etwas zur Seite.

Er landete, leicht wie eine Feder, auf dem Boden.

Entsetzt ließ ich die Schlösser aufschnappen.

Der Koffer war leer, die Stahlkassette weg!

Auf dem Parkplatz befanden sich jetzt nur noch wenige Wagen. Ich rannte zum Büro. Tony trank Tee und rauchte eine seiner selbstgedrehten Zigaretten.

„Hast du jemand an meinem Landrover gesehen?" keuchte ich.

„Hier hat's den ganzen Tag von Leuten nur so gewimmelt."
Ich rannte zum Haus zurück. Mary saß im Garten und las Zeitung.
Ich rief: „Die Kassette ... Sie ist weg!"
„Weg?" wiederholte sie entgeistert. Ihr Blick war trübe und ängstlich. Sie schaute Richtung Jachthafen, der seit vierzig Jahren ihre Heimat war und wo jetzt Leute anfingen, Boote kaputtzumachen und Geldkassetten zu stehlen. Dann fing sie an zu weinen.
Ich hätte am liebsten mitgeweint.

6

DIE *Aldebaran*, eine gaffelgetakelte, zwanzig Meter lange Ketsch, war in den zwanziger Jahren für den Ostseehandel mit Holz gebaut worden. Im Cockpit glänzte das messingbeschlagene Steuerrad. Von dort gelangte man in ihren mit wurmstichigem Holz getäfelten Salon. Unter Deck stank es nach Bilgenwasser und verschüttetem Diesel. Ihr Motor war ein antiker Perkins, und ihre Ruderanlage schepperte und rasselte wie ein Schloßgespenst.
Von weitem gesehen war sie ein Traum, von nahem ein Alptraum.
Das einzig Sinnvolle, was die Werft noch hatte machen können, war, zwei elektrische Hochleistungsbilgepumpen zu installieren und einen Benzingenerator, der den Strom lieferte, mit dem sie betrieben wurden. Außerdem wurden ein paar starke Winschen an Deck verbolzt, um die riesige Segelfläche und die mächtigen Spieren halbwegs handhaben zu können.
Am sechsten Tag nach meinem Anruf bei Paul, bat Mary mich beim Frühstück, ich solle ihr Henry zurückbringen. Wir hatten nichts mehr von ihm gehört.
Nach dem Frühstück gingen wir ums Hafenbecken zum Schwimmsteg hinüber. Mit ihren mitschiffs verzurrten Bäumen und dem unter dem Besanmast festgelaschten, nagelneuen Rettungsfloß sah die *Aldebaran* geradezu unternehmungslustig aus.
Paul traf in einem Taxi ein und schnappte sich zwei Werftarbeiter, damit sie ihm das Gepäck an Bord schafften. Zwar hätten unsere Werftarbeiter Wichtigeres zu tun gehabt, aber ich hielt den Mund. Schweigen würde ohnehin in den vor uns liegenden Wochen eine weise Entscheidung sein. Mary half auch mit, und mir fiel auf, daß Paul ihr aus dem Weg ging.
Mittags warf ich den Dieselmotor an und stieg an Deck. Mary gab

mir einen Abschiedskuß und ging, langsam und schwerfällig wie eine alte Frau, über den Anlegesteg zurück.

Paul stand am Steuer. In seinem Wollpullover und der Leinenhose mit den scharfen Bügelfalten sah er elegant und schick aus. „Vor- und Achterleinen los!" schrie er. „Einholen, einholen!" Tony grinste mich über die schnell breiter werdende Kluft schmutzigbraunen Wassers an und warf mir die Leinen zu.

Ich schoß die Leinen auf; Mary winkte. Der Bug der *Aldebaran* schob sich aus dem Liegeplatz. Das Kielwasser schäumte weiß auf, als Paul hart Ruder legte, um das Heck herumzudrücken. Dann glitt der lange Bugspriet zwischen den Wellenbrechern auf die offene See zu, und der Diesel schob den massigen Rumpf der *Aldebaran* durch die fast überlaufende Fahrrinne der glitzernden Sonne entgegen. Die Gestalten auf dem Wellenbrecher wurden immer winziger: South Creeks Masten verschmolzen mit der Weite vor Marschen und Himmel.

„Segel bitte!" sagte Paul.

Ich ging aufs Vorschiff, schlug das Großfall um die Winsch und zog das Großsegel hoch. Es war ein hartes Stück Arbeit. Danach setzte ich Fock und Klüver. Mein Gips war erst Anfang der Woche abgenommen worden, und mein Arm hatte noch nicht wieder seine normale Kraft. Ich schwitzte, als ich nach achtern stiefelte, um auch den Besan hochzuziehen.

Als das geschafft war, stellte Paul den Motor ab. Die Segel der *Aldebaran* blähten sich wie schmutzigweiße Flügel, und das Kielwasser zeichnete sich als weißer Streifen auf dem blauen Wasser ab.

Vierhundertfünfzig Kilometer westlich von Irland zog ein Tiefdruckgebiet nach Norden. Der Seewetterbericht prophezeite uns Südwind, Stärke vier bis fünf, so daß wir bequem zur Ile de Quessant segeln können würden. Dann würden wir uns durch die Biskaya mogeln müssen, um schließlich ab Portugal südwärts zu laufen, bevor wir unser Glück in der Straße von Gibraltar versuchten. Bis Marbella waren es ungefähr achtzehnhundert Kilometer – zwei Wochen, wenn wir halbwegs anständigen Wind hatten. Um beim „Marbella Cup" starten zu können, mußten wir es in drei Wochen geschafft haben.

Steuerbord voraus versank hinter der verwitterten Reling aus Teakholz die Landspitze von Oar Head in der See. Ich lehnte mich gegen unser neues Rettungsfloß, ließ mir die Sonne aufs Gesicht scheinen und lauschte dem typischen Knarren und Ächzen eines großen Holzseglers in einer gleichmäßigen See. Holzboote hatte ich schon mit dreizehn Jahren aus South Creek herausgesegelt. Theoretisch hätte ich erfreut sein müssen, mal wieder auf einem zu segeln. Statt dessen empfand ich eher eine gewisse Beklemmung.

Die ersten Tage vergingen recht gemächlich. Paul und ich hatten inzwischen eine gewisse Routine entwickelt und gingen jeweils sechs Stunden Wache. Die *Aldebaran* pflügte verbissen gen Südsüdwest, und unsere ganze Arbeit bestand darin, den Wetterbericht abzuhören, die Maschine drei Stunden am Tag laufen zu lassen, um die Batterien zu laden, mit denen die Selbststeueranlage und der Rest der Elektronik betrieben wurden, die Bilge regelmäßig auszupumpen und uns ansonsten halbwegs wie zivilisierte Menschen zu benehmen. Am Ende meiner Wache kochte ich Spaghetti oder Eintopf für uns beide. Am Ende seiner Wache aß Paul Corned-beef-Sandwiches, bot mir aber nichts davon an.

Wir waren eine Woche unterwegs und etwa hundertfünfzig Kilometer vor der Nordwestküste Spaniens, als der Ärger anfing. Gegen Mitternacht kam ich von meiner Wache in die Kajüte zurück und hörte die Wettervorhersage: westliche Winde, Stärke fünf bis sechs. Als ich frühmorgens aufwachte, hatten die Schiffsbewegungen sich geändert. Das lange, gleichmäßige Wiegen, das durch den Winddruck in den Segeln zusätzlich gemildert worden war, hatte einem ruckenden, schweren Stampfen Platz gemacht. Wenn der Bug eintauchte, folgte hin und wieder ein lautes Knirschen.

Ich schälte mich aus dem Schlafsack, zwängte mich in die Stiefel und stolperte nach vorn in die dunkle Höhle des Frachtraums, um den Generator anzulassen. Die Pumpen jaulten und hatten jede Menge zu tun, denn so schwer wie die *Aldebaran* jetzt gebeutelt wurde, arbeiteten natürlich auch ihre Planken; wir machten kräftig Wasser. Ich zog mir Ölzeug über und ging an Deck.

Bevor ich nach unten gegangen war, hatte der Mond auf Wellen geschienen, die so sanft gewölbt und schwarz wie Walrücken aussahen. Jetzt, im frühen Morgenlicht, waren sie schiefergrau, und der Westwind, der durch die alten Wanten der *Aldebaran* heulte, riß ihnen die Kämme weg und peitschte sie als schmutzige Schaumstreifen in die Täler. Paul stand am Ruder. Er drehte sich um und nickte mir zu. Vor Erschöpfung hatte er dunkle Ränder unter den Augen. Ich war selbst noch müde. Schon bei gutem Wetter sind zwanzig Meter ziemlich viel Boot für zwei Mann.

„Der Autopilot schafft es nicht", sagte er.

„Sie braucht ein Reff", erwiderte ich. „Sie ist schließlich keine Regattajacht."

Er drehte sich abrupt um. „Ich will pünktlich ankommen", erklärte er.

Das Heulen im Rigg wurde zum Kreischen, und das Deck unter unseren Füßen holte stark über. Paul kämpfte mit dem Steuerrad, um zu verhindern, daß das Boot noch weiter aus dem Kurs lief. Ich packte eine Spake und zog. Langsam kam der Bug wieder herum. Unten dröhnten die Bilgepumpen und spuckten Luft, weil das Wasser weit nach Lee gurgelte. „Das Wetter wird noch schlechter", bemerkte ich. „Wollen wir das Groß runterholen?"

Er schaute erst das Großsegel an und dann mich. Seine Oberlippe kräuselte sich leicht. „Lieber auf Nummer Sicher gehen", meinte er ironisch.

Ich entgegnete nicht, daß niemand Pluspunkte fürs Heldspielen bekam, sondern befestigte meinen Sicherheitsgurt am Jackstag und barg das Großsegel. Ohne Pauls Hilfe brauchte ich ziemlich lange dafür.

Als ich es geschafft hatte, lief die *Aldebaran* etwas leichter. Der Himmel war dunstig und die Sonne von einem schmutziggelben Hof umgeben. Im Salon unten knisterte das Radio: „Sturmwarnung für die Biskaya und Kap Finisterre." Wir waren gerade am Kap Finisterre, für uns galt demnach: „Sturm aus West unmittelbar bevorstehend, später auf Nord ausschießend."

Ich überließ die *Aldebaran* dem Autopiloten und ging nach unten. Paul war gerade dabei, sein obligates Sandwich zu verspeisen. „Wir kriegen Sturm", meinte er.

„Hab eben die Vorhersage gehört. Was gedenkst du also zu tun?" fragte ich.

„Schutz suchen."

„Vor heute nacht ist ein Landfall gar nicht möglich. Bis dahin haben wir schon Stärke acht, vielleicht neun. Du würdest also genau vor dem Sturm auf Legerwall zulaufen und damit riskieren, daß wir stranden."

„Ich werde den Sturm ganz bestimmt nicht auf diesem Dreckskahn hier abreiten." Er sprach etwas zu hoch und zu schnell.

„Überleg's dir gut."

Er runzelte die Stirn. Gern hätte er wohl etwas Beleidigendes gesagt, aber er wußte nur allzu gut, daß ich recht hatte.

„Also laß uns noch ein Reff einbinden", schlug ich vor, so sanft ich konnte. „Dann können wir noch ein bißchen auf Vorrat schlafen."

Draußen an Deck traf uns der Wind wie ein Vorschlaghammer. Eine Bö düste über die See und kreischte im Rigg. Ich stolperte nach achtern und band drei Reffs in den Besan. Das Segel war so alt, daß es sich wie lappiges Wildleder anfühlte.

„Fock!" schrie ich.

Diesmal war es völlig ausgeschlossen, daß er am Ruder stehenblieb. Ich fierte die Fockschot auf, und sofort brachte der Besan die Jacht in den Wind, wo der Bugspriet wirre Zeichen in den Himmel kritzelte. Wir tasteten uns am Baum entlang aufs Vordeck. Der Hals der Fock war am Ende des Bugspriets festgemacht. Ich fierte das Fall etwas. Paul rutschte kniend vorwärts, machte den Beiholer los und fing an, die Fock einzuholen. Ihr Kopf hätte ihm jetzt eigentlich entgegenkommen müssen, statt dessen rührte er sich nicht.

„Verklemmt!" schrie Paul.

Die *Aldebaran* ritt gerade auf einem Wellenkamm, und unter dem Bugspriet hatte sich ein fünf Meter tiefer Abgrund aufgetan. Als wir steil ins Wellental abtauchten, schlug der Bug in grünes Wasser, bis der Abgrund sich schließlich von dannen wälzte und die Spiere weiße Gischt aus der Wellenflanke riß.

Paul pickte seinen Sicherheitsgurt ein und begann sich nach vorn zu arbeiten. Verbissen fuhrwerkte er an dem verklemmten Beiholer herum. Da sah ich eine riesige Welle kommen. Paul saß drei Meter weit draußen auf dem Bugspriet, und die hohe graue Wasserwand kam grollend und zischend auf uns zu. Als der Bug die steile Vorderseite der Welle zu erklimmen versuchte, brach der Kamm und begann wie ein Katarakt abwärts zu stürzen. Ich warf mich nach vorn, ergriff Pauls Sicherheitsleine und zog, bis ich ihn an der Kapuze packen konnte. Dann kam der Aufprall.

Die Welle krachte an Bord wie ein Bulldozer. Sie riß mir die Beine weg. Etwas schlug mir ins Gesicht. Als ich den Mund öffnete, um zu schreien, bekam ich Wasser hinein. Etwas riß heftig an meinem Brustkorb. Die Sicherheitsleine, vermutete ich. Meine Beine flatterten wie Flaggen im reißenden Wasser. Aus, dachte ich. Wir sind verloren.

Aber dann wurde das Wasser vor meinen Augen heller, und ich konnte wieder atmen. Achteraus verebbte das Tosen. Meine rechte Hand hielt noch immer Pauls Kapuze umklammert. Sie befand sich an seiner Jacke, in der er sogar noch steckte. Ich schrie: „Bist du in Ordnung?"

Er bewegte sich, sein Gesicht war gelb. Ich schaute zur Nock des Bugspriets. Das Segel war weg.

„Hilf mir", bat ich. „Die Sturmfock. Nun mach schon!"

Aber er rührte sich nicht. Deshalb öffnete ich das Luk, hinter dem die Segel verstaut waren, zerrte die Sturmfock heraus und pickte ihre schweren Bronzestagreiter ein. Bis ich das geschafft hatte, war Paul vom Deck verschwunden.

Ich zog die Sturmfock hoch, stolperte nach achtern und zerrte das Ruder fest. Die *Aldebaran* fiel ab und lag dann, die Wellen von Steuerbord voraus nehmend, bei. Das war alles, was ich im Moment für uns tun konnte.

Ich ging nach unten. Paul lag samt Ölzeug in der Leekoje und schlief. Schock, dachte ich und warf eine Decke über ihn. Auch ich fühlte mich nicht gerade prächtig. Ich füllte Benzin im Generator nach und schaltete die Pumpen ein. Dann setzte ich mich in eine Ecke und wartete.

Der Wind nahm immer noch zu, der Seegang dadurch auch. Hinter dem schwarzen Wolkendach mußte die Sonne gerade untergehen. Ich zündete die Petroleumlampe an. Sie schaukelte heftig in ihrer Aufhängung und warf huschende Schatten auf die fleckigen Wände.

Um neun Uhr lag Paul noch immer in seiner Koje. Ich hatte seine Wache übernommen. Jetzt wollte ich mich endlich mal aufs Ohr legen. Ich überprüfte noch einmal unsere Position, ging zu ihm und rüttelte ihn an der Schulter. Er machte sofort die Augen auf. Also hatte er nicht geschlafen. „Deine Wache", sagte ich. „Wir liegen beigedreht fünfundsechzig Kilometer westlich von Vigo. Bei Windstärke acht."

Aber er lag nur da und starrte mich auf irritierende Weise an. Ich wußte, wieso: Er lauschte. Ich hatte es auch schon gehört.

Jedesmal, wenn der Bug in ein Wellental fiel, gab es einen Schlag, als würde das Schiff mit einem Dampfhammer bearbeitet. Wenn man jahrelang Boote aus Glasfiber und Aluminium gesegelt hat, kann einem völlig entfallen, wie so ein Holzrumpf bei jeder Bewegung kracht und ächzt. Aber nicht das machte mir Sorgen, sondern das viele Wasser, das in der Bilge schwappte.

„Ich werfe noch mal die Pumpen an, dann lege ich mich aufs Ohr", sagte ich.

Die nassen Wände des Frachtraums glänzten matt, als der Strahl der Taschenlampe über sie hinweghuschte. Am unteren Ende der Decksplanken des hart arbeitenden Schiffes sammelte sich ein schwarzes Rinnsal. In der Bilge mußte das Wasser fast einen Meter hoch stehen.

Ich ließ den Generator an, dann drückte ich auf die Schaltknöpfe der Pumpen. Als ich in die Kajüte zurückkam, lag Paul noch immer auf seiner Koje. „Mir ist schlecht", erklärte er. „Ich hab mir den Kopf gestoßen."

Ich war zu erschöpft für diese Theatralik. „Ich dachte, der Skipper hier bist du!" entgegnete ich.

Sein Kopf fuhr mit einem Ruck herum, und er lächelte mich an. „Oh, du gibst doch einen prima Skipper für diese Überführung ab", bemerkte er höhnisch. „Der Kahn hier ist doch genau dein Niveau."

Mein Herz klopfte langsam und regelmäßig und trieb dabei trotzdem die Wut durch meinen erschöpften Körper. „Was treibt denn einen solchen Überflieger wie dich dazu, eine popelige Maklerfirma zu kaufen?" fragte ich.

„Ich habe meine Gründe." Sein Lächeln wurde etwas selbstsicherer. „Aber die wären für dich zu kompliziert."

Ich hatte eine anstrengende Woche und eine lange Wache hinter mir, zu Höflichkeiten war ich nicht länger aufgelegt. „Verstehe", sagte ich. „Mir ist klar, daß du mich und eine Menge anderer Leute im Constellation-Team ausgetrickst hast. Also laß uns doch zur Abwechslung mal was Einfacheres versuchen." Ich beugte mich über ihn. „Wieviel hast du für Henrys Maklerbüro bezahlt?"

„Fünfzigtausend Pfund."

„Ich wette mit dir um diese fünfzigtausend Pfund, daß ich dich beim Marbella Cup in Grund und Boden segle."

Fünfzigtausend Pfund waren für ihn ein Klacks. Wenn ich hingegen sie zusammenkratzen wollte, mußte ich alles, was ich hatte, verpfänden. Wir schwiegen. Meine Kehle war wie zugeschnürt. Devereux hatte eine große Lippe riskiert, und nun mußte er zusehen, wie er sich da wieder raussegelte.

Pauls Lächeln war verflogen. „Warum nicht?" fragte er. „Und wenn ich gewinne, kannst du dich mit deinen beiden alten Rentnern verpissen und von der Sozialhilfe leben."

Ich lächelte ihn an. „Deine Wache", erklärte ich.

„Du kannst mich mal!" schimpfte er.

Plötzlich hob sich das Deck unter meinen Füßen, und sauste dann wie ein Fahrstuhl, dem man das Seil durchgeschnitten hat, in die Tiefe. Das Brausen draußen klang, als donnere direkt neben uns ein Zug vorbei.

Da hörte ich ein anderes Geräusch. Es klang wie eine Lawine schwerer Gegenstände, die in einen Abgrund prasselten. Was ich eben gehört hatte, war das Geräusch von verrutschendem Ballast gewesen.

Pauls Geschrei war sogar durch den Sturm zu hören. Er lag auf dem Kajütenboden und schützte seinen Kopf mit den Armen. Ich sprang über ihn hinweg und rannte in den Frachtraum.

Das war normalerweise ein langer, leerer Raum mit Holzboden und Holzwänden. Der Ballast befand sich unter den Bodenplanken und wurde durch ein Geflecht von Drahttauen gehalten, die in den Spanten verbolzt waren. Im Schummerlicht, das die Batterien mit Mühe gerade noch hergaben, starrte ich auf ein Schlachtfeld von zertrümmerten Bodenbrettern. Von den Drahttauen mußten etliche gerissen sein, bevor der schwere Ballast die Bodenplanken durchbrach und nach Steuerbord hinunterpolterte. Wenn das Boot rollte, schwappte schwarzes Wasser über den Boden nach Steuerbord. Ich ging in die Kajüte zurück und sagte: „Füll mal Benzin im Generator nach! Den werden wir dringend für die Pumpen brauchen."

Paul starrte mich an, als verstünde er nicht. Er hatte offenbar solche Angst, daß er nicht mehr klar denken konnte. Man mußte ihm erklären, was er tun sollte, und das tat ich Wort für Wort. Dann machte er endlich, was ich ihm sagte.

Die Pumpen begannen zu jaulen. Ich fing an, die zertrümmerten Bodenbretter wegzuräumen.

Das dauerte etwa eine halbe Stunde. Als ich fertig war, wurde der schwarze Tümpel flacher und schwappte jetzt schmatzend um den Haufen alter Eisenteile herum. Gegen die bockende Bordwand gestemmt, begann ich, den Ballast nach oben zu schieben.

Es war eine unmenschliche Plackerei. Der Ballast bestand zum größten Teil aus Eisenbahnschienen, und die kurzen Schienenstücke lagen in einem wüsten Haufen durcheinander. Es sah aus wie der Alptraum eines Mikadospielers. Es mußte wohl dem Überlebenswillen der *Aldebaran* zu verdanken sein, daß die Schienen nicht gleich ihre Bordwand durchbohrt hatten.

Als ich zehn Teile oben hatte, waren meine Hände aufgerissen und blutig. Eine halbe Tonne war geschafft, schätzte ich. Fehlten also bloß noch neuneinhalb Tonnen. Ich biß die Zähne zusammen, ging das nächste Teil holen, bückte mich und fischte in der trüben Brühe. Meine Hände trafen auf etwas Eckiges, Glattes. Ich zog es hoch. Es war ein gegossener Ballastbarren, eine Legierung aus Kunstharzen und Blei.

Ich zog ihn auf das Kielschwein und ging zurück. Es waren noch mehr von diesen Gußblöcken da. Jemand von der Werft mußte sie aus einem der Wracks geholt und hier eingesetzt haben. Ich empfand tiefe Dankbarkeit. Sie rissen die Hände nicht so auf wie die Eisenbahnschienen und wogen sehr viel weniger.

Das war eine erfreuliche Überraschung. Zunächst jedenfalls. Als ich etwa fünfzig Barren hinaufgeschafft hatte, bewegte ich mich in einem Nebel von Schmerzen und hatte Mühe, nicht vornüberzufallen. Es summte mir in den Ohren, und mir wurde klar, daß ich jetzt endgültig nicht mehr konnte.

Ich taumelte nach achtern in die Kajüte und aß, direkt aus der Dose, Corned beef. Paul hatte sich ein Bett in der Leekoje gebaut und lag mit dem Gesicht nach unten.

Beim Essen fing ich an zu frösteln und fühlte mich entsetzlich müde. Aus dem Frachtraum drang das einschläfernde Brummen des Generators. Der Winkel zwischen Hängelampe und Wand war jetzt nicht mehr ganz so spitz. Die Uhr zeigte zwölf Minuten nach vier an: sechs Stunden, seit der Ballast übergegangen war. Das Barometer stand niedrig, aber ruhig.

Ich ging an Deck. Die Wolken hatten sich in fliegende Inseln zerteilt, die über ein Meer von Sternen herangejagt kamen. Der Dreiviertelmond wirkte unerträglich hell nach dem Schummerlicht der Kajüte. Er warf einen unheimlichen Silberglanz auf die ausgefransten Wolkenränder und schien so auf die hohen Wasserberge, die an Backbord davonrollten, daß ihre Schaumkämme sich in glitzernden Schnee verwandelten. Es sah aus wie ein Gemälde der Hölle.

Zitternd kroch ich an Deck nach vorn, um nach der Sturmfock zu sehen. Gischt durchweichte mich. Als ich in die Kajüte zurückkehrte, erschien sie mir regelrecht warm und gemütlich. Ich ließ mich in eine Koje fallen und lehnte mich zurück. Es war wie in der Gondel einer wildgewordenen Achterbahn, mir aber kam es vor wie der bequemste Platz, an dem ich mich je aufgehalten hatte. Ich schlief ein.

Nach dem Aufwachen machte ich meine Runde, so wie Henry es mir beigebracht hatte: Standortkontrolle (durch Koppeln), Barometerkontrolle, Wetterkontrolle, Schiffskontrolle. Danach, und nicht vorher, setzte ich den Wasserkessel auf. Da hatte Henry kein Pardon gekannt: Erst kam das Schiff, dann die Crew. Paul lag noch immer in seiner Koje. Haßerfüllt schaute er mir zu. „Frühstück?" fragte ich.

„Nein." Er hatte getrunken und roch nach Whisky.

„Du solltest lieber zusehen, daß du wieder nüchtern wirst", sagte ich. „Es gibt noch jede Menge zu tun."

„Jawohl, Herr Lehrer", antwortete er.

Ich setzte eine Pfanne auf den Herd und tat weiße Bohnen und eine Dose Rindsgulasch mit einem Spritzer Chilisauce hinein. Als es zu kochen anfing, verteilte ich das Ganze auf zwei Schüsseln. Paul zog die Nase kraus. „Widerlich", sagte er.

Weil es Zeit für die Wettervorhersage war, stellte ich das Radio an und kritzelte die Sturmwarnung mit, die der Sprecher in gelangweiltem Ton verlas.

Paul wiederholte: „Stärke zehn. Wir kriegen Windstärke zehn. Und das mit diesem Kahn hier." Er stand auf, taumelte und griff nach dem Handlauf über seiner Koje, als die *Aldebaran* wieder eine Welle nahm und weit nach Steuerbord überfiel. „Hör zu", erklärte er. „Wir müssen was unternehmen. Sie kann jeden Moment kentern."

„Was schlägst du also vor?"

„Mayday", sagte er. „Laß uns Mayday senden." Sein Gesicht war vor Enthusiasmus plötzlich rosig überhaucht. „Das ist doch vernünftig, oder?" Er lächelte jetzt wie ein Gebrauchtwagenhändler.

„Denk daran", ermahnte ich ihn, „dieses Boot gehört Henry, und wir überführen es. Ich werde bestimmt nicht hier rumsitzen und zugucken, wie du einen Hilferuf funkst, bloß weil du von diesem Wind das große Zittern kriegst." Ich stand auf. „Jetzt kipp dir einen Eimer Wasser über, und sieh zu, daß du nüchtern wirst. Danach bringen wir dieses Boot hier nach Spanien."

Ich ging an Deck. Die grauen Wellen waren immer noch haushoch, und der Wind heulte nach wie vor ohrenbetäubend im Rigg. Aber die Wolken hingen höher und ließen mehr blaue Streifen durchscheinen. In mir regte sich ein Hoffnungsschimmer. Schließlich war es schon vorgekommen, daß Tiefs ihre Zugrichtung geändert und Meteorologen sich getäuscht hatten.

Die *Aldebaran* war trotz ihrer Schlagseite von zwanzig Grad in bemerkenswert gutem Zustand. Unten jaulten die Pumpen, und aus den Lenzrohren ergossen sich wahre Ströme. Als ich mich in den Niedergang beugte, saß Paul mit bleichem, entschlossenem Gesicht vor dem Sender. Seine Finger lagen klobig auf dem Skalenknopf. Er nahm das Mikrofon und drückte die Sendetaste. „Mayday, Mayday, Mayday!" rief er. „Hier ist . . ."

Weiter kam er nicht, denn bevor er den Satz zu Ende bringen konnte, hatte ich ihn vom Sitz gerissen. Das Mikrofon schlitterte scheppernd an seinem Spiralkabel davon.

Paul trat mir kräftig in die Magengrube. Ich krümmte mich vor Schmerz. Es mußte wohl eine halbe Minute gedauert haben, bis ich wieder atmen konnte. Schwerfällig zog ich mich den Niedergang hoch. Paul stand an Deck und zerrte mit einer Hand an den Gurten des Rettungsfloßes.

„Nein!" brüllte ich. „Bist du denn verrückt geworden?"

Er wandte mir das Gesicht zu – es war das Gesicht eines Wahnsinnigen. „Bleib, wo du bist!" schrie er. „Wenn du so wild bist auf deinen Kahn, kannst du auch damit untergehen!"

Er zog ein Messer heraus. Wie von Sinnen zerrte er am Rettungsfloß. Ein Gurt ging ab. Ich zögerte eine Sekunde. Paul war betrunken und durchgedreht. Bei diesem Seegang war es draußen wie in der Trommel einer riesigen Waschmaschine. Wenn er ins Rettungsfloß stieg, würde er mit Sicherheit sterben. Also sprang ich ihn mit einem Satz an.

Ich verfehlte Paul, aber immerhin verlor er dadurch sein Gleichgewicht. Er streckte die Arme aus, um sich am Rettungsfloß festzuhalten. Sein Messer baumelte an seiner Sorgleine. Und dann sah ich etwas auf den Planken, das mich zur Salzsäule erstarren ließ.

Das Ding, das er in seiner Linken gehalten hatte, während er mit der Rechten an den Gurten herumgenestelt hatte, war die Geldkassette, die ich in Henrys Hummerkorb gefunden hatte und die mir auf dem Parkplatz aus meinem Landrover gestohlen worden war. Sie rutschte das stark geneigte Deck hinunter, blieb einen Augenblick an der niedrigen Fußreling hängen, kippte vornüber und versank in den Fluten. Eine Welle kam krachend über den Bugspriet. Für einen Moment war die Welt nur noch grün und weiß. Und als sie wieder ihre richtigen Farben hatte, war kein Rettungsfloß mehr da. Hundert Meter weiter leewärts schlingerte es auf dem weißwirbelnden Rücken einer Welle. Dann kippte es mit dem Wellenkamm ab und ward nicht mehr gesehen. Paul schaute ihm lange nach, bevor er sein Messer ins Etui zurücksteckte.

„Wo hattest du diese Stahlkassette her?" fragte ich. In seinem Blick erkannte ich Panik.

„Raistrick", krächzte er.

Ich war zu müde, um weiter darüber nachzudenken. Ich nahm ihm das Messer aus dem Gürtel und sagte: „Wir kümmern uns jetzt um den restlichen Ballast, und diesmal hilfst du mir!"

Im schmutziggrauen Schein des Skylights, eines Oberlichts, beförderten wir drei Tonnen Eisenbahnschienen und Bleibarren von Steuerbord zur Mittschiffslinie und nagelten zur Befestigung Planken darüber.

Mittlerweile war es drei Uhr nachmittags. Paul bewegte sich wie in Trance; sein Gesicht war bleich und ausdruckslos.

Mit einsetzender Dämmerung wurden die Böen schwächer, und die Wellen brachen nicht mehr. Gegen sieben Uhr wehte der Wind mit

Stärke drei, und ich hielt mich am Ruder mühsam wach, während wir auf die zerklüftete Küste von Spanien zuliefen. Um sechs Uhr morgens machte Paul unsere Leine an einer großen Boje direkt unter der Festung von Bayona fest.

Ich warf noch einen Blick nach draußen, wo drei Meter hohe Wellen gegen die Halbinsel an der Einfahrt zur Ria de Vigo brandeten. Dann zog ich zum erstenmal seit vier Tagen mein Ölzeug aus, legte mich in das Großsegel, das als ungeordneter Haufen an Deck lag, und schlief auf der Stelle ein.

ALS ich wach wurde, war es Abend. Längsseits lag eine mit Autoreifen behängte schmutzigblaue Barkasse. Der Mann darauf hatte einen breiten schwarzen Schnauzbart. Ich verstand genug von seinem Spanisch, um daraus folgern zu können, daß er der Hafenmeister war.

Eine Stunde später hatten wir die Zollabfertigung hinter uns und lagen an einer schönen Steinpier. Ich saß an Deck, trank Bier aus der Dose und beobachtete die gerade einlaufende Sardinenfangflotte, als

Paul nach oben kam. Er trug ein sauberes Hemd und eine weiße Leinenhose mit scharfen Bügelfalten. Ich hatte nochmals über die Geldkassette nachgedacht. Er hatte sie, seit sie über Bord gegangen war, mit keinem Wort mehr erwähnt, und es schien ihn auch nicht weiter zu beunruhigen, daß ich sie gesehen hatte. Also wußte er wahrscheinlich nicht, daß sie uns gestohlen worden war. Immerhin mußte ihm klar sein, daß sie wichtig war, sonst hätte er nicht versucht, bei Windstärke acht mit ihr in das Rettungsboot zu steigen.

„Gehst du an Land?" fragte ich.

Er nickte.

Ich erkundigte mich so beiläufig wie möglich: „War die Kassette wichtig, die über Bord gegangen ist? Für wen war sie?"

Paul grinste mich an. „Wenn du's unbedingt wissen willst, sie war für Georgie Honiton."

Ich starrte ihn an und versuchte mir die Umstände vorzustellen, die „Seine Ehrenwerte Lordschaft" bewogen haben mochten, zunächst einen mitternächtlichen Überfall und dann einen Raub am hellichten Tag zu inszenieren, um sich in den Besitz anderer Leute Eigentum zu bringen. Es war einfach undenkbar. Es sei denn, der Kasetteninhalt gehörte in Wirklichkeit Honiton, und Henry hatte ihn ihm vorenthalten. Oder Honiton war Partner meines Vetters James oder dessen spanischer Freunde.

„Was war drin?" fragte ich.

Er zuckte die Achseln. „Er hat mich nur gebeten, sie mitzubringen. Weiter nichts." Er starrte mich einen Moment an. Dann fragte er: „Du hast wohl auch keine Vermutung, wie?" Damit ging er an Land und lief über den Kai davon.

Ich schaute den Schwalben am blauen Himmel nach. Die Geldkassette lag irgendwo tief im Wasser, als einziger Beweis für Honitons Schandtat. Ich wollte eine Erklärung und sah nicht ein, was mich in Marbella davon abhalten sollte, eine solche Erklärung zu verlangen.

SECHS Tage später waren in der Morgendämmerung backbord voraus das rubinrote und das smaragdgrüne Blinkfeuer von Tarifa zu sehen. Als die Lichter größer wurden, konnte ich die Stadt im Fernglas erkennen und ihre grauen Klippen, die von der Brandung unten weiß gefärbt wurden. Wir fuhren weiter durch dichter werdenden Schiffsverkehr zwischen den gezackten Spitzen des marokkanischen Rifgebirges im Süden und dem langen Grat von Gibraltar im Norden. Der Himmel flimmerte vor Hitze, und in der Morgensonne war die See gleißend hell. Langsam arbeitete die *Aldebaran* sich ins Mittelmeer vor.

Es war kein abrupter Übergang. Die stürmischen klaren Winde und das Blau des Atlantiks begleiteten uns auch, als wir die Säulen des Herkules an der Straße von Gibraltar schon etliche Kilometer hinter uns gelassen hatten. Im Norden erhob sich, dunstig grau in der heißen Brise, die Sierra. Als der Felsen von Gibraltar außer Sicht war, begannen die dunkelgrünen Pinien auf dem schmalen Streifen Land zwischen Bergen und See weißen Betonklötzen Platz zu machen. Nach Estepona steigt die Sierra steil an, und an ihrem Fuß drängeln sich die Häuserblocks mangels Bauland bis an die Ausläufer des Vorgebirges und auf die grauen Strände hinaus.

Zehn Stunden hinter Gibraltar tauchte Marbella backbord voraus auf. Ich starrte zu der gelblichen Dunstglocke hinüber, die über dem Häusermeer hing. Es wehte kein Lüftchen, die Segel flappten kaum noch, und über das völlig ruhige blaue Wasser drang der Verkehrslärm bis zu uns heraus. Der Smog stank nach Geld, das verheizt wurde.

Wir mußten die Segel herunterlassen. „Ich kann es kaum erwarten", meinte Paul, „dich beim Marbella Cup zu schlagen. Die Wette gilt doch?"

„Sie gilt. Du solltest also lieber noch ein bißchen trainieren."

Er zuckte die Achseln und ging nach unten. Ich hörte, wie er sich über Funk eine Nummer an Land geben ließ und sein falsches Gelächter ausstieß. Er kam wieder rauf, als die *Aldebaran* zwischen den Wellenbrechern hindurch in das ölschillernde Wasser von Puerto José Banus glitt.

Wir machten in der Nähe des Kontrollturms fest. Der Zoll kam an Bord – zwei mürrische Männer in olivgrünen Uniformen. Sie ließen sich in die Kajüte und in den Frachtraum führen und schüttelten den Kopf, als sie die Pumpen und die Maschine sahen, die dicke schwarze Öltränen weinte. Einer von ihnen, ein zerknittertes Männchen mit einem Bauch, der sein Hemd zu sprengen drohte, machte mit der Hand die Geste des Trinkens. „Haben Sie Whisky?" fragte er.

Ich führte sie in die Kajüte und zeigte ihnen unseren Alkoholvorrat, der sich auf ein Dutzend Bierdosen und eine halbe Flasche Whisky belief. Sie schauten sich das an und nickten. Ich fragte mich, ob sie wohl von mir erwarteten, daß ich ihnen etwas davon anbot.

Übers Deck dröhnten schwere Schritte. Durch das Luk fiel ein Schatten. Eine Männerstimme brüllte: „Jemand zu Hause?"

Paul wirkte nervös. „Deke! Hier sind wir!" rief er.

Ein Mann kam den Niedergang herunter. Seine Schultern waren so breit, daß sie fast die ganze Kajüte verdunkelten. Er war etwa fünfzig und hatte gekräuseltes graues Haar, ein breites Gesicht und den typischen rotbraunen Teint des Nordeuropäers, der jahrelang in sonnigen Ländern gelebt hat. Die Wangen unter den von farblosen Wimpern umgebenen blauen Augen sackten flach nach unten wie bei einem alternden Boxer.

„Dies ist Martin Devereux", stellte Paul vor. „Martin, das ist Deke Kellner, der neue Eigner der *Aldebaran*."

„Tag", sagte Kellner und ließ sich auf eine Polsterbank fallen. Er rief die Zollbeamten herein. „Paco, Pepe – wie geht's, wie steht's?"

Sie lächelten selbstgefällig. Kellner zog zwei Bier aus dem Schapp und gab jedem eine Dose. „Mein neues Boot", verkündete er. „Ganz nett, nicht?" Die Zöllner lächelten wieder gezwungen und nickten. Kellner war ein Mann, dem man schwerlich widersprechen konnte. „Trinken wir was!" Wir rissen alle unsere Bierdosen auf. „Zum Wohl", sagte Kellner.

Als wir ausgetrunken hatten, schlug Kellner vor: „Fahren wir doch gleich zur Werft hinüber!" Wir standen auf. Ich bin immerhin ein Meter dreiundachtzig groß, aber Kellner war einen halben Kopf größer.

„Danke, Paco, Pepe." Er sah ihnen nach, wie sie auf den Kai sprangen. „Großartige Jungs", meinte er dann.

Ich warf die Leinen los. Die *Aldebaran* glitt durch das schmutzige Hafenwasser an einer Reihe blitzender Jachten vorbei an die Pier. Die Hebegurte warteten schon auf uns. „Sie verschwenden wirklich keine Zeit", stellte ich fest.

Kellner lachte lauthals, als sei meine Bemerkung wirklich zu komisch. „Stimmt", erwiderte er. „Stimmt genau. Wir verschwenden wirklich keine Zeit."

Wir sprangen auf die Pier. Der Motor des Krans wimmerte. Die *Aldebaran* schwebte durch die Luft, wassersprühend wie die Brause einer Gießkanne. „O du Schöne!" rief Kellner aus. „Übrigens, Paul und ich treffen uns nachher bei mir zu Hause. Ich will ihm den Scheck geben. Und später startet 'ne Party bei mir. Gegen zehn. Sehen wir uns?"

„Wir sehen uns", sagte ich.

Die *Aldebaran* wurde auf dem betonierten Vorplatz abgesetzt, umschwärmt von kleinen dunkelhaarigen Männern mit Böcken und Keilen.

Ich warf mir den Seesack über die Schulter und ging durch das Tor im Maschendrahtzaun zu den schwitzenden Urlaubern auf die Uferstraße. Dort stieg ich in eines der wartenden Taxis und nannte dem Fahrer den Namen des Hotels, in dem die Veranstalter der Regatta für uns Zimmer reserviert hatten. Es gab noch jede Menge zu tun.

Auf dem Weg vom Taxi zur Drehtür des Hotels „El Gordo" bekam ich eine Menge Staub ab. Das Hotelzimmer war so stark klimatisiert, daß es einem maurisch gefliesten Kühlschrank ähnelte. Ich duschte. Dann zog ich eine dunkelblaue Leinenhose und ein dunkelblaues Baumwollhemd an und griff zum Telefon. Meine Finger waren durch die harte Arbeit an den Leinen der *Aldebaran* noch ganz steif, und ich mußte dreimal ansetzen, bis ich endlich die Nummer des Marbella-Klubs gewählt hatte. Ich fragte nach Lord Honiton.

„Lorr' 'onnitton ist nicht im Hause", sagte die Stimme am anderen Ende. Sie wußte auch nicht, wann er zurück sein würde.

Ich rief daheim in South Creek an. Mary nahm ab und schien erfreut, meine Stimme zu hören.

„Wir sind da", erklärte ich möglichst fröhlich. „Gibt's Nachricht von Henry?"

„Eine Postkarte", sagte sie. „Vor einer Woche in Madrid eingeworfen. Er schreibt, es sei dort sehr heiß."

„Das bringt uns auch nicht weiter."

„Besser als gar nichts. Tony kümmert sich hier gut um alles." Sie schwieg einen Moment. „Hoffentlich findest du Henry!"

„Natürlich finde ich ihn", behauptete ich und versuchte, meine Stimme zuversichtlich klingen zu lassen. Wir legten auf.

Anschließend wählte ich die Nummer, die Charlie Agutter mir gegeben hatte. Er war sofort am Apparat.

„Ich bin da", sagte ich.

„Super", antwortete er. „Komm zum Abendessen!"

„Muß zu 'ner Party. Bei Deke Kellner."

„Der hat doch 'nen Nachtklub, nicht?" fragte Charlie. „Gib gut auf deine Brieftasche acht, wenn ich dir einen Rat geben darf."

„Hatte ich sowieso vor", entgegnete ich. „Training morgen um zehn?"

Anstatt in meinem gekühlten Hotelzimmer rumzusitzen und mich halb tot zu frieren, konnte ich ebensogut einen Spaziergang machen, um ein Gespür für dieses trockene Land zu bekommen. Deshalb ließ ich mich von einem Taxi durch die Staubwolken chauffieren. Etwa anderthalb Kilometer vor der Adresse, die Kellner mir gegeben hatte, stieg ich schließlich aus.

Es war neun Uhr abends, und die Luft war kühl. An der kurvenreichen Straße schimmerten weiße Häuser durch dunkelgrüne Orangenbäume hindurch. Nach drei Wochen Salzluft tat es richtig gut, den Rauch von Grillfeuern und den schweren Duft der in den Gärten wuchernden Jasminsträucher einzuatmen.

Nach einer Weile gabelte sich die Straße und bog scharf nach links ab. Die Abzweigung nach rechts führte zu einem mit Olivenbäumen bestandenen Grundstück. Die graugrünen Blätter raschelten in der Seebrise. Irgendwo in der Nähe begann ein Hund zu bellen. Mit Bedauern wandte ich mich von dem Olivenhain ab und ging auf Deke Kellners Haus zu, dessen hohe weiße Mauer an den Olivenhain grenzte.

Auf den bunten Kacheln des Torpfostens stand NUESTRA CASA – „unser Haus". Über dem Namen war eine Sprechanlage. Ich drückte auf den Klingelknopf und nannte meinen Namen. Außer Kellners Stimme war Partylärm zu hören.

„Kommen Sie rein", sagte er. „Sie brauchen das Tor nicht aufzudrücken, es öffnet sich automatisch."

Ich wartete vor dem schweren schmiedeeisernen Gitter. Das Schloß summte und klickte, dann schwangen die Torflügel unter dem Summen einer Hydraulik auf. Es wirkte, als öffnete sich der Tresorraum einer Bank.

Summend schloß sich das Tor wieder hinter mir. Ich stand in einem Garten mit Geranien, Hibiskus und den unvermeidlichen Orangenbäumen. Vor mir wand sich eine Auffahrt zwischen Oleanderbüschen zum Haus, von dem nur ein rotes Ziegeldach und weiße Kamintürmchen sichtbar waren. Der Rasen war grün und gut gepflegt.

Als ich durch den Garten ging, hörte ich ein seltsam gurgelndes Japsen. Das Geräusch kam näher, und mir sträubten sich die Nackenhaare. Ich begann rasch auf das Haus zuzugehen. Der Abend war kühl, aber ich schwitzte. Ruhe, dachte ich, du bist doch nur auf dem Weg zu einer Party.

Das schreckliche Geräusch kam von zwei Dobermännern. Wie auf Zehenspitzen kamen sie angetänzelt, zwei Barrakudas auf je vier Beinen. Fünf Meter von mir entfernt hielten sie an: einer fünfundvierzig Grad zu meiner Rechten, der andere fünfundvierzig Grad zu meiner Linken, so daß ich mich nicht auf beide gleichzeitig konzentrieren konnte. Das mußte ihnen jemand beigebracht haben.

Mein Herz pochte wie verrückt. Ich ließ die Hand in die Tasche gleiten, um mein Messer rauszuholen. Aber ich war nicht mehr auf der *Aldebaran*, sondern trug Partykleidung, und normalerweise besuche ich keine Partys, bei denen man ein Messer dabeihaben sollte.

Das Geräusch hatte sich geändert. Es war jetzt gleichmäßiger, ein dumpfes anhaltendes Gurgeln tief aus der Kehle. Die Hunde hatten die schwarzen Lefzen bis über die weißen Zähne hochgezogen. Sie japsten, statt zu bellen, und gurgelten, statt zu knurren.

„He!" brüllte ich. „Ist da jemand?"

Nichts rührte sich. Die Hauswand war hoch und weiß, mit einer Bougainvillea davor. Aus dem Haus drangen Stimmen und das Lachen einer Frau. Das ist doch albern, dachte ich. Gleich wirst du hier, zwanzig Meter von einer Cocktailparty entfernt, bei lebendigem Leib aufgefressen. Wie hatten die anderen Gäste überlebt?

Die Dobermänner und ich bildeten ein unsichtbares Dreieck.

Plötzlich hörte ich Motorgeräusch und das hydraulische Summen des Tors. Der Wagen beschleunigte. Aus den Augenwinkeln heraus konnte ich ihn erkennen, es war ein grüner Seat. Ich winkte so heftig, wie ich mich getraute, um den Fahrer auf mich aufmerksam zu machen. Der Wagen wurde langsamer. Ohne mich umzudrehen, rief ich: „Machen Sie die Beifahrertür auf!" Das Gurgeln der Hunde übertönte fast das Motorgeräusch. Hinter mir klickte ein Türschnapper.

Ich drehte mich um und rannte los.

Bis zum Auto waren es zehn Meter, und der erste Hund holte mich ein, als ich acht davon geschafft hatte. Ich riß schützend den Arm hoch und spürte meinen Ellbogen an seiner Kehle landen. Das Untier stieß einen häßlichen hustenden Laut aus und ging zu Boden. Der andere Hund mußte ausweichen, um nicht mit ihm zu kollidieren, und in der Zeit konnte ich die Beifahrertür aufreißen. Ich ließ mich auf den Sitz fallen und schlug die Tür hinter mir zu.

Der Dobermann setzte drei Meter von mir entfernt zum Sprung an. Für den Bruchteil einer Sekunde blickte ich direkt in seine braunen Augen. Dann stieß er gegen das Fenster.

Ich drehte mich zur Fahrerin um und starrte sie an: kurzes blondes Haar, sanft geschwungene Nase, schwarze Augenbrauen. Sie hatte sich die Haare schneiden lassen. Als ich sie das letzte Mal gesehen hatte, war sie blaß gewesen. Nun war sie leicht gebräunt. Helen Gallagher lächelte mich an.

„Wenn man Deke besucht, kommt man im Auto", sagte sie. „Alles in Ordnung?"

„Mir geht's prima", meinte ich. „Freut mich sehr, daß Sie gekommen sind!"

„Mich auch", entgegnete sie. „Ich habe etwas dagegen, daß ein netter Mann aufgefressen wird."

Ich lehnte mich im Sitz zurück und bemühte mich, wieder normal zu atmen. „Wieso geben die denn so entsetzliche Geräusche von sich?"

„Man hat ihnen das Bellen abgewöhnt", erklärte sie mir. „Damit sie um so überraschender zuschnappen können."

Sie fuhr durch ein zweites Tor und parkte neben einer Gruppe von Mercedes und BMWs. Mir schien, daß sie eine ganze Menge über Kellner wußte.

„Ach, noch etwas", sagte sie. „Wir sollten so tun, als ob wir einander nicht kennen." Noch bevor ich sie fragen konnte, warum, stieg sie aus.

Ich folgte ihr ins Haus. Sie trug ein sehr kurzes schwarzes Kleid. Ihre Beine waren braun gebrannt, und an den Füßen hatte sie rote Schuhe mit hohen Absätzen. Die Wirkung war verblüffend. Diese Bekleidung verlieh ihr etwas Flittchenhaftes und paßte nicht zu der Helen Gallagher, die ich aus England in Erinnerung hatte.

Aber ich hatte keine Zeit, mich lang zu wundern, weil sie selbstsicher an einem flachgesichtigen großen Mann im Dinnerjacket vorbeiging und über eine weiße Marmortreppe auf das Stimmengewirr zusteuerte.

Ich hielt Schritt mit ihr. „Wer ist das?" fragte ich und deutete auf den Mann in dem Dinnerjacket.

„Sie nennen ihn Jacky den Zerstörer", antwortete sie. Und schon waren wir mitten im Partygetümmel.

Deke Kellner drängte sich durch die Menge. Er trug ein offenes mexikanisches Hemd, und in seinem gekräuselten Brusthaar baumelten zwei Goldmedaillons und ein Haifischzahn.

„Helen!" rief er und drückte sie an seine Brust. Dann schaute er mich an. „Sie sind zusammen gekommen?"

„Helen hat mich gerettet." Ich erzählte von den Hunden, und er lachte so, daß ich dachte, er würde jeden Moment ersticken.

„Wie wär's mit einem Drink?" fragte Helen.

„Gern." Kellner griff nach einer Flasche Champagner und schenkte uns zwei Gläser ein. „Da haben sich diese dämlichen Hunde also an Ihnen versucht", meinte er. „Das haben Sie davon, wenn Sie hier Spaziergänge machen." Wieder lachte er und blinzelte mit seinen dunklen Augen, die von zahlreichen Lachfältchen umgeben waren.

„Ich hoffe, die Hunde haben es überlebt", sagte ich unaufrichtig.

„Ach, die kriegen wir in Zwanzigerpacks", erklärte er stolz.

Ich beschloß, den naiven Schuljungen zu spielen. „Wozu brauchen Sie denn all diese Sicherheitsvorkehrungen?"

„Man kann nie vorsichtig genug sein", antwortete Kellner. „Komische Gegend hier. Es wird geklaut, und auf die Polizei ist kein Verlaß." Er fing wieder an zu lachen. „Soso. Da wollen Sie und Paulchen also bei der Regatta mitsegeln."

„Richtig. Kennen Sie sich mit Regatten aus?"

„Nee", erwiderte Kellner. „Aber ein paar von uns setzen ein bißchen Geld auf diesen Marbella Cup. Als Vorwand für 'ne Party." Er lachte bellend. „Außerdem segle ich gern."

„Was haben Sie mit der *Aldebaran* vor?"

„Sie 'n bißchen überholen", sagte Kellner. „Ein hübsches Boot. Seetüchtiges Schiff."

Ich nickte. Wenn Kellner dachte, die *Aldebaran* sei seetüchtig, mußte Paul als Verkäufer ganze Arbeit geleistet haben.

Ich beschloß, das Thema zu wechseln. „Was machen Sie beruflich?"

„Dies und jenes", wich er aus. „Ich hab einen Nachtklub und nehme verschiedene Geschäftsinteressen wahr." Er hätte ebensogut ein Plakat mit der Aufschrift KEIN KOMMENTAR hochhalten können.

„Ach so?" meinte ich. „Nun ja, dann also auf die *Aldebaran* und ihren neuen Eigner." Kellner hob sein Glas. Helen kicherte und tat es ihm nach. Wir tranken.

Schließlich sagte Kellner: „Hören Sie, ich muß noch mit jemandem sprechen. Ich werde Sie schnell ein paar Gästen vorstellen." Er führte mich durch den Raum und ratterte Namen herunter. Die meisten waren Engländer jener braungebrannten, aalglatten, eleganten Spezies, die man in vornehmen Golfklubs trifft. Die Männer hatten einen unnötig festen Händedruck und trugen Seidenkrawatten, und die Frauen waren mit zuviel Goldschmuck behängt und hatten jene Reptilienhaut, die durch lange Sonnenbäder entsteht. Wir sprachen über den Marbella Cup. Sie waren nicht besonders interessiert an Regatten, wohl aber von den stattlichen Geldpreisen fasziniert. Dabei tranken sie Champagner aus Gläsern, die so groß waren wie Blumenvasen.

Als sie betrunken waren, sprachen sie über Grundbesitz. Sie schienen einander allesamt Land abluchsen oder verkaufen zu wollen. Offensichtlich wechselten Grundstücke hier den Besitzer für eine Million Pfund. Honiton, der Grundstückslord, saß hier sicherlich auch wie die Made im Speck.

Die Party lärmte weiter. Steaks wurden gereicht, die Farbe des Weins wechselte von Weiß nach Rot, und jemand begann ein Klavier zu bearbeiten. Ein Mann mit olivfarbenem Teint, schwarzem, an den Schläfen leicht ergrautem Haar stand neben dem Klavier und sang mit Sirupstimme „Smoke gets in your eyes".

„Das ist Jake Schwartz", erklärte eine Frau neben mir. „Er singt im Klub unten. Eine wundervolle Stimme."

„Was für ein Klub?" fragte ich.

„Das ‚Red House'", antwortete sie. „Das ist Dekes Klub."

„Muß ich mir unbedingt mal ansehen", sagte ich.

„Ja", meinte sie. „Der gute Jake hat eine herrliche Stimme."

Aber ich schaute nicht ihn an. Ich beobachtete Helen, die das Kinn auf ihre langen braunen Hände gestützt hatte und Schwartz anhimmelte. Wenn es etwas gab, das ich beim besten Willen nicht ausstehen konnte, dann waren es Leute, die wie Schwartz sangen. Unter dem gleichmütigen Blick von Jacky dem Zerstörer verließ ich den Gesellschaftsraum mit dem Klavier.

Davor lag eine Art Gemäldegalerie. Die meisten Bilder stammten aus dem Kaufhaus, bis auf eines: das Porträt einer häßlichen alten Frau, die aus dem Rahmen heraus in eine Welt starrte, von der sie sich ganz offensichtlich nichts gefallen ließ. Es war die weibliche Ausgabe von Deke Kellner.

Ich drehte mich um und wollte gerade in den Gesellschaftsraum zurückgehen, als ich Stimmen in der Halle hörte. Eine gehörte Kellner, die andere Paul.

Pauls Stimme klang schrill. „Wir hatten Sturm, ich konnte nichts dafür. Wirklich! Ich hab mein Bestes getan . . ."

„Aber das war nicht gut genug, oder?" Kellners Stimme klang ruhig und gemessen. „Du hast mir damit eine Menge Scherereien gemacht, Paulchen. Das ist sehr ärgerlich." Er hob die Stimme. „Jacky!" rief er. Die Tür zum Gesellschaftsraum ging auf. Ich trat schnell hinter eine Kupfervase mit getrocknetem Schilf, als Jacky der Zerstörer durch den Bogengang getrottet kam. „Jacky, Mr. Welsh war gerade auf dem Weg nach unten."

Es folgte ein häßliches Geräusch, eine Art gurgelndes Stöhnen. Dann gab es einen dumpfen Schlag, als sei jemand gestürzt, und Gelächter folgte – Deke Kellners Lachen, laut und herzlich. Ich rannte in die Halle.

Kellner lehnte am schwarzen Schmiedeeisengeländer einer Marmortreppe. Vor der untersten Stufe lag Paul Welsh. Als ich hin-

schaute, versuchte er sich gerade aufzurappeln. Aus seiner Filmstarnase tropfte Blut.

„Ist die Treppe runtergefallen", behauptete Kellner. „Sie suchen
sicher die Toilette, stimmt's?"

Ich ging zur Treppe, nahm Paul am Arm und half ihm auf. Kellner
schüttelte lächelnd den Kopf wie ein lieber Onkel. „Brav, Martin. Sie
sind ein guter Mensch."

Die Toilette war braun gefliest. Paul spritzte sich Wasser ins
Gesicht, und ich reichte ihm ein Stück Klopapier für seine Nase. Eine
der Klotüren ging auf, und ein Mann kam heraus. Er hatte ein dümm-
liches Grinsen und kleine Augen, die unnatürlich stark glänzten. Er
stopfte sich gerade einen gerollten 5000-Peseten-Schein in die Brusttasche seiner blau-weißen Leinenjacke. Mit so einem gerollten Geld-
schein läßt sich gut Kokain schnupfen. „'n Abend allesamt", grölte er
fröhlich.

Ich nickte ihm zu. Er rempelte mich mit der Schulter an. „Hicks!"
machte er. „'tschuldigung. Nichts für ungut." Eilfertig klopfte er mir
die Jacke ab.

„Nichts passiert", knurrte ich.

„So", meinte er. „Nochmals nichts für ungut!" Kichernd schlurfte
er auf den Gang hinaus.

Pauls Nase hatte aufgehört zu bluten. Ich konnte mir die Frage nicht
verkneifen: „Warum haben sie dich die Treppe runtergeschmissen?"

Er öffnete schon den Mund, um zu antworten, klappte ihn aber
sofort wieder zu. „Wovon redest du denn?" fragte er. „Ich bin ausgerutscht." Ein Knäuel Klopapier an die Nase gedrückt, verließ er die
Toilette.

Ich folgte ihm. Auf dem Klavier wurde immer noch rumgehäm-
mert, und jetzt sangen sie alle mit Jake im Chor. Helen stand neben
dem Sänger, einen ihrer nackten braunen Arme auf seine Schulter
gelegt.

Plötzlich fühlte ich mich ausgelaugt, ernüchtert und deprimiert. In
meiner Brieftasche hatte ich die Nummer vom Taxistand. Ich faßte in
die Tasche.

Meine Brieftasche war weg.

Zuerst dachte ich, sie wäre mir irgendwo rausgefallen. Ich stieg
wieder die Treppe hinauf. In der Toilette war eine der Türen verriegelt, und von innen kamen Schnüffelgeräusche. Die Brieftasche war
nirgends zu sehen. Verdammter Mist! dachte ich. Also muß sie noch
draußen bei diesen scheußlichen Hunden sein.

Die Toilettentür ging auf, und der Mann mit den allzu glänzenden Augen kam heraus. Da erinnerte ich mich, wie seine Affenhände meine Jacke abgeklopft hatten.

Ich fuhr ihn an: „Geben Sie mir meine Brieftasche zurück!"

„Nein!" schrie er. „Ich bin doch nicht blöd!" Er hob die Hände, zuerst langsam, dann schnell. Ich riß den Kopf zur Seite. Er landete mit den Fingern, die mir eigentlich in die Augen hatten stoßen sollen, auf meiner Stirn. Mein Kopf schlug gegen die Wand. Ich hörte eine Tür schlagen und den Mann über die Marmorstufen davonrennen. Mit aufheulendem Motor und quietschenden Reifen preschte ein Wagen die Auffahrt hinunter.

Auf der Stirn hatte ich einen Kratzer. Ich wusch das Blut ab und ging zurück zur Party. Helen stand am Klavier, ein Glas Orangensaft vor sich. „Mir hat gerade jemand meine Brieftasche gestohlen", sagte ich und kam mir vor wie ein Idiot. Noch nie war ich Opfer eines Taschendiebs geworden.

„Wer war's?" fragte sie.

Ich beschrieb den Mann mit den affenähnlichen Händen.

„Er heißt Squeal und hat die Bar ‚Bric-à-Brac' am Ortsrand von Marbella", antwortete sie. „Wenn Sie ihn nett bitten, gibt er sie Ihnen vielleicht zurück, falls er sie nicht schon verkauft hat, um sich Koks zu verschaffen."

Jake Schwartz, umgeben von einer Duftwolke schweren Aftershaves, gesellte sich zu uns. „Bin ich vielleicht heiser!" erklärte er im gedehnten Ton des Diskjockeys und nahm einen langen Schluck aus Helens Glas.

„Hallo", sagte Kellner, der auch noch dazukam. „Amüsiert ihr euch gut?"

„Klar", erwiderte Schwartz. „Unheimlich gut! Aber ich muß ja noch arbeiten, nicht? Deshalb muß ich leider los."

„Ich komme mit dem Wagen nach", versprach ihm Helen.

„Ob mich vielleicht jemand an den Hunden vorbeichauffieren könnte?" fragte ich.

Kellner lachte, und Schwartz meinte: „Jederzeit. Nur jetzt bin ich leider in Eile."

„Dann fahre ich mit Helen", gab ich zurück. „Sie hat mir heute schon mal das Leben gerettet."

„Gut", meinte Kellner. „Also ciao für heute."

Auf dem Parkplatz winkte Helen kokett zum Balkon hinauf, bevor sie ins Auto stieg. Ich setzte mich auf den Beifahrersitz. Sie schlug die

Tür zu. Das Tor öffnete sich. Auf dem weichen grünen Rasen warteten im Flutlicht die Hunde. Sie wußten, daß es keinen Zweck hatte, Autos zu beißen. Auch das zweite Tor stand weit offen.

Ich schaute Helen an. Sie guckte stur geradeaus, und ihr Profil hob sich von den weißen Mauern neben der Straße ab. „Zuerst Southampton, dann Pulteney", bemerkte ich. „Und jetzt hier. Wie kommt das?"

„Wie ich bereits erklärte: Man muß schließlich von was leben."

„Und wie ist das so, mit diesen Schmalspurganoven rumzugondeln und das süße Leben zu genießen?" fragte ich.

Wir waren an der Hauptstraße angelangt. Ihr Kopf fuhr herum. „Merken Sie sich zwei Dinge", fauchte sie mich an. „Erstens: Machen Sie nicht den Fehler, Deke Kellner für einen Schmalspurganoven zu halten. Und erzählen Sie mir zweitens nie mehr, was ich tun oder lassen soll." Sie schwieg. Plötzlich beugte sie sich zu mir herüber, und ich fühlte die leicht klebrige Berührung ihrer Lippen auf meiner Wange. „Passen Sie gut auf, daß Sie nicht zu Schaden kommen", meinte sie. „Hier können Sie übrigens aussteigen!"

Dann stand ich in der warmen Nacht unter dem Sternenhimmel, während zwischen den Palmen auf der Straße nach Marbella die Rücklichter des grünen Seat immer kleiner wurden. Es wäre ein langer Heimweg geworden, hätte ich nicht noch einen Tausendpesetenschein für ein Taxi in der Hosentasche gehabt.

8

AM NÄCHSTEN Morgen war Crewtreffen um zehn Uhr.

Um zehn vor zehn war ich auf einem Wellenbrecher, der den Bootshafen wie ein Arm umfing. Gerade eben setzte eine leichte Brise ein, und mein Herz begann aus Vorfreude etwas schneller zu schlagen, als ich auf die hohen schlanken Masten am Ende der Pier zuging.

Die Crew war schon eifrig am Werkeln, als ich an Bord kam. Charlie Agutter sah so müde aus wie immer. Scotto, Noddy und Dike waren braun gebrannt und verschwitzt.

Wir warfen die Leinen los, ich manövrierte das Boot aus seinem Liegeplatz und fuhr an den weißen Molenköpfen vorbei in das gleißende Blau des Mittelmeers hinaus. Wir setzten Segel; ich machte den Motor aus und fiel ab. In der plötzlichen Stille kam unvermittelt Leben in den Cockpitboden unter unseren Füßen. Das Zischen des Kielwassers hinter unserem Heck wurde zu einem verhaltenen Brausen. Nach der

Achterbahnfahrt mit der *Aldebaran* war dies hier die reinste Freude.

„Problematisch, in Marbella zu segeln", meinte Charlie und schielte auf den hohen, leicht gebogenen Schlitz zwischen Groß und Genua. „Nicht genug Wind."

„Dem Boot macht's aber nichts aus", sagte ich.

„Das Boot ist nicht übel." Charlie zog sich den langen Mützenschirm noch tiefer in die Stirn. Er war wirklich ein Mann, der an übertriebener Bescheidenheit litt.

Wir hatten so wenig Wind, daß manche Rennjachten sich gar nicht von der Stelle bewegt hätten. Nicht so die Bayliss 34. Mit ihren Flügeln aus glänzendem Nylon fing sie auch das leiseste Lüftchen noch ein, so daß das Rauschen am Kiel nie nachließ.

Unter dem Großbaum konnte man die weißen Paläste erkennen, die sich bis an die schmutziggrauen Strände von Marbella drängen. Auf dem Wasser waren noch viele weitere Segeljachten zu sehen, kleine helle Dreiecke, die, ebenfalls im Training, auf der glitzernden blauen See ihre Manöver fuhren.

„Da hinten ist Fournier. Und Paul Welsh", sagte Scotto.

Fournier war Franzose: zu Lande ein Charmeur und auf dem Wasser der große weiße Hai. Er würde ein Problem werden.

Wieder sah ich Pauls zusammengekrümmte Gestalt an der unteren Stufe der Marmortreppe vor mir. Die weißen Paläste wirkten plötzlich finster. In einem von ihnen saß Lord Honiton und ärgerte sich über eine Stahlkassette, die nie angekommen war. Und was war aus Henry geworden, von dem keine Menschenseele etwas wußte? „Wir werden Paul in der Luft zerreißen", erklärte ich.

„Jawohl." Scotto grinste.

Bis Mittag hatten wir uns gut aufeinander eingespielt. Die Sonne stand direkt über uns, und obwohl wir Mützen trugen, waren wir wie ausgedörrt.

Charlie wandte sich an mich. „Gehen wir zusammen essen?"

Ich war dermaßen in die Arbeit vertieft, daß ich beinahe zugestimmt hätte. Doch dann fiel mir Squeal ein. Deshalb fuhr ich direkt vom Bootshafen durch den Staub der Stadt zur Bar Bric-à-Brac.

Die Jalousie über dem schmutzigen Fensterglas war hochgezogen, und als ich gegen die Tür drückte, schwang sie nach innen auf. Links befand eine lange, leere Mahagonibartheke und dahinter an der Wand ein schmiedeeisernes Gestell, von dem eine Reihe Zinnhumpen hingen. Die Wände bedeckten Dutzende von schmalen Regalen, vollgestopft mit Tonkrügen, alten Flaschen, Kerzenhaltern und Souvenirs.

Durch eine Tür in der Rückwand trat eine Blondine. Als sie mir ein Bier serviert hatte, fragte ich: „Wo ist Squeal?"

„Im Bett", antwortete sie. „Er hat 'ne lange Nacht hinter sich." Sie sprach mit einem Akzent, der für Stepney, einen Stadtteil Londons, typisch ist. „Normalerweise steht er aber um diese Zeit auf."

Sie holte sich aus einer Ecke neben der Kühltruhe ihr Strickzeug und setzte sich so weit von mir weg, wie es nur ging. Ich nippte an dem Bier.

Die Tür ging auf, und Squeal kam herein.

Er trug einen schmutzigen hellen Leinenanzug und sah gar nicht gut aus. Er hievte sich auf einen Hocker und flüsterte schwach: „Gib mir 'nen Wodka, Schatz." Mich blickte er nicht mal an.

Die Blondine brachte ihm ein Glas Wodka mit etwas Tomatensaft und einem anständigen Spritzer Tabasco, der ihm die Tränen in die Augen trieb, nachdem er ein paar kräftige Schlucke getrunken hatte. Sie gab ihm eine Serviette, damit er die Tränen abwischen konnte. „Du hast Besuch", sagte sie.

Er drehte sich um und starrte mich an. Letzte Nacht, mit dem Kokainglanz im Blick, hatte er fast etwas dargestellt. Heute sah er nur aus wie ein Häufchen Elend mit einem schlimmen Kater. Er erkannte mich offenbar nicht wieder. „Was kann ich für Sie tun?" fragte er.

„Sie könnten mir meine Brieftasche wiedergeben." Ich rutschte so von meinem Barhocker, daß ich zwischen ihm und der Tür zu stehen kam. „Die Brieftasche, die Sie mir auf Deke Kellners Party gestern aus der Jacke geklaut haben", ergänzte ich.

„Ich weiß nicht wovon Sie reden." Er griff nach seinem Glas.

Ich ließ meine Stimme nett und beiläufig klingen. „Ich will ja nur meine Brieftasche wiederhaben." Ich dachte an Dekes massige Erscheinung und beschloß, ein bißchen zu bluffen. „Andernfalls müßte ich Deke bitten, sie für mich zurückzuholen."

Das half. Squeal blickte um sich, als suche er den Notausgang. Kellner war also wirklich jemand, vor dem man Angst haben mußte.

„Überlegen Sie sich's", sagte ich. „Der gute Deke könnte sich vielleicht über Leute ärgern, die seine Gäste beklauen."

Er starrte auf die schmutzigen Fliesen unter den Barhockerbeinen und schaute dann die Barfrau an. Doch beides schien ihm nicht weiterzuhelfen. Dann kippte er seinen Drink hinunter und fuhr mit der linken Hand in seine Jackentasche. „Ich habe keine Brieftasche geklaut", behauptete er. „Hab aber eine auf dem Fußboden dort gefunden. Ich wollte sie Deke geben, aber ... Na ja, Sie wissen ja, wie's so geht.

Hab's vergessen. Ist es die?" Er hielt sie mir hin. Es war meine. Ich
nahm sie an mich.

„Na, und ob", antwortete ich. „Das mit dem Geld ist halt Pech." Im
Innenfach fehlten zwanzigtausend Peseten.

„Geld?" fragte er. „Ich hab kein Geld drin gesehen."

„Natürlich nicht. Jedenfalls haben Sie mir einen Riesengefallen
getan. Trinken Sie noch was?"

Er tat, als müsse er lange überlegen, und willigte schließlich gnä-
digst ein. Wir tranken einander zu.

„Nette Bar haben Sie da", stellte ich fest. „Da reizt Sie eine Rückkehr nach England wohl nicht?"

Er schüttelte den Kopf. „Nein", erwiderte er. „Es gibt ein paar Probleme, Sie wissen schon, was ich meine."

Ich glaubte es zu wissen. „Ärger mit der Polizei?"

Er nickte und schaute mich von der Seite an.

„Mit dem guten Deke im selben Boot", folgerte ich.

Sofort wurde mir klar, daß ich zu weit gegangen war. Squeal hatte
genug Zeit bei Verhören zugebracht, um die entscheidende Frage
sofort zu erkennen, wenn sie auftauchte.

Sein Blick wurde plötzlich wachsam. „Deke", sagte er, „ist ein sehr
harter Typ. Und er hätte bestimmt nicht gern, daß ich das, was ich
über ihn weiß oder nicht weiß, mit irgendwelchen Leuten diskutiere."
Er stand plötzlich auf, sein Gesicht war wutverzerrt. „Also hau ab!"
schrie er. „Los, raus!"

Ich stand ebenfalls auf. Aber er hatte die Wirkung des Wodkas auf
seine Beine unterschätzt. Er taumelte einen Schritt zurück, stolperte
über den Barhocker und fiel in die schmalen Regale, die an der Wand
hinter ihm standen. Sie krachten in einer Staubwolke zusammen und
rissen wahre Kaskaden des Gerümpels darauf mit sich auf den Fliesen-
boden. Ich stieß den Plunder mit dem Fuß zur Seite und ging auf die
Tür zu.

Aber auf halbem Weg blieb ich stehen.

Einer der unzähligen Gegenstände aus dem Regal war eine flache
Dose aus grauem Metall. Sie war so geformt, daß sie bequem in die
Jackentasche paßte. Ich bückte mich, hob sie auf und las die Inschrift
auf dem Deckel: FÜR H. M. VON SEINER BESATZUNG, HMS Rutland,
1942. Es war ein Zigarettenetui, und als ich es vor sechs Wochen
zuletzt gesehen hatte, war es Eigentum von Henry MacFarlane gewesen.

Ich hielt das Etui in der Hand und drehte es hin und her. Schon als

Kind hatte ich es bewundert. Es war typisch für Henrys verschrobenen Eigensinn, daß er überhaupt ein Zigarettenetui benutzte, noch dazu eines aus Geschützmetall. Hinter mir sagte Squeal: „Hau ab! Verzieh dich, bevor ich die Bullen hole!"

Ich drehte mich um und ging auf ihn zu. Er sperrte den Mund auf, und sein magerer Körper schien zu schrumpfen, so als habe jemand die Luft herausgelassen. Ich packte ihn schnell am Revers und schob ihn quer durch die Bar zurück, bis er krachend auf einen Sitz an der Wand plumpste.

Dann hielt ich ihm das Zigarettenetui vor seine kleinen Äuglein. „Sagen Sie mal", forderte ich ihn auf, „wie sind Sie denn an das gelangt?"

Er schloß die Augen. „Ich erinnere mich nicht mehr", behauptete er.

Ich zog ihn hoch und stieß ihn gegen die Wand. Es gab ein häßlich krachendes Geräusch, als sein Kopf gegen den Verputz schlug. „Dieses Etui gehört einem guten Freund von mir", erklärte ich wütend. „Und ich schlage Sie jetzt so lange gegen die Wand, bis Sie mir sagen, woher Sie es haben." Wieder verpaßte ich ihm eine.

„Polizei!" keuchte Squeal. „Mona, ruf die Polizei!"

Ich drehte mich um. Mona strickte noch immer. „Sie weiß es besser", sagte ich. „Also, raus mit der Sprache!"

„Lassen Sie mich los, dann erzähl ich's Ihnen", versprach er.

Ich ließ ihn los. Es war eine Erholung, von ihm wegzutreten und ihn nicht mehr riechen zu müssen.

„Ich hatte da so 'n Job", begann er. „Für eine Immobilienfirma."

„Name?"

„Morris Holdings." Er blinzelte. „Ich mußte neulich mal so 'nem Kerl Material bringen. Ein paar Dokumente. Da hab ich das kleine Etui auf'm Tisch liegen sehen. Ich fand, daß es gut zu meiner Dekoration hier paßte, und hab es mitgehen lassen."

„Entzückend", kommentierte ich. „Wer war der Kerl?"

„Heißt Neville", antwortete er. „Major Neville."

„Und wo wohnt er?"

Unter Squeals schmaler gerader Oberlippe wurden die gelben Schneidezähne sichtbar. „Er hat in Guadalmena gewohnt. Aber jetzt wohnt er wahrscheinlich nicht mehr dort, wegen der Papiere, die ich bei ihm abgeben sollte. Sie sollten dazu beitragen, ihn aus dem Haus zu verjagen."

„Wie lange ist das her?"

„Drei Wochen."

„Schreiben Sie mir die Adresse auf!" herrschte ich ihn an. Er tat es. Ich zahlte die Drinks und ließ ein kleines Trinkgeld für Mona da. Sie dankte mir nicht.

Zuerst ging ich zur Bank, nahm mir dann einen Mietwagen und machte mich damit schließlich auf den Weg nach Guadalmena. Dort standen viele neue Villen. Dahinter ging die Straße in einen Pfad über, und die hübschen Gärten mit Oleanderbüschen und Orangenbäumen endeten an einem Grundstück, wo es kürzlich gebrannt haben mußte. Links neben einem großen Mandelbaum befand sich ein Eisentor in einer Mauer, hinter der ein langgestrecktes weißes Haus mit grünen Fensterläden und rotem Ziegeldach lag.

Eine Eidechse schoß davon, als ich das Tor öffnete. Es war ein wunderbar ruhiges Plätzchen. Ich ging zur Haustür und betätigte den Türklopfer. Das Geräusch hallte mit dem für Fliesenböden typischen hohlen Klang durchs Haus. Draußen waren nirgends Fußspuren zu sehen, und von drinnen waren keine Stimmen zu hören. Ich klopfte erneut und ging ums Haus. Türen und Fensterläden waren geschlossen.

„Hola!" rief eine Stimme hinter mir. Als ich mich umdrehte, stand ein alter Mann da. Er trug auf seinem knochigen Oberkörper nur ein Unterhemd, und auf dem Kopf hatte er einen Strohhut.

Ich fragte ihn, wo ich Señor Neville finden könne. Er ließ eine Salve andalusischer Worte auf mich niederprasseln. Ich verstand so viel, daß die Nevilles vor drei Wochen weggefahren waren. Wann sie zurückkämen, fragte ich. „Gar nicht", antwortete er. „Casa vendida." Das Haus war verkauft.

Ich fragte ihn, wo die Nevilles jetzt seien.

„Banús." Er gestikulierte gen Osten. „Banús."

Ich musterte ihn aufmerksam. Es war davon auszugehen, daß Henry wegen einer Transaktion nach Spanien gekommen war, die irgendwie mit dem Inhalt der Geldkassette zusammenhing. Nach Pauls Behauptung war die Geldkassette für Honiton bestimmt gewesen, der viel Geld im Grundstückshandel gemacht hatte. Hier hatte ich nun ein Haus vor mir, in dem Henry sich aufgehalten hatte. Und das vor kurzem verkauft worden war.

Ich gab dem alten Mann zweihundert Peseten. Dann fuhr ich zur Hafenmeisterei von Puerto Banús.

Der Mann im Büro antwortete gelangweilt, als ich mich nach den Nevilles erkundigte: „Der Motorkreuzer da, am hintersten Ende." Er deutete müde in Richtung der schwimmenden Paläste, hinter denen kleinere und schmuddeligere Boote lagen.

Die *Shearwater* war ein kleiner Motorkreuzer aus Holz, sehr gepflegt. Selbst der Laufsteg am Heck glänzte wie in Sirup getaucht, und das grüne Sonnensegel über dem Cockpit sah wie gebügelt aus.

Ich klopfte an und rief: „Ist jemand da?"

Eine Frau streckte den Kopf aus dem Luk. Ihr Haar war grau, und ihr Profil hatte Ähnlichkeit mit dem eines aristokratischen Papageis.

„Morgen", sagte sie ohne sonderliche Begeisterung.

„Mrs. Neville?" fragte ich. „Hätten Sie bitte einige Minuten Zeit für mich?"

„In welcher Angelegenheit?"

„Henry MacFarlane."

Sie runzelte die Stirn. Ihre scharfen Augen musterten mich von oben bis unten und registrierten: T-Shirt vom „Admiral's Cup", marineblaue Hose, Segelschuhe: eine Kombination, die respektabel war. Sie forderte mich jedenfalls auf, an Bord zu kommen.

Die Kajüte war mit Mahagoniholz getäfelt. Am Tisch saß ein älterer Mann. Er hatte ein schmales braunes Gesicht und einen sorgfältig gestutzten weißen Schnauzbart. Seine Handrücken waren mit Leberflecken übersät. Er trug ein kremfarbenes Hemd und eine Seidenkrawatte.

Die Frau sagte zu ihm: „Dieser junge Mann hier denkt, daß wir einen gewissen Henry MacFarlane kennen."

Die Augen des Mannes waren wäßrig und argwöhnisch. „So?"

„Soweit ich weiß", begann ich, „hat ein Mann Ihnen vor drei Wochen einige Dokumente überbracht. Während er bei Ihnen im Haus war, stahl er ein Zigarettenetui, das Henry MacFarlane gehörte."

„Sind Sie von der Polizei?" fragte er.

„Nein", antwortete ich. „Henry MacFarlane ist mein Ziehvater."

„Wie heißen Sie?" Ich sagte es ihm. „Der Segler?" fragte er. „Ich hab über Sie in der Zeitung gelesen."

„Henry und ich sind Partner auf einer Bootswerft."

„Nun ja", meinte der Major. „Ich denke, wir sollten es Ihnen erzählen. Henry hat uns besucht. Er war hinter einer Firma her, die versucht, ihn von seinem Besitz zu vertreiben. Jemand hatte ihm erzählt, daß es diese Firma mit uns genauso getrieben hat."

„Seahorse Land", sagte ich.

„Diese fürchterlichen Leute", warf Mrs. Neville ein.

„Er bat uns, niemandem von seinem Besuch zu erzählen, es könne gefährlich werden", fuhr der Major fort.

„Und wir glaubten ihm", erklärte Mrs. Neville, „nach allem, was vorgefallen war."

Ich atmete tief durch. Henry, du alter Schwachkopf, dachte ich. Fährst nach Marbella, um Detektiv zu spielen. Aber woher wußtest du, wohin du dich wenden mußtest, und wo steckst du jetzt bloß?

„Wie lange ist das her?"

„Drei Wochen. Er kam, drei Tage nachdem wir aufgefordert wurden zu verschwinden."

„Haben Sie ihn seitdem noch mal gesehen?"

„Er wollte nach Madrid fahren", bemerkte der Major.

„Sie haben Ihr Haus verkauft", sagte ich. „Ich war vorhin dort. Es ist sehr unhöflich von mir, so aufdringlich zu sein. Aber würden Sie mir bitte erzählen, was vorgefallen ist?"

„‚La Residencia' haben wir vor Jahren gekauft, gleich nach dem Krieg", berichtete Major Neville. „Vor zehn Jahren kamen wir her, um hier zu leben. Vieles hatte sich verändert, aber zum Glück hatten wir das Grundstück gekauft, als es hier noch nichts als Ziegen gab. Also richteten wir uns ein. Wirklich hübsches Anwesen."

„Wunderbare Gegend", meinte seine Frau. „Unheimlich friedlich –"

„Wie dem auch sei . . .", unterbrach sie der Major. „Vor etwa vier Monaten kam ein Spanier zu uns und erklärte, er wolle unser Grundstück kaufen, das ja inzwischen einiges wert sein muß." Ich dachte an Kellners braungebrannte Gäste und ihre Gespräche, in denen es um Grundstücke im Wert von Millionen gegangen war. „Aber ich habe das nie nachgeprüft. Der Mann war sehr hartnäckig. Menéndez. Ich sagte ihm, er solle sich fortscheren. Er ging ohne viel Aufhebens, aber noch in derselben Nacht stand der Wald in Flammen."

„Der Wald?"

„Pinien und Buschwerk. Alles ist total verkohlt. Ein Glück nur, daß das Feuer nicht aufs Haus übergegriffen hat. Und wer kam prompt wenig später angetanzt? Menéndez. Sagte, es tue ihm leid, wegen der Bäume und so, aber Unfälle kämen immer mal vor. Meinte, wir sollten wirklich daran denken, an einen etwas – netteren Ort umzuziehen." Er schnaubte. „Na ja, ich hab ihm ziemlich deutlich gesagt, wo er mich mal könnte. Und weg war er."

„Danach fing es erst richtig an", sagte seine Frau aufgebracht. „Die Orangenbäume gingen ein, denn jemand hatte Säure auf ihre Wurzeln geschüttet. Dann beschmierten sie uns die Wände. Jemand warf uns ein totes Schwein in den Brunnen. Wir hatten eigenes Wasser, wissen Sie. Und dann ..."

Sie verzog das Gesicht, als wolle sie an das, was als nächstes geschehen war, nicht einmal denken.

„Wir hatten einen Hund", erklärte der Major. „Einen schwarzen Labrador. Winston. Wir haben keine Kinder, wissen Sie. Da wird man vermutlich zum Hundenarren. Jedenfalls gingen wir eines Morgens zum Frühstück hinunter, und da lag der brave alte Winston."

„Der arme Winston", jammerte seine Frau.

„Mitten auf dem Eßtisch. Jemand hatte ihm den Kopf abgeschnitten. Übrigens haben wir den Kopf nie gefunden. Wir vergruben Winston draußen im Garten und wurden von da an ganz schön dickköpfig. Da haben sie ihre Taktik geändert. In Madrid ist ein Katasteramt, aber daran hat, als wir das Haus damals kauften, kein Mensch gedacht. Der Kauf ist also nie in einem spanischen Grundbuch eingetragen worden. Dieses Pack von Seahorse Land ging also zu den Verwandten des Bauern, von dem ich das Gut gekauft hatte, und bekam von ihm eine *Factura*."

„Was ist das, eine *Factura?*"

„Ein Kaufvertrag", erklärte der Major. „Von einem Notar beglaubigt. Sie bestachen die Verwandten, holten sich einen Betrüger von Notar, fuhren mit dem Kaufvertrag nach Madrid und ließen dort den Grundbucheintrag vornehmen. Und so mußten wir weg von unserem Grund und Boden." Er schwieg einen Augenblick. „Zuletzt fiel es uns gar nicht mehr so schwer, wie wir dachten. Wir haben angefangen diese Gegend hier zu hassen. Alles wird verändert. Vermutlich werden sie Ferienhäuser bauen oder einen Nachtklub aus dem Haus machen." Sein Blick war in unbestimmte Fernen gerichtet. „Wir beschlossen, aufzugeben und nach England zurückzukehren. Wir werden's schon verwinden."

„Ja", sagte seine Frau und wandte mir das Gesicht zu. „Wir mochten Henry MacFarlane. Ich hoffe, Sie finden ihn bald!"

Ich ließ sie in den Trümmern ihres ruinierten Lebens zurück.

DER Marbella-Klub ist ein eigenes kleines Dorf aus weißgetünchten Landhäusern, deren Fassaden fast ganz hinter Jasmin- und Geranienblüten verschwinden. Die Abendsonne blendete mich, dennoch konnte ich ein halbes Dutzend Rolls-Royce ausmachen, als ich am Tor der Honiton-Residenz vorfuhr.

Honiton saß unter einem weißen Sonnenschirm auf seiner Terrasse. Auf dem Tisch stand etwas, das wie Gin-Tonic aussah. Er trug einen blauen Blazer, eine perfekt gebundene Klubkrawatte und eine weiße Hose. Seine listigen kleinen Bernsteinaugen schauten feindselig drein, aber er lächelte. „Nun?" fragte er. „Was kann ich für Sie tun?"

Er bot mir keinen Stuhl an, aber ich zog mir dennoch einen heran. „Sie haben eine Menge Geld mit Immobilien verdient", begann ich.

Er runzelte die Stirn. „Ich hatte den Eindruck, daß Sie mich wegen der Regatta sprechen wollten."

„Da gibt's einiges, das wir vorher besprechen sollten. Von South Creek ist ein Gegenstand gestohlen worden. Und dieser Gegenstand tauchte bei Paul Welsh wieder auf. Als ich ihn fragte, was er damit wolle, sagte er, daß er ihn zu Ihnen bringen sollte. Was ich gern gewußt hätte: Was macht jemand wie Sie mit Diebesgut?"

Es folgte eine lange Pause. Schließlich meinte Honiton: „Das ist eine ungeheuerliche Unterstellung!"

Ich fühlte mich wie ein Elefant im Porzellanladen. Trotzdem hakte ich nach. „Sie sind ein Geschäftspartner von James de Groot. Und durch James sind Sie mit einer Firma namens Seahorse Land verbunden, die einige Sabotageakte gegen einen Jachthafen inszeniert hat, an dem ich Anteile besitze ..."

„Halt!" sagte Honiton. „Ich fürchte, da hat man Sie falsch informiert. Ich habe keinerlei Verbindung zu Seahorse Land. Vor elf Monaten bin ich als Geschäftsführer zurückgetreten."

Mir war meine Enttäuschung bestimmt anzusehen. „Warum?"

„Einige ... Geschäftsmethoden der anderen Geschäftsführer gefielen mir nicht", erklärte er.

Ich zuckte die Achseln. Ich kannte die Geschäftsmethoden von Seahorse Land. „Und warum hat Paul Welsh dann behauptet, in Ihrem Auftrag zu handeln?" fragte ich.

Er schwenkte sein Glas so, daß die Eiswürfel klirrten. „Das", meinte er, „ist das Verblüffende an der ganzen Angelegenheit. Ich kann nur vermuten, daß er ... den Verdacht von jemand anderem ablenken wollte."

„Wie nett von ihm!"

Aus Honitons Blick sprach die für seine Gesellschaftsschicht typische zynische Weisheit. „Es gibt gewisse Zwänge, denen niemand von uns entgehen kann. Paul ist ein sehr vielversprechender junger Mann. Ich will ihn nicht ruinieren wegen dieses Ausrutschers."

Ich nickte. „Und welche Zwänge sind das?"

Er stand auf. „Ich sage Ihnen das jetzt Pauls wegen. Nicht, daß es mich im geringsten kümmert, was aus Ihnen wird. Seahorse Land hat noch einen anderen Geschäftsführer. Sein Name ist Deke Kellner."

„Deke Kellner?" wiederholte ich erstaunt.

„Ich vermute", fuhr Honiton fort, „daß Sie jetzt aufbrechen müssen. Ich werde Ihre Leistungen bei der Regatta mit großem Interesse verfolgen."

„Vielen Dank für dieses interessante Gespräch", verabschiedete ich mich und stand auf. Ich dachte an Paul und an seine Angst in Bayona, weil die Kassette über Bord gegangen war. Und wie ihm letzte Nacht auf der Marmortreppe bei Deke Kellner das Blut aus der Nase gelaufen war. Er hatte mich in Bayona angelogen, weil er vor Angst fast durchdrehte. Und auch mein Cousin James in England hatte fast den Verstand verloren. Beide hatten um nichts in der Welt zugeben wollen, daß sie etwas mit Deke Kellner zu tun hatten. Und dann wollte Henry, der schließlich schon einundsiebzig Jahre alt war, versuchen, Kellner allein zur Strecke zu bringen.

Ich fuhr zum Hotel, aß zu Abend und überlegte, was ich machen konnte, außer früh ins Bett zu gehen und intensiv daran zu denken, daß ich eine Regatta gewinnen mußte. Die Antwort ließ nicht lange auf sich warten: Ich würde ein wachsames Auge auf Deke Kellner haben, von Helen Gallagher ganz zu schweigen.

Ich nahm noch einen Drink in der Hotelbar und fuhr dann zum Red House, einem unter Palmen gelegenen niedrigen Gebäude an der Küstenstraße.

Es ging auf Mitternacht zu. Als ich die Stufen erklomm und unter das überdachte Portal trat, spürte ich, wie müde ich eigentlich war, und beschloß, sobald es sich machen ließ, schlafen zu gehen. Dann betrat ich den Klub.

Er war wie die meisten Nachtklubs: eine Tanzfläche, umrahmt von Tischreihen, und ein Podium am anderen Ende. Ich ging an die überdachte Bar und ließ mir ein Bier einschenken. Die Bar war hell genug erleuchtet, daß die Gäste einander gut mustern konnten. Ich erkannte einen Tennishelden, ein paar Fußballspieler und einen millionenschweren Schlagersänger. An einem Tisch im Halbdunkel, in der Nähe des Podiums, sah ich einen blonden Schopf: Helen. Bei ihr am Tisch saßen zwei Männer; einer von ihnen war, den ausladenden Schultern und dem gekräuselten grauen Haar nach zu urteilen, Deke Kellner. Der andere war Paul Welsh.

Der Raum wurde dunkler, und ein Lichtkegel folgte einem Mann in glitzerndem Dinnerjacket, der über die Tanzfläche zum Podium ging. Es war Jake. Mit schwülstiger Inbrunst trug er den ersten Song vor.

Ich schob mich durch die Menge, stieg die Stufen zu Helens Tisch hinauf und setzte mich neben sie. Ich begrüßte zuerst Kellner; er gehörte zu der Sorte Mensch, die das erwartet. Dann bedachte ich Paul mit einem Nicken und wandte mich Helen zu.

Den Kopf leicht zur Seite geneigt, musterte sie mich gedankenverloren. „Toller Sänger", sagte ich und grinste sie an.

„Ich finde ihn unheimlich gut", erklärte Paul und blickte rasch zu Kellner hinüber, ob dieser ihm beipflichtete.

„Unheimlich und gut." Kellner lachte so laut, daß er den Song übertönte. Er schlug mir aufs Knie. „Sie sind ein netter Junge, Martin", meinte er. „Trinken Sie doch was!"

Ich bestellte noch ein Bier. Jake hörte endlich auf zu singen, und die Discomusik vom Band begann zu hämmern.

Jake kam und setzte sich zu uns. Helen schmiegte sich an ihn. Ich mußte den Blick abwenden.

„Du warst phantastisch, Jake!" meinte Kellner. „Nicht wahr, Martin?" Er zwinkerte mir so auffällig zu, daß Jake es sehen mußte.

Ich war nicht in der Stimmung, vor Nachtklubsängern zu katzbukkeln. „Wollen wir tanzen?" fragte ich Helen.

Sie gab Jake einen Klaps auf die Schulter, küßte ihn auf die Wange und ging mit übertriebenem Hüftschwung auf die Tanzfläche. Dort hängte sie sich an mich, und wir tanzten eng aneinandergeschmiegt. Ihr Körper war fest und biegsam.

„Was tun Sie eigentlich hier?" fragte ich.

„Mit der Landschaft verschmelzen."

„Haben Sie dabei einen alten Mann namens MacFarlane gesehen? Einen grauhaarigen Engländer. Braun gebrannt. Raucher."

„Nicht, daß ich wüßte." Ich fühlte ihr Haar über meine Wange streichen. „Sie sollten vorsichtiger sein. Ein paar Leute hier haben ein Auge auf Sie."

Einen Moment tanzten wir schweigend. „Wer zum Beispiel?" fragte ich.

„Unser leutseliger Gastgeber", antwortete sie. „Er hält ein sehr, sehr wachsames Auge auf alle möglichen Leute. Auch auf mich, und deshalb tue ich so, als sei ich ganz furchtbar in diesen schrecklichen Jake verliebt. Und Sie sollten ebenfalls seinen wachsamen Blick auf irgend etwas anderes lenken."

Wir hatten uns im Kreis gedreht. Unter dem Spotlight schimmerte

Deke Kellners Haar wie ein roter Heiligenschein. Sein Blick ruhte auf uns.

„Was treiben Sie hier eigentlich?" fragte ich wieder.

„Wenn ich es Ihnen erzähle, passiert uns beiden was", entgegnete sie. „Und deshalb erzähle ich's Ihnen nicht." Sie schob die Hand höher, und ich fühlte den leichten Druck ihrer Nägel im Nacken. „Wie ich Ihnen schon letzte Nacht sagte: Passen Sie auf, daß Ihnen nichts passiert!"

„Sie auch", erwiderte ich. Unsere Hände berührten sich kurz.

„Au!" quietschte sie. „O Gott – mein Fuß!" Sie fing an, von der Tanzfläche zu humpeln. Als ich versuchte, ihren Arm zu nehmen, riß sie ihn weg. Sie gab eine großartige Vorstellung. Ich merkte, wie mir das Blut ins Gesicht schoß. Vom Tisch dröhnte uns Kellners Lachen entgegen.

Ich setzte mich und grinste wie ein Idiot, während Helen behauptete, daß ich größere Füße hätte als ein New Yorker Polizist und daß ihre Zehen jetzt Mus seien. Kellner hörte nur mit halbem Ohr zu und beobachtete die Tänzer. Nach einer Weile sagte er: „Ich geb morgen abend 'ne Party für euch Bootsleute, um den ‚Marbella Cup' zu feiern. Bringen Sie die ganze Crew mit. Paul und seine Leute kommen auch, und wir wollen mal sehen, wen wir sonst noch auftreiben, um ordentlich einen zu bechern. Also, bis dann!"

Sie brachen auf und verschwanden lachend in der Menge. Es war spät, und ich fühlte mich ausgebrannt.

9

AM NÄCHSTEN Morgen fühlte ich mich auch nicht besser, sondern wie gerädert. Ich kroch aus dem Bett, schlurfte ins Bad und betrachtete mich im Spiegel. Dasselbe alte Gesicht, nur röter als gewöhnlich; dunkle Ringe unter den Augen. Ich frühstückte schnell, kletterte in mein gemietetes Auto und raste zum Hafen von Marbella.

Vor dem Klub Deportivo standen ein Fernsehübertragungswagen und ein paar Fotografen. Blitzlichter zuckten, als ich die Eingangsstufen zu dem großen überfüllten Saal im Erdgeschoß erklomm. Auf dem Podium an der anderen Seite standen drei Männer. Zwei von ihnen kannte ich nicht, der dritte war Lord Honiton.

Er bedachte mich mit einem undefinierbaren Blick aus seinen bernsteinfarbenen Augen. „Nun, da wir endlich alle da sind, werde ich die

Wettkampfregeln erklären", sagte er in seiner kalten und trockenen Art. „Für die Presse genauso wie für die Skipper."

Er erklärte, daß der Kurs wie beim „Iceberg Cup" ausgelegt sei: zwei Bahnmarken im Abstand von einer Seemeile, eine direkt in Luv der anderen. Start auf halber Strecke des Luvkurses, Vorbereitungssignal acht Minuten vor dem Startschuß. Die Strecke war zweimal abzusegeln, außer im Halbfinale und im Finale, das erst nach drei Runden entschieden wurde. Die Schiedsrichter folgten in Motorbooten und würden im Falle eines Protestes vor Ort entscheiden, ob ihm stattzugeben sei, und über Funk die entsprechenden Strafpunkte verkünden; für kleinere Verstöße war ein Vollkreis zu fahren. Am ersten Tag segelte jeder gegen jeden, die vier Punktbesten kamen ins Halbfinale und dessen Gewinner in die Endausscheidung.

Vorn in der Zuschauermenge bemerkte ich Paul. Er runzelte die Stirn. Es tat gut, ihn und Honiton im selben Raum zu sehen. Das weckte bei mir eine gesunde Wut im Bauch und eine klare Vision vom Sieg. Gewinnen war unsere Aufgabe, und wenn kein Unfall passierte, würden wir auch genau das tun.

Nach der Besprechung wühlte ich mich durch das Gedränge zum abgesperrten Kopf der Mole. Dort warteten Charlie und die Crew.

Ich sprang ins Cockpit. „Gegen wen müssen wir zuerst?"

„Gegen Gilchrist."

Der war ein australischer Regattasegler und ein guter Rudergänger, aber in den harten Boot-gegen-Boot-Kämpfen war er ein Neuling. Wir glitten vor ihm in den blauen Morgen hinaus, gingen neunzig Meter vor Gilchrist über die Startlinie und blieben die ganze Strecke lang vorn.

Diesen Rhythmus behielten wir bei. Als nächstes starteten wir gegen Gulbransson, einen Schweden. Wir hielten uns in der Mitte der Bahn und stahlen die ganze Zeit seinen Wind, während er verzweifelt versuchte, aus unserem Windschatten zu entkommen. Zuletzt drängten wir Richie Barrett so ab, daß er zehn Sekunden vor dem Startschuß über die Linie ging, wodurch er zu einem Vollkreis um die Starttonne gezwungen war. So gewannen wir mit einer Minute Vorsprung.

Wir aßen auf dem Boot zu Mittag und segelten am Nachmittag noch vier weitere Rennen, die wir alle gewannen. Als ich auf den Steg trat, kam ein Journalist auf mich zu und rief: „Herzlichen Glückwunsch!" Er war jung und hatte braunes, gewelltes Haar. „Ich hab noch nie jemanden so gut segeln sehen wie Sie."

Ich grinste ihn an. „Wie läuft's bei Paul Welsh?"

Er zuckte die Achseln. „Gut, vermute ich. Er hat auch gewonnen. Aber nicht so wie Sie!"

„Dann weiterhin viel Vergnügen beim Zuschauen." Ich ging am Kai entlang zu meinem Wagen, stieg ein und fuhr an den Straßencafés der Uferpromenade vorbei. Squeals Bric-à-Brac war geöffnet, aber der Anblick deprimierte mich – er erinnerte mich an die Nevilles und an Henrys Zigarettenetui. Im selben Moment schon stieg ich auf die Bremse, und der Wagen kam quietschend zum Stehen.

Major Neville hatte gesagt, Henry habe sie besucht, nachdem Squeal ihnen die Papiere gebracht hatte. Wie also konnte Squeal Henrys Zigarettenetui bei den Nevilles gefunden haben? Irgend jemand log da, und ich war bereit, jede Wette einzugehen, daß es nicht Major Neville war.

Ich wendete und fuhr zurück zum Bric-à-Brac.

Die blonde Frau saß hinter der Bar und strickte. Ihre verquollenen Augen blickten mich argwöhnisch an.

„Wo ist Squeal?" wollte ich wissen.

„Weggegangen."

„Wo wohnt er?"

Sie zuckte die Achseln. Ich zog einen 5000-Peseten-Schein aus der Tasche und legte ihn auf die Bar. „Adresse!" forderte ich.

Ich hielt den Schein fest, bis sie sagte: „Edificio Granada, 6038." Als meine Hand den Schein losließ, ergriff sie ihn, steckte ihn weg und grinste mich an, weil sie sich unheimlich schlau vorkam. „Aber er ist nicht da. Er ist zu 'ner Party gegangen."

„Bei wem?" fragte ich.

„Bei Deke Kellner", antwortete sie mit einer gewissen Ehrfurcht.

Ich fuhr zurück. Im Hotel waren mittlerweile an die zwanzig Anrufe für mich eingegangen; alle beglückwünschten uns dazu, wie wir heute gesegelt waren. Ich wählte eine Nummer in London. Die Stimme am anderen Ende meldete sich: *The Guardian.*"

„Harry Chase in der Nachrichtenredaktion bitte", sagte ich.

Als man mich durchgestellt hatte, fragte ich: „Hast du mal von einem Deke Kellner gehört?"

„Kellner?" wiederholte er mit seiner tiefen Stimme. „Nein. Wieso?"

Ich sagte ihm, daß ich in Spanien sei, und beschrieb ihm Deke Kellner.

„An der Verbrecherküste, wie? Ich hör mich mal um."

Ich dankte ihm und legte auf.

Danach zog ich mich für Kellners Party um: schwarze Hose, saubere Segelschuhe, dunkelblaues Hemd und Leinenjacke. Zuletzt steckte ich ein Messer und eine kleine Taschenlampe ein. Falls sich eine Gelegenheit ergab, mich in Kellners Haus mal umzuschauen, war ich damit halbwegs ausgerüstet. Dann machte ich mich auf den Weg zum „Shark Klub" in Puerto Banús, wo ich mit der Crew verabredet war.

Charlie und Scotto warteten schon an einem Tisch. Ich bestellte Bier.

„Wann sollen wir bei dieser Party sein?" fragte Scotto.

„Wir haben noch eine Stunde Zeit."

„Können wir uns die Ketsch mal ansehen, die du überführt hast?"

Wir zahlten und gingen am Ufer entlang, an den Läden vorbei, die Bikinihöschen aus Schlangenhaut verkauften. Die *Aldebaran* war am seewärts gelegenen Rand der Werft aufgebockt.

„Donnerkeil", sagte Scotto, „was für ein Wrack!"

Trotz aller Geschäftigkeit, die Kellner bei unserer Ankunft an den Tag gelegt hatte, schien er das Boot seitdem nicht mehr angerührt zu haben. Der Rumpf hob sich wie ein altes Faß gegen den Himmel ab. An der der See zugewandten Seite lehnte eine Leiter. Ich stieg hinauf und lief über die klaffenden Decksfugen.

Ich hatte mich getäuscht, denn in der Zwischenzeit war doch jemand an Bord gewesen. Die Bodenplanken des Frachtraums waren aufgerissen und ein Teil des Ballasts weggeschafft worden.

„Hallo!" rief es draußen.

Ich schaute durch das Luk. Ein kleiner Mann in blauem Overall kam auf uns zu. Er trug irgendwelche Rangabzeichen und schüttelte miß-billigend den Kopf. Ich sagte ihm, daß ich das Boot nach Marbella gesegelt hatte, worauf er mir antwortete, daß ich Glück hätte, noch am Leben zu sein. Dann begleitete er uns zum Werfttor.

„Du sagst, dieser Kellner hat den Kahn nur nach einem Foto gekauft?" fragte Charlie.

Ich nickte.

„Und daß ein Gutachter das Boot angeschaut hat?" Wir gingen wei-ter. „Würde mich ja nicht wundern", fuhr Charlie fort, „wenn dein Freund Paul Welsh zuvor ein Wörtchen mit diesem Gutachter geredet hätte."

„Den hat er doch bestimmt geschmiert", meinte Scotto. „Also, wenn ich dieser Kellner wäre, würde ich Paul einen Tritt geben, daß er über ganz Spanien fliegt."

Ich sagte nichts. Ich hatte meine eigenen Ansichten darüber, warum Paul sich so und nicht anders verhalten hatte.

Es war Abend geworden. Plötzlich gingen überall die Lichter an. Wir suchten uns noch eine nette Kneipe für ein Glas Bier, und eine halbe Stunde später machten wir uns mit dem Auto auf den Weg zu Kellners Party.

Vor dem pompösen Eingangstor parkten schwere Wagen. Die Hunde schienen diesmal eingesperrt zu sein.

Ich hielt. „Fahrt ihr den Wagen rein", sagte ich. „Ich gehe noch einen Moment spazieren."

Die Luft war warm. Ich blieb vor dem Tor, weil ich mir das Grundstück außerhalb der Mauern ansehen wollte.

Eine leichte Brise ließ die Blätter im Olivenhain wispern. Ich mochte diesen Hain. Er war neben dem Haus der Nevilles der einzige Flecken, den ich an dieser Küste gesehen hatte, der sich noch eine Spur von Unberührtheit bewahrt hatte und kein Bauland war. An seinem Ende führte Kellners Gartenmauer in weitem Bogen über niedrige, gestrüppbewachsene Klippen zum Strand, wo die See murmelte. Die Mauer, in deren Mitte sich eine Tür befand, bog nach links ab. Ich drückte auf die Klinke. Die Tür war abgeschlossen.

Dahinter grenzte die Mauer an den Nachbarzaun. Er war mit Stacheldraht bewehrt, und ich verspürte keine Lust hinüberzuklettern. Der Mauer durch den Olivenhain folgend, ging ich den Weg, den ich gekommen war, wieder zurück.

Er war uneben und in der zunehmenden Dunkelheit nicht angenehm zu gehen, deshalb hielt ich den Blick auf den Boden gerichtet. Auf halbem Weg erregte ein kleiner Gegenstand am Fuß der Mauer meine Aufmerksamkeit. Ich bückte mich und ließ den Strahl der Taschenlampe darüber gleiten.

Der Gegenstand war ein kleines Plastikröhrchen. Auf ihm klebte ein Etikett, auf dem stand: *Eine Tablette dreimal täglich oder nach Bedarf. Commander H. MacFarlane.* Das Röhrchen war leer. Mit zitternder Hand schob ich es in meine Tasche. Über mir grenzte ein rotes Ziegeldach an die Mauerkrone: Kellners Geräteschuppen. Langsam verließ ich den Olivenhain und ging durch das schwere Eisentor. Das Flutlicht im Garten war an. Die Orangenbäume warfen keine Schatten. Verstecken konnte man sich da nirgends.

Die schwere Eichentür öffnete sich. Vor mir stand, wie ein Bote des Todes, Jacky der Zerstörer.

Aus der Halle drang Stimmengewirr. Ich ging an den Gemälden und dem getrockneten Schilf vorbei und betrat die Galerie. Charlie und Scotto standen an der Bar. Kellner, wie immer in einem mexikanischen Hemd, kam mit einer Flasche Champagner in der Hand auf uns zu.

Ich stellte ihm Charlie und Scotto vor. In meiner Hosentasche fühlte ich das Tablettenröhrchen. Charlie fragte ohne Umschweife: „Das ist also Ihre Ketsch, die da in der Werft liegt?"

„Ja." Kellner grinste. „Wie finden Sie sie?"

„Braucht wohl eine gründliche Überholung", antwortete Charlie. „Wollen Sie das hier machen lassen?"

„Ich hab mich noch nicht entschieden", entgegnete Kellner mit einem schmallippigen Lächeln. „Hier oder anderswo." Er blickte suchend in die Menge. „Haben Sie Paulchen gesehen?"

Ich schüttelte den Kopf.

Er verzog höhnisch das Gesicht. „Der meint wahrscheinlich, daß er seinen Schönheitsschlaf braucht, so wie Sie heute gesegelt sind!" Lachend boxte er mich auf den Arm und schob sich durch die Menge davon.

Scotto schaute ihm nach. „Der muß ja plemplem sein. Warum hat er dich den Kahn bloß diese Riesenstrecke überführen lassen, wenn er ihn in England für den halben Preis repariert bekäme?"

Als ich damals erfahren hatte, daß es für die *Aldebaran* einen Käufer gab, war ich zu dem Schluß gekommen, daß dieser Käufer entweder ein Segelfan oder verrückt sein mußte. Kellner war nichts von beidem. Es war auch schwer vorstellbar, daß er das Boot nur als Vehikel für Paul und die Stahlkassette benutzen wollte. „Schwer zu sagen", meinte ich. In dem Moment sah ich auf der anderen Seite der Galerie kurz einen Kopf mit fettigem spärlichem Haar. Squeal! Ich ging ihm nach.

Auf der obersten Treppenstufe hatte ich ihn eingeholt. „Hallo, Squeal!" rief ich. Sein Gesicht war gelblich und fahl und wurde noch einen Stich blasser, als er mich erkannte. Seine Augen glänzten. Er war also wieder auf einem Trip.

„Was wollen Sie?"

„Wo genau haben Sie dieses Zigarettenetui gefunden?"

„Seien Sie still!" zischte er ängstlich. „Sagte ich doch. Bei den Nevilles."

„Denken Sie noch mal nach!" befahl ich, diesmal etwas lauter.

„Na gut", antwortete er ungehalten. „Es war hier."

„Hinter der Mauer", sagte ich. „Im Olivenhain."

„Woher wissen Sie das?" Sein Gesicht wurde weiß wie die Wand. Da war mir klar, daß er diesmal nicht log.

„Wo ist der Mann, dem sie gehört?"

Er hörte mir nicht mehr zu, sondern schaute über meine Schulter, und sein Gesicht bekam eine geradezu grünliche Farbe. Abrupt drehte er sich um und raste die Treppe hinunter. Die Eingangstür flog zu, und weg war er.

Als ich mich umwandte, stand Jacky der Zerstörer hinter mir. „Pardon", sagte er mit einem breiten Grinsen, das seine anthrazitfarbene Gesichtshaut wie Gummi dehnte, und rannte ebenfalls die Stufen hinunter.

Um in der klaren Nachtluft ein paarmal tief durchzuatmen, trat ich auf einen Balkon. Henry war also in dem Olivenhain gewesen. Er hatte sein Zigarettenetui und ein leeres Tablettenröhrchen weggeworfen. Was hatte er dort wohl gemacht?

Ich schaute über den Garten zur Mauer und dem langen weißen Geräteschuppen. In seiner Mitte war ein vergitterter Teil: der Hundezwinger. Das eine Ende war eine Garage, das andere hatte eine Tür und ein Fenster mit geschlossenen Läden.

Aber natürlich! dachte ich. Henry mußte sein Zigarettenetui und das Tablettenröhrchen nicht unbedingt im Olivenhain weggeworfen haben. Er konnte sie auch von innen über die Mauer geschleudert haben.

Mein Mund wurde plötzlich trocken. Diesen Schuppen mußte ich mir ansehen. Ich befand mich innerhalb der Mauer, die Hunde waren eingesperrt.

„Mann!" staunte Scotto, der neben mich getreten war und sich über das Balkongitter beugte. Unter uns lag der Swimmingpool wie ein blaues Bullauge im grünen Rasen. Bäume und Büsche um den Pool waren angestrahlt und mit bunten Lampen geschmückt. Was Scotto so bewunderte, waren drei Mädchen im Pool. Es waren sehr hübsche Mädchen, und sie hatten überhaupt nichts an.

Hinter dem Pool sah ich Helen Gallagher. Sie trug rote Schuhe mit Pfennigabsätzen, kurze glänzende Boxershorts und ein Boxershirt. Am linken Fußgelenk schimmerte ein Goldkettchen.

Als ich unten beim Pool ankam, schwammen die Mädchen noch immer umher. Ich beobachtete sie ein paar Minuten mit amüsiertem Lächeln, aber niemand schien von mir Notiz zu nehmen. Daher begann ich auf die Büsche zuzuschwanken. Schwanken war um diese Nachtzeit eine gute Taktik.

In den Büschen zog ich mein Jackett aus und hängte es in die Zweige. Mein Herz klopfte rasend schnell. Ich entfernte mich krie-

chend von dem Lärm und dem Flutlicht und kletterte über den Holzzaun, der den Poolbereich abgrenzte.

In den Büschen zirpten die Zikaden, und auf dem Balkon und am
Pool kreischten die Partygäste. Dagegen war es im Garten entsetzlich
still. Ich konnte meinen Atem hören und meine dumpfen Schritte auf
dem Gras. Vor mir erhob sich die hohe weiße Mauer mit ihrer zum
Strand führenden Tür. Die Mauer bog nach rechts ab und führte auf
den Schuppen zu. Wer dort an ihr entlanglief, würde so auffallen wie
ein Kohlefleck auf einem Hochzeitskleid. Ich atmete einmal durch,
bückte mich, so tief ich konnte, hinunter auf den dunklen Rasen und
arbeitete mich zu dem Schuppen vor.

Es war ein entsetzliches Gefühl. Ständig darauf gefaßt, zum Stehenbleiben aufgefordert zu werden, kam ich nur langsam vorwärts. Aber
niemand rief mich an; ich hörte nur den Partykrach, das Rauschen der
See und die im Olivenhain schreienden Käuzchen.

Inzwischen befand ich mich an der Giebelwand des Schuppens, wo
er zur Gartenmauer einen rechten Winkel bildete. In dem Winkel war
ein kleines bißchen Schatten. Ich kroch in seinen Schutz und wartete,
bis mein Herz langsamer schlug. Von hier sah das Haus aus wie eine
angestrahlte Zuckerbäckerskulptur.

Dann raffte ich mich auf und lief am Zwinger vorbei zum anderen
Ende des Schuppens. Die Hunde in ihren Schlafquartieren regten sich.
In der Garage stand ein silberfarbener Mercedes.

Vorsichtig schlich ich den Weg zurück, den ich gekommen war. Im
mittleren Teil des Schuppens setzte ein heiseres Hecheln ein: die
Hunde. Ich öffnete die Tür rechts vom Zwinger und glitt hinein.

Es roch nach Gartengeräten. Das gelbe Licht meiner Taschenlampe
wanderte über Rasenmäher, Harken und über ein Regal mit Unkraut-
vertilgungsmitteln. Ein Gecko huschte die Wand hinunter. Hier war
alles überaus unverdächtig.

Aber der Schuppen hatte eine Zwischenwand mit einer Verbin-
dungstür. Leise sagte ich: „Henry?" Keine Antwort. Ich drückte die
Tür auf und ging hinein. Das Taschenlampenlicht fiel auf Schnurrol-
len, Samentüten und ein altes Fahrrad. In einer Ecke lag ein Haufen,
der nach Blumenerde aussah. In diesem Schuppen war alles grau und
verstaubt, doch die Blumenerde hatte eine so warme schokoladen-
braune Farbe, als sei sie gerade erst ausgeschüttet worden.

Ich griff mir eine an der Wand lehnende Bambusstange und sto-
cherte damit in dem braunen Haufen: Zweieinhalb Zentimeter unter
der Oberfläche stieß ich auf etwas Hartes.

Ich bückte mich und schob die Erde zur Seite. Darunter befand sich
eine silbergraue Oberfläche, die metallisch glänzte. Ich bekam eine
Kante zu fassen und zog. Aber ich mußte beide Hände zu Hilfe nehmen, denn das Ding wog mindestens fünfundzwanzig Kilo. Mit der
Taschenlampe im Mund, betastete ich den Barren.

Diesen Barren hatte ich schon mal gesehen. Oder, genauer gesagt,
ich hatte jede Menge dieser Barren gesehen. Und zwar im Frachtraum
der *Aldebaran*, bei dem Sturm. Es war gegossener Ballast, eine
Mischung von Kunstharz und Blei, die sich in jede beliebige Form
bringen läßt. Und ich erinnerte mich, wie ich im Frachtraum der *Aldebaran* gestanden und die Bodenplanken aufgerissen hatte.

Es lagen noch mehr davon unter dem Erdhaufen. Ich schaufelte
schnell wieder Erde darüber, hob den hoch, den ich als ersten gefunden hatte, und ging in den vorderen Raum zurück.

Sehr vorsichtig steckte ich den Kopf durch die Tür. Dann knipste
ich die Taschenlampe aus, steckte sie ein und ging mit dem Barren hinaus. Ich hob ihn wie einen Medizinball ans Kinn und schleuderte ihn,
so hoch ich konnte, zur Mauerkrone hinauf. Er traf die Mauer nur
etwa zwanzig Zentimeter unter ihrer Oberkante. Dort prallte er ab
und landete mit einem dumpfen Knall auf dem Rasen. Das Hecheln im
Zwinger wurde lauter.

Mein gebrochener Arm schmerzte heftig. Mir wurde klar, daß ich
den Barren so nicht über die Mauer bekam. Ich ging in den Schuppen
zurück. In einer Ecke stand ein alter Tisch mit einem Stapel Blumen-
töpfen. Ich stellte sie auf den Boden, schleppte den Tisch nach draußen
und lehnte ihn gegen die Mauer. Dann kletterte ich auf den Tisch. Der
Schatten des Schuppens fiel diagonal über die weiße Mauer. Mit Kopf
und Schultern ragte ich jetzt darüber hinaus und mußte jedem, der
zufällig hersah, als deutliche Silhouette sichtbar sein. Ich hob den Barren hoch und schleuderte ihn über die Mauer. Er landete mit einem
Plumps auf der anderen Seite. Ich wartete darauf, daß drüben im Haus
Alarm geschlagen würde, doch nichts geschah. Aber irgendwo weit
hinten im Haus, wo die Gäste nicht hinkamen, schrillte eine Klingel.
Ununterbrochen.

Ich sprang vom Tisch und trug ihn in den Schuppen zurück. Dann
wollte ich gerade zum Pool zurückkriechen, als ich hinter mir ein
Summen hörte, wie es bei der Betätigung eines elektrischen Türöff-
ners ertönt. Und da hörte ich das Gurgeln.

Die Hunde waren draußen.

Sie kamen auf den Rasen gestürzt, unheimliche Phantomgestalten zwischen den angestrahlten Bäumen. Ich sah sie nur kurz aus den Augenwinkeln, denn ich rannte schon auf den Holzzaun am Pool zu.

Jetzt war mir ganz egal, wer mich sah; ich wollte nur weg von diesen Hunden. Wie ein Zug gegen den Prellbock prallte ich gegen den Zaun, zog mich hoch und konnte mich mit einem Fuß oben festhaken. Der erste Hund begann den Zaun zu erklettern, als sei dieser eine ebene Fläche. Seine Zähne schlugen neben meiner rechten Schulter ins Holz, und ich fühlte Stoff reißen, als ich mit dem Arm nach dem Hund schlug. Er fiel zurück. Ich warf mich über den Zaun und landete auf der anderen Seite mit einem Aufprall, der mir fast den Atem nahm.

Saphirblau schimmerte das Wasser des Swimmingpools durch die Büsche, in dem die Mädchen immer noch herumplanschten. Jetzt hörte ich Rufe und jemanden durch die Büsche breschen. Ich robbte weiter durch das Laub, weg vom Zaun. Meine Kleidung war schmutzig. Sie würde mich verraten.

Ich wußte, was ich zu tun hatte. Ich rannte durch die letzten Büsche und sprang mit einem Satz ins kühle Wasser des Pools.

„Der hat ja noch seine Kleider an!" riefen die Mädchen kichernd durcheinander, als ich wieder auftauchte. Das Knacken in den Büschen hatte aufgehört. Deke Kellner kam heraus und stolzierte zum Poolrand. Das Licht legte einen hellen Kranz um sein krauses graues Haar. Sein Gesicht konnte ich nicht erkennen. „Sie haben sich das Hemd zerrissen", stellte er fest.

Ich schaute an mir hinunter. „Macht nichts."

„Sie müssen besser aufpassen", sagte er, drehte sich auf dem Absatz um und ging weg.

Während um mich herum die Schwimmerinnen prusteten und spritzten, stand ich in der Mitte des Pools. Mir war kalt. Aber das war nicht der Grund, weswegen ich zitterte.

Ich holte Charlie und Scotto, und wir stiegen ins Auto. Das schmiedeeiserne Tor mußte extra für uns geöffnet werden. Die Dobermänner trotteten schnüffelnd von Busch zu Busch, aber sie konnten uns nichts anhaben.

Auf der Straße schaltete ich die Scheinwerfer aus und bog zum Olivenhain ab. Der Wagen holperte über den unebenen Boden, bis ich auf der Höhe des Schuppens hielt. Dort, wo ich das Tablettenröhrchen gefunden hatte, schimmerte der Ballastbarren im feuchten Gras.

Ich stieg aus, hob ihn in den Kofferraum, wendete und fuhr zurück auf die Straße.

„Was war das?" fragte Charlie.

„Ballast von der *Aldebaran*", antwortete ich. „Ich habe gerade entdeckt, warum Kellner das Boot gekauft hat."

„Warum?"

„Erzähl ich dir morgen früh." Ich war mir selbst noch nicht ganz sicher. An ihrem Apartment setzte ich sie ab und fuhr weiter in die Stadt.

Squeals kleine gelbe Augen hatten eine Menge von dem beobachtet, was in Kellners Haus vor sich ging, und ich wollte herausfinden, wieviel er wußte.

Im Bric-à-Brac brannte Licht. Es war eine schwache Glühbirne, aber hell genug, daß ich fünf Touristen an der Theke sehen konnte. Mona saß in ihrer Ecke neben der Kühltruhe und strickte mit flinken Bewegungen. Kein Squeal.

Ich verließ die Kneipe und fuhr stadteinwärts. Jenseits der menschenleeren Uferpromenade standen ein paar Taxis. Einer der Fahrer erklärte mir den Weg zum Edificio Granada, in dem Squeal wohnte. Ich ließ den Wagen eine Ecke vorher stehen und ging zu Fuß weiter zu dem hohen weißen Wohnblock. Auf den dunklen Außengalerien wehte Wäsche. Aus der Ferne drang Flamencomusik herüber, und irgendwo bellte ein Hund.

Mit dem Fahrstuhl fuhr ich in den sechsten Stock. Apartment Nummer achtunddreißig war dunkel. Mir sank das Herz.

Als ich gegen die Tür drückte, berührte und meine Hand zersplittertes Holz. Im schummrigen Korridorlicht erkannte ich, daß jemand den Falz mit einem Stemmeisen weggebogen hatte, damit er an das Türschloß herankommen konnte. Der Riegel ragte hervor.

Ich zog mein Messer aus der Tasche, steckte die Klinge in den Schlitz bei dem Riegel und drückte ihn zurück.

Lautlos ging die Tür auf.

Der Gestank in der Wohnung nahm mir fast den Atem: Es roch nach ranzigem Fett, abgestandenem Rauch, schmutziger Kleidung. Nichts rührte sich. Es war die Atmosphäre einer Wohnung, in der niemand zu Hause ist.

Neben der Tür fand ich den Lichtschalter und drückte ihn. Aber es tat sich nichts. Auf dem Küchentisch lagen ein paar *cerillas*, kleine Wachszündhölzer, die mit großer Flamme brennen. Das erste warf huschende Schatten an die verfleckte Zimmerdecke. Hinter der ersten Tür lag das Wohnzimmer.

Es war leer bis auf zwei Stühle und einen Couchtisch. Ich drückte auf den Lichtschalter, auch hier tat sich nichts. Sicherung kaputt, dachte ich und entzündete noch ein Streichholz. Das Schlafzimmer war leer. Die Badezimmertür war nur angelehnt, ich stieß sie auf und machte einen Schritt hinein. Dann atmete ich ganz schnell tief durch, und mein Herz fing an zu pochen, als wolle es aus dem Brustkorb springen.

Dort lag nämlich Squeal. Seine Augen waren weit geöffnet, und sein Gesicht war zu einer schauerlichen Karikatur seines Grinsens verzogen. Aber seine Augen sahen mich nicht. Sie würden nie mehr etwas sehen, denn von der Steckdose für den Rasierapparat, eine spanische Steckdose ohne Erdung, führte eine Schnur zu einem großen Radio, das auf Squeals Bauch lag. Und Squeal lag in der Badewanne, die halb mit Wasser gefüllt war. Jetzt wußte ich auch, warum das Licht nicht angegangen war.

Das Streichholz verbrannte mir die Finger. Ich zündete noch eins an und legte die Hand auf Squeals Schulter. Sie war kühl, aber noch nicht ganz kalt.

Ich rannte, die Tür hinter mir zuschlagend, aus dem Apartment und die Straße entlang bis zu meinem Wagen.

Als ich im Hotelzimmer angekommen war, schloß ich die Tür doppelt ab, warf meine Sachen auf den Boden, ging ins Bad und drehte die Dusche auf.

Da klopfte es an der Tür.

Ich erstarrte, die Hand noch an der Duscharmatur.

Squeal war wahrscheinlich auch japsend nach Hause gekommen. Dann hatte jemand an der Tür geklopft, und Squeal hatte nicht aufgemacht. Danach folgten Splittern und Krachen der aufgestemmten Tür ... Ich mußte nach dem Duschhahn greifen, um das Zittern meiner Hand zu beruhigen.

„Hier ist Helen Gallagher!" rief eine Stimme.

Ich wickelte mir ein Handtuch um und ging zur Tür.

Sie war allein. Ihre roten Schuhe trug sie in der Hand. Sie sah zerbrechlich und sehr hübsch aus.

„Kommen Sie rein", forderte ich sie auf, und sie folgte der Einladung.

„Hätten Sie einen Drink für mich?" fragte sie.

Ich gab ihr etwas Whisky in einem Zahnputzbecher.

Sie setzte sich in einen Sessel und warf ihre Schuhe quer durch den Raum. „Oh, tut das gut", sagte sie. „Hören Sie zu, ich muß mich beeilen." Ich goß mir auch etwas Whisky ein und setzte mich auf die Bettkante.

„Das hab ich gefunden", erklärte sie und reichte mir ein mit Schreibmaschine beschriebenes Blatt.

Es war zerknüllt, als sei es aus einem Papierkorb geholt worden. Der Text war in juristischem Spanisch abgefaßt und handelte offenbar vom Kauf eines Grundstücks.

Aber es war nicht der Text, der meine Aufmerksamkeit fesselte, sondern die Stelle darunter. Dort prangten sauber und korrekt die Unterschriften eines Notars und eines Käufers. Bloß der Verkäufer hatte nicht unterschrieben. Statt dessen hatte er mit schwarzer Tinte KEIN VERKAUF quer über die Seite geschrieben. Ich kannte diese Schrift. Zwar war sie unkoordiniert und krakelig, aber zweifelsfrei die von Henry MacFarlane. So lautete auch der unter das Gekritzel getippte Name des Verkäufers. Ich schaute auf das Datum; es war von heute morgen.

Ich brachte nur „Mein Gott!" heraus.

„Das habe ich in Dekes Büro im Papierkorb gefunden. MacFarlane ist doch der Mann, nach dem Sie suchen, oder?"

Ich starrte sie an. „Heute muß er also Kellner getroffen haben", sagte ich.

„Vermutlich." Sie schaute auf die Uhr. „Ich hab's heute abend aus dem Papierkorb gefischt."

„Wo ist er dann?"

„Wer weiß?" Sie sah plötzlich ängstlich und sehr zart aus. „Aber fragen Sie nicht herum. Tun Sie im Moment gar nichts, Martin. Sie sind in Gefahr!"

Ich wollte aber nicht daran denken, daß ich in Gefahr war, obwohl ich mich an Squeals grinsendes Gesicht in der Badewanne erinnerte. „Squeal ist heute abend umgebracht worden", sagte ich.

Ihr Gesicht blieb reglos. „O nein", flüsterte sie. „Deke hat Sie über den Rasen rennen sehen, als die Hunde hinter Ihnen her waren. Ich hab's beobachtet." Sie schwieg. „Er hat gelacht und gesagt: ‚Nächstes Mal haben wir mehr Glück.'"

„Ich kann auf mich aufpassen!"

„Wenn Sie Deke so gut kennen würden wie ich, dann würden Sie nicht solchen Blödsinn reden. Bisher hat er mit Ihnen nur gespielt. Jetzt will er Sie umbringen."

„Aber ich schnappe ihn mir zuerst!" erwiderte ich.

„Was wollen Sie tun?"

Da erzählte ich ihr von Henry MacFarlane, von Mary und South Creek. Als ich fertig war, saß sie regungslos da. Ich dachte, du Narr, du weißt überhaupt nichts von ihr. Der Kaufvertrag vorhin konnte auch ein Köder gewesen sein.

„Was sind Sie eigentlich?" fragte ich.

„Schauspielerin. Ich bin um die halbe Welt gefahren, um was zu erledigen. Und dabei habe ich zufällig jemanden kennengelernt, der wie ein Elefant im Porzellanladen herumtrampelt und es offenbar darauf anlegt, sich umbringen zu lassen. Und er ist hinter derselben Sache her wie ich."

„Und das wäre?"

Sie stand auf. „Hören Sie zu: Meiden Sie einsame Plätze. Gehen Sie nicht zur Polizei, weil man nie weiß, wen er dort bestochen hat. Ich werde mich morgen mal wegen Ihres Freundes Henry MacFarlane umhören. Fahren Sie morgen nacht um zwei Uhr zum Parkplatz vor dem Red House, und folgen Sie mir nach Hause. Ich muß jetzt gehen."

„Was haben Sie in Kellners Papierkorb gesucht?" fragte ich.

„Das ist so ein Hobby von mir. Ich erzähl's Ihnen morgen." Sie trat auf mich zu und schlang mir die nackten Arme um den Hals. Dann küßte sie mich auf den Mund. Lange.

Ich küßte sie wieder.

Sie holte tief Luft und zwängte die Füße in ihre roten Schuhe. „Bis morgen." Ich hörte noch, wie ihre raschen Schritte auf dem Steinboden verhallten.

Als sie gegangen war, schaute ich auf die Uhr. Es war ein Uhr morgens. Ich goß mir Whisky nach, setzte mich in den Sessel und versuchte herauszukriegen, warum Henry sich geweigert hatte, einen Kaufvertrag zu unterschreiben, und versuchte außerdem, meine Gedanken davon abzuhalten, zu Squeal zu wandern.

Ich hatte noch ganz leicht den Geschmack von Helens Lippenstift auf den Lippen, aber der Whisky spülte ihn weg. Als ich sie das erste Mal in Spanien gesehen hatte, hatte sie versucht, mich auszuhorchen. Beim zweiten Mal hatte sie versucht, mich ins Vertrauen zu ziehen. Und jetzt versuchte sie, mich mit Henry MacFarlanes Schriftzug zu ködern, bat mich, ihr Gott weiß wohin zu folgen, zu einer späten Stunde, in der leicht tödliche Unfälle passieren konnten. Dabei lag sie doch Kellner praktisch auf der Tasche. Wenn es den Prototyp des ausgehaltenen Mädchens gab, dann war sie es.

Ich trank den Whisky aus und kletterte ins Bett. Als ich die Augen schloß, wußte ich, daß ich morgen nacht um zwei Uhr auf dem Parkplatz des Red House auf sie warten würde.

AM NÄCHSTEN Morgen rief ich zuallererst Mary an und versuchte beim Wählen nicht daran zu denken, daß es, falls Helen in bezug auf Kellner recht hatte, das letzte Mal sein konnte, daß ich mit Mary sprach.

Sie schien erfreut. „Ich hab die Zeitungen studiert", sagte sie. „Die *Times* meint, du seist bestens in Form."

„Und ich hab von Henry gehört."

„Was?" Ihre Stimme klang plötzlich gespannt.

Bloß harmlos klingen, befahl ich mir selbst. „Nicht viel", erklärte ich. „Nur von jemandem, der ihn gestern hier in der Gegend gesehen hat."

„Geht's ihm gut?"

„Wie's scheint, ja." Zwar gefiel mir diese krakelige Version seiner normalerweise sehr akkuraten Handschrift gar nicht, aber der Vermerk KEIN VERKAUF stammte eindeutig von Henry. „Hat er dir gegenüber jemals was von Grundbesitz in Spanien gesagt?"

„Nein", antwortete sie. „Nie. Höchstens ..."

„Ja?"

„Er ist doch immer Vögel beobachten gefahren, weißt du noch? Bis vor fünf Jahren, mit seinem Freund Sam Ethridge. Immer im Frühjahr, als er eigentlich Boote streichen sollte. Dann starb Sam, und seitdem fuhr er nicht mehr."

Ich erinnerte mich vage, wie Henry Panamahut und Feldstecher einpackte und, begleitet von einem grauhaarigen Mann mit dichtem Schnauzbart, zu unbekannten Zielen aufbrach. Aber da Henry ohnehin zwischendurch immer mal die Reiselust packte, war mir das nicht als außergewöhnlich in Erinnerung geblieben.

„Warum fragst du?" wollte Mary wissen.

„Er soll angeblich gerade ein Stück Land verkaufen."

„Oh! Ich hoffe, er versucht sich da nicht in irgendwelchen dunklen Geschäften."

„Nein", log ich. „Ich glaube nicht, daß er das macht."

„Dann kann er ja nicht allzuviel Schaden anrichten."

Ich sagte etwas Besänftigendes. Sie verabschiedete sich und wünschte mir viel Glück im Halbfinale. Und ich ging hinaus, den Ballastbarren in einem Sack tragend. In einem Eisenwarengeschäft in San Pedro de Alcantara kaufte ich Hammer und Meißel und fuhr von da aus zu Charlie. Ich legte den Barren auf den Küchenfußboden, setzte den Meißel an, teilte ihn mit einem harten Schlag in zwei Stücke und halbierte diese noch einmal.

„Muß das sein?" Scotto schnitt eine Grimasse über seiner ersten Tasse Kaffee.

Charlie verfolgte meine Bemühungen interessiert. „Und jetzt teilt er die Viertel in . . . "

Er sprach den Satz nicht zu Ende, weil nämlich das eine Viertel in der Mitte auseinandergebrochen war. Und weil in der Öffnung ein harzgehärteter, zerknitterter Plastikbeutel lag. Ich schnitt ihn mit dem Messer auf.

„Seht mal, was unser Freund Deke so alles in seinem Gartenschuppen hat", meinte ich. Auf meiner Handfläche beschien die Morgensonne zwei funkelnde kleine Steine. Sie schienen die Strahlen durch ihre geschliffenen Facetten aufzusaugen und blutrot gefärbt wieder auszuspeien, denn die weiße Zimmerdecke war über und über mit kleinen roten Lichtflecken gesprenkelt.

„Wahnsinn!" rief Scotto.

Wir zertrümmerten den Barren und fanden fünf weitere Rubine. Und in Kellners Gartenschuppen lagen noch jede Menge dieser Barren!

„Du wolltest doch wissen, warum Kellner die Instandsetzungsarbeiten nicht in England machen ließ. "

Charlie nickte. „Lohnt sich nicht", stellte er fest. „Ein wahres Meisterstück von einem Einwegbehälter. "

„Wer hat denn den Ballast eingeladen?" fragte Scotto.

„Also, er hatte schon mal einen eigenen Gutachter", erklärte ich. „Und die Reparaturarbeiten hat Paul überwacht. Dafür wurde ein eigener Mann angeheuert. "

„Geh zur Polizei", forderte Scotto mich auf. „Jetzt gleich!"

„Noch nicht", antwortete ich.

Helen hatte angedeutet, daß Kellner Freunde bei der Polizei hatte. Ich wollte unser Treffen nachts um zwei am Parkplatz des Red House abwarten, bevor ich weitere Schritte unternahm. Jetzt mußte ich wohl einige Erklärungen abgeben.

„Dieser Kellner hat seine Finger überall drin", sagte ich. „Juwelen, Erpressung und so. Wenn wir jetzt die Polizei einschalten, wird's nur kompliziert. Kellner würde untertauchen, und wir könnten ihm überhaupt nichts anhängen. Die *Aldebaran* ist sicher nicht das einzige Boot in Spanien mit solchem Ballast. "

Charlie starrte noch immer die Juwelen an. „Unternehmungslustiger Typ, dein Freund Deke. Fragt sich nur, wo er die herhat."

Ich griff zum Telefon, wählte die Nummer des *Guardian* und bekam Harry Chase an die Strippe.

„Ah, da bist du ja", begrüßte Harry mich. „Also, dein Freund Deke Kellner scheint mir nicht der richtige Umgang für dich zu sein."

„Wieso?"

„Hat überall Verwandte. Vorstrafe wegen bewaffneten Raubüberfalls. Wird gesucht, weil man ihm in Zusammenhang mit dem Walstein-Überfall gern ein paar Fragen stellen möchte."

Ich hatte nie von einem Walstein-Überfall gehört und sagte ihm das.

„Junge, Junge", staunte er, „liest du denn keine Zeitung? Das war vor fünf Jahren. Dein Freund hatte 'nen Kumpel, der da arbeitete, wo die Lieferungen ankamen. Eines Tages also sah sich Mr. Walstein im Büro seine neuen Edelsteine an, als Kellner mit ein paar Verwandten reinspaziert kam. Die hatten alle abgesägte Schrotflinten dabei. Kellner sackte die Juwelen ein – an die drei Millionen Pfund wert – und zog ab, nachdem er Walstein die Finger gebrochen hatte. Er hat dabei gelacht, sagt mein Informant. Lauthals gelacht."

„O ja, Deke Kellner hat einen wundervollen Sinn für Humor."

„Und dann tauchte er in Spanien auf", fuhr Harry fort. „Eines Tages war er einfach da, mit ordentlichem Paß, Aufenthaltsgenehmigung und allen sonstigen Papieren."

Mir war etwas nicht klar. „Warum hat jemand Interesse daran, Juwelen nach Spanien zu bringen?"

„Córdoba ist die Juwelenhauptstadt des ganzen Mittelmeerraumes", erklärte Harry. „Die verkaufen dort dein Gold, waschen deine Edelsteine und schleifen sogar die Kronjuwelen um, wenn du willst. Hör mal, gibt das vielleicht 'ne Story?"

„Du wirst der erste sein, dem ich's sage." Ich legte auf.

Wir brachten die Juwelen in einen Banksafe, trainierten dann den Vormittag über und fuhren am Nachmittag unsere Rennen. Als wir am Abend an Land gingen, hatte Paul von seinen sieben Wettfahrten sechs gewonnen. Wir hatten sieben gesegelt und alle sieben gewonnen. Die Ziehung fürs Halbfinale fand im Klub Deportivo statt. Lord Honitons Lippen waren zu einem dünnen Lächeln zusammengepreßt, als er die Papierstreifen entfaltete. „Welsh gegen Gibson", verkündete er. „Devereux gegen Fournier."

Ich blieb den ganzen Abend bei der Crew. Wir gingen in einem hell erleuchteten Restaurant essen und tranken in einer hell erleuchteten

Bar unser Bier – an Plätzen also, wo es keine dunklen Ecken gab, in denen Unfälle passieren konnten.

Um 1 Uhr 45 verließ ich diese hell erleuchteten Stätten und fuhr durch dunkle Straßen zum dunklen Parkplatz des Red House.

IN DEN Palmen schaukelten bunte Lampen und bildeten eine zum Eingang des Red House führende Allee. Ein paar Leute liefen untergehakt und lachend die Auffahrt herunter. Autos wurden angelassen. Dann kamen zwei Personen die Stufen herunter: ein großer Mann in glitzernder langer Hose und eine schlanke Frau mit kurzem Rock und blondem Haar: Jake und Helen. Sie streckte einen Arm aus und legte ihn auf seine Schulter, er hauchte ihr einen Kuß aufs Handgelenk. Dann ging jeder zu seinem Auto.

Ich biß die Zähne zusammen und folgte Helen in meinem Wagen vom Parkplatz aus nach links auf die Straße nach Marbella, wo uns wohl Hunderte von Autos entgegenkamen. In jedem konnte Kellner oder Jacky der Zerstörer lauern ...

Helen bog ab und fuhr vorbei an Villen, die in einiger Entfernung zur Straße standen und durch Buschwerk und Pinien voneinander abgegrenzt waren. Plötzlich sah ich in meinem Rückspiegel zwei Scheinwerfer aufleuchten.

Der Wagen hinter mir bog nach links ab. Mein Atem ging zu schnell, fand ich.

Helen fuhr in einen schmalen Weg. Meine Scheinwerfer beleuchteten ein von Bäumen umstandenes kleines weißes Haus. Helen hielt. Ich parkte neben ihr und stieg langsam aus. Mit dem Rücken zum Wagen wartete ich darauf, jeden Moment todbringende Schritte zu hören. Aber ich vernahm nur Zikaden in der lauen Nacht und weit entfernt das Röhren eines Mopeds.

„Kommen Sie", forderte sie mich auf.

Plötzlich war alles ganz normal und selbstverständlich. Wir liefen über Sand und Piniennadeln zum Haus. Drinnen hingen an den weißen Wänden Bilder mit Stiermotiven, der Boden war rot gefliest. Ich wurde etwas ruhiger. Helen öffnete die Tür zu einem großen Raum und erklärte: „Bin gleich wieder da. Im Regal steht Bier!"

Ich setzte mich, halb darauf gefaßt, daß gleich Jacky der Zerstörer mit einer abgesägten Schrotflinte zur Tür hereinkam. Aber er kam nicht. Statt dessen erschien Helen in einem schwarzen Hausanzug, der zu ihrem kurzen blonden Haar sehr gut aussah.

Sie setzte sich auf ein Sofa und lehnte sich zurück. „Ich war heute den ganzen Tag zu Hause, habe aber von Ihrem Freund Henry MacFarlane weder etwas gehört noch gesehen. Tut mir leid!"

„Macht nichts." Ich versuchte, meine immense Enttäuschung nicht zu zeigen. „Wissen Sie, wer Deke Kellner wirklich ist?"

Sie lachte, aber es klang nicht amüsiert. Dann stand sie auf, ging an einen Schrank, zog ein dickes rotes Album heraus und warf es mir zu. Ich schlug es auf.

Als erstes war die Titelseite einer amerikanischen Hochglanzbroschüre eingeklebt. Ihr Aufmacher lautete: JACHTHAFEN QUAGUE. EIN EXKLUSIVER AMERIKANISCHER HAFEN FÜR SIE UND IHRE TRÄUME. Es war das übliche Bild: Jachten, ein künstlicher Hafen, Ferienhäuser mit steilen Dächern.

Auf den nächsten Seiten folgten Zeitungsausschnitte: SCHEUNEN-BRAND – ZWEI MENSCHEN UMGEKOMMEN lautete die erste Überschrift. Die restlichen Artikel befaßten sich alle mit demselben Thema und stammten aus den verschiedensten Zeitungen, vom *Globe* in Boston bis zum *Examiner* aus Quague. In den Artikeln hieß es, daß Jack Walton, emeritierter Harvardprofessor, und seine Frau Una während der Heuernte in den lodernden Flammen ihrer Scheune umgekommen seien. Sie hatten, so die Mutmaßungen, wohl das Heu zu feucht eingelagert, so daß es sich selbst entzündet hatte. Jack und seine Frau waren gerade beim Umschichten der Heuballen gewesen, als das Feuer ausbrach, und hatten sich nicht mehr in Sicherheit bringen können. Die Farm der Waltons, einschließlich der Anlegestelle, war nach ihrem Tod an eine Baufirma verkauft worden.

Ich brauchte den Namen dieser Firma nicht erst zu lesen, um zu wissen, daß sie Seahorse Land hieß. „Wer waren die Waltons?" fragte ich.

„Meine Eltern", antwortete Helen und setzte sich wieder aufs Sofa. „Mein Vater hätte niemals feuchtes Heu eingelagert. Sie haben sie bei lebendigem Leib in der Scheune verbrannt. Sie hatten ein Auge auf unsere Anlegestelle geworfen. Also verbreiteten sie Gerüchte, daß meine Eltern in finanziellen Schwierigkeiten steckten. Dann setzten sie einen Kaufvertrag auf und fälschten die Unterschrift meines Vaters. Und zuletzt brachten sie sie um, bevor mein Vater seinen Rechtsanwalt darauf ansetzen konnte. Aber niemand glaubte das – außer mir."

„Ich glaube es." Ich dachte daran, was in South Creek geschehen war. „Aber wie sind Sie so nahe an die Typen rangekommen?"

„Ich habe mir Seahorse Land mal angeschaut", erklärte Helen. „Die Firma ist auf der Isle of Man registriert, dort wollte man mir aber nichts sagen. Also hab ich da ein bißchen rumgelungert und mich mit einem Mann vom Büro in Southampton angefreundet." Ruhig sah sie mich mit ihren graugrünen Augen an. „Der gab mir dann James de Groots Adresse und so – nun ja, so lernte ich James kennen. Die Leute freuen sich meistens, wenn sie mich kennenlernen."

„Das wundert mich nicht!" antwortete ich.

„James ist einer der Direktoren von Seahorse Land. Deke hält ihn für nützlich, weil er aus der besseren Gesellschaft kommt. James fädelt die Geschäfte ein und stellt nicht zu viele Fragen darüber, wie Deke die – die Geschäfte dann abwickelt."

„Welche Rolle spielt Paul Welsh dabei?"

„Paul Welsh ist ihr Laufbursche", sagte sie. „Er hält es für clever, sich mit zwielichtigen Leuten abzugeben. Deke duldet ihn nur um sich, weil er's mag, wie Paul sich immer so windet." Sie schwieg.

„Woher wissen Sie das?" fragte ich.

„Ich arbeite in seinem Vorzimmer. Er glaubt, ich sei zu blöde, um ein Problem für ihn zu sein. Dadurch kriege ich Hinweise, und denen gehe ich nach. Wenn was Interessantes im Papierkorb landet, dann kopiere ich es, auch wenn das noch keine Beweise sind. Deke hat jede Menge Freunde bei der hiesigen Polizei. Er wäre kaum dranzukriegen, hier in Spanien."

„Aber würde er denn nicht nach England ausgeliefert?"

„Er ist viel unterwegs", berichtete sie. „In England, Deutschland und anderswo. Er wechselt die Pässe, fliegt mit den Rückflugtickets von Charterflügen und so. Alles kein Problem. Aber wenn er Spanien das nächste Mal verläßt, werde ich rauskriegen, wohin er fährt, und dort die Polizei alarmieren. Dann haben sie ihn."

„Wie lange können Sie das noch durchhalten?"

Sie lächelte. Es war ein böses Lächeln. „Es dauert nicht mehr lange. Er fliegt dieser Tage nach England."

„Woher wissen Sie das?"

„Ihr Freund Paul Welsh hilft ihm dabei. Dekes Mutter ist krank."

„Wie kommt er hin? Und wann?"

„Da müssen Sie Paul fragen", erwiderte sie. „Dekes Mutter lebt in einer Stadt, die Sheerness heißt. Sie kann England nicht verlassen, weil sie so krank ist. Aber sie halten zusammen wie Pech und Schwefel, diese Kellners."

Ich erinnerte mich an das Bild der schrecklichen alten Lady in der Galerie von Nuestra Casa. „Wie lange sammeln Sie schon diese – Beweise?" fragte ich.

„Drei Monate", antwortete sie. „Drei verflucht lange Monate."
Tränen liefen ihr plötzlich übers Gesicht.

Ich setzte mich neben sie und legte den Arm um sie. „Mach dir keine
Gedanken", flüsterte ich. „Jedenfalls nicht heute nacht." Nach allem,
was bisher zwischen uns vorgefallen war und was ich nun von ihr
wußte, hielt ich es für erlaubt, zum Du zu wechseln.

Sie lehnte den Kopf an meine Brust, ihr Körper war ganz starr in
meinen Armen. Dann entspannte sie sich, hob den Kopf und sagte:
„Gut. Keine Gedanken." Sie wischte sich die Tränen ab.

Das Telefon klingelte.

„Laß", sagte ich. „Es ist drei Uhr morgens."

„Geht leider nicht", meinte sie und schüttelte den Kopf. „Das wird
Jake sein. Er braucht mich zum Händchenhalten." Sie nahm den
Hörer ab. „Ja", sagte sie. „Jake. Armes Herzchen. Armer Jake." Aus
dem Hörer quäkte es. Dann fragte sie: „Was?"

Die Stimme am anderen Ende klang hoch und aufgeregt. „Beruhige
dich, Schatz. Es ist ja vorbei. Geh in deine Wohnung, und nimm eine
von deinen Pillen." Das Plappern verstummte. Sie legte den Hörer
auf. „Bei Deke waren die Hunde los." Ihre Stimme klang zittrig. „Es
war jemand im Garten, ein alter Engländer. Jake sagt, daß er furchtbar
geschrien hat."

Mit einem Ruck sprang ich auf. „Haben die Hunde ihn gekriegt?"

„Sie haben ihn umgeworfen. Mehr konnte Jake nicht sehen." Ihre
Stimme klang bedrückt.

„Wohin haben sie ihn gebracht?"

„Jake sagt, zu den Hunden."

„Nein!" stöhnte ich. Ich stand vor Entsetzen wie erstarrt. Warum
sollten sie Henry bei lebendigem Leibe auffressen lassen? Und dann
verstand ich. Ich sah plötzlich wieder das Tablettenröhrchen im Gras
des Olivenhains aufblitzen. Jetzt war mir alles klar. Du Dummkopf!
beschimpfte ich mich selbst. Henry ist die ganze Zeit dort gewesen.

„Sie werden dich umbringen", jammerte sie. „Du kriegst ihn nie da
raus!"

„Ich komme wieder."

Sie stand in der Tür, als ich den Wagen anließ. Das Hauslicht ließ ihr
Haar golden glänzen. Auf der Hauptstraße raste ich Richtung Osten.

Am Klub Deportivo beobachteten zwei auf ihren Motorrädern sitzende Polizisten einen jungen Mann, der gerade die Treppe runterfiel.
Noch während ich über die Pier rannte, suchte ich in meinen Taschen
nach dem Bootsschlüssel. Ich brauchte eine Leiter, um über die Mauer

von Kellners Villa klettern zu können, und einen Bolzenschneider, um in den Käfig bei der Scheune zu gelangen. Der Bolzenschneider lag im Steuerbordschapp. Ich rannte zum Auto zurück, ließ den Motor an und fuhr Richtung Hauptstraße. Dabei hielt ich nach einer Baustelle Ausschau, und daran herrschte in Marbella kein Mangel. In einer Seitenstraße fand ich eine. Ich hielt an, kappte das Vorhängeschloß an der Tür der Baubude mit dem Bolzenschneider, holte eine kurze Leiter und einen Stapel alter Säcke heraus, schmiß die Leiter in den Fond des Wagens, die Säcke auf den Beifahrersitz, schwang mich ins Auto und raste wieder los.

In der Straße, die zu Kellners Haus führte, brannten keine Laternen. Ich fuhr bis an den Olivenhain. Als ich den Motor abstellte, waren nur Zikaden, raschelnde Blätter und die Brandung der See zu hören. Ich zog die Leiter aus dem Wagen, lehnte sie in Höhe des Schuppens an die Mauer und begann hinaufzuklettern.

Der angestrahlte Rasen unter mir sah aus wie giftgrünes Wasser. Ich legte zwei Säcke über die Glasscherben auf der Mauerkrone, kletterte hinauf, zog die Leiter nach und ließ sie auf der anderen Seite wieder hinunter. Als ich die Leiter hinabstieg, konnte ich schon das gräßliche Japsen der Hunde hören.

Der Hundezwinger hatte einen vergitterten Vorbau. Hinter seinen Stäben hetzten die dunklen Schatten der Dobermänner unaufhörlich auf und ab wie Haie in einem Wasserbecken. Als ich näher kam, warfen sie sich gegen die Stäbe. Ihre Zähne blitzten im Flutlicht.

Meine Handflächen waren naß vor Schweiß. Ich wußte, wohin ich mich zu wenden hatte. „Brave Hunde", sagte ich. „Brave Hunde." Umsonst – sie warfen sich weiter gegen die Gitterstäbe.

Die Tür in der Mitte des Vorbaus war mit einem einfachen Schnappschloß versehen. Ihre Stäbe waren vertikal, auf halber Höhe befand sich eine Querstrebe. Ich atmete tief durch, dann öffnete ich die Tür, die nach außen aufging und mich auf diese Weise etwas schützte.

Die Hunde kamen rausgeschossen; so schnell, daß ihre Pfoten auf dem Rasen wegrutschten, als sie kehrtmachten, um mich in Stücke zu reißen. Aber da war ich schon durch die offene Tür gehechtet und hatte sie gerade hinter mir zugeschmissen, als die Hunde an ihr hochsprangen und nach meinen Händen schnappten.

Ich wankte zurück und lehnte mich innen gegen die Wand, um Atem zu schöpfen.

In dem großen weißen Haus jenseits des Rasens blieb alles dunkel und ruhig. Die Dobermänner tobten japsend vor den Gitterstäben. Ich drehte ihnen den Rücken zu und betrachtete den Zwinger.

In der Wand war eine Tür, die in einen kleinen Raum führte, der nach Hund roch. Ich schloß die Tür hinter mir wieder und knipste die Taschenlampe an. Ihr Strahl huschte über nackte Zementwände und eine weitere Tür. Diese hatte einen Riegel, der mit einem Vorhängeschloß gesichert war, aber mein Bolzenschneider glitt hindurch wie durch Butter. Die Tür schwang auf.

Der Raum hatte Betonwände und einen Betonboden. Auf dem Boden standen ein Zinkeimer und ein Stuhl. In der Ecke lag etwas, das wie ein Haufen Lumpen aussah. Ich ließ mich daneben auf die Knie nieder.

Der Haufen Lumpen regte sich und knurrte: „Verzieh dich!" Die Stimme klang undeutlich. Aber es war unzweifelhaft die Stimme von Henry MacFarlane.

Ich packte ihn an der Schulter. „Henry, ich bin's! Martin."

Er regte sich ein wenig, stöhnte und meinte: „Bei Gott, du bist's wirklich!"

„Komm, wir müssen hier raus", drängte ich.

„Das ist nicht so einfach."

Der Strahl meiner Lampe fiel auf Henrys Gesicht.

Als ich ihn zuletzt gesehen hatte, war er braun und wie aus Fels gemeißelt gewesen. Jetzt dagegen war er aschgrau und ausgemergelt. Sein Atem rasselte laut. „Meine Hände", stöhnte er.

Ich leuchtete sie mit der Lampe an. Die Finger waren dick geschwollen und sahen schwärzlich aus. Jemand hatte seine Handgelenke mit Draht zusammengeschnürt, den Draht um eine Kette gewunden und sie mit einem Vorhängeschloß an einen Ring in der Wand geschlossen.

Ich konnte nicht sprechen. Der Bolzenschneider zerbiß die Kette, und danach schnitt ich behutsam den Draht von seinen Händen.

Er wand sich. „Hilf mir auf!" bat er.

Ich half ihm, sich aufzusetzen. Sein Atem kam durch diese Anstrengung noch mühsamer. „Kannst du gehen?"

„Gerade eben so."

Jedenfalls war er nicht in dem Zustand, um vor den Hunden davonzulaufen. Ich ließ den Lichtkegel über die Wände gleiten. Sie hatten keine Fenster.

Dann erinnerte ich mich. „Das Tablettenröhrchen", sagte ich. „Wie hast du es rausgekriegt?"

Er hatte sich über seinen Händen zusammengekrümmt. Das zurückströmende Blut mußte ihm entsetzliche Schmerzen bereiten. „Durchs Dach", ächzte er. „Du mußt dich auf den Stuhl stellen. Mit dem Eimer."

Ich zog den Stuhl an die Rückwand und stellte mich darauf. Obwohl ich größer als Henry bin, reichte ich nicht bis an die Dachsparren. Ich holte tief Atem, ging in die Knie und sprang hoch. Mit der linken Hand bekam ich einen Sparren zu packen, mit der rechten tastete ich herum und steckte die Finger zwischen Ziegel und Sparren, bis ich Halt fand. Dann hangelte ich mich mit den Füßen die Wand hinauf, so daß ich wie ein Faultier an den Balken hing, fand einen Platz für meinen linken Fuß und blieb einen Moment so hängen, um Luft zu holen. Dann stemmte ich den rechten Fuß gegen einige Ziegel und trat zu.

Sie gaben nach, fielen aber an ihren Platz zurück.

Ich hatte einen Krampf in den Fingern, und die Sehnen meiner Unterarme fühlten sich wie weißglühende Drähte an. Noch einmal trat ich zu.

Es war ein länger anhaltendes Poltern und Rutschen zu hören, dann flutete frische Nachtluft durch ein Loch, das so breit wie drei Ziegel war. Ich trat die Latten zur Seite, schob ein Bein durch das Loch und schlängelte mich aufs Dach hinaus.

„Ich hol 'ne Leiter!" rief ich leise nach unten.

Henry hustete.

Ich kroch auf dem Dach entlang bis zur Mauer und zog die Leiter hoch. Unter mir rutschten ein paar Ziegel weg und zerplatzten wie Bomben auf dem steinharten Boden des Olivenhains. Vom Rasen her ließen sich die Hunde mit einem wütenden Japsen vernehmen. Ich steckte die Leiter durch das dunkle Loch und kletterte nach unten.

Henry saß noch immer auf dem Boden. „Komm!" forderte ich ihn auf.

Er blickte zu mir auf. „Meine Pumpe", antwortete er. „Die macht's nicht mehr."

„Natürlich macht sie's", entgegnete ich. „Steh auf!"

Ich packte ihn unter den Achseln und zog. Sein Körper fühlte sich schlaff an wie bei einem Invaliden.

„Jetzt steig die Leiter rauf!" ordnete ich an. Er fiel halb gegen sie. Ich hielt ihn aufrecht. Die Taschenlampe kullerte zu Boden und erlosch. Ich ließ sie liegen.

„Klettre hoch!" befahl ich.

Er schwieg. „Ich kann mich nicht rühren", stellte er schließlich bekümmert fest.

Ich bückte mich und steckte den Kopf zwischen seine Beine, als wolle ich mir ein Kind auf die Schultern heben. „Halt dich mit den Händen fest, wenn du kannst", sagte ich und begann mit ihm die Leiter hinaufzuklettern.

Er war überraschend leicht. Als er die Öffnung im Dach erreichte, griff er zu und rutschte seitlich hinaus. Ich folgte ihm durch das Loch ins graue Zwielicht der Morgendämmerung. Henrys Keuchen übertönte fast das Japsen der Hunde unten.

Durch die Bäume drang jetzt ein gelber Schein. Im Haus war Licht gemacht worden.

Ich packte Henrys linkes Handgelenk und ließ ihn über die Mauer hinunter. Er stöhnte, als sein ganzes Gewicht an einem Arm hing. Den letzten Meter ließ ich ihn fallen. Dann sprang ich hinterher, schleppte ihn zum Auto und setzte ihn gerade auf den Beifahrersitz, als hinter der Mauer jemand schrie. Als ich den Zündschlüssel drehte, hörte ich drüben in der Garage einen Anlasser. Mein Wagen sprang zuerst an. In einer Staubwolke setzte ich zurück. Wir schossen auf Kellners Tor zu in der Absicht, den anderen Wagen außer Gefecht zu setzen.

Das Tor öffnete sich, und ein Wagen passierte den Torpfosten – ein Mercedes. Ich beschleunigte und touchierte den Mercedes, der zur Seite rutschte. Vor uns lag die freie Straße. Ich blickte kurz zurück. Aus dem Kühler des Mercedes lief Wasser aus. Der Wagen stand unbeweglich in der Toreinfahrt. Mein Auto eierte etwas seltsam, schien aber nicht ernsthaft beschädigt. Die Tachonadel zeigte 140 Stundenkilometer, und dabei ließ ich es auch. Als wir auf die Hauptstraße einbogen, waren im Rückspiegel keine Scheinwerfer zu sehen. Henry rührte sich ein wenig; sein Gesicht war aschfahl.

„Ich bringe dich erst mal ins Krankenhaus", erklärte ich. „Aber nicht in Marbella. In Marbella passieren merkwürdige Dinge. Lieber in Málaga. Kannst du bis dahin durchhalten?"

Er rappelte sich, nach Luft ringend, auf dem Sitz hoch. Wir waren in den Außenbezirken der Stadt angekommen. Ich hielt an, half ihm, sich richtig hinzusetzen, legte ihm den Sicherheitsgurt um und fuhr weiter.

Seine Gesichtsfarbe war etwas rosiger geworden. „Am Olivenhain gibt's keinen Parkplatz", sagte er.

„Still!" befahl ich. „Schone dein Herz!" Er phantasiert, dachte ich.

„Es gibt keinen Parkplatz am Olivenhain", wiederholte er. „Weißt du, warum?" Ich schüttelte den Kopf. „Es ist mein Olivenhain."

„Der Olivenhain neben Kellners Haus gehört dir?"

„1947 gekauft", erklärte Henry. „Wie der alte Neville. Nur daß meiner im Grundbuch eingetragen ist, in Madrid. Ich hab hier immer Vögel beobachtet."

Ich warf ihm rasch einen Blick zu. Er schaute mich an. Seine Augen leuchteten plötzlich fast so, wie man das von Henry gewohnt war. „Kellner hat versucht, den Olivenhain zu kriegen", brachte er hervor. „Das sind nämlich meilenweit die letzten fünf Hektar, die direkt am Meer liegen. Sie sind Millionen wert. Aber ich brauche keine Millionen!" Die Worte kamen langsam und schwerfällig, mit vielen Pausen zum Atemholen. „Ich wollte das Land nicht bebauen lassen. Wir haben endlos argumentiert. Er versuchte schließlich eine Unterschrift von mir zu erpressen. Was in South Creek alles schiefging, sollte mich endgültig überzeugen."

„Und mich hast du aus Spanien angerufen", sagte ich, „nachdem Dick Hammer umgekommen war."

Er nickte. Die Anstrengung schien ihn zu erschöpfen. „Kellners Leute haben mir von dem Mord erzählt", antwortete er. „Sie hielten über Paul Welsh Kontakt. Paul wußte angeblich, wo die Kassette war."

Die Landstraße war leer bis auf ein paar Lastwagen auf dem Weg nach Torremolinos.

„Dabei wußte er es gar nicht", erklärte Henry. „Mein Fehler, daß er sie kriegte. Ich hätte sie in den Hummerkörben lassen sollen. Aber ich geriet in Panik und befahl dir, sie zur Bank zu bringen. Ich Dummkopf!"

„Was war drin?"

„Mein Kaufvertrag. Wenn er den gekriegt hätte, hätte er ihn verbrennen und seinen Rechtsanwalt auf die Sache ansetzen können. Der hätte einen neuen Vertrag aufsetzen und den Grundbucheintrag ändern lassen. Nichts einfacher als das. Die Kassette ist über Bord gegangen, wie ich höre."

„Ja."

„Als nächstes hat das Schwein mich eingesperrt. Dann drohte er mir, er werde mich umbringen. Er ließ einen neuen Kaufvertrag aufsetzen und präsentierte mir den. Alles ganz legal. Aber ich hab nicht unterschrieben."

„Das hab ich gesehen", entgegnete ich. „KEIN VERKAUF."

Er lachte.

Die Sonne war aufgegangen. Links vor uns startete ein Flugzeug in den Morgenhimmel. „Wundervoll, dieser Olivenhain", meinte Henry. „Entzückende Vögel." Er verfiel kurz in Schweigen. Dann fragte er: „Hast du heute ein Rennen?"

„Halbfinale", antwortete ich. „Wenn ich's gewinne, werde ich wahrscheinlich gegen Paul segeln müssen."

„Schlag den Schweinehund!" sagte Henry. „Mach ihn fertig!" Er lehnte sich japsend zurück.

„Henry, du mußt dich erst mal erholen und wieder auf die Beine kommen. Dann setzten wir uns zusammen. Was wir wissen, bringt Deke Kellner für fünfundzwanzig Jahre hinter Schloß und Riegel."

„Prima", murmelte er. „Prima!"

Wir fuhren am Krankenhaus vor. Ich sprang hinaus, rannte zur Notaufnahme und gab der Schwester dort ein paar Erklärungen. Zwei Krankenpfleger brachten eine Bahre. Als sie Henry durch die Tür schoben, sagte er: „Mach das Rennen. Und paß gut auf dich auf!"

Ich zögerte. Tränen traten mir in die Augen. Es war typisch für Henry, daß er sein bißchen Luft dazu verwandte, mich anzufeuern.

Dann ging ich zum Auto und machte mich auf den Rückweg nach Marbella.

Es WAR schon sieben Uhr morgens, als ich zurückkam. Die Luft war klar und die Stadt bis auf das Rascheln der Blätter im Park ruhig. Ich stellte den Wagen vor Charlies Apartment ab und klingelte. Auf der Straße war niemand zu sehen, dennoch fühlte ich mich wie preisgegeben, bis er mir aufmachte. Danach erzählte ich ihm, was vorgefallen war, legte mich aufs Sofa und schlief auf der Stelle ein. Als ich um ein Uhr mittags wach wurde, fühlte ich mich erfrischt. In einer Cafeteria ließen wir uns Omeletts und Kaffee kommen und fuhren nach dem Essen zum Puerto Deportivo.

Als wir unter Zuhilfenahme des Motors aus dem Jachthafen liefen, wehte noch die Seebrise, die schon letzte Nacht die Blätter im Olivenhain hatte wispern lassen. Es war ein ziemlich starker Wind. Der Wetterbericht meinte, er werde anhalten. Er kam aus Süd und werde später auf Südwest drehen.

Fournier, ein Mann mit blondem Haar und Bart, war schon auf dem Wasser. Er winkte, als er uns sah.

Drüben im Startraum hatten sich etwa zwölf Zuschauerboote eingefunden.

„Da ist Kellner", sagte Charlie und deutete auf eine große gelbe Jacht mit schwarzen Tigerstreifen.

Ich schaute nicht hin. Meine ganze Aufmerksamkeit galt jetzt dem hellen Dreieck der Segel von Fourniers Boot, das hundert Meter luvwärts wie ein Schaukelpferd über die indigoblauen Wellen hoppelte.

„Noch eine Minute", sagte Charlie.

Ich nahm meine weiße Schirmmütze ab und setzte sie umständlich wieder auf. Ich schwitzte. Beim Wettsegeln muß man eine Art Radar haben, das einem sagt, wie der Gegner sich fühlt – in bezug auf sein Boot und in bezug auf sich selbst. Heute sagte mir meine Intuition, daß Fournier in der Defensive war, was mir natürlich nur zupaß kam.

„Auf in den Kampf!" schrie Charlie. Der erste Schuß krachte.

„Wende!" rief ich und schob die Pinne von mir weg.

Der Baum kam über, und die Leereling zog gurgelnd einen langen Schaumstreifen durchs Wasser.

„Er hat gewendet", meldete Charlie.

Fourniers Crew war allzu eifrig gewesen. Ihre überreizten Nerven hatten sie etwa eine Sekunde gekostet, und in dieser Sekunde hatten wir die Nase vorn und nahmen ihnen jetzt den Wind. Sie saßen fest.

„Wende!" rief ich wieder, und schon preschten wir los, auf die rechte Seite der Bahn zu, und erwarteten Fournier genau dort, wo wir sein mußten, falls der Wind umsprang.

„Den haben wir gekillt", meinte Noddy.

„Das war fast zu einfach", erklärte ich. „Er war nervös. Nächstes Mal wird er's besser machen."

Charlie und die Crew arbeiteten gut. Unser Spinnaker blähte sich wie ein riesiger Ball, kaum daß wir die Luvmarke gerundet hatten. Die erwartete Winddrehung blieb aus, aber das war kein Problem; wichtig waren gute Nerven, und die hatte Fournier schon beim Start verloren. Wir gingen volle dreißig Sekunden vor ihm über die Ziellinie.

Aber zu Übermut bestand überhaupt keine Veranlassung, schließlich hatten wir noch zwei Wettfahrten vor uns.

Beim zweiten Start war Fourniers Grinsen nicht sehr überzeugend. Wir segelten ihm nur so davon und schossen zehn Bootslängen vor ihm über die Ziellinie. Und das war's dann. „Du bist im Finale!" rief Charlie. „Gut gemacht!"

Unten knisterte der Empfänger, und Scotto streckte den Kopf durch das Niedergangsluk. „Paul Welsh hat ebenfalls gewonnen", meldete er.

„Schlag den Schweinehund", hatte Henry gesagt. Ich lachte Scotto an. Endlich mal eine wirklich gute Nachricht.

Im Klubhaus trank ich ein Bier und winkte den Journalisten zu.

Zwanzig Minuten später, nachdem wir uns noch den Blitzlichtern der Fotografen gestellt hatten, gingen wir zum Parkplatz, um ins Auto zu steigen, zurückzufahren und sobald wie möglich unter die Dusche zu kommen. Ich verabschiedete mich von der Crew und legte die letzten zwanzig Meter zu meinem Wagen allein zurück.

Die Abenddämmerung brach schon herein, und das Laub der Bäume auf dem Vorplatz des Klub Deportivo hob sich schwarz gegen den Himmel ab. Hinter meinem Wagen parkte ein grüner Seat unter den Bäumen. Als ich den Autoschlüssel aus der Tasche holte, streckte Helen den Kopf aus dem Fenster des Seat. „Die . . ."

Den Rest hörte ich nicht mehr, weil ich in diesem Augenblick einen heftigen Schlag auf den Schädel bekam. Vor meinen Augen explodierte ein wildgezackter Stern aus Schmerzen. Ich fiel vornüber. Hinter mir hielt ein Auto. Jemand öffnete eine Tür, und als ich in den dunklen Fond gestoßen wurde, prallte wieder etwas gegen meinen Kopf. Zutiefst enttäuscht dachte ich noch, Helen, du Luder, du hast mich in eine Falle gelockt! Dann drangen Lachfetzen an mein Ohr, Kellners Lachen, das leiser und leiser wurde.

MIR war kalt, so kalt, daß ich zitterte. Der Schmerz schob sich vom Hinterkopf immer weiter nach vorn, bis hinter die Augen. Ich hörte ein Geräusch. Schwerfällig begriff ich, was es war: Wasser, das gegen einen Bootsrumpf klatschte. Das Geräusch eines Bootes in Fahrt, Motorgeräusche. Schritte schlurften über einen Kajütboden. Jemand sagte: „Laß es uns hier erledigen."

Ich verstand noch immer nicht, was geschah. Aber das Unterbewußtsein meines Puddinghirns ahnte etwas. Ich merkte, daß ich zuckte wie ein betäubter Fisch. Hände packten mich unter den Armen.

„Mann", schimpfte die Stimme, „ist der aber schwer."

Ich wollte fragen: Was soll das? Aber alles, was herauskam, war ein undeutliches Krächzen.

„Er ist wach", stellte die erste Stimme fest.

„Aber nicht mehr lange", sagte eine andere. Ich kannte sie – es war die von Jacky dem Zerstörer. Ich spürte, wie ich mit schleifenden Beinen zum Niedergang gezerrt wurde. Mein Kopf baumelte hin und her.

Es wehte eine leichte Brise. Im Mondlicht sah ich eine Reling, eine Pinne und weißen Kunststoff. Wir waren an Bord einer Kreuzerjacht und wurden von einem Autopiloten auf Kurs gehalten, der die Pinne hin- und herstupste.

Die Brise strich kühl über meine Stirn und erleichterte mir das Denken etwas. Draußen in der Nacht lief offensichtlich neben dem Segelboot eine dicke Motorjacht. Beide Boote zogen parallele Kielwasserbahnen in die vom Mond beschienene tintenblaue See. „Also los!" befahl Jacky der Zerstörer. „Geh an die Reling!" Meine Knie wurden gegen die Cockpitbank gedrückt. Wieder einmal krachte etwas gegen meinen Schädel. Der Schmerz explodierte geradezu in meinem Kopf, und ich versuchte zu schreien. Aber es kam kein Ton heraus. Ich fiel vornüber, mit weit vorgestreckten Armen, um den Aufprall abzufangen.

Aber diese Vorsichtsmaßnahme war unnötig, weil ich gar nicht auf etwas Hartem aufprallte. Meine vorgestreckten Arme landeten in schwarzem, salzigem Wasser.

11

ICH tauchte mit einem zum Schrei geöffneten Mund ein, der sich sofort mit Wasser füllte. Ich würgte, überschlug mich, und einen Moment wußte ich nicht, wie ich wieder hochkommen sollte. Aber mein Kopf kam wieder an die Oberfläche, und ich spuckte das bitter schmekkende Wasser aus. Jetzt reiß dich zusammen! befahl ich mir selbst. Der Schmerz in meinem Kopf war gräßlich; das kühle Wasser linderte ihn auch nicht sehr. Reiß dich zusammen ...!

Plötzlich hörte ich wieder Motorgeräusche. Blendendweiße Lichtstrahlen tanzten über das Wasser. Suchlicht, dachte ich. Runter! Runter! Sonst machen sie dich kalt. Also tauchte ich mühsam in die kalte Finsternis hinunter. Ich hörte Schiffsschrauben durchs Wasser quirlen. Da ich die Luft anhielt, ging es meinem Kopf sofort schlechter. Ich wollte an der Oberfläche nicht gesehen werden, aber unter Wasser konnte ich nicht länger bleiben. So ließ ich mich hochtreiben und schnappte nach Luft.

Der Suchscheinwerfer erlosch, das Motorgeräusch wurde schwächer. Am Himmel stand ein blasser Mond. Die See war schwarz und ging hoch. Links erkannte ich ein weißes Hecklicht und ein im Mondschein kaum sichtbares Segel. Es war der Segelkreuzer, von dem ich über Bord geworfen worden war und der nun mit Autopilot auf die Küste Afrikas zusteuerte. Er muß ausgerutscht sein, würden sie sagen, wenn das Boot wieder im Hafen war. Schade, wirklich schade um ihn.

Plötzlich erschien mir die See eiskalt.

Weit hinten am Horizont erstreckte sich eine orange-weiße Lichter-
kette, die Lichter der Küste. Sie waren zu weit auseinandergezogen,
als daß es die Lichter von Marbella hätten sein können. Angestrengt
suchte mein benommenes Hirn das Problem zu lösen, wo ich war.

Eine Welle, die höher war als die anderen, hob mich empor. Von
ihrem Kamm aus erkannte ich, daß die einzelnen Lichter weiter unten
mit einer schimmernden Lichterflut verschmolzen. Es waren die in
den Bergen oberhalb von Marbella verstreuten Lichter. Das bedeutete, daß ich mehr als fünfzehn Kilometer von der Küste entfernt war.
Fünfzehn Kilometer sind eine sehr lange Strecke für einen Schwimmer
in der Nacht. Selbst für einen, der fit ist.

Ich starrte zu den Lichtern hinüber und versuchte mir einzureden,
daß ich leicht an Land schwimmen könnte, wenn ich mir nur Zeit
ließe. Aber dann sah ich wieder Kellners berechnenden Blick vor mir.
Er hatte bestimmt seine Hausaufgaben gemacht. Ich würde ebenso-
wenig fähig sein, nach Marbella zu schwimmen, wie den Atlantik auf
einem Surfbrett zu überqueren.

Ich trat Wasser und konzentrierte mich darauf, langsam zu atmen.
Panik schadete nur. Doch ich mußte immer wieder an meine Aussichten denken: an die vor Erschöpfung schmerzenden Glieder, an das
langsame Versinken im Wasser, an den verzweifelten Kampf gegen
das Ertrinken, so fern vom Land ...

Irgendwo im Hinterkopf wisperte ein Stimmchen: Warum dagegen
ankämpfen? Es ist besser so. Laß doch. Schließ die Augen, laß dich in
die Finsternis sinken, weg von diesem Schmerz im Kopf.

Ich reckte meinen Kopf aus dem Wasser und schrie: „Nein!" Der
Schrei schallte mitleiderregend über die dunkle See. Ich streifte die
Schuhe ab, wandte das Gesicht den Lichtern zu und begann zu
schwimmen.

Zunächst ging es erstaunlich leicht. Aber bald fingen meine Schultern an zu schmerzen, und der Schmerz, den der Bluterguß an meinem
Hinterkopf verursachte, dröhnte ungeheuerlich. Meine Beine wurden
steif. Ich wälzte mich auf den Rücken, um mich auszuruhen, und
schaute zum Himmel auf. Er war tiefschwarz und mit Milliarden gelber Sterne übersät, die sich keinen Deut um mich scherten. Verflucht
noch mal, dachte ich, euch werd ich's zeigen! Ich drehte mich wieder
auf den Bauch und begann auf die Lichter zuzuschwimmen.

Da bekam ich Wasser in den Mund, prustete und merkte, wie meine
Arme langsamer wurden, und ruhte mich erneut auf dem Rücken aus.
Es fiel mir schwer, mich treiben zu lassen, also drehte ich mich wieder

auf den Bauch. Bald würden meine Arme aufhören sich zu bewegen, und das wär's dann gewesen. Zu den Lichtern der Stadt hinüberschielend, mühte ich mich weiter ab.

Eines der Lichter bewegte sich.

Ein Auto, dachte ich immer noch leicht benommen. Ein Nachtschwärmer. Hat der's gut ...

Das Licht bewegte sich weiter, löste sich von dem hellen Fleck, hinter dem es hervorgekommen war, und glitt an einem weniger hellen Fleck vorbei. Ich merkte, daß mein Herzschlag schneller wurde, und schluckte vor Aufregung wieder einen Schwall Gischt. Da waren drei Lichter. Das unterste war rot: ein Schiff, das mir seine Backbordseite zuwandte. Darüber war ein weißes Licht und direkt darüber noch ein rotes. Und ich wußte, was sie bedeuteten, wußte es so genau, als hätte ich den nautischen Almanach direkt vor mir auf dem Wasser aufgeschlagen. Der Fischkutter konnte nicht weiter als etwa achthundert Meter entfernt sein. Ich biß die Zähne zusammen und fing an schwerfällig darauf zu zuschwimmen. Bleib da! schrie ich im Geiste. Bleib da!

Meine Arme waren taub, aber sie bewegten sich wie die Schaufeln eines alten Raddampfers. Das Boot war nur noch zweihundert Meter entfernt. Ich sah seine Bordwand wie eine schwarze Mauer, sah die Gestalten, die sich im Scheinwerferlicht an Deck bewegten. Ich hörte auf zu schwimmen, hob eine Hand und rief. Aber auf einem Fischkutter herrscht solch ein Lärm, daß man selbst Stimmen *auf* dem Boot manchmal kaum hört.

Noch hundert Meter. Ein Mann schaute ins Rigg hinauf, den Rücken mir zugewandt. Ich trat Wasser und schrie gellend. Er drehte sich nicht um. Ich schwimme dichter ran, versuchte ich mich zu beruhigen, und dann schreie ich noch mal. Meine Schultern brannten wie Feuer, meine Beine waren schwer wie Eisenstangen. Der Mann war so nahe, daß ich die Ärmel seines T-Shirts im Wind flattern sah.

Das Maschinengeräusch wurde tiefer. Unter dem Heck schäumte weißes Wasser auf. Langsam zunächst, dann schneller, setzte sich das Fischerboot in Bewegung.

Ich war zu spät gekommen. Ich wurde fast wahnsinnig. Die letzten zwanzig Meter in Richtung Bordwand legte ich noch zurück, dann überspülte mich die von der Schiffsschraube aufgewirbelte Hecksee. Wassertretend sah ich dem kleinen schwarzen Boot nach, das meine Rettung hätte sein können und nun in der Dunkelheit verschwand.

Plötzlich stieß etwas gegen meinen Arm. Ich machte einen Satz und dachte entsetzt: ein Hai! Wieder bekam ich einen Stoß ab. Ich streckte meine Hand aus, um den Gegenstand wegzuschieben, und fühlte etwas Glattes, Rundes – es war der Schwimmer eines Netzes.

Meine Hand griff zu und umschloß ein Tau, das sich so heftig bewegte, daß ich befürchtete, es könne mir den Arm aus der Gelenkpfanne reißen. Aber ich klammerte mich, unter Wassermassen begraben, trotzdem daran fest. Meine Beine hatten sich in den Netzmaschen verfangen. Das Netz zog mich immer weiter durch die See, in Richtung der Bordwand des Fischerbootes zu. Ich schrie, als ich im Netz an der Stahlwand hochgehievt wurde. Jemand hörte den Schrei und stellte die große Winde ab, die das Netz einholte. Ich sah drei unrasierte Männer, die mich mit offenem Mund anstarrten.

„Buenas noches", sagte ich noch, dann verschwamm alles um mich herum. Ich habe eine vage Erinnerung daran, daß ich zu einer Koje getragen wurde, die nach fauligem Fisch, nach Wein und Tabak roch, und daß ich ungläubig meine Finger anstarrte, die so verschrumpelt waren wie die einer Waschfrau. Dann muß ich ohnmächtig geworden sein.

Das nächste, woran ich mich erinnern kann, ist, daß jemand mich an meiner Schulter rüttelte. Einer der Fischer grinste mich an und hielt mir eine Tasse Kaffee hin. Mir dröhnte der Kopf, und meine Schultermuskeln stachen, als seien sie mit Glassplittern durchsetzt. Ich schlürfte etwas von dem stark mit Brandy versetzten Kaffee. Der Fischer gab mir einen Overall, der viel zu klein war. Er wies auf seine Armbanduhr, ein solides japanisches Exemplar, die fünf nach zehn zeigte. Ich wankte an Deck.

Die Sonne knallte auf den Hafen herunter, und die Stadt stank in der Hitze. Händeschüttelnd bedankte ich mich bei der ganzen Mannschaft. Sie sahen allesamt verblüfft drein, schienen sich aber zu freuen, daß ich noch am Leben war. Dann humpelte ich den Steg hinunter und schnappte mir ein Taxi zum Jachthafen.

Der Overall drohte aus allen Nähten zu platzen, aber da ich mich in Marbella befand, guckte ohnehin niemand zweimal hin, und ich hatte an Wichtigeres zu denken als an Kleidung. Helen, dachte ich. Helen hat mich in die Falle gelockt.

Noch wichtiger als Helen aber war die Regatta. Die Vorbereitungen dazu liefen im Jachthafen schon auf vollen Touren. Der Taxifahrer, den ich nicht bezahlen konnte, folgte mir durch die Menschenmenge bis zum Molenkopf. Charlie sah von seiner Arbeit auf und fragte: „Wo hast du bloß gesteckt?"

Steifbeinig kletterte ich ins Cockpit. Charlie gab dem Fahrer sein

Geld, und Scotto lieh mir eine seiner Shorts. „*Sorry*", antwortete ich, „bin aufgehalten worden."

„Du solltest gar nicht mehr am Leben sein", erklärte Charlie. „Neunzig Kilometer von hier ist heute morgen um sechs ein Segelboot gefunden worden – Autopilot eingeschaltet, niemand an Bord. Jemand hat angeblich gesehen, wie du nachts damit ausgelaufen bist."

„Wer hat das gesehen?"

Charlie zuckte die Achseln. „Das verrät das Gerücht nicht."

Noch jemand hatte das Gerücht gehört. Weiter unten am Pier befestigte Paul Welsh gerade Gummistropps an seiner Reling. Dann starrte er zu mir herüber, als habe er soeben einen Geist gesehen.

Ich rief: „Guten Morgen, Paul! Startklar?"

Er rang sich ein schwaches Lächeln ab, zu dem er kaum das Gesicht verzog.

„Was hat er denn?" fragte Charlie.

„Sein Freund Deke Kellner hat mich auf dem aufgefundenen Segelboot rausgefahren", antwortete ich. „Man hat mir auf den Kopf gehauen und mich über Bord geworfen." Ich deutete auf die blaue See, die unter der Sonne glitzerte.

Stirnrunzelnd schaute Charlie erst hinaus und dann mich an. „Über Bord? Bist du sicher, daß du jetzt segeln kannst?"

Ich sah zu Paul hinüber. Er war gerade dabei, ungeschickt einen Wantenspanner zu umwickeln. „Ich habe mich in meinem ganzen Leben noch nicht besser gefühlt!" entgegnete ich.

DIE Zuschauerboote, die sich gegen die gleißende Sonne schwarz ausnahmen, gaben uns das Geleit, ebenso Lord Honiton und die Männer mit den Notizbüchern und Fotoapparaten.

„Der Vorbereitungsschuß", verkündete Charlie.

Noch acht Minuten bis zum Start. Ich fuhr schnell auf den Startraum zu und hielt mich dabei mit Backbordwind in der Mitte. Paul quetschte sich in Lee heran in der Hoffnung, mich zu einer Wende zu zwingen. Der Nahkampf begann, die Zickzackkurse und das Geschrei. Plötzlich spürte ich, daß ich Siegesgewißheit ausstrahlte. Mach dich auf was gefaßt, du Schweinehund! dachte ich.

„Eine Minute noch!" rief Charlie.

Paul war ganz dicht neben uns, als wir auf die linke Startboje zuliefen. Ich hörte das Wasser zwischen unseren Schiffsrümpfen rauschen. Die Boje stand für mich Steuerbord voraus. Nur etwas mehr nach backbord, und ich war außerhalb der Tonne und mußte sie erneut runden. Wir rasten auf gleicher Höhe mit vielleicht dreihundert Meter Abstand auf die Startlinie zu. Ich wischte mir den Schweiß mit dem Ärmel von der Stirn, schrie: „Schot!" und sah, wie Charlie sich mit der Zunge über die Lippen fuhr, als Scotto leicht die Großschot fierte. Er zählte die Sekunden mit: „Fünfzehn, vierzehn, dreizehn." Er sah besorgt aus, denn wir hatten ein ungeheures Tempo drauf.

Aber durch das Auffieren hatten wir an Fahrt verloren, und Pauls Bug lag ganz leicht in Führung. Wir wurden etwas langsamer. Er aber schien, als die Tonne zehn Meter voraus auftauchte, einen Satz nach vorn zu machen.

„Neun, acht, sieben", zählte Charlie. „Der macht 'nen Frühstart."

Der Bug von Pauls Boot kreuzte die Startlinie gut sechs Sekunden vor dem Startschuß. Ich hörte, wie er seinen Großschoter anbrüllte.

„Protest!" röhrten wir.

Er war so dicht vor uns, daß wir seinen Empfänger rauschen hören konnten, als die Schiedsrichter ihm befahlen umzukehren. Wir querten die Linie genau mit dem Startschuß. Als ich das nächste Mal nach Paul schaute, hatte er die Tonne gerundet und machte jetzt einen Schlag nach rechts. Beim Kreuzen lag er weit hinter uns. Wir blieben den ganzen Weg zur Luvmarke in Führung. Unser Spinnaker blähte sich völlig problemlos, und wir preschten mit dem Wind im Nacken auf die Leetonne zu. Wir rundeten die Tonne zweihundert Meter vor Paul, und beim Zielschuß lagen wir sogar anderthalb Minuten in Führung.

Wir ruhten uns aus und tranken Orangensaft, während wir auf unsere nächste Wettfahrt warteten. Die anderen beiden Finalisten zogen an uns vorbei zum Start. Ich hätte ihnen eigentlich zusehen sollen. Aber ich hatte mich auf die Backskiste gesetzt, weil ich nicht sicher war, ob meine Knie mich überhaupt noch tragen würden.

„Du siehst scheußlich aus", erklärte Scotto.

„Du solltest erst mal Paul sehen", antwortete ich.

Er grinste und schlenderte nach vorn, um den Spinnaker zu verstauen. Charlie sah auf die Uhr. „Noch zwei Minuten bis zum Vorbereitungsschuß."

„Wir wollen es hinter uns bringen", meinte ich. Siegen würde der Beste aus drei Wettfahrten. Wenn wir noch einen Durchgang gewannen, war uns der Sieg sicher.

Die Trimmer holten die Schoten dicht, die Brise schnappte nach den Segeln, und ich richtete den Bug auf die linke Seite der Linie. Drüben an Steuerbord, hinter dem Schlauchboot des Schiedsrichters, erkannte ich das helle Dreieck der Segel von Pauls Boot. Er hielt auf seine Seite der Linie zu.

„Eine Minute noch!" rief Charlie.

„Laßt alles fliegen", sagte ich.

Die losen Segel knatterten, als der Wind sie von beiden Seiten beutelte und wie Fahnen flattern ließ. Voraus standen die flaschenförmigen Starttonnen, eine hinter der anderen, wie im Visier eines Gewehrs. Am jenseitigen Ende der Linie lief, leicht krängend, mit unruhigen Segeln und einem kleinen weißen Gischtschnauzbart am Steven, Pauls Boot. „Dreißig Sekunden!" rief Charlie.

„Los!" befahl ich. Die Winschen sirrten, die Segel spannten sich zu
harten weißen Flügeln, und das Kielwasser zischte wie eine Schlange.
An Backbord schoß die Starttonne vorbei. Wir lagen mit einer drei-
viertel Bootslänge in Führung. Das war nicht viel, aber genug. Denn
auf dem ersten Kreuzkurs hieß das, daß wir nicht nur zwischen Paul
und der Luvtonne waren, sondern auch seine Segel mit unserem
Abwind stören konnten.

„Paß auf!" warnte Charlie.

Ich paßte auf. Wenn man hoch am Wind in einem Wettrennen nicht
in Führung liegt, bleibt einem als einzige Chance nur, die Abdeckung
des Führungsbootes zu durchbrechen und von ihm wegzukommen.
Doch die Mannschaft des Führungsbootes kann das Rennen nur dann
verlieren, wenn sie beim Abdecken des Gegners nachläßt oder die
Situation verpfuscht. Wir ließen aber nicht nach.

Mir lief der Schweiß übers Gesicht, als wir uns der Luvmarke näherten. Meine Schultermuskeln fühlten sich an, als hätte man sie etliche
Male zusammengeknotet, und mein Kopf schmerzte heftig.

„Er holt auf", verkündete Charlie.

Das stimmte leider. Die Sicherheit, die ich beim Start gefühlt hatte,
schwand.

Die Boje mit der Luvmarke wurde größer. „Macht schnell mit dem
Spinnaker!" rief ich. Noddy und Slicer, Vorschoter und Mastmann,
nickten. Mit dem Spinnaker schnell zu sein war das, womit sie ihren
Lebensunterhalt verdienten. Behutsam begann ich, in einer langen
weichen Kurve von der Tonne abzufallen. Vor uns auf dem Wasser
kündete eine dunkle Kräuselung eine Bö an. Die Sonne und die gleißende See bereiteten meinen Augen Schmerzen, und ich reagierte zu
hastig. Unser Bug kam herum, der Spinnaker stieß hoch. Noddys
Arme bewegten sich so schnell wie die eines Boxers vor dem Pun-
chingball. Der Spinnaker bauschte sich und schwang nach Backbord.
Sobald wir dann an der Luvmarke vorbeipreschten, glitt das Segel zur
Seite und streifte den Hals der Tonne.

„Verdammt!" entfuhr es Scotto.

Wir hielten den Atem an. Lange brauchten wir nicht zu warten.

„Protest!" brüllte Pauls Crew.

Unser Empfänger begann zu knistern. Ich wartete gar nicht erst, bis
man mir sagte, daß wir die Tonne berührt hatten und sie dafür noch
einmal runden mußten. Ich legte Ruder, Noddy ließ den Spinnaker
fliegen. Wir waren in zwanzig Sekunden herum, aber ein Boot, das
mit acht Knoten segelt, kann in zwanzig Sekunden eine ziemliche

Strecke zurücklegen. Als wir die Tonne hinter uns gelassen hatten und die Spinnakerschot dichtholten, lag Pauls Boot mit schwellendem Spinnaker achtzig Meter vor uns.

Charlie war ganz Gleichmut. „Der hat noch eine lange Strecke vor sich."

Langsam atmete ich wieder regelmäßiger. Er hatte recht. Der Halbmond des Hecks von Pauls Boot vor uns wurde allmählich wieder größer. Aber wir hatten noch viel aufzuholen. Er rundete die Tonne und holte schon seine Schoten dichter, als wir gerade erst auf sie zufuhren. Ich konnte Pauls Gesicht unter dem Baum erkennen. Er nahm eine Hand von der Pinne und hob den Mittelfinger zu einer obszönen Geste in die Luft.

„Sehr sportlich", sagte ich angewidert. Dann zog ich die Pinne an mich heran. Die Winschen dröhnten, als wir unsere Leereling ins Wasser gruben und ihm nachsetzten.

Aber er hatte uns abgedeckt, und wir konnten überhaupt nichts tun. Ich fiel einen Strich vom kürzesten Kurs ab, doch er hörte seinen Zielschuß zehn Sekunden vor uns.

Damit stand es eins zu eins.

Wir saßen da und sagten eine Weile gar nichts. Ich hätte meinen Kopf so gerne auf die Cockpitbank gelegt und ein paar Wochen nur geschlafen. Aber das wäre für meine Selbstachtung nicht gut gewesen. So begann ich statt dessen über Paul nachzudenken. Er wußte, daß ich besser war als er. Ehe er das Rennen verlor, würde er lieber foulen. Das hatte er schon in Australien gemacht, und er würde es hier wieder tun. Ich trank Orangensaft und schaute hinüber, wo er und seine Crew im Cockpit die Köpfe zusammensteckten.

„Behaltet ihn gut im Auge", sagte ich. „Der wird jetzt bestimmt garstig."

Sie nickten alle: Charlie, dunkel und hager; Scotto, blond und breit; Noddy und Slicer mit ihren Stiernacken, die fast direkt in die Schultermuskeln übergingen. Auch sie konnten garstig werden.

„Noch drei Minuten", verkündete Charlie.

Wir hielten auf die Startlinie zu. Über uns ratterten zwei Hubschrauber. Außerhalb der Bahn fuhren Übertragungsboote des Fernsehens und schlossen dichter zu uns auf, als unser Countdown begann. In die Salzluft des Meeres mischte sich ein Hauch von Afrika.

Auf Backbordbug segelten wir am rechten Ende der Startlinie vorbei. Am Komiteeboot zog ein Rauchwölkchen übers Wasser, dem der Knall der Pistole folgte. Der Wind frischte auf. Paul näherte sich uns rasch. Ich hatte Wegerecht. Es lagen noch zwanzig Meter zwischen uns, als ich die Pinne an mich heranzog. Sobald ich abfiel, luvte Paul hart an und rammte den Bug direkt in den Wind, um einen Zusammenstoß zu verhindern, der ihn disqualifiziert hätte. Trotz des Knatterns seiner Segel konnte ich ihn brüllen hören und erlaubte mir ein kaum merkliches Lächeln. Selbstsichere Männer brüllen nicht.

Unser Boot war auf Touren gekommen und ratterte über die Wellen.

Ich fiel weiter ab, luvte wieder an und ging krachend durch den Wind, während wir uns dem Heck von Pauls Boot näherten. Wir tauchten an Pauls rechter Seite auf, ließen die Schoten fliegen und schossen in den Wind. Solange wir nicht mit Paul kollidierten, waren wir sicher. Ich schaute zu ihm hinüber. Er war drei Meter entfernt. Sein Gesicht wurde dunkelrot vor Wut. Eine Bö trieb an Steuerbord voraus übers Wasser und fegte in die Genuas. Wir gingen beide höher an den Wind, und die Masten neigten sich nach Lee. Ich sah, wie der Mann an Pauls Genuaschot eine verstohlene Handbewegung machte.

Auch Scotto hatte sie gesehen. Seine Hand schnellte vor und riß die Genuaschot von der Winsch. Das große Segel killte, unser Mast richtete sich wieder auf. Das gleiche tat auch Pauls Mast, der dabei wie ein riesiges silbernes Schwert über die Stelle hinwegpeitschte, wo unser Mast noch eine Sekunde zuvor gewesen war.

Wenn unsere Masten sich berührt hätten, wäre man davon ausgegangen, daß ich Paul gerammt hätte. Im günstigsten Fall hätte mir das eine Strafrunde gebracht, im schlimmsten die Disqualifizierung.

„Wende!" rief ich.

„Noch fünfundvierzig Sekunden", erklärte Charlie.

Über Steuerbordbug liefen wir zur rechten Seite. Mir rann der Schweiß vom Körper.

Charlie zählte: „Sieben ... sechs ... fünf ..."

Ich fiel ab und nahm Fahrt auf, als die Tonne näher rückte.

„Null", sagte Charlie.

Zwei Sekunden später fegten wir an der Tonne vorbei. Als ich die Linie entlangschaute, wurde die andere Tonne noch durch den weißen Rumpf von Pauls Boot verdeckt. Wir lagen etwa eine Sekunde in Führung.

„Klar zur Wende!" rief ich. Und schon waren wir auf Backbordbug, hatten Wegerecht und liefen zur Mitte der Bahn.

Ich war ganz darauf konzentriert, abzuschätzen, wann das an Backbord näher kommende Boot bei uns sein mußte. Wer in Führung lag, wenn sich unsere Kurse kreuzten, hatte eine ausgezeichnete Chance, es auch zu bleiben.

Als Paul näher kam, konnte ich, ein Grinsen nicht unterdrücken. Wir zogen anderthalb Längen vor seinem Steven vorbei und wendeten sofort, um ihn abzudecken. Jetzt brüllten sich da drüben alle gegenseitig an.

Paul fuhr eine Wende, um unserem Abwind zu entkommen. Sofort wendeten wir wieder, damit wir zwischen ihm und der Bahnmarke blieben. Das Wendeduell hatte begonnen.

Die nächsten fünf Minuten waren ein einziges Katz- und Maus-Spiel. Bis zur Luvtonne hatten wir unsere Führung auf drei Längen ausgebaut.

Die große Tonne tauchte an Steuerbord auf. Diesmal hielten wir genügend Abstand und zogen den Spinnaker erst dann hoch, als wir sie sauber gerundet hatten.

„Los!" krächzte ich.

Das bunte Nylonsegel glitt in die Höhe. Auf halbem Weg stoppte es. Noddy zerrte zweimal kräftig am Fall. „Klemmt!" schrie er. Mir drehte sich fast der Magen um. Scotto war schon aufgesprungen und sprintete übers Deck nach vorn. Er spähte hinauf in das gleißende Licht. Ich warf einen Blick über die Schulter. Zehn Meter entfernt näherte sich Pauls Boot mit großer Geschwindigkeit.

„Ich hab's!" schrie Scotto. Der Spinnaker rauschte nach oben, schlug einmal und füllte sich. Aber in der Zeit, die wir mit dem verklemmten Fall verloren hatten, war Paul Welsh an uns vorbeigezogen und lag jetzt gut zwei Bootslängen in Führung.

Ich atmete tief ein und stieß die Luft wieder aus. Mein Kopf dröhnte. Ich legte leicht Ruder. Wir begannen aufzuholen. „Den kriegst du", sagte Charlie.

Paul halste und zog davon. Ich konzentrierte mich auf den Versuch, mehr nach Backbord zu laufen, wo die Böen herkamen. Zentimeter um Zentimeter holten wir wieder auf. Ich sah Pauls Großsegel in meinem Abwind flattern, bevor er halste. Dann halsten wir. Er halste erneut. Es gab nur noch die Hitze, die Männer in seinem Cockpit, das Krachen seines Baumes. Wir rundeten am entfernten Ende des Kurses und legten dabei an Geschwindigkeit zu. Aber Pauls Boot saß fett in unserem Wind, das Heck auf einer Höhe mit unserem Bug.

„Jetzt geht's los!" schrie ich.

Sie sahen mich alle skeptisch an.

„Wende!" befahl ich.

Wir drehten vom Heck von Pauls Boot weg. Ich schaute zu Paul hinüber. Er starrte zurück, dann auf die dreihundert Meter entfernte Ziellinie, und schließlich wendete er. Seine Crew stöhnte, weil sich die Genua, als sie überkam, am Mast verfing und das Boot an Schwung verlor. Als er schließlich wieder an unserer linken Seite war, lagen wir genau auf gleicher Höhe.

Mit zwanzig Zentimeter Abstand zwischen uns zogen wir hoch am Wind durchs Wasser. Er wird noch mal wenden, dachte ich und wußte, daß ich für eine weitere Wende keine Kraft mehr haben würde.

Ich schaute Scotto an, sagte: „Schot" und legte Ruder.

Scotto fierte die Genua auf. Unser Boot lag plötzlich auf ebenem Kiel. Irgendwo am Himmel klapperte Metall gegen Metall. Pauls Mast, der zu unserem Deck hin krängte, hatte unseren Mast berührt. Paul drehte ab, denn ich hatte Wegerecht gehabt. Vielen Dank für die gute Idee! rief ich ihm stumm nach. Er drehte eine Strafpirouette und war damit erledigt. Wir liefen so gesetzt über die Ziellinie wie ein Schlachtkreuzer. Der Zielschuß knallte.

Ich sank auf die Cockpitbank und stützte meinen Kopf mit den Händen.

„Geschafft!" brüllte Charlie. „Geschafft!"

Ich nickte. Ich habe das Schwein geschlagen, dachte ich, ich habe das Schwein tatsächlich geschlagen!

12

LORD HONITON stand im Blazer auf dem Steg, seine Klubkrawatte flatterte im Wind.

„Meinen Glückwunsch", meinte er. „Ich werde dafür sorgen, daß man Ihnen eine Einladung zum ,Senator's Cup' schickt." Diese Worte kamen ziemlich hölzern heraus.

Ich dankte Honiton, ging an ihm vorbei und bahnte mir einen Weg durch die Menge. Jetzt muß Helen einiges erklären, dachte ich.

Mein Wagen stand unter den Bäumen, wo ich ihn am vorigen Tag abgestellt hatte. Ich stieg ein und schoß auf die Hauptstraße hinaus, verfolgt vom wütenden Hupen aufgebrachter Autofahrer, denen ich die Vorfahrt genommen hatte. Ich bog ab. Die Luft war voll aufgewirbeltem Sand, als ich ausstieg und zu Helens Eingangstür stürmte.

Sie stand offen und schwang, in den Angeln knarrend, im Wind hin und her. Ich ging geradewegs ins Wohnzimmer.

Der Boden lag voller Bücher, die Bilder hatte man von den Wänden gerissen. Der Telefonhörer baumelte am Ende seiner Schnur. Ich öffnete den Schrank, in dem Helen ihre Alben versteckt hatte. Sie waren weg. Ich rannte, Helens Namen rufend, durch alle Räume, über Scherben und zerbrochene Bilder. Das Bad im oberen Stockwerk war ein einziges Schlachtfeld. Der Schrank über dem Waschbecken war geschlossen, die einzige noch geschlossene Tür im ganzen Haus. Ich machte sie auf.

Die Tür war innen rot beschmiert. Einen Moment dachte ich, es sei Blut. Doch es war Lippenstift. Das Geschmiere bildete Buchstaben: *Mart – England – Dekes Mama – Frag Paul.*

Ich dachte an Helens Gesicht, als ich sie das letzte Mal in ihrem Wagen unter den Bäumen gesehen hatte. Sie hatte mich nicht in die Falle gelockt. Sie hatte versucht, mich zu warnen!

Kellners Mutter lag in Sheerness im Sterben. Aber in England würde er sofort verhaftet werden. Also konnte er wohl kaum mit Helen am Arm eine Linienmaschine besteigen. Er hatte Helens Haus durchsucht und ihre Zeitungsausschnitte gefunden. Nun war sie sein Schutzschild gegen Leute wie mich.

Ich fuhr zum Hotel zurück und wählte Pauls Nummer. Er war schon weg. Ich würde ihn mir also in England vorknöpfen müssen. Ich buchte einen Platz in der nächstbesten Maschine. In vier Stunden sollte sie starten. Dann fuhr ich nach Málaga ins Krankenhaus.

Henry schien um Jahre gealtert. Er hing am Tropf, und neben seinem Bett standen Sauerstoffflaschen. Er murmelte vor sich hin: „Mary kommt. Sie nimmt mich mit nach Hause."

Wie gern hätte ich Mary noch gesehen, aber bis ich an Ruhe denken konnte, würde es noch einige Zeit dauern. Ich sagte, das sei fein, und tätschelte ihm die Hand. Mary bedeutete Sicherheit und jemand, der nach ihm schaute. Das war genau das, was er jetzt brauchte. Eine Weile blieb ich noch bei ihm in dieser aseptischen Atmosphäre und lauschte fernem Türenschlagen und zwitscherndem Frauenlachen. Als ich aufstand, fragte er: „Hast du Welsh geschlagen?"

„Ja." Ich zögerte. „Wir hatten noch eine Wette laufen", sagte ich dann. „Das Maklerbüro gehört ihm nicht mehr."

Henry starrte mich an. Seine blauen Augen blitzten. „Du Hasardeur", meinte er. „Du bist zwar nicht mein Sohn, aber, bei Gott, du benimmst dich, als wärst du's!"

Ich verließ ihn und tauchte in die Menschenmenge im Flughafen von Málaga ein.

Bis ich nach der Landung endlich vom Flughafen Heathrow wegkam, war es sieben Uhr abends. Im Flugzeug hatte ich mir schon zurechtgelegt, wie ich fahren würde, und ansonsten Zeit gehabt, ein Stündchen zu schlafen. Ich fühlte mich von der kühlen englischen Luft gestärkt und erfrischt.

Ich nahm mir einen Leihwagen und fuhr zur Autobahn M 4. In Basingstoke hielt ich an einer Reparaturwerkstatt und kaufte ein paar Dinge, dann fuhr ich durch die grüne Landschaft um Winchester.

Um halb neun steuerte ich auf die hohen Backsteinpfeiler der Einfahrt von La Grange zu, der Residenz von Paul Welsh.

Es war ein Haus, wie es sich in den dreißiger Jahren Börsenmakler bauen ließen, nachdem sie Schloß Hampton Court gesehen hatten. Es hatte einen holzverschalten Giebel und eine wahre Flut von Gaubenfenstern.

Pauls BMW stand auf dem geharkten Kies der Auffahrt. Ich hielt, eine Staubwolke aufwirbelnd, vor der Treppe. Im Haus blieb, bis auf ferne Plätschergeräusche, alles still. Die Tür war nicht verschlossen. Ich ging schnell nach hinten durch. Das Geräusch wurde lauter.

La Grange besaß einen riesigen Wintergarten mit giftgrünen Fliesen und üppigen Zimmerpflanzen. Das Plätschern kam aus dem Schwimmbecken, das sich dort befand.

Paul war gerade geschwommen und saß jetzt am Beckenrand und trocknete sich ab. Als er meine Schritte hörte, sprang er auf, drehte sich erschrocken um und wickelte sich das Handtuch um die Hüften. „Was willst du?"

„Dich sprechen." Ich ging weiter, bis ich direkt vor ihm stand. Er beschloß, nicht zu weichen. Das war sein Fehler. Als ich den letzten Schritt gemacht hatte, holte ich aus und boxte ihn, so hart ich konnte, in die Magengrube.

Er machte ein abstoßendes Geräusch und krümmte sich. Ich stieß ihm mein Knie ins Gesicht, so daß der Kopf zurückschnellte. Unter einer Topfpalme standen weiße, schmiedeeiserne Stühle. Ich riß einen heran und rammte Paul die Sitzkante in die Kniekehlen. Mit einem Plumps saß er auf dem Stuhl. Aus meiner Jacke zog ich ein Motorradschloß, das ich in der Reparaturwerkstatt gekauft hatte. Schnell schlang ich die Kette um seine Taille, zog sie unter den Armlehnen des Stuhls hindurch um die Rückenlehne herum und ließ das Schloß zuschnappen.

Er hatte sich so weit erholt, daß er mich anstarren konnte. „Mach mich los!" brüllte er mich an.

„Paul, ich will alles über Deke Kellner wissen."

„Du weißt über ihn genausoviel wie ich."

„Ich habe Henry MacFarlane halb tot in Kellners Gartenschuppen gefunden. Er hat mir erzählt, daß du die Sabotage in South Creek organisiert hast. Ich will alles darüber wissen."

Paul schaute mich an. Schließlich begann er zu reden. „James war schuld", erklärte er. „Ich habe Deke durch James kennengelernt, in Spanien. James sagte, er habe jemanden, der an Grundstücken am Meer interessiert sei, um da Jachthäfen zu bauen. Er behauptete, es sei ganz seriös, mit Lord Honiton und so. Also machte ich mit." Er erschauerte. „Mir ist kalt."

„Erzähl weiter!" befahl ich.

„Dann haben wir ein paar Geschäfte gemacht", fuhr er fort. „Ganz unproblematische Sachen. Daraufhin haben sie mich gebeten, in England die Augen nach Bauland offenzuhalten. Da dachte ich sofort an South Creek und erzählte ihnen davon. Aber ich warnte sie, Henry würde nie auch nur ein Zipfelchen davon verkaufen. Deke lachte nur und meinte, das sei kein Problem. Und dann passierte einiges in South Creek, du weißt ja Bescheid." Er schwieg und fuhr sich mit der Zunge über die Lippen.

„Warum hast du unser Maklerbüro gekauft?"

„Ist doch eine gute Investition. Wenn MacFarlane verkauft hätte, hätte Seahorse Land von mir den Firmennamen kaufen müssen."

„Du wolltest sie also nach deiner Pfeife tanzen lassen."

„Irgendwie schon."

„Was ist mit Raistrick?" fragte ich.

„Der war ein Niemand. Nur ein Laufbursche, der einige Dinge erledigt hat."

„Aber du hast auch ein paar Dinge erledigt", sagte ich. „Du hast zum Beispiel den Ponton treiben lassen."

„Nein", entgegnete Paul mit weit aufgerissenen Augen und schüttelte heftig den Kopf. „Nicht ich. An dem Abend war ich auf einer Dinnerparty in Norfolk. Das kannst du nachprüfen." Er winselte fast.

„Von wem hattest du dann die Kassette?" fragte ich.

„Von Raistrick", sagte Paul. „Weil von Deke eine Nachricht gekommen war. Er wollte, daß wir sie mitbringen."

Ich schaute ihn scharf an. „Wußtest du, was im Frachtraum der *Aldebaran* war?"

„Da war doch nichts", meinte er.

„O doch", erwiderte ich und erzählte ihm von den Juwelen.

„Du machst wohl Witze!"

„Wenn du wissen willst, wer hier Witze macht, lasse ich dich mal in einen Banksafe in Marbella schauen. Kellner ist auf dem Weg nach England. Und ich möchte wissen, wie er hierherkommt, wann und wohin er will."

„Glaubst du etwa, so was erzählt er mir?" fragte Paul.

„Ja."

„Das würde er nie im Leben tun!"

Ich trat hinter den Stuhl, so daß er mich nicht mehr sehen konnte, packte die Rückenlehne und kippte den Stuhl zur Seite. Er stürzte mit Getöse um. Es krachte, als Pauls Kopf auf die Fliesen schlug. Ich hockte mich neben ihn, packte seine linke Hand und drückte das Handgelenk in den Winkel zwischen Arm- und Rückenlehne. Er schrie auf.

„Sag's!" befahl ich. „Los, sag's schon!"

Seine Worte klangen hell und kamen ganz schnell. „Seine Mutter ist krank. Er hat in Le Tréport ein Boot genommen, einen Lotsenkutter. Er kommt morgen den Horse Channel zum Medway rauf."

„Ist Helen Gallagher bei ihm?"

„Ja."

„Sehr gut", sagte ich. „Vielen Dank für deine freundliche Hilfe."

Ich warf den Schlüssel zum Vorhängeschloß in den Pool, zog Paul vom Beckenrand weg und ließ ihn auf den giftgrünen Fliesen zurück, nackt an den weißen Eisenstuhl gekettet.

Inzwischen war es Nacht geworden. Die Scheinwerfer des Mietwagens bohrten gelbe Röhren in die Dunkelheit. Um zehn Uhr traf ich in South Creek ein. Die Einfahrt war verschlossen. Ein Wächter in schwarzer Uniform mit Silberknöpfen und einer Schirmmütze kam, einen Schäferhund an der Leine, ans Autofenster. Ich sagte ihm, wer ich sei. „Mrs. MacFarlane ist nach Spanien geflogen", erklärte er.

Ich zog los, um Tony Fulton zu suchen, aber bei ihm zu Hause war alles dunkel. Deshalb fuhr ich durch die langen Straßen zwischen den Backsteinhäusern von Marshcote zum Burnett Arms. Der große und braungebrannte Tony Fulton lehnte an der Theke, ein Glas Bier vor sich, und sprach mit ein paar Fischern. Als er mich sah, bestellte er mir auch ein Bier, und ich bestellte mir noch eine Pastete dazu.

„Schrecklich, das mit Henry", meinte er. „Es war das Herz, nicht wahr?"

„Es geht ihm aber schon wieder besser." Ich wollte keine Erklärungen abgeben. „Ich möchte, daß du mit mir zum North Foreland kommst. Dort chartern wir ein Boot. Ich hab draußen zu tun."

„Eine Regatta?" fragte Tony.

„Nur ein Tag auf dem Wasser."

„Eines unserer Charterboote ist gerade oben in Ramsgate", sagte er. „Der Typ ist heute von Bord gegangen. Ist seekrank geworden. Was hast du dort zu tun?"

„Ich muß was bereinigen. Noch von Spanien her."

Er trank von seinem Bier. „Du hast die *Aldebaran* jedenfalls gut runtergeschafft. Wie ging's eigentlich mit Paul?" wollte er wissen.

„Mäßig", entgegnete ich. „Der ist in schlechte Gesellschaft geraten."

„Das wundert mich nicht!" meinte Tony.

Ich trank mein Bier aus. „Ich muß los. Kommst du mit?"

„Ich komme nach", antwortete Tony. „Morgen früh um neun Uhr, ja? Das Boot liegt im Jachthafen von Ramsgate. Es heißt *Opal*."

Ich setzte mich in den Mietwagen, befahl mir, die Augen offenzuhalten, und machte mich auf den Weg nach Ramsgate.

Die *Opal* war eine zehn Meter lange Sadler. Der seekranke Charterskipper hatte sie im Innenhafen in eine der Besucherboxen gezwängt. Ich kletterte an Bord, schloß mit dem Reserveschlüssel auf und ließ mich in der Kajüte in eine Polsterkoje fallen. Ich war restlos fertig. Aber immer, wenn ich die Augen schloß, sah ich Kellner an der Pinne eines Lotsenkutters bei Westwind durch den Ärmelkanal krebsen und fragte mich, was jemand wie Kellner mit Helen machte, wo er doch keine Versicherungspolice mehr brauchte.

Ich wälzte mich in der Koje hin und her, bis es endlich hell wurde. Dann ging ich in die Stadt und nahm dort in einem Café eine Tasse Tee und ein Schinkensandwich zu mir. Der Wetterbericht sagte leichte Westwinde mit Nebelbänken voraus.

Ich ging zur *Opal* zurück und machte Reinschiff. Ich spülte gerade das Deck, als Tony auf dem Steg auftauchte.

„Scheußliche Fahrerei", meinte er und warf seinen Seesack an Bord. Sein blondes Haar hing glatt und strähnig herunter, und an seinem ausladenden Kinn sproß ein Tagesbart. Ich warf den Motor an und machte die Leinen los. Tony setzte rückwärts aus dem Liegeplatz und drehte das Boot. „Wohin?" fragte er, als wir mit Hilfe des Motors durch die Schleusentore in den Außenhafen liefen.

„Nach Norden", antwortete ich und zog die Rollgenua ganz heraus. Wir glitten in die grauen Wellen des Ärmelkanals mit Kurs auf die

Mündung des Medway. An Backbord kam der North-Foreland-Leuchtturm über den niedrigen weißen Klippen zum Vorschein. Wir hatten stark ablaufendes Wasser und um zwei Uhr mittags Niedrigwasser. „Was soll das Ganze?" fragte Tony.

„Wir wollen jemanden treffen", erklärte ich. „Er kommt mit der Flut die Themsemündung hinauf und nimmt den Horse Channel."

Ich wollte mit gar nicht erst vorstellen, daß er nicht auftauchen könnte. Die Tide läuft mit hoher Geschwindigkeit durch die Sandbänke und die flachen Fahrrinnen der Themsemündung. Es waren noch drei Stunden bis Niedrigwasser. Wenn Kellner nicht bei Flut hereinkam, dann warteten wir vergebens.

„Wer ist dieser Typ?" fragte Tony.

„Der Kerl, dem wir die ganzen Scherereien in South Creek zu verdanken haben."

„Ach so", meinte Tony. „Und warum hast du nicht die Polizei geholt?"

„Er hat eine Frau bei sich", entgegnete ich, „und wird ihr was tun, wenn die Polizei Wind kriegt. Wir müssen also vorsichtig vorgehen."

„Vorsichtig", wiederholte Tony. „Aha."

Zwei Stunden vergingen. Noch eine Stunde bis Niedrigwasser. Im Westen schwappte der Schmutz von Margate ans Ufer. Wir lagen jetzt vor Anker, ich rauchte im Cockpit eine von Tonys selbstgedrehten Zigaretten. Um vier Uhr nachmittags sagte Tony: „Er hat die Tide verpaßt. Wir sollten sehen, daß wir heimkommen."

„Nein", beharrte ich – nicht weil ich dachte, daß er unrecht hatte, sondern weil ich nicht aufgeben wollte. „Vielleicht kommt er mit der nächsten Tide."

„Bis dahin ist kohlrabenschwarze Nacht. Da siehst du ihn nie."

Eine Stunde verging, dann hatten wir Flut.

„Jetzt wird's nichts mehr", sagte ich enttäuscht.

„Gott sei Dank", meinte Tony. „Können wir jetzt nach Hause fahren?"

Der Horizont erschien als sauberer Bogen unter einem Himmel, dessen hohe Wolkendecke mit blauen Flecken durchsetzt war. Im Südwesten hielten ein paar Jachten auf Dover zu. In der Fahrrinne dampften drei Containerschiffe in die offene See. Und weit im Süden durchschnitt eine dünne Linie die glatte blaue See. Ich richtete das Fernglas darauf, in dessen Okular ein Gaffelsegel und die oberen Hälften von zwei Kuttersegeln erschienen.

„Wir haben ihn!" rief ich.

Als die Sonne unterging, leuchteten die Wolken im Westen golden und rot. Achteraus röhrte die Hovercraftfähre Richtung Calais. Und die aus der dunkler werdenden See hervorkommenden Kuttersegel wurden zu einem schwarzen Rumpf mit einem Dingi, das umgedreht auf dem Kajütdach festgelascht war. Im Cockpit wurde ein Kopf erkennbar. Helen war sicherlich unten – sie mußte unten sein.

Wir drehten den Bug nach Norden und hielten uns etwa fünf Kilometer vor Kellner, den Bug so ausgerichtet, als würden wir nach Ramsgate laufen. Der Himmel wurde dunkler. Der Kutter hinter uns schaltete seine Positionslichter ein. Sehr vorsichtig fuhren wir ihm voraus, mit Kurs auf die Ausbuchtung von North Foreland. Als es völlig dunkel war, machte ich unsere Lichter aus.

„Was hast du vor?" fragte Tony.

„Ich will ihn vorbeilassen", erklärte ich, „und ihn den ganzen Weg bis nach Hause beschatten. Wir werden ihn schnappen, sobald er an Land geht."

Um zehn Uhr dreißig stand das rot-weiße Blinkfeuer vom North-Foreland-Leuchtturm querab. Tony zerkaute rhythmisch Sandwiches mit Büchsenfleisch, ich aß überhaupt nichts. Die schwarze See war voller Lichter: An Backbord leuchteten die Neonlichter der Städte und an Steuerbord die roten und grünen Positionslichter der vielen ein- und auslaufenden Schiffe.

Kellner war noch etwas mehr als einen Kilometer von uns entfernt, als wir die Landspitze rundeten.

Dabei änderte sich der Geruch fast schlagartig. Es roch nicht mehr nach der reinen Seeluft des Ärmelkanals, sondern nach dem, was sämtliche Wasserspülungen Südenglands in die Themse entließen. Vor uns blinkten Lichter. Das erste war das weiße Leuchtfeuer von Margate an der Einfahrt zum South Channel, hinter dem der Gore Channel liegt.

Wir hatten immer noch ablaufendes Wasser. Vor uns hüpften die Fahrwassertonnen auf und nieder. Das Backbordlicht begann nordwärts zu verblassen. Nur das weiße Leuchtfeuer von Margate war noch zu sehen.

„Was hat er vor?" fragte Tony.

Ich deutete mit der Taschenlampe auf die Seekarte. Das Hauptfahrwasser läuft an der Nordküste Kents entlang, von der eigentlichen Themsemündung durch eine lange Sandbank getrennt. Nördlich davon befindet sich eine enge Fahrrinne, schwierig zu durchfahren und selbst bei Flut mit geringer Wassertiefe. Sie wird ungern benutzt,

ist aber eine nützliche Hintertür zum Horse Channel, wenn man nicht beobachtet werden möchte.

Wir krebsten langsam hinter Kellner her. Ich fing an, nervös zu werden. Ringsumher gab es Sandbänke, die bei Dunkelheit nicht zu erkennen sein würden. Im Norden war bis auf Dekes rotes Backbordlicht alles schwarz. Wenn wir das rote Licht verloren, dann verlor ich Helen.

„Übernimm mal", bat ich Tony und ging nach unten. Mein Magen fühlte sich so hart an wie eine Walnuß. Ich brauchte etwas zu essen. Als ich in den Schrank sah, sagte eine Stimme vom Niedergang: „Hände hoch! Steh langsam auf und komm her!"

Zwei Hände wurden sichtbar, die einen Revolver hielten. Es waren Tony Fultons Hände.

„Vorwärts!" befahl er. „Oder ich blas dein Hirn durch die Kajüte!"

Ich hob die Hände, dabei fiel mein Blick auf die Uhr. Noch eine Stunde bis Niedrigwasser.

„Raus!" schrie Tony.

Ich stieg aus der Kajüte ins Cockpit. Tony war nur als schwarzer Schatten neben der Pinne erkennbar. Er steuerte mit der Hüfte, weil er den Revolver mit beiden Händen hielt. Tony also, dachte ich und versuchte, Überraschung zu empfinden. Aber ich war nur wie betäubt.

„Wie lange bist du jetzt in South Creek? Fünf Jahre?"

„Richtig", sagte Tony.

„Seit dem Walstein-Überfall", stellte ich fest.

„Sehr klug", meinte Tony.

Meine Benommenheit wich. Statt dessen empfand ich jetzt Furcht. Ich stellte mir die Seekarte vor. Wenn ich am Leben bleiben will, muß ich ihn unbedingt am Sprechen halten, dachte ich.

„Du hast also ein paar Nebenverdienste gehabt", fing ich wieder an. „Schmuggel mit den Charterbooten, die dir anvertraut waren, vielleicht auch ein paar Edelsteine im Ballast?"

„Schon möglich", erwiderte Tony.

„Und die *Aldebaran* hat den Rest übernommen. Weil der gute Deke die Walstein-Juwelen inzwischen in Immobilien verwandelt hat. Ein hübscher kleiner Nebenverdienst für dich, wenn du mal in Rente gehst. Aber ihr seid bewaffnete Räuber, du und Deke Kellner, und du bist auf die alten Methoden verfallen, als es ans Verhandeln ging. Der arme Dick."

„Das war ein Unfall", erklärte Tony. „Er hatte mich gesehen. Ich mußte ihn ausschalten."

„Du warst es vermutlich auch, der die Kassette geklaut hat. Und du hast Raistrick dazu gekriegt, dir in Southampton zum Schein eine überzubraten." Ich seufzte theatralisch. „Du hast mir vielleicht Ärger bereitet, Tony!"

Ich sah ihn stolz nicken. „Ja, das war ja meine Absicht."

„Was ich seltsam finde", fuhr ich fort, „du hattest doch alle diese Juwelen griffbereit, wenn du sie gewollt hättest. Der gute Deke führte in Spanien ein Leben wie Krösus – und du hast in South Creek Boote gestrichen. Warum?"

„Ich wollte da nicht reingezogen werden", sagte Tony.

„Und warum hast du dich dann doch reinziehen lassen?"

„Weil meine alte Mama gesagt hat, daß ich's tun soll", behauptete er.

Ich verstand nicht. „Warum?" beharrte ich. „Du mochtest doch Henry und Mary. Fünf Jahre sind eine lange Zeit. Warum bleibst du an so einem Hund wie Kellner hängen?"

„Er ist mein Bruder", sagte Tony mit ausdrucksloser Stimme. „Du bist 'n prima Kerl, das gebe ich ja zu. Aber Deke ist mein Bruder und ich bringe ihn zu unserer alten Mama, bevor sie das Zeitliche segnet. Das ist was ganz anderes."

Ich schaute zu Boden und dachte an das Porträt der alten Frau in dem Haus in Marbella. Ich wußte, daß er mich umbringen würde, wenn ich nicht etwas unternahm, und zwar sofort. Aber mir fiel nichts ein.

Das Deck ruckte, bewegte sich vorwärts und ruckte erneut. Wir saßen auf Grund.

Mit einem Satz war ich auf der Cockpitbank und sprang über Bord. Noch während ich sprang, hörte ich den Knall seines Revolvers und etwas Heißes versengte mein rechtes Ohr. Dann schlug ich auf dem Wasser auf. Es war eiskalt und schmeckte faulig. Ich tauchte, so lange, wie ich konnte – nur weg von diesem Revolver. Ich befand mich in stark ablaufendem Wasser, und als ich wieder auftauchte, begann sich das Heck der *Opal* zu bewegen. Tony hatte das Boot wieder flottgekriegt. Und rechts drüben war das rote Positionslicht des Lotsenkutters zu erkennen.

Mir war übel. Das lag nicht am Geschmack des Wassers, sondern daran, daß ich schon wieder in einer schwarzen Leere herumstrampelte, in diesem Fahrwasser, das mich in die Straße von Dover saugen, mich nach unten ziehen und zu Fischfutter machen wollte. Während dort drüben Helen war, 800 Meter von mir und drei Meter von diesem roten Licht entfernt.

Die Strömung trieb mich genau hinter das Licht. Die rote Lampe verschwand. Jetzt war auf dem schwarzen Wasser ein weißes Hecklicht und der matte grüne Schein eines Steuerbordlichts zu sehen. Und als ich das grüne Licht sah, grinste ich. Das war genau, was ich erwartet hatte.

Die Lichter hätten normalerweise auf einer Ebene sein müssen, waren es aber nicht. Das grüne Licht stand deutlich höher als das weiße. Der Kutter lag deshalb schief, weil das Boot festsaß. Kellner hatte es also nicht durch die Hintertür geschafft. Er würde für mindestens zwei Stunden festsitzen. Ich schwamm in die Dunkelheit hinaus, auf die rechte Seite dieser schiefen Lichterreihe zu; meine Schultermuskeln brannten wie Feuer, und meine Bauchmuskeln schmerzten.

Als ich fünf Minuten geschwommen war, ließ ich die Beine sinken. Sie berührten etwas unter Wasser. Harten Sand. Ich hatte Boden unter den Füßen!

Einen Moment stand ich still da, und das Wasser zerrte an meinem Brustkorb.

Drüben im Fahrwasser vernahm ich ein Platschen und das Rasseln einer Kette: Tony mit der *Opal*. Dann hörte ich Wasser spritzen und einen Außenbordmotor tuckern. Tony war auf dem Weg zu einem kleinen Schwatz mit seinem Bruder. Ich ging in die Knie und hielt nur die Nase dicht überm Wasser. Das Tuckern lief in Richtung Lotsenkutter und verstummte.

Sehr vorsichtig begann ich, auf die Lichter von Kellners Boot zuzugehen. Ich kam nur schwer voran. Das Wasser reichte mir bis zum Brustkorb und strömte mir mit mehr als einem Knoten entgegen. Aber bald wurde das Wasser seichter, ging mir bis zur Hüfte, bis an die Knie, schließlich bis an die Fußknöchel, und dann stand ich auf dem Trockenen.

Ich kroch auf die Sandbank und fragte mich, was ich bloß als nächstes tun sollte. Vor mir fiel mattes Licht aus den Kajütfenstern, aber am Niedergang war alles dunkel. Tony und Deke waren sicher unten, Helen auch.

Die Luft roch feucht und würzig, die Lichter bekamen größer werdende Höfe: Nebel. Ich biß die Zähne zusammen, damit sie nicht länger klapperten, und begann langsam die Sandbank entlang auf den Kutter zuzugehen. Die Kajütfenster waren sanft leuchtende, gelbe Vierecke, davor lagen zwei runde Bullaugen; sie gehörten vermutlich zur Vorderkajüte. Äußerst behutsam, um am Rumpf des gestrandeten Kutters kein Plätschern zu verursachen, watete ich in das schwarze

Wasser hinein. Am Heck hüpfte Tonys Schlauchboot auf und ab. Das Wasser wurde tiefer, es reichte mir bis zu den Knien.

Drohend ragte der Kutter vor mir auf, die Reling zum Wasser geneigt, das fahle Holzdeck steil nach oben ragend. Das Niedergangsluk war geschlossen. Mein Blick wanderte nach vorn. Vor Kajütaufbau und Mastfuß leuchtete schwach ein Skylight. Vermutlich gehörte es zur Vorderkajüte.

Ich stand ganz still und hielt den Atem an. Außer dem Wispern der kleinen Wellen am Rumpf waren Stimmengemurmel und James-Last-Klänge zu hören. Behutsam watete ich zum Bug.

Die Reling war kaum einen Meter über dem Wasser. Ich packte sie mit beiden Händen und zog mich hoch wie jemand, der aus einem Swimmingpool steigt. Das Geräusch, das ich dabei verursachte, kam mir so laut vor wie der Niagarafall. Ich stand da und wartete darauf, daß das Niedergangsluk aufgerissen wurde. Doch die Stimmen murmelten weiter, James Last klimperte weiter. Kellner lachte sein schreckliches hohles Lachen. Nichts geschah.

Leise kroch ich übers Vorschiff auf das Skylight zu und betastete seinen Rand. Meine Finger stießen an einen Riegel, der nur von einem Schäkel gesichert war.

Ich drehte den Schäkelbolzen. Er war nicht gesichert und gab nach. Langsam drehte ich weiter, bis er frei war. Vorsichtig zwängte ich meine Finger unter den Rahmen. Die Musik verstummte, setzte aber gleich darauf erneut ein. Ich wartete, bis sie wieder lauter wurde, und hob das Skylight an.

Licht drang heraus. Ich flüsterte: „Mach kein Geräusch." Unten im gleißenden Licht antwortete eine leise Stimme: „Martin!" Helens Stimme.

Meine Augen gewöhnten sich an das Licht. Helen war blaß, ihr blondes Haar wirr. Sie starrte mich an, als könne sie nicht glauben, was sie sah. „Komm raus!" zischte ich.

Ich kippte das Skylight zurück, bis es an Deck auflag, und streckte ihr einen Arm entgegen. Ihre Handgelenke fühlten sich so zart an wie die Knochen eines Vogels. Als ich zog, kam sie, ohne den Rand zu berühren, durch das Skylight.

Ich wisperte: „Warte, bis du was sehen kannst. Dann geh im Wasser nach achtern, und mach das Beiboot los. Zieh es weg."

Das Plätschern, das Helen verursachte, als sie über Bord glitt, war kaum zu hören. Aus der Kajüte drang erneut Kellners Lachen. Lach nur, dachte ich, lach nur weiter. Bald habe ich dich und das ganze

Gesindel, und dann übergebe ich euch der Polizei. Ich klappte das Sky-light zu und drehte den Schäkelbolzen wieder ein. Dann schlich ich nach achtern. Das Cockpit war groß, und es lag voll sperriger dunkler Gegenstände. Behutsam legte ich die Hand auf das Niedergangsluk. Es hatte oben ein Schiebedach und unten Lamellentüren. Ich tastete mit den Fingern am Süll über der Tür entlang und fand, was ich gesucht hatte: drei Ringe, einen an jeder Tür, einen am Schiebedach. Man brauchte nur einen Schäkel durchzuführen, dann kam keiner mehr raus.

Eine der Stimmen unten hustete. Die Musik verstummte, dann stand jemand auf und riß das Schiebedach zurück. Die Türen flogen auf. Grelles Licht ergoß sich in die neblige Luft. Ich sprang ans äußer-ste Ende des Cockpits zurück. Der Kopf im Luk war Deke Kellners Kopf. „Hallo!" sagte er mit einer bösartig ruhigen Stimme. Er kam den Niedergang herauf.

Ich griff mit der Rechten nach einem der sperrigen Gegenstände auf dem Plichtboden. Es war ein Kanister. Ich packte ihn und schleuderte ihn in Richtung von Kellners Kopf. Von unten rief Tony eine Frage herauf.

Plötzlich roch es nach verschüttetem Benzin. Kellner schrie auf und fiel den Niedergang hinunter. Ich rollte mich über die Reling in das etwa ein Meter tiefe Wasser.

„Meine Augen!" schrie Kellner. „Meine Augen!"

Ich paddelte ums Heck herum. Auf dem Wasser war ein dunkler Schatten: das Schlauchboot. Ich machte einen Satz darauf zu; meine Finger griffen nach dem weichen Gummiwulst, rutschten ab und lan-deten in einer Schlinge der Halteleine. Neben mir heulte der Außen-bordmotor auf. Ich schrie: „Er hat einen Revolver!"

Der Kutter lag in einem Hof aus Licht. An Deck stand eine Gestalt, die nur als schwarze Silhouette erkennbar war und die sich gegen das Licht riesig ausnahm. Sie hielt etwas in Händen, das plötzlich eine lange Flammenzunge ausspuckte. Das Beiboot machte einen Satz.

„Abdrehen!" brüllte ich.

„Es reagiert nicht!" schrie Helen zurück.

Die Schlauchwand unter meinem Arm begann zu schrumpfen. „Spring raus!" rief ich aufgeregt. Neben mir stiegen Blasen aus dem Wasser. Der Außenbordmotor tauchte ins Wasser und verstummte.

„Es sinkt!" schrie Helen.

„Es kann nicht sinken", antwortete ich. „Spring ins Wasser!" Sie sprang. Ich schlang einen Arm um sie.

Die lange Flammenzunge zuckte wieder durch die Nacht auf uns zu. Wir duckten uns, aber der Schuß war zu weit gegangen. Das Mündungsfeuer erlosch nicht, sondern breitete sich weiter aus, nach achtern: Plötzlich war das gelbe Licht im Cockpit des Kutters sehr hell und bekam eine bläuliche Färbung. Es gab eine Detonation und einen Luftstoß, der heiß genug war, um mein nasses Gesicht zu versengen. Mast und Rigg wurden zu einem lodernden Spinnennetz. Es folgte eine Explosion – diesmal eine richtige, mit einer Druckwelle, die mir die Nieren zu zerquetschen schien. Die Flammen bekamen eine schmutzig-orangerote Färbung, und schwarzer Rauch wälzte sich, vom Nebel niedergehalten, über das glänzende Wasser.

Das Schlauchboot hatte zwei Luftkammern, von denen zum Glück nur eine durchlöchert war. Ich schraubte den Außenbordmotor ab und ließ ihn auf Grund sinken. Die Riemen lagen noch auf dem Boden. Ich kletterte ins Boot, gab Helen einen Riemen und nahm den anderen. Helen zitterte unter der Schockwirkung und vor Kälte.

„Wir müssen paddeln", erklärte ich heiser.

Wir brauchten aber ziemlich lange, bis wir längsseits der *Opal* gehen konnten. Sie saß auf Grund. Doch die Flut stellte sich gerade wieder ein.

Ich kletterte an Bord und zog Helen nach. Sie legte die Arme um mich. Tränen rannen ihr über die Wangen. Über uns driftete brandiger Gestank. Auf der nebelverhangenen Sandbank wütete der Tod. Wir preßten uns aneinander, um uns gegenseitig zu wärmen.

Dann stellte Helen fest: „Es wird schon hell!" Das stimmte. Der Nebel über uns wurde hellgrau. In der fahlen Morgendämmerung konnte ich Spuren der Erschöpfung in ihrem Gesicht erkennen.

„Such dir unten trockene Kleider", riet ich ihr. Sie ging unter Deck. Ich folgte ihr und setzte auf Kanal 16 einen Notruf ab.

Als wir an Deck zurückkamen, hatte sich der Nebel gelichtet. Meilenweit erstreckte sich die flache Küste von Kent bis zur Isle of Sheppey. Helen nahm meine Hand. Die Flut zerrte an der *Opal*, sie ruckte und begann zu treiben. Ich zog den Anker hoch und richtete den Bug auf den fernen, bleistiftdünnen Küstenstreifen am Horizont.

Sam Llewellyn

Schon als kleiner Junge war Sam Llewellyn, der auf den Scilly-Inseln südwestlich von England geboren wurde und in der Grafschaft Norfolk aufwuchs, von der See fasziniert. Mit acht Jahren lernte er das Segeln, und von da an war für ihn ein Leben ohne Boote nicht mehr vorstellbar.

Nach Beendigung der Schulzeit und vor seinem Studium in Oxford arbeitete Llewellyn in einem kleinen Nachtklub in Marbella in Spanien. Bereits damals, so erzählt der Autor, als Marbella noch ein idyllisches Fischerdörfchen gewesen sei, hätten sich dort die zwielichtigen Gestalten herumgetrieben, die diese Gegend zur „Costa des Verbrechens" machten, und die Begegnung mit Typen wie Deke Kellner habe ihn nachhaltig beeindruckt. Nach Abschluß seines Studiums arbeitete er als Redakteur in England und Kanada, wobei er seine Freizeit vorwiegend auf Segelbooten verbrachte.

Sam Llewellyn hat schon mehrere Bücher geschrieben – und natürlich haben die meisten mit Segeln zu tun. Seine Erinnerungen an die Zeit in Marbella inspirierten ihn zu dem Roman *Schuß in die Sonne*. Zu Recherchen fuhr er extra noch einmal dorthin. „Der Aufenthalt war faszinierend, aber meine Streifzüge durch die schummrigen Bars waren auch ein bißchen beängstigend", gesteht er. „Ich glaube, ich sollte jetzt bestimmte Orte in Südspanien erst mal eine Weile meiden . . ."

Llewellyn wohnt mit seiner kanadischen Frau und seinen zwei kleinen Kindern in einem alten Haus in der Grafschaft Herefordshire. Während er den Winter schreibend verbringt, teilt er sich im Sommer die Arbeit so ein, daß neben Recherchen und Schreiben noch genug Zeit für ausgiebiges Segeln bleibt.

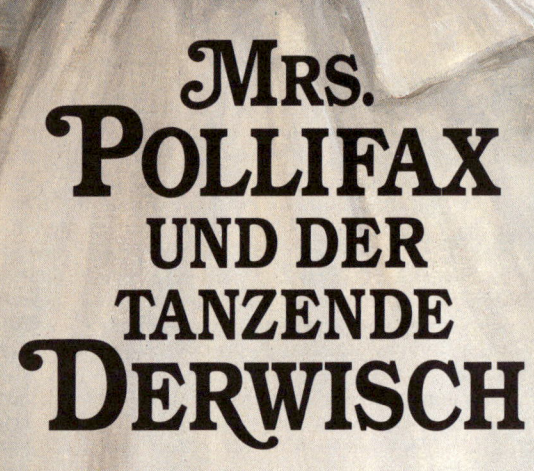

Mrs. Pollifax und der tanzende Derwisch

Eine Kurzfassung des Buches von
Dorothy Gilman

Nach der Übersetzung von
Lore Straßl

Illustrationen von Richard Williams

Marrakesch, Fes, Casablanca!
Die erstaunliche Mrs. Pollifax macht sich wieder auf
die Reise, und dieses Mal geht's quer durch Marokko.
Der Auftrag, den der CIA ihr zugedacht hat,
hört sich recht einfach an. Sie soll einen Mann
als dessen angebliche Tante auf einer ganz
gewöhnlichen Rundreise begleiten. Aber wie immer
hält das Leben eine Menge Überraschungen für
Mrs. Pollifax bereit: einen merkwürdig feindseligen
Begleiter, einen Mord im Basar, einen tanzenden
Derwisch . . .

PROLOG

ZWEI Tage warteten sie bereits zwischen den niedrigen Dünen, wo ganz in der Nähe ein paar Ziegen ihren Hunger mit dem kärglichen Wüstengras zu stillen versuchten. Die beiden waren Reguibat, Angehörige eines Stammes, der seit Jahrhunderten in der Sahara zu Hause ist, und sie sahen auch wie einfache Nomaden aus, nur daß jeder eine Maschinenpistole auf den Rücken geschnallt hatte und die Zelte hinter ihnen zwei getarnte Landrover verbargen. Sie trugen khakifarbene Dschellabas, die mit dem Gelbbraun der Wüste um sie verschmolzen, und ordentlich gewickelte Turbane, die ihr Kinn und fast auch noch die Augen verbargen.

In der Weite der Wüste bewegte sich nichts außer einem Geier, der langsam herabflog, um sich das kleine Lager anzusehen und festzustellen, ob die zwei Männer, die auf der niedrigen Düne lagen, tot oder lebendig waren. Als einer seinen Feldstecher an die Augen hob, drehte der Geier, um seine Hoffnung betrogen, ab und setzte seinen Flug nach Süden fort.

Der Ältere sagte: „Er hätte gestern hier sein müssen, und ich glaube auch nicht, daß er heute kommt."

Sein Begleiter nickte. „Etwas stimmt nicht. Brechen wir bei Sonnenuntergang auf?"

Der Ältere brummte. „Wir sind bereits zu lange hier, nur gut, daß wir nicht von Flugzeugen entdeckt wurden." Er warf einen Blick auf die Sonne, dann nickte er. „In einer Stunde laden wir Zelte und Ziegen ein und verschwinden."

„Meinst du, daß es zu Schwierigkeiten gekommen ist? In seiner Nachricht hat er auf eine Gefahr hingewiesen, und er fühlte sich beobachtet."

Der Ältere hatte die Hoffnung noch nicht aufgegeben. „Seine Nachricht lautete auch, daß er nächste Woche bei uns sein wird, falls es in dieser nicht geht." Er nickte. *„Inschallah*, er wird kommen." Dann justierte er sein Fernglas und blickte noch einmal hindurch, doch auch jetzt war nichts zu sehen als menschenleere Wüste und der Horizont, der unter der gnadenlosen Sonne flimmerte und verschwamm.

Kapitel 1

CARSTAIRS saß an seinem Schreibtisch hoch oben im CIA-Gebäude und studierte die Fotografie, die vor ihm lag. „Es gefällt mir nicht, Bishop", sagte er verärgert. „Mir gefällt absolut nicht, wen sie da in Kairo für uns ausgewählt haben. Ich habe ein schrecklich ungutes Gefühl dabei, diesen Mann allein nach Marokko zu schicken. Es ist ein viel zu wichtiger Job – immerhin stehen sieben Menschenleben auf dem Spiel, verdammt!"

Sein Assistent, der ihm gegenübersaß, gab höflich zu bedenken: „Kairo war bisher immer sehr zuverlässig, Sir. Haben Sie einen besonderen Grund für Ihr Mißtrauen? Ich gebe ja zu, daß Jankos Schnurrbart für meinen Geschmack etwas übertrieben ist, aber ansonsten ..."

Carstairs zog finster die Brauen zusammen. „Aber sehen Sie doch sein Gesicht an, Bishop, die Augen, den Mund. Er sieht unverschämt aus, entsetzlich arrogant! Natürlich ist mir klar, daß er der einzige mit Arabischkenntnissen ist, den sie in so kurzer Zeit auftreiben konnten, trotzdem ..." Seine Miene verfinsterte sich noch mehr. „Sie wissen, wie verwundbar die Atlasgruppe ist – nur ein kleiner Fehler, eine vorschnelle Entscheidung, eine falsche Person ..." Er schüttelte den Kopf. „Nach Jahren der Feindseligkeiten nehmen Marokko und Algerien plötzlich diplomatische Beziehungen auf, wer weiß, was da passieren kann, welche Schlingen sich möglicherweise zuziehen, welches Unheil über unsere Atlasgruppe hereinbrechen könnte, vor allem, wenn wir aufflögen. Und jetzt dieser Kerl hier!"

Geduldig versuchte Bishop es aufs neue. „Es könnte ein sehr schlechtes Foto sein. Zu dumm, daß er in Kairo ist; wenn Sie ihn sehen könnten, würden Sie vielleicht Ihre Meinung ändern. Ich verstehe nicht so recht Ihren Unmut, Sir."

„Ich auch nicht", brummte Carstairs. „Jedenfalls ist es ein sehr scharfes Foto, und irgendwie habe ich kein gutes Gefühl, wenn ich mir diesen Janko ansehe. Natürlich ist mir klar, daß nur er zur Verfügung steht; aber ich würde mich sehr viel wohler fühlen – so wie er aussieht –, wenn wir ihm jemand mitgeben könnten, der ihn im Auge behält und seine Tarnung als Tourist glaubhafter macht. Ich finde, er sieht einfach nicht wie ein harmloser Tourist aus. Es müßte jemand sein, der seinem Wesen die Ecken und Kanten nimmt, denn er kommt mir ausgesprochen hochnäsig und grob vor; jemand –"

„Jemand, der ihm die Flügel stutzt?"

Carstairs grinste. „Schon gut, ich gebe ja zu, daß ich mich nicht gerade klar ausgedrückt habe, aber ich sage Ihnen, was wir brauchen: eine Mrs. Pollifax."

Bishop war beeindruckt von Carstairs' Schlauheit. Sein Chef neigte dazu, die Dinge bildhaft zu sehen, und bei der Erwähnung von Mrs. Pollifax jubelte Bishop insgeheim über Carstairs' großartige Idee. Er blickte wieder auf das Bild auf dem Schreibtisch, auf die buschigen schwarzen Brauen, den dichten schwarzen Schnurrbart und die arrogante Miene dieses Jankos, und stellte sich diesen dann in der Gesellschaft der sonnigen, freundlichen Mrs. Pollifax vor, die einen so arglosen, vertrauenerweckenden Eindruck machte. Er lachte. „Ich verstehe genau, was Sie meinen. Emily könnte die Wogen glätten, die dieser Bursche aufwühlt."

Carstairs nickte. „Dieser Max Janko mag ja ein Sprachgenie sein – offenbar sind Sprachen seine Spezialität –, aber so wie er aussieht, bezweifle ich, daß er das Wort Takt je gehört hat." Sein Lächeln schwand. „Bedauerlicherweise gibt es nur eine Emily Pollifax, und wir können Cyrus wohl kaum bitten, uns seine Frau zu leihen, damit sie mit einem anderen Mann herumreist."

Langsam breitete sich ein Lächeln auf Bishops Gesicht aus; betont beiläufig erklärte er: „Ich weiß zufällig, daß Cyrus vor drei Tagen weggefahren ist, um seinen neugeborenen Enkel in Kenia zu bewundern. Seine Tochter lebt seit kurzem dort mit ihrem Mann, der Arzt ist. Bei Emily und Cyrus gibt es gegenwärtig einen ziemlichen Boom an Enkelkindern, da haben sie beschlossen, sich die Besuche aufzuteilen. Er wird zwei Wochen wegbleiben."

„Hm", brummte Carstairs nachdenklich. „Und Mrs. Pollifax ist zu Hause geblieben und kümmert sich um ihre Geranien." Er schwieg einen Augenblick, dann nickte er und schnippte mit den Fingern. „Gehen wir es an, Bishop, nur ..." Er zögerte stirnrunzelnd. „Ich frage mich, wie weit wir sie einweihen sollen. Sagen wir ihr, daß sie für eine nachrichtendienstliche Sondergruppe mit dem Namen Atlas arbeiten wird und nicht für den offiziellen CIA? Wir können es uns nicht leisten, sie allzu genau einzuweihen, es wäre gefährlich."

„Es würde sie aber auch schützen", gab Bishop zu bedenken.

Carstairs überlegte. Als er zu einem Entschluß gekommen war, sagte er fest: „Das glaube ich nicht. Im Grunde genommen handelt es sich um eine ganz einfache Erkundungsreise. Die größte Gefahr ist die, enttarnt zu werden, doch da während der ganzen Reise keine persönliche Verbindung aufgenommen werden soll, ist das nicht zu befürchten – solange sich dieser Janko richtig benimmt!" fügte er bissig hinzu. „Wenn Mrs. Pollifax den Auftrag übernehmen kann, können wir ja betonen, daß sie für eine separate Abteilung arbeiten wird, doch auf keinen Fall mehr ..." Er schüttelte den Kopf. „Sehen Sie zu, ob Sie sie telefonisch erreichen, und fragen Sie sie, ob sie einen Auftrag übernehmen und gleich morgen nach Marokko fliegen kann, und wenn ja – hilf uns Gott, wenn nicht –, daß Sie heute nachmittag zu ihr kommen und ihr alles erklären werden."

„Mit Vergnügen", versicherte ihm Bishop erfreut. „Wenn Sie mich jetzt entschuldigen, eile ich zu meinem Telefon. Und dann heißt es Daumen drücken, daß sie anbeißt."

MRS. POLLIFAX hatte den Morgen damit begonnen, ein paar Pelargonien in ihrem neuen Gewächshaus zu stutzen, doch nachdem sie das bei drei Pflanzen gemacht hatte, ertappte sie sich dabei, daß sie trübsinnig hinausstarrte. Es macht mir überhaupt keinen Spaß, dachte sie. Sie legte die Gartenschere zur Seite, ging in die Küche, schenkte sich eine Tasse Kaffee ein und setzte sich damit an den Eßtisch, wo ihr gewöhnlich die besten Einfälle kamen.

Etwas stimmt nicht, gestand sie sich ein. Vorsichtig ging sie der Sache auf den Grund. Sie bedauerte nicht, daß sie nicht mit Cyrus nach Kenia geflogen war, immerhin hatten sie Weihnachten bei ihrem Sohn Roger in Chicago verbracht und Silvester bei ihrer Tochter Jane in Arizona, und es war sehr schön gewesen, wieder zu Haus in New Jersey zu sein.

Vielleicht hatten die Reisen sie ganz einfach müde gemacht; vielleicht lag es auch daran, daß es Januar war und der Himmel von endlosem Grau; doch weder der eine noch der andere Gedanke überzeugte sie. Als sie tiefer bohrte, stieß sie auf etwas, das sie erschreckte: ihr war langweilig – gräßlich und geistraubend langweilig.

O Gott! dachte sie, langweilig?

Sofort wurde ihr klar – was ihr Unterbewußtsein schon die ganze Zeit gewußt hatte –, daß etwas in ihrem Leben fehlte. Jetzt ist es schon ein ganzes Jahr her, dachte sie. Halten sie mich für zu alt?

„Sie", sagte sie verärgert, wobei sie sich weigerte, Carstairs, Bishop und die Abteilung beim Namen zu nennen, während sie blicklos durchs Fenster auf den Garten schaute, den das Tauwetter der letzten Tage in Matsch verwandelt hatte.

Es war schon einige Jahre her, seit sich Mrs. Pollifax, einsam und gelangweilt, verwegen zum CIA begeben hatte, um dort von ihrem Kindheitstraum, Spionin zu werden, zu berichten und ihre Dienste anzubieten. Durch puren Zufall – bestimmt war es ein Wunder gewesen, oder? – war sie Carstairs im Vorzimmer aufgefallen, der für einen wichtigen Kurierauftrag verzweifelt nach einer „harmlosen Touristin" gesucht hatte. Und schon war sie unterwegs nach Mexiko gewesen. Seither schien ihr, als hätte sie ihr wirkliches Leben erst richtig während jener Gelegenheiten gelebt, da sie Urlaub von Komitees und Gartenclub nahm, um in seinem Auftrag hinaus in die Welt zu reisen. Immerhin hatte sie dabei Cyrus kennengelernt sowie alle möglichen anderen faszinierenden Leute, von denen einige ganz versessen darauf gewesen waren, sie umzubringen. Niemandem dergleichen wäre sie in ihrem Gartenclub begegnet.

Ich bin verwöhnt, dachte sie. Ich habe mich so sehr an diese Unterbrechungen meines Alltags gewöhnt, die das Adrenalin durch die Adern rasen lassen, die Sinne schärfen und einem blitzschnelle Reaktionen abverlangen; und das schaffen natürlich weder meine Geranien noch der Gartenclub. Cyrus ist wundervoll, aber ich fürchte, nach unseren Abenteuern im vergangenen Januar, die wir auf den Hochebenen von Thailand fast nicht überlebt hätten, genießt er das ruhige Leben und ist froh darüber, daß alles gut ausgegangen ist.

Genau wie ich, fügte sie rasch und reuevoll hinzu. Aber so bot ihr das Leben keine Herausforderung, nicht einmal die wöchentlichen Karatestunden erschienen ihr sonderlich sinnvoll. Schließlich drehte sie symbolisch das Messer noch in der Wunde und sagte laut: „Vielleicht bist du jetzt wirklich zu alt für gefährliche Abenteuer, Emily Pollifax."

Das Läuten des Telefons ließ sie zusammenfahren, verscheuchte jedoch nicht ihre trüben Gedanken. Sie wußte – sie war sich absolut sicher –, daß der Anrufer entweder Amos von der Gärtnerei war, um ihr mitzuteilen, daß der bestellte Dünger eingetroffen sei, oder Mrs. Tilliwit, um sie an die Umweltschützer-Versammlung am Mittwoch zu erinnern. Widerstrebend stellte sie ihre Kaffeetasse hin und hob den Hörer beim fünften Klingeln ab. „Hallo", meldete sie sich seufzend.

„Welch eine Begrüßung", erklang eine mitfühlende und sehr vertraute Stimme. „Ich hoffe, ich störe keine Totenwache?"

„B-Bishop?" stammelte sie. „Bishop?"

„Kein anderer", versicherte er ihr. „Geht es Ihnen nicht gut?"

Sie lachte zittrig. „Nur ein schauderhafter Anfall von Januarlangeweile."

„Dann ist es der passende Augenblick, Sie zu fragen", sagte er vergnügt, „ob Sie vielleicht morgen nach Marokko fliegen könnten, in einer Angelegenheit speziell für Carstairs. Für etwa eine Woche ..."

„Marokko!" keuchte sie, und sofort empfand sie wieder diese beschwingende Vorfreude und das Gefühl, zu etwas nütze zu sein. Nicht zu alt, dachte sie und jubelte stumm die Worte, nicht zu alt, nicht zu alt! Und dann sagte sie: „Ja, Bishop, ich kann morgen nach Marokko fliegen. Ich freue mich."

„Wundervoll! Ich komme am Nachmittag zu Ihnen, dann können wir alles besprechen. Holen Sie Ihren Reisepaß hervor – es sind weder ein Visum noch Impfungen nötig –, und fangen Sie schon zu packen an."

Nachdem er aufgelegt hatte, stellte sie überrascht fest, daß das Wohnzimmer, in dem sie stand, sich plötzlich verändert hatte. Die Farben ihrer Vorhänge hoben sich leuchtend von den weißen Wänden ab, die Geranie auf dem Tisch strahlte in flammendem Rot. Dabei hatte vor wenigen Minuten noch alles so düster ausgesehen. Sie lachte laut und stieg vergnügt die Treppe hoch, um zwei Reisetaschen zu packen.

Bishop kam um halb drei. Es war Monate her, seit sie ihn das letztemal gesehen hatte, und als er aus einem knallroten Nobelwagen stieg, grüßte sie ihn mit einem fröhlichen: „Bishop – wie kommen Sie zu einem Jaguar?"

„Ein Leihwagen." Er grinste sie an und nahm seine Aktenmappe heraus, ohne die man ihn nie sah. „Mit achtzehn hatte ich einen Jeep, in meinen Zwanzigern und Dreißigern war es mir egal, aber wenn man beginnt, auch die letzten Reste seiner Jugend zu verlieren, braucht man so eine Art von Spielzeug. In zwei Monaten werde ich vierzig."

„Entsetzlich. Kommen Sie herein, ersäufen Sie Ihre Midlife-Crisis in Kaffee und erzählen Sie mir von Marokko."

„Gut." Er folgte ihr ins Wohnzimmer und warf seinen Mantel über eine Sessellehne. „Unterhalten wir uns in der Küche. Junggesellen kriegen Küchen selten zu sehen, dabei mag ich es, mich dort aufzuhalten."

„Das wußte ich nicht", sagte sie erstaunt. „Eine Ihrer ungeahnten Seiten, Bishop."

In der hellen, gemütlichen Küche legte er seine Aktentasche auf den Tisch, setzte sich und lächelte sie glücklich an. „Ich habe so viele Seiten, die den Leuten nicht auffallen, das ist die Tragik meines Lebens."

„Vor allem den Blondinen nicht, für die Sie so schwärmen?"

„Vor allem denen nicht."

„Mitleid wäre an Sie verschwendet." Sie schenkte zwei Tassen Kaffee ein und brachte eine Platte mit Heidelbeertörtchen.

„Mmmmm", ließ er sich vernehmen. „Ausgesprochen verlockend diese Törtchen. Ich werde eins probieren, danke."

„Tun Sie das", sagte sie augenzwinkernd; sie zweifelte nicht im geringsten, daß er alle sechs verschlungen haben würde, ehe er sich verabschiedete. „Geht es Mr. Carstairs gut?"

Bishop nickte. „Aber er sehnt sich nach den guten alten Zeiten. Er findet, daß der CIA zu groß geworden ist, zu bürokratisch. Ansonsten ist er derselbe brillante Carstairs, der einen rasend machen kann – aber sprechen wir über Marokko."

„Ja, gerne."

„Also, fangen wir an. Doch ehe Sie sich einverstanden erklären, ist es absolut wichtig, daß Ihnen klar ist, daß Sie für eine ganz kleine Abteilung des CIA arbeiten, die völlig separat arbeitet, offiziell gar nicht existiert und nur sehr wenigen bekannt ist."

„Interessant", murmelte sie. „Sehr interessant, aber noch nicht abschreckend."

„Schön, wir möchten gerne – nein, wir brauchen Sie unbedingt, um einen Mann zu begleiten, der einen Auftrag für uns in Marokko durchführt. Wir haben beschlossen, daß Sie als seine Tante mit ihm reisen." Er lächelte zufrieden. „Tante Emily."

„Ich soll ihn nur begleiten?"

Er nickte. „Viel mehr könnten Sie auf keinen Fall tun, weil Sie nicht Arabisch sprechen und eine Frau sind. Es ist ein mohammedanisches Land, und die Frauen werden nur gesehen, aber nicht gehört. Hat wohl was damit zu tun, daß der Koran Frauen als minderwertig hinstellt."

Mrs. Pollifax schnaubte abfällig.

„Jankos Wert", fügte er tröstend hinzu, „liegt darin, daß er Arabisch beherrscht ... Max Janko, den Sie begleiten sollen."

Sie runzelte die Stirn. „Wozu braucht er mich, wenn er Arabisch kann?"

Bishop seufzte. „Das ist eine heikle Sache, denn nicht er braucht Sie, sondern wir. Carstairs kennt diesen Mann nicht – Kairo hat ihn ausgewählt –, aber wie Sie ja bereits wissen, ist Carstairs ein Experte in Physiognomie; er hat so seine Ahnungen, wenn er sich ein Gesicht ansieht; soviel ich weiß, hat er sich bisher nie getäuscht. Dieser Janko ist der einzige mit Arabischkenntnissen, der sofort verfügbar ist. Und daß er

Arabisch kann, ist wichtig, weil Sie praktisch durch ganz Marokko reisen werden, hoffentlich ohne aufzufallen, und dabei häufig nach dem Weg fragen müssen. Tatsächlich spricht Janko auch Französisch, Chinesisch, Russisch und Rumänisch. Aber Carstairs schließt aus seinem Foto, daß es ihm – sagen wir an Höflichkeit und Takt mangelt, um in einem mohammedanischen Land gut zurechtzukommen. Er macht nicht den Eindruck, als hätte er das nötige Einfühlungsvermögen, um sich aus bedenklichen Situationen herauszureden oder -zuarbeiten." Bishop lächelte. „Wenn er mit Ihnen reist, hoffen wir, daß Sie einen netten, tantenhaften Einfluß auf ihn haben werden. Und daß Sie die Wogen glätten, falls er die Sitten und Gebräuche des Landes verletzt, die Beherrschung verliert oder grob wird. Carstairs macht sich Sorgen, weil es um eine äußerst wichtige Sache geht."

„Was soll dieser Mr. Janko denn eigentlich tun?" erkundigte sie sich behutsam.

„Nach sieben Personen sehen", antwortete Bishop. Er kramte in seiner Aktenmappe und holte einen kleinen Umschlag heraus. „Wir hielten es für am sichersten, daß Sie ihm diese Fotos hier persönlich übergeben. Ihr Bild haben wir ihm per Telefax übermittelt, damit er Sie am Flughafen in Fes erkennen kann, wenn er Sie abholt. Aber wir können nicht riskieren, diese ebenfalls zu senden. Wenn Sie nicht mitmachen würden, müßten wir einen Kurier schicken. Diese Bilder kennt nicht einmal Kairo." Er händigte ihr den Umschlag aus. „Sieben Schnappschüsse, sieben Gesichter. Die Adresse steht auf dem jeweiligen Bild. Die Überprüfung dieser Fotos wird sie von Fes bis hinunter in die Südostecke des Landes führen. Sie werden also ein schönes Stück von Marokko sehen. Dem echten Marokko", fügte er hinzu.

„Darf man fragen, wer die Leute sind?"

„Informanten", erklärte Bishop.

„Ich verstehe . . ., aber das ist doch gewiß nicht alles."

Er zuckte die Schultern. „Bestimmte Gerüchte erreichten uns, aber Carstairs würde sagen, daß das nichts ist, worüber Sie sich den Kopf zu zerbrechen brauchen."

„Ich zerbreche mir aber ganz gern den Kopf, Bishop", entgegnete sie sanft.

„Ich weiß . . ." Er überlegte eine Weile, zögerte und nickte schließlich. „Also gut, ich sage Ihnen soviel: wir sind in Sorge, weil die Beschreibung eines der sieben nicht zu seinem Foto paßt."

Ihre Augen weiteten sich. „Ein trojanisches Pferd unter Ihren sieben Leuten?"

„Ja", sagte er grimmig. „Jemand könnte die Identität eines der Männer in unserer Informantenkette angenommen haben – ich schaudere, wenn ich daran denke, wie – und könnte vorhaben, die anderen unserer Gruppe zu enttarnen oder auszuschalten. Mehr als das, meine liebe Mrs. P., darf ich leider weder Ihnen noch Janko sagen. Außer, daß Sie mit dem Wagen von Ort zu Ort fahren werden und daß Janko die Anweisung hat, mit keinem der sieben in Verbindung zu treten, sondern sich nur zu vergewissern, daß jedes Gesicht zu dem jeweiligen Konterfei auf den Bildern paßt. Wenn ein Gesicht nicht paßt", fuhr er fort, „sollen Sie zum nächsten Postamt fahren."

„Postamt?"

„Ja. In Marokko werden Fernschreiben von den staatlichen Postämtern abgesandt – und die sind rar in den Gegenden, durch die Sie kommen werden. Sobald Sie ein Hotel erreicht haben, werden Sie uns anrufen, um Ihre Nachricht zu bestätigen."

„Ja, natürlich." Sie nickte. „Ist das alles?"

Er lächelte. „Ich glaube, Sie werden es abenteuerlich genug finden, diese sieben Personen zu finden, ohne daß jemand dahinterkommt, was sie tun. Deshalb ist Jankos Arabisch so wichtig. Zwei Touristen aus dem Westen, die nach einer bestimmten Person in einer kleinen Ortschaft fragen, würden ganz sicher auffallen, was zu beachtlichen Schwierigkeiten führen könnte."

Das klang logisch. Sie nickte. „Und wie werde ich Mr. Janko erkennen?"

Bishop lachte. „Das brauchen Sie nicht. Er wird Sie finden, aber Sie können sich auf einen Mann mit buschigem schwarzen Schnurrbart und buschigen schwarzen Brauen gefaßt machen; hinzu kommt, um mit Carstairs zu sprechen, eine entsetzlich arrogante Ausstrahlung. Aber falls sie sich tatsächlich am Flughafen in Fes verfehlen sollten, finden Sie ihn im Hotel Palais Jamai, wo wir ein Zimmer gleich neben seinem für Sie reservieren ließen."

„Palais Jamai", wiederholte sie.

Er griff in seine Aktenmappe. „Hier sind die Tickets, amerikanische Dollars und marokkanische Dirhams, Reiseschecks, Ihre Hotelbuchung in Fes, ein Reiseführer. Nach Fes sind Sie auf sich selbst gestellt. Und hier sind unsere übliche Telexanschrift und Telefonnummer, falls ..."

„Falls", wiederholte sie ernst.

„Ja, falls ... Wir hoffen natürlich, daß alles in Ordnung ist, aber die Information, die wir durch unsere Quelle erhielten, war plötzlich ziemlich wirr und paßte nicht zu der anderer Quellen. Sonst noch was? Nein, ich glaube, ich habe nichts vergessen." Er lächelte und nahm sich sein viertes Heidelbeertörtchen. „Noch Fragen?"

„Ja. Wie ist Marokko?"

„Arm", antwortete er. „Nachdem es 1956 seine Unabhängigkeit errungen hatte, sah die Lage vielversprechend aus, doch inzwischen kämpft das Land bereits seit vierzehn Jahren einen Krieg, der es pro Tag gut eine Million Dollar kostet."

„Krieg?" fragte sie überrascht. „Mit wem? Was für ein Krieg?"

Bishop griff nach dem Reiseführer, der vor ihr auf dem Tisch lag, und öffnete die Kartenseite. „Sehen Sie sich dieses Gebiet südlich von Marokko an", sagte er. „Das ist die Westsahara, das ödeste und unwirtlichste Land, um das jemand kämpfen kann, aber es ist die Heimat der Sahrauis, die schon immer in dieser Gegend lebten. Es war ein spanisches Protektorat, bis es die Spanier Anfang 1976 räumten. Den Sahrauis wurde damals eine Volksabstimmung unter UN-Aufsicht versprochen, bei der sie ihre Unabhängigkeit oder den Zusammenschluß mit Marokko oder Mauretanien wählen sollten. Doch dazu kam es nie, weil Marokko sofort einmarschierte, um die Westsahara für sich zu beanspruchen."

„Klingt ziemlich gierig", murmelte Mrs. Pollifax. „Ich nehme an, die Sahrauis leisteten Widerstand?"

Bishop nickte. „Man nennt diese Leute Polisarios. Sie versuchen seit vierzehn Jahren, ihr Land zurückzubekommen. Tatsächlich führten sie lange Zeit einen verdammt guten Guerillakrieg. Nicht von ihrem eigenen Land aus – das mußten sie verlassen –, sondern von Algerien aus, das sie wirtschaftlich und militärisch unterstützt. Ihr Stützpunkt befindet sich in der algerischen Wüste in der Gegend von Tindouf."

„Erkennen wir sie an?" fragte Mrs. Pollifax. „Ich meine wir, die USA?"

Er lächelte schwach. „Im Gegenteil, unsere Regierung unterstützt Marokko in seinem Krieg gegen sie. Wir haben Geld und Berater nach Marokko geschickt, ganz zu schweigen von Hubschraubern, Panzern, Luft-Boden-Raketen und Munition. Unsere Regierung nimmt an, daß der König von Marokko, falls er diesen Krieg verliert, auch seinen Thron verlieren würde – es gab bereits mehrere Umsturzversuche –, und wie üblich ist das Regime des Königs der Ungewißheit vorzuziehen. Man weiß ja nicht, ob nach ihm Radikale an die Macht kommen." Er hielt inne und blickte sie forschend an. „Was ist los? Ist etwas nicht in Ordnung?"

„Ja." Sie nickte. „Ich glaube, ich kann diesen Auftrag doch nicht annehmen, Bishop. Nach allem, was Sie mir erzählt haben, gehört meine Sympathie den Polisarios. Und ein Auftrag, sieben Leute zu überprüfen, die gegen sie spionieren …" Sie schüttelte den Kopf. „Tut mir leid, das kann ich nicht."

Er lehnte sich zurück und blickte sie bestürzt an. „Verflixt, das habe ich offenbar völlig vermasselt." Bekümmert fuhr er sich durchs Haar. „Hören Sie", sagte er und begann erneut. „Ich habe strikten Befehl, Ihnen nicht mehr zu sagen – sowohl zu Ihrer wie zu unserer Sicherheit –, nur so viel: dieser Auftrag kann unter den richtigen Umständen zur Beendigung dieses Krieges beitragen."

Sie blickte ihn argwöhnisch an. „Ich kann mir nicht vorstellen, wie."

Er seufzte. „Ich könnte darauf hinweisen, daß Informanten oftmals mit Informationen zu tun haben, die die Regierung verheimlichen will. Das könnte ich, aber am Ende ist es doch eine Frage des Vertrauens."

„Vertrauen?"

„Zu Carstairs", sagte er. Bishop wirkte gequält und angespannt. Er hatte es auf den einfachsten Nenner gebracht. Sie konnte nicht bestreiten, daß sie Carstairs vertraute. Sie hatte seine Integrität schätzengelernt; er hatte ihr nie einen Auftrag gegeben, der gegen ihre Einstellung gewesen wäre, und wenn er wirklich hoffte, daß dieser Auftrag zur Beendigung eines abscheulichen kleinen Krieges beitragen konnte, mochte das durchaus so sein. Müde sagte sie: „Sie zwingen mich zuzugeben, daß ich Carstairs vertraue."

Fast flehend fragte Bishop: „Dann überlegen Sie es sich noch einmal?"

Er wirkte so bedrückt, daß sie lächeln mußte. „Ich vertraue auch Ihnen, Bishop. Deshalb werde ich den Auftrag trotz meiner anfänglichen Zweifel annehmen."

Er seufzte erleichtert. „Gott sei Dank!" rief er inbrünstig. Benommen blickte er auf die Uhr. „Oh, es ist schon spät. Ich muß mich beeilen."

„Sie müssen sich immer beeilen", beschwerte sie sich.

„Ich werde um sechzehn Uhr in Manhattan erwartet." Er blickte traurig auf die Tortenplatte, die nun leer war. „Ausgesprochen köstlich, Ihre Törtchen, es ist wirklich schade, daß ich schon weg muß. Sie werden Janko ganz fest an die Kandare nehmen, falls er anfängt, Leute zu beleidigen, nicht wahr?"

Sie lächelte. „Ich habe zwar kein Buch mit Benimmregeln, aber ich werde ihn dazu anhalten, häufig zu lächeln."

„Viel Glück", sagte Bishop trocken und schloß gutgelaunt seine Aktenmappe. Dann beugte er sich zu Mrs. Pollifax hinüber, küßte sie aufs Haar und sagte: „Tausend Dank, daß Sie es doch machen."

ALS Bishop gegangen war, trug Mrs. Pollifax den Umschlag mit den Bildern hinauf, und während sie ihn auf das Bett neben ihre gepackten Reisetaschen legte, versuchte sie sich zu erinnern, was sie über Marokko wußte. Das nordafrikanische Land grenzte sowohl an den Atlantik wie an das Mittelmeer; Algerien war sein Nachbar im Osten. Und hatte sie nicht irgendwo gelesen, daß die Marokkaner große Mathematiker und Astronomen hervorgebracht hatten? Natürlich hatte sie den Film „Casablanca" gesehen, und er hatte ihr sehr gefallen ... Wenn sie sich nicht völlig irrte, hatten einst auch die Römer das Land besetzt.

„Was ist aus meinen Geschichtskenntnissen geworden?" klagte sie. Sie setzte sich aufs Bett neben den Umschlag mit den Fotos und erlag ihrer Neugier. Gespannt holte sie die Bilder heraus, betrachtete sie eines nach dem anderen, dann breitete sie sie auf dem Bett aus, damit sie jedes Gesicht genau mustern konnte.

Die Fotografien waren von eins bis sieben numeriert. Sie ordnete sie entsprechend dieser Reihenfolge und konsultierte die kleine Karte in dem Reiseführer. Sie lernte die Route auswendig, die sie mit Janko durch Marokko nehmen würde, und bemerkte, wie unterschiedlich der Hintergrund all dieser Schnappschüsse war, angefangen von den schmalen Gassen in der Altstadt von Fes bis zu eintönigen Ebenen und schließlich zu Bergen, von denen einer eine Schneekappe trug.

Die Informanten waren auf den Fotos deutlich erkennbar, aber keiner der sieben sah aus, als hätte er sich der Kamera bewußt gestellt, und nur einer blickte in ihre Richtung. Sie sah sieben Männer in langen Gewändern, drei hatten Bärte. Ihre Namen und Adressen auf der Rückseite jedes Bildes klangen fremdartig für ein amerikanisches Ohr: Hamid ou Azu, Ibrahim Atubi, Youssef Sadrati, Omar Mahbuba, Muhammed Tuhami, Sidi Tahar Bouseghine, Khaddour Nasiri, und sie sah, daß sie an Orten wohnten, die Er Rachidia und Erfoud hießen, Tinerhir, Quarzazate, Zagora, Rouida ... Nur ihre Berufe waren nicht allzu fremdartig: ein Messingverkäufer, ein Kaffeehauskellner, ein Hotelkellner, ein Ladeninhaber, ein Friseur, ein Teppichhändler und ein Badeaufseher.

Sie studierte die Gesichter eingehend, und nachdem sie die Fotos in ihren Umschlag zurückgetan hatte, steckte sie diesen nicht in ihre Handtasche. Statt dessen suchte sie nach dem alten Geldgürtel, den Cyrus so geliebt und nur zögernd gegen einen neuen ausgetauscht hatte. Sie entdeckte ihn in der Schublade einer Kommode unter seinen Socken. Erfreut stellte sie fest, daß die drei Banknotenfächer genau die richtige Größe für die Bilder hatten. Sie beschloß, den Gürtel auf ihrer Reise nach Marokko zu tragen und erst abzunehmen, wenn sie Janko die Fotos sicher aushändigen konnte.

Mit einem Lächeln registrierte sie, daß sieben Gesichter für sie zu sieben lebendigen Menschen geworden waren, für deren Geschick sie nun eine gewisse Verantwortung trug.

Kapitel 2

WÄHREND des sechsstündigen Nachtflugs nach Casablanca machte Mrs. Pollifax den Rest ihrer Hausaufgaben. Zwar blieben die Fotos sicher in Cyrus' Geldgürtel, aber sie hatte sich die Namen und Adressen der sieben Informanten auf ein Blatt Papier notiert und verbrachte eine Stunde damit, sie auswendig zu lernen. Als sie ganz sicher sein konnte, daß sie unauslöschlich in ihr Gedächtnis geprägt waren, zerriß sie die Liste in winzige Stücke und spülte sie die Toilette hinunter. Erst dann gestattete sie sich zu schlafen.

Als das Flugzeug über Casablanca niederging, erwachte sie aus einem etwas unbefriedigenden Nickerchen. Ein Blick auf die Uhr verriet ihr, daß es in New York drei Uhr nachts war, doch durch das Fenster sah sie, daß in Casablanca die Sonne längst aufgegangen und ein schöner Morgen angebrochen war. Über den Bordlautsprecher erfuhr sie, daß es hier acht Uhr war, und stellte ihre Uhr entsprechend. Sie hoffte, daß das Flugzeug pünktlich war und sie den Anschlußflug nach Fes erreichte.

Zwei Stunden später – sie fühlte sich ein wenig mitgenommen von der Hast und dem Sprachengewirr – landete ihr Anschlußflug in Fes, und ihre Gedanken wandten sich der bevorstehenden Begegnung mit Max Janko zu. Unwillkürlich wurde sie ein wenig angespannt und wappnete sich gegen eine mögliche Konfrontation mit dem Agenten, den Carstairs als Grobian eingeschätzt hatte. In der Ankunftshalle ging sie an den vielen Menschen vorbei, die auf Freunde und Verwandte warteten. Fast alle sprachen Französisch, alle Hautfarben waren vertreten, von Schwarz über Braun bis Weiß, und nahezu die Hälfte der Männer hatte buschige schwarze Schnurrbärte.

Doch keiner der buschigen Schnurrbärte näherte sich Mrs. Pollifax.

Sie wartete geduldig gut eine halbe Stunde lang, dann gab sie es auf, trug ihre Taschen hinaus ins Freie, stieg in ein Taxi und bat, zum Hotel Palais Jamai gebracht zu werden.

Die Fahrt vermittelte ihr einen flüchtigen Eindruck von Fes: ein Boulevard mit Bäumen und Blumen zu beiden Seiten, schmälere Straßen, wo die Sonne schräg über alte Mauern fiel, da und dort ein Balkon mit feinen Ziergittern und viele Motorräder. Aber viel mehr beschäftigte sie ihr Gefühlsleben, das ziemlich in Aufruhr war. Sie war müde, überreizt, argwöhnisch und wußte nicht so recht, ob sie wütend sein sollte, weil Janko sie nicht am Flughafen abgeholt hatte, oder ob sie es mit Gleichmut hinnehmen sollte. Man muß flexibel sein, ermahnte sie sich. Aber Bishop hatte fest damit gerechnet, daß Janko sie abholen würde ... Als sie am Palais Jamai vorfuhr, fand sie, daß es herrlich luxuriös aussah, aber im Augenblick interessierte sie sich nicht für seine Pracht; sie zählte lediglich die Dirham für den Taxifahrer und überließ ihre beiden Reisetaschen einem Träger. Nachdem sie sich am Empfang eingetragen hatte, erkundigte sie sich nach der Nummer von Mr. Jankos Zimmer – er hatte 315. Der Träger brachte sie ins Zimmer 314, sie gab ihm ein Trinkgeld und ging dann gleich zur Tür von 315. Sie klopfte an, und eine Männerstimme rief: „Ja? Was ist?"

„Ich bin Mrs. Pollifax, eben angekommen."

Schritte waren zu hören, die Tür schwang auf, und vor ihr stand Max Janko. Er musterte sie mit kühlem Blick. Ein sehr selbstsicherer junger Mann, fand sie, angesichts seiner straffen Haltung und den unverkennbar arroganten Gesichtszügen. Buschige Brauen, fast so schwer wie sein glänzender schwarzer Schnurrbart, beschatteten seine Augen. Er trug Jeans und ein offenes Hemd, was absolut nicht zu seiner kühlen Förmlichkeit paßte.

„Kommen Sie herein", forderte er sie auf, offenbar belustigt über die harmlos aussehende ältere Dame, die man ihm geschickt hatte.

Sie schaute sich in seinem Zimmer um und bemerkte einen unausgepackten Koffer. „Sie sind eben erst angekommen?" fragte sie und hoffte, das würde erklären, weshalb er sie am Flughafen hatte warten lassen.

Er ging nicht darauf ein, sondern sagte: „Setzen Sie sich doch. Sie bringen mir natürlich die Fotos, aber Sie kommen spät, ich hatte Sie schon vor einer Stunde erwartet."

Sie war überrascht, blieb aber trotzdem höflich. „Man sagte mir, daß Sie mich am Flughafen abholen würden. Wenn ich später hier angekommen bin, als Sie es sich dachten, dann nur, weil ich dort auf Sie gewartet habe."

Sein Blick ruhte ausdruckslos auf ihr. „Wie töricht von Ihnen, so lange zu warten." Dann, als würde er sich seiner Unhöflichkeit bewußt, schenkte er ihr ein sehr charmantes Lächeln, doch es entging ihr nicht, daß seine Augen davon nicht berührt waren.

Noch einmal sagte sie, sehr bestimmt: „Man versicherte mir, daß Sie mich am Flughafen abholen würden. Ist Ihnen etwas dazwischengekommen?"

Gleichmütig zuckte er die Schultern. „Ich hielt es für unnötig."

„Dann hätten Sie auch damit rechnen müssen, daß ich verspätet hierherkomme", erwiderte sie ruhig.

Er wirkte ein wenig betroffen über diese sanfte Zurechtweisung. Erneut lächelte er sie an. „Hören wir damit auf. Falls ich Sie beleidigt habe, tut es mir leid, aber daß ich Sie abholen sollte, wurde mir nicht ausdrücklich mitgeteilt, und ich hatte gewisse Dinge zu erledigen. Bitte setzen Sie sich doch. Nehmen Sie meine Entschuldigung an?"

„Natürlich", sagte sie freundlich, blieb jedoch stehen.

„Wenn ich jetzt bitte die Fotos sehen dürfte." Er streckte die Hand aus und wartete. „Es ist wichtig ..." Ein Klopfen an der Tür unterbrach ihn, und er rief ungeduldig. „Es ist offen, kommen Sie herein!"

Ein Träger öffnete die Tür und verbeugte sich. „Die Leute von der Autovermietung sind mit einem Wagen da, Sir, und ich soll Ihr Gepäck holen."

„Ja, ja", brummte Janko. „Sagen Sie ihnen, daß ich in fünf Minuten unten bin, aber mein Gepäck können Sie gleich mitnehmen."

Während der Träger nach dem Koffer griff, blickte Mrs. Pollifax Janko interessiert an. „Ich fange an zu verstehen, weshalb Sie meine Ankunft ignoriert haben", meinte sie sanft. „Sie beabsichtigen offenbar, auch mich zu ignorieren."

Mit seiner charmanten Haltung war es vorbei. „Ich habe nur darauf gewartet, daß Sie mir die Fotos bringen, bevor ich abreise", sagte er barsch. „Ich denke gar nicht daran, Sie mitzunehmen. Begleitung kommt für mich nicht in Frage – machen Sie eine Touristenrundfahrt, oder tun Sie, was Ihnen Spaß macht, aber lassen Sie mich bloß allein, damit ich meinen Auftrag erledigen kann. Schon der Gedanke, mit einer – einer ..."

„Einer Tante zu reisen", warf sie hilfreich ein.

„Ich habe keine Tanten." Er funkelte sie unter den buschigen Brauen an. „Dieses Arrangement wurde ohne mein Wissen vorgenommen. Der ursprüngliche Auftrag war einfach und klar. Ich möchte wissen, was zum Teufel die sich dabei gedacht haben, mir einen Klotz wie Sie ans Bein zu hängen! Sprechen Sie Arabisch? Haben Sie eine Ahnung von meinem Auftrag oder seiner Wichtigkeit? Begreifen Sie vielleicht, daß eine Begleitung mich nur behindern kann?"

Ihre Entgegnung fiel kühl aus. „Ich kann Sie nur darauf aufmerksam machen, daß klügere Köpfe als Sie, Mr. Janko, mich hierherschickten, um Sie zu begleiten."

„Klügere Köpfe? Das ist eine Beleidigung! Es ist völlig unnötig, daß Sie hierbleiben, nachdem Sie die Fotos abgeliefert haben. Ich reise allein, basta!"

Mrs. Pollifax blieb ruhig. „Ich verstehe Ihre Überraschung, daß man Ihnen in letzter Minute eine Tante aufdrängt, Mr. Janko – obwohl ich jetzt durchaus verstehen kann, weshalb dies geschehen ist –, aber ich bin sicher, Sie verstehen auch meine Überraschung, daß Sie ein so ungehobelter und unangenehmer Mensch sind. Offenbar wird uns beiden nichts übrigbleiben, als das Beste aus dieser unguten Situation zu machen."

„Unmöglich! Geben Sie mir jetzt die Fotos!"

Sie musterte ihn nachdenklich. „Nein, das tu ich wohl besser nicht", entgegnete sie brüsk. „Genaugenommen sehe ich keine andere Lösung, als die Bilder zu behalten, denn solange ich sie habe, brauchen Sie mich."

„Das würden Sie nicht wagen!"

„Meinen Sie?"

Sein Blick fiel auf ihre Handtasche, dann schweifte er durch das Zimmer und kehrte abschätzend zu ihr zurück. Sie wußte genau, was er dachte. Er war wütend genug, Gewalt anzuwenden, und sie war bereit, sich zu wehren.

Sie starrten einander drohend an, dann zuckte Janko die Schultern und sagte barsch: „Wir vergeuden nur Zeit."

„Stimmt", bestätigte Mrs. Pollifax, „besonders da die Person, die als erste überprüft werden soll, sich hier in Fes befindet, in der Altstadt."

Er wirkte überrascht. „In Fes?"

„Ja."

„Würden Sie die Freundlichkeit haben, mir zu verraten, wohin es danach geht? Wenn ich chauffieren soll, muß ich Karten studieren und eine Route planen. Oder möchten Sie auch das übernehmen?"

„Die nächste Person ist in Er Rachidia", antwortete sie ruhig.

„Danke", sagte er verbittert. Er schlug eine große Straßenkarte auf und studierte sie. „Dann geht die Reise also südwärts. Aber in Er Rachidia gabelt sich die Straße, sehen Sie?" Er zeigte ihr die Karte. „Fahren wir dann westwärts oder in Richtung Süden weiter nach Erfoud?"

„Erfoud", erwiderte sie widerwillig.

„Gut. Nach Erfoud sind es etwa vierhundertzwanzig Kilometer, das sollten wir in einem Tag schaffen können. Aber nicht heute. Ich schlage vor", meinte er spöttisch, „daß wir unsere Zimmer hier über Nacht behalten und Er Rachidia und Erfoud morgen erledigen, außer natürlich, Sie ...?" Er zog eine Braue hoch.

„Die Ironie können Sie sich sparen", sagte sie. „Es scheint mir ein sehr vernünftiger Plan zu sein, vor allem da wir heute nachmittag hier zu tun haben. Wenn Sie mich entschuldigen, gehe ich jetzt in mein Zimmer, ziehe bequeme Schuhe an und bin in fünf Minuten wieder hier."

„Hoffentlich mit den Fotos", brummte er.

„Mit einem." Sie nickte und ging hinaus.

Sein Wechsel von blanker Wut zu Sarkasmus hatte sie nicht im geringsten täuschen können. Sie würde auf der Hut sein müssen. Wie ärgerlich! Sie seufzte. Er war tatsächlich einen Moment lang bereit gewesen, die Bilder mit Gewalt an sich zu bringen. Er würde es wieder versuchen, daran zweifelte sie nicht. Seine gekränkte Eitelkeit ließ nicht zu, daß er so leicht aufgab.

In ihrem Zimmer nahm sie das Foto Nummer eins aus Cyrus' Geld-gürtel. Es stellte Hamid ou Azu dar, einen bärtigen Mann mittleren Alters, der einen roten Fes trug und einen gestreiften Kapuzenmantel, eine Dschellaba. Ein Sonnenstrahl fiel auf sein Gesicht und verwandelte die großen Schalen und Tabletts aus Messing, die ihn in seinem Laden umgaben, in Gold. Er sah wie ein gewitzter, reicher Kaufmann aus. Seine Adresse hatte sie auswendig gelernt: Place es Seffarin in der Altstadt Fès el Bali.

NACH einer Debatte, die Mrs. Pollifax endlos schien, wurde gemäß der Empfehlung in ihrem Reiseführer für den Ausflug in das Gewirr der Altstadt ein Führer gemietet. Der Mann hieß Dasran; trug eine Dschellaba über westlicher Kleidung und strahlte sie beide an. „Ja, ja, ich Sie führen zu Place es Seffarin – viel Messing, viel Kupfer –, kommen Sie!"

Sie traten nicht weit vom Hotel durch ein Tor in ein anderes Jahrhundert, in eine mittelalterliche Welt mit Kopfsteinpflaster, schmalen Gassen und Durchgängen, und Mrs. Pollifax' Laune besserte sich sogleich. Die Souk genannten Märkte lagen vor ihnen zu beiden Seiten, dunklen Höhlen gleich, die dennoch in bunten Farben glänzten; über einem Geschäft hingen von Wäscheseilen dicke Stränge leuchtenden Seidenfadens – rosa, purpurn, orange – zum Trocknen. Aus dem nächsten Laden schlugen einem die Düfte von Parfüm und Gewürzen entgegen, und dem Auge wurden garantiert zauberkräftige Mittel geboten: Baumrinde, Wurzeln, Tinkturen und Talismane. Mrs. Pollifax und ihr Begleiter passierten Stände mit pyramidenförmig aufgehäuften Zitronen, Mandarinen, Orangen und schwarzen Oliven und mit Behältern voll rotem Paprika und braungrauem Kümmel.

Eine Biegung der sich schlängelnden Gäßchen führte sie an Holzschnitzern vorbei, dann an einem Hemdenmacher, der über seine Nähmaschine gebückt saß. Dann folgte ein Laden, wo Schafshäute straff über Tonkrüge gespannt waren, um einmal zu Trommeln verarbeitet zu werden.

Sie bewegten sich in einem steten Menschenstrom: alte Männer in Turban und Dschellaba, Frauen, von deren Gesichtern unter den schwarzen Schleiern nur die Augen zu sehen waren, und Kinder, die barfuß über das glitschige Kopfsteinpflaster rannten. In einer besonders engen Gasse mußte sich Mrs. Pollifax an die Wand drücken, um nicht von einem eiligen Esel mit riesigen Körben an beiden Seiten niedergetrampelt zu werden. Ein Kind rannte an ihnen vorbei, dann hielt es abrupt an und streckte bettelnd die Hand aus.

Händefuchtelnd vertrieb Dasran das Kind, doch der Vorfall hatte ihn offenbar auf eine Idee gebracht, denn er wandte sich strahlend an die beiden. „Sie wollen sehen Messingsachen? Mein Vetter verkaufen wunderschöne Messingschalen – kommen Sie! Gleich nächste Straße. Sehr preiswert!"

Janko drehte sich um, zog eine Braue hoch und wirkte amüsiert. „Sie wollten es ja nicht anders."

Derart herausgefordert, sagte Mrs. Pollifax streng zu Dasran: „Wir wollen bei einem Laden anfangen, der uns im Hotel empfohlen wurde, dem von Hamid ou Azu."

„Pah!" schnaubte Dasran. „Sie dort viel bezahlen müssen. Wollen

Sie eine Lederhandtasche? Eine wunderschöne Lederhandtasche? Ich haben einen Vetter, verkaufen Saffianleder ganz billig."

„Nein! Bringen Sie uns zu Hamid ou Azus Laden."

Sein Schulterzucken sagte ihr, wie undankbar er es von ihr fand, daß sie die wundervollen Gelegenheitskäufe ausschlug, die er ihr vermittelt hätte; aber er führte sie die Gassen auf und ab, bis sie an einer Kreuzung anlangten, wo er auf einen Marktstand an der gegenüberliegenden Straßenecke deutete. „Das ist Laden von Hamid ou Azu."

Und dort war der Gesuchte, direkt in ihrem Blickfeld. Er saß mit übereinandergeschlagenen Beinen an einem niedrigen Tisch und redete mit einem jungen Mann neben ihm, der laufend Zahlen in einen Taschenrechner tippte. Auf dem Messingtischchen zwischen ihnen stand ein Tablett mit Glastäßchen voll grünem Tee.

Janko öffnete den Reiseführer – er hatte den Schnappschuß, den sie ihm gegeben hatte, hineingesteckt –, verglich die Gesichter und nickte. „Mission erfüllt", murmelte er. „Nummer eins stimmt." Mit spöttischem Blick sagte er: „Nun überlasse ich Sie Dasran. Ich habe Lust auf einen Drink. Falls Sie was von mir wollen, finden Sie mich an der Bar im Hotel."

Ihr wurde sofort klar, wie sehr er es genoß, sie in einer Lage zurückzulassen, die sie nicht vorhergesehen hatte: die Frage war nun, wie sie Dasran wieder loswerden sollte, nachdem er sie zu Hamid ou Azus Laden gebracht hatte. Schadenfroh überließ Janko dieses Problem ihr. „Gehen Sie nur", sagte sie betont freundlich. „Da Mr. ou Azu offenbar gerade sehr mit einem Kunden beschäftigt ist, folge ich Dasran und kaufe einige Andenken."

Jankos Blick war fast anerkennend. Dann drehte er sich um und war rasch in der Menge verschwunden.

Sie wandte sich an Dasran, deutete auf seinen Kapuzenmantel und bat: „Zeigen Sie mir bitte einen Laden, in dem es Dschellabas gibt."

Sein Gesicht erhellte sich. „Dschellabas? Aber sicher!"

„Allerdings keine Vettern, bitte."

Als sie sich durch die Menschenmenge drängten, fragte Dasran höflich: „Dieser Mann – er sehr unfreundlich, nicht? Doch nicht Ihr Sohn?"

„Nein, ... mein Neffe."

„Ah." Er nickte. „Nicht Sohn – gut! Ich ihn nicht mögen."

Das schuf sofort eine Gemeinsamkeit zwischen ihnen, und sie gingen los, um noch andere Teile der Altstadt zu erkunden.

Eineinhalb Stunden später war Mrs. Pollifax zwar müde, aber

zufrieden. Sie hatte einen marokkanischen Krummdolch erstanden sowie eine graue Wolldschellaba für Cyrus und eine braungestreifte für sich selbst. Dasran sagte, daß er Mrs. Pollifax auf dem Rückweg zum Hotel wieder an dem Messingladen vorbeibringen würde und dort, falls sie die Preise für zu hoch hielt, für sie feilschen würde.

Mrs. Pollifax wollte dagegenhalten, daß es nicht mehr nötig sei, den Umweg zu Hamid ou Azus Laden zu machen, allein schon, weil sie inzwischen sehr müde und hungrig war. Doch ehe sie es Dasran erklären konnte, strebte er schon zum Place es Seffarin hin. Na gut, dachte sie resignierend, vielleicht finde ich eine Kleinigkeit, die sich zu kaufen lohnt; außerdem lerne ich ganz gern einen der Informanten kennen.

Sie kamen an der vertrauten Kreuzung an, von wo aus sie Hamid ou Azu das erstemal gesehen hatte. Hier war das allgemeine Stimmengewirr lauter, aufgeregter. Ihr wurde bewußt, daß jemand eindringlich schrie und die Leute zu laufen angefangen hatten.

Plötzlich umklammerte Dasran ihren Arm und hielt sie zurück. „Er sagen, jemand tot."

„Tot?"

„Er brüllen nach Polizei."

Sie blickte auf das Durcheinander und keuchte plötzlich: „Sie laufen ja zu Hamid ou Azus Laden! Etwas ist passiert, Dasran! Wir müssen schauen, was los ist!" Sie schüttelte seinen Arm ab und rannte über das Kopfsteinpflaster zu dem wachsenden Menschenauflauf vor dem Messingladen. Energisch bahnte sie sich einen Weg hindurch, spähte über die Köpfe und Schultern und sah, daß ein Mann über den Messingtisch gekippt war und ein Dolchgriff aus seinem Rücken ragte. Das Gesicht war halb der Menge zugewandt, Augen und Mund standen weit offen; ein Gesicht, das ihr nur allzu vertraut war, das Gesicht von Hamid ou Azu.

Dasran hatte sich zu ihr vorgekämpft und zupfte an ihrem Ärmel. „Nicht schauen!" warnte er mit bleichem Gesicht. „Bismillah, er ist tot!"

„Ja, tot", flüsterte sie. Und während sie so in dieser dämmrigen, mittelalterlichen Ladenstraße stand, rann ihr ein eisiger Schauder über den Rücken, denn sie dachte daran, daß Hamid ou Azu nicht lediglich ein Messingwarenhändler gewesen war, sondern ein Informant, der zu einem bestimmten Netz von Informanten gehört hatte. Ihre Gedanken überschlugen sich. Es ist doch Unsinn, mir einzubilden, daß er deshalb getötet wurde! Bestimmt war er seit Jahren ein Informant, weshalb sollte er ausgerechnet jetzt deshalb ermordet werden?

Außer der falsche Informant unter ihnen war bereits am Werk, wie Carstairs befürchtet hatte. Wieder schauderte sie und fragte sich, in was sie bei diesem Auftrag hineingeschlittert war.

Die Menge wich an die Häuserwände zurück, um ein Polizeiauto durch die enge Gasse zu lassen. Mrs. Pollifax kämpfte gegen leichte Übelkeit an. „Ich hoffe, es ist nicht weit zum Hotel", wandte sie sich an Dasran. „Ich möchte rasch zurück." Ihr wurde bewußt, daß sie sich überraschenderweise erleichtert fühlte, daß sie diesen Auftrag nicht allein durchführen mußte, so unangenehm ihr Begleiter auch war.

IHR unangenehmer Begleiter starrte in der Hotelbar finster in sein Glas. Sie setzte sich auf den Hocker neben den seinen.

„Einen kleinen Cognac – egal welche Marke", sagte sie zum Barkeeper.

Janko musterte sie erstaunt. „Sie sehen ja entsetzlich aus, was haben Sie denn?"

Der Cognac wurde gebracht, sie goß die Hälfte in sich hinein und spürte, wie die Übelkeit schwand. „Hamid ou Azu ist tot", flüsterte sie.

„Was?" donnerte Janko. Dann sah er sich rasch um. „Tut mir leid. Aber was zum Teufel soll das heißen? Woher wollen Sie das wissen?"

Sie erzählte es ihm, und ihre Stimme zitterte nur noch ein bißchen.

Janko kniff die Augen zusammen. „Trinken Sie Ihren Cognac aus."

„Ja. Aber glauben Sie – denken Sie nicht . . ."

Er seufzte. „Sie haben eine so melodramatische Phantasie. Regel eins ist, nie voreilige Schlüsse ziehen. In vielen Gegenden hier gibt es Blutfehde und lange Listen von Beleidigungen, die gerächt werden müssen. Und wenn Sie denken . . ."

Sie leerte ihr Glas, stand auf und unterbrach ihn. „Ich denke", entgegnete sie kühl, „daß wir morgen sehr früh nach Er Rachidia und Erfoud aufbrechen sollten."

Er nickte. „Treffen wir uns morgen früh um fünf unten im Foyer."

Sie griff nach ihren Einkäufen und verließ Janko, doch nicht, um zu ihrem Zimmer zu gehen, sondern um Dasran zu suchen. Sie hoffte, daß er wieder draußen vor dem Hotel bei den offiziellen Fremdenführern war, wo sie ihn mittags gefunden hatten. Er war tatsächlich da, hatte sich an einen Wagen gelehnt und hielt mit Habichtsaugen Ausschau nach Kundschaft. Als er sie sah, erhellte sich sein Gesicht. „Ah – meine freundliche Dame! Sie möchten neue Tour? Ihnen ich mache guten Preis."

„Nein, Dasran, aber ich möchte Sie um einen Gefallen bitten", sagte sie rasch. „Es geht um meinen Neffen."

Er blickte sie enttäuscht an. „Oh – er."

„Ja. Er trinkt zuviel, Dasran. Seine Mutter ist deshalb sehr unglücklich. Sie weint."

Dasran verstand nun und meinte mitfühlend: „Ah, Whisky und Wein . . . Aha, deshalb ist er nicht nett."

„Ja. Er sagt – er schwört, Dasran –, daß er nicht die ganze Zeit, nachdem er uns in der Altstadt verließ, in der Hotelbar gesessen hat." Sie seufzte. „Seine Mutter macht sich große Sorgen um ihn. Könnten Sie den Barkeeper unauffällig fragen, ob er dort war, seit er uns verlassen hat? Wenn Sie die Wahrheit herausfinden, gebe ich Ihnen fünfzehn Dollar."

„Medehm", versicherte ihr Dasran inbrünstig, „für fünfzehn amerikanische Dollar ich mich stellen auf Kopf!"

„Doch nur für die Wahrheit", mahnte sie ihn. „Meine Zimmernummer ist dreihundertvierzehn."

Sie ging nach oben, wartete geduldig und dachte nach. Ihr schien es schon fast, als leide sie an Verfolgungswahn, aber sie mußte sichergehen. Janko war CIA-Mann, doch Hamid ou Azu war ausgerechnet heute ermordet worden, alles in allem schon ein sehr merkwürdiger Zufall.

Als es klopfte, rannte sie zur Tür und riß sie auf. Dasran stand auf dem Gang und machte ein sehr betrübtes Gesicht.

„Es tun mir so leid, Medehm", begann er. „So leid für seine arme Mutter und für Sie. Madani Amar bedienen ihn an Bar, und er mir sagen – tun mir so leid –, ihr Neffe sitzen in Bar ganze Zeit. Über eine Stunde, fast zwei. Er trinken fünf Bier, ein Kaffee."

„Die ganze Zeit? Sind Sie völlig sicher? Ist sich dieser Madani völlig sicher?"

Dasran seufzte traurig. „Er nicht einmal Toilette gehen, sagen Madani. Auch Madani sagen, er nicht freundlich, haben ihm kein Trinkgeld gegeben. Seine Mutter auch Madani leid tun."

„Ja, sie wird sehr traurig sein", sagte Mrs. Pollifax, sie selber aber war es keineswegs. Sie würde mit einem Flegel reisen müssen, aber wenigstens nicht mit einem Mörder.

Sie gab Dasran die versprochenen fünfzehn Dollar, dann schloß sie die Tür. Jetzt konnte sie das nächste Foto mit der Adresse aus Cyrus' Geldgürtel nehmen.

Kapitel 3

MRS. POLLIFAX schlief, wachte auf, schlief wieder ein und wurde um vier Uhr fünfzehn vom Zimmermädchen mit dem bestellten Frühstück geweckt. Während sie ohne Appetit aß, dachte sie an den vergangenen Abend, der sehr entmutigend verlaufen war. Zunächst hatte sie beschlossen, Carstairs ein Telegramm zu senden, um ihm Hamid ou Azus Tod persönlich zu melden, auch wenn Janko das als Affront erachten würde. Doch sie mußte das Vorhaben aufgeben, als sie durch einen Anruf beim Empfang erfuhr, daß alle Postämter bereits geschlossen hatten.

Die Enttäuschung fachte ihren Ärger über Janko erneut an, dessen Gleichgültigkeit über den Mord sie entsetzte, und einen flüchtigen Moment hatte sie richtiggehende Panik empfunden, weil sie sieben Tage lang mit ihm unterwegs sein mußte. Sie war solche Feindseligkeit nicht gewöhnt. Tapfer sagte sie sich, daß sie nicht zulassen durfte, daß diese Feindseligkeit sie einschüchterte oder ihr Selbstwertgefühl herabsetzte.

Trotzdem hatte durch ihre Träume immer wieder ein Mann gespukt, der mit einem Messer im Rücken auf einem Messingtisch lag.

Pünktlich um fünf Uhr stand sie mit ihren Reisetaschen im Foyer und hatte bereits die Rechnung bezahlt. Das Foto mit der Adresse des

Informanten in Er Rachidia steckte jetzt in ihrer Handtasche. Janko hatte gesagt, sie würden die Stadt am frühen Nachmittag erreichen, und wenn sie ihn fanden und wenn er derselbe wie auf dem Bild war, konnten sie am Abend auch noch den Informanten in Erfoud überprüfen. Sie ging jedoch kein Risiko ein und behielt das Bild des Mannes in Erfoud im Geldgürtel. Einstweilen genügte, daß sie Er Rachidia erreichten, wo im Café Gharbee ein Kellner arbeiten würde – das hoffte sie zumindest –, der Ibrahim hieß und dem Bild nach ein freundlicher, untersetzter, sorgfältig rasierter Mann sein mußte. Auf dem Foto stand er lächelnd, mit grüner Schürze und den Händen auf den Hüften, vor einer Reihe Straßencafétischen.

Janko stieg aus dem Fahrstuhl, begrüßte sie mit knappem Nicken, und sie folgte ihm hinaus zu dem kleinen blauen Renault, der für sie bereitgestellt war. Seine ersten Worte klangen gereizt. „Was ist das denn?"

„Das?" Sie reichte ihm das in Zeitungspapier verpackte Bündel. „Zwei Dschellabas, die ich gestern in der Altstadt gekauft habe."

Er ließ das Paket in den Kofferraum fallen, als hätte sie ihm einen Beutel Müll gegeben. Wie sehr wünschte sie, Cyrus wäre hier: Cyrus hätte Janko seine Unverschämtheit rasch ausgetrieben. Aber Cyrus' lange Jahre als Anwalt und Richter hatten ihm ein dickes Fell eingebracht, und er wäre vermutlich nur amüsiert.

Ich muß auch versuchen, mich darüber zu amüsieren, dachte sie, als sie auf den Beifahrersitz rutschte. Da kam ihr ein Gedanke: Würde dieser Janko sich Cyrus gegenüber überhaupt so flegelhaft benehmen? Tat er es ihr gegenüber nur, weil sie eine Frau war?

Es wäre möglich, daß er sich gedemütigt fühlt, dachte sie überrascht, und diese Erkenntnis erschütterte sie, aber sie klammerte sich daran als Mittel, ihn besser verstehen zu können.

„Geben Sie mir jetzt das Foto?" fragte er mit seinem üblichen Sarkasmus.

Sie reichte ihm das Bild für Er Rachidia. „Wir müssen das Café Gharbee auf der Hauptstraße finden."

Mit übertriebener Höflichkeit sagte er: „O vielen Dank für die Information!"

Sie fuhren in die milchige Dämmerung, die dem Sonnenaufgang vorhergeht. Der Himmel wurde zusehends heller, und noch ehe sie ganz aus Fes heraus waren, fiel goldenes Licht schräg über die Dächer. Janko schwieg eisern und hielt eine Wand so undurchdringlich wie Plexiglas zwischen ihnen aufrecht. Sie hatte das Gefühl, seine Feindseligkeit fast mit Händen greifen zu können. An diesem ersten Morgen in einem fremden Land fühlte sie sich abgelehnt und einsam.

Weshalb bin ich hier? fragte sie sich und bemühte sich, sich an die Gründe zu erinnern, die Bishop für ihren Auftrag genannt hatte. Sie sollte die Wogen glätten, falls Janko beleidigend sein würde oder die Beherrschung verlor. So ähnlich wie den Dreck von jemandem zusammenzukehren, der ihn überall hinwirft, dachte sie verärgert.

Um sich zu behaupten, begann sie kühn: „Wie ich hörte, werden in Marokko, das ein mohammedanisches Land ist, Frauen Männern gegenüber als minderwertig erachtet. Ich frage mich, Mr. Janko, wenn ich Ihr Benehmen als Maßstab nehme, ob auch Sie vielleicht Frauen als minderwertig ansehen?"

Er bedachte sie mit einem spöttischen Blick. „Langweilen Sie mich nicht."

„Würde es Sie auch langweilen, über den Mord an Hamid ou Azu zu reden? Es ist doch merkwürdig, daß er gerade jetzt umgebracht wurde?"

Er zuckte die Schultern. „Darüber soll sich die Polizei den Kopf zerbrechen."

„Aber wenn wir – halten Sie es für möglich, daß man uns folgt und daß wir den Mörder vielleicht zu ihm führten?"

Er stellte spöttisch den Rückspiegel ein und schaute hinaus. „Niemand folgt uns, und warum auch? Sie haben eine blühende Phantasie!"

Auch sie blickte in den Rückspiegel – die Straße war leer. Sie seufzte. „Wie wär's dann mit einem Gespräch über das Wetter, das offenbar kälter ist, als ich erwartet hatte?"

„Ich kann leeres Gewäsch nicht ausstehen!"

Das war es also ... Sinnlos, es weiter versuchen zu wollen. Sie dachte, noch so ein Tag, und sie würde Janko anschreien; dabei hatte sie schon seit Jahren niemanden mehr angeschrien.

Sie fuhren zwischen saftiggrünen Feldern unter einem weiten, blassen Himmel dahin; die einzigen Anzeichen, daß hier Menschen wohnten oder je gewohnt hatten, waren ein paar uralte, zerfallende Mauern und unvermittelt im Nirgendwo ein winziger Krämerladen, dessen Wellblechdach durch Steine vor dem Wind geschützt war.

Schließlich kamen sie durch die erste Ortschaft ihrer Reise – ein paar mauerumgebene Lehmziegelhäuser mit Flachdächern –, und dahinter erhob sich eine niedrige Gebirgskette. Die Straße stieg nun an, und sie gelangten in eine Landschaft aus Felsen und Gras, mit Bergen im Hintergrund.

Zu Mrs. Pollifax' Überraschung räusperte sich Janko. „Der Mittlere Atlas." Er deutete auf die Berge vor ihnen.

„Danke", sagte sie höflich, und um vielleicht doch noch zu einer Unterhaltung zu kommen, fügte sie hinzu: „Waren Sie schon mal in Marokko?"

„Nein – ich habe lediglich eine sehr gute Karte mitgebracht."

„Wie weitsichtig." Sie schwiegen wieder, aber Mrs. Pollifax fragte sich, was er wohl dachte, denn sie bemerkte, daß er manchmal finster die Brauen zusammenzog, doch einmal verzogen sich die Lippen unter dem buschigen Schnurrbart zu einem richtigen Lächeln. Er muß sehr unterhaltsamen Gedanken nachhängen, dachte sie, und es war wirklich schade, daß er sie nicht daran teilhaben ließ.

In einem Café in Midelt bestellten sie eine *Tajine* für zwei Personen, die dampfend aufgetragen wurde. Der große Tontopf war gehäuft voll mit Mais, gedünstetem Kürbis, Kohl, Linsen und Hühnerfleisch. Wenn Janko schon nicht zu einem Gespräch zu bewegen war, gab es hier zumindest einige Gäste, die Mrs. Pollifax beobachten konnte. An einem kleinen Tisch saß eine junge Europäerin und in einer Ecke eine Gruppe Touristen, die offenbar deutsch sprachen.

Sie bedauerte fast, wieder weiterfahren zu müssen, aber während der restlichen Kilometer wuchs ihr Interesse, denn schon bald würden sie den zweiten Informanten überprüfen, und am Abend dann den dritten. Wenn das so rasch weiterging, würde ihr Auftrag früher als erwartet erfüllt sein und ihr mürrischer Begleiter in einem Winkel ihres Gedächtnisses verschwinden wie die Geranienart, die vor drei Jahren trotz aller Pflege nicht hatte gedeihen wollen, und an die sie sich kaum noch erinnerte.

Nachdem sie Midelt verlassen hatten, lag eine braune, felsige Landschaft mit vulkanisch geformten Hochebenen vor ihnen. Sie kamen an einigen aus runden Steinen erbauten Häusern mit Blechdächern vorbei, dann an einer Ortschaft mit Lehmziegelhäusern, die sogar ein Minarett hatte.

Ihr Weg führte sie stetig aufwärts. Beweis dafür waren bereits vereinzelte schneebedeckte Flecken auf dem inzwischen kahlen Boden. Die Felsen wurden zu hohen, mit Höhlen durchzogenen Bergen; sie fuhren um eine tiefe Schlucht herum, dann durch einen in den Berg gehauenen Tunnel und gelangten in wohltuenden Sonnenschein.

Für Mrs. Pollifax erschien Er Rachidia wie eine Oase der Zivilisation. Sie fuhren durch eine breite Hauptstraße, an deren beiden Seiten

Schilder in Französisch angebracht waren, wie DENTISTE, BUREAU DE POSTE, DOCTEUR. An einer Kreuzung stand ein überdachter Karren, dessen Besitzer Süßwaren verkaufte. Die Sonne schien, und in welche Richtung Mrs. Pollifax auch schaute, erhoben sich Berge, die sich aneinanderreihten bis hin zu dem fernen, schneebedeckten Gipfel des Hohen Atlas, so daß es aussah, als läge die Stadt zwischen den Bergen eingebettet. Sie fühlte sich augenblicklich besser.

Zu ihrer Freude entdeckte sie sogleich das Café Gharbee an der Hauptstraße gegenüber der Kreuzung, die das Zentrum des Ortes war. „Dort ist es!" machte sie Janko aufmerksam. „Das Straßencafé dort rechts! Sieht es nicht einladend aus?"

„Ich bin durchaus imstande, es auch ohne Hilfe zu finden", entgegnete er gereizt.

Sogar Autos gab es hier, die Straße war voll davon. Janko lenkte den Renault auf einen freien Platz in der Nähe des Cafés und stellte den Motor ab. Mrs. Pollifax öffnete die Wagentür und eilte voraus. Sie war so froh, ein paar Sekunden ohne Janko zu sein. Sie wählte einen Tisch nahe der Tür, wo sie sowohl ins Innere des Cafés blicken als auch die Passanten beobachten konnte. Augenblicke später setzte sich Janko zu ihr.

„Hier sieht man nicht so viele Dschellabas, dafür erstaunlich viele Hosen und westliche T-Shirts."

„Provinzhauptstadt", brummte Janko kurz angebunden.

„Ach so."

Von ihrem Stuhl aus entdeckte sie niemanden, der Ibrahim ähnlich sah, ja, überhaupt keinen Kellner. Sie fand, daß jetzt eine günstige Gelegenheit war, die Toilette aufzusuchen.

Im Café saßen mehrere Männer an der Theke, wo Tee, Espresso und Bier ausgeschenkt wurden. Hinter dem Tresen stand ein älterer Mann mit buschigem Schnurrbart; doch auch hier war Ibrahim nicht zu sehen. Aber als sie aus der Toilette kam, stieß sie fast mit einem Mann zusammen, der mit einem Tablett durch das Café eilte. Er trug eine grüne Schürze und wich ihr mit einem hastigen „Verzeihung, Madame" aus.

Sie blickte ihn an und lächelte. Es war Ibrahim. „Es ist ja nichts passiert", versicherte sie ihm.

Er nickte eifrig. „Ich komme gleich hinaus, Madame. Entschuldigen Sie bitte, ich muß noch rasch Brötchen holen."

Sie kehrte zu ihrem Begleiter zurück. Janko hatte sich eine Zigarette angezündet und hing stirnrunzelnd wieder seinen Gedanken nach.

Ibrahim tauchte auf, verbeugte sich und erkundigte sich mit einem Lächeln, genau wie auf der Fotografie, nach ihren Wünschen.

Janko bedachte ihn mit einem langen, nachdenklichen Blick, ehe er bestellte: *„Du thé à la menthe."*

„Für mich einen Espresso", bat Mrs. Pollifax. Nachdem er gegangen war, lächelte sie Janko an. „Wir haben Ibrahim gefunden."

Er nickte. „Ja, Ibrahim haben wir."

Sie bekamen ihre Getränke. Janko nippte ausdruckslos an seinem Tee. Zwei einsame Menschen Seite an Seite, die keinen Zugang zueinander finden, dachte sie – welche Vergeudung! Laut sagte sie mit einem Blick auf die Uhr: „Ich werde mich noch ein bißchen umsehen. Bin bald zurück."

„Hoffentlich", brummte er.

Sie überquerte die Straße und blieb vor einem Zeitungskiosk stehen. Als sie keine englischsprachigen Zeitungen entdeckte, ging sie weiter zu dem nächsten Laden. Das Schaufenster war mit bunten Papiergirlanden umrahmt, auf dem Aushängeschild stand TABAC und auf einem kleineren SOUVENIRS.

Sie trat ein, nickte dem Mann hinter dem Ladentisch zu und schaute sich interessiert um. Hier gab es kleine polierte Kästchen aus Zedernholz, Päckchen mit Räucherwerk und Kerzen für die Moschee, primitive Holzschnitzereien und verschiedene ungewöhnliche Schatullen aus Messing und Silber, von denen sie eine hochhob, um sie sich näher anzusehen.

Hinter ihr sagte eine Stimme auf englisch: „Das ist ein Koranbehälter – sehen Sie die Kordel? Damit kann man ihn sich um den Hals hängen."

Das Englisch war fehlerlos. Sie drehte sich um und stellte fest, daß ein neu hinzugekommener Kunde zu ihr gesprochen hatte: ein Mann in einer grau-weiß gestreiften Dschellaba, mit einem dunklen Turban, der locker um ein sympathisches Gesicht mit schmalem Schnurrbart und erstaunlich blauen Augen gewickelt war.

„Oh, vielen Dank, das wußte ich nicht", sagte sie und lächelte ihn an.

Er rief dem Eigentümer etwas auf arabisch zu und erhielt eine Antwort. Amüsiert sagte er leise: „Es soll fünfundvierzig Dirham kosten, aber wenn Sie es wirklich kaufen möchten, rate ich Ihnen, ihn herunterzuhandeln."

Es war ein schönes Gefühl, mit jemand Nettem sprechen zu können. Endlich wurde sie wieder als Mensch behandelt, und seine

Freundlichkeit rührte sie. „Es ist wirklich sehr hübsch", sagte sie und strahlte ihn an. „Wären Sie vielleicht auch noch so nett und geben mir einen Tip, wieviel ich dafür bieten soll?"

„Versuchen Sie es mit fünfunddreißig Dirham. Etwa viereinhalb Dollar."

„Das ist nicht viel!" staunte sie. Die Gelegenheit nutzend, rief sie dem Ladeneigentümer zu: „Ich gebe Ihnen fünfunddreißig Dirham, einverstanden?"

Der Mann hinter dem Ladentisch blickte den Blauäugigen mit sanftem Tadel an und zuckte theatralisch die Schultern. „Oui – ja. Fünfunddreißig Dirham."

„Was heißt ‚danke' auf arabisch?" erkundigte sie sich bei ihrem neuen Freund.

„Schukran."

Sie nickte. „Dann bedanke ich mich bei Ihnen und sage ‚schukran' zu ihm." Der Ladenbesitzer nahm die Scheine, wickelte die Koranschatulle in Zeitungspapier, band eine Schnur herum und überreichte sie ihr.

„Schukran", sagte sie lächelnd.

„Sie haben unsere Sprache schon gelernt!" rief er erfreut.

Mrs. Pollifax winkte dem Mann mit den blauen Augen zum Abschied zu, eilte aus dem Laden und sah Janko ungeduldig neben dem Wagen stehen. Aber sie kehrte zufrieden zurück; immerhin hatte sie mit zwei Einheimischen gesprochen, hatte damit angefangen, eine Beziehung zu diesem Land zu entwickeln. Vielleicht erwies sich diese Reise doch nicht als ganz so trostlos.

„Wir haben noch über hundert Kilometer bis Erfoud vor uns!" sagte Janko verärgert. „Und Sie halten uns auf, genau wie ich vorhergesehen hatte. Ich will jetzt alle Fotografien sehen. Sie haben sich lange genug kindisch benommen."

Sie preßte die Lippen zusammen. „Kindisch? Mr. Janko, ich denke gar nicht daran, mir von Ihnen alles bieten zu lassen, und ich kann Ihnen nur sagen, daß ich ausfallend werde, wenn Sie sich noch weiter so aufführen; es hat sich schon genug Wut in mir über Ihre Gier nach diesen Fotos angestaut."

„Jetzt beweisen Sie Ihre Naivität und Unerfahrenheit", versetzte er kühl. „Agenten lernen bei der Ausbildung, nie ihre Gefühle zu zeigen. Und Sie verlieren völlig Ihre Beherrschung."

„Im Gegenteil", erwiderte sie. „Das ist erst der Anfang. Sie müssen mal erleben, wenn ich sie wirklich verliere!"

„Steigen Sie ein", schnaubte er und öffnete die Wagentür für sie. Ohne die Fotografien noch einmal zu fordern, setzte er sich hinter das Lenkrad und ließ den Motor anspringen.

Jetzt sind wir schon soweit, daß wir uns nur noch bekriegen, dachte sie erbittert und schwieg. Sie blickte zum Café zurück und sah, daß Ibrahim gerade ihren Tisch abräumte; als er den Motor hörte, blickte er auf, sah sie und winkte.

Sie winkte ebenfalls und dachte: Wenn ich nur hin und wieder einmal Menschen wie Ibrahim und dem Blauäugigen begegne, wird Jankos Gesellschaft schon auszuhalten sein.

Während Janko das Gaspedal durchtrat, hörte sie durch das offene Wagenfenster die ferne Stimme des Muezzins, dessen Ruf die Gläubigen zum Gebet aufforderte – *Allah akhbar! Allah akhbar!* –, und dann folgte der Wagen der Straße nach Süden, die sie nach Erfoud führen würde. Mrs. Pollifax war froh, daß der zweite Informant gefunden und identifiziert war, und sie hoffte, daß sie heute auch noch den dritten aufstöbern würden, den jungen Hotelkellner namens Youssef Sadrati.

Kapitel 4

Als sie in Erfoud anlangten, war es bereits dunkel und sehr kalt, so daß Mrs. Pollifax sogar noch in einer dicken Jacke fror, als sie die Eingangshalle des Hotels betraten. Janko hielt sich zurück, als sie sich am Empfang eintrug. Schließlich kam ein gebeugter kleiner Mann, nahm ihre Taschen und führte sie durch ein Labyrinth kalter Betongänge zu einem Innenhof. An jeder seiner Ecken gab eine vereinzelte Lampe schwaches Licht in die Dunkelheit ab.

„Es ist schrecklich dunkel", sagte sie zu dem Träger. Und unheimlich, fügte sie stumm hinzu. Aber der Mann verstand kein Englisch und nickte nur, als er ihr Zimmer aufschloß. Drinnen beleuchtete eine matte Glühbirne ein Bett, einen Stuhl, ein Wandbrett und ein anschließendes winziges Badezimmer.

Sie gab dem Mann ein Trinkgeld und dankte ihm. Als er gegangen war, lastete die Stille wie in einer Gruft. Der Gedanke, den Weg zurück zum Speisesaal finden zu müssen, deprimierte sie. Aber sie war hungrig, und vielleicht würde ein gutes Essen ihre Lebensgeister wieder wecken. Sie war erleichtert, als sie die Eingangshalle erreichte, und als sie in den anschließenden Speisesaal marschierte, stellte sie erfreut

fest, daß er hell beleuchtet war und eine größere Gesellschaft französi-
scher Touristen an einem langen Tisch saß.

Ein junger Mann kam ihr dienstfertig entgegengeeilt. Er trug Kell-
nerkleidung: schwarze Hose, schwarze Weste, schwarze Krawatte
und weißes Hemd. Er hatte ein glattes, eifriges braunes Gesicht und
sanfte dunkle Augen, und sie lächelte ihn freundlich an, denn er war
Youssef Sadrati – sie hatte ihn gefunden, und es war offenbar alles in
Ordnung mit ihm. Wie gern hätte sie ihn beim Namen genannt, ihm
die Hand geschüttelt und ihm erzählt, daß sie sein Bild schon den ganzen weiten Weg von Amerika hierher bei sich trug. Er führte sie an
einen Tisch.

Gleich darauf betrat Janko den Speisesaal und setzte sich an einen
Tisch in der gegenüberliegenden Ecke. Wahrscheinlich hatte auch er
Youssef gesehen und wußte nun, daß er der Richtige war. Er gönnte
ihr keinen Blick, und sie schaute kein zweites Mal in seine Richtung.
Geduldig wartete sie auf ihren *Tajine*. Nach dem Essen kehrte sie
durch die langen dunklen Gänge zu ihrem Zimmer zurück, zog sich
aus und ließ sich erschöpft ins Bett fallen.

Sie hatte bereits eine Weile geschlafen, als ein leises, aber hartnäcki-
ges Geräusch sie weckte: jemand fummelte an dem Schloß ihrer Tür.
Sie rührte sich nicht. Es war zu dunkel, als daß sie hätte sehen können,
wie sich die Tür öffnete, aber sie spürte einen plötzlichen Luftzug über
ihr Gesicht streichen, der es ihr verriet.

Sie glaubte nicht, daß der Einbrecher ein Fremder war. Vielmehr
vermutete sie, daß Janko den bereits erwarteten Versuch unternahm,
ihr die Fotografien zu stehlen. Angespannt und wachsam lag sie im
Bett. Nicht der geringste Lichtschimmer drang ins Zimmer, vor dessen Fenster sie am Abend die Vorhänge zugezogen hatte. Deshalb
blieb ihr nichts anderes übrig, als sich ausschließlich auf ihre Ohren
und ihren Instinkt zu verlassen. Beides sagte ihr, daß der Eindringling
das Wandbrett erreicht hatte, auf dem ihre beiden Reisetaschen standen. Ihre Vermutung wurde einen Moment später durch einen bleistiftdünnen Lichtstrahl bestätigt, der kurz auf die Wand fiel, ehe er in
der blauen Segeltuchtasche mit ihrer Kleidung verschwand. Er war
unvorsichtig gewesen, als er die Taschenlampe zu früh anknipste – das
Licht hatte flüchtig die Umrisse seines Profils gezeigt. Lauschend
schloß sie die Augen und lenkte ihre Sinne ausschließlich auf Geräusche: auf das kaum hörbare Rascheln von Stoff auf Stoff, das Knistern
eines Umschlags, der in ihrer zweiten Tasche geöffnet wurde; das
kurze Einziehen des Atems, als Janko eine Fotografie fand, und das

Ausstoßen, als er feststellte, daß es offenbar die eines Amerikaners war. Dann ging Janko fast lautlos nach links zu dem winzigen Badezimmer.

Mrs. Pollifax wurde klar, daß er als nächstes nach ihrer Handtasche suchen würde. Diese lag momentan in Reichweite auf dem Boden neben ihrem Bett. Wenn er sie fand und riskierte, sie nach den Fotos zu durchsuchen, hatte sie ein paar interessante Möglichkeiten. Sie konnte entweder weiter vortäuschen, fest zu schlafen, oder aber ihm einen schwungvollen Karatehieb an den Kopf versetzen, der ihm eine Weile die Besinnung raubte und genau das war, was er verdiente.

Aber was dann? Sie seufzte, als sie diese herrliche Idee verwarf, und ermahnte sich, daß sie quasi Kollegen waren, Carstairs ihnen beiden diesen Auftrag zugeteilt hatte, der noch nicht einmal halb durchgeführt war.

Janko hatte inzwischen seine kurze Suche im Bad beendet und war nun wieder im Zimmer. Sie spürte, wie er näher kam, und vermutete, daß er sich vorsichtig auf Händen und Knien vorantastete. Gleich darauf hörte sie, wie er mit den Fingern ihre Handtasche erreichte und sie vorsichtig öffnete. Da sie die Augen nicht ganz geschlossen hatte, sah sie den Lichtstrahl, als er sie durchsuchte.

Genug! sagte sie sich. Sie drehte sich ächzend um, hustete leicht und drehte sich wieder zurück.

Sie hatte ihn erschreckt und spürte das Bett vibrieren, als er gegen den Rahmen prallte, nachdem er den Kopf offenbar zu abrupt gehoben hatte. Ein unterdrücktes Keuchen folgte, dann Stille, während er reglos lauschend abwartete. Nachdem er überzeugt war, daß sie noch schlief, stand er auf und schlich auf Zehenspitzen zur Tür; einen Augenblick später öffnete er sie und schloß sie fast lautlos hinter sich.

Es war vorbei. Sofort richtete sie sich auf und dachte mit wachsendem Zorn daran, wie besessen er von den Fotografien sein mußte, daß er sie zu stehlen versuchte.

Doch ihr wurde auch bewußt, daß Jankos Vorstoß nicht völlig erfolglos gewesen war: Er wußte nun, daß sie die Fotos weder in ihren Reisetaschen noch in der Handtasche aufbewahrte, daß sie diese folglich am Körper tragen mußte. Unwillkürlich fragte sie sich, was er als nächstes tun würde, um sie an sich zu bringen.

Aber am meisten machte ihr die Frage zu schaffen, warum er so versessen auf die Bilder war. Da waren natürlich sein ungeheurer Dünkel und sein Ärger darüber, daß man diese Frau mitgeschickt hatte ... Aber genügte das, um sein Eindringen heute nacht zu erklären?

Sie wagte nicht, das Licht einzuschalten, da es durch die Vorhänge zu sehen wäre, so öffnete sie ihre blaue Reisetasche, leuchtete mit dem Lämpchen hinein und holte ein Buch heraus. Sie wollte noch ein biß- chen lesen, wenn auch nur in dem dünnen Lichtstrahl, bis sie sich beru- higt hatte. Als sie zum Bett zurückkehrte, fiel der dünne Lichtstrahl auf etwas Kleines, Pelziges vor dem Bett, gleich neben der Handta- sche. Sie fuhr zurück und unterdrückte einen Aufschrei.

Doch das pelzige Ding rührte sich nicht, es huschte nicht davon, als sie näher kam. Es lag leblos da, schwarz und klein. Verwirrt hob sie es auf und stellte fest, daß es gar kein Fell, sondern ein Büschel Haare war.

Verblüfft trug sie es ins Badezimmer, schloß die Tür und schaltete das schwache Deckenlicht ein. Das Ding in ihrer Hand war nicht ganz vier Zentimeter lang und etwa zweieinhalb Zentimeter breit; das Haar war schwarz und dicht und an einem Stückchen Stoff befestigt, an dem Reste von Klebstoff hafteten.

Sie hielt die Hälfte eines Schnurrbarts in der Hand! Er mußte sich gelöst haben, als Janko den Kopf am Bett anstieß. Mrs. Pollifax kehrte rasch zum Bett zurück und ließ Jankos Schnurrbarthälfte auf den Boden fallen, als wäre es eine tickende Zeitbombe. Sie setzte sich auf das Bett, um sich klarzuwerden, was das bedeutete. Ihr erster Gedanke war, er darf nicht wissen, daß ich ihn gesehen habe; ihr zweiter, wann wird er zurückkommen, um ihn sich zu holen? Und der dritte war der erschreckendste: Wenn Jankos Schnurrbart falsch ist, was ist dann sonst noch falsch an ihm?

Wenn der Schnurrbart falsch war, waren es dann auch diese lächerli- chen buschigen Augenbrauen? Und wohin führten sie diese Fragen? Sie tastete sich in Gedanken zu ihrer ersten Begegnung mit Janko zurück. Aus irgendeinem Grund war es absolut erforderlich für ihn gewesen, allein zu reisen, und ebenso wichtig, diese Fotografien an sich zu bringen. *Warum?*

Ihr Herz blieb fast stehen, als sie nun an den schrecklichen Tod von Hamid ou Azu dachte.

Also wirklich, Emily, protestierte sie innerlich, was du da denkst, ist Wahnsinn! Dieser Mann wurde von Carstairs und seiner Abteilung eingesetzt, er hat den richtigen Namen, er war zur richtigen Zeit am richtigen Ort, und er erwartete eine Mrs. Pollifax ...

Aber es war natürlich kein Wahnsinn, und sie wußte es. Sie konnte die fünf Bier an der Hotelbar nicht erklären, aber sie konnte es auch nicht länger als reinen Zufall ansehen, daß Hamid ou Azu, neunzig

Minuten nachdem sie und Janko ihn gefunden und identifiziert hatten, ein Messer in den Rücken bekommen hatte. Wenn sie und Dasran nicht den gleichen Rückweg durch die Altstadt genommen hätten, würde sie nicht von seinem Tod erfahren haben.

Für wen arbeitete Janko? Sie war sich bewußt, daß ihr Verstand verzweifelt versuchte, ihren grauenvollen Verdacht auszulöschen, doch keine mögliche Erklärung konnte ihre innere Unruhe beseitigen. Arbeitete Janko mit ihr oder gegen sie?

Und was war mit Ibrahim, dem zweiten Informanten, den sie am Nachmittag in Er Rachidia identifiziert hatten?

Ich muß von hier aus das Café Gharbee in Er Rachidia anrufen, dachte sie. Ich werde Ibrahim verlangen ... Ich werde dem, der den Hörer abhebt, erklären, daß ich gestern etwas dort liegengelassen habe, einen Schal oder sonstwas ... Ibrahim wird ans Telefon kommen, das wird mich beruhigen, und alles wird gut sein.

Sie blickte auf die Uhr und sah, daß es kurz nach fünf war – zu früh. Aber ganz egal, was sie durch ihren Anruf auch erfahren würde, sie mußte nun doch dafür sorgen, daß Janko die Fotos nie in die Hände bekam.

Sie nahm den Geldgürtel unter ihrem Schlafanzug ab, öffnete die Taschen und zog die übrigen vier Aufnahmen heraus. Nachdem sie sich Streichhölzer aus ihrer Reisetasche geholt hatte, ging sie ins Badezimmer und legte die Fotos auf das Waschbecken. Sie hatte sich die Erklärungen nachhaltig eingeprägt, doch um sicherzugehen, schloß sie die Augen und flüsterte noch einmal die Namen, Adressen und Berufe vor sich hin. Dann riß sie ein Streichholz an und verbrannte der Reihe nach jedes Bild. Als von ihnen nichts als Asche geblieben war, ließ sie Wasser ins Waschbecken rinnen, bis die letzten Ascheflocken davongeschwemmt waren.

Kaum war sie fertig, kündete das Krähen eines Hahnes vor dem Badezimmerfenster den Morgen an. Sie schlüpfte rasch in Hose, Sandalen und Pullover und packte ihre Tasche. Da sie annahm, daß es Janko nicht schwerfallen würde, ihr Türschloß wieder zu öffnen, um sich seinen Schnurrbart zu holen, schloß sie die Tür zu und sah sich überrascht einem kalten, nieseligen Morgen gegenüber.

Am Empfang fand sie den Nachtportier vor. „Könnten Sie mich bitte mit dem Café Gharbee in Er Rachidia verbinden?" fragte sie ihn.

Er blickte sie neugierig an. „Selbstverständlich – eine Null-fünf-sieben-Vorwahl, es wird ein paar Minuten dauern."

„Ich warte", erklärte sie.

Gerade, als er den Hörer abhob, öffnete der Ober die Tür zum Speisesaal. Mrs. Pollifax sah Youssef ein Tablett mit Tassen zu dem langen Tisch neben der Tür tragen. Ihrem Instinkt gehorchend, sagte sie zu dem Portier: „Ich bin gleich zurück", durchquerte den Empfang, betrat den Speisesaal und ging zu Youssef. „Ab wann gibt es Frühstück?"

Er lächelte, verneigte sich und antwortete: „Ab jetzt, Madame."

Schnell sagte sie leise: „Wenn Sie Hamid ou Azu in Fes kennen ..."

Seine Augen weiteten sich, und er sog den Atem ein.

„... muß ich Sie darauf aufmerksam machen, daß er ermordet wurde. In seinem Laden."

Youssef erbleichte. „Wer sind Sie?" keuchte er.

Also war ihm der Name Hamid ou Azu bekannt! Grimmig erwiderte sie: „Die Hand des Schicksals."

„*Schukran* ... Ich gehe", flüsterte er.

„Verschwinden Sie rasch!" riet sie ihm, da sah sie, daß der Portier ihr winkte, eilte zum Empfang zurück und ergriff den Telefonhörer, den er ihr entgegenstreckte. „Café Gharbee?" fragte sie. „Ich möchte mit Ibrahim sprechen, dem Kellner."

„Ibrahim? Nicht hier."

„Wann, bitte? Später?"

„Nein, tut mir leid, Madame. Wir wissen nicht, warum – es ist sehr bedauerlich –, aber die Polizei hat ihn gestern verhaftet. Er war ein so guter Mann!"

Polizei! dachte sie bestürzt. Hamid ou Azu tot und Ibrahim verhaftet ... Sie stotterte: „Bitte, warum ..."

Eine Hand griff von hinten vorbei und drückte auf die Gabel. Janko sagte übertrieben freundlich: „Guten Morgen, Tante – etwa ein Ferngespräch?"

Sie wirbelte verärgert herum und sah, wie er sie vor Wut anfunkelte. „Was erlauben Sie sich?" fuhr sie ihn an und registrierte dabei, daß sein Schnurrbart vollständig war.

Janko wandte sich an den Portier: „Mit wem haben Sie – meine Tante verbunden?"

„Mit dem Café Gharbee in Er Rachidia."

„Ich habe meinen Schal dort liegengelassen, meinen besten noch dazu", erklärte Mrs. Pollifax gereizt.

Ohne auf sie zu achten, sagte Janko barsch: „Unsere Rechnung, bitte. Und schicken Sie einen Träger zum Zimmer meiner Tante, um ihr Gepäck zu holen. Wir bleiben nicht zum Frühstück."

„Ich bestehe auf Frühstück!"

Der Portier hatte sich umgedreht und rief einen Träger. Janko zischte: „Sie werden auf gar nichts bestehen! Ich habe in meiner Tasche eine Pistole, sie ist auf Sie gerichtet. Ich drücke ab, wenn Sie nicht sofort zum Wagen gehen!"

Mrs. Pollifax überlegte. Sie hatte es schon immer bedrückend gefunden, daß eine Drohung mit der Waffe die Leute viel zu schnell gefügig machte. Also war sie sehr versucht, Janko Widerstand zu leisten, denn sie konnte sich nicht vorstellen, daß er tatsächlich in einem Hotel, vor Zeugen, schießen würde – wenn er überhaupt wirklich eine Pistole in der Hand hielt. Aber sie hatte diesen Auftrag angenommen und damit eine Verantwortung, sie durfte jetzt nicht an zu Hause und Cyrus denken, sondern an das Leben der vier Informanten, denn nun war es ihre Pflicht, sie zu retten. Sie mußte hoffen, daß sie den Verstand und die Geistesgegenwart hatte, die sie zum Überleben brauchen würde.

Und so verließ sie zögernd den Empfang. Ein kleiner Trost war, daß sie zumindest Youssef hatte warnen können. Sie staunte über den Impuls, der sie dazu gebracht hatte, ihn zu warnen ... Es war, als hätte etwas in ihr die ganze Zeit Anhaltspunkte gesammelt und diese erst an ihr Bewußtsein abgegeben, nachdem Janko seinen Schnurrbart in ihrem Zimmer verloren hatte.

Etwas war furchtbar schiefgegangen, und es gab niemanden, an den sie sich jetzt wenden konnte, niemanden, der sie retten konnte, außer sie selbst.

Kapitel 5

ALS Mrs. Pollifax beim Einsteigen einen Augenblick zögerte, stupste Janko sie mit der versteckten Pistole in den Rücken. Dann stieg er ebenfalls ein, und Mrs. Pollifax stellte mit Beklemmung fest, daß er zum erstenmal, seit sie sich kannten, nicht nach Namen und Adresse des nächsten Informanten fragte.

Schauspielere, mahnte sie sich eindringlich. Er darf deinen Verdacht nicht einmal ahnen! Denk nicht daran, daß er die Fotos mit der Pistole in der Hand verlangen wird und dann erfährt, daß ich sie vernichtet habe ... Gelassen sagte sie: „Wir fahren jetzt nach Tinerhir und halten hoffentlich unterwegs an, um zu frühstücken. Dürfte ich mir die Karte ansehen?"

„Sie liegt im Handschuhfach."

Am besten, ich tu so, als glaubte ich, ich würde lebend in Tinerhir ankommen, dachte sie. Ich werde ihn an der Schläfe treffen müssen, mit dem schlimmsten Karateschlag überhaupt, den man nur benutzen darf, wenn es um Leben oder Tod geht.

Aber zuerst mußte sie herausfinden, für wen er arbeitete und was hinter seinem Verrat steckte.

Sie faltete die Karte auseinander und sah erstaunt, wie nahe sie der algerischen Grenze waren, daß nur etwa sechzig Kilometer Wüste sie davon trennten. An diesem Tag fuhren sie gen Westen nach Tinerhir und Quarzazate. Von dort würde eine scharfe Biegung nach Süden sie auf ihrem Weg nach Zagora wieder Richtung Wüste und algerische Grenze bringen und dann hinunter zu ihrem letzten Informanten in Rouida.

Sie legte die Karte wieder zusammen, steckte sie zurück ins Handschuhfach, entschlossen, sich voll auf die Gegend zu konzentrieren. Bei ihrer Ankunft gestern war es bereits zu dunkel gewesen, um die Wüste zu sehen, aber jetzt sah sie Palmen auf flachem, gelbbraunem Land, hin und wieder ein paar Häuser von der gleichen Farbe wie der bleiche Sand und in der Ferne eine Gebirgskette. Sie brausten durch einen winzigen Ort, wo drei Frauen in unförmiger schwarzer Kleidung an einer Tür kauerten und barfüßige Kinder im Sand spielten. Als die Sonne höher stieg, tauchte sie die fernen Berge in ein weiches Rosa.

Plötzlich trat Janko auf die Bremse und hielt den Wagen an. Mrs. Pollifax drehte den Kopf, um den Grund dafür zu sehen – und verkrampfte sich vor Schreck. Zwei kleine sandfarbene Bauten standen auf einer niedrigen Anhöhe. Der kleinere war eine zerfallene, dachlose Hütte, der größere ein fester, fensterloser Bau mit Kuppeldach, dem eine einsame Palme Schatten spendete.

Scheinbar gelassen fragte sie: „Machen wir eine Besichtigung?"

„Hier ist eine Kubba, die Grabstätte eines Heiligen", erklärte er fast freundlich. „Sie sollten sich wirklich eine ansehen, wenn Sie schon einmal hier sind." Seine Augen glänzten vor erwartungsvoller Besessenheit, während er in den Schatten der Palme fuhr und den Motor abstellte. Ein Blick auf die versiegelte Kubba verriet Mrs. Pollifax, daß Janko sie zu der Ruine mit dem dunklen Eingang und der zerbröckelnden Fensterhöhle bringen wollte.

„Aussteigen!" befahl Janko und holte eine schwarze Pistole zum Vorschein.

„Also doch!" murmelte sie und blickte ihm geradewegs in die Augen. „Beabsichtigen Sie, mich hier umzubringen?"

Diese Direktheit überraschte ihn, er wirkte bestürzt. „Machen Sie sich nicht lächerlich, ich will nur die Fotografien. Verdammt, rücken Sie heraus damit!"

Ihr Mund war trocken, und ihr Herz hämmerte, aber sie war mit diesen Symptomen vertraut, sie hatte sich schon oft in Todesgefahr befunden. Es war tröstlich zu wissen, daß die unmittelbare Bedrohung immer auch alle Sinne schärfte. Sie hatte ein ausgefülltes Leben hinter sich, und ihr war schon lange bewußt, daß Carstairs' Leute nicht immer im Bett starben. Langsam öffnete sie die Tür und stieg aus. Als sie Motorgeräusch unten auf der Straße hörte, drehte sie sich um und sah, wie ein kleiner grüner Wagen vorbeifuhr. Sie blickte ihm nach, bis er außer Sicht war, dann hob sie den Kopf zu einem letzten Blick auf die fernen Berge. Schließlich trat sie, mit Jankos Waffe im Rücken und betend, daß er sie nicht von hinten erschießen würde, über den Schutt an der Tür in die Ruine.

Der Raum war größer, als er von der Straße aus gewirkt hatte, und es befand sich noch eine zweite Fensterhöhle gegenüber der ersten. Diese Entdeckung gab ihr neue Hoffnung, denn so war doch genügend Platz zum Manövrieren – wenn sie Verstand und Geistesgegenwart nutzte ... und wenn Janko sie nicht gleich erschoß, bevor er die Fotos forderte, die sie nicht mehr besaß. Sie stieg über die Trümmer auf dem Boden und suchte ein Fleckchen, wo der Boden frei von Schutt war. Sie fand es unweit vom hinteren Fenster. Erst dann drehte sie sich zu Janko um.

Ausdruckslos sagte er: „Sie werden mir jetzt die Fotos aushändigen."

Er stand wenigstens drei Meter von ihr entfernt – zu weit –, sie mußte sich rasch etwas einfallen lassen, um näher an ihn heranzukommen, so daß ihm keine Zeit mehr bleiben würde, einen Schlag abzublocken.

Ihr fiel ein, daß sie ja immer noch Cyrus' Geldgürtel um die Taille trug, so leer er jetzt auch war.

„Ja, natürlich, die Fotos." Sie öffnete den Bund ihrer Khakihose, schnallte den Gürtel auf und ging, ihn in der ausgestreckten Hand haltend, auf Janko zu.

Er argwöhnte nichts. Begierig streckte er die Hand nach dem Gürtel aus, doch kurz ehe er ihn fassen konnte, ließ sie ihn fallen und stieß hervor: „Oh, Entschuldigung!"

Automatisch bückte er sich danach, da setzte sie mit der Rechten zu einem Hieb an seine Schläfe an.

Aber sie hatte sich verschätzt. Er war so schnell gewesen, daß der Schlag, als er sich mit dem Gürtel in der Hand wieder aufrichtete, seine Schläfe verfehlte und nur die Kopfseite traf. Er stürzte der Länge nach auf den Schutt, war aber nicht außer Gefecht gesetzt.

„Miststück!" schrie er und hob die Pistole.

„Die Fotografien sind nicht im Geldgürtel!" rief sie rasch.

„Nicht im ... Marsch, zurück!" brüllte er, rappelte sich auf und fuchtelte mit der Pistole in ihre Richtung, während er mit der anderen Hand an den Taschen des Geldgürtels herumfummelte. Um seinem Befehl Nachdruck zu verleihen, drückte er auf den Abzug, und eine Kugel zischte über ihren Kopf hinweg.

Sie machte ein paar Schritte seitwärts, denn sie hatte nicht die Absicht, zum Fenster hinter ihr zurückzuweichen. Sie plante ihre nächste Attacke, bereitete sich auf den Aufwärtstritt mit der Ferse vor, der ihr Leben vielleicht noch retten konnte; nur war Janko jetzt wachsam und wußte, daß sie nicht wehrlos war. Sie mußte sehr schnell vorgehen. Er ließ den Blick nicht von ihr, während er den Reißverschluß einer Tasche des Gürtels nach der anderen unbeholfen aufzog. Und als er erkennen mußte, daß sie alle leer waren, fuchtelte er noch heftiger mit der Pistole herum.

„Wo sind sie?" brüllte er rasend vor Wut. „Wo sind die Fotos?"

„Ich zeige es Ihnen", versprach sie. Sie machte einen Schritt auf ihn zu und konzentrierte jede Faser ihres Körpers auf den Sprung und den Tritt, mit dem sie ihn ausschalten wollte. Aber Jankos Blick war an ihr vorbei zum leeren Fenster hinter ihr geglitten, und sie sah, daß sein Gesicht plötzlich einen ungläubigen, bestürzten Ausdruck annahm.

„Nein!" stieß er hervor. „Nein! Unmöglich! Sie sind tot!"

„*Issada* – Glaube!" ertönte eine Stimme hinter Mrs. Pollifax, und sie wirbelte erstaunt herum.

Ein Mann schaute durch das Fenster, und noch überraschender als seine Anwesenheit war die Tatsache, daß sie ihn kannte: sie war ihm gestern in dem kleinen Laden in Er Rachidia begegnet, wo er ihr beim Kauf der Koranschatulle geholfen hatte. Es war der Mann mit den blauen Augen. Jetzt stand er draußen mit einer Pistole in der Hand. Er hob sie und schoß zweimal. Janko fiel getroffen zu Boden, keuchte noch kurz, dann war er still. Der Mann kletterte durch die Fensteröffnung und kniete sich neben Janko, um ihn zu untersuchen.

„Er ist tot", stellte er fest.

„T–t–tot", wiederholte Mrs. Pollifax entsetzt und ließ sich zu Boden sinken.

„Mausetot, ja." Der Mann nickte grimmig. „Ich laufe gewöhnlich nicht herum und erschieße Leute, aber dieser Hundesohn hat sich vor ein paar Tagen redlich bemüht, mich umzubringen, und ich wollte nicht, daß er es noch einmal versucht." Er musterte sie aus zusammengekniffenen Augen. „Sind Sie in Ordnung? Kein Schock oder dergleichen?"

Inbrünstig versicherte sie ihm: „Im Gegenteil. Ich bin Ihnen unendlich dankbar – Sie haben mir vermutlich gerade das Leben gerettet, aber wie – wer . . .?"

„Ihr Karate ist verdammt gut", sagte er. „Ich hätte ihn schon eher erschossen, aber Sie waren ständig im Weg."

„Sie waren die ganze Zeit draußen?" stieß sie heiser hervor. Sie sammelte rasch ihre Gedanken und fragte dann: „Fahren Sie einen kleinen grünen Wagen?"

„Gute Beobachtungsgabe." Er stand auf, und sie beobachtete ihn, wie er seinen Turban sorgfältig fester um sein gebräuntes Gesicht mit dem schmalen schwarzen Schnurrbart und den blauen Augen wickelte. „Aber – wer in aller Welt sind Sie?" stammelte sie. „Er sagte, Sie seien tot. Er schien es fest zu glauben."

„Das ist jetzt nicht so wichtig, verschwinden wir lieber. Wissen Sie, daß Ihnen die Polizei schon den ganzen Tag folgt?"

„Die Polizei? Aber warum die Polizei? Ich dachte . . ."

„Er war von der Polizei." Der Blauäugige deutete auf den Toten. „Janko?"

Er lächelte. „Ich bin Janko." Er streckte die Hand aus, zog Mrs. Pollifax auf die Füße und sagte abrupt: „Ich habe meinen Wagen zwischen zwei Felsblöcken unten neben der Straße versteckt." Er führte sie zur Tür und deutete hinaus. „Sehen Sie dort? Steigen Sie ein, während ich seinen blauen Renault hinter der Kubba verstecke. Er wird noch früh genug gefunden werden. Welche Farbe hat Ihr Gepäck?"

Sie faßte sich rasch und antwortete knapp: „Eine khakifarbene Reisetasche und eine blaue, sowie zwei in Zeitungspapier gewickelte Dschellabas." Für Erklärungen würde später Zeit sein, sagte sie sich. Dieser neue, zweite Janko durchsuchte die Taschen des ersten und holte die Schlüssel des Renault heraus. Ich sammle offenbar Jankos, dachte sie und mußte sich eingestehen, daß sie noch ein wenig benommen von den Ereignissen war. Aber es ist kein Schock, redete sie sich fest ein, während sie den Hang hinunterstieg. Außer man betrachtete es als Schock, am Leben zu sein und ein weiteres Wunder erlebt zu haben.

Der Wagen war ein Peugeot. Mrs. Pollifax stieg ein und starrte auf die Unebenheiten der beiden Felsblöcke, während sie versuchte, sich einen Reim auf das Geschehene zu machen. Sie hörte, wie der neue Janko den Kofferraum öffnete und den Deckel wieder zuschlug, und unterbrach ihre Überlegungen. Als sich ihr neuer Begleiter hinter das Lenkrad setzte, hatte sie jedoch einen Entschluß gefaßt.

„Verzeihen Sie", sagte sie, lehnte sich zu ihm hinüber, legte die Hand auf seinen Schnurrbart, krallte die Finger an einem Ende hinein und zog heftig.

„Au!" schrie er. „Verdammt, das hat weh getan! Sind Sie verrückt geworden?"

„Der Schnurrbart des anderen Janko hat sich gelöst – ich mußte sichergehen!" erwiderte sie.

Der neue Janko lachte. „Das ist also passiert ... Mein Schnurrbart ist momentan ziemlich mickrig. Anscheinend dachte er, er müsse sich einen anschaffen, weil ich bekannt war für meine buschigen Augenbrauen und den auffallenden Schnurrbart", erklärte er. „Ich habe beide auf dem Flug von Kairo nach Fes gestutzt. Das war die einzige Verkleidung, die ich zustande brachte." Er fuhr den Peugeot rückwärts zwischen den Felsblöcken hinaus, und während sie über die leere Straße brausten, warf er ihr einen nachdenklichen Blick zu. „Ich hab ihn durchsucht – er hat nicht bekommen, was er von Ihnen wollte, richtig?" Es war keine Frage, sondern eine Feststellung.

„Stimmt."

„Sonst würden Sie nicht mehr leben. Was wollte er von Ihnen?"

„Er war hinter gewissen Fotografien her", antwortete sie vorsichtig.

„Bilder von sieben Informanten, von denen einer nicht mit dem Foto übereinstimmt?"

„Ja, aber das wußte auch er."

Er nickte. „Richtig ... Also schön, Sie hatten schwierige Tage und zu viele Jankos, das ist mir klar. Sie brauchen einen Beweis? Sagt Ihnen der Name Fadwa Ali etwas?"

Sie schüttelte den Kopf, und er fragte: „Und wie steht es mit Um al Nil?"

Besorgnis überkam sie. „Nein, beide noch nie gehört – wer sind sie?"

„Was ist mit dem Namen Carstairs?"

Sie stieß einen Seufzer der Erleichterung aus. „Also gut, Carstairs, ja."

„Schön. Vielleicht trauen Sie mir jetzt ein bißchen. Ich bin Ihnen seit Fes gefolgt. Ich bin Maximilian Janko, aber meine Freunde nennen mich Max, und ich würde mich freuen, wenn Sie es ebenfalls täten."

„Max", wiederholte sie. „Und ich bin Emily Pollifax. Aber wer ist der andere, der erste Janko?"

„Er war mein Sekretär in Kairo und hieß Flavien Bernard. Doch da er sich als Doppelagent entpuppt hat, muß dieser Name nicht stimmen."

„Aber wie konnte er von dem Auftrag erfahren?"

„Oh, er war sehr geschickt", antwortete Max bitter. „Er hat die Anfrage Carstairs' nach einem Agenten mit guten Arabischkenntnissen abgefangen, sich meine Personalakte genommen, mein Bild gegen seines ausgetauscht – nachdem er sich einen Schnurrbart und buschige Brauen angeklebt hatte, um sich meinem Aussehen anzugleichen – und die angeforderten Unterlagen ins CIA-Hauptquartier nach Langley in Virginia geschickt. Als detaillierte Anweisungen von dort kamen, fing er auch diese ab. Ganz zufällig fiel mir eine Kopie davon in die Hände, gerade als er abreisen wollte, und ich stellte ihn zur Rede."

„Und wie hat er sich da verhalten?" erkundigte sie sich.

„Seine Reaktion bestand darin, mich in Kairo in einen leeren Fahrstuhlschacht hinunterzustoßen, woraufhin er mit gutem Grund annahm, daß ich nicht mehr am Leben sei."

„Großer Gott! Und doch leben Sie noch", staunte sie.

Er nickte. „Ich hatte riesiges Glück. Er hatte mich so fest gestoßen, daß ich zur gegenüberliegenden Wand flog. Zwei Stockwerke tiefer schlug ich gegen einen herausragenden Balken. Zwei entsetzliche Stunden lag ich darauf, ehe einige Arbeiter mein Brüllen hörten. Inzwischen muß Bernard bereits im Flugzeug nach Casablanca und dann Fes gesessen haben. Ich nahm mir nur Zeit, Bescheid zu geben, dann charterte ich ein Flugzeug, das mich direkt nach Fes brachte. Ich erfuhr aber auch, daß mir in letzter Minute eine Mrs. Pollifax zugeteilt worden war, die im Palais Jamai zu mir stoßen sollte, und dort entdeckte ich Sie beide auch. Von da an folgte ich Ihnen ständig."

Sie lächelte. „Und erklärten mir Koranschatullen in Er Rachidia."

„Ich konnte mir vorstellen, was er mit Ihnen vorhatte, und mußte mir ein Bild von Ihnen machen." Amüsiert erklärte er: „Ich kam zu dem Schluß, daß Sie keineswegs so wehrlos waren, wie Sie aussehen."

„Aber für wen hat Janko – oder vielmehr Flavien Bernard – gearbeitet?"

Er antwortete nicht darauf. Statt dessen blickte er in den Rückspiegel, dann auf seine Uhr. „Kein Wagen auf der Straße, also folgt uns niemand. Aber wissen Sie, daß ich keine Ahnung habe, wohin es als nächstes geht? Ich glaube, unser Abstand ist groß genug. Auf dem Rücksitz ist eine Thermosflasche mit Kaffee, ich denke, wir könnten beide einen gebrauchen. Wollen wir anhalten?"

„Eine großartige Idee! Mit Kaffee überlebe ich den Tag vielleicht."

Er bog von der Straße ab, und sie stiegen aus. Sie befanden sich auf einer riesigen Ebene mit stumpfgelbem Sand und Kies, die sich bis zu niedrigen Bergen von derselben Farbe erstreckte. Aber die Sonne schien, der Himmel war von wolkenlosem, strahlendem Blau, und Dampf stieg vom Kaffee auf, als er einen Becher füllte und ihr reichte.

„Eine Wohltat", sagte sie lächelnd. „Ich hatte kein Frühstück."

Er hob seinen Becher mit ernstem Gesicht. „Einen Toast auf uns beide und eine erfolgreiche Beendigung unseres Auftrags."

„Darauf trinke ich gern." Und als erstes Zeichen ihres Vertrauens zu ihm sagte sie: „Wir müssen nach Tinerhir zu Informant Nummer vier. Er heißt Omar Mahbuba, ein Ladenbesitzer, der Versteinerungen verkauft. Und darf ich Sie noch einmal fragen: Für wen hat dieser andere Janko – dieser Bernard – gearbeitet?"

Diesmal sagte er es ihr. „Für den marokkanischen Geheimdienst."

„Für den marokkanischen?" krächzte sie bestürzt. Viele Möglichkeiten hatte sie sich durch den Kopf gehen lassen, aber nicht die, daß er zu diesem Land gehören und die ganze Zeit über weitverzweigte Verbindungen verfügt haben könnte. Jetzt verstand sie, wieso er ruhig in der Bar im Palais Jamai hatte sitzen können, während Hamid ou Azu ermordet wurde. Er brauchte nur vom Hotel aus zu telefonieren.

Sie stammelte: „Aber ich hatte angenommen, daß die Informanten ..."

Er schüttelte den Kopf. „Alle sieben Informanten sind Polisarios, jeder einzelne – Nomaden, die in der Wüste um ihr Leben kämpfen, in dem Land, das Westsahara war, bis Marokko es sich aneignete."

Ihre heftige Reaktion überraschte ihn. „Ich bin ja so erleichtert ..."

„Erleichtert?"

„Ich mußte auf pures Vertrauen hin kommen", erklärte sie ihm ernst. „Oh, ich bin so froh, daß ich es getan habe. Denn als Bishop mir über diesen Krieg erzählte, weigerte ich mich zunächst, den Auftrag anzunehmen, meine Sympathie galt ganz ..." Sie hielt inne und runzelte die Stirn. „Aber er sagte mir auch, daß die USA Marokkos Kampf gegen die Polisarios mit Waffen und Geld unterstützen."

„Hat man Ihnen denn nicht gesagt, daß dieser Auftrag von Atlas ist?"

Sie schüttelte den Kopf. „Bishop sagte mir lediglich, daß nur sehr wenige etwas von dieser Abteilung wissen, daß sie – irgendwie separat ist. Was ist Atlas?"

„Atlas ist eine kleine, im geheimen wirkende Gruppe, total unabhängig vom offiziellen CIA. Sie soll alternative politische Möglichkeiten ausloten, um für den Fall bereit zu sein, daß andere Leute in Marokko an die Macht kommen."

„Wie klug", bemerkte sie.

„In Washington hat es immer gemischte Gefühle wegen dieses Krieges zwischen Marokko und den Polisarios gegeben", fügte er erklärend hinzu. „Es ist offensichtlich – und wurde auch öffentlich zugegeben –, daß keine Seite gewinnen kann und daß es schließlich zu Unterhandlungen kommen muß, und daß die Sahrauis zumindest einen Teil ihres Landes zurückbekommen werden. Wenn das geschieht, ist die Frage, ob die Polisarios dann aufgeschlossen für Freundschaft mit den Vereinigten Staaten sein werden oder ob sie ihnen nachtragen, daß sie den König unterstützten, als er ihnen ihr Land wegnahm. Wir halten es für absolut notwendig, mit ihnen in Verbindung zu bleiben."

„Deshalb wird ein Netz von Polisario-Informanten unterstützt, das sich über ganz Marokko zieht!"

„Es ist außerordentlich gefährlich für jeden von ihnen", erklärte er grimmig. „Hier in Marokko wird jeder, der auch nur im geringsten mit den Polisarios sympathisiert, sofort ins Gefängnis gesteckt."

Sie blickte besorgt auf die Straße hinter ihnen. „Wir sollten nicht so lange Rast machen", sagte sie beunruhigt. „Wenn die Polizei eingeschaltet wurde – wenn sie nach dem blauen Renault Ausschau halten –, werden sie sich bald fragen, wo er abgeblieben ist, oder?"

Er nickte und faltete eine Karte auf. „Die Hölle wird los sein, wenn sie Bernard finden. Tinerhir ist nur noch knapp hundert Kilometer entfernt, aber ich halte es für angebracht, wenn wir erst nach Einbruch der Dunkelheit dort eintreffen." Er musterte sie kritisch.

„Was ist los?" fragte sie.

„Wir passen nicht zusammen", erklärte er. „Ich bin in Dschellaba und Turban, Sie aber tragen Touristenkleidung." Er wickelte seinen Turban auf, dunkles, lockiges Haar kam zum Vorschein, und plötzlich sah er gar nicht mehr wie ein Araber aus. „Falls wir angehalten werden sollten – das tun sie manchmal, um nach Drogen zu suchen –, würde man auf Sie aufmerksam. Haben Sie vielleicht ein Kopftuch, um Ihr Haar zu bedecken? Momentan kennt die Polizei weder mich noch den Wagen, aber Sie wurden mit Flavien gesehen, seit Sie Fes verließen."

„Einen Moment", sagte sie.

Sie ging zu ihren Reisetaschen, kramte darin und brachte ein blaues Kopftuch zum Vorschein und eine weiße Bluse, die sie gegen die rosafarbene austauschte, die sie trug. Als sie zu Max zurückkehrte, sah er in Hose und Hemd so westlich aus wie sie.

„Sind Sie Amerikaner?" fragte sie ihn.

Er schüttelte den Kopf. „Eigentlich Engländer, aber in Sambia geboren, in Indien aufgewachsen und in Amerika ins College gegangen. Verrückt, nicht wahr?"

Sie lachte. „Ich glaube, ich mag Sie bereits."

Er hielt die Wagentür für sie auf. „Es ist ja schön und gut, daß Sie mich mögen – ich mag Sie übrigens auch –, aber was ist mit den Fotos? Trauen Sie mir? Trauen Sie mir genug, daß Sie sie mir jetzt zeigen?"

„Ich fürchte, Sie werden mir trauen müssen", antwortete sie. Und als sie die Fahrt fortsetzten, beschrieb sie ihre ersten beiden Tage mit dem Mann, den er Flavien nannte. Von ihren Ängsten und Vermutungen, und daß sie es für sicherer gehalten hatte, die Fotografien zu vernichten. „Ich kann Ihnen die Namen und Adressen aufschreiben", schloß sie, „mehr aber auch nicht."

„Ohne die Fotos können nur Sie die Männer identifizieren", meinte er ernst. „Sieht ganz so aus, als müßte ich Sie ohne Rücksicht auf mich selbst beschützen, Sie verwöhnen, Ihnen alles nachsehen ..."

„Und mich hoffentlich auch füttern", warf sie verschmitzt zwinkernd ein.

Er schüttelte den Kopf. „Spaß beiseite, ist Ihnen klar, daß Sie das unbeschreiblich wichtig macht? Unsere Gegner werden nichts unversucht lassen, um Sie zu ergreifen!"

Sie blickte ihn erschrocken an. Bisher hatte sie nicht daran gedacht, daß sie die einzige Person im ganzen Land war, die wußte, wie die übrigen Informanten aussahen, und daß dies die Information war, auf die der marokkanische Geheimdienst außerordentlich scharf war. Sie war auch die einzige, die den Schwindler unter den Informanten enttarnen konnte, was sie zu einer noch größeren Gefahr machte.

CARSTAIRS saß an seinem Schreibtisch und studierte eine Notiz, als Bishop ihm über die Sprechanlage mitteilte: „Kairo auf Apparat drei, Sir. Fadwa Ali möchte Sie sprechen."

Carstairs runzelte die Stirn. Kontakte innerhalb der Atlasgruppe sollten strikt auf ein Minimum beschränkt werden, weshalb der Anruf wohl nichts Gutes bedeutete. „Zerhacken Sie den Anruf, Bishop, und kommen Sie zu mir, ich brauche Sie vielleicht." Er hob den Hörer von Apparat drei ab und meldete sich: „Hier Carstairs, guten Morgen Fadwa."

„Guten Morgen", antwortete Fadwa Ali.

Bishop kam herein und griff nach einem weiteren Hörer, um mitzuhören.

„Hier ist etwas passiert", begann Fadwa Ali. „Wir hatten Ihnen ja wärmstens einen Mann namens Max Janko empfohlen."

Carstairs runzelte die Stirn. „Und es ist etwas schiefgelaufen?"

„Ja, sehr", antwortete Fadwa Ali. „Das Foto, das man Ihnen übermittelte, ist von einem Doppelagenten ausgetauscht worden. Es zeigte nicht Max Janko."

O Gott! dachte Carstairs und bat seinen Gesprächspartner grimmig: „Reden Sie weiter."

„Unser Janko hatte einen Sekretär, Flavien Bernard. Er hat Ihr Ersuchen um einen arabischsprechenden Agenten abgefangen und flog nach Marokko, um Ihren Agenten zu treffen."

Carstairs holte scharf Luft, und sein Gesicht wirkte steinern. Bishop, der mithörte, dachte: Aber unser Agent ist Mrs. Pollifax! Er meint Emily . . .

Fadwa fuhr fort: „Was jetzt natürlich sehr wesentlich ist –"

Carstairs unterbrach ihn. „Wirklich wesentlich ist, daß meine Agentin, Mrs. Pollifax, ihm die Fotografien aller sieben Informanten mit Namen und Adressen ausgehändigt hat. Und das bedeutet den Tod für sieben Personen und wahrscheinlich für Mrs. Pollifax ebenfalls." Er fügte bitter hinzu: „Ich nehme an, er hat auch unseren Mann, Janko, getötet?"

„Janko wurde in einen leeren Aufzugschacht geworfen; er überlebte aber den Anschlag wie durch ein Wunder. Daraufhin flog er unverzüglich nach Fes, um Bernard zu suchen. Ich habe gehofft, von Janko zu hören, sobald er Fes erreicht hat. Aber er hat sich immer noch nicht gemeldet."

„Das klingt nicht gut."

„Leider. Wenn Sie seine Personalakte lesen, werden Sie sehen, daß er im Innendienst sehr gut ist, ein Spezialist für Fremdsprachen, Verschlüsselungen und ähnliches. Aber er hat keine Erfahrung im Außendienst."

Carstairs seufzte. „Ich verstehe."

„Eines kann ich Ihnen noch sagen", fuhr Fadwa fort. „Durch mehrmalige Anrufe im Hotel Palais Jamai in Fes erfuhren wir, daß ein Mr. Max Janko und eine Mrs. Pollifax das Hotel gestern um fünf Uhr früh verlassen haben."

„Fünf Uhr morgens! Zumindest lebte sie da noch", sagte Carstairs eine Spur erleichtert. „Aber wenn sie mit dem falschen Max Janko abgereist ist ..."

Fadwa vollendete den Gedanken: „War sie von keinem Nutzen mehr für ihn, sobald sie ihm die Liste und die Fotos gegeben hatte."

Er meint, daß Mrs. Pollifax jetzt vielleicht schon tot ist, dachte Bishop. Gleich wird mir übel ...

Carstairs hatte inzwischen eine Akte aus seinem Schreibtisch herausgeholt. „Wir dürfen nichts als gegeben annehmen, Fadwa", meinte er. „Ich sage Ihnen jetzt den Namen des Informanten in Fes, und ich möchte, daß Sie herausfinden, ob mit ihm alles in Ordnung ist."

„Gut. Wie heißt er?"

„Hamid ou Azu." Er buchstabierte den Namen und beschrieb, wo der Laden zu finden war.

„Ich habe einen Kontaktmann in dieser Gegend, der gleich zu dem Souk gehen kann", erklärte Fadwa. „Absolut unauffällig, natürlich."

„Gut, rufen Sie mich sofort wieder an, sobald Sie etwas wissen."

Bishop, der alles mitgehört hatte, war blaß geworden. „Verdammt!" stieß er hervor.

Carstairs nickte. „Sie sprechen mir aus der Seele, aber es wäre verfrüht, Mrs. Pollifax aufzugeben, ehe wir nicht mehr wissen." Er bedachte seinen Assistenten mit einem schiefen Lächeln. „Wir saßen schon des öfteren hier und haben sie betrauert, Bishop, doch irgendwie hat sie immer einen Ausweg gefunden."

„Aber es war nie wie dieses Mal!" rief Bishop zornig. „Sie haben Fadwa Ali gehört. Wir haben sie an einen skrupellosen Schweinehund ausgeliefert, der Leute in Aufzugschächte wirft. Sobald sie ihm die Namensliste ausgehändigt hat ..."

„Beruhigen Sie sich!"

„Aber es muß doch etwas geben, was wir tun können!"

Carstairs sagte leise: „Ja, wir können uns wieder an die Arbeit machen, bis wir von Fadwa hören."

Fadwas Rückruf kam bereits vierzig Minuten später über den Zerhacker. Es war nicht nötig gewesen, daß sein Mittelsmann in Fes persönlich nach Hamid ou Azu schaute. „In der Altstadt weiß jeder, daß er tot ist", berichtete Fadwa düster. „Er wurde am Sonntag nachmittag in seinem Laden ermordet. Rücklings erstochen. Niemand weiß von wem."

Carstairs blinzelte aufgeregt. „Das ändert die Sache natürlich."

„Inzwischen hat Bernard bestimmt auch Ihre Agentin getötet", meinte Fadwa.

Mit einem Blick auf Bishops erstarrtes Gesicht entgegnete Carstairs: „Die Agentin, die ich losgeschickt habe, ist schlau, Fadwa. Wir wollen die Hoffnung noch nicht aufgeben."

„Aber was können wir jetzt tun?"

„Ich brauche ein wenig Zeit, Fadwa. Vielleicht habe ich bereits die richtige Idee. Ich setze mich mit Ihnen wieder in Verbindung."

Als er aufgelegt hatte, fragte Bishop mißtrauisch: „Was für eine Idee? Wollen Sie Fadwa oder mir falsche Hoffnungen vorgaukeln? Es gibt niemanden, den wir um Hilfe bitten könnten. Sie wissen, wie klein die Atlasgruppe ist. Nicht einmal nach oben können Sie damit gehen, weil Mornajay im Urlaub ist."

Carstairs lächelte. „Schande über Sie, Bishop, Sie haben vergessen, wo er Urlaub macht ... Er ist in Spanien, Bishop – Spanien! Nur durch die Straße von Gibraltar von Marokko getrennt. Rufen Sie bitte seine Sekretärin an, und erkundigen Sie sich, wo er heute zu erreichen ist."

Bishop schaute verwirrt drein. „Aber was könnte er denn tun?"

Carstairs seufzte. „Bishop, bis wir Gegenteiliges hören, machen wir weiter, als sei Mrs. Pollifax am Leben. In Schwierigkeiten möglicherweise, aber am Leben. Und wenn sie noch lebt, wissen wir, wohin sie unterwegs ist. Wir können jemanden zu den letzten Stationen ihrer Reise schicken, nach Zagora und Rouida, falls sie es bis dorthin schafft."

„Aber wen?"

„Mornajay natürlich", antwortete Carstairs und lehnte sich in seinem Schreibtischsessel zurück. „Mornajay ist vom CIA und ebenso von Atlas, und er ist einer der Oberen. Er hat Einfluß und Erfahrung.

Urlaub oder nicht, wir müssen wissen, was sich tut, und er ist der Richtige, das herauszufinden."

„Wenigstens ein Hoffnungsschimmer!" murmelte Bishop und wählte die Nummer von Mornajays Sekretärin.

Sie fuhren schon eine ganze Weile schweigend dahin, aber es war ein beschauliches Schweigen, während jeder die Ereignisse der vergangenen Stunden verdaute.

Mrs. Pollifax hatte noch viele Fragen, aber sie unterdrückte sie einstweilen und gab sich der Freude darüber hin, daß sie noch lebte. Neben einem Mann zu sitzen, der sie respektierte und ansprechbar und aufgeschlossen war, machte es ihr leicht, die Sorge darüber eine Weile zu verdrängen, wie gering ihre Chancen waren, dem marokkanischen Geheimdienst zu entgehen.

Schließlich wandte sie sich doch ihrem neuen Begleiter zu. „Mit Ihnen zu reisen ist wirklich angenehm. Bernard war unausstehlich."

Max lächelte. „Vielleicht liegt es hauptsächlich daran, daß ich Sie nicht umbringen will."

„Das ist bei einer Freundschaft tatsächlich sehr wichtig", versicherte sie ihm vergnügt. „Aber Sie müssen mir noch erklären, weshalb, in aller Welt, irgendein Polisario dieser Atlasgruppe trauen sollte."

„Das ist leicht erklärt. Wenn ich es recht weiß, ist das allein diesem Carstairs zu verdanken, der Sie hierhergeschickt hat. Wie gut kennen Sie ihn? Wußten Sie, daß er mit der Geheimdienstarbeit im Zweiten Weltkrieg anfing?"

„Ja, das wußte ich." Sie lächelte. „Er arbeitete im besetzten Frankreich, wo er Informanten hinausschmuggelte."

Max nickte. „Später, sozusagen zur Erholung, wurde er als Verbindungsoffizier nach Nordafrika versetzt; dort erteilte man ihm jedoch schon bald den Befehl über eine geheime Kommandosache, bei der es um die Zerstörung eines Munitionslagers bei Tripolis ging."

„Hoffentlich erst, nachdem er sich gründlich erholen konnte", warf Mrs. Pollifax ein.

„Na ja, zu wünschen wäre es ihm gewesen, weil er die Wüste mit Landrovern durchqueren und in eine vom Feind besetzte Stadt gelangen mußte. Jedenfalls arbeitete er da mit einer gemischten Truppe aus Europäern und Nordafrikanern zusammen. Sie fanden das Munitionslager und legten unbemerkt die Zündschnüre. Sekunden ehe das Lager in die Luft flog, rannten sie davon, doch dabei fiel Carstairs über eine Kiste und brach sich ein Bein. Ein marokkanischer Kamerad kehrte um, trotz der Gefahr für sich selbst, und holte ihn noch rechtzeitig heraus, während das Inferno losbrach."

Mrs. Pollifax dachte, wie sehr sich ihr eigenes Leben geändert hatte, seit sie Carstairs kannte. Sie dachte an die anderen, deren Leben er gerettet oder verändert hatte. Und wieder spürte sie ein Erschauern, wie immer, wenn unsichtbare Kräfte die Fäden eines Schicksals in der Hand zu halten schienen. Ernst bemerkte sie: „Es wäre eine Ehre, einen solchen Mann kennenzulernen, der sein Leben für einen Kameraden aufs Spiel setzte."

Er blickte sie aufmerksam an. „Schon möglich, daß wir beide ihn kennenlernen werden, denn ich habe so ein Gefühl, als gehörte er zu diesen Informanten. Es war natürlich dieser Mann, an den sich Carstairs wandte, als er an den Aufbau einer solchen Gruppe dachte. Sie waren all die Jahre in Verbindung miteinander geblieben, müssen Sie wissen."

Es wunderte sie nicht. „Ich hoffe, es war nicht dieser Hamid ou Azu, der in Fes ermordet wurde", meinte sie besorgt.

Die Berge kamen allmählich näher. Sie fuhren durch eine kleine Ortschaft mit Lehmziegelhäusern. Eine Kuh war an die die Häuser umgebende Mauer gebunden, und neben ihr stand ein Mädchen, das einen langen roten Rock über einer tiefrosa Hose trug. Die Wüste hatte Feldern Platz gemacht, die zusehends grüner und üppiger wurden.

„Getreide für Couscous", sagte Max. „Ich glaube, wir nähern uns Goulmima, dann hätten wir die halbe Strecke nach Tinerhir hinter uns."

„Bedeutet das etwas zu essen?" fragte Mrs. Pollifax.

„Ich werde den Versuch riskieren, etwas aufzutreiben, aber es ist besser, wenn Sie im Wagen bleiben und sich unter der Decke auf dem Rücksitz verstecken. Sie müssen bedenken, daß die Polizei inzwischen sehr an Ihnen interessiert ist."

„Glauben Sie, daß Bernards Leiche schon gefunden wurde? Es ist doch erst ein paar Stunden her."

„Geheimdienst und Polizei sind zu vielem fähig. Doch es ist leider nicht nur das ... Als ich Ihnen aus Er Rachidia hinaus folgte, wurden Sie nur ein kurzes Stück von der Polizei beschattet. Ich glaube, daß man Ihnen nur ein paar Kilometer folgte, um sicherzugehen, und dann telefonisch das nächste Militärlager verständigte, das einen Beobachter postierte."

„Und das bedeutet, daß der nächste Beobachtungsposten den blauen Renault nie zu Gesicht bekam."

„Richtig. Ob Bernards Leiche inzwischen gefunden wurde oder nicht, ist unwichtig. Bekannt ist ihnen auf jeden Fall, daß er auf geheimnisvolle Weise irgendwo zwischen Erfoud und Goulmima verschwand. Und was noch schlimmer ist", fuhr er düster fort, „ich hatte keine Zeit, mir einen falschen Paß zu besorgen. Ich kam mit meinem eigenen in Fes an, und es wird bestimmt nicht lange dauern, bis sie dahinterkommen, daß sich der echte Max Janko in Marokko aufhält. Dann werden sie sofort ermitteln, welchen Leihwagen ich fahre, und sie werden Straßensperren aufstellen, um uns zu schnappen. Wir können diesen Wagen nicht mehr lange benutzen, ohne erwischt zu werden."

Sie nickte. „Dann müssen wir ihn stehenlassen."

„Wie soll's danach weitergehen?"

„Ich glaube, wir sollten es noch bis Tinerhir riskieren", sagte Mrs. Pollifax ruhig und fest, „doch danach wäre es Leichtsinn, den Wagen zu behalten. Wir müssen natürlich auch unser Gepäck zurücklassen."

„Ja, Sie haben recht – es gibt niemand, den wir um Hilfe angehen könnten!"

„Das stimmt nicht", widersprach sie ruhig. „Da sind die Polisario-Informanten. In Tinerhir haben wir Omar Mahbuba."

„Aber wenn ausgerechnet er der Verräter wäre?"

Sie blickte ihn erstaunt an. „Wie pessimistisch Sie plötzlich sind! Es gibt immer Hoffnung!"

„Ihr Glaube ehrt Sie, aber ich kann ihn nicht teilen!" sagte er hitzig.

„Vielleicht haben Sie nicht so viel Erfahrung wie ich. Wenn die Verzweiflung groß genug ist –"

Er lachte bitter. „Erfahrung! Das ist mein erster richtiger Außendienstauftrag. Meine Spezialität sind Übersetzungen. Ich arbeite in einem Büro. Sie wählten mich nur, weil ich Arabisch beherrsche."

Mrs. Pollifax war bestürzt. Die Erkenntnis, daß sie nun doppelte Verantwortung trug, legte sich wie ein Gewicht auf sie. Andererseits, dachte sie, hat mein Begleiter bereits zwei Morde verhindert, einen an ihm und einen an ihr. „Niemand würde Sie für unerfahren halten", versicherte sie ihm, und das meinte sie absolut ehrlich. Sie hielt es für angebracht, wieder zu ihrem ursprünglichen Thema zurückzukehren. „Also, wie sieht es mit etwas zu essen aus?"

Er mußte lachen. „Sie haben recht – und hartnäckig sind Sie auch." Er hielt den Wagen am Ortsrand an. „Und jetzt auf den Rücksitz mit Ihnen, wir sind gleich mitten in Goulmima."

Er fuhr in die Ortschaft ein, parkte in der Nähe eines Lebensmittelladens und kehrte schon bald mit sechs Orangen, vier Dosen Ölsardinen, Brot und zwei Flaschen Mineralwasser zurück. Das beendete fürs erste Mrs. Pollifax' unfreiwillige achtzehnstündige Fastenkur.

TINERHIR war ein Marktflecken im Saharavorland, der jetzt in der Spätnachmittagssonne in cremefarbenen und rotbraunen Tönen leuchtete. Sie warteten zwei Stunden, bis die Sonne hinter den Bergen unterging. Noch außerhalb des Ortes parkten sie den Wagen hinter einem Hügel und machten sich daran, ihr Gepäck auf das Notwendigste zu reduzieren, das in einem Rucksack und Mrs. Pollifax' geräumiger Handtasche verstaut werden konnte.

„Ich weigere mich, meine Dschellabas aufzugeben!" sagte Mrs. Pollifax entschieden.

„Das sollen Sie auch nicht, wir brauchen sie vielleicht, falls wir zu auffällig werden. Zum Glück können Sie sie mit sich herumtragen. Sie sehen ja aus wie eine Touristin und könnten die Dschellabas eben erst gekauft haben."

Beflügelt von diesem Gedanken, behielt Mrs. Pollifax ihren dicksten Pullover, den sie unter dem Trenchcoat tragen konnte, und gab Max für den Rucksack Bluse und Socken zum Wechseln, Zahnbürste, Haarbürste und Kamm, ihr Döschen mit Vitamintabletten und eine kleine Taschenlampe. Reiseschecks, Geld und Paß blieben in ihrer Handtasche, in der auch noch Platz für einen Reiseführer war.

Max packte den Turban seiner früheren Verkleidung ein, sowie Karten, zwei Päckchen Suppenpulver und eine wollene Mütze.

Das große Hotel, ganz in der Nähe von Omar Mahbubas Fossilienladen, befand sich auf einem hohen Hügel über der Stadt. In der Dunkelheit fuhren sie nach Tinerhir hinein und stellten den Peugeot in einer kleinen Nebenstraße nicht allzuweit vom Hotel ab.

Mit Rucksack und Dschellababündel tauchten sie in die Dunkelheit ein – zwei Touristen, die die Straße zum Hotel hinaufgingen.

Als sie oben ankamen, konnten sie keine Läden entdecken; das langgestreckte Luxushotel nahm die gesamte Hügelkuppe ein.

„Kommen Sie", sagte Max, „um das Hotel herum führt ein gepflasterter Weg. Schauen wir, ob sich der Fossilienladen vielleicht auf der anderen Seite befindet."

Zehn Minuten später fanden sie ihn. Es war ein winziger Laden etwas unterhalb des Hotels an einer staubigen Straße mit weiteren Lehmziegelhäusern. Auf einem Aushängeschild stand FOSILS – SUVENIRS. Drei hölzerne Stufen führten zu einer schäbigen Veranda und der offenstehenden Haustür, hinter der helles Licht brannte. Ein Mädchen, das von Zigeunern abstammen mochte, kauerte auf der obersten Verandastufe und spülte Trinkgläser in einer niedrigen Schüssel voll Wasser. Sie trug einen geblümten weinroten Rock über einer knallroten Hose, dazu eine blaue Bluse und zerrissene Schuhe. Sie lächelte sie schüchtern an und rannte voraus in den Laden, wo sie hinter einem Vorhang aus Glasperlenschnüren verschwand.

Mrs. Pollifax und Max Janko gingen hinein und stellten fest, daß der winzige Raum zu ihrer Rechten mit Ware vollgestopft war. Reihe um Reihe von Versteinerungen, ein wunderschönes Kohlenbecken sowie Weidenkörbe voll Halsketten beanspruchten allen Platz.

In dem kleinen Zimmer zu ihrer Linken begutachtete ein Touristenpaar einen großen Messingkessel. Der Inhaber des Ladens wartete geduldig neben ihnen, ein ungeschliffen aussehender Mann mit scharfen Augen und einem Stoppelbart. Er trug eine einfache braune Dschellaba.

„Und?" fragte Max aufgeregt.

Sie nickte. „Der richtige Laden und der richtige Mann. Es ist Omar."

„Gott sei Dank!" sagte Max inbrünstig.

Das Mädchen kehrte durch die Tür mit den Perlenschnüren zurück und brachte ihnen zwei Gläser mit Pfefferminztee. Dann ging sie wieder auf die Veranda hinaus. Omar Mahbuba überließ die Touristen ihren Überlegungen und kam mit höflichem Lächeln auf sie zu. „Ich zeigen Ihnen schöne Sachen?"

Max stupste Mrs. Pollifax. Da sie nicht so recht wußte, wie sie es angehen sollte, sagte sie: „Hamid ou Azu ist tot."

Er blickte sie ausdruckslos an. „Schöner Teppich? Viele Fossilien, viele Steine? Kommen anschauen."

Max war unsicher geworden. „Sind Sie sicher, daß er der Richtige ist?"

Mrs. Pollifax versuchte es noch einmal. „Sie sind Omar Mahbuba."

Er blickte sie überrascht an, runzelte verwirrt die Stirn und nickte zögernd.

Mrs. Pollifax setzte erneut mit ihrer Erklärung an. „In Erfoud ist ein junger Mann namens Youssef Sa –"

„Halt!" flüsterte er scharf, dann rief er dem Mädchen auf der Veranda etwas zu. Als es hereineilte, deutete er auf das Touristenpaar, ehe er zu der Tür mit den Perlenschnüren ging und Max und Mrs. Pollifax winkte, ihm zu folgen.

Sie gelangten in ein weiteres winziges Zimmer. „Was soll das? Wer sind Sie?" fragte er heftig.

„In Fes war Hamid ou Azu", erwiderte Mrs. Pollifax. „Er wurde ermordet, erstochen. In Er Rachidia gibt es einen Kellner namens Ibrahim, man hat ihn verhaftet."

Der Händler wirkte alarmiert. „Und Youssef?"

„Er konnte gewarnt werden, ich glaube, er ist in Sicherheit. Jetzt warnen wir Sie – es gibt Schwierigkeiten, etwas ist schiefgelaufen."

Er blickte die beiden stirnrunzelnd an. „Sie sind Christen, *Nasrani* . . . Amerikaner? Engländer? Woher haben Sie Ihr Wissen? Soll ich Sie töten oder Ihnen glauben?"

„Ich würde es vorziehen, daß Sie uns glauben", antwortete Max trocken.

„Erzählen Sie ihm, was passiert ist", bat sie, „und erklären Sie ihm, daß wir jetzt in Schwierigkeiten sind, in großen Schwierigkeiten." Sie setzte sich auf einen Stapel gefalteter Teppiche, denn sie war müde von der Anspannung des Tages.

Max begann, auf arabisch zu erklären.

Sie verstand nichts davon, aber sie mußte lachen, als Omar die Hände auf die Ohren drückte und auf englisch sagte: „Aufhören! Das könnte aus Tausendundeiner Nacht sein! Was bleibt mir übrig, als Ihnen zu glauben?" Mit listigem Augenzwinkern sagte er leise: „Ich werde Ihnen noch mehr trauen, wenn Sie mir sagen, wo Sie wen als nächstes warnen."

Mrs. Pollifax gab die Antwort. „In Quarzazate, einen Friseur."

Allmählich zog ein Lächeln über sein Gesicht, so breit schließlich, daß eine Zahnlücke zu sehen war. Er nickte zufrieden. „Wir haben ein Sprichwort: Vertrau auf Allah, aber binde erst dein Kamel an . . . Ich glaube Ihnen jetzt."

Max schüttelte den Kopf. „Ich hoffe, wir müssen das Ganze in Quarzazate nicht noch einmal durchexerzieren – falls wir überhaupt je dort ankommen!"

Omar beruhigte ihn. „Nein, nein, ich sage Ihnen eine Erkennungsparole." Er runzelte die Stirn. „Diesen Hamid und diesen Ibrahim kenne ich nicht, wohl aber den Namen von dem, der mir bestimmte – nennen wir es Ware – bringt, und den, an den ich sie weitergebe. Glauben Sie, daß Youssef in Sicherheit ist? Ist man Ihnen hierher gefolgt?"

Max erklärte, daß sie den Wagen unten in einer Gasse abgestellt hatten und hofften, Omar könne sie diese Nacht verstecken und ihnen helfen, nach Quarzazate zu kommen. „Sollten Sie nach diesen

Neuigkeiten vorhaben, von hier wegzufahren, könnten wir vielleicht gemeinsam . . .“

„Ich muß überlegen“, entgegnete Omar. „Für Nadija – sie ist meine Tochter – und mich ist es besser, wenn wir nach Süden in die Wüste gehen. Ich habe dort einen Vetter.“

Seine Tochter rief ihn. „Warten Sie hier“, bat er. „Die Kunden wollen etwas kaufen.“

Max setzte sich neben Mrs. Pollifax auf die Teppiche. „Ich nehme an, er schläft hier und benutzt die Teppiche als Bett.“

„Wahrscheinlich. Müde?“

„Eher beunruhigt. Es gefällt mir nicht, daß wir uns auf Omars Hilfe verlassen müssen.“

Das brachte Mrs. Pollifax nicht aus der Fassung. „Wenn dieser Mann seit gut zwölf Jahren ein Doppelleben führt, ist er vermutlich schlauer als wir beide zusammen, Max.“

Omar kam zurück und stopfte Münzen und Scheine in eine Tasche zwischen den Falten seiner Dschellaba. „Wir haben eine anstrengende Nacht vor uns, fürchte ich. Erstens muß Ihnen geholfen werden, und zweitens müssen meine Tochter und ich vor dem Morgen von hier weg sein.“

„So schnell?“ fragte Max überrascht.

Omar zuckte die Schultern. „Meine Söhne kämpfen bereits in der Wüste. Seit dem Tod meiner Frau sehne ich mich danach, mich ihnen anzuschließen, aber ich war ihnen mehr von Nutzen, indem ich hierblieb.“ Er deutete auf seinen Laden. „Ich bin jederzeit bereit gewesen, zu packen und aufzubrechen. Sie sehen ja, wie klein mein Geschäft ist. Haben Sie gegessen?“

Beide schüttelten den Kopf.

Omar kramte in einem Schrank und reichte Max und Mrs. Pollifax ein dickes Stück Ziegenkäse. „Essen Sie, während Sie nachdenken. Es ist sehr wichtig, daß Sie nach Quarzazate kommen – und weiter!“ fügte er bedeutungsvoll hinzu. „Also müssen wir gut planen.“

Mrs. Pollifax nickte. Sie hielt sich an eines ihrer wenigen arabischen Wörter sowie an ihren Teil des Ziegenkäses und sagte: „Schukran.“

„Wir haben Geld“, erklärte Max.

„Wieviel?“

Max und Mrs. Pollifax holten marokkanische Scheine aus ihren Taschen.

„Gut.“ Omar nickte. „Sehr gut. Mir fällt ein, daß Mustafa Behima seinen alten Lastwagen verkaufen will. Ich werde ihn fragen, wie viele

Dirham er dafür will. Ich sage, er ist für einen Freund in El Kelaa, der einen gebrauchten Lastwagen sucht. "

„Aber wie lange wird das dauern?" fragte Max nervös.

„Auch ich muß mich beeilen", entgegnete Omar ein wenig bissig. „Geduld ist zwar bitter, aber sie trägt süße Früchte. Wir sind alle in Allahs Hand – ruhen Sie sich aus, während ich tue, was ich tun muß. "

„Sie könnten uns helfen lassen", meinte Mrs. Pollifax. „Wie soll man sich in einer solchen Lage ausruhen?"

Er nickte. „Stimmt. Wenn Sie wirklich wollen, können Sie Nadija helfen, die Teppiche, die im Laden an den Wänden hängen, zusammenzurollen, während ich zu Mustafa gehe. In der Nacht, wenn niemand es sehen kann, muß ich meinen eigenen Lastwagen beladen. " Mit diesen Worten verschwand er in der Dunkelheit.

Es waren acht sehr schöne Teppiche, aber sie waren schwer, und es war anstrengende Arbeit, sie von den Wänden zu nehmen. Sie legten sie zusammengerollt neben die Tür. Danach brachte Nadija Ziegenkäse, einen Laib Brot und zwei Dosen Cola zum Vorschein. Sie picknickten auf dem Teppichhaufen, und dann und wann lächelte Nadija die beiden Besucher scheu an.

Es war bereits zweiundzwanzig Uhr, als Omar zurückkam und Max einen Schlüssel zuwarf. „Sie sind Besitzer eines Lastwagens", sagte er. „Ein alter Volvo, sehr alt, aber er fährt. Wir müssen vor dem Morgengrauen weg sein. "

„Was ist mit Benzin?"

„Der Laster ist aufgetankt und hat noch einen Kanister extra. Mein eigener Laster ist hinter dem Haus. Nadija . . . ", er sprach arabisch mit ihr. Sie nickte und griff nach einigen kleineren Bündeln, während Omar sich einen Teppich auf die Schultern stemmte.

Max sprang auf, um ihm zu helfen, und auch Mrs. Pollifax erhob sich seufzend, um ebenfalls wieder mitzuhelfen, doch dann überlegte sie es sich, legte sich auf den Teppich und schlief sofort ein.

Als sie die Augen aufschlug, standen Omar und Max über ihr, und beide wirkten amüsiert. Sie setzte sich auf und sah, daß die Zimmer leer waren. Ein Blick auf die Uhr verriet ihr, daß es drei Uhr früh war, aber die paar Stunden Schlaf hatten sie erfrischt, und sie sprang auf.

„Zeit aufzubrechen", sagte Max. „Die Ortschaft schläft noch. Omar meint, wir sollten vor ihm losfahren, er hat mir den Weg beschrieben. "

Sie nickte. „Gut. Was für einen Eindruck macht der Wagen?"

Max zuckte die Schultern. „Die Reifen sind ziemlich abgefahren, aber der Motor scheint in Ordnung zu sein." Er fügte hinzu: „Omar meint, daß die Polizei vielleicht schon am Morgen nach zwei amerikanischen Touristen suchen wird, die seit Erfoud verschwunden sind ... Das hat Nadija gehört, als sie Wasser am Brunnen holte. Solange wir hier in Omars Laden sind ..."

„Befindet er sich in Gefahr. Ich verstehe."

„Stimmt." Plötzlich lächelte Max. „Und nun, meine liebe Mrs. Pollifax, ist die Zeit für Dschellaba und Schleier gekommen. Touristen fahren nicht in klapprigen alten Lastwagen."

Neugierig schlüpfte sie in den Kapuzenmantel und stellte fest, daß er über Pullover und Hose bequem wie ein Bademantel fiel. Dann sah sie aufmerksam zu, als Omar ihnen beiden zeigte, wie man den Schleier um den Kopf wand, so daß er nur die Augen freiließ.

„Nadija ...?"

Das Mädchen öffnete einen Lederbeutel, holte ein kleines Fläschchen und ein Stäbchen heraus und trug schwarzes Kajal auf Mrs. Pollifax' Brauen auf, daß sie ganz dick und dunkel wurden.

„Voilà! Steht Ihnen ausgezeichnet!" Max grinste.

Nun brauchten sie nur noch loszufahren. Mrs. Pollifax wurde bewußt, daß sie gar nicht wegwollte, daß sie sich ein paar Stunden lang in Omars Laden sicher gefühlt hatte und daß alles, was vor ihnen lag, höchst unsicher sein würde.

Sie traten hinaus in die frische Nachtluft. Es schien kein Mond, aber die Sterne auf dem weiten Himmelsgewölbe funkelten hell und tröstend. Ehe sie ins Führerhaus des Lastwagens kletterte, drehte sie sich zu Omar um. „Schukran, Omar ... Bismillah?"

„Bismillah", antwortete er ernst. „Allah sei mit Ihnen."

„Wie geben wir uns dem Friseur in Quarzazate zu erkennen?"

Omar deutete auf Max. „Er hat es aufgeschrieben: Sie sagen, das Pferd lahmt. Beeilen Sie sich jetzt – wie der Wüstenwind!"

Sie stieg ein, und Max, der bereits hinter dem Lenkrad saß, löste die Handbremse. Dann startete Max den Motor, und sie ließen Tinerhir hinter sich zurück.

Kapitel 7

BEIDE fröstelten in der Kälte des frühen Morgens, während sie in Richtung Quarzazate fuhren. „Wenn man bedenkt", murmelte Max, „daß es auf der anderen Seite des Gebirges" – er nahm eine Hand vom Lenkrad und deutete westwärts – „am Meer warm und grün und fruchtbar ist, und die Wellen des Atlantiks die Küste umspülen ..."

„Hören Sie auf", bat sie und drückte die Hände auf die Ohren.

„Und in Marrakesch gibt es Palmen und eines der schönsten Luxushotels der Welt, und ..."

„Tummelplatz der Reichen!" sagte Mrs. Pollifax abfällig. Sie wollte nicht an Marrakesch denken. „Wie weit ist es denn noch von hier bis Quarzazate?"

„Falls es Allah und dieser Laster gut mit uns meinen, dürften wir gegen Mittag dort sein."

„Also bei Tageslicht." Sie seufzte erleichtert.

Max nickte und schwieg. Seine Silhouette hob sich nun von dem allmählich heller werdenden Himmel ab. Der Morgen graute, und bald würde die Sonne ihr goldenes Licht über das Land ergießen. Sie kamen durch den Marktort Boumalne du Dades, dessen lehmfarbene Häuser wie Bauklötze über einen ebenso lehmfarbenen Hügel verstreut waren.

Max wandte sich an Mrs. Pollifax. „Ich möchte uns ja nicht die Laune verderben, aber wie sieht es nach dem Kauf dieses Lasters mit unseren Finanzen aus?"

Sie zögerte. Warum hatte er bloß dieses unangenehme Thema angeschnitten? „Nicht sehr gut." Sie holte ihre Geldbörse unter der Dschellaba hervor und zählte: „Vierhundertfünfzig Dirham."

Er verzog das Gesicht. „Das sind etwa neunzig Dollar, und ich habe auch nicht viel mehr ... Sieht so aus, als müßten wir uns weiterhin von Sardinen und Orangen ernähren." Er bedachte sie mit einem Seitenblick. „Sie könnten ein bißchen schlafen. Ich wecke Sie, wenn wir Quarzazate erreichen."

„Sie haben recht", pflichtete sie ihm bei, „es fällt mir nur schwer, mich zu entspannen, wenn ich daran denke, was uns in Quarzazate erwartet."

„Ich nehme an, Sie meinen damit nicht nur die Polizei, sondern auch den Wolf im Schafspelz?"

Sie nickte.

„Hören Sie", sagte er, „haben Sie vergessen, daß Bernard der Wolf war? Er könnte der falsche Informant gewesen sein, wodurch sich alle anderen als echt herausstellen werden."

„Das wäre schön", antwortete sie seufzend, schüttelte aber den Kopf. „Die irreführende Information wurde über die Verbindungen der Atlasgruppe übermittelt. Aus diesem Grund hat man uns geschickt. Und Bernard hatte keinen Zugang zum Nachrichtensystem der Polisario. Er wußte nicht einmal, wer die Informanten waren, bis ich ihm die Namen nannte."

Sie verfielen wieder in Schweigen, was Mrs. Pollifax Gelegenheit zu allerhand sorgenvollen Überlegungen gab, beispielsweise wie um alles in der Welt sie je Marokko wieder verlassen konnten, nun da die Polizei sie suchte und sie ihr Weg von Tag zu Tag weiter weg von Städten und Flughäfen führte. Ein düsterer Gedanke reihte sich an den anderen. Sie mußten sich um das ehrwürdige Alter ihres Volvo Sorgen machen, um ihre schwindenden Geldmittel ... Nachdem sie all diese Unsicherheitsfaktoren zusammengezählt hatte, sagte sie schließlich fest: „Zum Teufel damit!"

„Wie bitte?" fragte Max erstaunt.

Sie lachte. „Habe ich Sie erschreckt? Mir war gar nicht bewußt, daß ich laut geredet habe. Ich habe ganz einfach beschlossen aufzuhören, mir Sorgen zu machen." Doch nach dieser Erklärung tauchte sogleich eine neue Sorge auf, denn der Volvo beschwerte sich über die steile Bergstraße, die er gerade erklomm. Max trat das Gaspedal bis zum Anschlag durch, legte den zweiten Gang ein, und dann, als der Laster immer langsamer wurde, den ersten. Beide seufzten erleichtert, als die Kuppe erreicht war, doch diese Bergfahrt war nicht gerade ermutigend gewesen.

Am frühen Nachmittag kamen sie in Quarzazate an. Ihr Hunger war zwar durch Orangen und Sardinen nicht ganz gestillt, aber auf ein erträgliches Maß reduziert worden. Mrs. Pollifax staunte, als sie durch eine breite, baumgesäumte Straße an mehreren Luxushotels vorbeikamen sowie an Restaurants, dem Postamt, einer Buchhandlung und einer imposanten Bank.

„Sehr kolonialistisch", murmelte Max. „Unverkennbar, daß die Franzosen hier waren."

„Es ist zweifellos – nun, europäisch", bestätigte sie.

„Zu europäisch für diesen Friseur, den wir suchen. Bitte lesen Sie mir die Adresse vor, die Sie für mich aufgeschrieben haben, ganz langsam." Er gab ihr die Notizblockseite, auf die sie die Namen und Adressen geschrieben hatte.

„Muhammed Tuhami, Friseur ... An der Ecke der Straße der Filzhutmacher und der Straße der Barbiere, in Richtung der Großen Moschee."

Er nickte. „Das bedeutet, daß es einen älteren Stadtteil geben muß. Fahren wir herum und sehen uns um ... Zwar können wir uns eigentlich die Benzinverschwendung nicht leisten, aber noch weniger ratsam ist es, irgendwo anzuhalten und Fragen zu stellen."

Sie fuhren die Straßen mit ihren vornehmen Häusern hinter hohen Mauern auf und ab, bis Max einen erfreuten Ausruf ausstieß. Er deutete nach vorn. „Schauen Sie, da – hier ist das alte nichtkoloniale Viertel!"

Sie nickte und lächelte, als sie die vertrauten Lehmziegelhäuser sah und plaudernde Männer in Dschellabas. Während sie näher heranfuhren, verkündete Mrs. Pollifax: „Keine überdachten Gassen. Hier ist ein offener Marktplatz!"

„Stimmt. Stellen wir den Wagen ab und sehen uns zu Fuß um. Unser Friseur muß hier in der Nähe sein."

„Ich glaube, wir sollten uns wieder als Touristen geben, ich sehe nämlich keinerlei Frauen."

Er schnitt eine Grimasse. „Sie haben recht, es würde unerwünschte Aufmerksamkeit erregen, wenn eine Einheimische neben einem Mann herginge. Frauen zeigen sich hier nur in Begleitung anderer Frauen. Und wir tragen beide die falschen Schuhe, schon dadurch würden wir auffallen. Ich werde den Laster um die Ecke in einer Nebenstraße parken, dort können wir uns diskret wieder in Touristen verwandeln."

Wenige Minuten später spazierte ein Touristenpaar, Tante und Neffe, zum Marktplatz. Sofort umschwärmten Kinder sie mit ausgestreckten Händen, aber Max verscheuchte sie.

„Früher haben Sie ihnen aber etwas gegeben", erinnerte ihn Mrs. Pollifax.

„Das tut ein guter Moslem auch, denn der Koran hat da ein paar strenge Regeln, wenn es darum geht, den Armen zu geben", entgegnete er. „Aber im Augenblick bin ich kein guter Moslem. Wenn wir ihnen ein paar Münzen schenken, werden sie uns den ganzen Weg nachlaufen, bis zu Muhammed – falls wir ihn finden."

„Wir müssen ihn finden", sagte sie leise.

Der Platz war von offenen Buden mit flachen Dächern eingerahmt, da und dort gab es schmale Durchgänge. In einer Ecke standen Männer um eine Ziegenherde und gestikulierten wild beim Aushandeln von Preisen. An den Ständen gab es Sardinen in Kisten auf Eis gebettet, aufgehäufte Orangen und Tomaten, frische Kräuter, Töpfe und Pfannen, Schuhe und hohe weiße Plastikkannen voll Speiseöl.

„Entschuldigen Sie, ich muß so was Ähnliches wie eine Herrentoilette finden", sagte Max. „Bitte warten Sie hier auf mich, ja?"

„Natürlich." Sie sah ihm nach, während er davoneilte, einen Jungen nach dem Weg fragte, und dann in einer Gasse verschwand. Als Mrs. Pollifax eine niedrige Mauer hinter sich bemerkte, setzte sie sich nieder, um die Sonne zu genießen und den Trubel rundum auf sich einwirken zu lassen. Sofort rannten drei Jungen zu ihr, zwei davon machten bettelnde Gesten mit den Händen. Der dritte schaute nur schüchtern zu.

Der Verkäufer des Ladens hinter ihr rannte herbei und verscheuchte die Kinder verärgert. Dann kehrte er, ohne einen Blick auf Mrs. Pollifax zu werfen, in seine Bude zurück.

Der dritte Junge war in der Nähe stehengeblieben und beobachtete sie neugierig. Es war etwas Rührendes an ihm: seine Augen waren so groß in dem Gesichtchen, er war dünn wie ein Spatz, barfüßig, und sowohl seine kurze Baumwollhose wie sein T-Shirt waren ihm zu groß. Er sieht einsam aus, dachte sie. Er hat auch gar nicht gebettelt, nur zugesehen. Er ist anders als die anderen.

Max kehrte aus der Gasse zurück. Sie warf einen Blick auf den Verkäufer hinter sich. Er unterhielt sich gerade mit einem Bekannten. Schnell griff sie in ihre Geldbörse und holte eine Zweidirhammünze heraus, dann lächelte sie dem kleinen Jungen zu, drückte einen Finger an die Lippen und legte verschwörerisch die Münze auf die Mauer neben sich. Während sie Max entgegenging, rannte der Junge zu der Mauer und griff nach der Münze. Als sie über die Schulter blickte, sah sie, daß er nicht davongelaufen war. Er lächelte sie strahlend an, als hätten sie gemeinsam den Verkäufer überlistet und wären Verschworene. Dann hob er zwei Finger an die Lippen und blies ihr einen Kuß zu.

Erfreut blies sie ihm einen Kuß zurück.

„Mit wem flirten Sie denn da?" erkundigte sich Max amüsiert.

Sie lächelte nur. „Fangen wir an? Ich sehe da gleich sechs Gassen, die wir uns vornehmen sollten."

„Glücklicherweise gibt es Straßenschilder", entgegnete er, faßte sie am Arm und führte sie vorbei zur nächsten Gasse, deren Schild mit seinen Bogen und Schnörkeln der arabischen Schrift geradezu anmutig wirkte.

„*Assammarin*", las Max. „Das heißt ‚Straße der Hufschmiede'. Gehen wir eine weiter."

Als nächstes kam die Straße der Seidengarnverkäufer, und nachdem sie sie mit Blicken abgesucht hatten, schlenderten sie zum nächsten kopfsteingepflasterten Eingang einer Gasse.

„*Al-hajjamin*", las er. „Hurra! Wir haben die Straße der Barbiere gefunden! Würden Sie mir bitte unseren Mann beschreiben, ehe wir weitergehen?"

Sie blieb stehen und schloß die Augen, um sich zu konzentrieren. „Jünger als Omar, etwa dreißig bis zweiunddreißig. Kurzer dunkler Bart, bleiches ovales Gesicht. Klein und mager. Auf dem Bild trug er eine abgetragene gestreifte Dschellaba. Er sah sehr leidenschaftlich aus – und sehr arm."

Max nickte. „Ja, das ist zu erwarten. Ein Friseur gehört in diesem Land zu den untersten Gesellschaftsschichten – und doch genießt er trotz seines Standes eine gewisse Beliebtheit, weil man von ihm allerlei Neuigkeiten und Gerüchte erfahren kann. In einem Friseurladen unterhalten sich die Leute und hören zu."

„Perfekt für einen Informanten."

Sie kamen an einem Laden vorbei, in dem Ledertaschen ausgestellt waren, und an einem schmalen Geschäft, in dem man Pantoffeln in Regenbogenfarben erstehen konnte. An der Ecke des nächsten Ladens befand sich ein Schild, auf dem eine Schere abgebildet war. „Daumen halten!" murmelte Max.

Das Fenster dieses Ladens war staubig, und sie bleiben stehen, um hindurchzuspähen. Die Barbierstube war sehr klein, aber sauber und hell. Ein einziger Stuhl, herrlich alt und verschnörkelt, stand mitten im Raum, der Sitz war mit rotem Plüsch überzogen und ruhte auf einem kunstvoll geschmiedeten Eisengestell. Ein Spiegel, der von Alter und Moderflecken fast blind war, teilte sich die Wand mit einem Bild von Mohammed V. und dem derzeitigen König. Für wartende Kunden gab es eine einfache Bank.

Momentan saß ein Kunde auf dem herrlichen Stuhl, der Friseur selbst jedoch hatte dem Fenster den Rücken zugewandt.

„Die Spannung wächst", murmelte Mrs. Pollifax, doch in diesem Augenblick drehte sich der Mann um, und sie seufzte erleichtert.

„Noch ein Aufschub", flüsterte sie. „Das ist Muhammed Tuhami."

„Gehen wir hinein", entschied Max.

Daß zwei Touristen – noch dazu einer davon eine Frau – das Geschäft betraten, überraschte die beiden Einheimischen. Max wandte sich höflich an den Friseur: „Könnten Sie mir die Haare schneiden? Sprechen Sie Englisch?"

„Ein bißchen."

Mrs. Pollifax, die Muhammed verstohlen musterte, fand, daß er älter und müder aussah als damals, als sein Foto gemacht worden war.

Sie setzten sich. Tücher wurden abgenommen, und Muhammeds Kunde erhob sich. Aus seiner weißen Dschellaba über einer westlichen Hose mit scharfer Bügelfalte und weißem Hemd schloß sie, daß er wohlhabend war. Muhammed bekam ein paar Münzen in die Hand gedrückt, dann bedachte er Max mit einer knappen Verbeugung und Mrs. Pollifax mit einem neugierigen Blick, ehe er das Geschäft verließ.

Schweigen herrschte, während Muhammed mit Tüchern in der Hand Max erwartungsvoll anblickte. Da sagte Max bedächtig: „Das Pferd lahmt."

Muhammeds Gesicht verriet nicht das geringste Erstaunen. Er trat sofort an die Tür, schloß zu, ließ die stählernen Rolläden herunter und kehrte zurück. Im Dämmerlicht musterten sie einander, Muhammed stumm und abwartend.

Max begann mit seinen Erklärungen. „Wir kommen von Omars Geschäft in Tinerhir und müssen Ihnen leider sagen, daß die Kette – das Netz – gerissen ist." Er entschuldigte sich bei Mrs. Pollifax und redete in fließendem Arabisch weiter. Doch indem sie Muhammeds Miene beobachtete, konnte sie zumindest ahnen, was Max zu ihm sagte. Seine Augen weiteten sich, sein Gesicht verzog sich entsetzt. Bei dem Wort Tinerhir entspannte sich seine Miene ein wenig, und er sagte etwas.

Max übersetzte. „Er ist sehr froh, daß Omar auf dem Weg in die Wüste ist. Jetzt muß ich ihm natürlich noch sagen, daß er sich selbst ebenfalls in Gefahr befindet. Ich glaube nicht, daß ihm das bereits bewußt ist."

Er erklärte es ihm, wozu er ein paar Minuten brauchte. Jetzt verrieten Muhammeds Augen große Angst. „Nein, nein!" protestierte er und wich vor ihnen zurück. „Ich kann nicht fort – ich kann nicht!"

„Es könnte gefährlich werden, wenn Sie bleiben."

„Ja, ja, das klar, aber ..." Er brach in einen Schwall Arabisch aus, und Max übersetzte. „Seine Frau ist krank. Er liebt sie aufrichtig. Sie darf nicht transportiert werden, und er kann sie nicht verlassen."

„Oje", murmelte Mrs. Pollifax und empfand tiefes Mitleid mit ihm. Muhammed war ein einfacher Mann mit den Sorgen und Problemen der kleinen Leute. Wahrscheinlich lebte er am Rand der Armut, mußte hart um das tägliche Brot kämpfen, sorgte sich um seine kranke Frau, und doch hatte ihn etwas aus der Masse herausgehoben. Er hatte nichts von einem Rebellen an sich, trotzdem hatte er ein gefährliches Leben auf sich genommen und das ohne jede finanzielle Entschädigung. Sie sagte sanft: „Es ist vielleicht alles in Ordnung, Max. Wenn Muhammed nur dem Mann in Zagora bekannt ist und der sich als der Richtige herausstellt ... Fragen Sie ihn bitte, ob er in letzter Zeit etwas von dem Mann gehört hat. "

Max fragte, und Muhammed trat an den Wandkalender, dann murmelte er etwas.

„Er sagt, vor drei Wochen", übersetzte Max. „Ein längeres Schweigen als üblich, wie er meint. "

„Klingt nicht gut", flüsterte Mrs. Pollifax beunruhigt. „Sagen Sie ihm bitte, daß er daran denken muß, was aus seiner Frau werden soll, wenn man ihn verhaftet!"

Muhammed hob eine Hand und gestikulierte. „Kommen Sie!" forderte er die beiden auf. „Ich zeige. " Er hob einen Vorhang an der hinteren Wand zur Seite und führte sie zu einer dämmrigen Kammer, in der sechs Frauen um eine Kranke kauerten. Bei ihrem Eintreten erhoben sich die formlosen schwarzen Schatten und flüchteten aus der Kammer. Nur Muhammeds Frau blieb auf einer Matte liegen.

Muhammed redete sanft zu ihr und winkte Mrs. Pollifax herbei. Sie trat näher und blickte auf sie hinunter. Sie war von auffallender Schönheit, und ihre Augen wirkten durch das Kajal besonders groß. Sie lächelte und streckte eine Hand aus.

Mrs. Pollifax nahm sie und hielt sie fest. „*Schukran* – und hallo", stammelte sie. „Max, was hat sie denn?"

„Muhammed hat gesagt, daß sie vor vier Tagen ihr Kind verlor. Ein Wunder, daß sie es überlebt hat. Jetzt ist sie sehr schwach, ihr fehlt Kraft und ..."

„Wille", ergänzte Mrs. Pollifax. Sie blickte nachdenklich auf Muhammeds Frau, dann griff sie in ihre große Handtasche und holte ihr Döschen mit Multivitamintabletten sowie einen 200-Dirham-Schein heraus. Sie reichte Muhammed die Tabletten und sagte: „Bitte zwei dieser Tabletten ..." Sie hob zwei Finger. „Zwei pro Tag, und von diesem Geld einen Arzt und vielleicht mehr zu essen. "

Er wich zurück, aber Mrs. Pollifax sagte streng: „Nicht für Sie, Muhammed. Das ist für Ihre Frau, die Perle, die Allah Ihnen schickte, damit Sie eine Wahl haben – wegzugehen und sich zu verstecken, oder zu bleiben. "

„Aber so viel!" stieß er hervor. Er blickte Mrs. Pollifax fest an und sagte leise: „Sie sprechen von Allah – Sie kommen von Allah. " Er legte eine Hand auf sein Herz: „*Schukran, Madame.* "

„Wir müssen weiter", mahnte Mrs. Pollifax Max. „Es ist schon

Nachmittag, und wenn wir uns nicht beeilen, erreichen wir Zagora heute nicht mehr."

Max nickte und übersetzte das für Muhammed, dann fügte er an den Friseur gewandt hinzu: „Vielleicht sollten Sie Ihr Geschäft ein paar Tage schließen?"

Muhammed nickte abwesend und blickte seine Frau an. „Wenn Allah will", murmelte er, „wenn Kraft zurückkehren ... Vielleicht in ein paar Tagen, mit Geld gibt es Möglichkeit wegzugehen. Sie uns geben Hoffnung. Allahs Segen mit Ihnen, Monsieur und Madame."

Sie hatten bereits die Tür zur Straße erreicht, als er ihnen nachrief: „Bitte, warten."

Sie drehten sich um, und er redete schnell und eindringlich auf Arabisch auf Max ein, der bestürzt wirkte.

„Was ist los?" erkundigte sie sich.

„Nach zahllosen Entschuldigungen", antwortete Max, „erklärte er, daß er zwar bei seiner Frau bleiben muß, sie aber einen Sohn haben, ihren einzigen. Er erbietet sich, das Geld zurückzugeben, ja, uns alles zu geben, wenn wir den Kleinen mit uns nach Zagora nehmen und zum Haus der Schwester seiner Frau bringen, damit er außer Gefahr ist."

Mrs. Pollifax überlegte nicht lange. „Aber natürlich können wir das tun, nicht wahr, Max? Sagen Sie ihm, er soll sein Geld behalten, und ja, wir nehmen das Kind mit."

Max machte eine Geste komischer Hilflosigkeit. „Die Dame", erklärte er Muhammed, „sagt ja."

„Allah sei Dank", murmelte Muhammed, und damit löste sich die ganze Anspannung, die sich in ihm aufgestaut hatte. „Danke, danke, er ist soeben heimgekommen. Er ist neun Jahre, heißt Ahmad."

„Sagen Sie uns, wohin wir ihn bringen sollen. Die Adresse und wie wir hinfinden." Max holte Notizbuch und Kugelschreiber heraus, und Muhammed erklärte den Weg umständlich auf Arabisch, dann verschwand er, um den Jungen zu holen.

„Hier ist er", sagte er, als er kurz darauf zurückkam.

Der Junge trat aus dem dämmrigen Korridor und blickte scheu auf Mrs. Pollifax. Als sie ihn sah, lachte sie. „Wir kennen uns bereits! Das ist Ihr Sohn Ahmad?"

Es kostete einige Minuten zu erklären, daß Mrs. Pollifax die Touristendame war, die Ahmad zwei Dirham geschenkt hatte, mit denen er Orangen und Süßigkeiten für seine Mutter gekauft hatte.

Muhammeds Augen leuchteten auf, und er nickte. „Er Sie mögen."

Voll Stolz fügte er hinzu: „Er können Englisch viel besser als ich, Sie werden sehen. Ahmad, heute abend du wirst sein in Zagora bei dein ‚*amma*‘."

„Nur wenn wir sofort aufbrechen", warf Max ein. „Sagen Sie ihm, er soll hinter uns gehen, bis wir bei unserem Laster sind. Dort ziehen wir Dschellabas an und sind keine Touristen mehr."

Muhammed umarmte seinen Sohn und murmelte etwas in sein Ohr. Mrs. Pollifax verstand nur die Wörter *Allah* und *Bismillah*, dann öffnete ihnen Muhammed die Tür. „*Nehna abid Allah*", sagte er zu Max.

Max nickte ernst. „Ja, wir sind alle Diener Allahs. Leben Sie wohl, Muhammed, und seien Sie vorsichtig."

Sie verließen das Friseurgeschäft, und während Ahmad in einigem Abstand hinter ihnen hertrottete, hielten sie an einem Laden an, um Plastiksandalen zu kaufen, und erstanden dann in einem anderen, was sie an Eßbarem mitnehmen konnten. Es handelte sich wiederum um Orangen und Ölsardinen sowie schwarze Oliven, Brot, zwei Flaschen Mineralwasser und fünf Flaschen Cola, wodurch ihre Mittel weiter schrumpften.

Der Anblick ihres Lasters faszinierte Ahmad sichtlich; er kletterte ins Führerhaus, berührte vorsichtig das Lenkrad und den Schalthebel und lächelte voll tiefer Zufriedenheit. Als er auf Max und Mrs. Pollifax blickte, während sie sich umzogen, bemerkte er, daß Mrs. Pollifax sich sehr unbeholfen mit dem Schleier anstellte. „Nein, nein!" rief er lachend, dann befestigte er grinsend den Schleier für sie. Das führte zu ein bißchen Urlaubsstimmung, die bedauerlicherweise rasch vorüber war, weil in Mrs. Pollifax' Reiseführer von weiteren Bergen die Rede war, ehe sie in die Ebene gelangten, und schon jetzt war es zweifelhaft, ob sie Zagora noch vor Einbruch der Nacht erreichen würden.

Sie fuhren wieder südwärts Richtung Grenze, und der erste Teil ihrer Reise war steil und brachte sie hoch über den Fluß Dra. Aus schwindelerregender Höhe blickte Mrs. Pollifax hinunter auf das grüne Tal, durch das sich der Fluß ebenso wild schlängelte wie die aus den Felsen gehauene Straße, auf der sie fuhren. Ziegen und Schafe weideten an den steilen grünen Hängen.

Der Volvo ächzte und stöhnte zwar, aber er stockte nicht. Fast schien es ihr, als habe er eine eigene Persönlichkeit entwickelt und sei wie die Menschen dieser Berge hartnäckig und stoisch geworden. Ahmad saß zwischen ihr und Max und hielt ihre Hand fest. Hin und wieder blickte er zu ihr hoch und lächelte sie an; und wenn sein englischer Wortschatz auch beschränkt war, so sprachen doch seine Augen für ihn. Sie hatte ihm eine Zweidirhammünze geschenkt, eine so geringe Summe, und dafür bekam sie nun die ganze Dankbarkeit seines Jungenherzens. Er machte sich keine Sorgen um versagende Bremsen oder Lenkung, sein Vertrauen war unerschütterlich.

Max dagegen wirkte nervös. Sie hatten lange noch die Hoffnung gehegt, Zagora vor Einbruch der Dunkelheit zu erreichen, aber aus dem Wagen war nicht mehr herauszuholen, und schon jetzt legten sich Schatten auf das Tal unter ihnen, als die Sonne tiefer sank.

„Heute schaffen wir es nicht mehr bis Zagora", stellte Mrs. Pollifax schließlich fest.

„Und wir haben viel Glück, wenn wir diese Haarnadelkurven hinter uns bringen, solange es noch hell ist", knurrte er.

Mit großer Erleichterung rollten sie schließlich den letzten Hang hinunter und blickten auf die Straße, die sich kilometerweit flach in der Dämmerung vor ihnen erstreckte.

„Gott sei Dank", seufzte Max.

Mrs. Pollifax nickte. „Wir sollten anhalten; wir wissen nicht, was uns in Zagora erwartet, außerdem brauchen wir Schlaf und Essen."

Er nickte. „Stimmt."

Sie begannen Ausschau nach einem Fleckchen zu halten, wo sie von der Straße aus nicht gesehen werden konnten. Als sie zu einer Ansammlung Olivenbäume kamen, fuhr Max den Laster zwischen die Bäume, und als er sicher war, daß sie gut getarnt waren, stellte er den Motor ab. Die Stille war atemberaubend: sie hörten weder Wagen noch Menschen, ja nicht einmal Vögel; es war die Stille vor dem Sonnenuntergang.

„Nach meinen heutigen Fahrerlebnissen", sagte Max grimmig, „dürften meine Nerven stark genug für den Grand Prix sein. Die Reifen dieses Lasters sind völlig abgefahren, die Räder besitzen ein Eigenleben, Bremsen ist ein Abenteuer, und wir haben Straßen geschafft, die mehr Kurven als eine Bauchtänzerin hatten."

Ahmad blickte ihn glücklich an. „Wenn ich groß bin, werde ich auch Lastwagenfahrer."

Mrs. Pollifax lächelte ihn an. „Er hat Sie wahrhaftig wie ein Falke beobachtet, Max, jede Ihrer Bewegungen. Kommen Sie, essen wir etwas, dann werden wir uns besser fühlen. Wir haben die Plane hinten im Wagen und die alte Decke, die uns Omar überließ. Wir werden unter den Sternen schlafen."

Sie kletterten aus dem Führerhaus und auf die Ladefläche. Mit verschränkten Beinen saßen sie in der Dämmerung, öffneten Sardinendosen und verteilten Cola. Als Mrs. Pollifax sah, mit welcher Begeisterung Ahmad seine Ration verzehrte, vergaß sie, wie sehr ihr Ölsardinen und Orangen bereits zum Hals heraushingen.

Max blickte sie nachdenklich an. „Ich möchte ja keine unangenehmen Themen zur Sprache bringen, während wir essen, aber wenn einer der beiden restlichen Männer auf unserer Liste sich als der böse Wolf erweist, können wir wohl kaum die Anweisungen befolgen und vom nächsten Postamt aus telegrafieren. Die Polizei, die hinter uns her ist, hat inzwischen bestimmt jedes Postamt, jede Bank und jedes Hotel benachrichtigt."

„Natürlich habe ich daran gedacht, und auch andere Probleme habe ich mir durch den Kopf gehen lassen."

„Probleme?" wiederholte er mit spöttischem Lachen. „Probleme nennen Sie das?"

„Sie sind müde", sagte sie.

„Wußten Sie, in was Sie da verwickelt würden?" fragte er gereizt. „Und daß wir uns vor der Polizei verstecken müßten?"

„Natürlich nicht. Bishop sagte, es würde eine angenehme Ausflugsfahrt durch das echte Marokko werden, bei der ich lediglich sieben Personen mit sieben Fotografien zu vergleichen brauchte."

„Ich bin nahe daran, hysterisch zu lachen."

„Schlafen wäre besser", gab sie zu bedenken.

„Stimmt, wo ist die Decke?" brummte er, und als sie sie ihm gab, legte er sich hin und schloß sofort die Augen.

Sie schliefen eng aneinandergekuschelt unter der Decke und der Plane, zu erschöpft, um die zunehmende Kälte der Januarnacht im Freien zu spüren. Als Mrs. Pollifax davon schließlich doch erwachte, stellte sie fest, daß Max nicht mehr neben Ahmad lag.

„Max?" flüsterte sie stockend.

„Bin schon noch hier", erklang seine Stimme vom hinteren Ende der Ladefläche. „Ich mache nur ein paar Liegestütze, um mich zu wärmen. Ein Königreich für eine Tasse Kaffee!"

Vor den Olivenbäumen, auf der Straße, knatterte ein Lastwagen vorbei. In einer Stunde würde es hell sein, dann würden sie versuchen, Zagora zu erreichen und nach dem Informanten Nummer sechs Ausschau zu halten, dessen Name Sidi Tahar Bouseghine war.

Sie schauderte und sagte dann kleinlaut: „Ich glaube, ich sollte wohl auch ein paar Liegestütze machen."

Kapitel 8

MORNAJAY flog gleich am Nachmittag nach Marrakesch. Er war zwar noch ein wenig verärgert, daß er seinen Urlaub in Spanien hatte abbrechen müssen, aber er fragte sich mit wachsendem Interesse, was ihn in Marokko erwarten würde.

Er hatte eine Liste mit den sieben Orten bei sich, die ihm Carstairs übers Telefon genannt hatte, sowie die Namen der sieben Informanten; und indem er seine Beziehungen spielen ließ, war er auf den Namen eines jungen Mannes in Marrakesch gestoßen, den er würde ausfragen können, ohne den wahren Grund seines Hierseins verraten zu müssen.

Er trug einen untadelig geschneiderten weißen Anzug, der seine dichte graue Löwenmähne vorteilhaft betonte. Die sechs Tage in Spanien hatten sein Gesicht gebräunt, was seinen kühlen grauen Augen einen Hauch von Wärme verlieh.

Am Flughafen nahm er ein Taxi zum Luxushotel Mamounia. Von seinem Zimmer aus bat er die Rezeption, ihm für sieben Tage einen Leihwagen zu besorgen. Er wechselte in sportlichere Sachen, packte in eine Tasche ein Fernglas, zwei Pullover, Stiefel, Windjacke und Wollmütze, Rasierzeug und etwas, das in jeder Beziehung wie eine Kamera aussah, in Wirklichkeit aber eine Schußwaffe war, und schlang sich einen echten Fotoapparat über die Schulter. Mit der Tasche in der Hand schlenderte er durch das riesige Foyer mit seinen Spiegeln, und nachdem er den Mietvertrag für den Renault unterschrieben und eine Landkarte studiert hatte, fuhr er los, um seinen Kontaktmann aufzusuchen.

Da die Anwesenheit des CIA in Marokko eigentlich geheim war, fand er seinen Mann über einem Straßencafé in einem unscheinbaren Büro. An der Tür stand wie üblich IMPORTE.

Der junge Kenneth Bartlett kam hinter seinem Schreibtisch hervor und streckte die Hand aus. „Mr. Mornajay, Sir, welche Ehre!" Er strahlte über das ganze sommersprossige Gesicht.

Mornajay schüttelte die angebotene Hand, ließ sich in den Sessel neben dem Schreibtisch fallen und wiederholte gleichmütig, daß er auf Urlaub sei und hier im Büro nur guten Tag sagen wolle. „Tut sich momentan irgend etwas Aufregendes?" fragte er scheinheilig.

Bartlett wirkte besorgt. „Nun ja. Man hat einen Toten in der Nähe von Erfoud bei einem Kuppelgrab gefunden. Erschossen. Und sein Wagen war dort abgestellt. Er reiste mit einer Frau, einer Amerikanerin ..."

Mornajays Miene verriet in keiner Weise sein plötzliches sehr starkes Interesse. „Eine Amerikanerin, sagen Sie?"

„... von der angenommen wird, daß sie ihn ermordet hat. Jedenfalls ist sie verschwunden, was in Marokko gar nicht so leicht ist, zumindest nicht für eine Amerikanerin, die allein reist. Sie fahnden landesweit nach dieser Mrs. Pollifax."

Mornajay kniff die Augen zusammen. Carstairs hatte von einer Agentin gesprochen, ohne ihren Namen zu nennen. „Sagten Sie tatsächlich Pollifax?"

Bartlett nickte. „Seltsamer Name, nicht wahr?"

Richtiggehend erschüttert dachte Mornajay: Nein, unmöglich! Es muß jemand anderes sein! „Haben Sie eine Beschreibung dieser Frau?" fragte er.

„Sogar eine sehr genaue", versicherte Bartlett und begann sie laut vorzulesen.

Einfach unglaublich, dachte Mornajay. Das war die Beschreibung der Frau, die er vor einem Jahr in Thailand kennengelernt hatte, als sie auf der Suche nach ihrem Mann in den Bergen herumgestreift war; aber absolut nichts hatte darauf hingewiesen, daß sie mehr als eine ganz normale Touristin gewesen war. Es war wirklich unvorstellbar, ja unmöglich, nur jetzt wollte er es unbedingt genau wissen. „Sie haben doch eine Direktverbindung nach Virginia?" fragte er.

„Ja." Bartlett blickte ihn erstaunt an.

„Gut." Mornajay nickte. „Hätten Sie etwas dagegen, wenn ich einen Anruf mache, um etwas zu klären?"

„Aber nein. Bitte bedienen Sie sich." Bartlett führte ihn in das anschließende Zimmer und ließ ihn allein.

Wenige Minuten später hatte Mornajay Carstairs am Apparat. In aller Ruhe begann Mornajay mit seinen Erläuterungen. „Ich bin jetzt in Marrakesch und muß Sie etwas Wichtiges fragen, ehe ich weitere Schritte unternehme. Von den beiden – eh – Freunden, nach denen ich hier sehen soll, ist einer eine Frau, deren Namen Sie nicht erwähnten, und das werde ich jetzt auch nicht. Aber ich muß wissen, ob diese Frau vor einem Jahr in Thailand war."

Er hörte, wie Carstairs den Atem einsog. „Was in aller ... Ja, aber woher ... Ach so, Sie waren ja im selben Monat in Thailand. Heißt das, daß Sie sie von dort kennen?"

Mornajay antwortete nicht darauf. „Sie hat damals für Sie gearbeitet?"

„Ja", erwiderte Carstairs. „Aber Sie haben meine Frage nicht beantwortet."

Mornajay lachte. „Welche Ironie des Lebens! Ich hielt sie für eine tölpelhafte Touristin, und das sagte ich ihr auch, und sie nahm an, daß ich für die Leute von der Rauschgiftfahndung arbeite. Wenn es dieselbe Dame ist – und ich möchte nicht verheimlichen, daß sie hier momentan sehr gefragt ist, wenn Sie verstehen, was ich meine –, weiß ich wenigstens, wen ich suche, und kann ihre Möglichkeiten einschätzen."

„Die Lage sieht nicht gut aus?" fragte Carstairs.

„Alles andere als das. Eine Nadel im Heuhaufen suchen, trifft am ehesten die Situation."

„Was werden Sie tun?"

„Ich habe nicht die geringste Ahnung", antwortete Mornajay und legte auf.

Als er ins vordere Büro zurückkehrte, blickte Bartlett von seinem Computer auf. „Sind Sie gleich durchgekommen?" erkundigte er sich.

Mornajay nickte. „Vielen Dank für Ihre Hilfe. Aber entschuldigen Sie mich jetzt bitte, ich möchte losfahren." Er winkte Lebewohl und ging. Der Besuch bei diesem jungen Mann hatte ihm recht nützliche Informationen eingebracht, mit denen er sich näher beschäftigen würde, während er über den Hohen Atlas fuhr, um mit seiner Suche nach Mrs. Pollifax zu beginnen.

Mrs. Pollifax ... Wenn sie einen Profi wie ihn getäuscht hatte, war es durchaus möglich, daß sie auch die Leute täuschte, die jetzt hinter ihr her waren. Er fand, daß ihre Aussichten auf ein Entkommen sehr gering waren, doch nun war es seine Aufgabe, dafür zu sorgen, daß ihre Chancen sich vergrößerten.

Als der erste Lichtschimmer auf Ahmad fiel, schlug er die Augen auf. Er sah Mrs. Pollifax und Max und setzte sich lächelnd auf. „Guten Tag. Fahren wir jetzt mit dem Lastwagen?" Er streckte die Arme aus, als lege er sie um ein Lenkrad: „Brumm, brumm, brumm!"

„Ja, bald", versicherte sie ihm. „Iß erst eine Orange. Gehst du zur Schule, Ahmad?"

Er nickte eifrig. „Ich war schon in der Schule, ja."

Nach längeren angeregten Fragen und Antworten erfuhr Max von ihm, daß Ahmad einenhalb Jahre lang eine Schule besucht hatte. „Er sagt, er kann seinen Namen schreiben und auf dem Abakus zusammenzählen und abziehen, und wenn er groß ist, möchte er Lastwagenfahrer werden. Wie ich", fügte er amüsiert hinzu.

„Dann kann ich nur hoffen, daß er es mit neueren Lastern zu tun haben wird", entgegnete Mrs. Pollifax sarkastisch. „Wie weit ist es noch?"

„Noch zwei, drei Stunden Fahrt – *Inschallah*. Nach Ihrem Reiseführer zu schließen ist Zagora ein hochgelegener Ort mit einer Festung – hoffen wir, daß die Steigung erträglich ist –, und Ahmad sagte, daß seine Tante auf der anderen Seite von Zagora ein Stück außerhalb wohnt, worüber er sehr froh ist, weil er dadurch länger bei uns bleiben kann."

Sie packten ihr Nachtlager zusammen. Als Mrs. Pollifax ins Führerhaus kletterte und sich neben Ahmad setzte, schob er zutraulich seine Hand in ihre. Ihr wurde bewußt, wie sehr er ihr fehlen würde, wenn sie ihn erst bei seiner Tante abgesetzt hatten. Sie fragte sich auch, wie es für ihn weitergehen würde, so entwurzelt er jetzt war, und wann sein Vater ihn holen kommen konnte; am schlimmsten war der Gedanke, ob er ihn überhaupt wiedersehen würde, denn es war nicht auszuschließen, daß Muhammed bereits verraten worden war und ihn in Quarzazate nichts Gutes erwartete.

Hör auf, Trübsal zu blasen! ermahnte sie sich streng. Wir haben viel zu tun, und wer von uns weiß schon, was das Schicksal für ihn bereithält.

Sie brachen mit einigem Optimismus auf, doch an diesem Morgen muckte der Laster auf. Der Kühler begann zu dampfen, und sie verloren viel Zeit, bis er wieder genügend abgekühlt war. Sie hatten gehofft, Zagora am Vormittag zu erreichen, doch es wurde Nachmittag, bis sie von der Hauptstraße auf die Nebenstraße abbogen, die zu dem von ihnen gesuchten Hotel hinaufführte.

„Ziemlich abgeschieden von dem lebhaften Treiben im Ortskern", meinte Mrs. Pollifax. „Aber auf der Fotografie stand: ‚Sidi Tahar Bouseghine, Teppichverkäufer, in der Nähe des großen Hotels'."

„Sein Name interessiert mich", sagte Max, „denn in Marokko bedeutet Sidi soviel wie ‚Sir' oder ‚Lord'. Wie sieht er denn aus?"

„Ziemlich biblisch", antwortete sie und rief sich das Bild in Erinnerung. „Ein Turban bedeckte sein Haar, aber sein Bart war weiß. Nicht sehr lang, aber doch so, daß ich an einen Patriarchen denken mußte. Er hatte . . ." Sie suchte nach dem richtigen Wort. „Er hatte Charakter."

Das Hotel sah fast aus wie ein Palast, was Mrs. Pollifax für eine Ortschaft so nahe der Wüste erstaunlich fand. Es war von einer gepflegten Gartenanlage umgeben, und auf dem Parkplatz standen zwei Reisebusse. Als Einheimische würden sie in diesem Luxusnest nicht willkommen sein. Max fuhr an den Straßenrand und hielt an. „Bleiben wir ein paar Minuten hier und schauen, was sich tut."

„Ich sehe zehn Läden", meinte Mrs. Pollifax. „Fünf auf jeder Straßenseite, da werden wir einige Zeit brauchen, sie uns alle anzusehen."

„Stimmt." Max wirkte besorgt.

Ich bin nervös, schrecklich nervös, gestand sich Mrs. Pollifax ein. Jetzt ist es wirklich ein russisches Roulette. Sie waren so weit gekommen, und nun, da sie dem Ende schon nahe waren, hatte sich die Gefahr mit jedem Halt vergrößert. Die Zeit war zu ihrem Feind geworden und arbeitete für die Polizei und den möglichen Verräter unter diesen letzten beiden Informanten.

Max riß sie aus ihren Gedanken. „Wie wär's, wenn ich mich umsehe? Ich kann einen Blick in jeden Laden werfen und nach einem Mann mit weißem Bart Ausschau halten, und wenn ich ihn finde, hole ich Sie, und Sie vergewissern sich, ob er der Sidi Tahar Bouseghine auf Ihrer Fotografie ist."

„Wollen Sie als Einheimischer oder als Tourist gehen?"

„Gute Frage." Er schwieg, und Ahmad blickte sie beide an, offenbar verwirrt von den Zweifeln, die er spürte.

„Ich gehe wohl besser als Einheimischer. Warum sollte ich unnötig ein Risiko eingehen?"

„Nehmen Sie Ahmad mit", schlug sie vor und lächelte den Jungen an. „Mit dir wird Max noch eher wie ein Marokkaner aussehen."

„Nicht wie *Nasrani*." Ahmad nickte weise. „Sie haben Angst, *Medehm?*"

„Wir sind nervös, Ahmad", antwortete sie.

„Okay. Wir gehen."

Max grinste. „Ja, Ahmad, wir gehen."

Sie stiegen aus dem Führerhaus, und Mrs. Pollifax blickte ihnen nach, als sie über die Straße gingen, um ihre Suche in den Läden auf der linken Seite zu beginnen. Fünfmal verschwanden sie nur kurz, ehe sie sie wiedersah. Als sie aus dem letzten Geschäft traten, sah Mrs. Pollifax Max lächeln. Er spreizte die Finger zum Siegeszeichen, als er mit Ahmad an seiner Seite auf sie zukam.

Erregung und Besorgnis verschmolzen miteinander. „Sie haben ihn gefunden?"

„Er paßt genau auf Ihre Beschreibung", versicherte ihr Max durchs offene Fenster. „Er ist groß und hager, hat einen weißen Bart und verkauft Teppiche. Werfen Sie selbst einen Blick auf ihn."

„Ist er allein?"

„Sein Laden ist so leer wie ein Drosselnest im Winter. Kommen Sie, wir warnen ihn, bringen Ahmad zu seiner Tante und können gegen Abend in Rouida sein."

„Das wäre schön", sagte sie und kletterte aus dem Wagen. Sie gingen zu dem Laden, und Mrs. Pollifax blieb auf der Schwelle stehen. Hinter einem dämmrigen Vorzimmer lag ein großer Raum mit Oberlicht, so daß die vielen Teppiche in allen Größen, Farben und Mustern an den Wänden gut zu sehen waren. Unmittelbar unter dem Oberlicht stand ein bärtiger Mann in Turban und weißer Dschellaba, der einen kleinen Teppich begutachtete. Ihre Erleichterung war ungeheuerlich.

„Ja", flüsterte sie. „Dem Himmel sei Dank! Es ist der Mann auf der Fotografie."

Sie drehte sich zu Ahmad um und sagte: „Warte draußen auf uns. Wir werden nicht lange brauchen."

Er blickte sie besorgt an. „Aber *Medehm* ..."

Max redete arabisch auf ihn ein, dann erklärte er Mrs. Pollifax: „Ich habe ihm gesagt, daß wir hier etwas Geschäftliches zu erledigen haben und er draußen auf uns warten soll."

Als sie das Geschäft betraten, blickte Sidi Tahar von dem Teppich auf und ging ihnen entgegen. Er blickte sie so forschend, mit so unverkennbarem Interesse an, daß Mrs. Pollifax den Schleier zur Seite zog und ihr Gesicht offenbarte. „Sidi Tahar Bouseghine", begann sie.

Max fügte rasch hinzu: „Wir sind hier, um Ihnen zu sagen, daß das Pferd ..."

Noch ehe Max zu Ende sprechen konnte, flüsterte Sidi Tahar kaum hörbar: „Gehen Sie, schnell! Fliehen Sie!"

Erstaunt sagte Max: „Aber ..."

„Etwas ist faul, Max!" warnte Mrs. Pollifax. „Schnell, raus!"

Doch es war bereits zu spät. Das Vorzimmer, durch das sie gekommen waren, war gar nicht leer gewesen. Irgendwo hatte sich ein Mann versteckt gehabt, der nun mit triumphierender Miene herbeikam. „Ah, da sind Sie ja – endlich!"

Sie hatten ihren Wolf im Schafspelz gefunden, aber er war ihnen zuvorgekommen. Er stand an der Tür zum großen Verkaufsraum und hatte eine flauschige Dschellaba wie einen Umhang über seinen Straßenanzug geworfen. Der Fremde war ganz offensichtlich ein Städter und paßte so gar nicht hierher, zwischen die Teppiche und Lehmziegelwände. Er hatte ein schmales braunes Gesicht mit gepflegtem Schnurrbart. „Es war äußerst langweilig, auf Sie zu warten!" spöttelte er.

„Wie bitte?" entgegnete Mrs. Pollifax kühl. Es war zu spät, ihr Gesicht wieder zu verschleiern, aber zu früh, ans Aufgeben zu denken.

Seine Miene verfinsterte sich. „Sie sind die Amerikanerin, die vom Sicherheitsdienst gesucht wird. Sie heißen Pollifax. Wir wissen alles über Sie!" Er griff unter seine Dschellaba und zog eine Pistole heraus. Mit der Waffe in der Hand ging er zum Eingang, vor dem Ahmad herumlungerte. „Verschwinde!" sagte er barsch zu ihm. Dann schlug er die Tür zu und schob den Riegel vor.

Jetzt beschlich Mrs. Pollifax doch ein wenig Angst.

Auch Max war blaß geworden.

Sidi Tahar, der direkt neben Mrs. Pollifax stand, sagte leise: „Er ist schon seit drei Wochen hier. Tut mir leid."

Schwach antwortete sie: „Wir waren müde und unvorsichtig. Und Sie – hat er Ihnen was getan?"

„Es war nicht schlimm. Ich sollte ja der Honig sein, an dem die Fliegen klebenbleiben, und mußte mich draußen zeigen, damit meine Nachbarn sich nicht wunderten. Ich verstand bisher nicht, warum, aber jetzt ..."

„Jetzt geht's in den Lagerraum", sagte der Mann im Straßenanzug, der die letzten Worte gehört hatte. „Ich werde Sie dort einsperren, während ich die Polizei verständige, die sehr froh sein wird, wenn die Fahndung nach der Amerikanerin eingestellt werden kann, die Max Janko in der Nähe von Erfoud erschossen hat." Er wandte sich an Max. „Und Sie – wer sind Sie? Wie heißen Sie?"

Max versuchte, ein bißchen dümmlich auszusehen. „Bashir Mahbuba", antwortete er. „Ich habe diese Dame mitgenommen, sie war in großer Not auf Straße und wollte in nächste Stadt. Hatte Unfall, sie sagen. Und Ihr Name ..."

„Saleh genügt", entgegnete der Mann unfreundlich. „Ich kann Ihnen nur sagen, daß die Notlage dieser Dame jetzt auch Ihre ist. Tahar!" Er deutete mit der Pistole auf das hintere Ende des Ladens. „Sie kennen sich aus, öffnen Sie die Tür!"

Schulterzuckend trat Sidi Tahar an eine teppichbehangene Wand und schob einen Läufer zur Seite. Dahinter befand sich eine Tür, und als er sie öffnete, sah Mrs. Pollifax, daß sie hinaus auf einen Pfad führte, der an einer fensterlosen Lehmhütte endete.

Saleh stieß die drei in diese Hütte. „Hier bleiben Sie!" sagte er kurz angebunden. „Ich rufe jetzt die Polizei an."

Der kleine dunkle Raum war wie eine Zelle. Nur durch ein rechteckiges Loch in der Decke, das vergittert war, fiel ein wenig Licht. Der Boden bestand aus gestampfter Erde, in einer Ecke lag ein Stapel alter Teppiche, daneben sah Mrs. Pollifax einen Tonkrug, einen Teller, ein Kissen und eine Kerze.

„Hat er Sie hier gefangengehalten?" fragte Mrs. Pollifax Sidi Tahar.

„*Bismillah,* ja. Viele Nächte."

Mitgefühl überkam sie. „Und die ganze Zeit ahnte niemand, daß Sie gefangengehalten wurden und sich als Lockvogel in Ihrem Laden sehen lassen mußten, während dieser Mann sich versteckte und wartete. Max und ich hätten zumindest . . ." Sie drehte sich nach Max um, der völlig außer sich zu sein schien. Besorgt fragte sie: „Max, was ist denn?"

Er schluckte. „Ich – ich fürchte, ich leide an Klaustrophobie . . . Dieser verdammte Aufzugsschacht, in dem ich hing . . ." Er ließ sich zitternd auf den Teppichstapel fallen und vergrub das Gesicht in den Händen. „Ich glaube, ich muß gleich laut schreien . . ."

Sidi Tahar ging zu ihm und legte eine Hand auf seinen Nacken. Mit eindringlicher Stimme sagte er: „Atmen Sie tief ein, tun Sie lange, tiefe Atemzüge."

Mrs. Pollifax beobachtete, wie Max gegen seine Hysterie ankämpfte.

„Jetzt schließen Sie die Augen!" forderte ihn Sidi Tahar ruhig auf. „Schließen Sie die Augen, und stellen Sie sich die Wüste vor – die unbegrenzte Wüste, wo der Horizont ein gerader Strich in weiter Ferne ist . . . Können Sie ihn sehen? Der Himmel leuchtet blau, die Freiheit ist unermeßlich groß." Wie ein Hypnotiseur wiederholte er: „Unendlicher Raum – Freiheit."

Noch war Max verkrampft, doch die sanfte Stimme Sidi Tahars beruhigte ihn. Mrs. Pollifax bemerkte, wie sein Körper sich entspannte. Mit einem Seufzer streckte er sich auf den Teppichen aus.

Mrs. Pollifax blickte Sidi Tahar interessiert an. „Haben Sie ihn hypnotisiert?"

Er lächelte. „Ich sprach nur zu der Panik in ihm, beruhigte sie. Eine Erinnerung hatte sich Ihres Freundes bemächtigt, doch Erinnerung ist nur Illusion. Wer ist er eigentlich? Er sagte die richtigen Worte zu mir, als Sie meinen Laden betraten. Aber woher kommen Sie? Und Saleh sprach von einem Erschossenen in Erfoud."

Sie seufzte. „Spielt das jetzt alles eine Rolle? Wie lange wird es dauern, bis die Polizei hier ist? Minuten? Eine Stunde?"

„Ich sehe, Sie wissen nicht, wie es in unseren Bergdörfern ist", antwortete er ernst. „Saleh würde sich nicht an die Gendarmen hier wenden, denn die Einheimischen sind meine Freunde. Er muß zum Hotel und von dort aus Quarzazate anrufen." Er lächelte sie an. „Wenn wir Glück haben, funktioniert die Telefonverbindung heute nicht – wie es häufig der Fall ist. Sie haben genug Zeit, mir zu erzählen, wer Sie sind und wie es dazu kam, daß Sie heute meinen Laden betraten."

Bedächtig begann Mrs. Pollifax mit ihrem Bericht. „An einem fernen Ort kam es zu dem Verdacht, daß etwas nicht stimmt." Sie ließ sich nieder und erzählte ihm in allen Einzelheiten von ihrer ungewöhnlichen Reise.

Als sie geendet hatte, sagte Sidi Tahar: „Allah sei gepriesen, er hat Sie beschützt!"

„Ja, jedenfalls bis jetzt. Aber wie hat dieser Saleh die Wahrheit über Sie erfahren?"

Sidi Tahar seufzte. „Ich habe viel darüber nachgedacht, und ich glaube, daß man am Tag der Flut vor sechs Wochen Verdacht schöpfte, als der Dra Hochwasser hatte. Das Wasser toste die Wadis herunter und zerstörte viel. Ich lieferte Teppiche nach Quarzazate wie üblich, und ein junger Mann – ein zuverlässiger Mann mit dem Namen Hafed – sollte einen kleinen Teppich zu einer gewissen Person auf dem Markt bringen. In dem kleinen Teppich befand sich ein wasserdichtes Päckchen mit bestimmten Dokumenten und Berichten." Traurig schüttelte er den Kopf. „Hafed kam nie in Quarzazate an. Er wurde von den Fluten überrascht und ertrank. Seinen Lastwagen brachte man zu seiner Familie hier in Zagora zurück, die Teppiche aber ..." Wieder seufzte er.

„Sie wurden geborgen, aber nicht zu Ihnen zurückgebracht?"

„Wie wäre es sonst zu erklären? Eines Tages machten mich Nachbarn darauf aufmerksam, daß man Fragen über mich stellte, und ich bemerkte, daß man mich beschattete. Ich traf unmerklich Vorbereitungen, um eine Weile zu verreisen, doch da kam Saleh in meinen Laden – mit seinen Fragen und seiner Pistole und seinen Drohungen und mit Schlägen. Seither ist er hier, lauscht, wartet und gibt sich als mein Vetter aus."

Mrs. Pollifax nickte, und dann fragte sie, was gefragt werden mußte: „Hat er Sie gezwungen, ihm von unseren Freunden in Quarzazate und Rouida zu erzählen?"

Er musterte sie ausdruckslos. „Wir haben ein Sprichwort: Fliegen kommen nicht in einen geschlossenen Mund." Sanft fügte er hinzu: „Nein, er erfuhr nichts von mir. Er konnte mich nicht zum Reden bringen. Aber diese Leute sind sehr geduldig, und jetzt . . ."

Sie wand sich innerlich. „Jetzt sind wir drei." Drei zum Befragen, dachte sie. Drei, auf die sie Druck ausüben, die sie verhören, bedrohen und, wenn nötig, foltern können. „Warten ist schlimm", sagte sie.

Sidi Tahar blickte zu der vergitterten quadratischen Öffnung hinauf, durch die das Licht fiel. „Es ist die halbe Zeit zwischen Spätnachmittag und dem Sonnenuntergangsruf zum Gebet."

Mrs. Pollifax dachte an Ahmad und fragte sich, wie lange er auf sie warten würde, bis ihm dämmerte, daß sie nicht zurückkommen würden. Ob er seine Verwandten allein fand? Sie können nicht zu weit von hier entfernt sein, dachte sie. Das Herz tat ihr weh, als sie sich vorstellte, wie er einsam und verlassen dahinirrte.

Max hatte die Augen geöffnet. „Ich habe Ihnen beiden zugehört", gestand er. „Sidi Tahar, was haben Sie mit mir gemacht?" Er setzte sich sichtlich verärgert auf.

Sidi Tahar lächelte. „Kennen Sie die Meditationen unseres Dichters Rumi? Er schrieb, daß es keinen Grund für Angst gibt, daß es unsere eigene Phantasie ist, die uns der Vernunft verschließt wie ein hölzerner Riegel die Tür. Ich habe diesen Riegel ein wenig zurückgeschoben, das ist alles. Vielleicht können Sie jetzt zur Gegenwart zurückkehren."

„Eine freudlose Vorstellung", brummte Max.

„Wir sind in Allahs Hand – glauben Sie!"

Interessiert erkundigte sich Mrs. Pollifax: „Sind Sie ein Mystiker, Sidi Tahar, oder etwa ein Priester?"

Max hatte eine Antwort darauf. „Wenn, dann ein Sufi, denn so redet er. Sind Sie ein Sufimeister, Sidi Tahar, ein Derwisch?"

Sidi Tahar zuckte die Schultern. „Das sind Worte, nichts weiter."

„Ein muslimischer Mystiker!" rief Mrs. Pollifax. „Wurden Sufi nicht auch tanzende Derwische genannt? O Sidi Tahar, sind Sie etwa ein tanzender Derwisch? Tanzen Sie?"

Er lächelte über ihre Begeisterung. „Sie meinen, was wir ‚das Drehen' nennen? Für uns ist es ein Gebet, aber auch ein Tanz, sozusagen um uns zu befreien, damit wir höhersteigen können."

„Wohin?" fragte sie.

„Zum Bewußtsein. Zu Gott. Zum Licht."

Neugier und Interesse gewannen die Oberhand über die gegenwärtige Trostlosigkeit. „Könnten Sie es mir bitte zeigen?" fragte Mrs.

Pollifax. „Oder ist es Blasphemie, Sie darum zu bitten, mir zu zeigen, wie Sie tanzen oder sich drehen?"

Er lachte. „Das fragen Sie, eine *Nasrani?* Aber um Sie abzulenken, werde ich Ihnen sagen, wie Sie selbst es anfangen müssen."

„*Schukran*", sagte sie und lächelte ihn an.

„Stehen Sie gerade!" wies er sie an. „Nun müssen Sie sich auf Ihr Zentrum konzentrieren, das ist das Allerwichtigste." Er legte die Hand auf ihren Solarplexus. „Hier ist Ihr Zentrum. Fühlen Sie es! Ohne Zentrum kein Drehen, kein Tanz."

Mrs. Pollifax legte die Hand auf die Magengegend und wartete.

„Überkreuzen Sie jetzt die Arme, legen Sie die rechte Hand auf die linke Schulter, die linke auf die rechte Schulter." Er nickte. „Drehen Sie sich jetzt, aber langsam, erst nach links, dann rundherum."

Mit verschränkten Armen drehte sie sich, schaffte es jedoch nur zweimal, ehe ihr schwindelig wurde und sie innehalten mußte.

Sidi Tahar lächelte. „Sie haben sich nicht auf Ihr Zentrum konzentriert. Versuchen Sie es noch einmal, doch diesmal drehen Sie sich, ohne den linken Fuß vom Boden zu nehmen."

Sie starrte ihn verblüfft an. „Ohne meinen linken Fuß ... Aber das ist unmöglich!"

Er lachte. „Sie heben den rechten Fuß, stellen ihn an die andere Seite des Beines und drehen sich. Aber drehen Sie sich, ohne den linken Fuß zu bewegen, als wäre er auf den Boden genagelt. Tatsächlich schlug man früher zwischen den Zehen des linken Fußes einen großen Nagel in den Boden, damit der Fuß nie die Erde verlassen konnte."

Mrs. Pollifax versuchte es, drehte sich unbeholfen und sackte auf die Teppiche neben Max. Als sie wieder zu Atem gekommen war, lächelte sie Sidi Tahar an. „Dazu gehört mehr, als ich dachte."

„Hinter allem ist mehr, als man glaubt", entgegnete er. „Das ‚Drehen', das Tanzen führt einen zu dem stillen Punkt des Universums, und wie könnte das so leicht zu lernen sein?"

„Das Herumgetanze ist lächerlich", sagte Max verärgert. „Ist Ihnen denn nicht klar, daß wir überlegen müssen, was wir tun und sagen sollen? Wir müssen uns etwas ausdenken, unsere Aussagen aufeinander abstimmen ... Die Polizei kann jeden Augenblick hiersein, und Sie vertrödeln die Zeit mit Tanzunterricht!"

Mrs. Pollifax blickte Sidi Tahar an und lächelte, dann wandte sie sich an Max. „Sie betrachten es nicht richtig. Unser Sidi würde uns unter keinen anderen Umständen einweihen. Er tut es jetzt nur, um uns abzulenken."

Max deutete auf das Gitter im Dach. „Das ist ja schön und gut, aber sehen Sie denn nicht, wie dunkel es schon wird? Uns bleibt nicht mehr viel Zeit zum Planen!"

Sidi Tahar runzelte die Stirn. „Es kann noch nicht dunkel sein. Der Muezzin hat noch nicht zum Sonnenuntergangsgebet gerufen."

Verwundert trat Mrs. Pollifax in die Mitte der Hütte, um zu dem Loch im Dach hinaufzuspähen. „Jemand hat das Gitter bedeckt." Sie spürte etwas an ihrer Nase kitzeln und wich zur Seite, doch eine Sekunde später kitzelte es sie wieder. Da sie annahm, es wären Spinnweben, hob sie die Hand, um sie wegzuwischen. „Was ist denn das?" stieß sie hervor. „Eine Schnur! Jemand muß da oben über dem Gitter liegen, deshalb ist es hier so dunkel."

Die anderen kamen näher, um sich ihre Entdeckung anzusehen. Sie ließ die Schnur durch die Finger gleiten. „Am Schnurende ist ein kleiner Stein befestigt!" Aufgeregt fügte sie hinzu: „Das kann nur Ahmad sein, niemand sonst. Er ist also noch in Zagora und versucht uns zu helfen!"

Max griff nach der Schnur. „Sie hängt bestimmt an etwas oder jemandem da oben – und schauen Sie! Um den Stein ist ein Stück Papier gewickelt. Haben wir ein Streichholz?"

Sidi Tahar brachte ihnen seine Kerze und zündete sie an. Mrs. Pollifax strich das Papier glatt und sah zwei kindliche Bleistiftzeichnungen. Im flackernden Kerzenschein betrachteten sie sie und überlegten, was sie bedeuten könnten. Eine mochte einen Schlüssel darstellen, und die darunter waren zwei Kreise in einer Art Schachtel.

Max deutete auf die letztere. „Das könnte ein Lastwagen sein, die beiden Kreise sind Räder."

„Das andere sieht wie ein Schlüssel aus", sagte Mrs. Pollifax. „Was bedeuten diese arabischen Zeichen ganz unten?"

„Es ist wirklich von Ahmad", antwortete Max aufgeregt. „Er hat seinen Namen darunter geschrieben. Sie haben recht – er ist hiergeblieben, hat uns gefunden und ist jetzt auf dem Dach!"

Mrs. Pollifax wurde ganz warm ums Herz. „Ich glaube, er möchte, daß wir ihm den Wagenschlüssel hochschicken."

Max starrte sie entsetzt an. „Warum? Das kommt nicht in Frage!"

„Was soll das heißen, ‚kommt nicht in Frage'?" wiederholte Mrs. Pollifax verärgert.

„Wenn wir je hier herauskommen, ist der Laster unsere einzige Hoffnung. Wozu braucht er den Schlüssel? Will er den Wagen verkaufen?"

„O Kleingläubiger!" rügte ihn Mrs. Pollifax. „Vielleicht will er das Geld als Bestechung benutzen, um uns freizubekommen. Schicken Sie ihm den Schlüssel hoch!"

„Aber der Junge ist erst neun!"

„Ganz bestimmt ist uns der Laster hier drinnen von keinem Nutzen, Max!" sagte sie scharf. „Unterschätzen Sie Ahmad nicht, er ist ein schlauer kleiner Bursche. Schicken Sie ihm den Schlüssel hoch!"

Max seufzte. „Nun, es ist wahrhaftig loyal von ihm, daß er uns nicht aufgegeben hat. Sidi Tahar, was tun?"

Sidi Tahar lachte. „Ali der Löwe, Kalif des Islam, hat von drei Dingen gesprochen, die nie wieder zurückzuholen sind, das letzte davon ist eine verpaßte Gelegenheit."

„Ich werde nicht fragen, was die anderen sind", sagte Max. „Also packen wir die Gelegenheit beim Schopf und sehen, wohin uns das führt." Er holte den Schlüssel aus seiner Tasche, knüpfte ihn sorgfältig an das Schnurende, zog daran, und sogleich verschwand es aus seiner Hand in die Dunkelheit. Sie wußten, daß er das Gitter erreicht hatte, als die Silhouette einer Hand erschien und den Schlüssel zwischen den Stäben hindurchmanövrierte. Danach verschwanden sowohl Hand wie Dunkelheit, und es fiel wieder Licht durch das Loch.

„So weit, so gut", sagte Max grimmig. „Was wird jetzt wohl passieren?"

„Was als nächstes geschieht", antwortete Sidi Tahar ruhig, „steht bereits geschrieben."

Mrs. Pollifax reagierte auf die friedliche Gelassenheit seiner Stimme und entspannte sich. „Wir müssen Ihnen wohl sehr ungeduldig vorkommen."

„Das sind Europäer und Amerikaner im allgemeinen schon", antwortete er. „Es gibt eine Geschichte von einem König, der alle seine weisen Männer zu sich in den Palast rief und dem eine hohe Belohnung versprach, der ihm in einem Satz alle Weisheit des Lebens fassen könnte; nur ein einziger Satz, der auf jedes Ereignis im Leben zutreffen würde."

„Und?" fragte Mrs. Pollifax lächelnd.

Sidi Tahar schmunzelte. „Der Weiseste von allen schrieb nur vier Wörter: ‚Auch das wird vorübergehen.'"

„Ja, es wird vorübergehen", brummte Max, „fragt sich nur, wie."

Mrs. Pollifax spürte, wie Max mit einem neuen Anfall von Klaustrophobie zu kämpfen hatte. Sie hoffte, daß er sich wenigstens ruhig verhalten würde. Ihre Aussichten waren nicht rosig, aber dank des

Umstands, daß sie Ausländer waren, nicht hoffnungslos. Sidi Tahar dagegen war Bürger dieses Landes und konnte deshalb des Hochverrats bezichtigt werden. Es war besser, nicht daran zu denken, was ihn erwartete. Statt dessen dachte sie an Ahmad, der ein bißchen Güte mit solcher Treue und Ergebenheit lohnte; dann dachte sie an Cyrus, der noch in Kenia war und annahm, daß sie sicher zu Hause saß. Was immer vor ihr lag, würde nicht leicht sein. Man würde sie zweifellos des Mordes an dem falschen Max Janko anklagen, und Carstairs konnte ihr nicht helfen. Das war ihr bei jedem Auftrag klar, doch in diesem Fall fühlte sie sich ganz besonders verpflichtet, ihn vor seinen eigenen Leuten zu schützen. Das schuldete sie ihm. Unternehmen Atlas war streng geheim, nur wenige Personen wußten davon, durften davon wissen.

Nein, vom CIA konnte keine Hilfe kommen. Sie würde auch gar nicht darum bitten. Vielleicht war es das klügste, gleich zu sagen, daß sie Bernard erschossen hatte, denn als Frau und Amerikanerin würde sie vielleicht eine Spur sanfter behandelt werden als Max, dem man die Verbindung zum CIA nachweisen konnte, da er Bernards Chef in Kairo gewesen war.

Traurigkeit überkam sie. Cyrus würde sie nicht zu Hause vorfinden, wenn er zurückkehrte. Wie naiv sie gewesen war, als sie gedacht hatte, sie wäre bald wieder bei ihren Geranien! Ein einwöchiger Ausflug durch Marokko, hatte Bishop gesagt – und jetzt saß sie in einem Bergdorf gefangen, ohne Hoffnung auf Rettung.

Sie lehnte den Kopf an die Wand und schloß kurz die Augen. Als sie sie wieder öffnete, sah sie Sidi Tahar auf dem Lehmboden sitzen und sie beobachten. Er lächelte. Es war ein verzauberndes Lächeln in seinem ausdrucksvollen dunklen Gesicht, und sie erwiderte es.

Sie hatte einen Sufi kennengelernt, und nun fragte sie: „Sind Sie auch ein Prophet, Sidi Tahar?"

Sein Lächeln vertiefte sich, und er erwiderte: „Wir haben eine alte Geschichte darüber. Es war einmal ein Mann, der sich, als er in einem fremden Städtchen ankam, als Prophet ausgab. Die Leute fragten ihn: ‚Wie könnt Ihr beweisen, daß Ihr wirklich ein Prophet seid?' Und er antwortete: ‚Als Beweis erbiete ich mich, euch zu sagen, was ihr denkt.' Da riefen sie eifrig: ‚So sagt uns denn, was Ihr in unseren Gedanken lest!' Und er erwiderte: ‚Ihr denkt, daß ich gar kein Prophet bin, sondern ein Lügner.'"

Mrs. Pollifax lächelte. „Ich mag Ihre Geschichten und Ihre Sprichwörter. Verraten Sie mir, wo Sie so gut Englisch gelernt haben?"

„Im Zweiten Weltkrieg", sagte er. „Ich verließ Marokko, um mit den Freien Franzosen zu kämpfen, und verbrachte ein paar Jahre mit Engländern und Amerikanern, die in Nordafrika kämpften."

„Aha – mir wird etwas klar", sagte Max in seiner Ecke.

Sie nickte. „Genau! Haben Sie in Tripolis einem Mann das Leben gerettet, Sidi Tahar?"

Er lächelte. „Sie kennen Carstairs also?"

„Ja. Er hat mich geschickt. Und weil er auf gewisse Weise mein Leben gerettet hat, danke ich Ihnen, daß Sie seines retteten."

„Manche Männer sind wie gutes Brot, andere wie Steine", entgegnete er. „Wie könnte man einen solchen Mann im Stich lassen?"

Durch die Wände hörten sie nun den Muezzin zum Gebet rufen, und seine Stimme schwoll an und ab ... Die Zeit des Sonnenuntergangs war gekommen. Sidi Tahar sank auf den Boden und berührte ihn mit der Stirn.

Mrs. Pollifax schloß die Augen, lauschte dem Muezzin und hoffte, die schreckliche Spannung des Wartens bezwingen zu können.

Kapitel 9

Mornajay schätzte, daß er von Marrakesch bis zum Tizipaß drei Stunden brauchen würde. Er fuhr so schnell, wie die bergige Strecke und der Verkehr es erlaubten.

Eine gewisse Abenteuerlust mußte er sich eingestehen, denn immerhin war der Tizi n' Tichka mit seinen 2260 Metern der höchste Paß des Hohen Atlas. Mornajay ließ die gemäßigte Zone mit schwerbehangenen Orangenbäumen, Bougainvilleen, fruchtbaren Gärten und Dörfern zurück, und als krassen Gegensatz empfand er die schneebedeckten Berge, die sich vor ihm himmelhoch auftürmten. Aus seiner Studentenzeit erinnerte er sich, daß Plinius über die Römer berichtet hatte, die den Hohen Atlas über den Tizipaß überquert hatten.

Mein Gott, wie lange ist das her! dachte er. Aus Nordafrika hatten die Römer sich Obst geholt, Getreide, Tiere und Gold, vor allem aber Sklaven. Auf der anderen Seite des Gebirges würde er an den alten Karawanenwegen vorbeikommen, die durch die Sahara nach Fes geführt hatten.

Je tiefer er in dieses Land vordrang, desto unglaublicher fand er es, daß Mrs. Pollifax der Polizei so lange hatte entkommen können. Er versuchte sich an die Mrs. Pollifax zu erinnern, der er in Thailand begegnet war. Das fiel ihm schwer, denn damals war er völlig anders gewesen, ganz mit seiner eigenen geheimen Mission beschäftigt; er war reizbar gewesen und ungeduldig bei jedem Hindernis, und Mrs. Pollifax hatte er als ein solches angesehen. Doch als er hilflos im Fieberwahn in der Wildnis lag, hatte sie ihn nicht im Stich gelassen, und nur ihr und ihrem Thai-Begleiter verdankte er, daß er überlebt hatte. Wenn sie imstande gewesen war, sein Leben zu retten und das ihres Mannes, dann war sie wohl auch durchaus fähig, ihr eigenes zu erhalten. Aber auf welche Weise, fragte er sich, und wo war sie überhaupt, und was hatte sie vor? Hatte sie sich irgendwo versteckt, oder war sie auf der Flucht?

Was würde ich in ihrer Lage tun? fragte er sich. Und dann dachte er: Im Land der Blinden würde ich mich blind stellen.

„Aha!" rief er triumphierend. „Ich hab's!" Er lächelte, denn er wußte etwas, was außer ihm niemand wußte – dies nahm er jedenfalls an –, und das war der letzte Name auf der Liste, die Mrs. Pollifax mitbekommen hatte: Khaddour Nasiri in dem kleinen Dorf Rouida. Wenn sie erwischt wurde, ehe sie dort ankam, war all sein Bemühen umsonst gewesen. Glückte es ihr dagegen, Rouida zu erreichen, konnte er noch sehr viel für sie tun.

Er hielt am Straßenrand an und holte seine Brieftasche heraus. Aus einer Auswahl gefälschter Ausweise und Reisepässe suchte er einen Presseausweis mit seinem Paßfoto heraus. Das und seine Kamera müßten genügen, ihm einen Passierschein zu verschaffen. Dieser würde ihn durch die vom Militär errichtete Straßensperre vor Rouida bringen, die sich dort befand, weil der Ort keine vierzig Kilometer von der algerischen Grenze entfernt lag. Er würde direkt nach Rouida fahren – als Ambrose Cunningham, Fotoreporter eines großen Reisemagazins, auf der Suche nach Wüstenmotiven.

In Zagora war Mrs. Pollifax eingeschlafen, als Max sie stupste und flüsterte: „Horchen Sie!" Und zu Sidi Tahar gewandt: „Hören Sie es auch?"

Sidi Tahar beugte sich hinter der flackernden Kerze vor und antwortete leise: „Ja, draußen an der Wand hinter mir tut sich was."

Mrs. Pollifax lauschte und runzelte die Stirn. „Es hört sich wie ein Wagen mit laufendem Motor an. Was kann es sein?"

Sidi Tahar lehnte sich dichter an die Wand und horchte. „Es entfernt sich nicht, es ist sehr nahe – nur Zentimeter entfernt."

Mrs. Pollifax, die jetzt hellwach war, stand auf. „Das ist kein Personenwagen – Max, ich glaube, es ist ein Laster!"

Ungläubig entgegnete Max: „Aber wieso, was – was macht er?"

Das Motorgeräusch schwoll plötzlich an, der Motor lief nicht mehr im Leerlauf, und als er immer lauter wurde, zogen sie sich in die Mitte der Hütte zurück und standen angespannt und verwundert dicht beisammen.

„Schaut da!" rief Sidi Tahar und deutete auf die Wand, die wie unter großem Druck zu zittern begonnen hatte.

Ein Lehmziegel löste sich und fiel auf den Boden, dann ein zweiter. Das Motorgeräusch wurde unerträglich laut, weitere Ziegel stürzten herab, Staubwolken stiegen auf, und der Kühler eines Lastwagens bohrte sich in die Hütte. Es war ihr Volvo, und hinter dem Lenkrad, kaum sichtbar, saß der kleine Ahmad. Sogar in dem Halbdunkel konnten sie sein stolzes Lächeln sehen.

„Bisura, bisura!" drängte er. „Bitte – ich weiß nicht, wie ich ihn rückwärts fahren kann."

Max raste zum Fahrersitz, und Mrs. Pollifax und Sidi Tahar kletterten neben ihm ins Führerhaus, wo Sidi Tahar Ahmad auf seinen Schoß hob. Max legte den Rückwärtsgang ein. Der Laster ruckelte und bewegte sich ein paar Zentimeter, dann erstarb der Motor. Verzweifelt betätigte Max den Anlasser, der Motor sprang wieder an, und der Laster plagte sich schrittweise rückwärts aus dem gezackten Loch. Draußen mußten sie weiter rückwärts fahren, durch eine lange schmale Gasse mit Häusern zu beiden Seiten, bis sie endlich auf eine breitere, ungepflasterte Straße gelangten.

„Puh", keuchte Max, „das war knapp! Wohin jetzt? Sidi Tahar, gibt es einen Weg hinaus, der nicht auf die Straße zum Hotel führt?"

Sidi Tahar deutete nach links. „Biegen Sie dort ein, es ist zwar ein Karrenweg, aber er führt hinter Hügel und Hotel vorbei zur Straße in südlicher Richtung."

„Gott sei Dank!" murmelte Max. „Ahmad, bist du okay?"

Ahmad strahlte immer noch. „Okay!" versicherte er ihm glücklich.

Der Laster hatte beim Rammen der Mauer einen Scheinwerfer eingebüßt. Sie holperten über Steine und mußten haarscharf um Bäume herumschwenken. Unentwegt dachten sie daran, daß es jetzt ein Wettrennen um ihr Leben war.

Der Ort schien zu schlafen. Außer im Hotel brannte nirgendwo Licht, aber selbst wenn Saleh das Krachen der Lehmziegel nicht gehört haben sollte, gab es zweifellos Nachbarn, die nur allzu bereitwillig von dem Lastwagen erzählen würden, der ein Loch in die Hütte gerammt hatte. Und die Polizei mußte jeden Augenblick eintreffen!

Als Mrs. Pollifax sich des Wunders ihrer Rettung richtig bewußt wurde, beugte sie sich über Ahmad und küßte ihn auf den Kopf.

Sidi Tahar nickte ihr zu und sagte: „Er hat den Segen Allahs. Einen solchen Jungen würde ich gern unterrichten."

Sie blickte ihn an, kam jedoch nicht zu einer Erwiderung, denn sie erreichten soeben die asphaltierte Straße. Max trat auf die Bremse, und als er feststellte, daß die Straße in beiden Richtungen leer war, bog er nach Süden ab. „Jetzt suchen wir nach Ahmads Tante", sagte er. Er kramte in seiner Tasche und händigte Mrs. Pollifax einen Zettel aus. „Ich habe die Wegbeschreibung auf englisch notiert. Haben Sie Ihre kleine Taschenlampe noch?"

In dem dünnen Lichtstrahl las sie die Worte, die er in Quarzazate gekritzelt hatte. „Etwa acht Kilometer außerhalb von Zagora liegt rechts von der Straße ein Friedhof. Hinter ihm verläuft eine unbefestigte Straße, in die müssen Sie einbiegen, dann sind es noch zwei Kilometer zu dem Dorf ... Es wird im Dunkeln schwer zu finden sein. Wir müssen ganz genau aufpassen, Ahmad."

Die Mondsichel ging im Osten auf, die Berge hoben sich schwarz vom sternengesprenkelten, tintenblauen Nachthimmel ab. Nirgendwo im weiten Land ringsum brannte Licht.

„Dort!" rief Ahmad plötzlich. Der Strahl des einsamen Scheinwerfers fiel auf die gebrochenen Steine des Friedhofs.

Max verlangsamte die Geschwindigkeit und bog auf den von tiefen Furchen durchzogenen Weg ab. „Das wird unseren Stoßdämpfern den Rest geben!" knurrte er.

„Ich wußte gar nicht, daß wir welche haben", entgegnete Mrs. Pollifax trocken.

Sie holperten über eine unfruchtbare Ebene, und dann kamen eine weißgetünchte Kuppel und eine Reihe Lehmziegelhäuser, die sich an einen Berg schmiegten, ins Blickfeld.

Ahmad deutete nach vorn. „Dort ist das Haus meiner Tante."

Max fuhr nicht vor das Haus, sondern machte einen Bogen, um den Laster dahinter zu verstecken. Ein Hund bellte. Plötzlich ging ein Licht in dem Haus an. Man hatte sie gehört. Als sie aus dem Führerhaus kletterten, öffnete sich die Haustür, und ein Mann mit einer Laterne in der Hand blickte heraus. Das Licht fiel auf sein weißes Hemd, das bis zu den Knöcheln reichte.

„„Amm Mahfoud!" rief Ahmad glücklich und rannte auf ihn zu.

„Ahmad?" sagte der Mann verblüfft, und als er seine Laterne hob, sah Mrs. Pollifax ein dunkles Gesicht mit grauem Bart.

Aus Ahmads Mund ergoß sich ein Wortschwall, von dem Mrs. Pollifax nicht das geringste verstand, aber sie sagte zu Max: „Ich glaube, ich weiß bereits, was Ahmad ihm erzählt, weil er so schnell seine Laterne ausgeblasen hat." Sie gingen auf die beiden Gestalten an der Tür zu.

Sidi Tahar folgte ihnen gemessen, verneigte sich und grüßte: *„Salam aleikum."*

Blinzelnd erwiderte Ahmads Onkel: *„Aleikum wa salam."* Da blickte er ihn genauer an und sagte: „Sie sind der heilige Mann aus Zagora!" Er verbeugte sich leicht, legte kurz die Hand aufs Herz und bat sie einzutreten.

Sie saßen auf Kissen in Mahfouds Haus. Eine Kerze brannte, aber Mahfoud hatte sie erst angezündet, nachdem beide Fenster und die Tür verdunkelt waren. Während sich die anderen ernst und erregt in ihrer eigenen Sprache unterhielten, schaute sich Mrs. Pollifax neugierig um. Sie war zum erstenmal im Innern eines Privathauses in diesem Land. Sie sah ein langgestrecktes Zimmer mit weißgestrichenen Wänden, an denen entlang bunte Kissen und Teppiche zum Schlafen und Sitzen lagen und ein paar kleine, niedrige Tische standen. Der festgestampfte Erdboden war mit Matten bedeckt. In einer Ecke lag ein Junge, in tiefen Schlaf versunken. Ein älterer, halbwüchsiger Junge hatte sich aufgesetzt und beobachtete sie schweigend. In der Nähe schöpfte Mahfouds Frau Suppe aus einem Kessel in vier Schüsseln. Immer wieder hielt sie erschrocken inne, wenn sie ein verdächtiges Geräusch hörte. Die Suppe sei kalt, erklärte Max Mrs. Pollifax, denn sie wagten es nicht, Feuer zu machen, um sie aufzuwärmen, aber es sei *harira* und schmecke köstlich.

Mrs. Pollifax freute sich darauf, ob nun heiß oder kalt, denn seit dem Orangenfrühstück hatte sie keinen Bissen mehr gegessen. Sie war jetzt durchaus zufrieden, all diesen fremden Worten zu lauschen, ohne auch nur eines zu verstehen oder zu wissen, welche Pläne besprochen wurden. Bestimmt suchte die Polizei inzwischen bereits nach dem Lastwagen. Sie durften nicht lange hier bleiben, denn eine größere Suchaktion würde die Polizei zweifellos auch in dieses abgelegene Dorf führen, und sie wollten Ahmads Verwandte nicht in Gefahr bringen. Deshalb gab es für sie zum Ausruhen nur diese eine Stunde: In dieser kurzen Zeit wollte sie sich keine Sorgen machen. Sie überließ es

Max und Sidi Tahar, über Auswege zu debattieren, und mischte sich nicht ein.

Plötzlich wandte sich Max an sie. „Sowohl Sidi Tahar wie Mahfoud sagen, daß etwa sechs Kilometer von hier auf der Strecke nach Rouida eine Straßensperre ist, weil Rouida so nahe an der Grenze liegt. Man braucht einen Passierschein, wenn man vorbei will."

Mahfouds Frau brachte ihr Suppe und einen Löffel und lächelte sie scheu an. Dann ging sie zu dem Kessel zurück und trug eine gefüllte Schüssel zu Ahmad, der mit verschränkten Beinen auf dem Boden saß und die Unterhaltung mit großen Augen verfolgte.

Wieder wandte sich Max an sie. „Mahfoud sagt, es sind vierzig Kilometer von seinem Haus nach Rouida. Wir können natürlich nicht bleiben. Ich habe ihn um seine Hilfe gebeten und ihm dafür unseren Laster angeboten. Wir können ihn ohnehin nicht mehr benutzen."

Das heißt, daß wir zu Fuß weiter müssen! dachte sie.

„Er sagt, daß er den Laster dankbar annimmt, daß aber das Fahrzeug nicht hier gefunden werden darf. Raschid, sein Ältester, wird uns so weit in die Berge bringen wie nur möglich und dann den Laster verstecken. Danach wird Raschid uns verlassen und –"

„Und wir müssen zu Fuß weitergehen", beendete sie den Satz für ihn. Sie wußte natürlich, daß es für sie die einzige Möglichkeit war, an der Straßensperre vorbeizukommen und Rouida zu erreichen, ohne gesehen zu werden. Die Täler waren bewohnt, nur in den Bergen konnten sie unbemerkt bleiben. Und wenn sie tatsächlich Khaddour Nasari in Rouida erreichen sollten, konnte sie nur hoffen, daß er vertrauenswürdig war und wußte, wie er zwei Ausländern und einem Sufi auf der Flucht helfen konnte. Sie begann, die Suppe zu löffeln, die so köstlich war, wie Max vorhergesagt hatte.

Dann hörte sie mehrmals den Namen Ahmad, und sie sah, wie der Junge unruhig umherrutschte. Sidi Tahar redete. Ahmad redete, Mahfouds Frau warf etwas ein und dann Mahfoud. „Was ist los, Max?" erkundigte sie sich.

„Wir sollen Ahmad mitnehmen, sagen sie. Sie wissen, daß Sidi Tahar ein heiliger Mann ist, sie vertrauen ihm. Sie meinen, wenn Ahmads Eltern kommen, um nach ihm zu sehen, würden auch sie ihn nur dorthin bringen, wohin Sidi Tahar geht, und es wäre sicherer, wenn wir ihn mitnähmen."

„Sicherer? Ich wünschte, ich hätte ihre Zuversicht", erklärte sie düster. „Sie wissen doch, daß wir gesucht werden."

„Nun ja", antwortete Max. „Aber ..." Er zuckte die Schultern und lächelte hilflos. „Sie sind nicht sehr an uns interessiert, wir sind ja nur *Nasrani*, aber Sidi Tahar ist ein heiliger Mann." Er senkte die Stimme. „Sie bezweifeln, daß Ahmad seine Eltern je wiedersehen wird."

„O nein!" Sie mußten rasch aufbrechen, ehe irgendwelche Suchtrupps von der Straße beim Friedhof hierher abbogen.

Die Beratung war zu Ende, und Max und Sidi Tahar standen auf. Mrs. Pollifax trug ihre leere Suppenschüssel zu Mahfouds Frau und dankte ihr. Dann folgten sie Mahfouds Sohn Raschid und gingen hinaus zu dem Laster. Raschid würde von nun an mit Max' Unterstützung fahren.

Wortreich wurde Abschied genommen, mit vielen *Inschallahs*, bevor man Mrs. Pollifax, Sidi Tahar und Ahmad auf die Ladefläche half. Mit einem Knirschen der Gangschaltung fuhren sie los, querfeldein über jetzt unbestellte Äcker, auf die felsigen Berge zu, die ihnen hoffentlich Schutz bieten würden.

Kapitel 10

MORNAJAY näherte sich Rouida am nächsten Nachmittag und hielt etwas außerhalb an, um einen ersten Eindruck zu bekommen und abzuschätzen, was ihn erwarten mochte. Weit rechts von ihm fielen die letzten Ausläufer der Tafelberge ab, und er stellte erfreut fest, daß er endlich die Wüste erreicht hatte. Jenseits des Ortes erstreckte sie sich, so weit er sehen konnte: scheinbar endlose Wellen von Sand und Steinen, die am fernen Horizont mit dem strahlendblauen Himmel eins wurden. Er hatte vergessen, wie grandios eine solche Weite sein konnte, wie beruhigend sie wirkte. Selbst die Ortschaft, deren Ziegel aus demselben Wüstensand geformt waren, verschmolz mit ihr.

Er wunderte sich, daß sich hier in diesem unwirtlichen Winkel des Landes überhaupt Menschen angesiedelt hatten. Dann sah er im Vordergrund den runden Brunnen mit Betonschacht, und das erklärte die Existenz Rouidas: Es gab Wasser hier, es war eine Oase. Keine der üppigen Dattelpalmenoasen aus Hollywoodfilmen, denn er sah nur einen Baum, der über die niedrigen, flachen Dächer ragte. Es gab keine Straßen. Die von einer Mauer umgebenen Ansammlungen von Häusern hielten großen Abstand zueinander. Es gab hier keine Läden für Touristen, aber an einem langen, niedrigen Bau war ein verblaßtes Coca-Cola-Schild angebracht. Dieses schäbige Café und der Brunnen stellten offenbar das Zentrum von Rouida dar.

In Zagora hatte Mornajay sich auf der Präfektur einen Passierschein ausstellen lassen. Der Beamte hatte alles versucht, ihm einen Tuareg-Führer mitzugeben, aber Mornajay hatte das frostig abgelehnt. Er hatte auf seinen Presseausweis hingewiesen und mehrmals wiederholt, daß er länger als nur eine Stunde in Rouida verweilen müßte. „Es ist schon nach Mittag!" hatte der Beamte zu bedenken gegeben. „Es gibt dort keine Hotels, in denen Sie übernachten könnten!"

Mornajay hatte ihm versichert, daß er durchaus in seinem Wagen schlafen könne. „Ich will die Wüste bei Sonnenuntergang fotografieren und bei Sonnenaufgang: Ich bin kein Tourist, verstehen Sie, sondern ein Berufsfotograf, der ungestört arbeiten will."

Widerstrebend hatte der Beamte ihm schließlich den Passierschein ausgehändigt, den Mornajay bald in der hiesigen Präfektur zum Abstempeln vorweisen mußte. Er würde sich dann dem Dorfvorsteher vorstellen müssen, wenn es ihm gelingen wollte, hinter die abweisenden Mauern der Häuseransammlungen vorzudringen. Dort galt es dann, Khaddour Nasiri, den Badehausaufseher, aufzuspüren. Mornajay nickte zufrieden. Ein öffentliches Bad war genau der richtige Ort, um Klatsch und Neuigkeiten zu erfahren. Bestimmt begab sich jeder, der aus der Wüste über die Karawanenstraßen von Mali, Mauretanien und heimlich sogar von Algerien nach Rouida kam, so schnell wie möglich ins Badehaus, um sich die Hitze und den Wüstenstaub abzuwaschen – und um sich zu unterhalten.

Aber von hier aus war nicht zu erkennen, wo das Badehaus sein mochte. Er würde sehr überzeugend und sehr, sehr vorsichtig sein müssen. Aber er betrachtete die Ungewißheit als Herausforderung. Er stieg aufs Gaspedal und fuhr in den Ort.

DER Ortsvorsteher hieß Madani el-Kebaj. Seiner sudanesischen Abstammung verdankte er ein glänzendschwarzes Gesicht, das von einem schneeweißen Turban eingerahmt war. Er trug eine graue Dschellaba, und in seinem breiten Ledergürtel steckte ein wertvoller, ungewöhnlicher alter Dolch mit feiner Silberziselierung. Mornajay stellte sich ihm auf französisch vor, wies ihm seinen Passierschein und seinen Ausweis vor und beobachtete ihn, während er beides mit geschürzten Lippen las. Die Stimme des Dorfvorstehers war überraschend weich, fast schmeichelnd, als er auf englisch sagte: „Bitte erlauben Sie mir, Ihnen Tee anzubieten."

Mornajay lächelte höflich und fragte nach überschwenglichem Dank, ob er zuerst einige Aufnahmen machen könne, solange das

Licht so günstig sei, und eine Stunde später auf el–Kebajs liebenswürdige Einladung zurückkommen dürfe. „Ich möchte gern ein wenig von dem Alltagsleben in Ihrem Dorf einfangen. Daß der Ort am Rand der Wüste liegt, macht alles besonders interessant."

„Ja? Was zum Beispiel?" wurde er neugierig gefragt.

„Die öffentlichen Öfen und das Badehaus. Und vielleicht . . ." Er zuckte die Schultern. „Gibt es hier Kamele?"

„Wir erwarten morgen früh eine Karawane", informierte ihn el–Kebaj beflissen.

„Wunderbar!" sagte Mornajay erfreut. „Ich habe eine Aufenthaltsgenehmigung für zwei Tage."

El–Kebaj verneigte sich gemessen. „Dann darf ich Sie für die Nacht als Gast in mein Haus bitten?"

„Sehr freundlich", erwiderte Mornajay voll Unbehagen. „Wirklich sehr freundlich. Könnten Sie bitte auch so gütig sein und mir zeigen, wo Brot gebacken wird und wo das Badehaus ist . . ."

El–Kebaj nickte und führte Mornajay am Café vorbei zu der großen offenen, sandigen Fläche, die die ummauerten Häusergruppen voneinander trennte. Natürlich, dachte Mornajay, solche riesigen Plätze braucht man unbedingt für Kamelkarawanen!

Die Sonne schien warm, aber nicht sengend. Sie kamen an einem Torbogen vorbei, der zu einem schmalen Durchgang führte, und dann zu einer offenen Tür.

Hier verlangsamte el–Kebaj den Schritt. „Das Badehaus", erklärte er. „Dahinter, an der anderen Mauer, ist der öffentliche Ofen. Es ist dort sehr heiß, Monsieur. Gehen wir hinein."

Eine praktische Kombination, dachte Mornajay beim Anblick des riesigen offenen Ofens, aus dem Flammen hochloderten. Rechts davon war der Eingang zum Frauenbadehaus, links das Badehaus der Männer, und wahrscheinlich nutzte auch der Bäcker dahinter dieses Feuer. Sehr vernünftig, da Brennstoff so rar war. Ein Junge schürte es, und ein älterer Mann hielt ihm offenbar eine Strafpredigt. Er war dunkelhäutig und hatte einen borstigen Schnurrbart. Ob das der Badehausaufseher war? fragte sich Mornajay. Wie konnte er wohl allein mit ihm reden?

„Sein Name?" erkundigte er sich höflich.

„Khaddour Nasiri", erklärte der Dorfvorsteher.

Mornajay hob die Kamera ans Auge und knipste ein Bild. Nasiri blickte mürrisch auf Mornajay und ließ sich zu einem widerwilligen Nicken herab.

„Dürfte ich Sie vielleicht auch draußen im Licht fotografieren, mit dem Haus hinter Ihnen?" fragte Mornajay den Badehausaufseher.

El-Kebaj nickte dem Mann auffordernd zu, und da wurde Mornajay klar, daß der Vorsteher sie immer begleiten würde, da sich in diesem Nest kaum je etwas tat und jeder Besuch eine willkommene Abwechslung für ihn war. Er hätte es ahnen müssen! Heimlich seufzend führte er sie hinaus, während eine Schar Jungen herbeirannte. Es war absurd, es war komisch, und es war schrecklich: Er würde hier keine Minute mehr allein sein können.

El-Kebaj erteilte Befehle, und die Jungen blieben in einiger Entfernung stehen, redeten aufgeregt aufeinander ein und kicherten. Bald wird diese Meute mich anbetteln, dachte Mornajay gereizt. Er postierte Khaddour Nasiri allein vor der Tür in der Mauer, ging zurück und stellte seine Kamera ein.

Sein Problem war gar nicht so unlösbar. Während alle ihn aufmerksam beobachteten und warteten, brummte er, schüttelte unzufrieden den Kopf, dann ging er zu Nasiri hin und rückte dessen Turban zurecht. „Ich muß allein mit Ihnen sprechen, Khaddour Nasiri", flüsterte er. „Es ist zu Schwierigkeiten gekommen. Glauben Sie mir, wenn ich die Namen Sidi Tahar Bouseghine in Zagora und Muhammed Tuhami in Quarzazate nenne?"

Nasiri drehte den Kopf, um ihn anzusehen, aber seine Miene blieb unbewegt. Mornajay ging wieder zurück und begann zu knipsen. Er hockte sich hin, richtete sich wieder auf und drehte sich dann, um auch den Vorsteher und die Kinder mit einzubeziehen. Als er genügend Aufnahmen gemacht hatte, verschenkte er Eindirhammünzen, bis seine Taschen leer waren. Dann dankte er el-Kebaj und bat, jetzt allein gelassen zu werden, weil er ein wenig herumspazieren und Schnappschüsse machen wolle. Der Vorsteher zögerte, dann nickte er, sprach barsch zu den Jungen, scheuchte sie fort und stellte Tee in Aussicht, sobald Mornajay fertig war.

Mornajay drehte sich um und schlenderte die breite, sandige Fläche zwischen den Häusergruppen entlang, vorbei an den letzten Mauern des Dorfes und auf die Wüste zu.

Er spürte Khaddours Näherkommen, ehe dieser ihn erreicht hatte.

„Schwierigkeiten?" erkundigte sich Nasiri leise.

„Ja. Wenn euer Gott gnädig ist, werden sie Rouida erreichen. Es gibt keinen anderen Weg mehr aus dem Land. Die Polizei ist hinter ihnen her."

„Wer sind sie?" fragte Nasiri alarmiert.

Mornajay blickte grimmig drein. „Zwei Personen, eine Frau und ein Mann, reisten aus den Vereinigten Staaten hierher, weil sie erfahren hatten, daß etwas nicht stimmte. Jetzt stimmt gar nichts mehr, auch sie sind in Schwierigkeiten und auf der Flucht. Haben Sie irgendeine Transportmöglichkeit?"

„Einen sehr alten Lastwagen mit sehr alten Reifen", antwortete Nasiri, dann fügte er mit schlauem Lächeln hinzu: „Aber der Motor ist neu, ebenso wie die gut versteckten breiten Wüstenreifen. Er hat auch ein verstecktes Funkgerät."

Mornajay schoß ein Bild der weiten leeren Wüstenfläche, dann drehte er sich zu Nasiri um, lächelte ihn an und hob die Kamera, um eine Porträtaufnahme zu machen. „Bereiten Sie alles vor", sagte er leise. „Und es wäre gut, wenn Sie einen Turban und eine Dschellaba, möglichst alt und abgetragen, für mich auftreiben könnten." Mit einem nochmaligen Nicken spazierte er in die Wüste hinaus, um noch ein paar Bilder zu machen.

Es WIRD eine denkwürdige Fahrt werden, dachte Mrs. Pollifax, wenn es überhaupt eine Zukunft für mich gibt, um mich daran erinnern zu können. Sie konnte weder Weg noch Steg hinter sich sehen, während sie in der Dunkelheit durch Brachland holperten. Auf der Ladefläche, wo es nichts gab, woran sie sich hätten festhalten können, wurden sie umhergeworfen wie Murmeln in einer Schachtel. Raschid fuhr sehr zügig, er schien einem Fußweg zu folgen, der ihm vertraut war. Sie schaukelten und rutschten auf der ständig geneigten Ladefläche, da der Laster hangauf, hangab ratterte. Die Scheinwerfer hatte Raschid aus Sicherheitsgründen gar nicht erst eingeschaltet, aber glücklicherweise minderte die Mondsichel hoch am Himmel die Dunkelheit ein wenig.

Als der Wagen eine Kuppe erreichte, sah Mrs. Pollifax das Dorf, das sie verlassen hatten, hinter ihnen in der Tiefe liegen. Sie legte die Hand auf Sidi Tahars Arm und deutete hinunter. Die Scheinwerfer von drei in der Entfernung winzigen Fahrzeugen waren zu sehen. Sie bogen gerade auf die unbefestigte Straße am Friedhof ein und fuhren auf das Dorf von Mahfoud zu. Es war also eine Flucht in letzter Sekunde gewesen.

Sidi Tahar nickte. „Ja – *Allah akhbar*, Gott ist groß", sagte er. Da bog ihr Laster auf ein kahles Felsplateau ab, und das Dorf verschwand aus ihrem Blickfeld.

Unentwegt fuhr Raschid weiter, bis Mrs. Pollifax dachte, daß die

Hölle kein Ort mit Feuer und Teufeln war, sondern eine endlose nächtliche Fahrt über Fels und Stein zu einem unbekannten Ziel. Kaum hatte sie sich mit dieser Vorstellung abgefunden, als der Wagen langsamer wurde und schließlich vor zwei hohen Felsblöcken anhielt. Sie waren am Ende ihrer Fahrt angekommen. Einen Augenblick später tauchte Max' Kopf über der Ladefläche auf. „Sind Sie noch heil?"

„Oh, es war schön!" rief Ahmad begeistert. „Das ist ein guter Laster."

Mrs. Pollifax sagte würdevoll: „Ich kann sogar noch hinunterklettern, aber es wäre für mich eine moralische Unterstützung, wenn ich wüßte, wie viele Kilometer wir zurückgelegt haben."

„Etwa fünfundzwanzig", antwortete Max.

Sie rechnete nach. Das war zwar nicht gerade berauschend, aber immerhin hatten sie nun doch schon fast zwei Drittel des Weges nach Rouida zurückgelegt. Sie sah, wie Ahmad hinuntersprang. Sidi Tahar erhob sich steif und griff nach den helfenden Händen; dann kletterte sie selbst über die niedrige Rückwand und ließ sich von Max auffangen. Sie stellte fest, daß sie noch aufrecht stehen und gehen konnte, was sie freudig überraschte. Raschid manövrierte den Laster zwischen die zwei Felsblöcke, stellte den Motor ab und legte zum triumphierenden Gruß die Hand an die Schläfe. Nach ein paar Worten mit Sidi Tahar und Max stapfte er in die Richtung davon, aus der sie gekommen waren. Er hatte einen langen Weg vor sich, den jedoch zweifellos der Gedanke erträglich machte, daß er in ein paar Wochen zurückkommen konnte und dann Besitzer eines eigenen Lastwagens sein würde.

„Er sagte, die Straßensperre liege weit hinter uns", erklärte Max. „Wir könnten uns jetzt an die Straße halten, aber ich glaube, daß es hier oben sicherer ist, meinen Sie nicht auch?"

„Leider ja", antwortete Mrs. Pollifax. Sie blickte hinunter in das Tal zu ihrer Linken, das sich kilometerweit entlangzog und an Tafelbergen endete. In der Ferne entdeckte sie ein einsames Licht in der schier unendlichen Weite. Es leuchtete geheimnisvoll wie ein Stern. Sie drehte sich um und blickte in die Richtung, die sie nehmen mußten. Im Mondschein sah sie einen mächtigen Felsen.

Max bemerkte ihren Gesichtsausdruck und sagte tröstend: „Nach etwa zwei Kilometern fallen die Berge nicht allzu steil zur Wüste ab, hat uns Raschid versichert. Bedauerlicherweise sind sie sehr felsig."

Mrs. Pollifax betrachtete sie finster. „Ja, sieht ganz so aus."

„Also, machen wir uns auf den Weg."

„*Bismillah*", sagte Sidi Tahar.

„Bismillah", echote Ahmad und strahlte alle an. Und so begannen sie ihren Marsch, während der Mond am Himmel entlangwanderte und die Kälte der Nacht sich immer mehr ausbreitete. Während der ersten Kilometer schien es, als kämen sie durch einen versteinerten Wald. Seltsame surreale Gebilde ragten in erstaunlicher Formenvielfalt rings um sie auf: Felsen wie hohe Säulen, Felsen wie ungeheure Brotlaibe und einige – aber auch dieser Vergleich verriet Mrs. Pollifax' wachsenden Hunger – wie Pfannkuchen. Ein paar waren gut sechs Meter hoch und standen so eng zusammen, daß sie sich mühsam hindurchquetschen mußten. Andere türmten sich wie Mauern auf, die umgangen werden mußten.

Während Mrs. Pollifax hinter Ahmad herstapfte, schien es ihr, als ob ihre Abreise von zu Hause eine Ewigkeit zurückläge. Fast schockartig wurde ihr bewußt, daß sie sich noch nicht einmal eine ganze Woche in Marokko befand. Der Gedanke schoß ihr durch den Kopf, wo Cyrus sein mochte, aber es war besser, jetzt nicht an ihn zu denken und auch nicht daran, wie hungrig sie war und wie sehr sie fror.

Ahmad kletterte mit beneidenswerter Behendigkeit über die felsigen Hindernisse. Sie mußte an das Dorf denken, aus dem sie gekommen waren, und daran, daß Mahfoud so geredet hatte, als würde Ahmads Vater seinen Sohn nie zurückholen; und sie fragte sich, was er ahnte und befürchtete. Der Gedanke daran setzte ihr zu. Wir konnten ein paar Leben retten, dachte sie. Aber genügt es, was wir getan haben?

Darauf gab es keine Antwort, und jetzt mußten sie eine Möglichkeit finden, sich selbst zu retten.

Sie waren etwa zwei Stunden dahingestolpert, als Max plötzlich die Hand hob. „Horchen Sie!" sagte er scharf.

Sie blieben stehen, lauschten und hörten das langsame, gleichmäßige Dröhnen einer Maschine, die auf sie zukam. „Hört sich wie ein Hubschrauber an", meinte Max. „Ein ziemlich tieffliegender noch dazu."

„Aber sie können uns doch in der Dunkelheit nicht sehen!" entgegnete sie verblüfft.

„Möglicherweise schon. Wenn sie Nachtgläser haben. Und sicher haben sie Suchscheinwerfer."

Einen Moment war sie wie betäubt, dann rief sie: „Verstecken!" Sie blickte verzweifelt um sich und deutete auf einen riesigen Felsen, in dessen unteren Teil die Erosion ein Loch gefressen und einen niedrigen Überhang zurückgelassen hatte. Rasch liefen sie darauf zu und konnten sich in den engen Unterschlupf zwängen, ehe das Lärmen des

Hubschraubers ohrenbetäubend wurde. Der Strahl des Suchscheinwerfers durchschnitt die Finsternis: ein erschreckender, greller Lichtfinger, der nach ihnen suchte, tastete, fast menschlich wirkte, während er Fels um Fels taghell beleuchtete. Wie Treiber, die auf die Büsche klopfen, um Wild aufzuscheuchen, dachte Mrs. Pollifax.

Rotorblätter peitschten die Luft um sie, und die Grashalme in den Felsspalten erzitterten. Die Zeit stand still, während sie warteten und horchten. Mrs. Pollifax ertappte sich dabei, daß sie den Atem anhielt, als könne sie solcherart unsichtbar werden. Endlich flog die furchteinflößende Maschine weiter.

Sie waren nicht entdeckt worden; noch nicht.

„Suchen Sie uns?" fragte Ahmad verängstigt.

Max antwortete grimmig: „Ja, und sie werden zurückkommen!"

Mrs. Pollifax gefiel die Resignation in seiner Stimme nicht, deshalb sagte sie rasch und fest: „Wir müssen trotzdem weiter! Wir müssen Khaddour Nasiri warnen!"

„Wenn er nicht schon tot oder eingesperrt ist", entgegnete Max düster.

„Max", mahnte sie, „geben Sie jetzt nicht auf, wir brauchen Sie!"

Er kroch unter dem Überhang hervor und blickte sie verwundert an. „Sie sind verdammt gelassen, aber Sie haben natürlich recht. Okay, marschieren wir weiter."

Sie verließen ihre Zuflucht, marschierten nun vorsichtiger und mit angespannten Sinnen weiter. Unentwegt spähten sie nach einem neuen Versteck zwischen den Felsen, für den Fall, daß sie wieder eines brauchten. Nach etwa einer halben Stunde hörten sie den Hubschrauber erneut in der Ferne. Sie gingen in Deckung, sahen jedoch, wie der Lichtstrahl seines Scheinwerfers den Himmel einige Kilometer entfernt durchschnitt. Als seine Umrisse sich flüchtig vom mondhellen Himmel abhoben, glich er einer gigantischen Hornisse mit geschwollenem Bauch und ausgebreiteten Flügeln. Sie sahen ihm nach, bis er wieder verschwunden war, dann krochen sie aus ihrem Versteck und setzten ihren Weg fort.

Später, im ersten Morgengrauen, legten sie eine Rast ein und teilten ihre letzte Dose Ölsardinen und die restlichen Orangen. Als sich Mrs. Pollifax mit verrutschtem Schleier und geröteten Wangen erschöpft auf ein Grasbüschel fallen ließ, keuchte sie: „Das beantwortet jedenfalls eine Frage, die mich gequält hatte."

„Welche?" fragte Max und setzte sich neben sie.

Sie drehte den Kopf und lachte ihn an. „Ob noch Mumm in meinen alten Knochen steckt. An dem Tag, als mich Carstairs' Assistent wegen dieser Reise anrief, hatte ich mir gerade gedacht, daß ich wohl zu alt für neue Aufträge sei. Ich grübelte darüber nach, und da klingelte das Telefon."

Max lachte schallend. „Danke! Ich hatte nicht geglaubt, daß ich je wieder lachen könnte! Das haben Sie wirklich gedacht? Sie zweifelten daran?"

„Natürlich zweifelte ich."

Er betrachtete sie in dem dämmrigen Licht und schüttelte den Kopf. „Ich kann mich gut daran erinnern, wie Sie aussahen, als wir uns das erstemal begegneten – sehr kultiviert. Jetzt reise ich mit dieser grob-schlächtigen Bauersfrau in zerrissener Dschellaba und zerfetzten Sandalen und kann mich kaum noch auf den Beinen halten ... Und Sie haben tatsächlich gedacht ... Das kann doch wohl nur ein Witz sein!"

Sie lächelte ihn erfreut an. „Mir kam es damals gar nicht witzig vor. Aber nehmen Sie doch noch von der Orange. Sidi Tahar, wie weit ist es noch?"

Der Alte deutete geradeaus. „Es ist schon nicht mehr so felsig. Wir sind am Rand der Wüste – der echten Wüste!" Ernst fügte er hinzu: „Sie wissen doch, daß Sie durch die Wüste müssen? Die einzige Möglichkeit für Sie, Marokko zu verlassen."

Das war ihr seit Stunden klar, doch Anstrengung und Gefahr hatten diesen Schrecken aus ihrem Bewußtsein verdrängt. Mit einem müden Anflug von Humor antwortete sie: „Und ich habe mein Rückflugticket von Casablanca nach New York so sorgfältig gehütet ... Sogar meine Bordkarte habe ich."

„Sie tun so überaus zuversichtlich, Sidi Tahar!" sagte Max gereizt. „Als ob feststünde, daß es uns gelingt, Rouida zu erreichen, Khaddour Nasiri zu finden und den Ort unbehelligt wieder zu verlassen. Ist das wieder einmal Ihr Allah, der Ihnen das einflüstert?"

Sidi Tahar überraschte sie mit seiner gelassenen Antwort. „Ich war im Lauf der Jahre schon des öfteren in dem Dorf, trank Tee mit dem Vorsteher el-Kebaj und unterhielt mich mit ihm über den Koran – nein, er gehört nicht zu unserer Gruppe – und ich übernachtete in Khaddours Haus auf dem Weg zu ...", er lächelte, „... anderen Orten."

„Auf dem Weg in die Wüste." Mrs. Pollifax nickte. „Zu den Polisarios."

„Ja. Genau dorthin müssen Sie jetzt, um nach Algerien zu gelangen, wo Sie einen neuen Flugschein und eine neue Bordkarte bekommen."

„Aber hat Ihr Herumwandern nicht Mißtrauen in Rouida erregt?" fragte Max.

Sidi Tahar zuckte die Achseln. „Ich werde da und dort eingeladen, so wie es Allahs Wille ist. Es ist bekannt, daß ich umherziehe, denn es ist eine Aufgabe des Ordens, dem ich angehöre, den Armen zu helfen, und die Armen sind überall." Er lächelte. „Es heißt, daß Demut der Reichtum der Armen ist und daß bei den Reichen zu sitzen das Herz kalt macht ... Danach richtet sich das Gesetz der Bruderschaft, das auf dem Koran beruht."

„Ich verstehe", sagte Mrs. Pollifax, gerührt von diesen Worten. Ihr Blick fiel auf Ahmad. Sie sah, daß er Sidi Tahars Hand hielt. Ihr entging auch seine andächtige Miene nicht. Er übertrug seine „Heldenverehrung" jetzt auf Sidi Tahar – und das ist gut so, sagte sie sich streng, denn von ihnen allen hier hatte Sidi Tahar die größte Chance, zu den Polisarios durchzukommen. Sie und Max waren Fremde, Verkleidete aus dem Westen, die mit größter Dringlichkeit von der Polizei gesucht wurden.

Sie vergruben die leere Ölsardinendose und die Orangenschalen unter den Steinen und machten sich wieder auf den Weg. „Es ist jetzt nicht mehr weit", versicherte ihnen Sidi Tahar und ging mit langen, sicheren Schritten voran, wobei seine Dschellaba lose wie ein Cape hinter ihm herflatterte.

Im Osten erhellte sich der Himmel merklich, und ein leichter Wind kam auf. Mrs. Pollifax bemerkte, daß sie bereits nur noch Sand unter den Füßen hatten und daß die Felsen endgültig hinter ihnen lagen. Als eine kleine Anhöhe vor ihnen emporragte, hob Sidi Tahar die Hand.

„Horchen Sie!" sagte er lächelnd.

Der sanfte Wind trug das Krähen eines Hahnes herbei. „Ein Dorf?" krächzte Mrs. Pollifax.

„Ja. Rouida liegt links von uns."

Sie krochen den Hang empor und spähten über die Kuppe. Unmittelbar voraus lag die Wüste, diese große einsame Weite, von keinen Bäumen, keinen Dörfern, keinen Menschen in ihrer Majestät gebrochen. Sie schaute und staunte: Hier war die Welt von Nomaden und Einsiedlern, von versteckten Oasen und den Gräbern von Forschern. Zur Linken sah sie die schattenhaften Umrisse von Rouida, einer Ansammlung von niedrigen Häusern mit Flachdächern.

Plötzlich deutete Max in die Ferne. „Schauen Sie! Was ist das?"

Weit weg, in der vor einem Augenblick noch leblosen Wüste, hoben sich verschwommene Formen am Horizont ab. Die winzigen

Figuren erstreckten sich in einer Reihe über einen Kilometer von Ost nach West.

„Das müssen Kamele sein", sagte Max fast ehrfürchtig. „Es ist eine Karawane!"

„So viele?" flüsterte Mrs. Pollifax und beobachtete fasziniert, wie hundert oder mehr Kamele allmählich aus der Wüste herankamen. Ihr gemächlicher Schritt kündete von langen, anstrengenden Reisetagen voll Staub und Hitze. „Ich wußte gar nicht, daß es überhaupt noch Karawanen gibt. Sidi Tahar, was transportieren sie?"

„Sie bringen Handelsware aus Mali, dem Senegal oder aus Mauretanien – Gewürze, Ziegenfelle, Kupfergefäße, Elfenbein, Gold, von Nomaden angefertigte Teppiche und Schmuck. Für uns ist ihre Ankunft sehr günstig, denn sie bedeutet Ablenkung und Durcheinander." Er blickte Max und Mrs. Pollifax streng an. „Sie hofften, sich ein bißchen ausruhen zu können, das weiß ich, aber das Eintreffen der Karawane ist ein Geschenk Allahs für uns! Kommen Sie, ehe es heller wird ... Wir müssen uns wie Schatten bewegen."

Ein Anflug von Panik befiel Mrs. Pollifax, als sie ihn so reden hörte. Sie war noch nicht bereit weiterzumarschieren. Unwillkürlich schreckte sie vor dieser letzten Etappe zurück, auf der sich ihrer aller Schicksal entscheiden würde. Sie brauchte Zeit, sich auszuruhen, nach der langen Hetzjagd, die hinter ihr lag. Sie wollte Sidi Tahar erinnern, daß sie seit über vierundzwanzig Stunden nicht mehr geschlafen hatte. Sie wollte ...

Hier Wurzeln schlagen? fragte ein anderer Teil ihres Ichs höflich. Wie lange möchtest du denn bleiben, Emily?

Schließlich rang sie sich zu der Erkenntnis durch, daß Sidi Tahars Rat Leben und Zukunft bedeutete. Sie biß die Zähne zusammen und mühte sich auf die Beine.

Als hätte er Mrs. Pollifax' Gedanken gelesen, sagte Sidi Tahar sanft: „Es liegt alles in Allahs Hand – so steht es geschrieben."

Sie nickte und erinnerte sich, daß das Wort Islam übersetzt Gottergebenheit hieß, und sie wünschte, daß sie ein solches Vertrauen hätte, das Nichtmohammedaner oft als puren Fatalismus ansahen. Müde dachte sie an das Sprichwort, das sie in ihrer Kindheit so oft gehört hatte: Hilf dir selbst, dann hilft dir Gott. Das und Sidi Tahars Glauben waren ihr jetzt eine kleine Stütze. Nun, da sie sich wieder erhoben hatte, empfand sie sogar etwas wie schwindelerregenden Wagemut bei dem Gedanken, wie es weitergehen würde.

Sidi Tahar übernahm das Kommando und erteilte sogleich strikte

Anweisungen: Mrs. Pollifax mußte sorgsam darauf achten, daß ihr Schleier festsaß und ihr Gesicht verbarg, und Ahmad sollte nicht von ihrer Seite weichen. Wenn Max mit seinen Bartstoppeln den Kopf gesenkt hielt und schlurfte, statt wie ein westlicher Ausländer daherzuschreiten, würde man ihn ohne weiteres für einen Bergbauern halten. Er selbst, Sidi Tahar, würde ab sofort das Reden übernehmen, denn Max' Arabisch war das eines Städters, doch die Menschen hier waren Berber.

Kurz bevor die Sonne am Horizont hochstieg, näherten sie sich Rouida aus dem Westen, während die noch ferne Kamelkarawane aus dem Süden darauf zukam. Beim Näherkommen erkannte Mrs. Pollifax einen runden Brunnen auf dem ungepflasterten Dorfplatz – und dann sah sie das Auto. Es war ganz in der Nähe des Brunnens geparkt und paßte überhaupt nicht in diese primitive Szenerie. Ihr Unbehagen vergrößerte sich. Die Anwesenheit des Autos deutete auf einen Boten aus der Stadt hin, auf höchste Gefahr. Zu ihrem Schrecken bemerkte sie dann auch noch einen Mann, der zusammengekauert auf der Stufe zum Brunnen schlief. Ohne Zögern führte Sidi Tahar sie an diesem Mann vorbei, der aus dem Schlaf schreckte und sie ansah. „Salam", grüßte Sidi Tahar. Der Mann nickte, erwiderte etwas und schaute ihnen neugierig nach.

Mrs. Pollifax blickte nicht zurück, sondern schlurfte hinter Max her, vorbei an einem länglichen Haus mit einem Coca-Cola-Schild. Dann führte Sidi Tahar sie gnädigerweise in einen engen Durchgang zwischen zwei Häusern. Sie seufzte erleichtert, als sie nicht mehr jedermanns Blick ausgeliefert waren. „Aber der Wagen ...", begann sie.

Sidi Tahar nickte. „Ja, er hat ein marokkanisches Nummernschild. Achten Sie auf Ihren Schleier!"

Sie nickte und hielt mit einer Hand den Schleier fest, während ihr Herz heftig pochte.

In dem Durchgang, den sie entlanggingen, standen die Türen weit offen und gaben den Blick auf dunkle Zimmer frei. Es roch nach Speiseöl und Holzkohlenrauch; ein barfüßiges Kind stand an einer Tür und starrte sie an. Bald kreuzte sich dieser Durchgang mit einem anderen. Sie bogen nach rechts ab, dann nach links und wieder nach rechts; die fleckigen Mauern, die die Durchlässe säumten, waren nur durch Türen oder winzige, wie Augen wirkende Fenster unterbrochen. Großer Gott, das ist ja ein wahres Labyrinth, dachte Mrs. Pollifax und staunte über Sidi Tahars sichere Zielstrebigkeit. Zweimal begegneten

sie in Dschellabas gehüllten Männern, deren Sandalen im Vorübergehen auf den Lehmboden klatschten; dann bog Sidi Tahar auf einmal in
einen langen, viel breiteren Durchgang ein. An seinem Ende sah sie
wieder Helligkeit und grenzenlose Weite – die Wüste.

Doch auf halbem Weg hielt Sidi Tahar vor einer verschlossenen
Holztür an und klopfte mehrmals. Eine Stimme ertönte aus dem
Innern, und ein Riegel wurde zurückgeschoben. Sidi Tahar drehte sich
zu ihnen um und sagte lächelnd: „Wir sind da. Hier wohnt Khaddour
Nasiri."

Kapitel 11

DIE Tür wurde einen Spalt weit geöffnet, und ein glänzendes dunkles
Auge betrachtete sie. „Allah sei Dank, Sie haben es geschafft!" hauchte
eine Stimme, die Tür schwang auf, und vor ihnen stand Khaddour
Nasiri, der siebte Informant. Er war ein grobschlächtiger, stämmiger,
tüchtig wirkender Mann mit buschigem Schnurrbart. Mrs. Pollifax
freute sich, ihn heil vorzufinden.

Nasiri sah Ahmad verblüfft an, ehe sein Blick zu Mrs. Pollifax' ver-
schleiertem Gesicht und dann zu Max wanderte. Er deutete auf ihn
und sagte auf englisch: „Er ist zwar ein *Nasrani*, aber er hat Muskeln.
Er kann mir mit dem linken Vorderreifen helfen." Erst jetzt besann er
sich auf die Höflichkeit. Er verbeugte sich vor Sidi Tahar, drückte die
Hand an die Stirn und grüßte: „*Salam aleikum.*"

Sidi Tahar lächelte. „*Aleikum wa salam.*" Rasch fügte er hinzu: „Ich
bin gekommen, um Ihnen zu sagen, daß alles aufgedeckt ist, Khaddour. Unsere Arbeit ist hier zu Ende."

Der Mann nickte. „Ich bin jetzt froh wegzukommen – es ist an der
Zeit, ich habe gewartet und gehungert." Dann redete er sehr rasch in
seiner eigenen Sprache weiter. Max verfolgte den Monolog aufmerksam.

Mrs. Pollifax blickte an dem Marokkaner vorbei in das Zimmer mit
den dunklen Steinwänden und Teppichen und Kissen. Es machte sie
ungeduldig, daß sie nichts verstand. Sie berührte Max' Arm. „Was ist
los?" fragte sie. „Worüber reden sie?"

Max wirkte verwirrt. „Er hat uns anscheinend erwartet, und sein
Lastwagen steht bereit, nur irgend etwas ist mit einem Reifen."

Sie fand das gar nicht beruhigend. „Sidi Tahar", wandte sie sich fast
flehend an den Alten. „Max sagt, daß wir erwartet wurden?"

Sidi Tahar drehte sich zu ihr um. „Jemand war hier, bevor wir kamen, und warnte ihn."

Sie blickte ihn entsetzt an. „Wer kann das sein? Wo ist diese Person? Ist sie von der Polizei?"

„Ich weiß nur, daß der Mann im Haus des Dorfvorstehers el-Kebaj übernachtet hat."

„Aber ..." Wieder überkam sie schreckliche Besorgnis. Khaddour wandte sich nun an Max und redete in drängendem Ton auf ihn ein.

Max nickte. „Jetzt ist keine Zeit für lange Erklärungen", sagte er. „Momentan braucht Nasiri einen kräftigen Mann für den linken Vorderreifen seines Lasters. Er sagt, daß vergangene Nacht ein Polizeispitzel ins Dorf kam und beim Brunnen schlief. Wir müssen von hier verschwinden, sonst werden wir geschnappt. Aber Sie, Ahmad und Sidi Tahar sollen erst einmal hier warten. Er sagt, es dauert nicht lange."

Nicht lange, dachte sie fast verzweifelnd.

„Verschließen Sie die Tür hinter uns", riet Max ihr noch, dann eilte er mit Nasiri hinaus.

Sie schlossen die Tür zu. Mrs. Pollifax ließ sich auf einen hochflorigen Teppich fallen und legte die Arme um die angezogenen Knie. Ahmad setzte sich neben sie, er blickte sie besorgt an, und Sidi Tahar, der mitten im Zimmer stand, betrachtete sie ebenfalls nachdenklich.

„Ihr Geist ist ermüdet", sagte er ernst.

Sie nickte. „Jetzt ist es am schlimmsten, Sidi Tahar."

Er zuckte die Achseln. „Aber das ist doch nicht neu für Sie."

„Das nicht, aber wir haben alles versucht, was in unseren Kräften stand, und jetzt ist da dieser Wagen aus Marrakesch, und der Polizeispitzel, der uns gesehen hat, und diese mysteriöse Person, die Khaddour gewarnt hat ..."

„Der Verstand kann sich nur mit einem Gedanken befassen, nicht mit mehreren gleichzeitig", mahnte er sie sanft. „Denken Sie über Rouida hinaus, denken Sie an die Polisarios."

Nach ein paar Augenblicken, während derer er sie immer noch beobachtete, fuhr er fort: „Sie verharren eigensinnig in Ihren Ängsten und Sorgen und sind nicht bei uns!"

Sie hatte an Cyrus gedacht; hatte sich an das kühle Grün von Tannen erinnert, an den Schnee auf den Wiesen, aber Sidi Tahars sanfte Anklage riß sie aus ihren Gedanken, und sie blickte zu ihm auf.

„Als Geschenk für Sie, um Sie abzulenken – und für Ahmad, weil er vielleicht eines Tages ebenfalls ein Sufi sein wird –, führe ich Ihnen jetzt den Tanz vor", verkündete er. Er zog die Dschellaba aus und stand nun in einem langen weißen, gegürteten Gewand vor ihnen. Gemessen verbeugte er sich, berührte mit einer Hand die Stirn und murmelte etwas dabei. Ihre volle Aufmerksamkeit gehörte nun ihm. Eine Melodie summend, begann er sich zu wiegen, dann nahm er feste Haltung an, verschränkte die Arme vor der Brust und fing an sich zu drehen: langsam zunächst, allmählich schneller, immer schneller, und sie hielt den Atem an, als seine Umrisse verschwammen wie bei einem Kreisel. Er war wie eine Flamme, und sie verstand, daß dies wirklich ein Geschenk für sie war. Sie fand zum Leben zurück, und als er langsamer und wieder zu Fleisch und Blut wurde, glänzten Tränen in ihren Augen. „Ja", wisperte sie, „ja, das ist die Antwort."

Sidi Tahar sah aus, als kehre er aus einer anderen Welt zurück. „Natürlich ja", bekräftigte er. „Man sollte immer ja sagen – zum Leben, zu Allah."

„Und Ihr linker Fuß hat sich nie bewegt!" meinte sie mit ehrfürchtigem Staunen. „Danke, Sidi Tahar." Sie lächelte und fühlte sich wieder furchtlos im Jetzt verwurzelt.

TROTZDEM zuckte Mrs. Pollifax zusammen, als es klopfte. Ahmad rannte zur Tür, zog den Riegel zurück und öffnete Max, der hereinhuschte und hinter sich zuschloß.

Mrs. Pollifax sah, daß sein Gesicht grau war. Mit angespannter, leiser Stimme drängte er sie zum Aufbruch: „Schnell – hier wimmelt es plötzlich von Polizei. Der Laster wartet am Ende des Durchgangs – ganz unverborgen und ..."

„Großer Gott, Max, was ist das für ein Lärm?" fragte sie.

„Kamele", antwortete er, und mit einer Spur seines alten Sarkasmus fügte er hinzu: „Kamele und Polizei, der reine Wahnsinn! Sidi Tahar und Ahmad – Sie zuerst; Mrs. Pollifax und ich werden folgen. Wir gehen paarweise, beeilen Sie sich! Sobald Sie draußen sind, nach rechts rennen!"

Er öffnete die Tür für die beiden, und Sidi Tahar nahm Ahmad an der Hand und verschwand mit überraschender Flinkheit. Max schloß die Augen, zählte: „Eins – zwei – drei ..." Er öffnete sie, lächelte Mrs. Pollifax schief an und sagte: „Tante Emily, jetzt sind wir an der Reihe – beten Sie und rennen Sie, was die Beine hergeben!"

Sie nickte, er öffnete die Tür, und sie hasteten hinaus. Rechts, etwa acht Eingänge entfernt, sah sie den Laster im Sonnenschein stehen. Plötzlich brüllte jemand hinter ihnen: „Stehenbleiben!"

Sie blickte über die Schulter zurück und bemerkte, daß zwei Männer in schwarzen Lederjacken und mit Schirmmützen den Durchgang betreten hatten und ihnen hinterherrannten.

„Polizei!" keuchte Max.

Einer der beiden zog einen Revolver. Es blieb ihnen nichts anderes übrig, als tatsächlich stehenzubleiben. Max flüsterte: „Es sind nur zwei ..." Und mit einem warnenden Blick: „Passen Sie auf, daß der Schleier nicht verrutscht!"

„Nehmen Sie den rechten, Max", sagte sie leise, „ich kümmere mich um den anderen." Ein rascher Blick über die Schulter zum Laster zeigte ihr, daß Sidi Tahar soeben Ahmad auf die Ladefläche hob. Sie wandte sich den zwei Polizisten zu, hinter denen gerade noch jemand den Durchgang betrat – und sie erkannte ihn. Es war Saleh, der sie in die Hütte in Zagora eingesperrt hatte. Jetzt oder nie, dachte sie grimmig, und als die beiden Gesetzeshüter sie erreicht hatten und in barschem Arabisch auf sie einredeten, nahm sie Abwehrhaltung ein und wartete.

Der größere der beiden streckte den Arm aus, um ihr den Schleier herunterzureißen. Dadurch kam er ihr nahe genug. Mit einem schnellen Hieb schlug sie seinen Arm hinunter, zielte mit dem Fuß auf seinen Oberschenkel, und als er vor Schmerzen aufschreiend zurücktaumelte, schmetterte sie die Knöchel ihrer Rechten unter sein Kinn. Sobald er halbbetäubt auf dem Boden lag, drehte sie sich Max zu und sah, daß es ihm geglückt war, dem anderen den Revolver zu entwinden und ihm damit auf den Schädel zu schlagen.

„Laufen Sie!" keuchte Mrs. Pollifax. Eine Kugel schmetterte dicht neben ihnen in die Wand und unterstrich die Dringlichkeit der Aufforderung. Saleh hatte die Verfolgung aufgenommen und brüllte nach Verstärkung.

Sie rannten los, erreichten den Lastwagen und schwangen sich zu den anderen auf die Ladefläche. Khaddour gab Gas, bog auf den breiten Sandstreifen zur Wüste ein. Er bahnte sich einen Weg durch Dutzende von Kamelen, riesige Geschöpfe, die stöhnende Laute von sich gaben, als ihre blaugewandeten Tuaregtreiber ihre Lasten abluden. Mrs. Pollifax spähte über die Rückwand und beobachtete Saleh, der schreiend aus dem Durchgang stürmte und Schüsse in die Luft feuerte. „Anhalten!" kreischte er und gestikulierte wild.

Der Laster fuhr erschreckend langsam. Sie sah, wie sich Khaddour im Führerhaus über den Schalthebel beugte und vergeblich versuchte, ihn aus dem ersten Gang herauszuschieben. Sie ließen die Kamele hinter sich, aber so langsam, daß Saleh auf bedrohliche Weise aufzuholen begann. Einer der Kameltreiber hatte sich ihm inzwischen angeschlossen, und dahinter sammelten sich weitere Polizisten zur Jagd auf sie. Wir werden es nicht schaffen, dachte sie grimmig, o diese alte Karre, diese Karre! Schneller, Khaddour, schneller!

Das Schneckentempo im ersten Gang war nervenaufreibend; sie hatten noch nicht einmal die letzten Mauern des Dorfes erreicht, hinter denen die heißersehnte Wüste lag. Mrs. Pollifax spürte, wie Ahmad die Hand nach der ihren ausstreckte, und hielt sie fest, teilte seine Angst. Eine Kugel aus Salehs Pistole prallte mit einem metallischen „Ping" gegen die Rückwand, die Kamele brüllten hinter ihnen, der Motor heulte, und der Hebel blieb immer noch im ersten Gang stecken.

„Hinlegen, Ahmad!" schrie sie und duckte sich. Der sie verfolgende Tuareg drückte auf den Abzug und feuerte. Doch als sie einen raschen Blick über die Bordwand wagte, sah sie verblüfft, daß er nicht auf sie geschossen hatte, sondern auf Saleh, der zusammengesackt war. Der Unbekannte im blauen Gewand wirbelte herum, um zu fliehen; in diesem Moment löste sich sein Schleier, und sie sah sein Gesicht. Sie traute ihren Augen nicht!

Die übrigen Verfolger umringten Saleh und starrten verwirrt auf ihn hinunter. In diesem Moment ließ sich der Hebel endlich in einen höheren Gang schieben. Als der Laster Fahrt aufnahm, verschwand der Mann, der Saleh erschossen hatte, im Labyrinth der Gassen, doch kurz bevor er hineintauchte, sah Mrs. Pollifax, wie er sein Gewand wegwarf und nun in blauer Windjacke und dunkler Hose weiterrannte.

Neben ihr rief Max verblüfft: „Großer Gott! Dieser Mann hat uns das Leben gerettet! Haben Sie das gesehen?" Da bemerkte er ihren Gesichtsausdruck. „He, alles in Ordnung? Sie sehen aus, als hätten Sie ein Gespenst erblickt!"

Mrs. Pollifax lehnte sich verwirrt, erstaunt und nachdenklich an die Bordwand. „Das habe ich auch", antwortete sie schließlich. „Ich habe einen Geist gesehen!" Plötzlich warf sie den Kopf zurück und lachte.

Sie würde Max später davon erzählen, wenn sie das Motorgeräusch nicht mehr zu übertönen brauchte. Jetzt drehte sie sich um und blickte zurück nach Rouida, das nun, da sie durch die Wüste rasten, zum Spielzeugdorf geschrumpft war, und dachte: *Salam aleikum,* Mr. Mornajay ... Ich hoffe, Sie haben nicht nur auf Gott vertraut, sondern auch Ihr Kamel angebunden, und werden bald in Sicherheit sein ...

KEINE Hubschrauber kamen, um sie aufzuhalten, keine Wagen verfolgten sie, und schließlich schlief Mrs. Pollifax ein wenig, mit dem Kopf an Max' Schulter gelehnt. Als sie die Augen aufschlug, war der Himmel über ihnen immer noch mit den Gold- und Aprikosenfarben des Morgens überzogen – sie hatte also gar nicht so lange gedöst –, und als Khaddour fest auf die Hupe drückte, die sich wie das Brüllen von Kamelen anhörte, wurde ihr bewußt, daß sie davon aufgewacht war. Sie setzte sich auf und fragte: „Was in aller –"

„Dort!" rief Max und deutete auf zwei Gestalten.

Sie lehnte sich über die Bordwand und sah, daß sich voraus das Bild der Wüste leicht veränderte. Niedrige Dünen kamen in Sicht, ein paar Ziegen weideten auf einem Fleckchen kargen Wüstengrases vor zwei niedrigen Zelten. Und da standen zwei Männer in groben khakifarbenen Dschellabas, die mit dem Khakigelb der Wüste ringsum verschmolzen. Turbane waren um ihre Köpfe gewickelt, und jeder hatte eine Maschinenpistole auf dem Rücken. Und während sie erstaunt alles aufnahm, winkte einer mit einem Feldstecher, und der andere zog eine Pistole aus dem Gürtel und feuerte vor Begeisterung zum Willkommen ein paar Schüsse in die Luft.

Der Lastwagen hielt vibrierend an, und die beiden Männer rannten herbei, um Sidi Tahar zu begrüßen, ihm herunterzuhelfen und ihn freudig willkommen zu heißen.

„Aber – wer sind sie?" fragte Mrs. Pollifax stockend.

„Unsere Eskorte – Polisarios", antwortete Max fast ehrfürchtig. „Sie berichten Sidi Tahar, daß sie seine Nachricht erhielten und schon lange auf ihn warten. Wir sind herzlichst willkommen!"

Willkommen! dachte sie. Welch ein wundervolles Wort, nachdem sie durch das ganze Land gehetzt worden waren, sich immer verstekken, immer hungern mußten und kaum zum Schlafen kamen. Und jetzt wurden sie von zweien der Männer willkommen geheißen, mit denen sie ihre lange Reise zurück in die Sicherheit und zu Cyrus beginnen würde.

Aber Sidi Tahar hatte das letzte Wort – wie immer, dachte Mrs. Pollifax voll Zuneigung. Dieser Freund Carstairs' stand aufrecht neben dem Laster, mit dem kleinen müden Ahmad an seiner Seite. Er schaute hoch, begegnete ihrem Blick, lächelte und spreizte die Arme in einer Geste, die die große einsame Wüste einschloß, das Blau des Himmels und alle Gefahren des Lebens. „Sehen Sie", sagte er zu ihr, „so stand es die ganze Zeit geschrieben."

Es DAUERTE noch weitere fünf Tage, ehe Mrs. Pollifax in Algier ankam, von wo aus sie endlich im Hauptquartier des CIA anrufen konnte, um Bishop zu informieren.

„Sie haben vielleicht Nerven, meine Gute", brach es aus ihm hervor. „Ist Ihnen klar, wie lange wir auf Nachricht gewartet haben, ob Ihnen die Flucht über die Grenze geglückt ist oder ob man sie zuvor geschnappt oder gar erschossen hat? Wo haben Sie denn die ganze Zeit gesteckt?"

„Ich war sehr beschäftigt", antwortete sie mit deutlichem Vorwurf in der Stimme. „Außerdem war ich mitten in der Wüste, von wo es natürlich keine Möglichkeit gab, Ihnen ein Telegramm zu schicken – geschweige denn ein Bad zu nehmen, was ich mir sehr gewünscht hätte."

„Ich darf doch annehmen, daß Sie das Bad inzwischen nachholen konnten", meinte er höflich.

„O ja, gewiß, sehr ausführlich sogar. Aber sagen Sie, Bishop, was ist mit Mr. Mornajay? Ist er in Sicherheit? Konnte er seinen Verfolgern entkommen?"

Bishop lachte. „Er hat sie glatt abgehängt. Sehr einfallsreicher Bursche, dieser Mornajay. Er ist jetzt wieder hier bei uns, hat aber immer noch daran zu kauen, daß Sie für die Atlasgruppe tätig gewesen sind."

„Nun ja, sein Auftauchen war auch für mich mehr als überraschend."

„Haben Sie schon Ihren Heimflug gebucht? Wenn Sie mir die Ankunftszeit sagen, werde ich Sie in einer eleganten Limousine am Kennedy Airport in New York abholen lassen."

„Prima Idee. Ich werde mir sehr bedeutend vorkommen."

„Dazu brauchen Sie wohl kaum eine Limousine", meinte er leicht bissig. „Können Sie sich überhaupt vorstellen, wie sehr wir uns um Sie gesorgt haben und was für eine Erleichterung es war, von Mornajay zu hören, daß Sie es bis Rouida geschafft hatten? Carstairs' Blutdruck ist immer noch nicht ganz normal. Ach übrigens . . ."

„Ja, ich höre."

„Sie hatten kein Gepäck, als Mornajay Sie zuletzt gesehen hat. Sie werden Kleider für die Heimreise brauchen. Kaufen Sie welche und schicken Sie uns die Rechnung."

„Bishop", erwiderte sie lachend, „nur Sie sind imstande, solche wichtigen Einzelheiten zu berücksichtigen wie die Tatsache, daß ich zwei Wochen dieselben Sachen angehabt habe. Haben Sie tausend Dank dafür, und bis bald."

Einige Stunden später bestieg Mrs. Pollifax in frischer Kleidung und mit zwei staubigen Dschellabas unter dem Arm das Flugzeug, das sie zurück in die Heimat bringen würde. Und in den Pausen zwischen kleinen Nickerchen hoch über dem Atlantik kehrten ihre Gedanken zu dem Flug vor zwei Wochen zurück, als sie die Namen von sieben Informanten auswendig gelernt hatte, ohne zu ahnen, wer sich dahinter verbarg und daß sie beinahe ihr Leben bei diesem so harmlos anmutenden Auftrag verlieren sollte. Und nie hätte sie sich vorstellen können, daß gleich zwei Max Jankos ihren Weg kreuzen würden. Sie lächelte, als sie an den Abschied von Max am Flughafen denken mußte. „Eines kann ich Ihnen versprechen", hatte er mit tiefster Überzeugung verkündet. „Keine zehn Pferde werden mich je wieder von meinem schönen Schreibtisch wegbringen, mit den netten Kodierungs- und Übersetzungsaufgaben."

„Sind Sie ganz sicher? Jetzt, da Sie Pulverdampf gerochen haben?" hatte sie mit einem Augenzwinkern gefragt und sich dann nochmals bei ihm bedankt, daß er ihr in höchster Not zu Hilfe gekommen war.

Am meisten aber hatte sie die Information in Hochstimmung versetzt, daß sie sogar einige Stunden vor Cyrus' Rückkehr aus Kenia zu Hause eintreffen würde. Sie würde ihn an der Haustür empfangen können, als wäre sie nie weg gewesen, mit einem munter flackernden Feuer im offenen Kamin und dem Abendessen auf dem Herd.

Doch dann kam alles ganz anders. Als sie in der langgestreckten Limousine am Haus vorfuhr, sah sie ein Taxi in der Einfahrt stehen, aus dem Cyrus soeben ausstieg. Er drehte sich um und bemerkte voll Erstaunen den großen schwarzen Wagen. Sie ließ das Fenster heruntergleiten, rief laut „Cyrus!", verabschiedete sich hastig von dem Fahrer und sprang hinaus, um voller Freude zu ihrem Mann zu eilen.

„Emily", sagte er mißtrauisch, „was ist das für eine Limousine? Du willst mir doch nicht etwa erzählen, du seist in diesem Luxusschlitten zum Gemüsehändler gefahren?"

Statt einer Antwort umarmte sie ihn. „Ich kann dir gar nicht sagen, wie sehr ich mich freue, dich zu sehen, Cyrus. Und wie geht's Lisas Baby?"

„Dem Baby?" wiederholte er leicht überrumpelt. „Es hat einen mächtigen Hunger und setzt schon überall Polster an. Aber wechsle jetzt nicht das Thema. Diese Limousine, Emily. Du hast doch nicht etwa – nein, das kann nicht sein. Aber woher hast du mitten im Winter diese Sonnenbräune?"

„Es passierte alles ein paar Tage, nachdem du weg warst."

Er starrte aus seiner imposanten Höhe von fast zwei Metern auf sie herab. „Der Teufel soll mich holen, wenn ich dich je wieder allein lasse", knurrte er. „Wenn ich ein mißtrauischer Mensch wäre, würde ich sagen, daß Carstairs nur darauf wartet, bis ich weg bin, um sich dann an dich ranzumachen. Woher hast du diese Sonnenbräune, Emily?"

„Aus der algerischen Wüste, wo ich äußerst tapfere Leute kennengelernt habe", erzählte sie vergnügt. „Aber es war in Marokko, daß ich Mr. Mornajay wiedergesehen habe, und du wirst deinen Ohren nicht trauen, wenn ich dir sage, für wen er arbeitet."

„Algerische Wüste ... Marokko ..." Cyrus schloß die Haustür auf. „Ich glaube, wir machen uns jetzt erst mal eine anständige Portion Kaffee", meinte er bestimmt. „Und wenn ich dann fähig bin, dem Schlimmsten ins Auge zu sehen – was ja normalerweise nötig ist –, kannst du mir erklären, wie du zu diesem dubiosen, in Zeitungen gewickelten Bündel da kommst und was du sonst wieder alles angestellt hast." Er lächelte und gab ihr einen Kuß. „Fürs erste aber herzlich willkommen zu Hause, und dem Himmel sei Dank, daß du alles heil überstanden hast."

Foto: David Mendelsohn

Dorothy Gilman

„Recherchen für einen Roman anzustellen macht mir großen Spaß", betont Dorothy Gilman, die energiegeladene Erfinderin der Mrs. Pollifax. Man glaubt es der Autorin aufs Wort, denn jedes neue Mrs.-Pollifax-Abenteuer bedeutet für sie erst einmal eine Reise in eine hochinteressante Gegend der Welt. „Ich denke zunächst darüber nach, in welches Land ich die gute Mrs. Pollifax diesmal schicken könnte, ein Land, in dem ein akuter Konflikt Ansatzpunkte für eine spannende Handlung bietet. Sodann reise ich selbst dorthin, um den Schauplatz des Geschehens persönlich in Augenschein zu nehmen, und je abenteuerlicher diese Reise ist, desto besser."

Für *Mrs. Pollifax und der tanzende Derwisch* verließ Dorothy Gilman die ausgetretenen Touristenpfade Marokkos, um einen Eindruck von der Wüste und den Bergen des Atlas zu bekommen. „Zunächst besichtigte ich Marrakesch wie jeder andere Tourist auch, doch dann ging's in die unwirtlichen Gegenden auf der anderen Seite des Hohen Atlas. Es war erstaunlich kalt dort, und die Reise erforderte die Fähigkeit zu improvisieren. Genau richtig für ein neues Unternehmen von Mrs. Pollifax, habe ich mir gesagt."

Dorothy Gilman schreibt seit nunmehr fünfundzwanzig Jahren Pollifax-Romane. Trotzdem bedeutet jedes neue Abenteuer der munteren alten Dame eine Anstrengung für die Schriftstellerin: die Bereitschaft, geistig wieder ganz in die Rolle der Romanfigur zu schlüpfen.

Doch solange die Autorin noch so viel Lust auf Abenteuer verspürt wie derzeit, kann Mrs. Pollifax' Fangemeinde darauf vertrauen, daß „die beliebteste Geheimwaffe des CIA" schon bald wieder in ein aufregendes Land aufbrechen wird.